STAMMTAFEL
ZARIN ALEXANDRA FJODOROWNA, GEBORENE PRINZESSIN ALIX VON HESSEN

2 weitere Söhne
2 weitere Töchter

Leopold•
1853 – 1884

Beatrice*
1857 – 1944

⚭

Heinrich von Battenberg
1837 – 1892

Victoria-Eugenie*, geb. Battenberg
1887 – 1969

4 Söhne

⚭

König Alfonso XIII. von Spanien
1886 – 1941

Alfonso•
1907 – 1938

Juan•
1913 – 1993
Vater von Juan Carlos I.
von Spanien

Gonzalo•
1914 – 1934

Jaime

Friedrich•
Frittie
1870 – 1873

Alix*
Prinzessin von
Hessen-Darmstadt
1872 – 1918
Zarin Alexandra

⚭

Nikolaus II.
1868 – 1918

Maria
1874 – 1978

Olga
1895 – 1918

Tatjana
1897 – 1918

Maria
1899 – 1918

Anastasia
1901 – 1918

Alexej•
1904 – 1918

Carolly Erickson

Alexandra Romanowa

CAROLLY ERICKSON

Alexandra Romanowa

DIE LETZTE ZARIN

Aus dem Amerikanischen von Karin Schuler
und Norbert Juraschitz

Mit 25 Abbildungen auf Tafeln

Piper
München Zürich

Die Originalausgabe erschien 2001
unter dem Titel »Alexandra. The Last Tsarina«
bei St. Martin's Press, New York.

Die Kapitel 1 bis 19, 34, 35 und der Epilog wurden
von Karin Schuler, die Kapitel 20 bis 33 von
Norbert Juraschitz übersetzt.

ISBN-13: 978-3-492-04466-0
ISBN-10: 3-492-04466-2

Satz: seitenweise, Tübingen
Druck und Bindung: GGP Media GmbH, Pößneck
Printed in Germany

www.piper.de

Wir werden auf einem freien Feld geboren
und sterben in einem dunklen Wald.

Russisches Sprichwort

1

Im abgedunkelten Schlafzimmer des Neuen Palais in Darmstadt lag Alice, die Großherzogin von Hessen, im Sterben. Mit ihren erst fünfunddreißig Jahren sah sie aus wie eine Fünfzigjährige. Ihr weißes Gesicht mit den scharfen Zügen wirkte ausgezehrt, ihre Augen waren tief in die Höhlen gesunken, ihre keuchende Brust schmal und knochig.

Im letzten Monat hatte Alice ihre Familie während einer Diphtherie-Epidemie bis zur Erschöpfung gepflegt, lange Nächte an verschiedenen Betten gesessen, immer zur Stelle, wenn man sie rief. Das schwächste und jüngste ihrer Kinder, die vierjährige May, war am schwersten erkrankt, und als sie starb, war Alices Schmerz »mit Worten nicht zu fassen«, wie sie ihrer Mutter Königin Victoria schrieb.

Die anderen Kinder – die fünfzehnjährige Victoria, die zwölfjährige Irene, der zehnjährige Ernie und die sechsjährige Alicky – hatten die Krankheit überstanden, obwohl man Ernie zeitweise schon aufgegeben hatte; ihr Ehemann Ludwig, robust und stämmig, lag mehrere Wochen lang im Dämmer zwischen Schlaf und Bewußtlosigkeit, ohne etwas zu essen und kaum fähig, etwas zu sagen, bis er unter ihrer unermüdlichen Pflege allmählich seine Kraft zurückgewann.

Während die meisten Mitglieder ihrer Familie und viele Bedienstete erkrankten, sah es zuerst so aus, als sei Alice immun gegen die schreckliche Seuche, als könne sie ihren Körper zwingen, ihr zu widerstehen, um sich selbst in der Pflege der anderen aufzuopfern. Aber nach mehreren Wochen der Überarbeitung, des Schlafmangels und der Angst spürte auch sie die Symptome der Diphtherie, den schmerzhaft entzündeten Hals, das Fieber und die Beklemmung, die ihr die Kehle zusammenschnürte, und zog sich ins Bett zurück, unfähig, noch mehr für ihre schwer getroffene Familie zu tun.

Jetzt standen sie alle um ihr Bett herum, während sie mit dem Tode kämpfte, sich in die Bettdecke krallte und um Atem für ihre mit Blut gefüllten Lungen rang. Nach einem schweren Anfall hatte Ludwig es für nötig gehalten, den Staatsrat zu informieren und um Gebete in allen Kirchen des kleinen deutschen Fürstentums Hessen zu bitten. Ein Telegramm an Königin Victoria in Windsor war auf dem Weg, um sie von der Verschlechterung des Zustands ihrer Tochter zu unterrichten. Und die Kinder umringten das Bett ihrer Mutter und beteten für sie.

Das jüngste Kind, die süße, goldhaarige Alicky, stand neben ihrem Bruder Ernie, ihrem Spielkameraden und engsten Freund, und beobachtete die Vorgänge in dem stillen Raum. Ihre ausdrucksvollen graublauen Augen blickten verstört, denn plötzlich herrschten in ihrer Welt Verlust und Chaos – ihre kleine Schwester tot und in ihrem winzigen Sarg, ihre Mutter dem Tode nahe und außerhalb ihrer Reichweite, ihre Gouvernante Orchie, sonst immer so selbstbeherrscht und ruhig, völlig durcheinander und in Tränen aufgelöst. Und das Kinderzimmer, sonst so heimelig, war jetzt besonders traurig und kahl, denn alle Spielsachen waren entfernt worden, um eine Übertragung der Infektion zu verhindern.

Mehrere Kreuze und Bibelsprüche schmückten die Wände des Krankenzimmers. Es gab Bilder von Balmoral, Schloß Windsor und seiner Umgebung sowie Porträts von Alices Geschwistern, dazu verschiedene Gobelins im damals gerade modernen William-Morris-Stil. Beherrscht wurde der Raum durch ein Buntglasfenster, eine Erinnerung an Alickys Bruder Friedrich oder Frittie, der mit drei Jahren genau aus diesem Fenster auf die darunterliegende Terrasse und in den Tod stürzte. Alicky war zu jung, um sich an Frittie zu erinnern, sie war ein Baby gewesen, als der Unfall passierte, aber sie wußte, daß ihre Mutter um ihn trauerte, und sie besuchte wie die anderen Kinder jedes Jahr sein Grab. Auf Fritties Gedächtnisfenster waren die trostspendenden Bibelworte zu lesen: »Lasset die Kinder zu mir kommen.« Alicky, allein und ängstlich, brauchte diesen Trost dringend, denn Stunde um Stunde wurde ihre Mutter schwächer, jeder Atemzug bereitete ihr Mühe.

Überall in Hessen wurden Gebete für die Landesmutter Alice gesprochen, die sich den Respekt der Untertanen ihres Gemahls erworben hatte, indem sie die Kranken pflegte, die Armen besuchte und Krankenhäuser und Schulen gründete. Seit ihrer Hochzeit mit Großherzog Ludwig hatte Alice sich der sozialen Fürsorge verschrieben, nie zufrieden mit dem, was sie getan hatte, und immer bemüht, »das wenige Gute, das in meiner Macht steht«, zu tun, wie sie sagte.

Alice hatte einen Aufruhr im ruhigen Darmstadt verursacht, im großherzöglichen Palast den Art nouveau eingeführt, Duette mit Johannes Brahms gespielt (die Darmstädter zogen Mozart vor), Ungezwungenheit an die Stelle der steifen Etikette bei Hofe gesetzt, ja sogar gewagte religiöse Ansichten vertreten, die, wie sie sagte, darauf abzielten, den historischen Jesus von solchen »späteren Ausschmückungen« wie der Auferstehung zu trennen. Obwohl ihre wütende Schwiegermutter Alice »eine völlige Atheistin« nannte und die ruhigen Darmstädter angesichts ihrer Unverblümtheit mit der Zunge schnalzten (»Vorsehung, es gibt keine Vorsehung, gar nichts gibt es«, brach es aus Alice heraus, als ihr Lieblingsbruder Bertie schwer krank war, »und ich kann nicht begreifen, wie jemand solchen Unsinn reden kann.«)[1], verteidigte Alice ihre Meinungen trotzig und forderte die anderen auf, sie zu widerlegen.

Ein neuer, liberalerer Geist hatte mit Alice in Hessen Einzug gehalten, aber in ihrem Bestreben, Veränderungen zu bewirken und ihre fortschrittlichen Ansichten zu verbreiten, hatte sie Spaltung und Zwietracht gesät, und selbst als sie auf dem Totenbett lag, gab es da ein Flüstern – ein respektvolles, leises Flüstern –, daß ihr Ende der Gemeinschaft einen willkommenen Frieden zurückbringen werde.

Alices rigoroses Engagement für alles Moderne wurzelte nämlich in einer geistigen und seelischen Ruhelosigkeit, die andere nervös machte. In ihrem Kern hatte sie etwas Hartes, Steinernes, eine eisige Unerbittlichkeit des Geistes, die in einem scheinbaren Gegensatz zu ihrer großzügigen Wohltätigkeit stand. Sie war unversöhnlich. Sie forderte viel von sich selbst, aber ebensoviel auch von den Menschen um sie herum und empfand sie stets als mit Mängeln behaftet, besonders ihren warmherzigen, stumpfen Ehegatten Ludwig, der sie immer wieder enttäuschte.

Trotz ihres zarten Alters hatte Alicky eine Vorstellung von der Einzigartigkeit ihrer Mutter. Alice war nicht wie andere Mütter; sie schmückte sich nicht, kräuselte sich nicht das Haar und trug keine farbenprächtigen Gewänder. Ihre Kleider waren immer schwarz, und ihr einziger Schmuck waren ein großes Goldkreuz an einer Kette und eine Trauerbrosche mit Haarsträhnen von ihrem Vater und Frittie darin. Ihr blasses Gesicht zeigte ständig einen Ausdruck der Sorge und Trauer, einen gehetzten Blick. Sie war oft sehr erschöpft. Selbst wenn sie mit den Kindern Urlaub an der See machte, wie nur ein paar Monate, bevor sie alle an Diphtherie erkrankt waren, ruhte sie sich nicht aus oder spielte mit ihnen, sondern besuchte Krankenhäuser und Schulen und nahm Alicky mit, um Blumensträußchen zu verteilen. Sie half den Menschen immer, und sie war immer voller Kummer. So viel wußte Alicky über ihre leidende Mutter.

Am nächsten Morgen schickte Ludwig Königin Victoria ein weiteres Telegramm nach Windsor. »Ich sehe keine Hoffnung«, schrieb er seiner Schwiegermutter, »ich bin mit meinen Gebeten am Ende.« Dr. Jenner, der Leibarzt der Königin, den sie aus England herübergeschickt hatte, um Alice zu behandeln, fügte seine knappe Beurteilung der Lage hinzu: »Krankheit auf Luftröhre übergegriffen, manchmal beträchtliche Probleme beim Atmen; Lage ernst.«

Das Datum auf den Telegrammen, der 13. Dezember, war ein

böses Omen. Siebzehn Jahre zuvor war Alices geliebter Vater, Prinz Albert, am 14. Dezember gestorben, und seine noch immer trauernde Gattin und ihre Kinder begingen diesen Jahrestag seitdem mit Gebeten und Feierlichkeiten. Der 14. Dezember war als Schicksalstag gefürchtet, und obwohl Alice selbst das Datum ebensowenig bewußt war wie ihre gesamte Umgebung, phantasierte sie im Delirium von ihrem toten Vater, der sie zusammen mit May und Frittie im Himmel willkommen hieß.

Kurz nach Mitternacht, früh am Morgen des 14. Dezember, begann die Patientin zu husten und zu würgen. Ihre geschwollene Mundschleimhaut war so dick, daß sie nicht mehr schlucken und kaum sprechen konnte. Ihr Gesicht, obwohl in warmes Kerzenlicht getaucht, wirkte kreideweiß, ihre Lippen blutleer. Die Wachen an ihrem Bett hörten sie flüstern: »May … lieber Papa«, bevor sie das Bewußtsein verlor. Bei Morgengrauen war sie tot.

Zum Schlag dumpfer Trommeln zog die Trauerprozession der Großherzogin von Hessen langsam durch die schmalen, mit Kopfsteinen gepflasterten Straßen Darmstadts auf die Kapelle des Alten Palais zu. Es hatten sich viele Trauernde eingefunden, und alle trugen brennende Fackeln. Alicky, ihr Bruder und ihre Schwestern folgten dem Sarg nicht, sondern durften von einem Fenster aus zusehen, während sich die Trauernden im Hof unter ihnen versammelten. Später erfuhren die Kinder, daß Hunderte kamen, um ihre Mutter in der Kapelle ein letztes Mal zu sehen, ihre Hüte als ein Zeichen der Achtung abnahmen und Blumen und Kränze niederlegten. Die Huldigungen waren ausdrucksvoll, die Tränen kamen von Herzen.

Ein Brief aus Schloß Windsor traf ein.

»Arme liebe Kinder«, schrieb Königin Victoria. »Ihr habt den schwersten Schlag erlitten, der Kinder treffen kann – Ihr habt Eure kostbare, liebe, hingebungsvolle Mutter verloren, die Euch geliebt hat – und die ihr Leben Euch und Eurem lieben Papa geopfert hat. Diese furchtbare Krankheit, die die süße kleine May hinweggerafft hat und von der Ihr und die anderen genesen sind, hat sie Euch und Eurer armen alten Großmama entrissen, die zusammen mit Eurer anderen lieben Großmama versuchen wird, Euch eine Mutter zu sein.«

Die Königin schickte besondere Grüße an den »armen lieben Ernie«, der sicher besonders litt, weil er Alice so nahegestanden hatte. »Gottes Wille geschehe«, schloß sie. »Möge ER Euch schützen und Euch helfen. Von Eurer Euch liebenden und zutiefst unglücklichen Großmama, VRI [Victoria Regina Imperatrix].«[2]

Alicky und ihre Schwestern bekamen für die Trauerkleidung Maß genommen und trugen gleiche schwarze Kleider, schwarze Strümpfe und Schuhe. Ihre vierzehn Jahre alte Schwester Elisabeth, Ella, die von der Krankheit verschont geblieben war und den letzten Monat weit weg vom Palast verbracht hatte, schloß sich wieder der Familie an, und gemeinsam verbrachten die fünf Kinder und ihr Vater ein trauriges Weihnachtsfest.

Schnee trieb durch die schmalen Straßen Darmstadts, legte sich auf die Giebeldächer und sammelte sich in tiefen Wehen im Schloßpark. Orchie ließ die Kinder im Schnee spielen, warm eingepackt, die Ohren mit Pelzmützen bedeckt und die Hände in Fäustlingen. Die Tage vergingen, und obwohl sie noch immer trauerten, gab es Stunden, in denen ihr Schmerz nachließ, und sie erinnerten sich, wie es war, eiszulaufen, Schneeburgen zu bauen und mit dem Schlitten die sanften Abhänge hinunterzusausen.

Eines Tages im Januar spielten Alicky, Irene und Ernie draußen, und Alicky jagte die beiden älteren Kinder quer durch einen Teil des Gartens, in dem Frühbeete unter Glas angelegt waren. Ernie und Irene konnten dem Glas ausweichen, aber Alicky, zu jung, um vorsichtig zu sein, fiel hinein. Blut rann ihre aufgerissenen Beine herab, und sie schrie vor Schmerz und Angst.

Später, von Orchie verbunden und beruhigt, hörte Alicky auf zu schluchzen, aber ihre verletzten Beine heilten langsam, und sie humpelte beim Gehen. In den folgenden Wochen weinte sie immer noch jede Nacht um ihre Mutter. Alles in allem war es ein Winter der Narben, emotionaler wie körperlicher, und es sollte lange dauern, bis auch die tiefsten Wunden zu heilen begannen.

2

Im Europa der späten 1870er Jahre war das Großherzogtum Hessen ein sehr unbedeutendes Fürstentum, und der Tod der Großherzogin war ein sehr unbedeutendes Ereignis.

Großbritannien war die führende Macht dieses Zeitalters, und Alickys Großmutter Königin Victoria, die ein gewaltiges, beinahe ein Drittel der Welt umfassendes Reich regierte, war ganz ohne Zweifel die mächtigste Monarchin auf Erden. Die englische Marine beherrschte die Meere, englische Waren – viele von ihnen gestempelt mit dem unverwechselbaren Profil der Königin – überschwemmten die Welt. Britische Ideale von hochgesinntem Anstand in der Regierung, gesellschaftlicher Ehre und sozialen Verbesserungen (Ideale, die oft in Zeiten des Umbruchs wichtig werden) wurden sehr bewundert, ebenso wie bescheidenere Produkte des britischen Gewerbefleißes wie Norfolk-Jackets, Keramik aus Sheffield, Pears-Seife und Cadbury-Schokolade.

Doch zumindest in Europa forderte die aufsteigende Macht Preußen Großbritanniens Vormachtstellung heraus. Seit fast zwei Jahrzehnten, seit Bismarck das Kommando in der preußischen Politik übernommen hatte, konsolidierte der preußische Staat seinen Einfluß auf die verschiedenen deutschsprachigen Staaten und Fürstentümer. Preußens große, schlagkräftige Armeen hatten sich gegen Österreich und Frankreich als siegreich erwiesen, die preußischen Manufakturen waren wie Pilze aus dem Boden geschossen, und schließlich war Anfang der 1870er Jahre der Herrscher Preußens, Wilhelm I., zum deutschen Kaiser ausgerufen geworden, während sein Kanzler Bismarck sehr zum

Ärger von Königin Victoria erklärt hatte, daß England »aufgehört habe, eine politische Macht zu sein«.

Verglichen mit der Stärke Großbritanniens und Preußens war Hessen ein praktisch machtloses Gebilde, das zudem noch unter chronischem Geldmangel litt. Aber die Herrscherfamilie hatte wichtige dynastische Verbindungen geknüpft. Die verstorbene Großherzogin Alice war Königin Victorias Tochter gewesen, Alices Schwester Victoria – die in der Familie immer Vicky gerufen wurde – war mit dem Kronprinzen Friedrich (»Fritz«) verheiratet, der eines Tages den deutschen Kaiserthron erben würde. Alices Bruder Edward (»Bertie«) war der Thronfolger in Großbritannien. Ein weiter Bruder, Alfred (»Affie«), hatte in die russische Zarenfamilie eingeheiratet. Die fünf Kinder des Fürstenhauses zu Hessen waren also mit praktisch jedem Königshaus in Europa verwandt, und man konnte davon ausgehen, daß sie dynastisch vorteilhafte Verbindungen eingehen würden, sobald sie das heiratsfähige Alter erreicht hatten.

Königin Victoria, die ständig Heiratspläne schmiedete, hatte Alices Töchter schon fast seit ihrer Geburt als zukünftige Bräute auf ihrer Liste; Ella (»ein wunderhübsches Mädchen«) und Alicky (»ein überaus liebenswertes Kind«) galten ihr als durchaus erfolgversprechende Heiratskandidatinnen. Als Ludwig im Januar 1879, einen Monat nach Alices Tod, seine Kinder nach England brachte, wollte die Königin sie nicht nur über den schmerzlichen Verlust ihrer Mutter hinwegtrösten, sondern auch begutachten, ob sie gut erzogen, höflich und gehorsam waren.

Victoria sorgte sich, daß der Vater der Kinder, liebenswürdig, aber passiv, wie er war, nicht genügend Durchsetzungsvermögen zeigen würde, wenn es um ihre Zukunft ging. Sie hatte Ludwig immer gemocht, seit sie ihn als hübschen Jungen in schicker Uniform nach England gebracht hatte, um Alice kennenzulernen, in der Hoffnung, daß die beiden heiraten würden. Aber sie war seinen Fehlern gegenüber nie blind gewesen, und sie war der sicheren Überzeugung, daß er, wenn Alice nicht mehr für ihn sorgte, fragwürdigen Einflüssen zugänglich sein könnte. Ludwig hatte sich nie im Zaum gehabt; als einsamer Witwer könnte er sich, so fürchtete sie, zu nicht standesgemäßen Liaisons verlocken lassen, die den Kindern schaden würden.

Victoria hatte einen Plan entwickelt, um dies zu verhindern. Ihre jüngste Tochter Beatrice, einundzwanzig und unverheiratet, würde eine gute Stiefmutter abgeben; Ludwig kannte sie, seit sie drei Jahre alt war, und würde sich sicherlich wohl mit ihr fühlen. Es war vielleicht keine Liebesheirat, aber was konnte Ludwig in seinem Alter schon erwarten? Vor ihrem geistigen Auge malte Victoria sich schon eine für alle Seiten befriedigende Zukunft aus. Eine stille Trauung, und Beatrice nahm problemlos den Platz ein, den Alice verwaist gelassen hatte. Jedes Jahr lange Besuche der ganzen Familie in England. Eine Zukunft, die Victoria überwachen und kontrollieren konnte. Und eine Ehe für die nicht besonders attraktive Beatrice, die nicht als alte Jungfer enden würde, wie es jetzt ihr Schicksal zu sein schien.

Mitte Januar 1879 reisten die Kinder des hessischen Großherzogs von Darmstadt nach Flushing, wo sie ihren Onkel Bertie trafen und an Bord der königlichen Yacht gingen. Sie machten die Überfahrt nach Cowes, blieben einige Zeit in der Küstenresidenz Osborne und reisten dann weiter nach Windsor, wo die Königin sie erwartete.

Die zugigen Gänge des mittelalterlichen Windsor-Schloßes hallten in jenem Januar wider von Lärm und geschäftigem Treiben, denn bis zur Hochzeit Arthurs, eines Sohnes der Königin, waren es nur noch ein paar Wochen, und viele Mitglieder aus Victorias großer Familie versammelten sich schon zu diesem Anlaß. Vicky und Fritz mit ihren Kindern kamen aus Berlin, Bertie und seine Familie aus Sandringham, und Victorias Tochter Helena mit ihrem Ehemann und Kindern, die auf Schloß Windsor lebten, schlossen sich den anderen zu den Mahlzeiten und Ausflügen an. Dazu kamen noch Verwandte der Braut Luise von Preußen – alles in allem wenigstens drei Dutzend Besucher mit ihrer jeweiligen Entourage an Bediensteten aller Art.

Trotz Arthurs beharrlich wiederholter Äußerung, daß der Tod

seiner Schwester Alice einen »traurigen Schatten« auf seine anstehende Hochzeit geworfen habe, versprach die Trauung eine glanzvolle Zeremonie zu werden, gefeiert mit einem Pomp, wie ihn das alte Schloß nicht mehr gesehen hatte, seit der Prinzgemahl gestorben war. Arthur war Victorias Lieblingssohn; Bertie war ein in die Jahre gekommener Lebemann, Alfred ein aufgeblasenes Nichts, das die Kühnheit besessen hatte, die Tochter des russischen Zaren zu heiraten (»Jetzt ist es raus!« rief die Königin, als sie von seiner Verlobung hörte), und der junge Leopold, klug und einnehmend, litt an der Bluterkrankheit, was ihn zum »Sorgenkind« machte. Für Arthur, ihren »guten« Sohn, wollte Victoria ein großes Fest, und zum ersten Mal, seit sie Witwe geworden war, würde sie ihrem schwarzen Kleid eine lange weiße, von Pagen getragene Schleppe hinzufügen.[1]

Für die sechsjährige Alicky und ihre Schwestern, die schlichtes Essen gewohnt waren und denen man beigebracht hatte, selbst zu nähen, zu kochen und sich nicht bedienen zu lassen, war Schloß Windsor so etwas wie ein Märchenland. Die riesigen Säle mit den hohen Decken und die geräumigen Salons, die endlosen Korridore, geschmückt mit beeindruckenden Kunstwerken, Trophäen aus Kolonialkriegen und königlichen Insignien, beeindruckten sie tief und riefen ihnen unweigerlich ihre hannoveranischen Wurzeln ins Gedächtnis. Als sich alle Verwandten an der langen Tafel versammelten, die mit glänzendem Silber, polierten Kandelabern und Gestecken aus Treibhausblumen gedeckt war, und die Königin, die stattliche Brust mit blitzenden Diamanten und Saphiren geschmückt, am Kopfende Platz nahm, verspürten sie sicher die Macht dieser gewaltigen Dynastie.

Der kleinen Alicky jedoch, die Lärm und Menschenmengen nicht mochte und immer die Einsamkeit und Ruhe suchte, waren die riesigen Säle von Windsor und die Geschäftigkeit dort unangenehm. Zu viele Gesichter, zu viel Aufregung. Sie verbrachte ihre Zeit viel lieber allein mit ihrer Cousine Marie-Louise, Helenas Tochter, mit Ernie oder mit ihrer lieben Schwester Ella, mit denen sie reden und spielen konnte. Die Tiere auf dem Gelände von Windsor zogen sie an, und bei dem milden Wetter in jenem Winter konnte sie im weitläufigen Park spazierengehen oder mit dem Ponywagen fahren – wobei sie allerdings nie weit ging, denn ihre verletzten Beine waren schwach und wurden schnell müde.

Die wenige Zeit, die sie allein mit ihrer königlichen Großmutter, »Gangan«, verbrachte, war angenehm, denn wenn Gangan nicht gerade bei einer Familienfeier den Vorsitz führte oder die Familiendisziplin einforderte, konnte sie sehr liebevoll und tröstend sein. Alicky war einer von Gangans Lieblingen unter ihren siebenundzwanzig Enkelkindern; das freundliche, wenn auch etwas zurückhaltende Wesen des Kindes, seine guten Manieren und die Schönheit seiner zarten Züge waren überaus angenehm. Für Gangan war Alicky ein »liebes kleines Ding«, das man umarmen und mit dem man Späße machen konnte, das man mit Zukkerkeksen und Schokoladenbiskuit fütterte. Natürlich unterzog die Königin Alicky wie alle ihre Enkel einer Prüfung auf Herz und Nieren. Sie mußte sichergehen, daß die Erziehung und Charakterbildung des Kindes befriedigende Fortschritte machten. Aber sobald Alicky diese Tests einmal bestanden hatte, wurde sie mit Lob und Zuneigung belohnt; sie durfte sich in Gangans warmem Lächeln sonnen und ihr lautes, aus tiefster Kehle kommendes Lachen hören.

Inmitten all dieses Familientrubels bewahrte sich die Königin eine gewisse Zeit des trauernden Gedenkens und zeigte ihren Enkelkindern und ihrem Schwiegersohn das Denkmal, das sie für deren Mutter in Auftrag gegeben hatte und das damals gerade gemeißelt wurde. Es war ein hohes Granitkreuz, schmucklos und asketisch, mit der Inschrift: »Zur liebevollen Erinnerung an Alice, Großherzogin von Hessen, Prinzessin von Großbritannien und Irland, ... von ihrer trauernden Mutter Königin Victoria.« Zweifellos zeigte sie ihnen auch Alberts Grab, denn sie besuchte es selbst oft und bestand darauf, daß alle ihre Enkel, die ihren Großvater meist gar nicht mehr kennengelernt hatten, sein Gedenken in Ehren hielten.

Die Wochen vergingen, und der Tag der Hochzeit kam heran. Arthur und Luise wurden in der St. George's Chapel getraut, im Speisesaal gefeiert und dann in einer Kutsche mit den besten Wünschen und Bergen von Geschenken auf Hochzeitsreise geschickt. Die Hochzeit war sehr prunkvoll gewesen, obwohl die immer kritische Königin einige kleine Mängel wahrgenommen hatte – die schlechten Zähne der Braut und ihre »häßliche« Nase, die Gewöhnlichkeit ihres Vaters, die peinliche Entfremdung zwischen ihren Eltern –, und Victorias Laune wurde sicher nicht besser, als sie feststellte, daß die andere Hochzeit, die sie arrangieren wollte, die zwischen Großherzog Ludwig und ihrer Tochter Beatrice, wohl nie stattfinden würde. Nach britischem Gesetz war es einem Mann verboten, die Schwester seiner verstorbenen Frau zu heiraten.

Mitte März begannen sich die Besucher von Schloß Windsor wieder in alle Winde zu zerstreuen. Königin Victoria schickte ihre hessischen Enkelkinder in Begleitung ihres Onkels Leopold nach Darmstadt zurück und versprach, ihre Tante Helena noch im Laufe des Jahres zu einem Besuch nach Hessen zu schicken. Sie hatte Ludwig das Versprechen abgenommen, daß die Kinder in den Sommerferien nach England zurückkehren würden. Inzwischen hatte sie deren englische Gouvernante Margaret Jackson beauftragt, ihr häufig Bericht über alle Aktivitäten zu erstatten und sie über jedes Fehlverhalten unverzüglich in Kenntnis zu setzen.

Beim nächsten großen Familientreffen im Frühjahr 1884 war Alicky beinahe zwölf Jahre alt, und ihr Platz innerhalb des großen Kreises ihrer weiteren Familie war schon sehr viel besser bestimmt. In einer Zeit, in der Frauen vor allem nach ihrem Aussehen beurteilt wurden, zog die kleine Alicky große Bewunderung auf sich. Sie war schlank und groß für ihr Alter, mit dickem, rotblondem Haar, einem glatten, schönen Teint und graublauen Augen, deren direkter, intelligenter Blick faszinierte und zugleich einschüchterte. Sie war, gleich welchen Maßstab man anlegte, ein hübsches Mädchen, und es war klar, daß sie bald eine schöne junge Frau sein würde. Die meisten Beobachter fanden, ihre Schwester Ella, der sie sehr ähnlich sah, habe das zartere Gesicht, aber beide Schwestern waren auf jeden Fall Ausnahmeerscheinungen, die aus der Schar ihrer Cousinen herausragten, und Alickys ganze Schönheit harrte noch der Entfaltung. Wo Ella munter war und aus sich herausging, war Alicky nach innen gekehrt, mit einer Wehmut, die sie noch ansprechender wirken ließ.

Alicky zeichnete und skizzierte gut und spielte gekonnt Klavier, obwohl sie schreckliche »Folterqualen« durchlitt, wann immer ihre Großmutter darauf bestand, daß sie für andere spielte. (Ihre »feuchten Hände fühlten sich an, als klebten sie buchstäblich an den Tasten«, erzählte die erwachsene Alexandra ihrer Biographin und Kammerzofe Sophie Buxhoeveden. Es war »eine der schlimmsten Torturen« ihres Lebens.[2]) Als gute und disziplinierte Schülerin lernte sie ihre Lektionen in Literatur, Geschichte und Religion schnell. Im Französischen zeigte sie nur durchschnittliche Leistungen, Englisch dagegen sprach sie fließend (wenn auch mit starkem deutschem Akzent), und sie tat sich in der einer Dame geziemenden Kunst der Handarbeiten hervor.

Abgesehen vom Unterricht im Schulzimmer lernte Alicky auch andere Lektionen: Von der strengen, aber liebevollen Mrs. Orchard (»Orchie«) mit ihren gestärkten und gebügelten Hauben und Schürzen lernte sie die Bedeutung von Ordnungsliebe, Sauberkeit und Pünktlichkeit; von ihrer Gouvernante Margaret Jackson (»Madgie«), einer jähzornigen, aber aufgeschlossenen und kultivierten Frau, die der damals progressiven Idee anhing, daß Mädchen denselben Zugang zur Bildung haben sollten wie Jungen, lernte sie, ihre Ansichten frei zu äußern und sich eine eigene Meinung zu bilden.

Baroneß Wilhelmine Grancy, ihre zweite, ältere Hofdame, brachte Alicky Selbstvertrauen und strenge Pflichterfüllung bei. Man darf nie wanken, pflegte Baroneß Grancy zu sagen; man darf nie in seiner Wachsamkeit nachlassen, nie entspannen, muß immer Selbstdisziplin üben und darf »sich nie geschlagen geben, weder körperlich noch moralisch«.[3] Wo ein anderes Kind sich vielleicht gegen solche Tugenden und die ziemlich verbissene Lebenssicht, der sie entsprangen, aufgelehnt hätte, nahm Alicky die Lehren der Baroneß in sich auf, inklusive ihrer Haltung granitharter Selbstkontrolle. Sie verstärkten die Lebensphilosophie, die sie bei ihrer frommen, aber überforderten Mutter beobachtet hatte, die Pflichten über Pflichten auf sich genommen und sich nie geschont, die nie gewankt und sich nie geschlagen gegeben hatte.

Alicky sollte eine Idealistin wie ihre Mutter werden, ein Mensch, der wußte, daß die größere Wahrheit und die reichere Schönheit unter der Oberfläche der Dinge lagen – Wahrheit und Schönheit, die man in der Kunst, dem Glauben, der übernatürlichen Kraft tiefempfundener Gefühle finden kann. Sie ließ sich von der Musik Wagners, die sie »bewunderte«, in die Reiche jenseits des Alltäglichen tragen. Die Macht des Heiligen, wie sie ihr mit beträchtlichem Nachdruck von ihrem Religionslehrer Dr. Sell vor Augen gestellt wurde, bewegte sie sehr. Anders als eher extrovertierte Kinder beschäftigte Alicky sich lieber mit ernsthaften Dingen, strebte nach dem, was sie als edlere, höhere Ziele begriff – und war dabei hart gegen sich selbst, wenn sie ihren Idealen nicht gerecht wurde.

Im April 1884 brachte eine weitere Hochzeit die hessischen und hannoveranischen Verwandten in Darmstadt zusammen: Alickys älteste Schwester Victoria heiratete ihren Cousin Ludwig von Battenberg. Königin Victoria war mit dieser Verbindung einverstanden, denn obwohl Ludwig keinen höheren Titel führte und seine Abkunft eine Schande war – sein Vater, Alickys Onkel Alexander, hatte eine Frau ohne Adelstitel geheiratet und damit einen Skandal verursacht –, war sein Charakter doch über jeden Zweifel erhaben, und er diente als Offizier in der britischen Kriegsmarine. Eine Zeitlang hatte die Königin geglaubt, daß die älteste der Hessen-Töchter »so begabt« sei, daß sie einen außerordentlichen Mann heiraten und nicht nur »eine gute Partie«

machen sollte.[4] Der gutaussehende, charmante Ludwig war aber doch in jeder Hinsicht geeignet.

Die Königin hatte schon lange entschieden, wen Ella und Alicky heiraten würden. Ihr Enkel Willy, der eines Tages den deutschen Kaiserthron erben würde, war in Ella verliebt; als seine Frau würde sie eine herausragende Position an der Spitze der kontinentalen Adelshäuser einnehmen. Und Alicky war die ideale Braut für Berties ältesten Sohn Eddy, der eines Tages König von England werden würde.

Königin Victoria wollte in Darmstadt die Hochzeit von Victoria von Hessen feiern und ihre Eheprojekte weiter fördern. So war sie nicht nur verstimmt, sondern ernsthaft beunruhigt, als sie feststellte, daß Ella sich mit der vollen Zustimmung ihres Vaters von ihrem arroganten, polternden Cousin Wilhelm abgewandt und sich mit Sergej Alexandrowitsch Romanow, dem Bruder des Zaren Alexander III., verlobt hatte.

Seit Generationen hatte es enge Verbindungen zwischen dem Hof von Hessen und dem von St. Petersburg gegeben. Die Romanow-Herrscher hatten eine Vorliebe für Bräute aus protestantischen deutschen Kleinstaaten, denn solche Ehen zogen meist weder größere politische Verwicklungen noch religiöse Konflikte nach sich. (Die protestantischen Frauen konvertierten ausnahmslos zum orthodoxen Glauben.) In der vorherigen Generation hatte Zar Alexander II. die hessische Prinzessin Maximiliane Wilhelmine geheiratet, die den Namen Maria Alexandrowna annahm, und Sergej, Ellas Verlobter, war ihr fünfter Sohn.

Indem Ella sich also entschloß, Sergej zu heiraten, fügte sie sich in ein schon lange bestehendes dynastisches System ein und heiratete darüber hinaus einen vertrauten Verwandten, denn sowohl Sergej wie auch seine Mutter, die frühere Prinzessin Maximiliane, waren häufige Besucher in Darmstadt.

In Königin Victorias Augen dagegen machte Ella einen katastrophalen Fehler. Deutsche Prinzessinnen, davon war sie felsenfest überzeugt, verdorrten und litten im kalten Rußland, wo die Romanows und ihre Hofleute ebenso eisig waren wie die langen, harten Winter. War Maximiliane in ihrer Ehe mit Zar Alexander II. nicht unglücklich gewesen? War nicht allgemein bekannt, daß der Zar, der in seiner Jugend unsterblich in seine Frau verliebt gewesen war, sie mit seinen Seitensprüngen unglücklich gemacht und darüber hinaus seine Mätresse Fürstin Dolgorukowa in den Winterpalast einziehen lassen hatte? Diese Demütigung zwang die arme Zarin quasi dazu, bei ihren Darmstädter Verwandten Zuflucht zu suchen.[5]

Es stehe nun einmal fest, sagte die Königin, daß Ehen zwischen Russen und Deutschen zum Scheitern verurteilt seien. Ihr eigener Sohn Alfie, der Sergejs Schwester Marie geheiratet hatte, hatte seine Wahl zutiefst bereut, und auch Marie war nicht glücklich.

Hinter dem Wettern der Königin stand ein tiefer und starker persönlicher Widerwille gegen alles Russische – einschließlich des regierenden Zaren Alexander III. selbst, der ihre Abneigung von Herzen zurückgab und Victoria eine verdorbene, selbstverliebte alte Frau nannte.[6] In Anbetracht dieser Antipathie erschien Ellas Entschluß, Sergej zu heiraten, äußerst unklug.

Kaum hatte die Königin sich vom ersten Schock über Ellas Mißgriff erholt, als ein neuer Anlaß zu wortreicher Empörung auftauchte. Sie erfuhr, daß ihr bisheriger Lieblingsschwiegersohn Ludwig, Alices ergebener, aber unberechenbarer Witwer, die Kühnheit besessen hatte, seine Geliebte Alexandrine von Kolemine zu heiraten, eine geschiedene, zwanzig Jahre jüngere Schönheit.

Das Gerücht von der heimlichen Eheschließung verbreitete sich wie eine ansteckende Krankheit unter der versammelten Familie. Die Tatsache, daß Madame von Kolemine eine bezaubernde Person war und Ludwigs Kinder sie sehr liebten, machte für Ludwigs Verwandte keinen Unterschied. Sie alle betrachteten seine heimliche Vermählung – direkt vor ihrer Nase – als eine Beleidigung der Familienehre und reagierten wütend. Die deutsche Kaiserin befahl Vicky und Fritz, Darmstadt sofort zu verlassen und nach Berlin zurückzukehren. Andere Hochzeitsgäste reisten ebenfalls eilig ab und zeigten Ludwig damit nachdrücklich, daß er von jetzt an eine *persona non grata* an ihren Höfen und Herden sein werde. Königin Victoria nahm es in ihrer Rolle als Matriarchin auf sich, den Schaden, den der närrische Großherzog angerichtet hatte, wiedergutzumachen, und schickte Bertie zu Ludwig, um ihn davon in Kenntnis zu setzen, daß er keine andere Wahl habe, als sich von der Frau zu trennen, mit der er sich selbst ins Abseits gestellt habe, und um eine Annullierung der Ehe nachzusuchen. Madame von Kolemine ließ die Königin eine weitaus harschere Note überbringen, bevor sie Darmstadt verließ und sich in ein milderes Klima zurückzog.

Der ganze Familienzwist muß die gefühlvolle, sensible Alicky verwirrt haben, die gerade an der Schwelle zur jungen Frau stand und deren idealistische, wagnerianische Empfindsamkeit sie zur Liebe wie zu einem Magneten hinzog. Liebe jedoch – sei es die rebellierende Liebe ihres Vaters zu Alexandrine von Kolemine oder Ellas gefühlvolle, sichere Liebe zu dem onkelhaften Sergej oder die Liebe, die sie, wie sie wußte, nach dem Willen ihrer Großmutter für ihren Cousin Eddy empfinden sollte – Liebe war etwas so Launisches und Beunruhigendes. Es gab so viele unglückliche Ehen, so viel Schmerz bei nicht zusammenpassenden Ehepartnern, so viel Bitterkeit innerhalb der weiteren Verwandtschaft, wenn die Liebe sich weigerte, dem Diktat der gesellschaftlichen Etikette zu folgen. Und die Konsequenzen aus Liebe und Ehe, die Alicky in ihrer Verwandtschaft beobachtete, waren so ganz anders als die reineren, edleren Liebesgeschichten, die sie auf der Opernbühne sah, wo Romantik etwas Heiliges, Schicksalhaftes war und zum zentralen Element im Leben der Bühnengestalten wurde.

Diese Gedanken wälzte Alicky hin und her, während sie sich auf eine wichtige Reise vorbereitete. Sie sollte mit ihren Geschwistern und ihrem Vater zur Hochzeit von Ella und Sergej nach St. Petersburg reisen.

Es war die bei weitem längste Reise, die sie je gemacht hatte, viel länger als ihre kurzen Abstecher nach Balmoral. Drei endlose

Tage lang fuhr der Zug entlang der dünnbevölkerten baltischen Küste nach Osten, wo die Luft noch im Juni kühl war und ein feuchter Nebel tief über den Dörfern hing. Allmählich wich die Küstenebene dem flachen Marschland, durchzogen von kleinen Seen, die einzige Vegetation Dickichte von hartem Marschgras und hohem Reet. Viele Jahre später erinnerte sich die erwachsene Alexandra daran, wie sie durch »die langen häßlichen Landstriche von der russischen Grenze bis nach Petersburg« gefahren war, eine grenzenlose unfruchtbare Einöde, die trostlose Landschaft in Silbergrau getaucht im unheimlichen Streulicht des nordischen Sommers.[7]

Die einsame Landschaft spiegelte die Trauer wieder, die Alicky beim Verlust ihrer »so herzlich geliebten Ella« verspürte, der Schwester, die ihr am nächsten stand. Die hochgewachsene, schöne blonde Ella, immer die Friedensstifterin in der Familie, muß so etwas wie eine Ersatzmutter für ihre viel jüngere Schwester Alicky gewesen sein. Ellas offenes Wesen und ihre Großzügigkeit – sie war, wie sich die erwachsene Alexandra erinnerte, »die Selbstlosigkeit in Person« – stärkten das Band zwischen den Schwestern, und der Gedanke, daß Ella nach ihrer Heirat weit entfernt von Darmstadt leben werde, verstärkte Alickys Melancholie noch.[8]

Doch die Pracht von St. Petersburg mit seinen langen, offenen Kanälen und den riesigen Barockpalästen, die ganze Stadt in ein einziges, vom Wasser widergespiegeltes Leuchten getaucht, sprach Alickys Sinn für Schönheit an, und auch die Begeisterung, mit der die Petersburger Sergejs Braut begrüßten, hob ihre niedergedrückte Stimmung.

Ellas Trauung in der Kapelle des Winterpalastes unter der hohen, von weißen, goldgekrönten Pilastern getragenen Decke übertraf bei weitem jedes königliche Fest, an dem Alicky je teilgenommen hatte, selbst jene auf Schloß Windsor. Schmuck, Gewänder und Möbel waren von einer Pracht, die sie sich nie hätte träumen lassen, während der Glanz des orthodoxen Gottesdienstes jede religiöse Zeremonie in den Schatten stellte, die sie je gesehen hatte. In goldene Roben gehüllte Priester mit gewaltigen Bärten und hohen Hauben leiteten die lange Zeremonie, während der sich der riesige Raum mit dem Duft des Weihrauchs und dem himmlischen Klang des Chorgesangs füllte.

Ella in ihrem Brautkleid aus glänzendem Silber, ihrer langen, pelzbesetzten Schleppe und dem weißen Schleier verwandelte sich vor ihren Augen von einer relativ bescheidenen hessischen Prinzessin in eine russische Großfürstin aus dem Märchenbuch. Ihr schweres, mit großen Edelsteinen besetztes Halsband hatte Katharina der Großen gehört, und überall im Raum fanden sich andere Erinnerungsstücke an die kaiserliche Vergangenheit der Romanows. Alicky in ihrem weißen Mousseline-Kleid, einen Rosenkranz im Haar, war von der Mystik der Zeremonie ganz ergriffen; später zeichnete sie sich in ihrem Tagebuch selbst in einem langen Brautkleid.

Nach der Hochzeit besuchten die Kinder des Großherzogs von Hessen für ein paar Tage den Zaren Alexander und seine Familie im Zarenpalast Peterhof am Finnischen Meerbusen. Das Palastgelände war ein einziger Spielplatz mit Rasenflächen und Gärten, Brunnen und Teichen und kleinen, mit Schnitzereien verzierten Sommerhäuschen. Alicky und ihr Bruder Ernie erforschten den Park mit den Kindern des Zaren, Georgij, Xenia und Michail, die vierzehn, neun und sechs Jahre alt waren, und mit dem ältesten Zarensohn, dem sechzehnjährigen Nicky, der in seinem Tagebuch festhielt, was sie zusammen erlebten.

»Das Wetter war herrlich heute«, schrieb er. »Haben wie üblich mit allen Darmstädtern gegessen. Wir sprangen mit ihnen auf dem Netz. Um drei Uhr sind wir mit vier Pferden ausgefahren. Papa gab die Richtung an im Familienwagen mit Tante Marie und Victoria [Alickys Schwester].« Sie unternahmen einen Ausflug zu einem Bauerndorf und ritten über das flache Land; unterwegs machten sie halt für Schwarzbrot und Milch. Später, beim Abendessen, notierte Nicky, schloß die »süße kleine Alix« sich ihnen an.[9]

Der scheue, warmherzige, charmante Nicky fühlte sich zu seiner zwölfjährigen zweiten Cousine, die er Alix nannte, hingezogen; auch sie war schüchtern und zurückhaltend, aber wenn sie irgend etwas besichtigten, war sie am meisten darauf aus, alles zu sehen und auszuprobieren, und sie lachte herzlich über Georgijs Streiche. Auch Alicky fühlte sich zu ihm hingezogen, doch als Nicky ihr eine Brosche zum Geschenk machte, gab sie sie am nächsten Tag zurück.

Die Brosche war ein Andenken, fast schon ein Liebespfand gewesen. Und es gab noch ein weiteres Zeichen ihrer gegenseitigen Zuneigung: ihre Namen, eingeritzt in eine Glasscheibe im Italienischen Pavillon. Als Alicky und ihre Geschwister wieder nach Hessen aufbrachen, war ein Pakt besiegelt. »Wir lieben einander«, schrieb Nicky in sein Tagebuch. Alickys Tagebuch dagegen war seitenweise gefüllt mit Zeichnungen, immer Bräute in weißem Schleier und langem weißen Kleid, die zu einer geträumten Musik einzogen.

3

Offiziere in der Armee des Zaren erzählten eine Geschichte über den Zarensohn Nikolaus. Als er geboren wurde, so hieß es, sei er so ein winziges, schwächliches Baby gewesen, daß sein Vater Alexander III., fast zwei Meter groß und kräftig wie ein Holzfäller, glaubte, es sei irgend etwas nicht in Ordnung mit ihm. Er rief einen Doktor, der das Kind untersuchte und die Befürchtungen des Zaren bestätigte. »Euer Sohn ist zu nichts zu gebrauchen«, sagte der Arzt. »Ihr solltet ihn erschießen lassen.« Statt dessen wurde der Doktor erschossen, und über die körperlichen Defizite des Kindes wurde nie wieder gesprochen.[1]

Viele Menschen, und nicht nur Offiziere, betrachteten den Erben des Zarenthrons mißtrauisch, denn das schwächliche Baby entwickelte sich zu einem mickrigen Jungen und dann, mit sechzehn, zu einem kleinen, schmächtigen Jüngling. Wenn er neben seinem Vater und seinen Onkeln stand, die ihn alle um einen Kopf überragten, drängte sich die Frage auf: Wie konnte ein so kleines Persönchen mit so schmalen Schultern eines Tages die Bürde des ganzen russischen Reiches tragen?

Wenn Nicky eine energischere Persönlichkeit, eine laute Stimme, ein gebieterisches Auftreten gezeigt hätte, wäre seine körperliche Zartheit vielleicht weniger aufgefallen. Aber seine Art war freundlich, schlicht und direkt; im Gegensatz zu seinem polternden Vater und den betont würdevoll auftretenden Onkeln hatte er nichts Autoritäres, nichts Furchteinflößendes an sich. Er verbreitete nicht diese autoritäre Aura, die man von einem jungen Mann erwartete, der eines Tages ein riesiges Reich erben sollte. Ganz im Gegenteil hatte er etwas an sich, was ein aufmerksamer Zeitgenosse eine »fast weibliche Zartheit« nannte, ein Gespür für die Stimmungen und Gefühle anderer, das ebenso bemerkenswert wie aus politischer Sicht unpassend war; Nickys Sensibilität galt als Schwäche, und Schwäche bei einem zukünftigen Souverän würde sich, da waren sich alle einig, als gefährliche Belastung erweisen.

Natürlich war es gerade Nickys Empfindsamkeit, zusammen mit den sandfarbenen Haaren und dem jungenhaft guten Aussehen, die Alicky anzog. Vor allem war es der Ausdruck in seinen Augen.

»Im zartesten Blau schauten sie einem direkt ins Gesicht mit dem freundlichsten, sanftesten, dem liebenswertesten Ausdruck«, schrieb Sydney Gibbes, der Nicky in späteren Jahren sehr gut kannte. »Seine Augen waren so klar, daß es wirkte, als ob er seine ganze Seele dem Blick des anderen öffne, eine Seele so schlicht und rein, daß sie dessen prüfenden Blick nicht fürchtete.«[2]

Nickys Zurückhaltung rührte zumindest teilweise von einem großen Schock her. Nur drei Jahre zuvor hatte er eines Nachmittags im Winterpalast zwei laute Explosionen gehört, die ihm mit Sicherheit sofort einen gewaltigen Schreck einjagten, denn eine von Terroristen gelegte Bombe war erst kurz zuvor im Palast hochgegangen, hatte das Speisezimmer zerstört und vierzig Soldaten getötet. Kurz nach den Explosionen sah Nicky, wie sein Großvater, der Zar, sein geliebter Anpapa, mehr tot als lebendig in den Palast getragen und auf ein Sofa in seinem Arbeitszimmer gelegt wurde. Auf den Straßen St. Petersburgs war er Opfer eines erneuten Bombenattentats geworden. Der zwölfjährige Nicky in seinem blauen Matrosenanzug erlebte gemeinsam mit seinem weinenden Vater und seiner hysterischen Großmutter das langsame Sterben des Zaren, der mit verstümmelten und blutenden Beinen dalag. Diese entsetzliche Wache dauerte über eine Stunde, während sich Tausende Petersburger vor dem Palast versammelten, schrien und laut weinten.

Nur die Menschen im Arbeitszimmer wußten um die grausamen Vorgänge jener letzten Stunde. Der sterbende Zar schauderte, bleich und unter furchtbaren Schmerzen, versuchte zu sprechen, versuchte, ein Kreuz zu schlagen. Ärzte machten sich hastig an seinem zerfetzten Körper zu schaffen, aber es gab keine Hoffnung, er hatte viel zu viel Blut verloren. Alle im Raum waren, wie sich ein Augenzeuge später erinnerte, starr vor Schock und Entsetzen. »Der Schreck zeichnete ihre Gesichter, sie schluchzten wie kleine Kinder.« Endlich tat der Zar seinen letzten Atemzug.

Dieses Ereignis prägte den jungen Nicky. Am 1. März, dem Jahrestag der Ermordung seines Großvaters, erinnerte er sich jedes Jahr an Anpapas »qualvollen Tod«. Die Erinnerung an die beiden schrecklichen Explosionen und ihre fatalen Folgen verließ ihn nie.[3]

In einem Versuch, seine Familie vor weiteren Attentaten zu schützen, hatte der neue Zar Alexander III. sie in den riesigen festungsähnlichen Gatschina-Palast vor der Stadt übersiedeln lassen, dessen neunhundert Zimmer zwei gewaltige Innenhöfe umgaben. Viele Hektar Park, Wald und Wasser boten dort mehr als genug Raum zur Erholung. Gräben und Wachtürme gaben Schutz gegen Angriffe, und rund um den Palastkomplex standen Tag und Nacht Soldaten Wache. Nicky und seine Geschwister lebten seit dem Mord an ihrem Großvater praktisch ohne Kontakte nach außen in Gatschina, und dennoch konnten sie sich selbst dort nicht sicher fühlen. Gerüchte von Terroristen mit Minen und Bomben, die darauf aus waren, die Zarenfamilie zu vernichten, erreichten Gatschina immer wieder, und um den ganzen Palast herum mußten tiefe Gräben gezogen werden, um Anschläge aus dem buchstäblichen Untergrund zu verhindern. Selbst innerhalb des Palastes lebte man mit der Bedrohung, denn niemand konnte sicher sein, daß all die Tausenden Bediensteten vertrauenswürdig waren; jeder, vom Butler bis zum Torwächter, konnte ein eingeschleuster Terrorist sein. Außerdem lebten die Diener selbst in ständiger Furcht, denn sie waren fest davon überzeugt, daß der Geist des ermordeten Zaren Paul I. durch die Gänge von Gatschina spukte, und viele schworen, ihn mit eigenen Augen gesehen zu haben.[4]

Eingesperrt in die finsteren, niedrigen Zimmer des mittelalterlichen Gatschina, beunruhigt durch eine unausgesprochene, aber tiefsitzende Angst um die Zukunft seiner Dynastie, genoß Nicky jede Ablenkung, die er finden konnte. Im Sommer ging er gern mit seinem Vater auf dem Palastgelände spazieren, watete auf der Suche nach Kaulquappen in schlammigen Teichen oder pflückte Äpfel von den Bäumen. Es machte ihm Spaß, als sein Vater, der eine heftige Abneigung gegen fremde Königshäuser hatte, einmal den König von Schweden mit einem Schlauch naß spritzte. Witzig fand er es auch, wenn sein klügerer Bruder Georgij, mit dem er zusammen unterrichtet wurde, ihre Lehrer mit Fangfragen bloßstellte. (Einmal trieb Georgij den aufgeblasenen Geographielehrer in die Enge und wollte wissen, ob er denn persönlich die Länder und Meere gesehen habe, die er ihnen beschrieb; der arme Mann mußte zugeben, daß dem nicht so war.) Wenn Georgijs grüner Papagei Popka ihren verhaßten Englischlehrer Mr. Heath nachahmte, in seinem Käfig auf und ab sprang und mit einem übertriebenen britischen Akzent redete, konnte sich Nicky vor Lachen kaum halten.[5]

Gleichgültig gegenüber den Regierungsangelegenheiten und von seinem Vater weitgehend von ihnen ferngehalten, war Nicky draußen am glücklichsten, beim Bau von Schneehäusern im Winter oder beim Holzhacken und Bäumepflanzen. Er war oft bedrückt, fand sein Cousin Alexander (»Sandro«), seine Gedanken schweiften weit ab, während seine klaren blauen Augen auf ein fernes Traumbild gerichtet waren.[6]

Ob und wie oft Nicky in seinen Tagträumen an seine junge Cousine Alicky in Darmstadt dachte, ist schwer zu sagen, sie dagegen dachte sicher sehr oft an ihn. Mit dreizehn wußte sie, daß sie ihn liebte, und vertraute ihre Gefühle ihrer besten Freundin Toni Becker an, die zu Gymnastik- und Tanzstunden in den Palast kam.[7] Tonis Vater, früher Privatsekretär von Königin

Victoria und ihrem Gemahl Albert, war in gleicher Position mit Alickys Mutter nach Darmstadt gekommen; er blieb auch nach Alices Tod in der Stadt, und seine Tochter war fast jeden Tag im Palast.[8] Anderen gegenüber war sie zurückhaltend, aber Toni erzählte Alicky ihre Geheimnisse: daß sie ihren Cousin Nicky liebe, daß sie bald, bei der Hochzeit ihrer Tante Beatrice mit Heinrich von Battenberg, zum ersten Mal Brautjungfer sein werde, daß sie ihren Cousin Eddy ganz und gar nicht möge, obwohl ihre Großmutter wolle, daß sie ihn heirate.

Eddy, Onkel Berties ältester Sohn, gehörte nicht gerade zu den ansprechendsten unter Alickys Cousins. Er war zwar groß und sah gut aus, wirkte aber schwerfällig und scheu; anders als sein jüngerer Bruder George schien er nie von der Seite seiner Mutter zu weichen und folgte ihr, oft einen Arm um ihren Hals geschlungen, wohin sie auch ging. Faul und antriebslos, von geringer Intelligenz und großer Sinnlichkeit, war Eddy eine Enttäuschung für seinen Vater, und selbst seine felsenfest loyale Großmutter Königin Victoria konnte nicht darüber hinwegsehen, daß er sich vielleicht bald einem lasterhaften Leben hingeben werde. Natürlich wäre die Ehe mit einer starken, geduldigen Frau ein gutes Gegenmittel, und als Alicky älter wurde, traten ihre innere Stärke und Geduld immer deutlicher hervor. Die Königin hoffte also weiterhin, daß Alicky zur rechten Zeit die große Ehre akzeptieren würde, Eddys Frau und zukünftige Königin zu werden.

Alicky – die jetzt, mit knapp fünfzehn, meist Alix gerufen wurde – pflegte dagegen weiter die Schwärmerei für ihren russischen Cousin Nicky und hörte in den Briefen ihrer Schwester Ella immer wieder von ihm.[9] Doch sie trafen sich nie, und inzwischen erweiterte sich ihre gesellschaftliche Welt um eine Vielzahl anderer junger Männer. Da waren die Offiziere der hessischen Regimenter, die Studienfreunde ihres Bruders Ernie, die jungen Männer bei den Tanztees für ihre Schwester Irene, die zwanzig und noch immer unverheiratet war. Als Alix mit ihrem Vater und ihrer Schwester 1887 nach London reiste, um den

Feierlichkeiten zum Thronjubiläum von Königin Victoria beizuwohnen, traf sie wieder mit den meisten ihrer vielen Cousins zusammen, obwohl sie noch zu jung war, um die Bälle und Parties zu besuchen, die zu Ehren der achtundsechzigjährigen Königin gegeben wurden.

Als Alix sechzehn wurde, im Jahr nach dem Jubiläum ihrer Großmutter, war sie zu einer vielschichtigen jungen Frau mit nüchternem Geschmack, romantischen Anwandlungen und einem einzigartigen Charakter herangewachsen, den auch die meisten derer, die sie kannten, nicht ganz ausloten konnten. Ihre Cousine und Kindheitsfreundin Marie-Louise, Tante Helenas Tochter, beschrieb sie als »eine überaus wunderbare Person«, die »eine seltsam unglückliche Aura« um sich habe. »Ich sagte einmal, wie Cousinen manchmal so grob und direkt zueinander sein können: ›Alix, du spielst immer die Leidende; eines Tages wird dir der Allmächtige ein paar wirklich schlimme Schicksalsschläge bescheren, und was wirst du dann tun?‹«[10] Die Antwort ist nicht überliefert.

Sir George Buchanan, der Alix in ihrer Jugend sehr gut kannte, beschrieb sie als »ein schönes Mädchen, obwohl schüchtern und zurückhaltend«, und bemerkte den »traurigen und mitleiderregenden Ausdruck«, den ihr Gesicht manchmal annahm.[11]

Doch ihre Schüchternheit, Zurückhaltung und Melancholie wurden ausgeglichen durch einen starken Zug von Impulsivität und Leidenschaft, eine Fähigkeit zu kalter Wut und eiserner Entschlossenheit und gleichzeitig einen Hang zur Leichtigkeit, ja sogar Frivolität. Mit einer engen Freundin oder mit ihrem Bruder Ernie zusammen konnte sie witzig und fröhlich sein, eine Freundin aus der Mädchenzeit, Minnie Cochrane, erinnerte sich, daß Alix gern Banjo spielte und daß die beiden Mädchen stundenlang Duette sangen.[12] Sonnenschein und Schatten schienen sich in Alix' leidenschaftlichem Wesen abzuwechseln; sie zog sich mißtrauisch von allen zurück, die sie nicht gut kannte, unterdrückte im Umgang mit ihnen die verletzlichere und ansprechendere Seite ihrer Persönlichkeit und wurde furchtbar nervös. Diese

Unbehaglichkeit fiel deutlich ins Auge; eine Röte breitete sich auf ihrem Gesicht und Hals aus, und ihre Wangen bekamen rote Flecken.

Im Mai 1888 nahte also Alix' sechzehnter Geburtstag, an dem sie eine wichtige Schwelle überschritt. Sobald ein Mädchen sechzehn wurde, unterzog es sich einer Reihe von Ritualen, die seinen formellen Eintritt in die Welt der Erwachsenen deutlich machten. Zum ersten Mal steckte es sich das Haar auf; es tauschte die mädchenhaften Kleider gegen die ausgeschnittenen langen Roben der Damen; es wurde in der Kirche konfirmiert, und wenn es von hoher Geburt oder reich war, wurde es formell auf einem Ball oder einer Party in die Gesellschaft eingeführt. Mit sechzehn konnte man sich als Mädchen verloben, und zwar am besten so schnell wie möglich, damit man nicht Gefahr lief, unattraktiv zu wirken.

Mit Orchies Hilfe steckte Alix ihr langes, dickes rotgoldenes Haar jetzt jeden Tag auf und trug die neuen Kleider, die ihre Schneiderinnen ihr lieferten. Unter der Anleitung von Dr. Sell lernte sie erfolgreich für ihre Konfirmation in der lutherischen Kirche; und unter den Fittichen von Ella, die extra aus diesem Anlaß aus Rußland angereist kam, und ihrer neuen Hofdame Gretchen von Fabrice bereitete sie sich auf ihren Einführungsball vor.

Vielleicht weil die vielen Gäste des Balles Alix alle vertraut waren, war sie an diesem Abend so gelassen – jedenfalls merkte man ihr die Nervosität nicht an. Gekleidet in ein schlichtes Kleid aus weißem Tüll mit einem Perlencollier um den Hals und frischen Orangenblüten wie eine Krone im Haar und auf ihrem Kleid betrat sie den Ballsaal unter der großen Bewunderung aller Gäste, saß zusammen mit ihrem Vater dem Bankett vor und tanzte zu der Musik des siebzigköpfigen Darmstädter Theaterorchesters.

Niemand, der Alix als Debütantin an jenem Abend sah, konnte auch nur den geringsten Zweifel daran hegen, daß sie bald verlobt sein würde, denn sie besaß Schönheit, Abstammung,

Geschmack und Talente, darunter vor allem ihre Musikalität. In den folgenden Monaten, vom Herbst 1888 bis zum Frühjahr 1889, wartete die Darmstädter Gesellschaft auf die Ankündigung, daß Alexandra, die Tochter des Großherzogs von Hessen, eingewilligt habe, die Gemahlin irgendeines glücklichen Mannes zu werden.

Aber es gab keine solche Ankündigung, und im Sommer sah es schon fast so aus, als müsse Alexandra gegen alle Wahrscheinlichkeit auch ihre zweite Saison ungebunden beginnen und damit das Stigma drohender Altjüngferlichkeit tragen.

In dem Versuch, diese Katastrophe abzuwenden, mischte sich jetzt Königin Victoria ein. Es war eine Gewohnheit der Königin, beide Teile des möglichen Paares gleichzeitig zu einem Besuch in eine ihrer Residenzen einzuladen, wenn sie eine Verbindung fördern wollte; im Laufe ihres Aufenthalts mit der Königin als Anstandsdame erwartete man von beiden Kandidaten, daß sie sich verliebten (oder wenigstens eine gewisse Zuneigung zueinander entwickelten) und zu einem Entschluß hinsichtlich ihrer gemeinsamen Zukunft kamen.

So lud sie also jetzt Alix und Eddy nach Balmoral ein in der Hoffnung, daß sie unter dem mächtigen Eindruck der wildromantischen schottischen Landschaft und dem beinahe ebenso mächtigen Einfluß ihrer entschlossenen Großmutter schließlich doch das tun würden, was viele in ihren Familien, Eddys Eltern eingeschlossen, schon seit langem von ihnen erwarteten. (Viele, aber nicht alle. Ella hatte starke Vorbehalte gegen Eddy als Ehemann für Alix; er war körperlich schwach und nur von mittelmäßiger Intelligenz, und auch die Tatsache, daß er eines Tages König von England und Kaiser von Indien sein würde, machte ihn nicht attraktiver.)

Für Alix muß die Zeit auf Balmoral bestenfalls unangenehm, schlimmstenfalls überaus peinlich gewesen sein. Sie hörte sich Eddys Liebeserklärungen an, sie ertrug die prüfenden Blicke ihrer Großmutter und höchstwahrscheinlich auch ihre deutlichen Worte dazu, welch wunderbaren Ehemann Eddy abgeben würde, wie wenige Männer von angemessener gesellschaftlicher Stellung es gebe, unter denen sie wählen könne, und wie sich ihre Chancen auf eine Ehe weiter verringerten, wenn sie die Entscheidung noch weiter hinauszögere (sie war damals siebzehn).[13] Schließlich lehnte Alix Eddys Antrag ab – aber weder er noch Königin Victoria gaben die Hoffnung, daß sie ihre Meinung noch ändern werde, ganz auf. (»Wir haben nur eine schwache Hoffnung übrig«, schrieb die Königin ihrer Enkelin Victoria; und was Eddy betraf, so wurde er ins Ausland geschickt, um über seine Enttäuschung hinwegzukommen.[14])

Weder die Königin noch Eddy wußten, daß Alix sich ein Russisch-Lehrbuch gekauft hatte und sich anschickte, in Vorbereitung auf ihren anstehenden Besuch bei Ella – ein Besuch, bei dem sie, da war sie sich sicher, viel Zeit mit ihrem Cousin Nicky verbringen würde –, diese Sprache zu lernen.

Dickes Eis bedeckte die Newa im Januar 1890, und tiefe Schneewehen säumten den langen, geraden Boulevard des Newskij-Prospekts, an dem Ellas und Sergejs massiger roter Palast stand, gedrungen und quadratisch, dem weitaus größeren Anitschkow-Palais gegenüber, in dem der Zar und seine Familie während der Saison residierten. Die Stadt lag meist in Dunkelheit; eine schwache Sonne ließ sich nur für ein paar kurze Mittagsstunden knapp über dem Horizont sehen, doch ihr blasses, winterliches Licht, das auf dem Schnee und Eis glühte, wirkte fast gespenstisch, und um Boulevards, Kanäle und Bürgersteige zu erhellen, mußten die Fackeln und Laternen auch über Mittag leuchten, besonders wenn weiterer Schnee fiel.

Pferde rutschten auf den eisigen Straßen, das Klingeln der Glöckchen an ihrem Geschirr bildete ein ständiges Hintergrundgeräusch vom Morgen bis tief in die Nacht hinein. Denn St. Petersburg wurde im Winter erst am Abend lebendig, wenn die Elite der Stadt, elegant gekleidet und mit Juwelen geschmückt, einander in ihren Stadthäusern besuchte, um großen Soireen beizuwohnen. Jeden Abend füllten ganze Schlangen von Karossen den Newskij-Prospekt, rempelten einander an und verstopften die breite Avenue, die Kutscher in ihren dicken Mänteln schrien und fluchten und drängten die Pferde vorwärts, die dikken Zügel fest in den behandschuhten Händen.

Ausländische Beobachter bemerkten eine Stimmung unter den Menschenmassen bei St. Petersburger Empfängen und Tanzabenden, die an Karneval erinnerte, eine ansteckende Fröhlichkeit, die die hochgeborenen Russen von den schicklichen, langweiligen Deutschen oder den freundlichen, aber auch formellen Briten unterschied. Die Russen hatten Stil, Bravado, Eleganz; ihre Häuser, ihre Kleidung, ihre Bankette, ja sogar die Livreen ihrer Bediensteten zeigten einen Glanz, der fast protzig zu nennen war im Vergleich zur High Society der westlichen Hauptstädte. Zum Teil lag es an der schieren Größe; alles in Rußland war groß, entsprechend dem Lande selbst – die Vermögen, die aristokratischen Güter, der Lebensstil. Extravaganz und Verschwendung wurden in der aristokratischen Schicht quasi vorausgesetzt, eine Ausnahme bildete nur der exzentrische Zar, der in seinen großen Palästen ziemlich bescheiden lebte und seine Kinder mit schlichtem Essen und zwischen einfachen Möbeln aufwachsen ließ.

Als Alix mit ihrem Bruder und Vater in der russischen Hauptstadt ankam, war die Saison der Abendgesellschaften schon im Gange, und Ella, eine begeisterte Gastgeberin, lud oft zu Bällen ein. Sie nahm ihre jüngere Schwester unter ihre Fittiche, stellte Alix in den besten Salons und Ballsälen der Stadt vor und nahm sie oft mit zu den Bällen, die Zarin Maria Fjodorowna (»Minnie«) im Anitschkow-Palais gab.

Alix vertraute sich trotz ihrer Abneigung gegen Menschenmengen und ihrer ängstlichen Gehemmtheit unter Fremden gern der Führung ihrer Schwester an. Ihr war klar, daß sie beobachtet und beurteilt wurde, besonders von Minnie und dem Zaren selbst – die prüfenden Blicke müssen sie unsicher gemacht haben. Sie wußte, daß sie eigentlich nicht dorthin paßte, daß ihre Manieren provinziell wirkten und ihre billigen Kleider beinahe schäbig neben den prunkvollen, juwelenübersäten Gewändern der russischen Hofdamen. Ein Stück weit verlor sie ihre Scheu im Theater, wenn sie die Freuden des Balletts und besonders der Oper genoß und von der Grandeur der Musik mitgerissen wurde. Aber immer, wenn sie Unbekannten vorgestellt wurde oder in einer langen Empfangsschlange stand, bemerkten die Umstehenden ihre Nervosität. Sie sahen ihren plumpen Hofknicks, ihre Unfähigkeit, leichte Konversation zu machen, ihre Steifheit und das unkontrollierbare Erröten. Sie nannten sie eine überhebliche Deutsche und hakten sie als uninteressant ab.

Die Aufnahme durch die Petersburger zehrte sicher an Alix' Nerven, und dazu kam der fortgesetzte Druck, doch noch ihren Cousin Eddy zu heiraten, als weitere ständige Belastung. Den ganzen Winter des Jahres 1890 hindurch setzte Königin Victoria ihre Kampagne für diese Ehe fort, schrieb Briefe an Alix selbst wie auch an andere Familienmitglieder. Sie war zwar weit weg, hielt aber doch ein wachsames Auge auf Alix in Rußland, auch durch die Briefe von Minnie an ihre Schwester, die Prinzessin von Wales, Berties Frau Alexandra. (Minnie und Alexandra waren dänische Prinzessinnen, Töchter von König Christian IX.)

Was Minnie Alexandra berichtete, war eindeutig und nicht gerade freundlich. Es mußte bald eine Frau für Nicky gefunden werden, erklärte Minnie ihrer Schwester in England, aber das würde bestimmt nicht Alix sein. Einmal wäre es niemals angemessen, wenn die jüngste Tochter eines unbedeutenden Großherzogs den Erben des russischen Thrones heiraten würde. Und außerdem sei Alix persönlich nicht als Zarin geeignet. Sie sei zu hart, es mangele ihr an Grazie und Takt, sie habe nicht die Gabe, die Menschen für sich einzunehmen.

Alexandra gab alle Berichte von Minnie an ihre Schwiegermutter Königin Victoria weiter und fügte hinzu, Minnie sei »sehr ärgerlich«, weil man es zugelassen habe, daß sich eine Zuneigung zwischen Alix und Nicky entwickelte. Sie hatte eine andere Frau als Nickys Gemahlin im Auge: Hélène, Tochter des Grafen von Paris, des französischen Thronprätendenten. Hélène sei in jeder Hinsicht vorzuziehen, und eine französisch-russische

Verbindung würde die vorherrschenden diplomatischen Strömungen verstärken.

Während die Familienoberhäupter sich Gedanken machten und intrigierten, sahen sich Alix und Nicky häufig, vor allem wenn Ella sie bei gesellschaftlichen Anlässen zusammenbrachte. Während sich nämlich das russische Herrscherpaar und Königin Victoria vehement gegen den Gedanken einer Ehe zwischen den beiden jungen Leuten wehrten, waren Ella und Sergej ganz begeistert davon.[15] Nicky und Alix fuhren zusammen Schlittschuh, kämpften manchmal gegen so starke Winterwinde, daß sie kaum vorankamen. Sie trafen sich auch beim Tee, sie besuchten zusammen Gottesdienste. Sie spielten Badminton, bauten Schneefestungen und rutschten auf Schlitten riesige Eisberge hinunter. Ella brachte eine Inszenierung von *Eugen Onegin* in ihrem eigenen Theater auf die Bühne und überredete Nicky, eine kleine Rolle zu übernehmen; ob auch Alix mitspielte, ist nicht bekannt, aber zweifellos verfolgte sie die Proben und plauderte zwischendurch mit Nicky.[16]

Alix und Nicky verliebten sich ineinander. Für Alix war das die Vertiefung eines Gefühls, das sie fünf Jahre lang gehegt hatte, während Nickys Verlangen nach seiner hübschen Cousine im Laufe ihres gemeinsamen Winters in St. Petersburg »stärker und zärtlicher« wurde, wie er später schrieb.[17] Die Tatsache, daß beide stark beeinflußt wurden, andere Ehepartner zu wählen, muß ihre Verbindung noch intensiver und romantischer gemacht haben.

Am letzten Sonntag der Karnevalssaison fand in Zarskoje Selo, dem Besitz der Zaren etwa zwanzig Kilometer südlich von St. Petersburg, eine kleine Abschlußparty für Nickys Familie und enge Freunde statt. Der Tanz begann am Nachmittag, gefolgt von einem Abendessen mit Blini und frischem Kaviar, dann einem Kotillon mit Geschenken für alle Gäste und wieder Tanz bis spät in den Abend.[18] Höchstwahrscheinlich konnte Alix nicht den ganzen Abend lang tanzen, ihre Beine waren nicht stark genug, und das Wissen, daß sie Rußland bald verlassen würde, stimmte sie sicher traurig.

Der Karneval neigte sich dem Ende zu, die asketische Fastenzeit brach an. Um Mitternacht beendeten die Musiker auf ein Zeichen hin abrupt ihr Spiel, und der Tanzboden leerte sich. Die Stimmung im Ballsaal wurde feierlich. Die Tänzer setzten sich zu einem Fastenmahl aus Champignons, Kohl und Kartoffeln, während sie sich langsam auf den krassen Stimmungswechsel einstellten.

Für Alix und Nicky, die so viele intensive Stunden miteinander verbracht hatten, war es fast ihr letzter Abend zusammen. Eine lange Zeit der Entbehrung hatte begonnen.

4

Kurz nachdem sie im April oder Mai 1890 nach Darmstadt zurückgekehrt war, setzte sich Alix hin und schrieb einen Brief an ihren Cousin Eddy. Sie mußte ihm jetzt eine letzte, endgültige Antwort geben. Für sie selbst war es so gut wie sicher, daß Nicky derjenige war, den sie heiraten wollte – obwohl sie sich nach dem nicht gerade ermutigenden Empfang durch seine Eltern während ihres Aufenthaltes in St. Petersburg gefragt haben muß, ob ihre Hoffnungen wohl vergeblich sein würden.

Alix erklärte Eddy freundlich, aber bestimmt, daß sie ihm, obwohl »es ihr wehtat, ihm wehzutun«, ein für allemal sagen müsse, daß sie ihn nicht heiraten könne. Sie sei sicher, daß sie zusammen nicht glücklich werden würden. Sie drängte ihn, sie zu vergessen, versicherte ihn ihrer verwandtschaftlichen Zuneigung und schloß ihren Brief.[1]

Ihrer Großmutter gegenüber stellte sie ihren Standpunkt ein bißchen anders dar, sagte, daß sie, wenn die Familie sie »zwinge«, gegen ihre Neigungen und ihr besseres Wissen zu handeln, ihre Pflicht tun und Eddy heiraten werde, daß aber beide sicher letztendlich unglücklich werden würden, wenn sie das tat.

Die Königin, menschlich und vernünftig wie sie war, ließ sich offenbar überzeugen, daß Alix recht hatte oder daß sie zumindest unerschütterlich zu ihrem Gefühl und ihrer Überzeugung stand, und gab sich geschlagen, obwohl sie wie auch Eddys Eltern sehr enttäuscht und Eddy selbst am Boden zerstört war. Sie beschloß, daß Alix »große Charakterstärke« gezeigt habe, indem sie gegenüber so vieler Überredungsversuche aus der Familie fest geblieben war. Daran änderte auch nichts, daß sie es für eine Schande hielt, daß ihre starrsinnige Enkelin das ausschlug, was sie als »die großartigste Stellung überhaupt« betrachtete.[2]

Alix war starrsinnig, Ella sehr darauf aus, daß sie in Rußland heiratete, und Nicky liebeskrank: Es war also quasi unvermeidlich, daß Alix nach Rußland zurückkehrte, und zwar bald.

Was Alix' Vater Ludwig anging, so hatte ihn Königin Victoria zwar ermahnt, »stark und fest« zu sein, wenn es um die Zukunft seiner Tochter ging, aber er verhielt sich bestenfalls passiv; er war ein gebrochener Mann und fühlte sich nicht wohl. Nach seiner katastrophal fehlgeschlagenen Verbindung mit Alexandrine von Kolemine (eine schnell annullierte Ehe, bei der Madame von Kolemine mit einem dicken Scheck fortgeschickt wurde) wurde Ludwig von allen seinen angeheirateten Verwandten geschnitten und vereinsamte in Darmstadt. Eine Weile lang flüchtete er sich zu Königin Victoria nach England, aber auch dort wurde er von seiner früheren Mätresse belästigt und konnte keinen Frieden finden.[3] Rußland war einer der wenigen Orte außerhalb der Reichweite der rachsüchtigen Alexandrine von Kolemine, und außerdem mußte er sich dort nicht als Paria fühlen. Als Ella ihn einlud, zurückzukommen und bei ihr und Sergej auf ihrem Landsitz in Illinskoje nahe Moskau zu leben, nahm er ihre Einladung nur zu gerne an.

Als Alix, ihr Bruder und ihr Vater im Sommer 1890 wieder in Rußland ankamen, waren Schnee und Eis geschmolzen, und in dem riesigen Ackergürtel um Moskau herum erstreckten sich grüne Flachs- und goldene Weizenfelder bis zum Horizont. Die unendlichen Wiesen und Felder wurden hier und da von Birkenhainen und dunklen Kiefernwäldern unterbrochen, und die Reisenden passierten auf ihrem Weg über zerfurchte Straßen Dutzende von kleinen Dörfern. Jedes Dorf, so schien es, hatte seine eigene Kirche mit blauer Kuppel, seinen eigenen Teich oder Bach; die kleinen Holzhäuser, viele von ihnen mit geschnitzten Sternen- und Blumenmustern, Girlanden und Bögen verziert, drängten sich an einer einzigen, schmalen, ungepflasterten, mit

Dreck verstopften Straße. Hier und da entlang dieser Straße überdeckten Planken tiefe Schlammlöcher. An manchen Stellen waren die Holzbrücken über die Flüsse von den Wassermassen davongetragen, und die Reisenden mußten lange Umwege in Kauf nehmen.

Die Stille auf dem Lande, die langen Strecken zwischen den Dörfern und die weiten Waldlichtungen, wo weiße Birkenstämme sich aus Teppichen blühender Vergißmeinnicht, Moos und dichtem Gras erhoben, beruhigten den Geist; Alix, die sich nach Ruhe und Einsamkeit sehnte, muß sich in dieser Umgebung trotz ihrer Nervosität und Aufregung wegen des Wiedersehens mit Nicky erfrischt und getröstet gefühlt haben.

Ella und Sergejs Sommerhaus in Illinskoje war ein weitläufiger Bau mit großen Balkonen vor ausgedehnten Räumen im Inneren. Leichte englische Blumenstoffe überzogen die Polstermöbel und schmückten als Vorhänge die Fenster, und frische Blumen erhellten die holzgetäfelten Räume. Das Großfürstenpaar führte ein offenes Haus; Freunde kamen und gingen, blieben manchmal auch mehrere Wochen lang. Die Atmosphäre war ungezwungen, und an schönen Tagen hielten sich alle soviel wie möglich draußen auf, nahmen ein Picknick mit in den Wald, suchten Pilze, schwammen in den kühlen Teichen oder lasen einfach im Schatten eines großen Baumes. Die langen Tagesstunden animierten dazu, lange wach zu bleiben. Manchmal, in warmen, sternklaren Nächten, kamen Zigeunerchöre und sangen Serenaden im Garten, und alle Nachbarn versammelten sich, um zu lauschen, und erwarteten danach gemeinsam den Sonnenaufgang.

Alix hatte bei all dem immer im Hinterkopf, daß sich Nicky, wie Ella gesagt hatte, wahrscheinlich der Familie in Illinskoje anschließen werde, um Ellas Namenstag am 18. September zu feiern. Sie träumte tagsüber von ihm und sehnte sich nach dem September. Doch in nüchterneren Augenblicken »dachte sie, daß sie ihn nie bekommen würde«, und muß Ella ihre Sorgen anvertraut haben.[4]

Inzwischen hatte Nicky seinem Vater erklärt, daß er in Alix

verliebt sei und sie heiraten wolle. Er kämpfte gegen das dringende Verlangen, schon vor der Feier zum Namenstag nach Illinskoje aufzubrechen. Zunächst einmal hielten ihn Manöver des Heeres davon ab, bei denen seine Anwesenheit erforderlich war, aber er vertraute seinem Tagebuch an, daß er, wenn er nicht ginge, die Chance, sie zu sehen, verpassen würde, und dann müßte er »ein ganzes Jahr warten, und das ist hart!!!«[5]

Als Thronerbe konnte Nicky nicht reisen, wann und wohin er wollte. Seine Eltern überwachten seine Schritte ganz genau, wie sie auch sorgfältig darauf achteten, wen er sah. Sie drängten ihn immer noch, die französische Prinzessin Hélène zu heiraten, und er weigerte sich immer noch standhaft. Und dann gab es da eine neue Komplikation in seinem Gefühlsleben. Sein Vater, der fand, daß es für seinen zweiundzwanzigjährigen Sohn an der Zeit sei, sich eine Mätresse zuzulegen, sorgte dafür, daß Nicky die achtzehnjährige Matilda Ktschessinskaja kennenlernte, die neueste Star-Abgängerin der Kaiserlichen Ballettschule. Die dunkle, geschmeidige Matilda, lebensfroh und charmant, gefiel Nicky sofort, und er »verliebte sich leidenschaftlich« in sie während des Feldlagers im Sommer 1890. Sie waren noch keine Liebenden – alles zu seiner Zeit –, aber zu Nickys Überraschung liebte er jetzt zwei Frauen auf einmal.

»Welch ein überraschendes Ding ist doch unser Herz!« schrieb Nicky in sein Tagebuch. Er hörte nie auf, an Alix zu denken, aber dennoch sehnte er sich auch nach Matilda. »Sollte ich aus all dem schließen, daß ich außergewöhnlich sinnlich bin? Bis zu einem gewissen Grade wohl schon.«[6]

Sinnlich war Nicky durchaus – teilweise aufgrund seines Alters, teilweise aufgrund seines emotionalen, empfindsamen Wesens und teilweise, so könnte man denken, weil er so wenig zu tun hatte. Sein Vater hinderte ihn soweit wie möglich daran, sich auf seine zukünftige Rolle als Zar vorzubereiten – Alexander III. hielt nicht allzuviel von Nicky und zog seinen zweiten Sohn Michail vor –, und so lebte Nicky das faule Leben eines jungen Offiziers mit sehr leichten militärischen Pflichten, ging abends zu lange aus, trank zuviel, vergeudete seine Tage mit gesellschaftlichen Vergnügungen und seine Nächte mit Essen, Spielen und Flirten. Er war oft lethargisch; sein Geist war ständig unterfordert, und wenn er gelegentlich einer Sitzung des kaiserlichen Rates beiwohnte, war er unaufmerksam und lernte nichts dabei.

Seine Ausbildung war schlecht gewesen – ein bißchen Naturwissenschaften, ein paar Brocken Recht und Wirtschaft, ein großes Augenmerk auf die Grundlagen militärischer Strategie und Kommandoführung – Artillerieausbildung, Landvermessung und Topographie, Festungsbaukunst. Er hatte ein Interesse an Geschichte, verfolgte es aber kaum, außer daß er ab und zu einmal eine historische Zeitschrift durchblätterte. Er war gelangweilt, unterfordert, oft fielen ihm einfach die Augen zu. Manchmal, auf völlige Tatenlosigkeit zurückgeworfen, blickte er durch die Gitter des Palastgeländes auf der Suche »nach etwas zu tun«.[7]

In seinem Müßiggang träumte er von Alix, von Matilda Ktschessinskaja – und nach nur wenigen Monaten hatte er eine neue Liebe dazugewonnen, Olga Dolgorukaja.[8]

Ohne zu wissen, welche Entwicklung Nickys Gefühlsleben genommen hatte, gefangen in ihrer eigenen Schwärmerei für ihn, zählte Alix die Tage bis zum 18. September, während auf den Feldern um Illinskoje herum das Korn reifte und sich in den Obstgärten die Äste unter der Last der Äpfel, Birnen und Pflaumen bogen. Ella nahm Alix und Ernie mit nach Moskau – ihr erster Besuch in der bezaubernden Stadt der goldenen Kuppeln und läutenden Glocken – und machte mit ihnen Ausflüge auf die Wochenmärkte auf dem Lande, wo alte, zahnlose Weiber grüne, gelbe und rosafarbene Pilze in selbstgemachten Birkenrindenkörbchen verkauften und Chöre von Bauernjungen in roten Hemden zur Begleitung von Akkordeons und Tambourinen sangen und tanzten. Der reiche Überfluß des Bauernlebens, die Menge und Vielfalt der Feldfrüchte, die warmen Spätsommerabende, erhellt von farbigen Laternen und belebt mit Tanzbären und wirbelnden Zigeunern, das alles gefiel ihr. Dies war Rußland,

Nickys Erbe. Hier wollte sie gerne ihr Heim finden wie Ella vor ihr.

Ella allerdings, davor konnte sie die Augen nicht länger verschließen, war einen schlechten Handel eingegangen. Sergej, der bei seinen Besuchen in Darmstadt immer so gütig und onkelhaft gewirkt hatte, zeigte hier ein ganz anderes Gesicht. Jetzt, als Ellas Ehemann, war er zu ihrem Gefängniswärter geworden. Er kontrollierte, wohin sie ging, mit wem sie sich traf, wie sie ihre Zeit verbrachte. Seine Eifersucht auf ihre Begleiter erfüllte ihn mit Haß, machte ihn grausam. Ella konnte keinen Brief schreiben, kein Buch lesen, ohne sich seinen Verdächtigungen auszusetzen. Tolstois *Anna Karenina* etwa, mit seinem russischen Hintergrund und der ehebrecherischen Liebe als Thema, war für Ella tabu, weil es, wie Sergej meinte, »ungesunde Neugier und starke Gefühle« erregen könne.[9]

Noch beunruhigender war die Art, wie Sergej Ella kritisierte, manchmal auch vor anderen, und sie mit schneidender Stimme »mein Kind« nannte. Ella und Sergej fühlten sich in der Gegenwart des jeweils anderen angespannt und vermieden es offenbar, Zeit gemeinsam zu verbringen, besonders wenn Sergej wieder einmal schlechte Laune hatte. Alix beobachtete ihren hochgewachsenen hageren Schwager, seine kalten Augen und seine zusammengepreßten Lippen, wie er nervös den Brillantring an seinem kleinen Finger drehte, und machte sich so ihre Gedanken. Auch dies war ein Teil von Nickys Erbe: der arrogante, spöttische Sergej und die anderen Mitglieder von Nickys sehr großer Familie. Wie würde es sein, unter diesen Menschen zu leben?[10]

Obwohl Ella beteuerte, sie sei zufrieden mit ihrem Leben, und Sergejs furchteinflößende, herrische Seite nicht immer in Erscheinung trat, muß Alix das, was sie in der gestörten Beziehung zwischen ihrer Schwester und deren Ehemann beobachtete, zu denken gegeben haben. Ella, die an schönen Tagen mit Alix spazierenging, den weißen Teint immer durch einen grün gefütterten Sonnenschirm geschützt, wirkte lieblicher als je zuvor, ihre graublauen Augen nicht umwölkt. Sie lenkte sich mit ihrer religiösen Neigung ab – sie war Mitglied der orthodoxen Kirche geworden –, mit dem Entwurf und dem Nähen ihrer eigenen Kleider, mit dem Anfertigen eigener Gesichtscremes aus Gurkensaft und Sauerrahm. Nach sechs Jahren Ehe hatten sie und Sergej immer noch keine Kinder, aber das schien Ella nicht besonders zu quälen. Sie hatte sich offenbar einzig und allein zum Ziel gesetzt, alles so in die Wege zu leiten, daß auch Alix in Rußland leben konnte, und zwar als Gemahlin des Thronerben.

Der 18. September kam, und zu Alix' großer Enttäuschung tauchte Nicky nicht in Illinskoje auf. Höchstwahrscheinlich hatten ihn seine Eltern daran gehindert, denn es gab viele Gerüchte über Nicky und Alix in diesem Sommer, und das Zarenpaar hatte beschlossen, ihren Sohn auf eine lange Auslandsreise zu schikken, damit er seinen Horizont und Erfahrungsschatz erweiterte und seine Cousine Alix möglichst lange nicht zu Gesicht bekam.

Mit seinem kränklichen Bruder Georgij, seinem Cousin Georg von Griechenland und einer Reisegruppe von befreundeten jungen Offizieren unter der Aufsicht von Fürst Barjatinskij ging Nicky im November 1890 in Triest an Bord der Fregatte *Gedenken an Asow* und begab sich auf Weltreise.

Während seiner langen Odyssee ritt der Zarewitsch Esel am Ufer des Nils, fuhr mit dem Dampfer durch den Suez-Kanal, ging in Java auf Krokodiljagd und besuchte Bälle, Bankette und Empfänge, die lokale Würdenträger ihm zu Ehren überall in den Tropen ausrichteten. Abgesehen von den Basaren fand Nicky die lokale Kultur meist ermüdend; seine Tagebucheinträge zeigen, daß er und seine jungen Begleiter weit mehr an den ägyptischen Tänzerinnen interessiert waren, die »sich auszogen und alle möglichen raffinierten Verführungskünste anwandten«, oder an Geishas (mit denen sie »eine sehr lustige Zeit« verbrachten) als am Besuch von Museen oder Tempeln.[11] Sie tranken viel, feierten bei Nacht und waren im allgemeinen vor allem auf Spaß aus wie alle unreifen jungen Männer ihrer Gesellschaftsschicht. In Japan allerdings ging irgend etwas schief. Das Gerücht sagte später, daß die Russen auf ihrer Suche nach hemmungslosen Vergnügungen Bordelle mit männlichen Prostituierten besucht hätten; Gerüchten zufolge hatte der homosexuell veranlagte Georg von Griechenland einem japanischen Jungen sehr direkte Avancen gemacht.[12] Und dieser Ausflug zeitigte schnelle und unerwartete Folgen.

Nicky war in einer Rikscha in der Stadt Otsu auf dem Weg von einem Tempel zurück in sein Hotel, als ihn plötzlich ein stämmiger Polizist mit einem Säbel angriff und zwei schwere Schläge führte, die den Thronfolger hätten töten können, wenn sie nur ein bißchen besser gezielt gewesen wären und er nicht eine dicke Filzkappe getragen hätte. Nicky sprang schnell aus der Rikscha und rief: »Was haben Sie vor?«, während Georg, der in einer anderen Rikscha direkt folgte, den Angreifer mit einigen schnellen Hieben seines Spazierstockes niederschlug. Die Rikscha-Fahrer ergriffen den Polizisten, fesselten ihn an Händen und Füßen und zogen ihn in ein nahegelegenes Haus, wo sie ihn zurückließen und nach Hilfe suchten.

Nickys Wunden gingen bis auf den Knochen hinab, und Blut strömte ihm übers Gesicht. Er wurde eiligst zum Haus des Gouverneurs gebracht, seine völlig aufgelösten Begleiter waren schrecklich besorgt darüber, daß er sterben könnte. Glücklicherweise waren seine Verletzungen zwar ernst, aber nicht tödlich. Er hatte eine lange klaffende Wunde auf dem Kopf und litt in der Folge ständig an schweren chronischen Kopfschmerzen.

»Die Japaner rührten mich sehr«, schrieb Nicky in einem Brief an seine Mutter. »Sie knieten an den Straßen, als wir vorbeifuhren, und sahen furchtbar traurig aus.« Die friedliebenden, gesetzestreuen Japaner waren schockiert, daß ein so gewalttätiger Angriff auf den Erben des russischen Thrones in ihrem Land hatte geschehen können, obwohl dies nicht der erste Übergriff gegen Europäer war. Nicky erholte sich in Kyoto und erhielt Hunderte Telegramme aus ganz Japan, die höfliches Bedauern ausdrückten. »Sie taten mir leid«, schrieb Nicky, »so betroffen waren sie.«[13]

Während Nicky die Welt sah, reiste auch Alix. Sie überwinterte auf Malta, wo ihre Schwester Victoria ein Haus gemietet hatte. Ihre Schwester und ihre Großmutter in England hofften, daß Alix einen Ehemann unter den Marineoffizieren und Kollegen ihres Schwagers Ludwig von Battenberg finden würde. Aber obwohl Alix flirtete und tanzte und Tee mit den in Frage kommenden jungen Männern trank und sogar mit einem von ihnen, einem gutaussehenden Schotten, enge Freundschaft schloß, schwankte sie nicht in ihrer Liebe zu Nicky und kehrte ungebunden nach Darmstadt zurück.

Eine Reise folgte der anderen: Sie besuchte ihre Schwester Irene, die Heinrich von Preußen, den Bruder des Kaisers Wilhelm geheiratet hatte, in Kiel und fuhr nach Italien zu Königin Victoria.

Die meiste Zeit aber blieb Alix in Darmstadt und repräsentierte an der Seite ihres Vaters als die »Landesmutter« Hessens – eine Rolle, die sie ganz offensichtlich genoß. Man sollte noch erwähnen, daß bei all den gesellschaftlichen Verpflichtungen, die Alix in dieser Zeit wahrnahm, sei es die Begrüßung von Gästen bei Banketten, Reden bei Wohltätigkeitsveranstaltungen oder Besuche in Krankenhäusern und bei armen Familien, denen sie die großzügigen Geschenke des Hofes überbrachte, niemand je erwähnte, sie sei schüchtern oder nervös gewesen. Menschen kennenzulernen, die Aufmerksamkeit auf sich gerichtet zu sehen, gefiel ihr offenbar – besonders wenn es ein wohltätiger Anlaß war. Wenn es darum ging, anderen zu helfen oder ihrem Vater auf dem gesellschaftlichen Parkett zur Seite zu stehen, legte sie ihre Unsicherheit ab.

Im Frühjahr 1891 war Alix neunzehn. Drei gesellschaftliche Saisons waren vorüber, und sie war immer noch ohne Verlobten. Sie ging mit Riesenschritten auf ein Schicksal als alte Jungfer zu, und ihre Großmutter, überzeugt davon, daß sie »so wenig Auswahl« habe, befürchtete, daß Ella über kurz oder lang eine Ehe für ihre Schwester in Rußland arrangieren werde, und beschloß deshalb, noch einmal einzugreifen und Alix' Zukunft selbst in die Hand zu nehmen.

Zu den wenigen, die nach Meinung von Königin Victoria in Frage kamen, gehörte Prinz Max von Baden, ein häßlicher, uncharmanter, aber ansonsten akzeptabler Kandidat. Sie schrieb an Ludwig, betonte die Dringlichkeit der Situation und bat ihn, Max so schnell wie möglich nach Darmstadt einzuladen.

Max reiste gehorsam in Darmstadt an, und eine entsetzte Alix hörte, daß er die Absicht habe, ihr einen Antrag zu machen. »Ich erinnere mich lebhaft, welche Qualen ich ausstand«, erzählte Alix einer Vertrauten viele Jahre später. »Ich kannte ihn überhaupt nicht und werde nie vergessen, wie ich litt, als ich ihn zum ersten Mal traf.«[14] Im Angesicht der Gefahr, ohne Liebe oder auch nur Zuneigung heiraten zu müssen, zog sie sich zurück. Sie hatte schon Eddy abgewiesen. Nicky hielt man von ihr fern. Jetzt sollte sie diesen nicht gerade ansprechenden Fremden erhören, der durchaus ihre letzte Chance sein konnte.

Es war eine peinliche und schmerzliche Situation. Max hatte man offenbar Hoffnungen gemacht. Mit der Hilfe ihrer Schwester Victoria brachte es Alix fertig, ihn vom Gegenteil zu überzeugen, und Großmutter Victoria war fürs erste beschwichtigt. Aber Alix wußte, daß es nur eine Frage der Zeit war, bis man ihr einen neuen Fremden nach Darmstadt schicken, ihn gemeinsam mit ihr nach Balmoral einladen oder irgendwo anders bei einem Verwandtenbesuch präsentieren würde. Das Hochzeitspläneschmieden würde nicht aufhören, bis alle in der Familie davon überzeugt waren, daß es für sie zu spät sei, überhaupt noch zu heiraten.

Inzwischen war das Leben in Darmstadt durchaus angenehm, wenn auch nicht besonders ereignisreich. Alix saß neben ihrem bärtigen, kahl werdenden Vater bei steifen formellen Abendessen und reiste mit ihrem geliebten Bruder Ernie, gutaussehend, elegant und verwegen, dessen fröhliche Begleitung sie genoß. Wie Alix selbst hatte Ernie künstlerische Neigungen und dazu einen starken Zug ins Schrullige. Sie verbrachte Zeit mit ihrer überschäumenden neuen Freundin Julia Rantzau, die sie durch ihre Schwester Irene in Kiel kennengelernt hatte. Sie spielte

Banjo und Klavier, tanzte auf den Winterbällen, führte ihre umfangreiche Korrespondenz – und dachte traurig an Nicky, tauschte gelegentlich Briefe mit ihm und empfing die kleinen Geschenke, die er ihr schickte.[15]

Nicky war nach seiner Weltreise wieder zurück in Rußland und litt unter schweren Kopfschmerzen, die von seiner nur langsam heilenden Wunde am Kopf herrührten. Er vertraute seinem Tagebuch an, daß eine Ehe mit Alix zu »jenem Traum und jener Hoffnung« geworden sei, »mit der ich von Tag zu Tag lebe«. Matilda Ktschessinskaja, die seine Mätresse geworden war, bezauberte ihn durchaus, aber seine Gefühle für Alix waren etwas ganz anderes. »Lange Zeit habe ich meinen Gefühlen widerstanden«, schrieb er im Dezember 1891, »und versucht, mich selbst zu betrügen, weil es unmöglich war, meinen größten Wunsch zu erreichen.« Aber je länger er an sie dachte, desto mehr glaubte er, daß sein schönster Traum doch nicht unerreichbar sei. Sie hatte sich noch niemand anderem versprochen. Er war »fast sicher«, daß sie ähnlich stark für ihn fühlte wie er für sie. »Das einzige Hindernis oder die einzige Kluft zwischen uns [ist] die Frage der Religion«, schrieb er, und während seine Eltern nicht müde wurden, dieses Problem zu betonen, war es in der Vergangenheit doch nie eine Schwierigkeit gewesen; wann immer eine Protestantin den Zarewitsch geheiratet hatte, war sie zum orthodoxen Glauben konvertiert.

»Alles liegt in Gottes Hand«, schrieb Nicky. »Im Vertrauen auf seine Barmherzigkeit sehe ich der Zukunft gelassen entgegen.«[16]

Alix machte sich unterdessen immer größere Sorgen um ihren Vater. Gegen Ende des Winters, im Januar 1892, als sich der Schnee im Park des Darmstädter Palastes türmte, bekam Ludwig oft kaum noch Luft, sein Gesicht war bleich und sein Gang unsicher. Die Kälte schien ihm stärker zuzusetzen als sonst, und an vielen Tagen verließ er sein Zimmer gar nicht. Er war immer körperlich stark gewesen, wenn auch durchaus nicht durchtrainiert; seine Uniformen hatten von Jahr zu Jahr weiter gemacht werden müssen, weil sein Bauch nicht mehr hineinpaßte. Aber noch immer trug er sie stolz, mit einer Sammlung von Medaillen und Bändern, die auf der breiten Brust glitzerten.

An einem Nachmittag im März brach er beim Mittagessen mit seiner Familie zusammen. Alix, ängstlich und angespannt, saß die nächsten neun Tage lang an seinem Bett, schlief sehr wenig und hielt zusammen mit Ernie Wache. Irene und Victoria wurden per Telegramm benachrichtigt und kamen schnell. Nur Ella fehlte.

Niemand erwartete, daß Ludwig sterben würde. Es schien unvorstellbar, daß ein so robuster Mann so plötzlich niedergestreckt wurde. »Der Tod ist furchtbar ohne Vorbereitung«, erinnerte Alix sich lange danach, »und ohne daß der Körper allmählich seine irdischen Verbindungen löst.« Sie forschte vergebens nach einem Aufflackern des Erkennens in den leeren Zügen ihres Vaters, aber er kam nicht mehr zu Bewußtsein. Am zehnten Tag nach seinem Zusammenbruch schwand sein Puls. Alix, abgehärmt von ihrer langen Wache und untröstlich in ihrer Trauer, war jetzt Waise.

5

Ein kleines, sorgsam verpacktes Paket traf aus Windsor ein, ein Geschenk von Großmama Victoria zu Alix' zwanzigstem Geburtstag im Juni 1892. Es war eine hübsche Emaillemalerei mit einem Porträt des verstorbenen Großherzogs Ludwig mit Backenbart – eine traurige Erinnerung.

Blaß und dünn und mit ständigen Schmerzen wegen ihrer entzündeten Beine hatte Alix nach dem Tod ihres Vaters viel zu leiden. Ihre Nerven waren strapaziert, und sie fühlte sich nicht besonders gut; monatelang war sie bei jedem Anlaß in Tränen ausgebrochen und hatte schlecht geschlafen, während ihre robusteren Schwestern Victoria und Irene, düster in ihren schwarzen Trauerkleidern, sich um sie kümmerten und ihr Bruder Ernie, der jetzt den Titel des Großherzogs von Hessen annahm, vergeblich versuchte, sie zu trösten und aufzuheitern.

Auch Orchie war immer um Alix herum, murmelte, daß sie so schnell wie möglich heiraten müsse, daß sie eigentlich Max von Baden hätte nehmen müssen, als sie noch die Chance dazu hatte; Baroneß Grancy, energisch und abgeklärt, riet Alix, sich zusammenzunehmen und nur an ihre Pflicht, nicht an ihren Kummer zu denken. Nur Gretchen von Fabrice traf den richtigen Ton; sie war mitfühlend, warmherzig und unaufdringlich.

Aber Alix, die mit dem Emaillebild ihres Vaters in der Hand das Bett hütete, erholte sich trotz all der hilfreichen Geister um sie herum nur langsam. Sie hatte ihren Vater verloren, den sie geliebt und an dem sie gehangen hatte, den lieben Papa, dessen hübsches Gesicht und massige Gestalt zu ihren frühesten Erinnerungen gehörten.[1] Sie hatte ihn verloren, bevor sie ihm ihre große Sehnsucht, Nicky zu heiraten, und ihre Bedenken, zu seinem orthodoxen Glauben überzutreten, ganz anvertraut hatte – Bedenken, die erst kürzlich stärker geworden waren. Sie konnte ihren Vater nicht mehr um Rat fragen, es gab im Grunde niemanden mehr, an den sie sich wenden konnte und der ganz unvoreingenommen mit ihr sprach, und dies, zusammen mit ihrem Kummer, so lange von Nicky getrennt zu sein, verstärkte ihre Trauer noch.

Ob sie wollte oder nicht, sie war Opfer der dynastischen Politik am russischen Hof geworden, wo Alexander III. Königin Victoria und alle ihre deutschen Verwandten haßte und Alexanders Gemahlin Minnie eine Prinzessin königlichen Geblüts für ihren Sohn suchte.

Die Spannung zwischen dem russischen und dem britischen Hof entlud sich nicht nur in der Wirklichkeit, sondern vor allem in Alix' lebhafter Phantasie. Eines Nachts träumte sie, sie sei in einem Spital, umringt von sterbenden Männern, darunter ihr Schwager Ludwig von Battenberg. Ihre Schwester Victoria stand neben ihr. Plötzlich betrat Königin Victoria den Raum, und jemand schoß auf sie. Der Schütze, so entdeckte Alix in ihrem Traum, war ein Russe, jemand, den sie in St. Petersburg getroffen hatte. Im Traum verabschiedete sich der Attentäter mit einem Lächeln und einer Verbeugung.[2]

Um Alix abzulenken und ihre Genesung zu fördern, schickte Ernie sie zur Kur und ging dann im August mit ihr nach England, wo sie sich mit Cousins und Cousinen, Onkeln und Tanten trafen und jeden Nachmittag Tee mit Großmama tranken, einer zusammengesunkenen, alternden Frau, die aber immer noch geistig beweglich war und die Interessen ihrer Familie und Englands mit kluger Taktik sicherte. Ernie mußte wieder nach Darmstadt zurück, aber Alix blieb bei ihrer Großmutter und besuchte mit ihr die Bergbaudistrikte in Wales. Dort, inmitten von Schmutz und Rauch, in einer rußgeschwärzten Landschaft, die durch gewaltige schwarze Schlackenberge und hochragende Schornsteine verschandelt wurde, erwachte Alix aus ihrer Melancholie. Ihre Neugier war geweckt. Sie sah die Bergleute und ihre Familien, die Not in den Bergbaustädten und die zerlumpten Kinder, die vielen bei Minenunfällen verkrüppelten Männer, die verbrauchten Frauen mit ihren eingesunkenen Wangen und schäbigen Kleidern, die die Straßen säumten, um die Königin willkommen zu heißen. Alix bestand darauf, eine Mine zu besuchen, fuhr in einem Metallkäfig in die Dunkelheit hinab und tauchte blinzelnd, das Kleid mit Erd- und Kohlenflecken überzogen, eine Stunde später wieder auf.

Im Herbst nahm Victoria Alix mit nach Balmoral, wo sie, wie die Königin steif und fest behauptete, »die beste Luft der Welt« atmen und lange Spaziergänge und Kutschausfahrten genießen konnte. Doch nach Meinung der Königin erwies sich die Luft als »eher zu kräftig« für ihre Enkelin, und Alix blühte nicht auf. Ihre Gesundheit und ihre Stimmung besserten sich auch nicht, als sie in Berlin bei einer Hochzeit in der Familie (ihr Cousin Friedrich Karl von Hessen heiratete Margarethe, die Schwester ihres Schwagers Heinrich) Nicky sah, im Kreise der Familie den Tee und das Abendessen mit ihm einnahm, aber nie mit ihm allein sein konnte.[3]

Zurück in Darmstadt waren die kurzen Tage windig und grau und außergewöhnlich kalt. Tiefe Schneewehen sammelten sich um den Palast und im Park, die Äste der kahlen Bäume bogen sich unter ihrer Schneelast. Alix, lustlos und verzagt, zog sich eine Ohrenentzündung zu und mußte das Bett hüten.

Als einzige unter ihren Freundinnen war sie mit einundzwanzig noch immer nicht verheiratet. Während alle anderen Kinder bekamen, trieb sie dahin, verliebt in einen Mann, den sie, wie sie wußte, wohl nicht heiraten konnte, aber dennoch nicht bereit, über einen anderen nachzudenken. Ihre Verwandten tratschten über sie, sie war ein Fremdkörper in der Familie. Alle ihre Cousinen heirateten, selbst die nicht besonders attraktiven; nur sie blieb allein, ohne eigenes Heim und eigenen Mann, untergeschlüpft bei ihrem Bruder.

Und es wurde ihr schmerzlich bewußt, daß selbst dieses Arrangement bald ein Ende haben mußte. Als Großherzog von Hessen würde sich Ernie bald dem Druck seiner Verwandten und Hofminister beugen und selbst heiraten müssen. Und dann wäre Alix als »Landesmutter« nicht länger gefragt. Sie wäre im Weg.

Diese Aussichten müssen Alix ziemlich beunruhigt haben, nicht nur um ihret-, sondern auch um Ernies willen. Denn Ernie, der gutaussehende, unbekümmerte, schrullige Ernie, war homosexuell, und Alix muß das gewußt oder doch zumindest geahnt haben.[4] Ernie hatte nie eine Freundin gehabt, er verbrachte seine Zeit in einem Kreis kunstbegeisterter Freunde. Da er nun einmal nicht selbst Maler werden konnte, gab er sich wohl oder übel damit zufrieden, Bühnenbilder für das Palasttheater zu entwerfen und die Säle und Salons im Stil des Art nouveau neu zu dekorieren. Alix liebte seine überschäumende, ziemlich reizbare Fröhlichkeit, und ihre von Kindheit an enge Verbindung vertiefte sich, als sie erwachsen wurden. Dennoch, die Aussicht, daß es über kurz oder lang eine Großherzogin, eine offizielle Landesmutter im Palast geben werde, muß Alix beunruhigt haben. Sie machte ihre Situation noch prekärer.

Auf Anraten des Hofarztes, der sich wegen Alix' Ohrenentzündung Sorgen machte, verließen Ernie und Alix im Januar 1893 die Düsternis und Kälte Darmstadts und reisten nach Florenz, wo ihre Großmutter ein großes Haus, die Villa Palmieri, gemietet hatte. Die Villa der Königin war voller Verwandter, die dem rauhen Winter entkommen wollten, und jeden Tag besuchten sie in Gruppen Museen und Kirchen und machten Ausflüge aufs Land.

Für Alix war Italien, wie sie ihrer alten Gouvernante Madgie schrieb, »ein Traum von Schönheit«. Sie genoß die Landschaft, betrachtete ehrfurchtsvoll die Gemälde und Skulpturen, und die Tatsache, daß sie im Januar auf grünen Feldern und Kopfsteinpflaster frei von Schnee spazierengehen konnte, erschien ihr gleichzeitig verblüffend und wunderbar.

»Wir haben großartiges Wetter«, schrieb Alix, »so daß Sie sich vorstellen können, wie herrlich alles gewesen ist. Es ist wie ein Traum, so anders als alles, was man je gesehen hat.«[5]

Venedig fand Alix sogar noch bezaubernder. Sie schrieb von dem »köstlichen Gefühl, in einer Gondel gefahren zu werden, und dem Frieden und der Stille«. Die großartigen verwitterten Palazzi, die die Kanäle säumten, die alten, im glänzend wässrigen Licht gebadeten Kirchen und Brücken, die verwinkelten, übelriechenden Straßen mit ihren malerischen Läden – all dies zog Alix in seinen Bann. »Jetzt, nachdem wir einmal hier gewesen sind«, schrieb sie Madgie, »fürchte ich, daß wir uns immer danach sehnen werden, wieder zu kommen.«

Obwohl Alix noch nichts davon wußte, hatte es einen fundamentalen Wandel in der Einstellung von Nickys Eltern zu seiner Ehe gegeben. Vielleicht weil Alexander III. krank gewesen war und diese Krankheit ihn an seine Sterblichkeit erinnert hatte, hatte er beschlossen, seine Einwände gegen Alix als Heiratskandidatin für seinen Sohn fallenzulassen. Auch Minnie stimmte zu, und Anfang Januar 1893 bekam Nicky die Erlaubnis, Erkundigungen über Alix einzuholen, mit der Aussicht, ihr einen Heiratsantrag zu machen. Er war verblüfft. »Einen derartigen Vorschlag hätte ich nie erwartet, vor allem nicht von Mama«, schrieb er in sein Tagebuch. Er begann sofort mit seinen Nachforschungen – und in den nächsten Monaten verabschiedete er sich von seiner Mätresse Matilda Ktschessinskaja, wenn auch mit einem gewissen sentimentalen Bedauern. (»Ich stehe völlig in ihrem Bann«, schrieb er in sein Tagebuch. »Der Stift zittert mir in der Hand.«[6])

Mit Hilfe von Ella als ermutigender Mittlerin näherte Nicky sich Alix, und ein Briefwechsel begann. Bald entdeckte er jedoch sehr zu seinem Ärger, daß Alix jetzt mit der störrischen Inbrunst eines Märtyrers, der in römischer Zeit zu den Löwen in die Arena geschickt wurde, an ihrem lutherischen Glauben festhielt.

Der Gedanke, der Konfession abzuschwören, mit der sie aufgewachsen war, und sich statt dessen der Orthodoxie zuzuwenden, belastete ihr Gewissen, und sie hatte sich noch nicht dazu durchringen können, die Verdienste von Nickys Kirche anzuerkennen. 1890 hatte Sergej ihr ein Buch über den russisch-orthodoxen Glauben geschickt, und drei Jahre hatte sie es behalten und sich zweifellos auch mit ihm befaßt. Es war nicht Unwissenheit hinsichtlich des orthodoxen Glaubens, die zu ihrer Einstellung führte, sondern vielmehr eine sehr tiefgehende Loyalität dem Luthertum gegenüber. Die lutherische Kirche zu verlassen bedeutete für Alix, einen geliebten Gefährten ihrer Kindheit aufzugeben – und das war etwas »Falsches«, wie sie Nicky in einem Brief erklärte.

»Ich habe lange über alles nachgedacht«, sagte sie, »und ich bitte Dich nur, nicht zu glauben, ich nähme es leicht, denn es betrübt mich schrecklich und macht mich sehr unglücklich. Ich habe versucht, es aus allen Perspektiven zu betrachten, die möglich sind, aber ich komme immer wieder auf den einen Punkt zurück: Ich kann nicht gegen mein Gewissen handeln.« Sie erklärte Nicky, daß es in ihren Augen eine Sünde sei, den Glauben zu wechseln, und daß sie, wenn sie ihren Protestantismus aufgeben müsse, bis ans Ende ihrer Tage unglücklich wäre.

»Ich bin sicher, Du würdest nicht wollen, daß ich mich gegen meine Überzeugung entscheide«, fuhr sie fort. »Was für ein Glück kann aus einer Ehe entsprießen, die ohne den rechten Segen Gottes beginnt? ... Nie würde ich den Frieden meiner Seele finden.«[7]

Alix' Brief kam von Herzen, voller Traurigkeit, aber sehr bestimmt. Sie wollte sich »keiner Lüge schuldig machen«, sie konnte nicht gegen ihr Gewissen handeln. Sie würde nie ihrem Glauben abschwören und seinen annehmen. »Ich bin sicher, Du wirst dies richtig verstehen und es so sehen wie ich, daß wir uns nur quälen wegen etwas, das unmöglich ist, und es wäre nicht freundlich von mir, Dich weiterhin in falschen Hoffnungen zu wiegen, die sich nie erfüllen werden.«[8]

Nicky erhielt Alix' Brief an einem rauhen Novembertag. Er ging hinaus in den Sturm, die Hände in den Taschen, stemmte sich gegen den Wind, seine Gedanken in einem solchen Aufruhr, daß er sich des furchtbaren Wetters kaum bewußt wurde. »Den ganzen Tag lief ich wie benommen herum«, schrieb er später in sein Tagebuch. »Es ist schrecklich schwierig, ruhig und sorglos auszusehen, wenn die Frage, die deine ganze Zukunft betrifft, auf diese Weise plötzlich entschieden ist!«[9] Um seine erschütterten Gefühle zu betäuben, betrank er sich bis zur Besinnungslosigkeit und feierte ein viertägiges Trinkgelage.[10]

Durch Ella wußte er, das hinter Alix' sorgfältig formulierten, entmutigend entschlossenen Briefen ein verletztes, kummervolles Herz stand. Sie liebte ihn mit einer »tiefen und reinen« Liebe, wie Ella versicherte. Sie war »zutiefst unglücklich«, ja, sie hatte Ella bei deren Besuch in Darmstadt sogar anvertraut, sie sei bereit, »für ihre Liebe zu sterben«.[11] Nicky wollte sich mit Alix treffen, in dem festen Glauben, er könne sie überzeugen, wenn sie nur das dornige Thema Religion zusammen ausdiskutieren konnten. Aber wenn sie sich treffen würden, dann – und davor hatte Alix Angst – würde die Presse ganz sicher davon Wind bekommen, und es hatte schon geraume Zeit Spekulationen in den Zeitungen über eine mögliche Verlobung gegeben. Das letzte, was sie wollte, war ein sicher schmerzliches persönliches Gespräch mit Nicky, das durch Reporter, die sie hartnäckig verfolgten und auf Neuigkeiten warteten, noch angespannter wurde.

Kurz vor Weihnachten schrieb Nicky von Gatschina aus an Alix und bat sie, sein langes Schweigen zu verzeihen. »Ich konnte Dir all diese Tage nicht schreiben, weil ich in so trauriger Stimmung war«, erklärte er. »Nun, da meine Rastlosigkeit vergangen ist, fühle ich mich besser und bin in der Lage, Deinen Brief ruhig zu beantworten.« Er war, so gab er zu, »so einsam und so niedergeschlagen«, aber nicht ohne Hoffnung.

Er war überzeugt, daß ihre Einwände, zu seiner Kirche überzutreten, in sich zusammenfallen würden, wenn sie nur von einem orthodoxen Gläubigen mit dem Reichtum und der Tiefe seines Glaubens vertraut gemacht würde. Er vertraute da ganz auf Gottes Gnade. »Oh, sag nicht gleich ›Nein‹, meine liebste

Alix, zerstör nicht jetzt schon mein Leben!«, war seine abschließende flehentliche Bitte. »Glaubst Du, es kann ohne Dich auf dieser Welt noch ein Glück für mich geben? Nachdem Du mich – *ohne* bösen Willen! – so lange hast warten und hoffen lassen, kann es denn so enden?«[12] Also war die Angelegenheit vertagt, als das neue Jahr 1894 begann.

Die Veränderungen im Darmstädter Haushalt, auf die Alix sich vorbereitet hatte, waren in vollem Gange. Ernie hatte sich der Familie und dem sozialen Druck gebeugt und eingewilligt, seine Cousine Victoria Melita, die Tochter seines Onkels Alfred und seiner Tante Marie zu heiraten, die in der Familie »Ducky« gerufen wurde. Sie war siebzehn, er fünfundzwanzig; sie hatten ein gemeinsames Interesse an Kunst und vertrugen sich ganz gut. Ernie sah gut aus, war extrovertiert und überschäumend, Ducky temperamentvoll und willensstark. Beide waren überaus intelligent. Die Verlobung hatte sich als ein Kompromiß ergeben, und beide Partner wußten es. Ernie wäre sehr viel lieber Junggeselle geblieben, während Ducky trotz ihrer Jugend schon die Liebe ihres Lebens getroffen hatte – ihren russischen Cousin Kyrill, den Sohn von Nickys Onkel Wladimir –, nur um dann festzustellen, daß sie ihn nicht heiraten konnte, weil die orthodoxe Kirche eine Ehe zwischen Cousins ersten Grades verbot.

Ernie und Ducky taten ihr Bestes, ihre inneren Vorbehalte abzulegen, und machten sich mit Alix' Hilfe an die Hochzeitsvorbereitungen. Alix stattete ihre Suiten im Palast und in der Sommerresidenz Wolfsgarten neu aus, um sich abzulenken, und sie korrespondierte mit Ducky, um ihren Geschmack kennenzulernen und ihre Freundschaft zu festigen. Sie besprach sich mit Angehörigen des Stabes und organisierte die Einstellung neuer Bediensteter. Sie besprach sich, ziemlich wehmütig, mit Ernie, der, wie sie schrieb, »immer zu jeder Tageszeit in mein Zimmer gelaufen kam«, als der Hochzeitstag näher rückte.

Obwohl sie ihr Bestes tat, heiter zu bleiben, weiterhin als Ernies Gastgeberin auftrat und sich um seinen Haushalt kümmerte, überkam sie von Zeit zu Zeit eine tiefe Traurigkeit. Sie vermißte ihren Vater. Sie wußte, daß sie bald ihren Bruder vermissen würde, denn nach der Heirat würde ihre Beziehung nicht mehr dieselbe sein. Sie ertappte sich sogar manchmal bei dem Gedanken an die kleine Schwester, die sie vor so vielen Jahren verloren hatte, die kleine May, die in diesem Jahr 1894 zwanzig Jahre alt geworden wäre.[13]

Königin Victoria schrieb sie mit der Bitte, nach der Hochzeit doch ein paar Monate nach England kommen zu dürfen, weil sie den Jungvermählten nicht im Wege sein wollte. Sie begann sich taktvoll aus der Welt der Ehepaare in die Zwischenwelt der alten Jungfern zurückzuziehen. Gewohnt, beschäftigt zu sein – sie nahm an den formellen Audienzen ihres Bruders teil, kümmerte sich um das Wohl auswärtiger Würdenträger, bewirtete Freunde, pflückte gelegentlich auch Blumen und arrangierte sie in der Palastkapelle, wenn dort eine Hochzeit stattfand –, ging sie davon aus, nichts zu tun zu haben, sobald Ducky ihren Platz und all ihre Aufgaben übernahm.

Als das Jahr 1894 seinen Anfang nahm, war Alix nicht allzu zuversichtlich. »Immer fürchte ich mich vor dem Anbruch des neuen Jahres«, schrieb sie ihrer Großmutter, »denn man weiß ja nie, was es einem bringen wird.«

Dabei konnte Alix nur zu deutlich sehen, was es ihr wohl bringen würde: Keine Ehe, denn sie konnte sich nicht vorstellen, jemand anderen als Nicky zu heiraten, und das war unmöglich. Zudem würde Nicky zweifellos bald eine andere Braut finden. Kein eigenes Heim, denn ohne Ehemann konnte es kein richtiges Heim geben, nur zeitweilige Aufenthalte bei ihren Schwestern Victoria und Irene (nicht bei Ella, denn es wäre zu schmerzlich, wieder nach Rußland zu kommen), und wenn sie und Ducky einigermaßen miteinander auskamen, eine marginale Rolle in Ernies Haushalt. Irgendwann würde auch ihre Großmutter sterben, und dann konnte sie nicht mehr mit längeren Aufenthalten in Windsor oder Balmoral rechnen.

Schon lange wurde viel über sie getratscht. Sie war bekannt als die schöne Schwester des Großherzogs, die zwei ruhmreiche

Throne abgelehnt hatte, indem sie zuerst dem Erben des britischen Königs- und Kaisertitels (dem armen Eddy, der 1891 gestorben war) und dann dem Erben des russischen Reichs einen Korb gegeben hatte. Sie war eine irgendwie geheimnisvolle Gestalt, ihre Absichten nur schwer auszuloten. Wenn ihre Schönheit mit der Zeit schwand, würde sie sicher als Exzentrikerin gelten. Sie würde von einem Verwandten zum anderen ziehen, ihre Nichten und Neffen heranwachsen sehen und (so hoffte sie jedenfalls) freundlich, aber auch ein bißchen mitleidig behandelt werden. Sie würde ihre Zeit mit wohltätiger Arbeit füllen, mit Lesen und Sticken. Sie würde Klavier spielen und höfliche Konversation machen und dabei die schmerzliche Last eines ständigen Gefühls der Leere und Vergeudung tragen.

Ein so beschränktes und enges Leben erwartete Alix für sich, als sie einen weiteren öden Winter in Darmstadt verbrachte, ihr wundes Herz pflegte und davon ausging, daß sie bald sehr viel freie Zeit zur Verfügung haben würde.

6

Militärkapellen spielten und eine Ehrengarde stand neben den Gleisen stramm, als Nicky in Uniform auf dem Coburger Bahnsteig dem kaiserlichen Zug entstieg, flankiert von seinen Onkeln Pawel, Sergej und Wladimir. Er lächelte liebenswürdig, als Alfred, Herzog von Sachsen-Coburg-Gotha, vortrat und ihn umarmte und die anderen auf dem Bahnsteig ihn nacheinander begrüßten. Ernie und Ducky, die in drei Tagen heiraten sollten, waren am Bahnhof erschienen, um Nicky willkommen zu heißen, außerdem Alfreds Schwester Vicky und sein Bruder Bertie, Duckys Schwester Missy und ihr Ehemann Kronprinz Ferdinand von Rumänien und Scharen anderer Hochzeitsgäste. Aber die einzige, die Nicky sehen wollte, war Alix, und er begrüßte sie warm. Während er die anderen beinahe ignorierte, achtete er gespannt auf ihre Reaktion.

Er hatte sich schon fast entschlossen, nicht nach Coburg zu kommen, denn seine Schwester Xenia hatte ihm berichtet, daß Alix fest bei ihrer Weigerung blieb, an eine Heirat mit ihm auch nur zu denken. Xenia hatte kurz zuvor an Alix geschrieben, daß sie durch diese Weigerung »Nickys Leben zerstöre«; Alix hatte geantwortet, daß Xenias Beschuldigung grausam sei und daß eine Ehe, egal was auch geschehe, »*nie und nimmer* sein« könne.[1] Um das zu unterstreichen, hatte Alix ein Telegramm mit der gleichen Botschaft geschickt, und als er davon hörte, war Nicky am Boden zerstört gewesen. Aber seine Mutter hatte ihn überzeugt, daß es dumm sei, so schnell aufzugeben, und als der Zug einfuhr, hatte er seinen Mut zurückgewonnen. Er würde mit Alix sprechen, allein, und alles würde gut werden.

Davon war er sogar so fest überzeugt, daß er einen Geistlichen, Vater Janischew, mitgebracht hatte, um Alix im orthodoxen Glauben zu unterrichten, und eine Lehrerin, Fräulein Schneider, um ihr Russisch beizubringen.

Aber als Nicky sich am nächsten Tag zum ersten Mal allein mit Alix unterhielt, mußte er feststellen, daß sie zwar tiefbewegt, aber entschlossen und standhaft war. Auch er war aufgeregt, seine Gefühle liefen Sturm; dies war das entscheidende Gespräch mit ihr, nach dem er sich monatelang gesehnt hatte, seine Chance, sie mit der Kraft seiner Liebe und seinen vernünftigen Argumenten zu erobern. Zwei Stunden lang versuchte er sie zu einer Zusage zu überreden, ihre Einwände fallenzulassen und einer Heirat zuzustimmen, er versuchte es mit Argumentieren und mit flehentlichem Bitten, während sie weinte und immer wieder flüsterte: »Nein, ich kann nicht.«

Sie war tiefbewegt, und ein Teil von ihr wünschte sich nichts sehnlicher, als seinen Bitten nachzukommen, aber dennoch blieb Alix hart. Sie konnte ihre Treue der lutherischen Kirche gegenüber nicht brechen, sie konnte sie nicht hintergehen. Loyalität ihrer Kirche gegenüber erschien ihr als letzter Charaktertest, als wesentlicher Eckstein ihrer persönlichen Ehre. Wieder und wieder schüttelte sie den Kopf, die Tränen rannen ihr über die Wangen, und sie flüsterte: »Nein, ich kann nicht.«[2]

Schließlich gab Nicky auf und ging hinaus in den regnerischen Nachmittag zu einer Ausfahrt mit Ella und Sergej, dann zu einem langen Spaziergang mit Onkel Wladimir zur alten Feste Coburg auf dem Hügel.

Nirgendwo ist festgehalten, was Alix an jenem Nachmittag tat, aber innerlich war sie eindeutig an einem Kreuzweg angekommen. Ella, Sergej und jetzt auch Ernie drängten sie, Nicky zu erhören, ergründeten ihre Einstellungen und Gefühle, suchten nach einem Weg, ihre standhaften Einwände zu umgehen. Zar Alexander und Minnie boten ihr eine Aufnahme in die Familie an und waren beleidigt, wenn sie ihre Einladung ausschlug. Sie verlor gerade das einzige Heim, das sie hatte, und betrat das graue und öde Land der alten Jungfern. Ihr Wille war stark, aber ihr Herz brach unter der Last, als der Mann, den sie liebte, seine Arme nach ihr ausstreckte, ihr all seine Liebe und Wärme zu Füßen legte – wenn sie nur einen heiligen Schritt über die Schwelle des orthodoxen Christentums wagte.

Alix' feste und unabhängige Haltung zur Ehefrage war vielleicht nicht unerhört, aber doch ziemlich selten. Frauen waren im Jahr 1894 nicht Herr ihres Schicksals; sie bestanden nicht auf ihren Wünschen gegen das starke Drängen von Freiern und Verwandten. So etwas galt als unweiblich, ja als unnatürlich. Unterwerfung unter den Willen anderer war die erwartete Norm für Frauen jeden Alters in dieser Zeit, besonders wenn es um Ehe- und Familienangelegenheiten ging, und die Macht der Konvention war überaus stark.

Alix zeigte an ihrem persönlichen Kreuzweg also bemerkenswerte Willenskraft unter dem Druck übermächtiger gesellschaftlicher Erwartungen und drohender lebenslanger Einsamkeit ebenso wie unter dem ihrer Familie und ihres geliebten Nicky. Auch unter diesem Druck kapitulierte sie nicht – aber sie begann ganz vorsichtig, sich einen Weg aus ihrem Dilemma heraus zu suchen.

In Gesprächen mit Ella, Sergej und Ernie wurde Alix allmählich klar, daß nicht die Taufe und Aufnahme in die orthodoxe Kirche ihr Gewissen so sehr beunruhigten, sondern vielmehr die Tatsache, daß sie dem Luthertum abschwören mußte. Sie war immer davon ausgegangen, daß beides einander bedinge. Aber vielleicht war das gar nicht so. Als Ella freiwillig den orthodoxen Glauben angenommen hatte, hatte niemand von ihr verlangt, ihrem Luthertum abzuschwören. Und andere deutsche Prinzessinnen, die vor der gleichen Schwierigkeit gestanden hatten wie Alix jetzt, hatten, wie ihr plötzlich klar wurde, Kompromisse gefunden, die ihnen ihre Loyalität dem lutherischen Glauben gegenüber weiter ermöglichte, während sie gleichzeitig ihrer neuen Kirche beitraten.

Eine dieser Fürstinnen war Tante Marie, Maria Pawlowna,

gewesen, eine geborene Prinzessin von Mecklenburg-Strelitz – in der Romanow-Familie als »Tante Miechen« bekannt –, die Gattin von Onkel Wladimir. (Nicht zu verwechseln übrigens mit Tante Marie, der Schwester des verstorbenen Zaren Alexander II. und Ehefrau von Herzog Alfred von Sachsen-Coburg-Gotha.) Alix besuchte auf Drängen ihres Bruders Tante Miechen, wahrscheinlich, um über deren Konversion zu sprechen. Ernie ermutigte Nicky und ließ ihn wissen, es gebe »Hoffnung für einen glücklichen Ausgang«.[3]

Es blieben jetzt noch zwei Tage bis zu Ernies und Duckys Hochzeit, und immer mehr Familienangehörige kamen am Bahnhof Coburg an. Es gab aufgeregte Begrüßungen, tränenreiche Umarmungen. Wenn sie in ihren Kutschen aneinander vorbeifuhren, hielten die liebevollen Angehörigen von Königin Victorias großer Familie manchmal an und »umarmten sich auf der Straße«, sehr zum Vergnügen der auf Besuch weilenden Russen. Das offizielle Gesprächsthema innerhalb der Familie war die bevorstehende Hochzeit, was für ein schönes Paar Ernie und Ducky doch waren, wie beneidenswert schmal Duckys Taille war, wo die Jungvermählten ihre Flitterwochen verbringen würden, was für ein fröhlicher, überschwenglicher Mensch der Großherzog doch war, so charmant und künstlerisch begabt. Wie überraschend, daß er nicht früher geheiratet hatte.

Aber gleichzeitig konzentrierte sich die Aufmerksamkeit auf das Drama zwischen Nicky und Alix. Würden sie sich verloben? Warum zögerte sie? Hatte Königin Victoria irgend etwas gesagt oder getan, um die beiden von einer Eheschließung abzuhalten?

Abends nach dem Theater, wenn der Champagner im Billardzimmer gereicht wurde und die Männer sich zum Rauchen, Trinken und Reden zurückzogen, wurde Nicky wegen Alix ausgefragt. Wie standen die Dinge? Was konnte man tun? Sein Cousin Willy, der deutsche Kaiser, war besonders besorgt. Er sagte, er werde mit seiner Cousine Alix reden. Er werde die Sache in die Hand nehmen. Alix könne ihm nichts abschlagen. Alles werde gut ausgehen. Der Champagner floß in Strömen, und

Nicky, der seinem Tagebuch anvertraute, daß er unter »großen Ängsten und Zweifeln« litt, ging nicht vor Anbruch der Morgendämmerung zu Bett.[4]

Die Ankunft von Königin Victoria ließ diese Sorgen kurz in den Hintergrund treten. In einen dicken schwarzen Mantel gehüllt, den sie eng an sich preßte, fuhr sie in ihrer Kutsche vom Bahnhof durch die Stadt, schaudernd in der Kälte des Nordens – sie kam gerade aus dem warmen Florenz –, und grüßte mit ihrem einschmeichelnd schüchternen Lächeln die ihr zujubelnden Coburger. Die alte Königin fühlte sich dem Herzogtum Coburg nostalgisch stark verbunden, denn ihr geliebter verstorbener Gemahl Prinz Albert war hier aufgewachsen, und sie betrachtete alles, was mit Albert verbunden war, durch einen Schleier aus Gefühl und Trauer. Sie hatte sich angewöhnt, eine Miniatur Alberts um den Hals zu tragen und ab und zu mit diesem Bild zu sprechen. Man kann sich vorstellen, daß sie ihm an diesem Nachmittag im April viel zu erzählen hatte, während ihre Kutsche, eskortiert von einem ganzen Wachbataillon, durch die Kopfsteinpflasterstraßen ratterte. Blumen landeten händeweise vor den Rädern der Kutsche, als sie unter einem riesigen, als Willkommensgruß errichteten Triumphbogen hindurchfuhr. Auf dem Hof des Palastes, vor Schloß Ehrenburg, machte sie halt und nahm ihren offiziellen Empfang entgegen.

Alle Verwandten hatten sich versammelt, um die Matriarchin der Familie zu begrüßen, die Frauen in formeller Nachmittagskleidung, die Männer in frisch gebügelten Uniformen. Sie nahmen den Tee mit ihr, konnten aber nicht alle zusammen zu Abend essen, weil sie bei weitem mehr waren, als um den langen Speisetisch paßten. Die Königin, weißhaarig und gütig, ihre massige Gestalt (Nicky bezeichnete sie einmal unfreundlich als »Bauchfrau« und »Ball auf wackligen Beinen«) in ein altmodisches Kleid aus schwarzer Seide gehüllt, ihren indischen Diener an ihrer Seite, präsidierte behaglich über allem, zufrieden, daß ihre Heiratspläne für Ernie und Ducky Wirklichkeit geworden waren. Als einzige unter den Anwesenden wußte die Königin nichts vom Klatsch über Nicky und Alix; ihrer Ansicht nach bestand die Möglichkeit einer Verbindung zwischen beiden nicht mehr, nachdem sie ihr Bestes getan hatte, ihre Verlobung zu hintertreiben.[5]

Der Tag der Hochzeit brach an, und in der königlichen Kapelle des Palastes, unter Unmengen von Blumen und Girlanden aus Tannenzweigen, sprachen Ernie und Ducky ihre Gelübde. Die Zeremonie war kaum vorbei, als ein gewaltiges Gewitter losbrach und die Jungvermählten in ihrer Kutsche völlig durchnäßte. Der Bürgermeister sah sich gezwungen, das für den Abend geplante Feuerwerk abzusagen.

Es regnete die ganze Nacht hindurch, und Alix, der vor Aufregung ganz schwindlig war, schlief sicher nicht besonders gut. Der Hoffnungsstrahl, den sie zwei Tage zuvor erhascht hatte, hatte sich zu einem Leuchtfeuer verstärkt. Es gab einen Weg, so schien es, die Forderungen ihres Gewissens mit ihrem von Herzen kommenden Wunsch in Einklang zu bringen. Sie konnte der orthodoxen Kirche beitreten, ohne dem lutherischen Glauben formell abzuschwören. Sie konnte sich selbst treu bleiben – und Nicky heiraten.

Am folgenden Morgen fanden zwei Gespräche statt – zunächst eine Unterhaltung zwischen Alix und ihrem Cousin Willy und dann eine weitere Diskussion mit Tante Miechen. Sie hatte keinen Zweifel mehr. Es lagen ihr keine Hindernisse mehr im Weg. Sie war bereit, Nickys Antrag anzunehmen.

»[Sie] kam bald darauf in das Zimmer, wo ich mit den Onkeln, Tante Ella und Wilhelm saß«, beschrieb Nicky die Szene in einem Brief an seine Mutter. »Sie ließen uns allein und ... das erste, was sie sagte, war ... daß sie einverstanden sei! Oh Gott, wie geschah mir da! Ich fing an zu weinen wie ein Kind, und sie auch, nur ihr Ausdruck veränderte sich sofort: Ihr Gesicht strahlte und nahm ein friedvolles Leuchten an.«[6]

Später quälte Alix sich selbst, weil sie solange so stur gewesen war. Sie bat Nicky, ihr zu verzeihen. Sie hatte nicht klargesehen, sie hatte Hindernisse vermutet, wo es keine gab. Jetzt fiel die ganze Spannung von ihr ab, und die Liebenden umarmten sich, ihre Leidenschaft um so größer nach der langen Zeit der Enttäuschung, die sie voneinander getrennt hatte. »Ich verbrachte den ganzen Tag wie im Nebel und wußte selbst nicht, wie mir geschehen war.« Alix schrieb ihrer Freundin Toni Becker, daß sie »unendlich glücklich« sei, und als sie und Nicky nach nebenan gingen, um Willy und den Tanten und Onkeln ihre Verlobung zu verkünden, strahlte sie.

Als nächste mußte Königin Victoria davon erfahren – und wie groß wird ihre Verblüffung gewesen sein! –, dann Tante Marie und Onkel Alfred und die ganze Schar von Verwandten, die sich sofort, wie Nicky schrieb, »in eine Kußorgie« stürzten.[7] Telegramme wurden nach Rußland und anderswo geschickt, und gegen Abend begannen noch viel mehr Telegramme mit Gratulationen und Glückwünschen für Alix und Nicky einzugehen.

»Bitte sag Deiner lieben Verlobten von mir«, telegrafierte Zar Alexander Nicky, »wie sehr ich ihr dafür danke, daß sie endlich doch eingewilligt hat, und wie ich ihr wünsche, daß sie blühen und gedeihen möge für die Freude, den Trost und den Frieden, die sie uns geschenkt hat, als sie sich entschlossen hat, Deine Frau zu werden!« Auch Xenia schickte ihre freudigen Glückwünsche, und Alix schrieb ihr einen ekstatischen Brief. »Ich kann mein Glück gar nicht beschreiben – es ist einfach zu groß, ich kann Gott nur auf Knien danken, daß er mich so gelenkt hat. Und welch ein Engel ist der liebe Junge!«[8] Alix und Xenia hatten schon lange sehr große Zuneigung füreinander empfunden. Jetzt würden sie Schwägerinnen sein – und beide gleichzeitig Bräute, denn Xenia wollte in Kürze ihren Cousin Sandro heiraten.

In den nächsten Tagen war das verlobte Paar die meiste Zeit zusammen, sie aßen zusammen, fuhren mit dem Ponywagen aus, ließen sich fotografieren, besuchten zusammen die Oper und saßen später bis tief in die Nacht in Alix' Wohnzimmer, nur mit Gretchen von Fabrice als Anstandsdame. Während die Hochzeitsgäste nach und nach abreisten, hatten Alix und Nicky Coburg, so schien es, für sich allein, die nach Flieder duftenden

Gärten, die verwinkelten engen Gassen und malerischen alten Häuser, die kleine Oper und die Wälder der Umgebung. Die Intensität jener romantischen Tage, die Freude, die sie in der Anwesenheit des jeweils anderen verspürten, waren unbeschreiblich. »Ich bin glücklicher, als Worte sagen können«, schrieb Alix ihrer alten Gouvernante Madgie. »Endlich nach diesen fünf traurigen Jahren!«[9] »Meine Seele floß über vor Freude und Licht« – so schilderte Nicky jene »goldenen Tage« nach seiner Verlobung.[10]

Es war, als trüge jedes Detail ihrer stürmischen Tage eine besondere Bedeutung in sich: eine Opernarie, die sie beide liebten (»Noch einmal, noch einmal, noch einmal – Nachtigall!«), die rosafarbenen Blumen, die Alix gewöhnlich trug und die Nicky lieb gewonnen hatte, das Haus an der Straße von Coburg nach Ketchendorf, wo sie ein kleines erotisches Tête-à-tête erlebten. Die Zeit stand still, so schien es – obwohl sie beide es an regnerischen Nachmittagen schafften, mit ihrer Korrespondenz auf dem laufenden zu bleiben, und jeder mehr als zweihundert Glückwunschtelegramme beantwortete.

Sie mußten Pläne für die Zukunft machen, aber das hatte Zeit bis zum Sommer. Nicky sollte nach Rußland zurückkehren und dann Alix in England besuchen. Sie beschlossen, während ihrer Trennung in einem besonderen Code per Telegramm zu kommunizieren. Nach einem letzten Tag, den sie in Darmstadt mit einem Besuch bei Ernie und Ducky verbrachten, trennten sie sich widerstrebend, und Alix reiste nach Windsor.

Sie kam glücklich, aber erschöpft und ausgelaugt dort an, ihre Beine schmerzten. Im Laufe einiger weniger Wochen hatte sich Alix' Leben völlig verändert, und die nervenzehrende Anspannung dieses Umschwungs wurde sichtbar. Nach einem Treffen mit der Familie und einer Besprechung mit dem Bischof von Ripon – zweifellos ein Gespräch über ihre Konversion – zog sie sich in den Kurort Harrogate mit seinen achtzig Mineralquellen zurück, um ihre Schmerzen durch Schwefelbäder und Ruhe zu behandeln.

In der Hoffnung, der Aufmerksamkeit der Journalisten und

Neugierigen zu entgehen, nahm sie das Inkognito »Baroneß Starckenburg« an und schickte sich in einen gleichförmigen Tagesablauf mit Tauchbädern und den Russischstunden ihrer Lehrerin Katharina Schneider, der baltischen Russin, die Nicky für sie angestellt hatte. (»Es ist amüsant, aber ganz sicher nicht einfach!« schrieb Alix Madgie über ihren Russischunterricht.[11]) Sie machte Fortschritte, büßte aber bald ihre gesamte Privatsphäre ein. Ihre wahre Identität wurde bekannt. Die Menschen drängten sich um ihre Unterkunft, belästigten ihre hochschwangere Vermieterin, versuchten, in die Fenster zu spähen, verfolgten ihr Kommen und Gehen.

Die Briten waren fasziniert von der Geschichte dieser schönen Enkelin ihrer Königin, die solange mit dem Heiraten gewartet und sich schließlich mit dem zukünftigen Zaren verlobt hatte. Sie wollten jedes noch so kleine Detail ihrer Zukunft wissen. Wie würde ihr Hochzeitskleid aussehen? Ihre Aussteuer? Wann würde die Hochzeit stattfinden? Wie reich würde sie sein als Gemahlin des russischen Zaren? Stimmte es, daß sie ganze Zimmer voller Diamanten hatte?

»Es steht natürlich überall in den Zeitungen, daß ich hier bin«, schrieb Alix an Nicky, »und alle Händler schicken mir lange Briefe und bitten mich, irgend etwas zu bestellen; sogar ein Klavier und Tee habe ich angeboten bekommen. Der Plebs steht an den Ecken und starrt mich an; das nächste Mal werde ich ihnen einfach die Zunge rausstrecken.«[12]

Die Spekulationen wurden immer wilder, die Menschenmengen immer größer. Die Menschen starrten mit Operngläsern durch die Fenster ihrer Häuser. Sobald Alix ausfuhr, liefen sie zusammen und stellten sich in den Weg, zwangen sie, wieder ins Haus zu treten und einen Hintereingang zu benutzen; sobald sie den Hintereingang entdeckt hatten, versperrten sie auch diesen, und manche rannten hinter ihrer Kutsche her, wenn sie den Hof verließ. Sie konnte keinen Laden ohne einen Rattenschwanz von Neugierigen betreten, die ziemlich frech gafften und riefen: »Das ist sie!«

Alix' Vermieterin brachte Zwillinge zur Welt und bat ihren berühmten Gast, Patin der Babys zu werden. Beim Taufgottesdienst quoll die Kirche über vor lärmenden Fremden, die miterlebten, wie die beiden Kinder die Namen Nikolaus und Alexandra bekamen, ihre Aufmerksamkeit aber viel mehr auf die Patin als auf die Babys oder deren Eltern konzentrierten.

»Wenn ich nicht im Rollstuhl wäre, würde es mir ja nichts ausmachen«, erklärte Alix Nicky und versuchte, leicht über diese Belästigungen hinwegzugehen. Sie war allerdings verletzlich, denn der Rollstuhl war schwerfällig, und wenn sie sich je in Gefahr gesehen hätte, hätte sie nicht wegrennen können, nicht mit ihren kranken Beinen.

Eine Frau in der Menge fiel besonders auf. Sie war immer da, egal wohin Alix ging. Sie kam näher als die anderen, starrte Alix an, ihr Verhalten zeugte von Manie oder geistiger Verwirrung. Alix fragte sich, ob sie »die (weibliche) Entsprechung des Individuums« sein könne, das Nicky ein paar Monate zuvor belästigt, ihn verfolgt und ihm einen Brief geschrieben hatte.[13] Nach dieser Frau Ausschau zu halten, spannte ihre Nerven bis zum Äußersten an, und das Gefühl, ständig beobachtet zu werden, machte Ruhe und Heilung unmöglich. Die Schwefelbäder konnten ihre Schmerzen nicht lindern und verstärkten ihre Erschöpfung offenbar noch. Sie hatte eine fatalistische Einstellung entwickelt. »Der Schmerz [macht mir] nicht so viel aus«, erklärte sie Nicky. »Ich würde sogar sagen, es ist gut, Schmerzen ertragen zu müssen.«[14]

Ende Juni traf Nicky aus Rußland ein, und Alix verließ Harrogate und die störenden Schaulustigen und reiste nach Walton, in ein Haus ihrer Schwester Victoria, um ihn zu erwarten. Sie wuchsen in diesem Monat, den sie gemeinsam verbrachten, stärker zusammen als je zuvor – sie picknickten, unternahmen an heißen Sommernachmittagen gemeinsame Ausfahrten, frühstückten in Frogmore mit Königin Victoria, besuchten Onkel Bertie und Tante Beatrice und all die so zahlreich vorhandenen englischen Cousinen und Cousins.

Von Walton aus fuhren Alix und Nicky weiter nach Windsor, wo Nicky sich gutmütig dem formellen Protokoll des alten Palastes anpaßte und altmodische Kniehosen, schmale Schuhe und den Windsor-Rock mit rotem Kragen und Ärmelaufschlägen anzog, um »Granny« zu gefallen. Er erlebte auch ein wichtiges Familienereignis mit – Berties Sohn und Erben George (dem Bruder des verstorbenen Eddy) wurde ein Sohn geboren; dieses Kind, das später als König Edward VIII. auf den Thron kommen sollte, sicherte die Dynastie eine weitere Generation, und Nicky wurde gebeten, sein Pate zu werden.

In der freien Zeit zwischen Gartenparties, Familienessen, Theater- und Opernbesuchen waren Alix und Nicky oft allein zusammen. In diesen privaten Stunden schrieb Nicky sein Tagebuch, und Alix unterbrach ihn immer wieder und schrieb eigene Bemerkungen und liebevolle Gedanken hinein. »Gott schütze Dich, mein Engel«, schrieb sie an den Rand. »Ende gut, alles gut.« Sie zeichnete ein Herz und schrieb auf französisch »du, du, du« hinein. »Ich träumte, daß ich geliebt wurde, ich erwachte und stellte fest, daß es wahr ist«, lautete eine andere Eintragung, »und dankte Gott auf den Knien dafür. Wahre Liebe ist das Geschenk Gottes – täglich stärker, tiefer, voller, reiner.«[15]

Nach Nickys Geständnis seiner langen Affäre mit Matilda Ktschessinskaja findet sich im Tagebuch eine längere Passage von ihr.

»Mein lieber kleiner Boysy«, schreibt sie, »nichts hat sich geändert, immer treu. Hab Vertrauen und Zuversicht in Dein liebes Mädchen, das Dich inniger und ergebener liebt, als sie jemals sagen kann.« Sie versichert ihm: »Was vergangen ist, ist vergangen und wird niemals zurückkehren, und wir können ruhig darauf zurückblicken – wir alle geraten in dieser Welt in Versuchung, und wenn man jung ist, kann man nicht immer ankämpfen und der Versuchung widerstehen, aber solange wir bereuen und auf den guten, geraden Weg zurückkehren, vergibt uns Gott ...«

»Ich liebe Dich noch mehr, seit Du mir diese kleine Geschichte erzählt hast«, fügt sie hinzu, »Dein Vertrauen in mich hat mich, oh, so tief gerührt, und ich bete zu Gott, daß ich mich immer dessen würdig erweisen werde.«[16]

Gewitterwolken ballten sich in der heißen, schwülen Luft, und plötzliche Sturmböen trieben alle die langen Nachmittage über ins Haus. »Wir sterben vor Hitze«, notierte Nicky in sein Tagebuch. Nach Wochen voller unablässiger gesellschaftlicher Verpflichtungen mit vielen Menschen sehnten Alix und Nicky sich nach Abgeschiedenheit. Alix quälten noch immer Schmerzen in den Beinen, aber sie klagte nicht. Nicky hatte allmählich genug von »den fetten Tanten und ihren Männern« und regte sich über Beatrice' ungezogene Kinder auf; an seinen Nerven zehrte das ständige »Dasitzen mit gefalteten Händen und das ewige, endlose Warten«, während Granny sich in aller Ruhe für die nächste Teeparty oder den nächsten Ausflug umzog.[17] Nicky war energiegeladen; wenn er nicht seinen täglichen Spaziergang bekam, wurde er reizbar und ruhelos. Er lenkte sich selbst damit ab, bei den Juwelieren, die, wie er klagte, »in seinem Zimmer kampierten«, Schmuck für Alix zu kaufen.

Er hatte ihr schon einen hübschen Verlobungsring mit rosafarbenen Diamanten geschenkt, dazu ein Collier mit so bezaubernden Steinen, daß sie »beinahe in Ohnmacht fiel«, als sie es bekam. Jetzt kamen noch andere Verlobungsgeschenke dazu: Collier und Ring aus rosa Perlen, ein Armband mit einem riesigen Smaragd, eine Brosche mit Saphiren und Diamanten. Ein Teil des Schmucks, den Alix vom Zarenhof gesandt bekam, war sehr kostbar, und die englische Königin schalt ihre Enkelin, als sie diese sagenhaften Reichtümer sah. »Jetzt werde nicht zu stolz, Alix«, sagte Victoria, vielleicht ohne sich bewußt zu sein, daß ihre eigene Bescheidenheit und die Tatsache, daß ihr jede materielle Habgier oder Anmaßung abging, einen weit stärkeren Eindruck gemacht hatten als alle Worte der Welt.

Nach ihren Briefen und anderen Schriftstücken zu urteilen, verschwendete Alix im Grunde wenig Gedanken an den hohen Status, den sie einst als Nickys Gemahlin innehaben würde. Status und Rang waren ihr nicht wichtig; wichtig war die Liebe. Und die hatte sie sicher und gab sie auch zurück – eine Liebe, die offenbar täglich wuchs und in eine reiche, überaus befriedigende Verbindung mündete. Sie und ihr Verlobter waren ein Herz und eine Seele. Ihr Zusammensein reichte aus, um sie unendlich glücklich zu machen.

Sie waren zärtlich im Umgang miteinander, sie zogen sich gegenseitig auf, sie lachten und scherzten und machten sich, nicht gerade freundlich, über andere Leute lustig. Zusammen lachten sie über ein von Russen verfaßtes Englischbuch, mit dem Nicky sich beschäftigte: *English as She Is Spoke* (»At what o'clock dine him?«, »It must never to laugh of the unhappiest.«, »Dress your hairs!«)

Alix erklärte Nicky, daß ihr »ernstestes Streben und Gebet« dahin gehe, ihn glücklich zu machen, und er machte ihr ebenso ergeben klar, daß ihr Glück sein erstes und oberstes Ziel sei. »Ich liebe Dich, mein Liebling, wie nur wenige Menschen lieben können!« hatte Nicky kurz nach ihrer Verlobung geschrieben. »Ich liebe Dich zu innig und zu sehr, um es zeigen zu können; es ist ein so heiliges Gefühl, ich will es nicht in Worten ausdrükken, die schwächlich, arm und eitel erscheinen!«[18]

Als es Ende Juli Zeit für ihn wurde, an Bord der Yacht *Polarstern* nach Rußland zurückzukehren, war er traurig und deprimiert. Eine Trennung, und sei es auch nur für kurze Zeit, schien schmerzlich. »War erschöpft vor lauter Traurigkeit und Sehnsucht«, schrieb er in sein Tagebuch.[19]

Die Trennung sollte nicht von langer Dauer sein, versicherte Alix ihm. Sie würden sich in zwei Monaten wiedertreffen, Ende September in Wolfsgarten. Inzwischen arbeitete Alix weiter an ihrer religiösen Unterweisung, übte für ihre formelle Aufnahmezeremonie in die orthodoxe Kirche und lernte Russisch. Sie hatte ihre Aussteuer bei Madame Flotow bestellt, einer Modeschöpferin, die gerade *en vogue* war, und viele Schachteln voller Kleider und Hüte, Unterwäsche und Nachthemden warteten darauf, anprobiert und ausgewählt zu werden.

»Immer wahrhaftig und immer liebend, treu, rein und stark wie der Tod«, schrieb Alix am Tag vor seiner Abfahrt in Nickys Tagebuch. Nichts konnte sie jetzt noch trennen, nicht die Kälte der Nordsee, nicht die vergehende Zeit, nicht der Zufall oder das Schicksal.

»Noch einmal, noch einmal, noch einmal – Nachtigall!« sang Alix vor sich hin, nachdem sie die Abfahrt der *Polarstern* beobachtet hatte. Sie humpelte zurück, den Landungssteg entlang zur Küste hin, und drehte ihren Verlobungsring am Finger. Ihre Beine schmerzten, aber was war ein kleiner Schmerz, wenn ein solches Glück gleich hinter dem Horizont lag?

7

Zar Alexander, dieser Hüne von Mann mit dem eiskalten Blick, dieser vielbewunderte Herrscher, den seine Untertanen Alexander Mirotworez, Friedenszar, nannten, war plötzlich zusammengebrochen. Auf Drängen seiner Ärzte wurde er auf sein Gut Liwadija am Schwarzen Meer gebracht, wo er völlige Ruhe hatte.

Es war Ende September 1894, und Nicky, der Alix in Wolfsgarten treffen wollte, bereitete sich gerade auf seine Abreise vor. Beunruhigt durch den plötzlichen körperlichen Verfall seines Vaters und nervös wegen der Bestimmtheit, mit der die Ärzte des Zaren ihre Anweisungen gaben, hatte er das Gefühl, die Familie nach Liwadija begleiten zu müssen, statt nach Hessen zu reisen, und änderte seine Pläne.

Der Zar hatte sich schon einige Monate lang nicht wohl gefühlt. Sein riesiger, schwerfälliger Körper hatte bedenklich gewankt, wenn er ging, seine unglaublich breiten Schultern wirkten irgendwie eingefallen, und die Haut seines runden Gesichts mit dem schwarzen Bart zeigte eine ungesunde Blässe. Manchmal hatte er Schwierigkeiten beim Atmen. Er war erst neunundvierzig, und bisher hatte er sich immer einer außerordentlich robusten Gesundheit erfreut. Seine körperliche Stärke war phänomenal. Aber manche sagten, er werde diesen abrupten Zusammenbruch nicht überleben, und es gab gemurmelte Bedenken wegen der Nachfolge, denn man nahm allgemein an, daß Nicky mit seinen klaren, freundlichen Augen und seinem angenehmen Wesen, seiner schmalen Gestalt und seinen empfindsamen Zügen nach dem Tod des Zaren von seinen herrischen Onkeln grob zur Seite geschoben werden und dann ein Machtkampf entbrennen würde.

Ängstlich und schlecht auf diese Krise vorbereitet, bat Nicky um die Erlaubnis, Alix nach Liwadija zu holen, und seine Eltern stimmten zu. Er vermißte seine Braut, er brauchte ihre Unterstützung. Obwohl die Ärzte nichts davon sagten, daß sein Vater sterben werde, brauchte Nicky ihn nur anzusehen, um zu spüren, daß er, falls er nicht starb, so doch ziemlich lange Zeit stark beeinträchtigt wäre; schon wurden die Regierungspapiere, die in einem nicht abreißenden Strom von Petersburg in Liwadija ankamen, zum Lesen und Unterzeichnen an Nicky weitergereicht, und er empfand diese Arbeit als große Belastung.

Er hatte den Tag, an dem er Zar werden würde, immer gefürchtet und sich mit den relativ jungen Jahren und der robusten Gesundheit seines Vaters getröstet.[1] Natürlich drohte immer die Gefahr eines Attentats wie bei Alexanders Vater, und es hatte Angriffe auf ihn gegeben. Aber Nicky, der ewige Fatalist, hatte sich davon nicht übermäßig beunruhigen lassen und war immer davon ausgegangen, daß er noch sehr lange von der Last des Regierens verschont bleiben würde.

Doch jetzt konnte er zusehen, wie sein innig geliebter Vater, dieser Herkules, der einst einen eisernen Schürhaken zum Knoten formen, der einen massiven Silberrubel mit seinem Daumen verbiegen konnte, von Tag zu Tag schwächer wurde. Er mußte sich damit auseinandersetzen, daß das furchteinflößende Amt des Herrschers wahrscheinlich schon bald auf ihn übergehen werde.

Wenn Alexander III. sterben sollte, bevor er fünfzig war, dann wäre er wirklich eine ungewöhnliche Ausnahme, aber schließlich war er immer ungewöhnlich gewesen, nicht nur in Hinblick auf die Kraft und den Umfang seines hünenhaften Körpers, sondern auch in Hinblick auf seine Lebensart. Viele fanden, er sah aus wie ein sehr großer russischer Bauer, und in seinen Palästen lebte er im bäuerlichen Stil, einfach und ungezwungen, trug wann immer möglich die weiten Hosen, die weiche Hemdbluse und die Schaffelljacke des russischen Dorfbewohners. Er trug seine Kleider, bis sie an den Säumen ausrissen, und dann bat er seinen Kammerdiener, sie zu flicken.

Sein ganzes Leben hatte Nicky zugesehen, wie sein Vater an seinem großen Schreibtisch arbeitete, seinen Hund vor den Füßen, hohe Papierstapel vor sich. Er hatte verbissen gearbeitet, oft wütend Beleidigungen seiner Minister (»Narren! Idioten!«) an die Ränder der Dokumente gekritzelt, die er unterschrieb, über die Treulosigkeit der europäischen Staaten vor sich hingeschimpft und insbesondere Königin Victoria als »gehässige Alte, die sich überall einmischen muß«, verdammt.[2] Er hatte die Aufgabe, ein Reich zu beherrschen, zermürbend und unangenehm aussehen lassen – keine Ehre, kein Privileg, an dem man sich freuen konnte, sondern ein Märtyrerkreuz, das man in ständig gereizter Stimmung tragen mußte. Und Nicky war sich durchaus bewußt, daß sein Vater dieses Kreuz, diese Verpflichtung, lieber an seinen Lieblingssohn Michail weitergegeben hätte als an Nicky, der das Pech hatte, der Erstgeborene zu sein. Michail war noch nicht erwachsen, aber in den Augen des Zaren zeigte er allein von den drei Brüdern das selbstbewußte, offene Wesen eines Mannes, der zur Herrschaft geboren war; Nicky war zu weich und zurückhaltend, zu leicht von anderen zu beeinflussen, und dem dritten Sohn Georgij, klug, aber oberflächlich, fehlte die Ernsthaftigkeit, die kaiserliche Autorität durchzusetzen.

Alix erhielt Nickys Telegramm in Wolfsgarten. Ihr Verlobter erzählte ihr von der schweren Krankheit des Zaren und bat sie, auf die Krim zu kommen, und sofort begann sie mit den Vorbereitungen für diese Reise. Sie wußte, daß er Qualen litt, sich um seinen Vater und dessen Leiden sorgte und gleichzeitig die drohende Wahrscheinlichkeit fürchtete, in seine Fußstapfen treten zu müssen. Er würde ihren Trost, ihren Beistand und ihre Kraft brauchen, und sie mußte bei ihm sein.

Damals plagten sie auch eigene Sorgen, denn sie hatte nach ihrer Rückkehr aus England feststellen müssen, daß sich eine Kluft zwischen Ernie und seiner Gemahlin aufgetan hatte. Ducky war schwanger, fühlte sich schlecht und war furchtbar unzufrieden. Sie überschüttete Alix mit diesen Klagen – »in ihrer offenen Art spricht sie über alles«, erklärte Alix Nicky in einem Brief und deutete damit an, daß es in Duckys Enthüllungen um ihr Intimleben mit Ernie ging. Alix war stolz auf ihre Weltklugheit, darauf, daß sie Dinge wußte, »die andere erst erfahren, wenn sie erwachsen und verheiratet sind«.[3] Sie konnte zuhören, ohne schockiert zu sein, und sie konnte mitfühlen. Aber diese Entwicklung war, wenn auch nicht ganz unerwartet, so doch ziemlich beunruhigend. Ernie hatte gegen seine Natur versucht, eine konventionelle Ehe zu führen, und dieser Versuch scheiterte gerade. Es würde einen Erben geben, der ihm auf den Herzogsthron folgen konnte, aber wenn Ducky weiterhin so offen war, würde es auch einen Skandal geben.

Alix reiste von Wolfsgarten ab, begleitet von Gretchen von Fabrice, Baroneß Grancy und ihrer Schwester Victoria, die sich bis Warschau ihrer Reisegruppe anschloß. Von dort aus reisten die anderen allein durch die Ukraine weiter.[4] Die Luft wurde auf ihrem Weg nach Süden wärmer, der Morgenfrost wich dem Nebel und Dunst, während ihr Zug sie durch endlose, mit Regen vollgesogene, abgeerntete Felder trug, auf denen nur noch die blassen Stoppeln standen. Tagelang fuhren sie durch die Ebenen, die Entfernungen zwischen Städten und Dörfern dehnten sich. Abgeschnitten von Nachrichten aus Liwadija muß Alix sich Sorgen darüber gemacht haben, was sie wohl bei ihrer Ankunft erwartete.

In Warschau schloß Ella sich Alix und ihrer Gruppe an und brachte Neuigkeiten. Der Zar lebte noch, aber sein Zustand verschlechterte sich. Man hatte nach Bertie geschickt, und der würde so schnell wie möglich aus England kommen.

Als Nicky Alix, Ella und die anderen in Simferopol am Fuße der Berge abholte, wirkte er niedergeschlagen. Es war alles zu viel für ihn. Er mußte die Minister seines Vaters mit ihren widersprüchlichen Ratschlägen und Vorschlägen abwehren und um seinen Gleichmut kämpfen, während der großsprecherische Onkel

Wladimir und der willensstarke, hinterhältige Onkel Sergej jeden seiner Schritte zu beeinflussen, wenn nicht zu kontrollieren suchten. Seine Mutter war vor Kummer ganz außer sich, die Ärzte, praktisch hilflos, boten weder Trost noch Hoffnung. Und Nicky selbst, hin und her gerissen zwischen der Wahrnehmung der Regierungsangelegenheiten seines Vaters und dem Wachen an seinem Bett, wo er seinen immer flacheren Atem hörte und seine Lebenskraft schwinden sah, war angespannt und fühlte sich elend.

Die lange Straße von Simferopol an die Südküste der Krim wand sich über Bergpässe hinweg, an reißenden Flüssen entlang und zwischen grünen Hügeln hindurch. Dichte Eichenwälder rahmten die mit Felsbrocken übersäte Straße, die sich in Serpentinen auf einen letzten hohen Paß zuschlängelte und dann ein Plateau erreichte, hinter dem das Land allmählich zu einer breiten Bucht hin abfiel. Auf hohen Klippen, die auf die strahlende Fläche des dunkelblauen Meeres hinausblickten, drängte sich eine Handvoll hübscher, großer weißgetünchter Villen in Gärten, die vor Oleander, Glyzinien und Rosen nur so strotzten. Noch im Oktober bedeckte blühender Wein die Mauern, die warme Sonne schien auf grüne Rasenflächen und Zypressenhaine und hinterließ einen goldenen Sporn auf dem tiefen Blau des Wassers. Die Luft war erfüllt vom Duft der Trauben, und zwischen den Anwesen lagen Wein- und Obstgärten, die dem ganzen Panorama eine üppige mediterrane Atmosphäre verliehen.

Im Haus des Zaren wurden Alix und Nicky ganz offiziell begrüßt. Mit altmodischer Höflichkeit hatte Zar Alexander darauf bestanden, sich eine Uniform anzuziehen, um seine zukünftige Schwiegertochter willkommen zu heißen, obwohl diese Anstrengung ihn später zu längerer Bettruhe zwang. Er konnte sich nur noch auf einem Sofa ausstrecken, das auf einen Balkon hinausgetragen worden war, seinen gewaltigen Leib in eine Decke gehüllt trotz des milden Wetters, seine Sauerstoffflasche neben sich. Er schlief tagsüber viel, wachte dann in der Nacht immer wieder auf und litt unter heftigem Nasenbluten und Übelkeitsanfällen.

Jede neue Attacke brachte seine Kinder, Minnie und alle Ärzte an sein Bett, während die anderen Verwandten, Minister und Diener sich in der Nähe versammelten, horchten und auf die neuesten medizinischen Bulletins warteten. In den Zeiträumen zwischen den Krisen zog sich die Familie in die Kapelle zum Gebet zurück, während die Hofbeamten sich zu panischen Haufen ballten und die Diener, traurig und verloren, ziellos durch die Zimmer wanderten. Vielen von ihnen rannen die Tränen die Wangen herab.

Nicky flüchtete sich vor diesem ganzen belastenden Chaos in Alix' Zimmer, wo sie, nach außen ganz gefaßt, saß und eine Kelchdecke bestickte, die beim Ritus ihres Eintritts in die orthodoxe Kirche Verwendung finden sollte. Sie beteten zusammen, und er erzählte ihr von seinen Schwierigkeiten. Zusammen unternahmen sie Spaziergänge und Ausfahrten, aber mit jedem Tag wurden die Anfälle des Zaren häufiger, und Nicky konnte es sich nicht leisten, lange wegzubleiben.

»Ein trauriger und schmerzlicher Tag!« schrieb Nicky eine Woche nach Alix' Ankunft in sein Tagebuch. »Der liebe Papa hat überhaupt nicht geschlafen und fühlte sich morgens so schlecht, daß sie uns weckten und nach oben riefen. Was für eine Quälerei.«[5] Niemand hatte die Lage richtig im Griff, nicht die Ärzte, nicht Nicky, nicht einmal Onkel Wladimir, dessen Poltern die ganze Aufregung noch schlimmer machte.

»Liebster Boysy«, schrieb Alix in Nickys Tagebuch, »ich liebe Dich so zärtlich und tief. Sei stark und bring die Ärzte, Leyden oder den anderen, Z[acharin], dazu, jeden Tag allein zu Dir zu kommen und Dir zu sagen, wie sie ihn beurteilen.« »Laß nicht andere an die erste Stelle treten und Dich zur Seite schieben.« Sie drängte ihn, »seinen eigenen Kopf zu zeigen« und die anderen nicht vergessen zu lassen, wer er war – der Thronerbe.[6]

Es war jetzt klar, daß Nicky nur noch Tage, vielleicht Stunden, davon entfernt war, seinem Vater als Herrscher nachzufolgen. Doch je näher sein Erbe rückte, desto schwächer und unentschlossener wurde er. Nur in Alix' Gegenwart konnte er Erholung von dem emotionalen Aufruhr finden, der für alle deutlich sichtbar an ihm zehrte. Der Zar lag im Sterben, der Zarewitsch brach unter dem Gewicht seiner Angst und seines Leids zusammen. Das ganze Gefüge des geordneten Lebens schien ins Wanken zu geraten, Chaos drohte.

Schließlich, am 1. November, endete das lange Ringen. »Mein Gott, mein Gott, was für ein Tag!« notierte Nicky. »Der Herr hat unseren angebeteten, vielgeliebten Papa zu sich gerufen. In meinem Kopf dreht sich alles, ich kann es nicht glauben – es scheint unvorstellbar, eine entsetzliche Wahrheit.« Nach einem traumatischen Morgen, an dem der erschöpfte Patient ständig Sauerstoff zugeführt bekam, sammelte er genug Kraft, um die Kommunion entgegenzunehmen, sprach dann ein kurzes Gebet und küßte seine Frau. Ein Priester hielt ihm den Kopf, und seine Söhne und Töchter standen um sein Bett, als er kurz darauf Krämpfe bekam und starb.

»Es war der Tod eines Heiligen!« schrieb Nicky. »Herr, hilf uns in diesen schrecklichen Tagen!« Das ganze Gewicht schien jetzt auf Nicky zu lasten, als er um seinen Vater weinte, um sich selbst, um das, was ihm bevorstand. Nach Meinung seines Schwagers Sandro war Nicky »nicht in der Lage, seine Gedanken zu ordnen«. Er nahm Sandro mit in seinen Salon und brach vor Kummer zusammen, es war schmerzlich, sein schreckliches Leid mitanzusehen.

»Was soll ich tun?« schrie er heraus. »Was wird aus mir, aus dir, aus Xenia, aus Alix, aus Mutter, aus Rußland? Ich bin nicht darauf vorbereitet, Zar zu sein. Ich wollte nie einer werden. Ich verstehe überhaupt nichts von Regierungsgeschäften. Ich weiß nicht einmal, wie man zu den Ministern spricht. Wirst du mir helfen, Sandro?«[7]

Hilfe war dringend nötig, und zwar sofort, denn das Begräbnis mußte geplant, die Welt vom Dahinscheiden des Zaren unterrichtet, die Minister beruhigt und geführt werden. Nickys erste Handlungen als Zar würden den Ton für seine Regierung bestimmen. Er mußte Entscheidungen treffen, Verantwortung delegieren, Pläne überwachen, während er die Rolle des Patriarchen der großen und aufsässigen Familie Romanow übernahm.

Er tat nichts davon. Stunden vergingen, und das Chaos im Haus wuchs noch immer. Ängstliche Diener versteckten sich in irgendwelchen Winkeln oder rannten von Zimmer zu Zimmer, unfähig, ihren Pflichten nachzukommen. Niemand übernahm die Führung. Überall in dem riesigen, weitläufigen Haus spürte man Leere und Verlust, das Ende einer Welt. Durch seinen Tod war Alexander Mirotworez, der Friedenszar, zum Zerstörer von Ruhe und Ordnung geworden, hatte Trostlosigkeit hervorgebracht. Plötzlich gab es keine Sicherheit mehr, keinen festen Grund, alles löste sich auf.

Als ob es die verheerende Niedergeschlagenheit noch unterstreichen wollte, schlug auch das Wetter abrupt um. Die Luft wurde kalt, und eine Brise wehte vom Meer herein, wühlte die Bucht zu schaumigen Wellen auf und blies heftig über die blumengeschmückten Balkone und weißgetünchten Terrassen der Zarenvilla hinweg.

Der Wind zerrte an den Gärten, rüttelte an den Ästen der Bäume und seufzte unter den Dächern, seine tiefe, schauerliche Stimme bildete ein Echo der verängstigten Traurigkeit und Orientierungslosigkeit, wie sie der ganze Haushalt verspürte.

Nicky konnte sich zu nichts anderem aufraffen, als sich spät an jenem Abend durch die Gebete für den Toten zu schleppen, die im Totenzimmer von den Priestern gesprochen wurden. »Ich hatte das Gefühl, als sei auch ich tot«, erinnerte er sich.[8] Er schaffte es lediglich, sich selbst aufrecht zu halten, ermutigt von Alix, deren ständiger Beistand und deren Versicherung, ihm zu helfen und ihn zu trösten, den furchtbaren Schmerz überhaupt erträglich machten – aber gerade nur erträglich. Er vermochte seine Mutter nicht zu trösten, deren Kummer sie fast um den Verstand brachte, oder seinen Geschwistern in ihrem Leid beizustehen. Abgesehen von Alix' tröstender Pflege war er allein. Und er war jetzt Zar Nikolaus II., Kaiser von Rußland.

Er war der Zar – doch seine Onkel, die sich mit den aufgeregten Ministern bekriegten, ignorierten ihn in den Tagen nach Alexanders III. Tod. Wladimir und Sergej tyrannisierten und kommandierten, versuchten die Begräbnisfeierlichkeiten zu organisieren. Ein provisorischer Sarg mußte angefertigt, der Zug des Zaren bestellt werden. Die Beamten in St. Petersburg brauchten detaillierte Anweisungen für das Begräbnis, damit sie mit den Vorbereitungen beginnen konnten. Der Leichnam konnte nicht über die Berge transportiert werden, er mußte mit dem Schiff nach Sewastopol reisen. Die Schwarzmeerflotte mußte angewiesen werden, sofort ein Schiff nach Liwadija abzuordnen.

Inzwischen hatte sich die Natur zu Wort gemeldet. Der Leichnam stank furchtbar, Nicky und seine Onkel mußten ihn in ein »Eckzimmer« tragen, wo er einbalsamiert werden konnte. Als ob er einen grotesken Kommentar zu der Absurdität all dieser Vorgänge abgeben wolle, schien der tote Zar, dessen Gesicht sich durch die Verwesungsvorgänge schwarz gefärbt hatte, zu lächeln.[9]

Am zweiten Tag nach dem Tod des Zaren kam Bertie aus England an, und unter dem Einfluß seiner imposanten, aber warmen und väterlichen Anwesenheit kamen die Dinge allmählich ins richtige Gleis. Die polternden Onkel zogen sich zurück, die Minister, die sich schämten, ihre Konfusion und Inkompetenz vor dem Erben des englischen Throns zu enthüllen, fanden allmählich ihre Contenance wieder. Nach und nach kehrte der Haushalt zur Normalität zurück; die Mahlzeiten wurden serviert, die Betten gemacht, die Pferde mit Futter und Wasser versorgt, Vorräte eingekauft. Bertie merkte schnell, daß Nicky nicht imstande war, die notwendigen Arrangements für den Transport und die Beisetzung seines Vaters zu treffen, übernahm selbst die Organisation des Begräbnisses und führte die Familie auf dem langen, traurigen Zug nach Petersburg, wo ihr Patriarch zur ewigen Ruhe gebettet werden sollte.

Alix beobachtete inzwischen alles und versuchte, sich taktvoll herauszuhalten, während sie mit ihrem Verlobten fühlte und ihm Kraft gab. Es ging alles einfach zu schnell, es gab keine

Zeit, sich mit den plötzlichen Veränderungen zu arrangieren. Nicky drängte sie, ihn sofort zu heiraten, in einer ruhigen, privaten Zeremonie im Haus in Liwadija, nur im engsten Familienkreis. Onkel Wladimir und Onkel Sergej wandten sich dagegen: Eine solche Hochzeit sei nicht standesgemäß für einen russischen Zaren, sagten sie; der Zar müsse in Petersburg heiraten, mit angemessener Grandeur und Feierlichkeit und im Beisein des ganzen Hofes.

Der Streit wogte hin und her, die schwache, vom Kummer gezeichnete Minnie unterstützte Nicky, und Alix versuchte, nicht Partei zu ergreifen. In der Trauerzeit zu heiraten, mit einer schwarzen Brautausstattung und schwarzgewandeten Hochzeitsgästen, war weit entfernt von dem, was sie sich noch ein paar Wochen zuvor vorgestellt hatte. Daß ihre Hochzeit plötzlich Anlaß für Familienstreitigkeiten bot, war ebenso unvorhergesehen – und bestürzend. Sie mußte sich ihren Weg durch ein Labyrinth quer zueinander laufender Loyalitäten ertasten, wohl wissend, daß sie Gefahr lief, von anderen Familienmitgliedern scharf kritisiert oder sogar geächtet zu werden.

Sie stellte fest, daß der Rest der Familie Sandro, Xenias Ehemann, die kalte Schulter zeigte. Vor allem Minnie verabscheute ihn, und zwar schon seit seiner Hochzeit mit Xenia ein paar Monate zuvor. Er hatte Anstoß erregt, weil er Forderungen stellte und sich selbst und seine Bedürfnisse in den Mittelpunkt rückte. Er hatte es nicht geschafft, sich elegant und zurückhaltend in die Familiengemeinschaft einzufügen. Er wurde bestraft, schweigend, aber überdeutlich. Die ganze Familie war stark gegen ihn eingenommen.[10]

Das letzte, was Alix wollte, war, eine ähnliche Reaktion bei ihrer zukünftigen Schwiegerfamilie hervorzurufen. Sie gab sich alle Mühe, sich aus den Kämpfen und Konflikten herauszuhalten – nur um hinter ihrem Rücken für ihre Arroganz kritisiert zu werden.[11]

Diese Bemühungen, zugleich unterstützend und zurückhaltend zu wirken, strengten Alix sehr an. Ihre Schmerzen in den

Beinen waren zurückgekehrt, und sie litt sehr. Eine andere junge Frau, krank und umgeben von Chaos, die sich plötzlich auf der Schwelle zu einer Heirat mit einem schwachen, zögerlichen Herrscher gefunden hätte, der unfähig schien, seiner Verantwortung nachzukommen, hätte sich vielleicht anders besonnen und die Flucht ergriffen. Alix aber hielt stand. Nickys Schwäche, die sie nur zu klar sah, machte ihre Kraft nur um so notwendiger. Oder besser gesagt: Sie würde seine Kraft sein. Wo er ausfiel, würde sie in die Bresche springen. Sie hatte ihm ihr Wort gegeben. Ihn zu lieben, ihm zu helfen war ihre heilige Pflicht. Sie würde ihm bis in die Hölle folgen, wenn es sein müßte.

Falls Alix während der langen Reise zum Begräbnis wirklich abwog, was die Zukunft ihr als Gemahlin des neuen Zaren wohl bringen würde, dann scheint sie diese Gedanken jedenfalls für sich behalten zu haben. Befürchtungen zu äußern, wäre zutiefst illoyal gewesen. Aber sie muß in diesem November des Jahres 1894 die fundamentale Untauglichkeit ihres Verlobten wahrgenommen haben, und sie muß sich gefragt haben, wie er, wenn er noch nicht einmal die Vorkehrungen für das Begräbnis seines Vaters treffen konnte, in der Lage sein sollte, das russische Reich zu regieren.

Der kaiserliche Zug, der den Leichnam des toten Zaren beförderte, legte den Weg von Sewastopol nach Petersburg in kurzen Etappen zurück und hielt oft, damit Gebete gesprochen und Gottesdienste gehalten werden konnten. In Moskau wurden die sterblichen Überreste des Herrschers drei Tage lang aufgebahrt, und seine trauernden Untertanen zogen an ihm vorbei und erwiesen ihm die letzte Ehre. Dann ging es weiter nach Petersburg für die feierliche Aufbahrung in der Kathedrale der Peter-und-Pauls-Festung.

Dort, in der riesigen düsteren Kathedrale, inmitten Tausender brennender Kerzen, kniete Alix in ihrem schwarzen Trauerschleier nieder, um den Gottesdienst für den Toten zu feiern. Ihre Beine waren steif und schmerzten, Hände und Gesicht waren kalt – es gab keine Heizung in der zugigen Kirche, wenn man von der Wärme der Kerzen absah. Der Gottesdienst zog sich stundenlang hin, und mehr als einer der Teilnehmer, darunter auch Alix' Hofdame Gretchen von Fabrice, wurde ohnmächtig. Aber Alix hielt durch, bewegt von dem dramatischen Anschwellen und Abebben des Chores, von den gesungenen Gebeten und dem überwältigenden Duft des Weihrauchs.

Sie war jetzt eine Tochter der orthodoxen Kirche, sie hatte ihr formales Glaubensbekenntnis abgelegt. Sie war mit Nicky im Glauben wie auch bald in der Ehe vereint. In einer Woche würde sie seine Ehefrau werden – die »Trauerbraut«, wie man sie in den Straßen von Petersburg nannte.

Der Chor begann das Klagelied »Ewiges Gedächtnis« zu singen, und die Grenadiere des Zaren nahmen ihre Plätze rund um den Sarg ein. Eines nach dem anderen zogen die Mitglieder der Familie vorbei, beugten sich vor, um das schwarze, eingeschrumpfte Gesicht des toten Zaren mit seiner Andeutung eines Lächelns zu küssen. Mühsam humpelte Alix heran und drückte ihren ehrfürchtigen Kuß auf die stinkende, verwelkte Wange.

Es war eine unangenehme Pflicht, den Leichnam zu küssen, aber der russische Brauch forderte es von ihr. Sie würde immerhin bald die Zarin sein, und sie mußte den Traditionen ihres neuen Heimatlandes gehorchen. Feierlich, pflichtbewußt und nicht ohne ein leichtes Schaudern stand Alix neben Nicky und hielt seinen unsicheren Arm, als die Grenadiere den schweren Sarg langsam zu seiner letzten Ruhestätte hinabließen.

8

Eine weiße Neuschneedecke hatte Petersburg reingewaschen, sich auf jede schmutzige Nische und jedes staubige Fenstersims gelegt, jedes Dach, jedes Türmchen und jeden Kamin mit einer dicken Schicht strahlender Helligkeit überzogen. Über der Stadt zeigte sich der Himmel grau in grau und drohte mit weiterem Schnee, die Luft war sehr kalt. An den Straßen, besonders entlang des Newskij-Prospekts, standen Tausende in Schwarz gekleidete Petersburger und warteten trotz der Kälte geduldig, denn dies war der Hochzeitstag des neuen Zaren, und sie freuten sich auf das Spektakel, das solche kaiserlichen Anlässe immer begleitete. Um elf Uhr waren die Straßen überfüllt mit Zuschauern, und als die einzelnen goldenen Kutschen mit den Hochzeitsgästen auf ihrem Weg zum Winterpalast langsam heranfuhren, mußte sich die dunkle Menge teilen, um die Pferde vorbeizulassen.

Ganz Petersburg trauerte noch um den verstorbenen Zaren, und viele in der Menge hatten zur Erinnerung eine billige Reproduktion des Bildes gekauft, das zu seinem Gedächtnis gemalt worden war. Es zeigte den großen, breitschultrigen Zaren in Uniform, wie er in den Himmel aufstieg, emporgetragen von vier geflügelten Engeln, ein Arm erhoben wie zu einem letzten Gruß an sein Volk. Ein weiterer Engel trug seine Krone. Seine weinende Witwe klammerte sich an seine dem Himmel entgegenstrebende Gestalt. Das Gemälde fing die vorherrschende Stimmung, die Trauer und Trostlosigkeit, ein. Doch an diesem Tag war die öffentliche Trauer etwas in den Hintergrund getreten durch die Aufregung der Hochzeit und den Klatsch über die »Trauerbraut« Zarin Alexandra, die deutsche Prinzessin, von der es hieß, sie sei schön, und die man wegen der bekannten Schwäche des Zaren Nikolaus verdächtigte, machtgierig zu sein.

Auch die großen Salons des Winterpalastes schwirrten vor Gerüchten, denn die meisten der Tausenden Adligen und Würdenträger hatten die neue Zarin nie zuvor gesehen und kannten sie nur aus den Klatschgeschichten, die man ihnen zugetragen hatte. Im riesigen Wappensaal hatten sich die Frauen der Petersburger Gesellschaft versammelt. Sie trugen den traditionellen russischen Kaftan aus besticktem Tuch und den hohen Kopfschmuck aus Samt mit Perlen und langem weißen Schleier; unbehaglich in ihrem großen Putz standen sie und warteten auf Braut und Bräutigam, die auf ihrem Weg in die Hochzeitskapelle hier hindurchgehen würden. Auch der Feldherrensaal war voller Gäste, tatarischen Kaufleuten in langen bunten Seidenjacken, Bürgermeistern und Stadträten, Journalisten, die nicht nur für die St. Petersburger, sondern auch für die wichtigen Zeitungen der ausländischen Hauptstädte schrieben. Die größte der gewaltigen Hallen, der Saal Nikolaus' I., war voller Offiziere, während im Konzertsalon die führenden Beamten des kaiserlichen Haushalts, die Kammerfrauen und die Ehrenjungfern und Hofdamen der Zarinmutter und der künftigen Zarin Alexandra warteten.

Die russischen Damen der neuen Herrscherin waren besonders neugierig auf sie, und die Erste Kammerfrau Martha Muchanowa schrieb ihre Wahrnehmung nieder.

»Mein erster Eindruck war der eines großen, schlanken Mädchens mit klaren, langen Zügen, einem klassischen Profil und einer hübschen Figur«, schrieb sie. »Sie hatte helles Haar, das wie Gold in der Sonne schimmerte, manchmal aber auch ziemlich dunkel schien, je nachdem, wie das Licht darin spielte.«

»Ich erinnere mich, ich dachte, daß ich nie jemand Schöneres als dieses Mädchen gesehen hatte«, fuhr Martha Muchanowa fort. »Ganz allgemein machte sie den Eindruck einer hervorragenden Frau.« Aber das liebliche Gesicht der Zarin verlor, so fand die Muchanowa, durch den »bestimmten Zug« an Zauber, der aus ihrem Mund eine harte, unangenehme Linie machte.[1]

Der verbissene Zug um Alix' kleinen Mund war ein Symptom für die Anspannung, unter der sie an ihrem Hochzeitstag stand. Sie hatte ihre vertrauten deutschen Kammerfrauen um sich behalten, so lange es ging, aber an ihrem Hochzeitstag zogen sich die Deutschen zurück und wurden durch einen ganz neuen Stab russischer persönlicher Bediensteter ersetzt, die Minnie ausgewählt hatte, und durch neues und sehr umfangreiches Haushaltspersonal. Die acht russischen Kammerfrauen, selbst nervös, zweifellos neugierig und nicht gewöhnt an die Formalität, die ihre deutschen Vorgängerinnen hochgehalten hatten, müssen noch zu Alix' Unbehaglichkeit beigetragen haben, als sie ihr in das Kleid halfen und sie für die Trauung vorbereiteten.

»Es war sehr schwierig für die Dienerinnen, auf die vielen Einzelheiten zu achten, die mit einer aufwendigen Toilette einhergehen«, schrieb die Muchanowa, »und Entscheidungen für eine völlig Fremde zu treffen.«[2] Für Alix war natürlich alles ungewohnt: der riesige Palast mit seinen Hunderten von übergroßen Räumen, vergoldeten Wänden und teuren Möbeln; das komplizierte Protokoll des Zarenhofes; die Pracht überall, von ihrer Brautausstattung bis zu den Hochzeitsgeschenken, die mehrere große Räume füllten; selbst die russische Sprache, die sie zwar lernte, die ihr aber noch immer fremd war. Sie war nervös, isoliert und fürchtete, irgendeinen fatalen Fauxpas zu begehen, der sie für immer in ihrer neuen Umgebung unmöglich machen würde.

Alix war mit der Kutsche früh am Morgen von Sergejs Haus in den Palast gekommen und in den Raum geführt worden, der für das Ankleiden kaiserlicher Bräute bestimmt war. Dort warteten ihre neuen russischen Kammerfrauen und alle Hofdamen ihrer Schwiegermutter auf sie, eine scharfsichtige, angsteinflößende Empfangscour, alle Frauen nach außen hin unterwürfig, im Inneren jedoch voller Vorbehalte. Unter ihren außergewöhnlich wachsamen Augen mußte die Zarin ihre aufwendige Toilette machen, ihre Spitzenunterwäsche anziehen, ihr Hofkleid aus Silberstoff mit der hermelinbesetzten, zweieinhalb Meter langen Schleppe, die langen Diamantohrringe und die wunderschöne Halskette, schließlich ihren schimmernden Mantel aus Goldstoff.

Jedes Kleidungs-, jedes Schmuckstück wurde ihr feierlich auf einem Tablett oder einem roten Samtkissen überreicht, es herrschte eine andächtige Stille. Um sie herum war die altehrwürdige goldene Toilettegarnitur aufgestellt, die der Zarin Anna, der Nichte Peters des Großen, gehört hatte und von allen nachfolgenden Zarinnen und Großfürstinnen benutzt worden war. Es schien, als sei jede ihrer Gesten, jede ihrer Bewegungen mit symbolischer Bedeutung aufgeladen.

Eine der kaiserlichen Garderobieren näherte sich Minnie mit der strahlenden, diamantenbesetzten Krone auf einem Samtkissen. Traditionell setzte die Zarinmutter der neuen Herrscherin die Krone auf dem Höhepunkt der Ankleidezeremonie aufs Haupt, dann arrangierte der Friseur die Locken und befestigte den Brautschleier.

Doch als der Friseur ans Werk gehen sollte, war er nicht zu finden. Die Kammerfrauen schickten die kaiserlichen Lakaien und Kammerdiener nach ihm. Nach einiger Zeit meldeten sie, er sei nirgends im Palast zu finden. Jetzt begann ein Geflüster im Ankleidezimmer, ein schrilles Wispern. Die Braut konnte nicht ohne Krone und Schleier zu ihrer Hochzeit gehen, und nur der Friseur konnte beides ordentlich befestigen. Was würde geschehen? Würde es keine Hochzeit geben?

Die Frauen begannen sich um Alix zu scharen, die vor dem riesigen Spiegel saß und auf die letzten Handgriffe an ihrer Frisur wartete. Sie sagte wenig, bewahrte eine fast unnatürliche Ruhe. Weitere Minuten der Anspannung vergingen. Die Hochzeit sollte um halb zwölf beginnen, aber die Zeit verstrich, ohne daß etwas geschah. Niemand schien zu wissen, was zu tun war oder wie man den einen Mann auftreiben konnte, ohne den die Braut ihrem Bräutigam nicht angetraut werden konnte.

Draußen in den großen Salons wurden die Gäste und Würdenträger allmählich unruhig und fragten sich, was da vor sich ging. Man schaute auf die Uhr, die Augenbrauen hoben sich. Hatte es eine plötzliche Änderung des Zeitplans gegeben? War es die neue Zarin, die so viele tausend Menschen warten ließ, und das alles nur aus irgendeiner Laune heraus?

Martha Muchanowa beobachtete ihre neue Herrin während der nächsten angespannten Stunde. Alix saß weiterhin starr vor ihrem Spiegel, »sagte kaum ein Wort, hatte aber Tränen in den Augen, die sie allerdings tapfer zu verbergen suchte«. Verletzt, immer gereizter und nervöser wartete sie darauf, daß sich das Problem lösen würde. Die anderen, die vergeblich ihre Aufmerksamkeit auf sich zu ziehen suchten, hielten ihre marmorne Ruhe für Arroganz und fühlten sich durch das Schweigen gestraft. Die Kluft zwischen Herrin und Dienerinnen wuchs dadurch immer weiter.

Minnie, wohlmeinend, aber nicht durchsetzungsfähig, flatterte mit den anderen ängstlich umher und konnte Alix keine Sicherheit geben. Zwischen den beiden Frauen gab es kein Band, obwohl Alix ihre zukünftige Schwiegermutter »süß und geduldig« fand. »Sie berührt einen mit ihrer Sanftheit«, schrieb Alix in einem Brief an eine ihrer Schwestern.[3] Aber Minnie war noch immer mit der tiefen Trauer um ihren Gatten beschäftigt und verzweifelt, daß sie zwei ihrer Kinder, zuerst Xenia und jetzt Nicky, so kurz nacheinander an die Ehe verlor. Nach Jahren des Widerstandes hatte Minnie sich mit dem Gedanken an Alix als Schwiegertochter abgefunden. Aber ihre lange Opposition sollten beide Frauen nie vergessen, und das Beste, was man zwischen ihnen erhoffen konnte, waren Höflichkeit und eine wachsame Zuneigung. Minnie war Alix in dieser Situation keine Hilfe.

Schließlich öffnete sich zu Alix' unendlicher Erleichterung die Tür, und der Friseur, erhitzt und aufgeregt, eilte herein. Die Polizei hatte ihm, wie sich herausstellte, den Zutritt zum Palast verwehrt, und er hatte eine Stunde gebraucht, um die Angelegenheit zu klären. Schnell befestigte er Alix' Diadem und ihren langen Spitzenschleier mit Nadeln am richtigen Platz. Jetzt konnte die Hochzeitsprozession beginnen.

Um halb eins flogen die Türen des Konzertsalons auf, und der erste einer langen Reihe von Dienern in scharlachroter Livree zog langsam durch den ersten der großen Salons, auf einem schmalen Weg, der von Ehrengarden mit gesenkten Säbeln markiert wurde. Gleichzeitig begannen die großen Kanonen der Peter-und-Pauls-Festung auf der anderen Seite des Flusses zu donnern, jeder Schuß so laut, daß die Fenster des Saals klirrten. Einhundertfünfzig Kammerherren marschierten durch die Menge der versammelten Notabeln, dann kam Fürst Trubezkoj, der Hofmarschall, mit seinem goldenen, mehr als zwei Meter langen Stab.

Hinter dem Marschall ging Minnie, ihr bleiches Gesicht fast so weiß wie ihr Kleid, am Arm ihres Vaters, des Königs von Dänemark. Dann kam Nicky in der roten Tunika und dem pelzbesetzten Mantel eines Obersts im Husarenregiment der Leibgarde. An seinem Arm führte er Alix, die sich, wie ein Beobachter fand, »ganz schlicht und mit großer Würde« bewegte, ein großartiger Anblick in ihrem silbernen Kleid und den glitzernden Diamanten; ihr schimmernder Mantel, von vier Kammerherren gehalten, floß an ihr herab wie ein goldener Strom.

»Sie sah genauso aus, wie man sich eine Kaiserin von Rußland ... vorstellen würde«, schrieb der englische Besucher Lord Carrington.[4] Als die Zarenfamilie vorüberzog, verbeugten sich die Männer, die Frauen sanken in einen Hofknicks, Seide und Satin raschelten, Zeremonialschwerter klirrten. Tausende Augen ruhten auf der Braut – und Alix spürte die Kraft ihres Blickes –, aber nachdem sie sie taxiert hatten, schienen sich alle Minnie zuzuwenden.

Es war nämlich die Zarinmutter, nicht die Braut, die eigentlich an diesem Tag im Mittelpunkt der Aufmerksamkeit stand. Alle am Hofe wußten, daß sie Geburtstag hatte – einen sehr traurigen Geburtstag wegen ihres schrecklichen Verlusts. All ihre Sympathien lagen bei Minnie, denn sie hatte sich beliebt gemacht, und die über viele Jahre gewachsene Zuneigung der Hofleute hatte sich durch die jüngsten Ereignisse noch verstärkt. Sie nahm den ersten Platz in der Prozession ein, vor ihrem Sohn und seiner zukünftigen Gemahlin, sie wurde geachtet, bewundert – denn sie stand mit ihren siebenundvierzig Jahren noch in voller Blüte und sah sehr gut aus –, und man brachte ihr großes Mitgefühl entgegen. Es war allen klar, daß sie an jenem Tag litt; Nickys Verwandter Konstantin, ein Cousin seines Vaters, der in der Familie nur »KR« genannt wurde, schrieb in sein Tagebuch, daß Minnie zerbrechlicher als sonst wirkte, »wie ein Opfer, das zur Schlachtbank geführt wird«.[5]

Alix war nicht der Typ, Minnie um ihren Vorrang zu beneiden, und außerdem überdeckte ihr Glück, Nicky zu heiraten, alle Eifersuchtsgefühle, die sie vielleicht hätte empfinden können. Ihr gesunder Menschenverstand sagte ihr allerdings, daß in der starken Bindung der Höflinge an ihre Schwiegermutter ein Gefahrenpotential lag. Leicht konnten sie Alix als Eindringling wahrnehmen, als Außenstehende, die die Zarinmutter verdrängen, ihr Macht und Einfluß streitig machen wollte. Wenn sich dieser Eindruck verbreiten sollte, dann würde er zur Parteibildung und zu verderblichen Vorurteilen ihr gegenüber führen, die die natürlichen Vorbehalte der Russen gegenüber allen Ausländern noch verstärken würden. Alix muß also mit einer gewissen Besorgnis gesehen haben, daß sich die Aufmerksamkeit vor allem auf Minnie richtete und daß sie den ersten Rang in der Hochzeitsprozession eingeräumt bekam.

Sobald die Zeremonie begann, konzentrierte sich wieder alles auf das Brautpaar und die Hochzeitsliturgie. Braut und Bräutigam hielten Wachskerzen in den Händen, der Priester schwang den vergoldeten Weihrauchkessel und füllte die Kapelle mit dem durchdringenden Duft. Die Ringe wurden getauscht, die Gelübde nachgesprochen. »Der Diener Gottes, Nikolaus, verlobt sich mit der Dienerin Gottes, Alexandra«, verkündete der Priester, und Bedienstete hielten Kronen über die Häupter von Braut und Bräutigam, während diese dreimal um den Altartisch schritten – wobei Alexandras Pagen Schwierigkeiten hatten, ihre lange

Schleppe von den Kandelabern fernzuhalten. Schließlich war die Zeremonie vorbei, das frisch vermählte Paar küßte die Ikonen und wandte sich zum Kirchenschiff, um die Glück- und Segenswünsche seiner Gäste entgegenzunehmen.

Vor dem Palast hatte sich die morgendliche Decke aus weichem, weißem Schnee in schwarzen Matsch verwandelt – unter den Füßen der riesigen Menge, die noch immer geduldig, aber mit wachsender Erregung darauf wartete, daß das Zarenpaar in seiner Karosse wieder auftauchte. Die Menschen drückten gegen die Palasttore, wurden zwischen Gebäuden eingequetscht, drängten sich an der Straße gegeneinander, und immer noch kamen weitere Neugierige, um einen Blick auf das frisch vermählte Herrscherpaar zu erhaschen.

Mehr und mehr Menschen eilten herbei, bis der Newskij-Prospekt eine feste Masse von Körpern in dunkler Kleidung war. Von den Fenstern über dem Boulevard, von denen aus die Bürger der gehobenen Schichten das Spektakel verfolgten, erschien die Straße verstopft, und die wenigen berittenen Polizisten, die hier und da versuchten, die Mauer der dichtgedrängten Menschen zu durchdringen, scheiterten angesichts dieser massiven Wand.

Die graue Helligkeit des bewölkten Nachmittags war einem düsteren Zwielicht gewichen, als sich die Palasttore öffneten und die Kutsche des Zaren, begleitet von einer Militäreskorte, hinausfahren wollte. Die wartenden Petersburger begrüßten Nicky und Alix enthusiastisch mit Jubel und Geschrei, drängten in einem geballten Schwarm auf den Wagen zu und machten es dem Kutscher fast unmöglich, die Pferde vorwärts zu treiben.

Zentimeter um Zentimeter, mit den betäubenden Schreien und Rufen Tausender Stimmen auf allen Seiten, rollte die Kutsche auf die Kasaner Kathedrale zu, wo Nicky und Alix nach einer Ewigkeit, wie es ihnen schien, ausstiegen und unter dem Schutz der Garde die Kirche betraten, um die verehrte Ikone der Muttergottes zu küssen. Als sie aber unter größten Mühen die Kutsche wieder erreicht hatten, konnten sie nicht weiterfahren. Der Militäreskorte war es nicht gelungen, die vorwärtsdrängende Menge zurückzuhalten. Auf allen Seiten eingekeilt, steckte die Kutsche sozusagen im Sumpf der Menschen fest, und das Zarenpaar, das sich aneinanderklammerte, muß Angst gehabt haben.

Wo war die Polizei? Warum griff sie nicht ein, um die Menschenmengen zurückzudrängen? Warum hatte es keinen Plan, keine Vorsichtsmaßnahmen gegeben, um die Kutsche des Herrscherpaares sicher zu geleiten?

»Väterchen, Väterchen«, riefen die Menschen, die beinahe die zerbrechliche Kutsche mit ihren bemalten Verkleidungen und feinen Schnitzereien umstürzten. Die Nächststehenden spähten in die Fenster und wurden mit einem Blick auf Nicky in seiner roten Uniform und Alix in ihren Diamanten belohnt, ihre hübschen Züge verbissen, einen Ausdruck des Schreckens in den Augen.

Irgendwann nach langem wütenden Gebrüll und wilden Peitschenschlägen in die Menge eroberte sich der Kutscher eine schmale Lücke im Meer der wild wogenden Hände und geballten Körper. Ganz langsam setzte sich die Kutsche in Bewegung, die breite Avenue entlang, bis sie in den Hof des Anitschkow-Palais einbog – Minnies Palast. Diener warteten mit erleuchteten Fakkeln, um die Braut und den Bräutigam willkommen zu heißen und sie in ihr neues Heim, eine kleine Zimmerflucht im Erdgeschoß, zu geleiten.

Auch Minnie erwartete sie und beschenkte ihren Sohn und ihre Schwiegertochter mit den traditionellen russischen Gaben Brot und Salz.

Der lange, anstrengende Tag war fast vorüber. Nicky und Alexandra legten ihre aufwendige Garderobe ab, setzten sich vor das Feuer in ihrem kleinen Wohnzimmer und begannen die Hunderte von Telegrammen zu beantworten, die für sie angekommen waren.

Alix hatte furchtbare Kopfschmerzen durch die schreckliche Kutschfahrt, die angespannte Quälerei der Ankleidezeremonie, die Nervenprobe der Hochzeit selbst. »Wir aßen um acht Uhr zu Abend und fielen früh ins Bett«, schrieb Nicky in sein Tagebuch.[6] Sie gehörten jetzt zusammen, nichts und niemand konnte sie mehr trennen. Engumschlungen vergaßen sie alles um sich herum, selbst das Geschrei der Menge, das lauter und rauher wurde, eine mißtönende Katzenmusik, die bis in die frühen Morgenstunden zu hören war.

9

Anfang der 1890er Jahre, kurz vor der Hochzeit von Nikolaus II. und Alexandra, hatte Rußland mehrere katastrophale Hungersnöte zu überstehen. In einer Provinz nach der anderen verdorrte das Getreide und verdarb, bevor es geerntet werden konnte, Vieh ging ein, die knappen Nahrungsmittelreserven waren bald aufgezehrt, und in einem Dorf nach dem anderen hielt der Hungertod Einzug. Die Bauern waren zäh und geduldig, ihr Sterben zog sich lange hin. Sie wurden schmal, sahen zu, wie ihre Kinder abmagerten und traurige Augen bekamen. Allmählich verschwand ihre Lebenskraft, sie hatten nicht mehr die Energie zu klagen, Hilfe zu suchen, noch nicht einmal zu beten. Sie begruben ihre Kinder, setzten sich hin und warteten auf das Ende.

Manchmal kam Hilfe. Lokale Wohltätigkeitsorganisationen, organisiert von den vom Volk gewählten Selbstverwaltungsorganen, den Semstwa, brachten einige Dörfer durch diese schwere Zeit. Nahrungsmittel kamen aus dem fernen Amerika, von einer beinahe mythischen Gestalt namens Grover Cleveland, um die verheerenden Einbußen zu mildern. Hier und da kaufte ein reicher Gutsherr Nahrungsmittel im Ausland und verteilte sie unter den ausgemergelten Dorfbewohnern. Aber diese Bemühungen waren ein Tropfen auf dem heißen Stein angesichts der fundamentalen Not, die eine Region nach der anderen überfiel und viele zu der Überzeugung brachte, daß Gott zornig auf sein Volk sei, daß sie für ihre Sünden bestraft würden.

Während die furchtbare Hungersnot noch andauerte, folgten ihr schon verheerende Cholera- und Typhusepidemien, bei denen

Hunderttausende Überlebender des großen Hungers hinweggerafft wurden. Ein Fluch lag auf Rußland, so hieß es – und egal, ob er die Folge göttlicher Unzufriedenheit oder des Klimawandels war oder, wie viele sagten, die Schuld der kaiserlichen Minister, die sich in das Leben des Volkes einmischten, er war jedenfalls vernichtend und er rief eine gewaltige Welle ohnmächtiger Wut hervor.

Sicherlich waren die Gebildeten, die die Wirkung und Tragweite der jüngsten Regierungspolitik erfassen konnten, davon überzeugt, daß diese Politik strafwürdig und fehlgeleitet war, gleichgültig gegenüber den Nöten der Bauern wie auch gegenüber denen der großen Gutsbesitzer. Der Finanzminister des Zaren, Sergej Witte, und sein Vorgänger Iwan Wischnegradskij hatten die Bauern gezwungen, ihr Korn zu so niedrigen Preisen zu verkaufen, daß sie große Verluste hinnehmen mußten und noch tiefer in die Armut getrieben wurden; gleichzeitig erschwerten es die Minister den kleinen und großen Landbesitzern durch die Erhebung hoher Einfuhrzölle erheblich, Maschinen und Dünger in Europa zu kaufen, ohne die sie ihre Produktivität und ihr Einkommen nicht steigern konnten. Ganz sicher konnten die meisten Kritiker der Finanzminister nicht erkennen, unter welchem zunehmenden Druck die Minister selbst standen: die Schwankungen der Weltwirtschaft, die Panik im Westen wegen der schwindenden Goldreserven und der weltweiten Überproduktion von Weizen, Roggen und Gerste, die die Preise drastisch fallen ließ und die Stabilität des gesamten Währungssystems bedrohte. Sie wußten nur, daß die direkten Auswirkungen dieser harten Politik überall Elend gebracht hatten.

Und da war noch etwas nicht im Lot in der Wirtschaft, es gab eine weitere Ursache des Elends, die doch eigentlich, so meinten gebildete Beobachter, den Armen Wohlstand und eine Verbesserung ihres Schicksals hätte bringen sollen: Die Industrialisierung Rußlands ging mit Riesenschritten voran. Gewaltige Vermögen wurden verdient, als sich Stahl aus neuen Fabriken ergoß, Kohle in bisher unbekannten Mengen in neu erschlossenen Minen abgebaut wurde, Öl aus neuen Quellen floß. Das Land war überreich an Öl und Erzlagerstätten, vielleicht reich genug, um alle Armut zu beseitigen, vorausgesetzt, daß die Erlöse geteilt wurden. Aber das war natürlich nicht der Fall; vielmehr machten ausländische Investoren und eine kleine Gruppe russischer Spekulanten den ganzen Profit – und beuteten die Arbeiter aus, durch deren Mühen diese Gewinne erzielt wurden.

Innerhalb einer einzigen Generation, in der Zeit vom Ende des Krimkriegs bis zur Thronbesteigung Nikolaus' II., waren Hunderte neuer Fabriken in Moskau und Petersburg entstanden. Die Zahl der Fabrikarbeiter hatte sich mehr als verdoppelt. Und mit dem Wachstum der Fabriken war auch das Leid gewachsen, das Leid der Arbeiter, deren Arbeitstage durchschnittlich vierzehn bis siebzehn Stunden lang waren, die schlecht bezahlt wurden und in überfüllten, ungeheizten Slums im Gestank verrottender Abfälle und offener Abwasserkanäle hausten.

Der Gegensatz zwischen dem Luxus des Zarenhofes und der zerlumpten Bevölkerung der Hauptstadt war wirklich eklatant. Besucher kommentierten ihn unausweichlich. Alix' Tante Victoria, die deutsche Kaiserinwitwe, sah Rußland als »eine andere Welt«, mit »einer so schmutzigen und traurigen Landschaft und einer Bevölkerung, die Armut und Einsamkeit verströmt«, und extremem Reichtum wie auch extremer Armut, die weitaus krasser auseinanderklafften als in jedem westeuropäischen Land.[1] Die Romanows in ihren Palästen besaßen unzählige Millionen Rubel und gaben sie mit vollen Händen aus, während die Industriearbeiter in den Bezirken auf der anderen Seite des Flusses mit zehn Rubel pro Monat ums Überleben kämpften. Auf den Straßen von Petersburg und in den Provinzstädten zeigten sich die scharfen wirtschaftlichen Abgrenzungen in der Gesellschaft wie auch der sehr hohe Anteil der Bauern; auf jeden uniformierten Offizier oder Beamten im dunklen Anzug, den man sah, kamen Dutzende von Bauern, die mit ihren langen Haaren und wolligen Schaffellmänteln, mit schmutzigen Stoffstreifen an den Füßen und Birkensandalen anstelle von Schuhen wie zottige wilde Tiere aussahen. Die Bauern und die Arbeiter, die auf der Arbeitsuche vom Land in die Stadt gezogen waren, stellten die große Mehrheit der Bevölkerung und trugen den Hauptteil des Leids und des Elends in Rußland.

Es war erst dreiunddreißig Jahre her, daß die Bauern – die zuvor als Leibeigene an die Scholle gebunden waren und von ihren Herren verkauft werden konnten – ihre Freiheit von Nikolaus' Großvater Alexander II. geschenkt bekommen hatten. Der »Befreierzar«, wie er genannt wurde, hatte die Fesseln der Leibeigenschaft gelöst und bestimmt, daß alle früheren Leibeigenen jetzt freie Menschen sein sollten, die selbst Land besitzen und Geschäfte führen durften und nur den anderen Mitgliedern ihrer Dorfgemeinschaften verpflichtet waren.

Die Euphorie, die der Bauernbefreiung folgte, war allerdings nur von kurzer Dauer, denn der Zar selbst hegte Bedenken, ob es klug sei, die ungebildete, widerspenstige, womöglich aufmüpfige Mehrheit seiner Untertanen einfach aus der Leibeigenschaft zu entlassen, und hatte ihre Freiheit mit Restriktionen und Einschränkungen begrenzt. Anders als andere freie Männer mußten die früheren Leibeigenen Pässe mit sich tragen und durften nicht fortziehen, wann sie wollten und wohin sie wollten; sie unterstanden besonderen Gerichtshöfen und unterlagen besonderen Steuern. Und wenn einer von ihnen seiner Steuerpflicht nicht nachkam, dann waren die anderen Mitglieder seiner Gemeinschaft verpflichtet, den Ausfall zu ersetzen. Es waren belastende Restriktionen, noch belastender durch den alarmierenden Verfall des bäuerlichen Wohlstands nach der Befreiung. Überall kauften die früheren Leibeigenen bereitwillig Land – nur um festzustellen, daß sie trotz der Belastung einer hohen, an die Regierung zu zahlenden Pacht nicht so viel Land erwerben konnten, wie sie früher als Leibeigene bearbeitet hatten. Sie hatten die persönliche Freiheit gewonnen und waren Landbesitzer geworden, der Preis jedoch war eine immer tiefere Armut.

Es war ein bestürzendes Dilemma, dieses bittere Ergebnis der Bauernbefreiung. Wie, so fragten sich die Bauern, konnte ihr

Väterchen, der Zar, zulassen, daß seine Kinder so furchtbar litten? Sicher wollte er doch nur das Beste für sie. Sicher wollte er ihnen helfen – doch als die Hungersnot kam, waren es ihre eigenen Organisationen, die Semstwa, die ihnen zu Hilfe kamen, nicht der Zar.

Zu Beginn der 1890er Jahre wurde die traditionelle Verehrung für den Zaren – ein noch immer überwältigend präsentes, fast automatisch wie ein Reflex funktionierendes Gefühl – durch die aus der Katastrophe geborene rasende Wut untergraben, ja sogar in ihr Gegenteil verkehrt. Die meiste Zeit herrschte bei den Menschen, wie etwa während der kaiserlichen Hochzeit in Petersburg, die Verehrung, ja sogar Anbetung vor. (»Ihre Majestäten sind für das Volk hier, was die Sonne in unserer Welt ist«, schrieb ein amerikanischer Besucher in Rußland 1895 an einen amerikanischen Korrespondenten. »Ich kann nicht erwarten, daß Sie das verstehen, man muß es sehen und erleben.«[2]) Aber immer öfter wich die ehrfürchtige Reaktion der Feindseligkeit, und wieder begannen wie in der Ära von Nikolaus' Großvater Alexander II. Terroristengruppen an Zahl und Einfluß zu wachsen, und politische Radikale, die für den Umsturz der kaiserlichen Regierung eintraten, fanden unter den Fabrikarbeitern eine geneigte Zuhörerschaft für ihre Ansichten.

Wenn wirklich ein Fluch auf Rußland lag, wenn die Geißeln Hungersnot und Krankheit das Land quälten und bisher nicht gesehenen Schmerz und Aufruhr verursachten, dann erfuhr man davon zumindest nichts aus dem Tagebuch des neuen Zaren. Es berichtete vielmehr von langen Spaziergängen und Radtouren um den Palastgarten herum, von seiner Lektüre (er las gern historische Zeitschriften und Memoiren; irgendwann am Anfang seiner Regierung schreibt Nicky, er lese gerade mit Begeisterung »ein neues französisches Buch über Napoleons Zeit auf der Insel St. Helena« und die »interessanten Erinnerungen an die Zeit Katharinas der Großen« der Gräfin Golowina[3]) und vor allem von der Zeit, die er mit seiner jungen Frau verbrachte.

»Es ist eine Schande, daß die Arbeit so viel Zeit frißt, die ich so gern allein mit ihr verbringen würde«, schrieb Nicky freimütig. Nichts gefiel ihm mehr als ein »Ruhetag« ohne Berichte und Audienzen.[4] Dann konnte er einen stillen, faulen Nachmittag mit Alix verbringen, lesen, während sie über ihrer Stickerei saß, Bilder aufhängen, sie im Rollstuhl umherschieben, wenn sie unter Ischias litt und nicht allein hinausgehen konnte.

Wenn Nickys Untertanen litten, dann war dieses Leid jedenfalls weit, weit weg, verborgen in den trockenen Worten eines Ministerberichts über die Lage in der Landwirtschaft oder in ein paar Abschnitten eines Zeitungsartikels über den Ausbruch einer Choleraepidemie. Außer Besuchern im Palast oder gelegentlichen Begegnungen mit Dienern bekam Nicky sein Volk überhaupt selten zu Gesicht, von offiziellen Anlässen einmal abgesehen. Einmal in den ersten Wochen seiner Regierung verließ er das Anitschkow-Palais eines Nachmittags ohne Begleitung und ging den Newskij-Prospekt entlang. Er schlenderte an den Läden vorbei, sah sich die Schaufenster an, erregte nicht mehr Aufmerksamkeit als jeder andere gutaussehende junge Mann in Uniform. Er war aber noch nicht weit gekommen, als eine vorbeifahrende Kutsche anhielt und ein älterer Mann – der Präfekt von Petersburg, General von Val – ausstieg und auf ihn zuging.

»Das ist nicht möglich, Eure Hoheit«, sagte der General.

Der Zar protestierte, er fühle sich völlig sicher, niemand belästige ihn.

»Es ist nicht möglich, Eure Hoheit«, wiederholte der General zutiefst beunruhigt. »Ich bitte Euch inständig, in den Palast zurückzukehren.«

Inzwischen hatte sich eine kleine Menschentraube gebildet, und irgend jemand erkannte den Zaren. Sofort begannen die Hurrarufe und Ehrerweisungen. Bald, da konnte Nicky sicher sein, würde ein Tumult losbrechen. Widerstrebend ließ er sich in der Kutsche des Generals zum Palast zurückbringen.

Dort schalt ihn Minnie dafür, daß er sein Leben in so gefährlicher Weise aufs Spiel gesetzt habe. War ihm denn nicht klar, daß die ganze Zukunft Rußlands auf seinen Schultern ruhte? Er habe ja bisher noch nicht einmal einen Sohn – wenn er einem Attentat zum Opfer falle, dann würde der Thron auf seinen Bruder Georgij übergehen, und Georgij war krank. Was hatte er sich nur dabei gedacht? Oder vielmehr, warum hatte er überhaupt nicht gedacht!

Minnies Tadel zeigte Wirkung, und der Zar ging nicht wieder allein aus. Darin wie in vielen anderen Bereichen seines Lebens ließ er sich von seiner Mutter leiten. Man wußte, daß er manchmal die Berichte seiner Minister unterbrach und sie warten ließ, während er sich mit seiner Mutter beriet. Seine Abhängigkeit von ihr, zusammen mit seiner Passivität und Schüchternheit, waren überall bekannt. Er vertrat nie eine eigene Meinung oder versuchte sich durchzusetzen.

»Er stritt nicht gern«, schrieb ein Beobachter, »teils weil es ihm an Selbstbewußtsein mangelte, und teils aus einer Furcht heraus, er könne Unrecht haben oder andere würden ihn bei einem Irrtum ertappen. Es war ihm klar, daß er seinen eigenen Standpunkt kaum verteidigen konnte, und er fand diese Vorstellung ziemlich erniedrigend.«[5]

Gelähmt durch Unentschiedenheit, in sich gekehrt und unsicher ordnete sich Nicky seiner willensstarken Mutter unter, und ihr anmaßender Einfluß war tatsächlich in allen Aspekten von Nickys – und Alix' – Leben in den ersten Wochen und Monaten der neuen Regierung sichtbar. Die Zarinwitwe hatte entschieden, wo die Jungvermählten leben würden, wie ihre winzige Zimmerflucht möbliert wurde und über welche Diener sie dort verfügen konnten. Sie nahmen jede Mahlzeit mit ihr zusammen ein, erbaten ihre Erlaubnis, bevor sie irgendwohin gingen oder irgend jemanden trafen. Weil sie selbst nur so wenige Zimmer hatten, mußte Alix sich den Salon ihrer Schwiegermutter ausborgen, um ihre Gäste zu empfangen, was zu wachsenden Spannungen führte, denn Minnie und Alix fühlten sich in Gegenwart der jeweils anderen unbehaglich. Alix, zuerst schüchtern und ehrerbietig, ärgerte sich über die ihr auferlegten Beschränkungen, während Minnie, die noch trauerte und über den Machtübergang von ihrem Ehemann auf ihren untauglichen Sohn zutiefst verstört war, das Leben ihres Sohnes und ihrer Schwiegertochter in völlig unangemessener Weise zu kontrollieren versuchte.

Daß die sechs engen, schäbig eingerichteten Räume, die ihnen im Anitschkow-Palais zugewiesen worden waren – und die Nicky einst als Junge mit seinem Bruder Georgij bewohnt hatte –, unzureichend waren, sprang sofort ins Auge, aber Nicky forderte keine größeren. Es schien ihm nicht wichtig genug, darüber zu streiten, daß es keinen Platz für Alix' Kleider gab, daß die Räume schlecht belüftet und kalt waren oder daß ihm als Zaren die schönste Suite im Palast zustand, nicht die ärmlichste.

Alix versuchte mit der Situation so gut wie möglich zurechtzukommen und unterstützte die Einstellung ihres Mannes. Aber bald entdeckte sie, daß sich um sie herum eine hinterlistige Intrige entwickelte, und dies zwang sie schließlich, ihre Haltung zu ändern.

Die Diener, so stellte sie bald fest, berichteten alles, was sie tat und sagte, an Minnie weiter – alles von ihren Vorlieben, was Essen und Kleidung betraf, bis hin zu ihren gelegentlichen Bemerkungen über das unmögliche Benehmen ihres kleinen Terriers und zu ihren Gewohnheiten in Bade- und Schlafzimmer. Sie hatte keine Privatsphäre, und man versuchte ganz offensichtlich, ihr auch ihre Würde zu nehmen.

Sie reagierte. Sie begann sich herauszuputzen, sich von früh am Morgen bis spät in die Nacht »mit großer Pracht« zu kleiden, wie ihre Erste Kammerfrau Martha Muchanowa sich erinnerte. Sie schob die Entwürfe ihrer Hofschneider beiseite und zeichnete eigene Roben, aufwendige, raffinierte Kleider, im scharfen Gegensatz zu den einfacher geschnittenen, die ihre Schwiegermutter bevorzugte. Wenn sie sich anzog wie eine Kaiserin, so dachte Alix offenbar, dann würde sie auch wie eine Kaiserin behandelt werden.

Aber sie erreichte das Gegenteil. Die aufdringliche Opulenz ihrer Kleidung führte zu einer Menge heimlichem Gespött und nicht gerade schmeichelhaften Vergleichen zwischen Alix und der unbestreitbar eleganteren, einfacher gekleideten Zarinwitwe. Die Schneiderinnen schäumten vor Wut, die Dienerschaft spottete und beklagte sich bei Minnie, daß Alix sie mit Arbeit überschütte, indem sie sie jedesmal, wenn sie tagsüber das Kleid wechselte, drei oder vier verschiedene Roben herrichten ließ, komplett mit Hut, Handschuhen, Schuhen, Strümpfen und anderen Accessoires, um dann eine Auswahl zu treffen.[6]

Die Klagen über Alix' heikles Benehmen erreichten Minnie – sie tadelte Alix und fügte mit einem Hauch Snobismus hinzu, daß Alix, »als sie in Darmstadt lebte, es sicher nicht gewagt hätte, solch ein kapriziöses Temperament an den Tag zu legen«.[7] Der Hinweis auf ihren niedrigeren Status und ihre relativ bescheidene Herkunft verletzte und beleidigte Alix, die sich bald mit Vorwürfen überhäuft sah.

Die Flüsterkampagne von seiten der Dienerschaft war nur der Anfang einer viel tiefer gehenden Kritik, die sich innerhalb der Zarenfamilie und unter den Hofleuten verbreitete. Die Zarin, so hieß es, sei kapriziös, extravagant, giere immer nach neuen Kleidern und besonders nach neuen Pelzen. Ihre Rechnungen bei den Pariser Couturiers Worth und Paquin seien gigantisch – obwohl sie in Wirklichkeit weitaus niedriger waren als Minnies. Tante Miechen tat Alix' Geschmack als den eines Parvenüs ab, der es nicht gewohnt sei, teure Dinge zu besitzen, und sich schamlos auf sie stürze.[8] Und bis zu einem gewissen Grad hatte Tante Miechen nicht unrecht.

Die Unterstellung der Extravaganz war nur einer von vielen Vorwürfen. Wenn die Diener berichteten, die Zarin habe Kopfschmerzen und wirke blaß, sagte die Familie, sie sei ärgerlich über etwas, das Minnie gesagt oder getan habe. Wenn sie lächelte, hieß es, sie mache sich über andere Familienmitglieder lustig. Wenn sie die Stirn runzelte, war sie unfreundlich. Wenn sie nur ihren Gedanken nachhing, war sie, so hieß es, wütend. Wenn sie nach englischer Sitte Schinkenspeck zum Frühstück bestellte, dann drückte sie damit ihre Verachtung für russisches

Essen aus. Wenn ihr Terrier nach den Fersen eines Familienmitglieds schnappte, war nicht der Hund, sondern Alix schuld.

Fast schon begraben unter der Lawine unbegründeter Vorwürfe, begann Alix sich zu wehren. Sie überredete Nicky, sie eine Woche nach Zarskoje Selo zu bringen. Dort, zumindest eine Zeitlang frei von Minnies Kontrolle und fern von der gnadenlosen Verurteilung durch die engere Familie, stärkte sie ihr Rückgrat und wappnete sich innerlich, den Angriffen entgegenzutreten. Als sie und Nicky nach diesen paar Tagen zurückkehrten, spürte die Muchanowa den Unterschied sofort. Es gab da, so schrieb sie, eine Veränderung im »Verhalten und Auftreten [der Zarin], ein Großteil ihrer bisherigen Zurückhaltung und Schüchternheit war verschwunden«.[9] Sie begann Befehle zu geben, selbst Entscheidungen zu treffen, zu handeln, ohne vorher Minnie zu fragen.

Sie rief Martha Muchanowa zu sich und erklärte ihr, die Kammerfrauen hätten von jetzt an neuen Regeln zu folgen – Regeln, die ihre Privatsphäre schützen und Klatsch verhindern sollten. Als die Muchanowa zu Protesten anhob, brachte Alix sie zum Schweigen und befahl ihr »überaus gebieterisch«, ihren Instruktionen zu folgen und keine Widerworte oder Ratschläge zu geben.[10] Verblüfft machte sich die Muchanowa daran, die neuen Regeln umzusetzen, wohl wissend, daß sie Feindseligkeit bei den Dienern hervorrufen würden, wo bisher nur Respektlosigkeit und Belustigung geherrscht hatten.

Zweifellos konnte auch Alix die sehr negativen Reaktionen auf ihre neuen Regeln und ihre feste Haltung voraussagen, aber die bisherige Situation war unhaltbar, ja unerträglich geworden. Sie mußte sich selbst behaupten – es gab keinen anderen Weg, da Nicky nie für sie eintreten oder ihre Interessen und ihren Seelenfrieden verteidigen würde. Er suchte ständig Unterstützung und Sicherheit bei ihr, aber sie wußte, sie konnte von ihm keinen Schutz im Strudel der Hofintrigen erwarten. Um inmitten dieses Strudels zu überleben, mußte sie eigene Verteidigungslinien aufbauen.

Inzwischen litt Nicky, der sein Bestes tat, um seiner Verantwortung als Zar nachzukommen, unter etwas, was er »schreckliche Gefühle« nannte, weil er wußte, daß er bald vor einer Abordnung seiner Untertanen erscheinen und eine kurze Rede halten mußte. Seine angeborene Schüchternheit ließ einen solchen Auftritt zu einer Tortur werden. Er mußte einen überfüllten Saal betreten, ein Podium besteigen, die ehrfürchtigen Grüße der Anwesenden entgegennehmen und dann etwas sagen – keine lange Rede, nur ein paar Sätze. Dennoch machte ihm diese Vorstellung zu schaffen, er wurde in sich gekehrt und nervös.

»Der Zar tut nichts. Er ist eine Sphinx«, schrieb einer der Hofleute über den neuen Herrscher. »Er hat überhaupt keine Persönlichkeit.« Er wurde nicht oft gesehen, und obwohl er bei gesellschaftlichen Anlässen durchaus freundlich war, suchte er keine Gesellschaft außerhalb seiner Familie. Unter seinem sphinxhaften Äußeren war Nicky voller nervöser Angst; er rauchte, er hatte die Gewohnheit, sich sorgenvoll über den Bart zu streichen, er suchte Entspannung in körperlicher Aktivität. Aber die Angst blieb.

Während er um seinen Vater trauerte, litt er unter dem belastenden Wissen, nie an ihn heranzureichen. Er versuchte es natürlich immer wieder. Er ehrte Alexanders III. Andenken, indem er seine Politik fortsetzte, indem er sorgfältig unverantwortliche Tendenzen in Richtung Selbstregierung von seiten seines Volkes kontrollierte. Er behielt den schrecklichen Nachmittag, als er seinen Großvater nach einem Attentat terroristischer Advokaten »des Volkes«, die in Wirklichkeit Staatsfeinde waren, sterben sah, immer genau in Erinnerung. Er hörte nicht auf die Einflüsterungen irgendwelcher Minister, die auch nur ganz abstrakt von der Möglichkeit redeten, Rußland könne eines Tages eine Verfassung bekommen oder er selbst ein konstitutioneller, gesetzlichen Restriktionen unterworfener Monarch werden.

Nicky wandte sich um Rat an den Mann, der seinen Vater erzogen und beraten und auch ihn selbst erzogen hatte: Den Juristen Konstantin Pobedonoszew, Oberprokuror des Heiligen Synod. Pobedonoszew war fest von der Notwendigkeit überzeugt, die alte politische Ordnung unangetastet zu lassen: die Autokratie des Zaren, die absolute Unterordnung seiner Untertanen, die Ablehnung gefährlicher westlicher Ideen von konstitutioneller Reform. Pobedonoszew gab Nicky einige Stichworte für seine Rede; gewappnet mit diesen Notizen, die er in seiner Lammfellmütze verbarg, stellte sich Nicky der Abordnung.

Im Nikolaussaal warteten am 17. Januar 1895 Adlige, Repräsentanten der Semstwa und anderer Bevölkerungsgruppen der Stadt auf die Ansprache von Zar Nikolaus. Viele im Publikum waren begeistert, warteten auf Ermutigung durch den neuen jungen Zaren. Ihre Erwartungen spiegelten ihre Lebensverhältnisse wider; die Ernte 1894 war gut gewesen, die erste normale Ernte nach vier Jahren. Sie hatte geholfen, ihre Unzufriedenheit zu mildern und ihre Hoffnungen wieder aufleben zu lassen. Vielleicht lag trotz allem doch kein Fluch auf Rußland, außer dem Fluch schlecht beratener Minister. Und vielleicht würde Zar Nikolaus nach der Lektüre der Petitionen, die sie ihm geschickt hatten, einsehen, daß seine Minister unrecht hatten und daß er den Rat seines Volkes brauchte.

In ihren Petitionen hatten sie ihn gedrängt, auf ihre kollektive Stimme, die Stimme des Volkes, zu hören und sie dann gegen die Übel der Armut und übertriebenen Besteuerung, der Strafzölle und niedrigen Getreidepreise zu schützen; ihre Rechte zu erweitern, sich mit ihnen zu beraten und ihnen mehr Entscheidungen über eigene Angelegenheiten zu übertragen. Es mußte keine weiteren gewaltigen Hungersnöte mehr geben, keine Epidemien, kein sinnloses Elend.

Nicky nahm Pobedonoszews Notizen aus seiner Mütze und schickte sich an, zu seinen Untertanen zu sprechen. Obwohl er innerlich zitterte, war seine Stimme fest, ja sogar hart, als er seine kurze Rede hielt.

»Ich werde das Prinzip der Autokratie aufrechterhalten, genauso fest und unerschütterlich, wie es von meinem unvergessenen toten Vater bewahrt wurde«, erklärte er ihnen. Jeder andere Kurs sei undenkbar. Was ihre Hoffnungen, ihre Erwartungen anging, daß er sie vielleicht in irgendeiner Weise in die Regierungsarbeit einbinden werde, so seien das nichts als »sinnlose Träume«.

Es war sein eigener Ausdruck, und ein sehr einprägsamer dazu. »Sinnlose Träume.« Was Pobedonoszew in seinen Notizen geschrieben hatte, war »nicht zu verwirklichende Träume«, aber Nicky sprach, entweder aus Nervosität oder weil er sich in der Leidenschaft des Augenblicks, als er über dieses Meer ihm zugewandter Gesichter hinwegblickte, imstande sah, es besser zu machen, statt dessen die Worte »sinnlose Träume«.[11]

Die Bedeutung seiner Worte verbreitete sich in der riesigen Menschenmenge, und fast augenblicklich verwandelten sich die Hoffnungen in Enttäuschung. Die Vision eines langsamen, geordneten Fortschritts hin zu politischer Reform, die so viele im Saal gehegt hatten – zunehmende bürgerliche Freiheiten, effektive Regierungsmaßnahmen, der Weg hin zum Konstitutionalismus –, begann sich aufzulösen. Statt dessen stieg eine Vision von Dunkelheit, fundamentaler Not, verheerenden Elends in ihnen auf, die sich unendlich in die Zukunft fortsetzte. Der Zar wollte ihnen nicht helfen. Es war ihm egal, daß sie litten. Er war ein Mann aus Eisen mit einem Herzen aus Stein. Es lag tatsächlich ein Fluch auf Rußland, Gottes Fluch, und nichts, was irgend jemand tat oder sagte, konnte ihn hinwegnehmen.

10

Am Zarenhof war eine satirische Zeichnung des Zaren und seiner Mutter von Hand zu Hand gegangen. Manche lachten darüber, die meisten aber waren schockiert – noch schockierter, als sie hörten, daß die Gattin des Zaren sie gezeichnet hatte.

Das Bild zeigte Nicky als ungezogenes Baby in einem Hochstuhl, das einen Teller Suppe aus den Händen seiner Mutter verweigert. Minnie, böse und zänkisch, tadelt ihn. Beide Gestalten waren übertriebene Karikaturen ihrer selbst, Nicky infantilisiert und Minnie die nörgelnde Mutter par excellence.

Die Karikatur war klug, hatte aber eine böswillige Schärfe, die jeder sofort erkannte. Und wie Alix' Erste Kammerfrau Martha Muchanowa darlegte, war der Zarin überhaupt nicht bewußt, welchen Ärger sie damit heraufbeschwor.

Alix war, wie die Muchanowa schrieb, »dem Satirischen zugeneigt und hatte einen wachen Sinn für Humor, der nicht dazu geeignet war, ihr das Leben angenehmer zu machen«. Sie zeichnete nicht nur Karikaturen aller möglichen Menschen, von den Mitgliedern der Zarenfamilie bis hin zu Ministern und führenden Persönlichkeiten der Gesellschaft, sie »zeigte sie auch gern herum«. Natürlich waren die so Porträtierten beleidigt (mit Ausnahme von Nicky wahrscheinlich), und jene, die noch nicht Opfer ihrer Zeichenwut geworden waren, hatten Angst davor. Die Öffentlichkeit war »entsetzt, als sie sah, daß seine eigene Frau sich über den Zaren lustig machte«, meinte die Muchanowa, »die doch die erste hätte sein müssen, die ihm Respekt und Ehrerbietung entgegenbrachte«.[1]

Ohne sich um den Aufruhr, den sie verursachte, zu kümmern, wahrscheinlich sogar angetan davon, kritzelte Alix weiter ihre Karikaturen. Sie zeichnete ihre angeheiratete Familie: die matronenhafte, autoritäre Tante Miechen, die sie als »diese steife Engländerin« bezeichnete; den lauten, tyrannischen Onkel Wladimir, der sie nicht mochte, sich Nickys Ehe mit ihr widersetzt hatte und der aufgrund der Zwänge des Protokolls häufig ihr Begleiter bei offiziellen Anlässen war, da Nicky seine Mutter eskortieren mußte.[2] Sie zeichnete Gräfin Lamsdorff, eine ihrer Hofdamen, gegen die sie eine »heftige Abneigung« verspürte, und Minnies alternde, hypochondrische, mit einem dreifachen Kinn gesegnete Hofdame Gräfin Kutusowa, eine Nachfahrin des großen napoleonischen Feldmarschalls Kutusow, die beim Anblick einer Maus einen Herzanfall erlitten hatte, wie sie klagte.

Es gab so viele Charaktere am Zarenhof, die sich zur Nachäffung und Übertreibung anboten: die exzentrischen alten Diener; Minnies muskulöser tscherkessischer Leibwächter Omar, ein früherer Bandit, mit dunklen blitzenden Augen und einem diabolischen Grinsen; der ältliche Herr mit der altmodischen weißen Perücke und dem von seiner Abstammung vom Dichter Schukowskij abgeleiteten Anspruch, im Zarenpalast zu leben; die verkrüppelte Gräfin Marie Kleinmichel unter den Spitzen der Petersburger Gesellschaft, reich, hochnäsig und voller Klatsch und Tratsch.

Je häufiger Alix ihre Zeichnungen herumzeigte, desto deutlicher bot sie Anlaß zum Tadel. Man sagte, sie sei nicht nur unfreundlich und gehässig, sondern auch herrisch. Als sie einmal mit Nicky in der Kaserne von Nickys Husarenregiment zu Abend aß, fand sie die Gesellschaft langweilig und wurde belauscht, als sie zu ihrem Ehemann sagte: »Jetzt komm, mein Junge, es ist Zeit fürs Bett!«

Daß sie ihren Gatten in der unzeremoniellen Art einer energischen englischen Gouvernante ansprach, die einem kleinen Kind Befehle gibt, heizte die Gerüchteküche noch weiter an, und Minnie ließ ihre Schwiegertochter zu sich rufen und gab ihr eine Lektion darüber, wie man den Souverän anzusprechen habe – mit »Sir« oder »Eure Majestät«. Alix schnaubte vor Wut; das Hofprotokoll war eine Sache, ihre Beziehung zu Nicky war dagegen ihre ganz persönliche Angelegenheit, ihrer beider Angelegenheit.[3] Niemand konnte ihr diktieren, wie diese zarte, intime, humorvolle, zutiefst liebevolle Bindung auszusehen habe.

Alix verschanzte sich, verstärkte ihre Schlachtlinien. Mit ihren Karikaturen startete sie einen Angriff, allerdings einen fehlgeleiteten und letztendlich nutzlosen, gegen die Familie und den Hof, die sie ablehnten. Das Unternehmen war emotional kostenträchtig. Es bedeutete, daß sie sich in zwei Wesen aufspaltete: das warme, verwundbare Ich, das sie im Umgang mit Nicky offenbarte, und das harte, steinerne Ich, das sie anderen zeigte. Man bemerkte, daß die Zarin sich beinahe zwanghaft auf die Unterlippe biß, wenn sie unter Streß stand. Ihr Ton war leise und gezwungen, wenn sie mit Dienern oder Angehörigen sprach, ihre Bewegungen nervös und unsicher.[4] Das harte öffentliche Ich war ganz und gar nicht überzeugend und zerfaserte an den Rändern.

Ein Page im kaiserlichen Haushalt beschrieb sein erstes Zusammentreffen mit der Zarin: Sie war »schön und majestätisch«, aber als sie ihm die Hand zum Kuß bot, geschah dies mit einer »seltsamen und peinlichen Geste«, schrieb er. »Ein Gefühl der Unbehaglichkeit war also das erste, was man wahrnahm, wenn man die junge Zarin kennenlernte, und es gelang ihr nie, diesen ersten Eindruck zu zerstören. Sie war so offensichtlich nervös im Gespräch, und bei Gelegenheiten, bei denen sie gesellschaftliche Anmut oder ein charmantes Lächeln zeigen mußte, überzog sich ihr Gesicht mit kleinen roten Flecken, und sie blickte angespannt und ernst drein.«

Besonders verblüfft war der Page von Alix' Augen, die »Freundlichkeit versprachen, aber statt eines hellen Funkens bewahrten sie nur die kalte Glut eines erloschenen Feuers. In ihrem Blick lag sicher Reinheit und Erhabenheit, aber Erhabenheit ist immer gefährlich; sie ist dem Stolz sehr nahe und kann schnell zu Entfremdung führen.«[5]

Auch andere bemerkten diese Unbehaglichkeit, diese vielsagenden körperlichen Anzeichen von Nervosität. »Man konnte wirklich nicht sagen, daß der oberflächliche Eindruck, den sie vermittelte, günstig war«, schrieb ein Beobachter bei Hofe. »Trotz ihres herrlichen Haares, das wie eine schwere Krone auf ihrem Kopf lag, und der großen dunkelblauen Augen unter langen Wimpern hatte sie etwas an sich, das kalt, ja sogar abstoßend wirkte.« Wenn sie nur ruhig geblieben wäre, hätte ihre marmorne Schönheit faszinierend ausgesehen. Aber sie durchbrach diesen Zauber, sobald sie sich bewegte. »Ihre majestätische Haltung wich einem ungeschickten Beugen der Knie, das wie ein Hofknicks bei der Begrüßung oder beim Abschied aussah. Wenn sie sich unterhielt oder müde wurde, überzog sich ihr Gesicht mit roten Flecken; ihre Hände waren rot und fleischig.«[6]

Viele Memoirenschreiber, die Alix während ihrer ersten Monate in Rußland kennenlernten, berichteten von ähnlichen Eindrücken einer schönen jungen Frau, steif und nervös, die mit kaum hörbarer Stimme murmelte und körperlich unbeholfen, ja sogar plump wirkte. Sie schien nichts von der Kunst zu verstehen, anderen die Scheu zu nehmen. Statt dessen übertrug sie ihre eigene Unsicherheit auf sie und ließ sie zurückschrecken vor ihrer ernsten Reserviertheit. Die seltsamen Flecken auf ihrer Haut und ihre roten Hände wirkten auf andere peinlich und trugen zu ihrer Unbehaglichkeit bei.

Anders als ihre lebhafte Schwiegermutter, deren kleines, mädchenhaftes Gesicht bei gesellschaftlichen Anlässen unentwegt lächelte, schien Alix in der Öffentlichkeit nie zu lächeln. Ihr Gesichtsausdruck verriet oft eine unzufriedene Ungeduld.

»Da sie leicht verlegen war«, schrieb Ernie über seine Schwester, »und übertrieben ehrlich, neigte sie ihren Kopf ohne zu lächeln zur Seite, wenn ihr etwas nicht gefiel, mit dem Ergebnis, daß die Leute oft dachten, sie sei unglücklich oder gelangweilt oder einfach kapriziös.«[7]

Alix war klar, daß es in Rußland starke anti-deutsche Ressentiments gab und die Aristokratie fest in der französischen Kultur verwurzelt war, und so wußte sie auch, daß sie, wenn sie je akzeptiert werden wollte, sich als kultivierte, französisch sprechende Deutsche präsentieren mußte. Französisch war die Sprache des russischen Hofes, aber Alix sprach sie selten, weil sie und Nicky sich miteinander auf Englisch unterhielten. Alix' Französisch strotzte vor Fehlern, und obwohl Nicky ihr zu helfen versuchte, indem er ihr französische Romane vorlas, kam sie mit der Aussprache nie zurecht, und die Höflinge lachten über ihre Bemühungen und kritisierten sie, weil sie etwas zu sein vorgab, was sie einfach nicht war.[8]

Sie haßte gesellschaftliche Auftritte, weil sie im voraus wußte, daß ihre Sprachfehler Anlaß zu Gelächter und Kritik bieten würden und ihre Verlegenheit sie nervös und ihre Aussprache noch schlechter machen würde. Wenn es Zeit wurde, zwischen den Gästen umherzugehen, erstarrte sie buchstäblich und brachte kaum einen Ton heraus. Sie wurde rot und fühlte sich unbehaglich, als »würde sie am liebsten im Boden versinken«.[9] Die Abendessen im Winterpalast überstand sie, indem sie den türkischen Botschafter Husni Pascha suchte und sich neben ihn setzte. Er war ein langweiliger, prosaischer altmodischer Diplomat, der nicht mit Witz oder gesellschaftlichem Prestige glänzen wollte. Er kritisierte ihr Französisch nicht, und sie fand seine bleierne Konversation erholsam.[10]

Daß die neue Zarin eigentlich eine komplizierte Persönlichkeit mit hohen Idealen war, die sich an einem überaus hohen Verhaltensstandard orientierte (mit ein paar Ausnahmen wie etwa dem Zeichnen unfreundlicher Karikaturen), war ihren Kritikern ganz und gar nicht ersichtlich. Sie wären sehr erstaunt gewesen, wenn sie erfahren hätten, wie mitfühlend sie sein konnte, wie sie, wenn einer ihrer Bediensteten einen Verlust oder eine Krankheit erlitt, sofort mit Freundlichkeit und Trost darauf reagierte.[11] Ausgehend von ihrer reservierten Art wären sie nie darauf gekommen, daß sie wunderbare Freundschaften pflegen konnte und daß sie, wie ihre Kammerzofe Sophie Buxhoeveden schrieb, »bereit war, buchstäblich alles für ihre Freunde zu tun«. Sie machte sich ihre Interessen zu eigen, sie trug mit an ihren Lasten. Nach Buxhoeveden »nahm sie Dinge und Menschen mit unbedingter Begeisterung an. Diese erste Begeisterung mochte mit der Zeit schwinden, aber ihre Freundschaften hielten.«[12]

Die Zarin war im Grunde eine verblüffende Kombination aus Warmherzigkeit und Reserviertheit – letztere schien erstere zu überdecken. Das Paradoxon ihres Wesens konnte nur verstehen, wer sie gut kannte oder Zeit allein mit ihr verbrachte.

»Ich muß einen Menschen ganz für mich haben, wenn ich mein *wirkliches* Ich sein will«, schrieb Alix an ein Mitglied ihres Haushalts, Maria Barjatinskaja, die mit der Zeit ihre Freundin wurde. »Ich bin nicht dazu geschaffen, vor einer großen Menschenmenge zu glänzen – ich habe nicht den leichten, witzigen Ton, den man dafür braucht. Ich mag das *innere Wesen,* und das zieht mich mit großer Kraft an.«

Alix' Fähigkeit zu tiefem ästhetischem Genuß und ebensolchem religiösem Gefühl, Qualitäten, die in der öffentlichen Sphäre wenig zählen, wurden nicht gewürdigt. »Wie Sie wissen«, erklärte sie Maria Barjatinskaja, »bin ich der Priestertyp. Ich will anderen im Leben helfen, helfen, ihre Schlachten zu schlagen und ihr Kreuz zu tragen.«[13] Ihre natürliche Arena war das Schlachtfeld des Gewissens, wo Skrupel sich mit Verlockungen herumschlugen und der Impuls, die Pflichten zu erfüllen, dem Drang nach Vergnügen und Bequemlichkeit entgegenstand.

Dieser Gewissenskrieg – das Produkt einer protestantischen Erziehung – war in Rußland zwar nicht völlig unbekannt, aber doch eine absolute Seltenheit in Hofkreisen, wo Käuflichkeit, Ehrgeiz und Eitelkeit vorherrschten und Selbstverherrlichung die Norm war.

Auch Alix' Intellektualität wurde übersehen, aber dies war wahrscheinlich gar nicht zu ihrem Schaden, denn wenn bei Hofe bekannt gewesen wäre, daß sie viel las und lernte und Probleme analytisch anging, dann wäre diese Neigung als unweiblich verdammt und als Symptom des Ränkeschmiedens und Intrigierens verdächtigt worden. In Wirklichkeit widmete sich die Zarin nicht nur der Verbesserung ihrer Russischkenntnisse – was sie offenbar leichter fand als die Arbeit an ihrem Französisch –, sondern übersetzte auch russische Texte und beschäftigte sich mit russischer Musik. Mit Nicky las sie Romane von Tolstoj und andere Klassiker ebenso wie Geschichtswerke und historische Romane. Sie hatte einen guten Geschmack und durchdachte Ansichten. Obwohl es aber Intellektuelle unter Nickys Verwandten gab, vor allem Großfürst Nikolaj Michailowitsch, Nickys »Onkel Bembo«, einen Historiker und Biographen, der Werke zur Diplomatie und Genealogie geschrieben hatte, und Onkel Konstantin »KR«, der sich als Dichter, Dramatiker und Übersetzer betätigte, schaffte Alix es nicht, mit Hilfe ihres Lerneifers eine Verbindung zu ihnen aufzubauen, und zählte Onkel Bembo sogar zu ihren schärfsten Kritikern.

Die Bediensteten, die die Zarin genau beobachteten und alles, was sie tat, ihrer Schwiegermutter hinterbrachten, waren im Dezember 1894 völlig aus dem Häuschen. Während eines Gottesdienstes, bei dem sie stundenlang hatte stehen müssen, war Alix ohnmächtig geworden. Es war das zweite Mal, daß sie in der Kirche das Bewußtsein verlor; ganz offensichtlich ließ ihr Durchhaltevermögen nach. Konnte sie schwanger sein?

Mitte Januar trat ein weiteres Symptom auf – Übelkeit am Morgen. Jetzt waren sie sicher. Die Zarin war wirklich schwanger. Bald würde es einen Thronerben geben.

Plötzlich kam es zu einem Stimmungsumschwung. Alix mochte bösartig sein – aber bald würde sie auch die Mutter des nächsten Zaren werden. Sie erfüllte ihre erste und vorrangige Pflicht. Sie und ihr Kind mußten beschützt, bemuttert, vor jedem nur möglichen Schaden bewahrt werden. Für kurze Zeit schwiegen ihre Kritiker, und der ganze Hof freute sich.

Der Winter setzte sich fest, und Alix widmete sich der Aufgabe, die Ausstattung des Babys zusammenzustellen, nähte und bestickte winzige, mit Spitzen besetzte Kleidchen und Mützen und Lätzchen und Decken. Sie liebte Handarbeiten; nach Aussage ihrer Ersten Hofdame war Alix »eine dieser fleißigen Frauen, deren Hände nie zur Ruhe kamen und die immer auf die eine oder andere Art beschäftigt sein wollen, entweder geistig oder mit einer Handarbeit, die ihre Aufmerksamkeit fordert«.[14] Sie wurde immer dicker, und ihre Stimmung stieg, denn ihre bedrückende Wohnsituation sollte sich nun bald ändern. Neue Räume wurden im Alexanderpalais in Zarskoje Selo vorbereitet, mit Kinderzimmern für das Baby, und Alix bestellte in England Möbel zusammen mit Chintz für Vorhänge und Kissen. Sie ordnete an, daß viele Gemälde und Basreliefs aus den renovierten Räumen entfernt und durch Mahagoni-Täfelung, kleine Geschirrschränke und Regale ersetzt werden sollten. Nach ihrer Fertigstellung waren die kaiserlichen Wohnräume behaglich, unprätentiös, komfortabel, ohne jene bombastische Großartigkeit des Winterpalasts oder des Katharinenpalais in Zarskoje Selo mit ihren Hunderten von riesigen Sälen und monumentalen Statuen.

Alix versuchte sich in den riesigen, palastartig kalten Zimmerfluchten des russischen Hofes eine Oase der Wärme und Heimeligkeit zu schaffen – eine Replik des Geschmacks ihrer Großmutter, wenn man es genau nimmt. Im Kreise dieses gemütlichen Refugiums würden sie und Nicky und ihr Kind leben, fern von der Feindseligkeit und den Intrigen der Hofleute, fern von Minnie und ihren Spionen, fern von den Petersburger Salons und der klatschwütigen Elite, die sie bevölkerte.

Das Baby sollte im Oktober auf die Welt kommen, und als die Zeit näher rückte, wurde fast nur noch über die bevorstehende Geburt gesprochen. Berechnungen wurden angestellt, ausgehend von den ersten Berichten über die Morgenübelkeit im Januar. Als der November begann und die Zarin ihr Kind noch immer nicht zur Welt gebracht hatte, verbreiteten sich allmählich finstere Gerüchte. Man sagte, die Zarin sei sehr krank und werde die Geburt vielleicht nicht überleben. Einer anderen Geschichte nach konnte sie gar kein Kind empfangen, und die ganze Schwangerschaft war ein einziger Bluff. Wieder andere sagten, sie sei wirklich schwanger, könne das Kind aber nicht auf normalem Wege zur Welt bringen; die Ärzte müßten sie aufschneiden, um das Kind herauszuholen. In einem aber waren sich alle einig: Das Kind, vorausgesetzt, es gab überhaupt ein Kind, war bestimmt ein Junge.

Die kaiserlichen Kinderzimmer waren eingerichtet, der Geburtshelfer Professor Ott und seine Assistenten hatten sich im Palast eingefunden und trafen ihre Vorbereitungen, ebenso der kaiserliche Chirurg Dr. Girsh. Königin Victoria, nach der Geburt von neun Kindern sehr erfahren in allem, was damit zusammenhing, hatte eine detaillierte Liste mit Anweisungen für die Kinderpflegerin geschickt, und diese waren befolgt worden. Da die Zarin mehrere Wochen über der Zeit war, ging man von einem großen Kind aus, und Alix war schlank und schmal in den Hüften; sicher stand ihr eine schwere Geburt bevor.

Schließlich setzten die Wehen ein. Alix wurde am Morgen des 15. November 1895 durch die Schmerzen wach und konnte nicht mehr einschlafen. »Den ganzen Tag lag sie im Bett und litt schlimme Qualen – das arme Ding!« schrieb Nicky in sein Tagebuch. »Sie tat mir so leid.«

Ella und Nicky saßen an ihrem Bett, die Ärzte und Schwestern überwachten die Wehen, die von Stunde zu Stunde immer schmerzhafter wurden und schneller aufeinanderfolgten. Um zwei Uhr kam Minnie an und nahm ihren Platz bei der Bettwache ein. Um diese Zeit hatte Alix sich schon dreizehn Stunden lang abgemüht, und ihre Kräfte schwanden. Nach weiteren drei Stunden ergebnislosen Leidens beschloß Dr. Ott, die Zange einzusetzen. Das Baby war zu groß, um ohne Hilfe durch den Geburtskanal zu kommen.

»Um genau 9 Uhr war der Schrei eines Babys zu hören, und wir alle atmeten erleichtert auf!« schrieb Nicky. »Als alle Angst vorbei war und die Schrecken vergangen waren, blieb nur noch ein seliges Gefühl über das, was geschehen war!«[15]

Nicky war zwar müde, aber ekstatisch. Die Ärzte waren erleichtert, Alexandra sehr erschöpft, aber zufrieden. Die Diener allerdings, die den Auftrag bekamen, die Geburt den Kanonieren der Peter-und-Pauls-Festung zu melden, wirkten bedrückt. Und als die Kanonen zu donnern begannen und die Bürger von Petersburg innehielten, um zu lauschen, hielten alle den Atem an. Dreihundert Schuß wurden für einen Jungen abgefeuert, einhundertein Schuß für ein Mädchen.

Nach dem hundertundersten Schuß senkte sich eine schreckliche Stille über die Stadt, und die Freude wich aus den Gesichtern in den Straßen. Es war ein Mädchen.

11

Im klaren blauen Himmel über Moskau kreisten Krähen in der warmen Mailuft, hoch über den glänzenden goldenen Kuppeln, Klöstern aus weißem Stein und strahlend blauen, grünen und roten Dächern der gewaltigen, wachsenden Stadt. Ihr Krächzen ging fast unter im Geläut der Glocken, die die bevorstehende Krönung des Zaren Nikolaus II. ankündigten, und dem Lärm der Hämmer und Sägen, dem Hufgeklapper und den Rufen der Handwerker, die Häuser und öffentliche Gebäude für die kommende Feier renovierten und schmückten.

Auf einer blühenden Wiese direkt vor den Stadtmauern wurden gerade hölzerne Stände, Tribünen und provisorische Bühnen für Theatervorstellungen aufgebaut, dazu Holzbrücken über die tiefen Löcher im unebenen Boden der Wiese und Absperrungen, um die Menge von mehreren hunderttausend Moskowitern zu kontrollieren, die zur Krönungsfeier hier draußen erwartet wurden. Hier auf dem Chodynkafeld sollte das Volk feiern, und der Zar würde kommen, die Parade abnehmen und seine Untertanen begrüßen.

Auch Alix bereitete sich auf die Krönung vor, lernte den Ablauf der langwierigen Zeremonie auswendig, ließ sich für neue Kleider Maß nehmen, stellte sich geistig auf die langen Wochen voller Bankette, Mittagessen und anderer Anlässe ein.

Sie war eine glückliche Frau. Seit der Geburt ihrer blonden, dicken kleinen Tochter Olga – benannt nach einer Figur aus Puschkins *Eugen Onegin* – war ihr Leben trotz der ständigen Nörgeleien ihrer angeheirateten Familie voller Zufriedenheit gewesen. Die jetzt sechs Monate alte Olga gedieh, wurde von Alix gestillt, gelegentlich von Nicky gebadet, von der ziemlich strengen englischen Nanny, die Königin Victoria geschickt hatte, beaufsichtigt – »eine störrische Frau«, fand Nicky, mit »einem harten und unangenehmen Zug in ihrem Gesicht« – und wuchs in eine im großen und ganzen gesunde Kindheit hinein. Alix und Nicky waren ganz und gar nicht enttäuscht darüber, daß Olga kein Junge geworden war, sondern hatten viel Freude an ihrer Tochter und gaben sich schamlos dem hin, was Königin Victoria »Babyverehrung« genannt hätte. (Hinter ihrem Rücken bezeichnete die Zarenfamilie Alix verächtlich als »Mère Gigogne« – als verhätschelnde, überfürsorgliche Mutter.)[1]

Alix war glücklich – auch weil sie glaubte, wieder schwanger zu sein.[2] Diesmal würde das Kind sicher der Sohn und Erbe sein, den das Reich von ihr forderte. Niemand außer Nicky, ihrer Kammerfrau Martha Muchanowa, ihrem Arzt und vielleicht ihrem Bruder Ernie, dem sie täglich schrieb, wußten von dieser Schwangerschaft, und sie wollte sie auch noch nicht offiziell bekanntgeben; sie wollte der Überwachung und der ganzen übertriebenen Fürsorge, die ihre letzte Schwangerschaft begleitet hatten, etwas länger entgehen.

Ihr Leben in Zarskoje Selo hatte sich zu einer bequemen Routine mit langen Morgen- und Nachmittagsspaziergängen mit Nicky, Zeit mit Olga, ruhigen Mittag- und Abendessen im Kreis der Familie entwickelt – mit ausreichend Freizeit zwischen diesen Fixpunkten, um lange Briefe zu schreiben und sich mit ihrem Privatsekretär zu treffen in dem Bemühen, eine Sache zu finden, der sie sich widmen wollte, entweder eine staatliche Wohltätigkeitsorganisation oder eine Schule. Sie wollte einen persönlichen Beitrag leisten, ihre Fürsorgeinstinkte waren nicht ausgelastet. Aber bisher hatte sich keine Gelegenheit ergeben, und inzwischen war das Leben in Zarskoje Selo so angenehm, mit den ausgedehnten Gärten, die gerade zu blühen begannen, und den einladenden Wäldern voller Frühlingsgrün. Es war schön, sich in den Räumen der Familie im Alexanderpalais aufzuhalten, die

Alix immer mit Orchideen und weißem Flieder füllte, oder auf dem Sofa im malvenfarbenen Boudoir – ihrem Lieblingszimmer – zu liegen, umgeben von Aquarellen mit Szenen aus England und Hessen, Familienfotos, Dutzenden von Ikonen und einem bezaubernden Gemälde der Verkündigung.

Angenehme Ablenkungen lockten: Stickerei, Duette mit Nicky auf dem wunderbaren Erard-Klavier, das Minnie ihr zur Hochzeit geschenkt hatte – Alix' liebstes Klavier überhaupt –, Besuche im Kinderzimmer (obwohl sich die Nanny beschwerte, daß Alix zu oft unangemeldet dort vorbeischaute).[3] Und dann war da noch eine andere, in dieser Zeit gerade moderne Ablenkung: der Okkultismus.

Viele Angehörige der Oberschicht hatten begonnen, die Wahrheit mit metarationalen Mitteln außerhalb des orthodoxen Glaubens zu suchen: Sie nahmen an Séancen teil, studierten die Kabbala, lasen Zeitschriften mit Titeln wie *Aus dem Jenseits* oder *Der Spiritist*, suchten Medien auf und kauften obskure Bücher mit hermetischen Weisheiten. Selbsternannte spirituelle Lehrer tauchten überall in Petersburg auf, sammelten ehrfürchtige Anhänger zu kultähnlichen Gesellschaften und machten ein Vermögen mit Ratschägen, Heilungen und ihren angeblichen verborgenen Lehren.

Innerhalb der Zarenfamilie selbst war Nickys Verwandter Großfürst Nikolaj Nikolajewitsch in den Worten des höchst skeptischen Graf Witte »einer der wichtigsten, wenn nicht der Hauptinitiator dieser abnormen Stimmung des orthodoxen Heidentums und der Suche nach Wundern, einer Verirrung, der sie sich offenbar in den höchsten Kreisen hingaben«.[4] Die Sehnsucht, einen Blick auf die Welt jenseits der Grenzen der normalen Wirklichkeit zu werfen, wenigstens einen Bruchteil des Unbekannten zu kennen, faszinierte viele in der Familie, auch Nicky selbst, der sehr gerne versucht hätte, mit seinem verstorbenen Vater in Kontakt zu treten.[5]

Diese Themen interessierten auch Alix, obwohl sie hauptsächlich mit Olga beschäftigt war und bald wieder unter morgendlicher Übelkeit litt – was sie so gut wie möglich verbarg. Während der gesamten Feierlichkeiten in Moskau stillte Alix Olga weiterhin, bemühte sich, ihre Übelkeit zu unterdrücken und allzeit selbstsicher und königlich zu wirken. Die Tage vor der Krönung waren lang und ereignisreich: Frühstückseinladungen mit zweihundert Gästen, Treffen mit ausländischen Abgesandten, die speziell zu diesem Anlaß nach Rußland geschickt worden waren. Abends Bankette und Bälle, Staatsbesuche und Hauskonzerte, ein Besuch im Bolschojtheater, wo (gegen den Wunsch der Zarinwitwe) Matilde Ktschessinskaja den Hauptpart in einem neuen Ballett, *Die Perle,* tanzte.

Es gab rührende Treuebeweise für den Zaren – riesige jubelnde Menschenmengen, Spruchbänder mit der Aufschrift »Gott schütze den Zaren« und »Ruhm, Ruhm unserem russischen Zaren«, Freilichtkonzerte mit Tausenden Chorsängern, die die Nationalhymne mit von Herzen kommender Inbrunst vortrugen. Aber es gab auch Störungen, vor allem einen großen Arbeiterstreik, der sich von Petersburg nach Moskau ausbreitete, mit Zehntausenden Lohnarbeitern, die sich weigerten, an ihre Maschinen zurückzugehen, bevor nicht ihre Arbeitgeber die Arbeitszeit auf zehneinhalb Stunden pro Tag reduzierten. Die Bevölkerung, gespannt auf die Krönung, besonders aufgeregt in Erwartung des Volksfestes, das auf dem Chodynkafeld gefeiert werden sollte, war aufgekratzt und unruhig. Ihr Souverän überschüttete sie mit Vergünstigungen – Geldgeschenke für alle, Amnestie für nicht bezahlte Steuern, Freiheit für Häftlinge und Befreiung von vielen Strafen und Geldbußen –, doch diese Gunstbeweise hatten ganz und gar keinen befriedende Wirkung, sondern schienen noch zu einem Gefühl impulsiver Anmaßung unter jenen beizutragen, die sich in Moskau versammelt hatten, zu einer Lockerung der Zurückhaltung in den Beziehungen zwischen Zar und Volk.

Die Menschenmengen, die sich versammelten, um alle Vorgänge rund um die Krönung mitzuerleben, waren launisch, mal begeistert loyal, mal offen mißbilligend. Und ihr Mißfallen richtete sich unglücklicherweise zumindest zu einem Teil direkt gegen Alix. Am Tag des formellen zeremoniellen Einzugs des Zaren in Moskau fuhr Alix in einer eigenen Kutsche ein Stück hinter ihrem Gatten und auch hinter ihrer Schwiegermutter. Laute Rufe begrüßten den Zaren, stürmische Hurras erklangen, als Minnie vorbeifuhr. Alix' Kutsche hingegen wurde mit Schweigen begrüßt – einem beredsamen Schweigen, das sie wie ein Schlag traf und ihr die Tränen in die Augen trieb.[6]

Es war ein bedrohliches Schweigen – kein offener Hohn oder Beleidigungen, sondern die Stille der Ablehnung. Die Untertanen ihres Gatten wußten wie seine Verwandten ihre Bemühungen nicht zu schätzen. Die Moskowiter wußten schließlich nichts von ihren Versuchen, die russische Kultur zu verstehen, ihrem Russischunterricht, ihrem echten Wunsch, sich einer wohltätigen Aktivität zu widmen. Sie wußten auch nicht, daß sie den Erben des Romanow-Throns unter ihrem Herzen trug. Wenn sie sie einmal besser kannten, wenn ihr Sohn geboren war, würde sich ihre Reaktion ändern. Sie würden dankbar sein.

Die lange Zeremonie des Krönungstages begann sehr früh am Morgen, mit Kanonenschüssen von den Kremlmauern und dauerndem Glockengeläut. In der Uspenskij-Kathedrale, deren dämmriges Inneres durch schimmerndes Gold und die glänzenden Edelsteine der Wandgemälde, die Ikonen, die Uniformen und Roben der prächtig gekleideten Zuschauer glühte, entfaltete sich die endlose Zeremonie, und Alix, die sich schwach fühlte, mußte gegen ihre Benommenheit ankämpfen. Sie sah zu, wie ihr Gatte, dessen Gesicht »Frömmigkeit und Demut« ausdrückte, die Krone erhielt und der kaiserliche Purpurmantel auf seinen Schultern befestigt wurde. Mit den anderen Anwesenden schreckte sie auf, als gerade auf dem Höhepunkt der Zeremonie seine diamantenbesetzte Kette brach und mit lautem Klirren auf den gefliesten Boden fiel. Dann war sie an der Reihe, vor ihm kniend mit einem Kuß ihre eigene Krone zu empfangen.

Die Menschenmassen, die lange Predigt, die gesungenen Psalmen und Gebete – insgesamt dauerten die Formalitäten fast fünf

Stunden, und dann folgte ein weiteres stundenlanges Bankett im Facettenpalast, wo ein Festmahl aus Fleisch und Piroggen, Borschtsch und eingelegten Gurken auf langen Tischen angerichtet war.

Die Hitze des Tages, der Essensgeruch, die nervtötenden Kanonaden und das ständige Glockengeläut, dazu die Menschenmengen überall – Alix muß lange vor dem Abend benommen und erschöpft gewesen sein, und als die Illumination der Stadt um zehn Uhr begann und Tausende von glühenden Lichtern die Häuser, Läden und öffentlichen Gebäude, ja sogar die Bäume im Park beleuchteten, muß sie sich schon lange zu Bett begeben haben.

Drei Tage später sollte die öffentliche Feier, der Jahrmarkt für die Moskowiter stattfinden. In der Nacht zuvor strömten schon Zehntausende am Rande des Chodynkafeldes zusammen, kampierten im Freien, warteten auf das Morgengrauen, wenn die Drehkreuze sich bewegen und sie alle auf das festgelegte Gebiet des Marktes eingelassen würden, um ihre Geschenke und ihr Essen zu bekommen und mit ihrem Fest zu beginnen.

Als das letzte Mal ein öffentliches Fest auf dieser Wiese stattgefunden hatte, dreizehn Jahre zuvor zur Feier der Krönung Alexanders III., waren zweihunderttausend Menschen dabeigewesen; diesmal waren es wenigstens doppelt so viele, und ein Gerücht begann die Runde zu machen, daß es nicht genug Geschenke und Essen für alle geben würde. Man hatte ihnen Würste, Brötchen, Süßigkeiten, Nüsse, Lebkuchen und ein wertvolles Andenken versprochen – eine rosafarbene Emailletasse mit dem Wappen der Stadt Moskau und den Worten »Zur Erinnerung an die Heilige Krönung« –, alles zusammen eingepackt in ein farbiges, mit den Bildern des Zaren und der Zarin bedrucktes Tuch.[7] Man hatte ihnen auch so viel Freibier und Honigwein versprochen, wie sie trinken konnten, dazu Unterhaltung den ganzen Tag lang.

In den kurzen Stunden der Nacht warteten die Menschen ängstlich, beunruhigt durch solche Gerüchte von knappen Vorräten und immer stärker bedrängt durch den Druck der Menge selbst, denn immer mehr Menschen kamen und bahnten sich einen Weg hin zu den Absperrungen, die den Eingang zur Wiese versperrten, um ganz vorn zu stehen, wenn die Drehkreuze sich öffneten.

Unter den wartenden Volksfestbesuchern befand sich auch ein Reporter der *Russkaja Gaseta,* Wladimir Giliarowskij, und er schrieb später von dem furchtbaren Gedränge, das so viele Körper auf einem Haufen erzeugten.

»Es begann Dampf aufzusteigen«, erinnerte er sich, »der aussah wie der Nebel über einem Sumpf... Viele fühlten sich benommen, manche fielen in Ohnmacht.« Überall um ihn herum rangen die Menschen um Atem, erbrachen sich, brachen unter dem nicht abzuhaltenden Drängen und Stoßen zusammen. Es ging kein Wind, kein Mond schien. Nur das beklemmende Gedränge, das sich noch verschlimmerte, als der Morgen näher kam.

Wann die ersten Absperrungen fielen, konnte später niemand mehr genau sagen, aber es war sehr früh am Morgen, lange vor der offiziell angesetzten Öffnung der Wiese. Die Patrouillen, die die Menge kontrollieren sollten – hundert Kosaken zu Pferde –, konnten die Menschen nicht zurückhalten, und in Minutenschnelle ergoß sich eine dunkle Woge aus Leibern über die Wiese, zertrampelte die Blumen, warf die Zäune um und eilte zu den hölzernen Ständen, wo Geschenke und Essen aufbewahrt wurden.

»Eine Menschenmenge von einer halben Million«, schrieb ein Überlebender des Aufruhrs, »stolperte mit ihrer ganzen unvorstellbaren Masse in Richtung der Büfetts. Tausende fielen in Gräben und starben buchstäblich auf dem Kopf stehend. Andere stürzten ihnen nach, mehr und immer mehr...« Menschen fielen in aufgegebene Brunnen, in Gräben oder verschlammte Tröge. Diejenigen, die ihnen nachdrängten, konnten ihre Vorwärtsbewegung nicht stoppen und gingen oder rannten einfach über die Berge sich windender Leiber hinweg auf die nächste

Reihe von tödlichen Gruben in der Erde zu, in die sie dann selbst hineinfielen.

Die Schreie der Gefangenen, Hilflosen und Sterbenden waren furchtbar, und die Verantwortlichen standen nur verwirrt daneben und beobachteten das Blutbad, ohne es mit der vorwärtseilenden Menge aufnehmen zu können.

Das Chodynkafeld war zur Todesfalle geworden, aber die Behörden einschließlich des Gouverneurs von Moskau, Großfürst Sergej, wurden von der Katastrophe so überrascht, daß ihre erste Reaktion in dem Versuch bestand, sie zu vertuschen.

Statt den Zar und seine Minister von dem Geschehen zu informieren, ließen Sergej und seine Untergebenen alle Karren und Wagen zusammenkommen, die sie auftreiben konnten, und versuchten alle Zeugnisse für das Blutbad zu beseitigen. Zertrampelte Körper, abgerissene Gliedmaßen, blutgetränkte Kleidung wurden auf Wagen geladen, dann mit Planen abgedeckt und in die Leichenhäuser gebracht – und als die Leichenhäuser voll waren, wurden die Wagen in den Fluß geleert, in hastig ausgehobene Massengräber, auf irgendwelche Haufen weit weg von der Wiese selbst.

Die schreckliche Prozession der bluttriefenden Wagen bewegte sich durch fröhlich mit Bannern und Flaggen geschmückte Straßen, die den frisch gekrönten Zaren begrüßten. Zuschauer wurden neugierig, schreckten entsetzt zurück. In ihrer Hast waren die Arbeiter, die damit beauftragt waren, die menschlichen Überreste zu beseitigen, nicht gerade gründlich gewesen; blutige Arme und Hände schauten unter den Rändern der Planen hervor, und ein schrecklicher, unverwechselbarer Geruch stieg aus den Karren auf – der Geruch nach Blut und Tod.

Und dann waren da noch die Überlebenden, Tausende, die mit glasigen Augen und schmutzigen Kleidern nach Hause gingen, humpelnd und blutend, manche mit ihren Krönungsgeschenken und Tassen im Arm. Bei ihrem Anblick wollten einige Adlige helfen. Sie ließen ihre Kutschen zum Chodynkafeld fahren und brachten die Verwundeten in Krankenhäuser.

Um halb elf Uhr morgens verbreitete sich die Nachricht von der schrecklichen Katastrophe in Moskau und konnte nicht mehr vom Palast ferngehalten werden. Der Zar wurde informiert, daß viele Untertanen den Tod gefunden hatten, wobei die Schätzungen der Toten und Verwundeten weit unter den wirklichen Zahlen lagen.[8] Er wurde gefragt, ob er aus Respekt vor den Opfern die Feierlichkeiten des Tages absagen wolle, zu denen nicht nur sein Auftritt auf dem Chodynkafeld, sondern auch ein Ball in der französischen Botschaft gehörte. Wahrscheinlich unter dem Einfluß seiner Berater sagte Nicky nein, er wolle sie fortsetzen.

Als Alix von einer ihrer Hofdamen von den Geschehnissen auf dem Chodynkafeld erfuhr, war sie schockiert und traurig. Daß die Krönung ein solches Leid und einen solchen Blutzoll gefordert hatte, war in ihren Augen eine ungeheuerliche Katastrophe. Zweifellos konnte sie sich wie auch die anderen nicht des Gedankens an das Zerbrechen der Diamantkette ihres Gatten im Moment seiner Krönung erwehren. Es war ein schlechtes Vorzeichen gewesen – und jetzt war das Desaster passiert.

In ihren Augen war es ein schwerer Fehler, wenn das Staatsoberhaupt nach einem solchen furchtbaren Zwischenfall in der Öffentlichkeit auftrat; sie selbst hätte es vorgezogen, den Tag mit Krankenhausbesuchen zu verbringen. (Hier eröffnete sich ihr, wenn auch unter traurigen Umständen, endlich eine Möglichkeit zu helfen.) Aber sie konnte nicht gegen Nickys offizielle Entscheidung handeln, und außerdem wußte sie, daß diese Entscheidung eine politische Dimension besaß. Wenn sie sich nicht auf dem Ball der französischen Botschaft zeigte, hieße es wieder, Grund ihres Fehlens seien ihre Sympathien für Deutschland.

Außerdem schien die Öffentlichkeit anfangs gar nicht zu wollen, daß die Feierlichkeiten abgesagt wurden. Den ganzen Morgen über strömten die Besucher des Volksfestes weiterhin zu Tausenden auf die Wiese, genossen die warme Sonne, kümmerten sich nicht um den Anblick von Leichen, die aus den Gruben geborgen und auf den Boden gelegt wurden, und drängten sich um den Pavillon, in dem der Zar am Nachmittag eine Ansprache halten wollte. Es war ein makabres Spektakel mit spielenden Musikkapellen, herumschlendernden, essenden und trinkenden Menschen, während direkt nebenan provisorische Leichenhallen errichtet wurden, Leiber hastig mit Zweigen, Leintüchern, heruntergerissenen Bannern bedeckt wurden – alles, um die gräßlichen Überreste außer Sicht zu bringen. Nicht möglich war es allerdings, die Krähen zu verbergen, die auf der Suche nach Aas über der Wiese kreisten, oder die Feuerwehreinheiten zu verkleiden, die mit ihren kleinen, von Pferden gezogenen Karren den ganzen Nachmittag kamen und gingen und die Toten vom Feld holten.

Das Schmettern der Nationalhymne verkündete die Ankunft des Zaren, und als er mit Alix an seiner Seite auf dem Balkon seines Pavillons erschien, jubelte die Menge ihm lautstark zu. Er hielt eine kurze Rede, erwähnte jedoch die Verluste an Menschenleben nicht. (In seinem Tagebuch allerdings hielt Nicky gewissenhaft fest, daß er die Leichen in der Nähe des Pavillons bemerkte.)[9] Der Umzug verlief wie geplant, Regimente marschierten in ordentlichen Reihen vorbei, Kanonen feuerten einen Salut nach dem anderen, die Menschen sangen, Bauernabordnungen traten vor den Zaren hin, um ihm Respekt zu erweisen und seinen Segen zu erhalten. Die Parade der Umzugswagen holperte über die unebene Fläche, sorgfältig vermieden sie die tiefen Gräben und Krater, und der lange Nachmittag bewegte sich, so schien es jedenfalls, einem befriedigenden Ende entgegen.

Alix allerdings war erschöpft und ausgelaugt, und so ging sie zwar zum Ball in der französischen Botschaft und tanzte den Eröffnungstanz mit dem Botschafter, blieb jedoch ebenso wie Nicky nicht bis zum Essen um Mitternacht und kehrte relativ früh nach Hause zurück.

Jetzt spürte sie die langen, ereignisreichen Tage – den enttäuschenden Empfang, den man ihr bereitet hatte, die ermüdenden Zeremonien und Bankette, das stundenlange Stehen, die Hitze, die Aufregung und schließlich die erschütternde Katastrophe auf dem Chodynkafeld. Ihr Magen brannte, und oft war sie den Tränen nahe.[10] Sie offenbarte ihre Schwangerschaft noch immer nicht. Es herrschte zu viel Chaos in der Familie. Sergej wurde beschuldigt, weil er die Tragödie nicht vorhergesehen hatte, und als er anbot, als Gouverneur von Moskau zurückzutreten, nahm man Nicky übel, daß er den Rücktritt seines Onkels ablehnte.[11] Die Spannungen zwischen Sandro und Sergej, Tante Miechen und Minnie traten wieder deutlich zutage. KR notierte in seinem Tagebuch, daß ein »schweigender Antagonismus« zwischen Minnie und Alix entstand, und daß letztere, blaß und krank, so aussah, als brauche sie dringend Ruhe.

Die Tage vergingen, und die Stimmung in der Stadt heizte sich immer mehr auf. Der Arbeiterstreik hielt an. Die Moskowiter kleideten sich schwarz wegen der Chodynka-Opfer, es sollen an die zwanzigtausend gewesen sein, und gaben der Polizei, den städtischen Beamten, ja sogar den Ärzten die Schuld an dem gewaltigen Blutzoll. Sergej wurde »Fürst von Chodynka« genannt, der Zar »blutiger Nikolaus«. Alix war die »deutsche Hexe«, und man sagte, sie habe auf dem Ball des französischen Botschafters mit herzloser Hingabe gelacht und getanzt, ohne einen Gedanken an die Leiden des Volkes zu verschwenden.

Alix welkte dahin, litt und gab sich schließlich ihrer Erschöpfung und Angst geschlagen. Ihr Körper rebellierte, und sie verlor ihr Baby.[12]

Was in Freude und Feierlichkeit begonnen hatte, endete in einer Zeit der Katastrophen. Die Krone der Romanows war durch die Tragödie befleckt, und der Thronerbe, der Junge, dessen Existenz Alix geheimgehalten hatte, ging in einem Blutschwall verloren.

Die warme Junisonne schien immer noch über den Kuppeln und Dächern von Moskau, aber jetzt war es eine Stadt in Trauer, und die Krähen, aufgebläht und übersättigt, schwebten wie dunkle Gespenster im wolkenlos blauen Himmel.

12

Im Sommer 1896 unternahm Zarin Alexandra ernsthafte Anstrengungen, ein Wohltätigkeitsprojekt in die Wege zu leiten. Sie nannte es »Hilfe durch Handarbeit« und stellte sich eine Vielzahl von Nähsälen überall in Rußland vor, in denen arme Frauen unter der Anleitung adliger Damen das Nähen und andere Handarbeiten erlernen sollten. Ein Komitee, dem sie vorstehen würde, sollte dieses Netzwerk von Arbeitsstätten überwachen und ihre Vorhaben auf den richtigen Weg bringen.[1]

Es war ein ehrgeiziges Projekt, am Modell von Wohltätigkeitsorganisationen in Deutschland und England ausgerichtet und von Alix' eigener Handarbeitskunst inspiriert, die sie anderen beibringen wollte mit dem letzten Ziel, Einnahmen aus dem Verkauf von bestickten Kleidungsstücken an bedürftige Familien zu verteilen. Ihre Ziele waren hochgesteckt und selbstlos; sie wollte keinen Ruhm, nur die Chance, ein Projekt aus der Taufe zu heben, das das Leben der Armen verbesserte, und das Gefühl, etwas zur Milderung der Not beigetragen zu haben.

Sobald sie den Beginn von »Hilfe durch Handarbeit« verkündete, schlossen sich viele Frauen, darunter eine stattliche Anzahl adliger Damen, der Nähgilde an. Es kamen auch Frauen der Kaufmannsschicht, die im Dorf Zarskoje Selo oder in der Umgebung lebten, und bald waren die Treffen organisiert, und das Nähen begann. Alix präsidierte, bot den Näherinnen Hilfe und Verbesserungen an und machte erste Pläne für die Ausdehnung der Gilde und die Auslieferung der ersten Kleidercharge.

Sie hoffte, ihre mildtätigen Anstrengungen ausdehnen und

eine Schule für Krankenschwestern und Hausmädchen einrichten zu können wie diejenige, die ihre Tante Helena in England gegründet hatte. Sie schrieb an Helenas Schule, bat um Hilfe bei ihrem Projekt und wollte bald, wenn möglich innerhalb weniger Monate, damit beginnen.

Aber Alix hatte kaum mit ihren Bemühungen begonnen, als schon erste Hindernisse auftauchten. In Rußland, so stellte sie fest, gab es praktisch keine private Wohltätigkeit; alle Wohltätigkeitsorganisationen wurden von der Regierung kontrolliert und standen, zumindest dem Namen nach, unter der Leitung der Zarinwitwe. Wohin sich Alix auch wandte, Minnie stand schon da und versperrte mit verschränkten Armen den Weg.

Schlimmer noch: Schnell mußte sie erkennen, daß die hochgeborenen Damen, die ihrer Gilde beigetreten waren, dies in Erwartung ihrer besonderen Patronage getan hatten; sie erwarteten höhere Positionen bei Hofe oder Beförderungen und Stellungen für ihre Ehegatten oder Söhne – ein direktes, konkretes quid pro quo. Als sie feststellten, daß die Zarin nicht vorhatte, sie für ihre Arbeit in dem Wohltätigkeitsunternehmen zu belohnen, zogen sie sich zurück – mit vielen bitteren Kommentaren über »kaiserliche Undankbarkeit«.[2] Manche Gattinnen von Kaufleuten und Händlern blieben, stolz darauf, einer Organisation anzugehören, an deren Spitze die Zarin stand. Aber auch sie, so merkte Alix, waren nicht frei von persönlichen Interessen. Sie suchten das gesellschaftliche Prestige der Verbindung mit dem Hof, und dies war ihnen viel wichtiger als irgendein Nutzen, den sie mit ihrer Näherei den Armen bringen könnten.

Das Scheitern ihres Plans war desillusionierend für Alix, und der Spott der Frauen, die sie zu rekrutieren versucht hatte, verletzte sie. In der Folge der Chodynka-Katastrophe hatte die kurze Pause der Kritik geendet. Die Gerüchte über die Zarin wurden jetzt immer skurriler. Man sagte, sie sei von einem Liebhaber schwanger gewesen und habe ihr Kind absichtlich abgetrieben, um ihren Fehltritt zu verbergen – eine böswillige Verdrehung der Tatsachen ihrer Fehlgeburt.[3] Die Angehörigen ihres Haushalts wurden auf der Suche nach Einzelheiten aus ihrem Privatleben gepiesackt in der Hoffnung, daß sich daraus skandalöse Geschichten konstruieren lassen könnten. Für Alix muß es so ausgesehen haben, als ob jetzt ein Netz aus Intrigen um sie herum gesponnen wurde; wohin sie sich auch wandte, sie stieß auf kleinliche Gehässigkeit und Böswilligkeit; wenn sie an einem Feiertag weiß trug – was, wie man ihr gesagt hatte, richtig war –, trugen alle anderen Frauen dunkle Kleider, so daß sie peinlich herausstach. Wenn sie einen ihrer seltenen Empfänge gab und verheiratete Frauen, die ihrer Meinung nach »lockere Sitten« hatten, von der Einladungsliste strich, dann weigerten sich alle eingeladenen Frauen zu erscheinen.

»Ganz Petersburg stellte sich in Waffen gegen seine Zarin«, erinnerte sich Martha Muchanowa.[4] Kaum jemand sprach mit ihr. Hinter ihrem Rücken kritisierten Hof und feine Gesellschaft sie als langweilig und schlecht gekleidet. Besonders übel nahm man ihr, daß sie mit unverzeihlicher Überheblichkeit verkündet hatte, »sie werde die Moral ihres Reiches heben«.[5] Ihr Geschmack, ihre Empfindlichkeiten waren nicht die ihrer adligen Untertanen. Alix langweilte die bessere Gesellschaft – und sie machte deutlich, daß sie sich umgekehrt auch von ihr gelangweilt fühlte.

Wütend und verletzt, weil man sie ihrer Ansicht nach mißverstand, bereitete Alix sich auf eine noch weit größere gesellschaftliche Herausforderung vor. Im August 1896 unternahmen sie und Nicky eine Reise durch Europa.

Trotz all ihrer intensiven Beschäftigung mit Büchern über Rußland ist es zweifelhaft, ob Alix ein auch nur rudimentäres Verständnis von der gegenwärtigen Position ihres neuen Heimatlandes unter den europäischen Staaten oder von Rußlands Verwundbarkeit als Großmacht besaß. Niemand im Außenministerium versuchte sie zu instruieren – die einzige Botschaft, die sie vom Außenminister erhielt, bevor sie nach Westen aufbrach, war ganz offenbar, daß sie bestimmte herausragende Colliers aus dem Bestand der Kronjuwelen mitnehmen und tragen solle, um die Herrscher und Würdenträger an fremden Höfen zu beeindrucken.

Rußland war tatsächlich gegen Ende des 19. Jahrhunderts in einer sehr prekären Lage, denn obwohl es traditionell zu den führenden Staaten Europas zählte, besaß es nicht länger den Reichtum oder auch die militärische Stärke, um mit dem unglaublich schnell expandierenden Deutschen Reich zu konkurrieren. Rußland machte wirtschaftliche Fortschritte, die Industrialisierung faßte auch in der Weite des Landes Fuß, aber verglichen mit westeuropäischen Staaten war es immer noch ein zurückgebliebenes Land mit einem mittelalterlichen Agrarsystem, in dem die Bauern, fast ausschließlich Analphabeten, in Armut und Unwissenheit lebten.

Und es wurde noch immer autokratisch beherrscht vom Willen eines Mannes, des Zaren. Die wenigen Bewegungen hin zu einem konstitutionellen System waren nur sehr kurzlebig gewesen und brutal unterdrückt worden. Beobachter in Europa verfolgten interessiert, ob der neue Zar Nikolaus sein zurückgebliebenes Reich endlich aus seiner Finsternis und Barbarei befreien und ins Licht der Moderne führen würde – oder ob er, wie es jetzt aussah, vorhatte, jede Veränderung zu verhindern, was auf dauerhafte Stagnation in der Regierung und ständige Unruhe unter seinen Untertanen hinauslief.

Hier war Rußlands neu geschmiedete Verbindung zu Frankreich, formell geschlossen durch ein Bündnis im Jahr 1892, von entscheidender Bedeutung. Denn die Spannungen zwischen Rußland und Deutschland nahmen zu, die deutsche Regierung belegte russische Waren mit hohen Zöllen und drohte militärisch auf russisches Gebiet vorzudringen; nur der Schutz einer Allianz mit Frankreich – und die Freundschaft Großbritanniens – konnten die Deutschen im Zaume halten. Inzwischen wurde der russische Staatsschatz durch Anleihen bei französischen Banken gesichert, französische Unternehmer machten bessere Geschäfte in Petersburg als je zuvor, und französische Investoren begründeten das Wachstum der russischen Industrie, ein Wachstum, das für die Lebensfähigkeit des Landes als Großmacht mit eigenen Zielen in Asien und auf dem Balkan unbedingt nötig war.

Für das Gelingen der Strategie der russischen Regierung war es entscheidend, daß die Souveräne dazu beitrugen, die Bande mit Frankreich zu festigen, während sie gleichzeitig eine weitere Verschlechterung der Beziehungen zu Deutschland verhinderten, indem sie die enge Verwandtschaft mit dem deutschen Kaiser, der ein Cousin des Zaren war, pflegten. Darüber hinaus waren Presseberichte und öffentliche Meinung von ausschlaggebender Bedeutung für die Beziehungen zwischen den Staaten; wenn Nicky und Alix es schafften, auf ihrer Reise Zuneigung und Bewunderung auf sich zu ziehen, wenn sie Großmut, Selbstvertrauen und Majestät ausstrahlten und sich mit einer Aura von Reichtum und Glamour umgaben, wenn sie das Richtige zur richtigen Zeit sagten, dann war die Öffentlichkeit Rußland gegenüber positiv eingestellt und beeinflußte die Entscheidungen der jeweiligen Regierungen sicher entsprechend.

Alexandra unternahm große Anstrengungen, was ihre Kleidung für diese Reise betraf. Sie ließ Worth in Paris, wo ihre Kleider geschneidert wurden, genaue Anweisungen zukommen. Worth schickte eine Gruppe Näherinnen für die letzte Anprobe nach Petersburg. Es war eine Zeit des Exzesses in der Kleidung, eine Zeit, in der Frauen der obersten Schichten große Hüte trugen, die dreißig Zentimeter hoch mit Bäuschen und Streifen aus Gaze dekoriert waren, mit üppigen Ansammlungen künstlicher Blumen und sich einrollender Straußenfedern, Sonnenschirmen mit vielen Rüschen, langen dekorativen Federboas und Kleidern und Mänteln in süßem, dünnem weißen Crêpe und rosa Satin und blaßmalvenfarbenem Samt. Das Ganze wurde in mehreren Schichten übereinander getragen, mit Reihen von Spitze, Fransen, Bändern, Volants und Perlenarbeit. Krägen und Umhänge waren mit Silber- und Goldfäden bestickt, Ballkleider mit Pailletten besetzt und dick mit Perlen übersät. Blumen und Pelz wurden großzügig auf Kleidern verteilt, die mit Verzierungen anderer Art schon überreich dekoriert waren, und lange Perlenschnüre wurden mehrmals um den Hals geschlungen oder hingen vom Nacken bis auf die Knöchel herab.

Alix, die eine Schwäche für schöne Kleider hatte und sie, schlank und majestätisch, wie sie war, auch wirkungsvoll trug, gab ihrer Vorliebe für übertriebenen Putz nach, als sie ihre Reisegarderobe bestellte. Die Koffer kamen von Worth an und wurden auf den kaiserlichen Zug geladen, zusammen mit Dutzenden Schachteln und Kisten voller Leinen, Spitzen und Bettlaken, Schmuck und Unterwäsche und Alix' schwerer goldener Toilettegarnitur, die allein schon mehrere große Truhen füllte. Es gab ein komplettes reisendes Kinderzimmer für das Baby Olga, dazu ihre Kindermädchen – außer der sauren englischen Gouvernante, die kürzlich fortgeschickt worden war – und Hunderte Bediensteter und Beamter, darunter Ärzte, Köche, Wäscherinnen, Zimmermädchen und Butler.

Sobald Nicky und Alix in Breslau, dem Ausgangspunkt ihrer Reise, angekommen waren, wurde schnell klar, daß Alix nicht darauf vorbereitet war, ihren Teil zur Förderung der russischen diplomatischen Interessen beizutragen. Teils aus ihrer Nervosität heraus, teils weil sie das Scheitern ihres Handarbeitsprojekts und die häßlichen Gerüchte in Petersburg über ihren angeblichen Geliebten noch immer kränkten, war sie zurückhaltend und überempfindlich; sie konzentrierte sich nicht darauf, mit Diskretion und Takt aufzutreten, sondern auf sich selbst und den Respekt, der ihr als frisch gekrönter Zarin von Rußland zustand. Sie wurde reizbar, launisch, fordernd; sie war arrogant ihren Dienern gegenüber, bestand darauf, daß sie die zusätzliche Mühe auf sich nahmen, die teure Straßburger und Brüsseler Spitze an ihrem Toilettentisch jeden Tag zu wechseln, genau wie sie es zu Hause taten, damit sie zu der Spitze ihrer Bettwäsche und ihres Nachthemdes paßte. Sie stritt mit Martha Muchanowa und befahl ihr in scharfem Ton zu schweigen und zu tun, was ihr gesagt wurde. Und am schlimmsten von allem – sie stieß mit ihrem Cousin Willy zusammen.

Alix hatte ihren kaiserlichen deutschen Cousin nie gemocht

und auf seine anmaßende, hochfahrende Persönlichkeit immer mit Spott und Verachtung reagiert. Sie konnte es nicht über sich bringen, eine reifere Beziehung zu ihm aufzubauen, wie es ihre formelle Stellung jetzt erforderte. Als Willy ihr eine antike silberne Toilettegarnitur zur Verfügung stellte, die einst Königin Luise von Preußen gehört hatte, nahm sie diese nicht dankend an, sondern reagierte beleidigt und fühlte sich gekränkt statt geehrt. Für eine Zarin war nur ihre goldene Garnitur gut genug; die silberne schob sie beiseite.

Willy, zutiefst beleidigt, antwortete mit einer schneidenden Bemerkung in der Richtung, daß er Alix »ein großes Kompliment gemacht« habe, indem er ihr die Silbergarnitur lieh.

Alix antwortete aufgebracht, ihr scheine es, »als sei sie für ihren Cousin Willy noch immer die kleine unbedeutende hessische Prinzessin wie vor ihrer Ehe«.[6]

Auf beiden Seiten wurden Gefühle verletzt, und die Verstimmung war da. Willys Großmutter, die Kaiserinmutter Auguste, wandte sich von Alix ab und nannte sie »frivol«, und zweifellos schrieb sie einen Brief an ihre gute Freundin Königin Victoria, in dem sie den Hochmut und die Eitelkeit der Zarin kritisierte. Bald hatte sich der ganze deutsche Hof darauf verständigt, Alix nicht zu mögen, und wenn sie bei einem Staatsbankett mit einem Vermögen an Saphiren und Perlen um den Hals und in einem mit Goldfäden durchwirkten Kleid auftrat, dann flüsterte man, ihr sei nichts wichtiger, als andere mit ihrem Reichtum zu beeindrucken.[7]

Während Alix und Nicky auf der neuen Yacht *Standart* von Kopenhagen nach Schottland segelten, beruhigte sie sich nicht, auch wenn sie sich, als sie ihre alte Großmutter Victoria begrüßte, bewußt gewesen sein muß, daß sie sie vielleicht zum letzten Mal sehen würde. Zehn Tage lang schüttete es wie aus Eimern, ein kalter Wind zog um das zugige Schloß Balmoral und hielt die Familie im düsteren Inneren fest mit seiner exzentrischen Dekoration aus Tierköpfen, Hirschgeweihen und Möbeln mit Tartan-Muster. Alix, so erkannte Victoria, hatte sich verändert; sie war distanziert und fast unnahbar geworden. Als die Königin versuchte, mit ihr über ihren taktlosen Auftritt in Deutschland und über ihre Konflikte mit dem russischen Hof und der angeheirateten Verwandtschaft zu reden, wurde Alix spürbar kühler. In Schottland reagierte die Presse wie zuvor schon in Deutschland negativ auf die kostspieligen Kleider der Zarin und zeigte sich beleidigt, weil sie sich nicht für britischen Tweed entschieden hatte.[8]

Selbst in Paris, wo begeisterte Menschenmengen »Vive l'impératrice!« riefen, Alix sehr hübsch nannten und sie überaus herzlich aufnahmen, reagierte sie mit Eiseskälte auf die netten Gesten der Franzosen. Die Schönheit der Stadt, die zu Ehren der kaiserlichen Besucher herausgeputzt worden war, so daß sogar die kahlen Kastanienbäume mit künstlichen Blumen bedeckt waren, berührte Alix nicht, während die ständigen Jubel- und Lobrufe, mit denen man sie umgab, nur ihre harte Seite zum Vorschein brachten; sie »war peinlich berührt«, schrieb Martha Muchanowa, »durch diesen, wie sie es sah, übertriebenen Ausdruck der Bewunderung«.[9]

In Paris wie schon in Breslau schien Alix auf fast schon perverse Weise darauf aus, die guten Beziehung eher zu zerstören als zu festigen. In einem plumpen, fehlgeschlagenen Versuch, sich gut mit der republikanischen Regierung zu stellen, ignorierte sie demonstrativ einige adlige Damen, die zum Mittagessen in die russische Botschaft geladen worden waren. Der Affront hatte eine verheerende Wirkung. Die französische Öffentlichkeit und Presse entzogen ihr ihre Gunst und beschlossen, daß Alix im Grunde nicht besonders chic, ihre Persönlichkeit nicht einnehmend sei und daß sie das ihr gewährte Privileg, in Marie Antoinettes früheren Räumen in Versailles zu übernachten, wohl doch nicht verdient habe. Allerdings war auch Marie Antoinette nicht gerade eine gute Republikanerin gewesen.[10]

Man empfand die Zarin als ziemlich lethargisch; tatsächlich aber war sie schwanger, sie hatte ganz am Anfang ihrer Rundreise ein weiteres Kind empfangen. Als sie Paris erreichte, hatte sie gegen die mit ihrem Zustand verbundene Trägheit zu kämpfen. Zurück in Rußland legte sie sich ins Bett und blieb dort ohne Unterbrechung fast zwei Monate lang, bis die Gefahr einer weiteren Fehlgeburt vorüber war.

Gemeinsam mit dem ganzen Hof hoffte sie auf einen Jungen und vertraute ihre Hoffnungen ihrer Schwester Irene bei deren Besuch an. Irene, die ruhigste und anspruchsloseste von Alix' drei Schwestern – sie und ihr Gatte Prinz Heinrich von Preußen waren in der Verwandtschaft als »die Liebenswürdigen« bekannt –, war vielleicht auch nach Rußland gekommen, um ihre jüngere Schwester zu beruhigen und ihre Befürchtungen zu zerstreuen. Sorgen machte sich die Zarin nämlich nicht nur um eine weitere Fehlgeburt oder die Möglichkeit, daß auch das zweite Kind eine Tochter sein könnte, sondern auch um neue Bedrohungen der Zarenfamilie durch revolutionäre Terroristen.[11]

Obwohl es bisher, in den ersten zwei Jahren seiner Herrschaft, noch keine Attentatsversuche auf den Zaren gegeben hatte, war er sich ständig der Todesgefahr, in der er schwebte, bewußt. Rund um die Uhr waren im Palast Polizisten im Einsatz, und bewaffnete Garden umgaben Nicky, wohin er auch ging. Als Nicky und Alix sich in England aufhielten, bekamen sie von Scotland Yard die Nachricht, daß ein Anschlag aufgedeckt worden sei. Der Zug, mit dem sie nach Ballater in der Nähe von Balmoral fahren wollten, sollte mit Dynamit in die Luft gesprengt werden. Es war eine internationale Verschwörung, neben russischen waren auch belgische, französische und irische Terroristen beteiligt; die Bomben waren in einer geheimen Werkstatt nahe Antwerpen gebaut worden. Die Zarenfamilie fuhr mit dem Zug, aber es wurden viele zusätzliche Sicherheitsmaßnahmen getroffen, um seine sichere Ankunft zu gewährleisten. Vor dem Zug fuhr eine zweite Lok, um die Strecke zu sichern, und an Bord des Zuges befanden sich besonders ausgebildete britische Polizisten und Eisenbahnbeamte, die jeden Passagier überprüften und jedes Abteil durchsuchten.

Die Chodynka-Katastrophe hatte eine neue Welle des Hasses

in der Öffentlichkeit erzeugt, und im Winter und Frühjahr 1897 hörte man am russischen Hof immer wieder von Morddrohungen. Die Ermordung von Polizeichefs und anderen Beamten in Provinzstädten führte zur Verhaftung Hunderter Menschen, in denen man Staatsfeinde witterte. Das Schicksal einer Inhaftierten, einer jungen Studentin namens Maria Wetrowa, sorgte für besonders viel Gerede und Sympathiebezeugungen in Petersburg, als ihre Geschichte im Februar bekannt wurde. Sie war in der Peter-und-Pauls-Festung festgehalten worden, weil sie sich für Staatsreformen eingesetzt hatte. Dort wurde sie von einem ihrer Wärter vergewaltigt, worauf sie sich mit Kerosin überschüttete und ihre Kleider anzündete. Die Nachricht von ihrem Selbstmord und dem vorausgegangenen Verbrechen ließ die Hauptstadt vor Entsetzen erschauern, löste eine weitere Haßwelle gegen den Zaren und seine Minister aus und radikalisierte noch mehr Studenten.

Nervös und belagert, noch ängstlicher durch die Feindseligkeit, die Petersburg ausstrahlte, nähte und stickte Alix die Ausstattung für das neue Baby und betete um einen Sohn. Sie fühlte sich oft schlecht in den letzten Monaten der Schwangerschaft, und ihre chronischen Schmerzen in den Beinen kehrten zurück, aber sie zwang sich selbst, vier Bälle zu geben und Gäste zu vier Vorführungen im Eremitage-Theater einzuladen. Die bessere Gesellschaft brüskierte die Zarin bei jeder Gelegenheit, mit Minnies schweigendem Einverständnis (ein Wort von der Zarinwitwe hätte diese Entwicklung in ihr Gegenteil verkehrt) und Nickys passiver Duldung.

Als Ende Mai die Wehen einsetzten, waren nur Irene, Nicky und Nickys dänische Großmutter Louise anwesend. Auffallenderweise kam Minnie nicht – vielleicht auf Bitten des Geburtshelfers, denn Minnies Gegenwart hätte Alix' Nervosität sicher noch gesteigert und die Geburt noch belastender gemacht.

Wegen Alix' Sorgen hinsichtlich des Geschlechts des Babys – ihrer übertriebenen Hoffnungen auf einen Sohn und ihrer Angst, eine zweite Tochter zu bekommen – hatte man vereinbart, daß der Geburtshelfer im Moment der Geburt Nicky ein Zeichen geben und ihn so über das Geschlecht des Kindes informieren sollte. So wollten sie Alix den Schock ersparen und sicherstellen, daß sie sich ohne die zusätzliche Belastung durch Erleichterung oder Enttäuschung von der Wirkung des Chloroforms erholte.

Die Wehen begannen am Abend und dauerten die ganze Nacht hindurch. Der Hof war mobilisiert, wieder wurde überall verkündet, daß die Zarin bald ein Kind zur Welt bringen werde. Um acht Uhr morgens wurde Alix in das Schlafzimmer gebracht, das Königin Louise während ihres Aufenthalts bezogen hatte, so daß ihr zu Ehren das Baby dort zur Welt kommen konnte. Jetzt tat das Chloroform seine Wirkung, und die Schmerzen wurden heftiger.

»Der zweite strahlend glückliche Tag in unserem Familienleben«, schrieb Nicky später in sein Tagebuch. »Um 10.40 Uhr heute früh hat uns der Herr mit einer Tochter gesegnet – Tatjana… Gott sei Dank ging diesmal alles schnell und sicher vonstatten, und ich war nervlich nicht so erschöpft.«[12]

Wie schon bei Olgas Geburt war Nicky in Hochstimmung. Die kleine Tatjana war ein großes und schönes Kind, wog fast neun Pfund und sah Alix sehr ähnlich. Nicky war begeistert, aber die anderen Anwesenden blickten sich betreten an. »Als das Kind auf die Welt kam«, schrieb Martha Muchanowa, »herrschte ein tiefes Schweigen im Zimmer.« Alle waren enttäuscht, aber keiner wollte diese Enttäuschung zeigen.

Als Alix einen Moment später die Augen aufschlug und wußte, wo sie war, sah sie Kummer und Sorge in den Gesichtern ihrer Schwester und der anderen. Sie wußte sofort, daß sie eine weitere Tochter geboren hatte. Ihr Schluchzen war lauter als das Geschrei des Neugeborenen, man hörte es bis weit in den Nachmittag hinein.

13

Die Menschen, die engen Umgang mit ihr hatten, bemerkten, daß die Zarin sich immer fanatischer um die Ordnung in ihren Besitztümern kümmerte. Sie trug die Schlüssel zu all ihren Truhen und Schränken immer bei sich, so daß sie jederzeit einen Schrank öffnen und seinen Inhalt inspizieren konnte. Und dann reagierte sie sehr ungehalten gegenüber ihren Dienern, wenn irgend etwas nicht an seinem Platz lag oder durcheinander war.

Wenigstens einmal im Monat ging sie jede ihrer vielen hundert Schubladen und Dutzende Kleiderschränke durch und kontrollierte, ob jedes Kleid, jeder Hut, jedes Handschuhpaar genau dort war, wo es hingehörte. Sie prüfte ihre sehr umfangreiche Schmucksammlung, ihre Kabinette mit den Nippsachen und Geschenken und besonders ihr Spitzenschränkchen, für das sie einen handschriftlichen Katalog anfertigte. Jedes Stückchen Spitze hatte seinen eigenen Platz, an dem es bei der Überprüfung gefälligst auch zu liegen hatte. Sie war so gewissenhaft im Umgang mit ihrer Spitze, daß sie sogar ihre Näherinnen anwies, alle Spitzenvolants von all ihren Hunderten Kleidern und ihrer Unterwäsche abzutrennen, um sie sorgfältig zu inventarisieren; nach ihrer Inspektion wurden die Verzierungen mühevoll wieder angenäht.

Als sie feststellte, daß eine bestimmte Schreibtischgarnitur in Kristall und Gold, die auf einem bestimmten Regalfach zu stehen hatte, bewegt worden war, so daß ein Teil der Garnitur in einem anderen Fach zu stehen kam, wurde sie unglaublich wütend. Sie rief all ihre Ehrendamen zusammen, hielt ihnen einen geharnischten Vortrag, weil sie die Sachen »in einer solchen Unordnung« hielten, und verdoppelte daraufhin ihre überraschenden Inspektionen.

Die gleiche besessene Aufmerksamkeit wandte sie auch den Haushaltsbüchern zu. Sehr zum Ärger der Verwalter bestand sie darauf, die Bücher, in denen die Ausgaben des Haushalts verzeichnet waren, zu kontrollieren, und kritisierte alle Posten, die ihr zu hoch erschienen. Nachdem sie den Haushalt ihres Bruders in Darmstadt geführt hatte, mag Alix sich imstande gesehen haben, die Fähigkeiten des Palastpersonals richtig einzuschätzen, obwohl sie offen zugab, keine Ahnung zu haben, wieviel ein Ei oder eine Kartoffel auf den Märkten von Zarskoje Selo oder Petersburg kostete. Die Verwalter beschwerten sich – denn Alix hatte in der Tat nur eine sehr beschränkte Vorstellung von der Führung des gewaltigen, komplizierten Systems der Palastverwaltung und äußerte dennoch beißende Kritik –, und Tante Miechen, Onkel Wladimir und andere Familienmitglieder begannen über die »deutsche Haushälterin« zu lachen, die so ein Aufhebens um den Kartoffelpreis machte.

Alix' wachsende Intoleranz gegenüber Unordnung und Mißmanagement erstreckte sich auch auf ihren Umgang mit der Zeit. »Die Dinge mußten zur festgesetzten Zeit geschehen«, schrieb Martha Muchanowa, »und wenn das nicht geschah, mußten sie auf den nächsten Tag verschoben werden. Sie hätte um nichts in der Welt fünf Minuten Zeit, die für etwas anderes vorgesehen waren, geopfert, um das zu beenden, womit sie gerade beschäftigt war.«[1] Wenn sie an ihrem Schreibtisch saß und Briefe schrieb, hörte sie mitten im Satz Punkt fünf Uhr nachmittags damit auf und ließ die schon geschriebenen Blätter auf dem Schreibtisch liegen, um dann am nächsten Tag Ordnung hineinzubringen.

Diese übermäßige Besessenheit in bezug auf Ordnung, Finanzen und Zeiteinteilung war Symptom eines tiefen Gefühls der Machtlosigkeit, das Alix nach Tatjanas Geburt befallen hatte. Wenn sie schon nicht das Geschlecht ihrer Kinder, die Feindseligkeit ihrer Schwiegerfamilie und der Untertanen ihres Gatten kontrollieren konnte, dann konnte sie wenigstens bestimmen, wie ihr Eigentum gepflegt und ihr Haushalt geführt wurde. Und wenn ihre bedingungslose Konzentration auf diese Angelegenheiten sich einer krankhaften Fixierung näherte, konnte sie dagegen nichts tun; sie war Teil ihres Wesens.

Ebensowenig konnte sie die wachsende Entfremdung zwischen ihr und ihrer Schwiegermutter vor allem im Jahr von Tatjanas Geburt verhindern. Die Beziehungen zwischen den beiden Frauen hatten sich von einer freundschaftlichen Distanz zu einem unbehaglichen Waffenstillstand hin verschoben, dann zu höflicher Entfremdung und stummem Antagonismus. Sie tauschten keine scharfen Worte, aber Alix beklagte sich, Minnie finde andere Wege, um zu zeigen, daß ihre Schwiegertochter ihrer Rolle nicht gewachsen sei, und ihre provinzielle Erziehung und nichtkönigliche Abstammung zu betonen.

Minnie bestand darauf, daß die Gebete für sie als Zarinwitwe und Tochter eines Königs im Gottesdienst direkt nach denen für den Zaren gesprochen und Alix' Name erst nach ihrem genannt wurde. (Der Heilige Synod stimmte nicht zu, und Alix erlebte einen Moment des Triumphes, als festgelegt wurde, daß ihr Name dem ihrer Schwiegermutter vorangehen sollte; laut Muchanowa war Alix »nicht so klug, ihre Freude [darüber] zu verbergen«, und Minnie reagierte tief beleidigt.[2])

Die Beziehungen erreichten einen Tiefpunkt beim Streit um die Kronjuwelen, einen Schatz aus weißen, gelben und rosafarbenen Diamanten, Smaragden, Saphiren und anderen Schmuckstücken seltener Qualität, die Hunderte Millionen Rubel wert waren. Minnie war der Ansicht, daß diese ihr zustünden, und bewahrte sie bei sich auf, aber kurz nach Nickys Thronbesteigung verlangte die Schatzkammer die Juwelen und verursachte »schmerzliche Szenen«, als Minnie, die auf ihrem Recht bestand, den Beamten der Schatzkammer den Zutritt zu ihren Privatgemächern zu verweigern versuchte. Schließlich mußte Minnie einlenken und die Juwelen übergeben, aber immer, wenn Alix etwas aus dieser Sammlung trug, empfand Minnie das als Affront. Alix ihrerseits machte sich wenig aus den funkelnden Steinen in ihren altmodischen Fassungen und zog ihre eigenen Perlen, Amethyste und Aquamarine vor, die die kaiserlichen Juweliere Bolin und Fabergé ständig anboten und mit denen Nicky sie im Überfluß beschenkte.[3] Sehr zu Minnies Ärger ließ Alix verlauten, daß sie die Kronjuwelen eigentlich nicht mochte und es lästig fand, zu besonderen Anlässen bei Hofe die riesige, schwere, mit Perlen und Diamanten besetzte Tiara von Katharina der Großen oder ein anderes berühmtes Stück, ein Collier im Wert von zwanzig Millionen Rubel, das zu Minnies Lieblingsstücken gehört hatte, tragen zu müssen.

Zu der Verstimmung trug auch das komplizierte Ritual zum Schutz der Kronjuwelen bei, die jedesmal, wenn sie getragen wurden, von einer Abteilung Soldaten zum Tresorraum hin und von ihm weg eskortiert werden mußten und nur auf Quittung ausgehändigt wurden. Alix fand diesen ganzen Aufwand und Papierkram übertrieben, während Minnie, die immer noch ganz wild auf die Juwelen war und mit Freuden ein Dutzend Formulare ausgefüllt hätte, wenn sie sie nur hätte tragen dürfen, diese Klagen kritisierte.

Die weitaus größte Konfliktquelle zwischen den beiden Frauen war jedoch das Kinderzimmer. Es ging nicht nur darum, daß Alix zwei Töchter und keinen Sohn geboren hatte – während Xenia, Nickys Schwester, einen Sohn nach dem anderen zur Welt brachte –, es ging auch um die viele Zeit, die sie mit ihren Töchtern verbrachte, darum, daß sie sie selbst stillte (was alle außer Nicky absurd unpassend für eine Zarin fanden), mit ihnen spielte und ihre Morgen- und Abendtoilette überwachte. Minnie und andere bemerkten scharf, daß Alix »ihre ganze Zeit mit der Fürsorge für kleine Mädchen verschwendete, deren Existenz für das russische Reich ohne jede Bedeutung« sei, während sie doch eigentlich all ihre Aufmerksamkeit ihren kaiserlichen Pflichten hätte zuwenden müssen.[4] Wenn sie dem Reich schon keinen Erben schenken konnte, so sollte sie doch wenigstens wie eine Zarin auftreten und nicht wie eine bürgerliche Hausfrau.

Die Kinderzimmer selbst, die einen ganzen Flügel des Alexanderpalais in Zarskoje Selo einnahmen, waren ein eigenes sonniges, gut geführtes Reich mit großen Räumen und Fenstern, eingerahmt von Vorhängen aus geblümter Cretonne. Möbel aus poliertem Klebsamenholz aus der Werkstatt von Alix' bevorzugtem Möbellieferanten Maple's in England standen an den mit Ikonen und Lampen geschmückten Wänden. Eine englische Gouvernante in gestärkter Uniform, die immer aussah, als habe sie sich gerade frisch mit der Wurzelbürste geschrubbt, führte das Kinderzimmer mit einem großen Stab russischer Kinder- und Dienstmädchen, von denen sich zwei in regionaler russischer Tracht kleideten, während die anderen steife weiße Röcke und Hemdblusen mit kleinen Hauben aus weißem Tüll trugen.

Das Baby Tatjana, ein hübsches Kind, das allen Berichten zufolge »immer zufrieden« war, schlief in seiner Wiege aus Klebsamenholz, während Olga, fast zwei Jahre alt, durch die Zimmer oder den Korridor lief, abwechselnd russisch und englisch plapperte und an den Wachen und Soldaten hinaufschaute, die in den Gängen postiert waren. Beide Mädchen hatten Spielzeug im Überfluß, darunter eine besonders hübsche Puppe mit einer eigenen großen, modischen Garderobe aus Kleidern, Hüten und Schuhen, sogar mit winzigem Kamm, Bürste und Spiegel – ein Geschenk des französischen Präsidenten.

Die Kinderzimmer waren eine gesunde, gut geführte Umgebung – doch für Minnie waren sie nur ein weiterer Beweis für Alix' Versagen. Minnie kritisierte Olga, die eine breite Stirn hatte, als häßlich, beschuldigte die Kindermädchen, allzugern zu tief ins Glas zu schauen oder sich mit den Palastkosaken abzugeben. Sie fand Alix als Mutter ebenso defizitär wie als Ehefrau und als Zarin. Sie ließ sogar wissen – und gab sich keine Mühe, ihre Ansichten vor irgend jemandem zu verbergen –, daß sie ihren Sohn Michail, den Liebling ihres verstorbenen Mannes, lieber auf dem Thron gesehen hätte. Mit Michail als Zar hätte es keine gestärkten englischen Gouvernanten, keine nutzlosen kleinen Mädchen, keine linkische, unbeholfene Zarin gegeben.

Michail war 1897 erst neunzehn Jahre alt, schlank, hübsch und freundlich, körperlich eher die traditionelle Romanow-Gestalt als Nicky. Während Nicky sich gern im Freien und im Kreis der Familie aufhielt, war Michail ein schneidiger Offizier, ein verwegener Säbelfechter und kühner Reiter, Kanonier in der Artillerie der berittenen Garde, in der Gesellschaft gewandt und beliebt bei den Frauen. Zumindest auf den ersten Blick hatte Michail viel von dem, was Nikolaus fehlte. Er hatte sich noch nicht beweisen müssen, wirkte aber auf jeden Fall vielversprechend. Und auch wenn sie sich über Alix' Versagen, einen Sohn zur Welt zu bringen, beklagte, lebte Minnie doch bei dem Gedanken auf, daß Michail, solange Alix keinen Erben gebar, der nächste in der Thronfolge nach seinem kranken Bruder Georgij war, einem Schwindsüchtigen, der wahrscheinlich nicht mehr lange zu leben hatte.

1897 bekam Minnie einen weiteren Grund geliefert, ihre Schwiegertochter abzulehnen. Die Nachricht vom »Hessen-Skandal«, wie er genannt wurde, verbreitete sich von Hof zu Hof und befleckte auch Alix' Reputation.

Ernies Ehe mit Ducky lag in Trümmern, und ganz Europa kannte den Grund. Die Gegensätzlichkeit der beiden Ehepartner war immer deutlicher geworden, und Anfang des Jahres hatte Ducky mehrere Monate lang auf Reisen verbracht, um von ihrem Gatten getrennt zu sein. Während sie weg war, hatte Ernie sein geheimes Leben publik gemacht und sich ohne Hemmungen – und völlig indiskret – seinen homosexuellen Neigungen hingegeben. Bei ihrer Rückkehr nach Darmstadt fand Ducky ihn im Bett mit einem Küchenjungen – und erfuhr bald, daß, wie sie später schrieb, »kein Junge sicher war, vom Stallburschen bis zur Küchenhilfe. Er schlief ganz offen mit ihnen allen.«

Ducky war entsetzt, der Darmstädter Hof versank eine Zeitlang in Ehrlosigkeit, und die Romanows entdeckten einen neuen Grund, Ernies Schwester Alix mit Verachtung zu begegnen, die, wie sie meinten, unbedingt von den unsäglichen Neigungen ihres Bruders gewußt haben mußte.

Ein anderes Mitglied aus Alix' großer Familie, ihre Kindheitsfreundin und Cousine Helena Victoria, kam im Winter 1897/1898 zu Besuch nach Rußland, und in Anwesenheit ihrer Cousine schien sich Alix' hartnäckiges Unbehagen in Gesellschaft zumindest teilweise zu legen. Ein paar Wochen lang führten Alix und Nicky Helena Victoria in die Petersburger Gesellschaft ein, stellten sie auf Botschaftsfesten vor, begleiteten sie zu Bällen und Abendessen. Aber dann bekam Alix die Masern und mußte viele Wochen das Bett hüten, womit ihre Teilnahme an der Winter-Saison ein Ende fand.

Im Sommer 1898 bekam Olga dann Scharlach, und Alix vertraute Tatjana ganz der neuen englischen Kinderfrau an, während sie sich viele Tage und Nächte lang um Olga kümmerte.

»Ich erinnere mich so gut an sie, wie sie in diesen Tagen und Nächten an dem Bettchen saß, in dem ihre kleine Tochter schlief«, berichtet die Muchanowa, »gehüllt in einen Morgenmantel aus weißem Flanell ... ihren blonden Kopf auf die Hand gestützt, in Gedanken versunken und mit diesem süßen, aber ängstlichen Ausdruck auf ihrem schönen Gesicht.«[5] Dieses madonnenhafte Bild war bezaubernd, aber noch bezaubernder war Alix' plötzliche Offenheit. Bis zu dieser Zeit hatte sie ihre Erste Kammerfrau nur als Dienerin, nie als Vertraute behandelt; jetzt, erschöpft durch die Sorgen um ihre Tochter, den Schlafmangel und ihre allgemeine Niedergeschlagenheit, öffnete sie ihr Herz.

Es quälte sie, daß ihre Schwiegermutter, Tante Miechen und ihre anderen angeheirateten Verwandten sie ganz und gar nicht lobten, weil sie an Olgas Bett wachte, sondern sie dafür tadelten, daß sie sich dem sehr ansteckenden Scharlach aussetzte, wo doch die Möglichkeit bestand, daß sie schwanger war – und das vielleicht mit einem Sohn. Olga mochte leben oder sterben, so sagten sie offenbar, das war eigentlich egal, und deshalb sollte Alix sich nicht so hingebungsvoll um sie kümmern. Was zählte, war allein, daß Alix selbst gesund blieb, damit sie dem Reich den so unglaublich wichtigen Erben schenken konnte.

»Als ob das wichtig wäre«, brach es aus Alix in Muchanowas Anwesenheit hervor. »Selbst wenn ich sterben würde ... der Zar würde jederzeit eine andere Gemahlin finden, die vielleicht glücklicher wäre als ich und ihm einen Erben schenken würde. Niemand würde mich vermissen, außer vielleicht diesen Kindern.« Sie brach zusammen und weinte, und ihre Kammerfrau, ganz bestürzt, versuchte ihr zu versichern, daß sie sich irre, daß Nicky sie liebe, wie »keine Frau je geliebt worden sei«.

»Ach, meine Liebe«, antwortete sie Muchanowas Erinnerung nach, »was nützt es mir, von meinem Ehemann geliebt zu werden, wenn die ganze Welt gegen mich ist?«[6]

Daß Alix und Nicky eine sehr tiefe, dauerhafte Liebe verband, stand außer Frage. Später in diesem Jahr, als sich Olga von ihrer Krankheit erholt hatte und die Familie für den Herbst nach Liwadija gegangen war, wurde Nicky plötzlich nach Dänemark gerufen, um dem Begräbnis seiner Großmutter Königin Louise beizuwohnen.

»Mein geliebter Schatz«, schrieb Alix ihm am Tag seiner Abreise, »Du wirst diese Zeilen lesen, während der gräßliche Zug Dich immer weiter und weiter von Deinem armen Frauchen entfernt. Unsere erste Trennung seit der Hochzeit – ich habe Angst davor, der Gedanke, daß Du so weit fortfährst ohne mich, ist mir unerträglich.« Der Gesellschaft ihres Ehemannes beraubt, spürte Alix ihre Einsamkeit, ihre Abhängigkeit mit voller Wucht. »Ich mag gar nicht daran denken, was aus mir werden soll ohne Dich – Du, der Du mein ein und alles bist, der Du meinem Leben erst seinen wahren Inhalt gibst.«

Ihr Brief füllte viele Seiten. Sie versprach, in Nickys Kabine auf der Yacht *Standart* zu schlafen, die am Fuße der steilen weißen Stufen von der Palastterrasse zur Bucht hinunter ankerte, so daß sie sich ihm in seiner Abwesenheit näher fühlte. Wie immer machte sie sich Sorgen. Sie glaubte, sie sei vielleicht schwanger, war sich aber nicht sicher. »Gott möge geben, daß es so ist«, schrieb sie, fest überzeugt, daß der Schlüssel zum Wohlwollen ihrer angeheirateten Familie und der Untertanen ihres Gatten darin lag, daß sie ihnen endlich einen Sohn schenkte.[7]

Ihre Schwester Irene war wieder auf Besuch gekommen, und sie stützte sich in Nickys Abwesenheit auf sie und auf Martha Muchanowa sowie auf ihre Ehrendame Maria Barjatinskaja, die ihr eine »treue und ergebene Freundin« geworden war, eine geschätzte Verbündete in der vergifteten Atmosphäre des Hofes, wo, wie Alix spürte, alle gegen sie waren.

Kurz nach Nickys Rückkehr aus Dänemark Ende 1898 wurde klar, daß Alix wieder schwanger war. In den ersten Monaten litt sie unter starker Morgenübelkeit, und als diese sich legte, bekam sie so lähmende Ischiasschmerzen, daß sie gar nicht mehr gehen konnte und den ganzen Tag im Rollstuhl sitzen mußte. Nicky bestand darauf, ihn selbst zu schieben, und unternahm jeden Nachmittag auf den geräumten Schlittenwegen von Zarskoje Selo eine Spazierfahrt im Jagdschlitten mit ihr.

Trotz Nickys fürsorglichem Bemühen, Alix' Stimmung zu heben, wurde sie krank und schwermütig, und als der Winter zu Ende ging und sich an den Bäumen des Palastparks die ersten Blätter zeigten, war sie pessimistisch, nicht nur, was das Geschlecht des Kindes betraf, das sie in sich trug, sondern auch was ihre eigene Zukunft anging. Die Depressionen, die ihr bei ihrer letzten Schwangerschaft so zugesetzt hatten, waren zurückgekehrt, dazu Gedanken, daß sie ersetzbar war, daß eine andere Frau an ihrer Stelle vielleicht glücklicher wäre, und noch weit dunklere Gedankengänge.

»Ich mache nie gern Pläne«, schrieb sie ihrer ältesten Schwester Victoria Anfang April 1899. »Gott weiß, wie das alles enden wird.«[8]

Die Wehen setzten Ende Juni ein. Geschwächt durch monatelange Krankheit und Bewegungslosigkeit, litt Alix sehr, kämpfte viele Stunden mit der schweren Aufgabe, ihr Kind zu gebären. Einige Zeit lang schien der Geburtshelfer die Hoffnung verloren zu haben, und seine Zweifel alarmierten die Krankenschwestern, die Kammerfrauen, die übrigen Palastbediensteten. Falls Alix sich als unfähig erweisen sollte, das Kind zur Welt zu bringen, dann stünde Nicky vor der schrecklichen Entscheidung, die damals viele Ehemänner treffen mußten: Sollte er Alix retten, auf die Gefahr hin, daß das Baby starb, oder sollte er dem Arzt einen Kaiserschnitt gestatten und damit Alix' Leben aufs Spiel setzen?

Glücklicherweise sammelte Alix noch einmal alle ihre Kräfte, und kurz nach Mittag am 26. Juni 1899 kam die dritte Tochter von Nikolaus II. und Alexandra zur Welt. Ob auch diesmal wie bei Tatjanas Geburt ein geheimes Zeichen mit dem Geburtshelfer vereinbart war, um Alix Schock und Enttäuschung zu ersparen, ist nicht bekannt. Vielleicht zählte diesmal nur die bloße Erleichterung, daß Mutter und Kind diese Tortur wohlbehalten überstanden hatten – zumindest für den ersten Moment. Jedenfalls verbreitete sich die Nachricht, daß noch eine Tochter zur Welt gekommen war, aus dem Geburtszimmer hinaus in die umliegenden Gänge, die Höflinge trugen sie weiter, schüttelten enttäuscht und ungläubig die Köpfe, und ein Kurier wurde nach Petersburg gesandt, damit die Kanoniere der Peter-und-Pauls-Festung mit ihrer Arbeit begannen.

Noch ein Mädchen! Die Petersburger hörten die Kanonenschüsse, zählten begierig jeden Knall und seufzten enttäuscht auf, als nur einhundertundein Schuß fielen. Die deutsche Hexe hatte wieder versagt.

Das neue Baby, ein rosiges, kräftiges Kind – das stärkste, das Alix bisher geboren hatte –, wurde nach ihrer Großmutter Maria genannt, und alle Romanows zogen in die Kirche, um für ihre Geburt zu danken.

Glückwunschtelegramme trafen aus ganz Europa ein, und Alix machte sich, als sie allmählich ihre Kraft zurückgewann, daran, sie zu beantworten. Es war eine bittersüße Aufgabe, denn sie wußte sehr wohl, daß hinter jedem Telegramm, jedem Glückwunsch eine unausgesprochene Enttäuschung stand. Die Sicherung der russischen Thronfolge lag allen Höfen am Herzen, die Stabilität Europas hing davon ab; mit Alix' privatem Kummer und Bedauern war auch ein immer ernster werdendes politisches Problem verknüpft.

Und es wurde noch dringlicher, als Nickys Bruder Georgij zwei Wochen nach Marias Geburt nach einem Fahrradunfall starb, wodurch Michail zum Erben und Thronfolger wurde.

Fast sofort veränderte sich die Atmosphäre am Hof. Michail war jetzt gefragt, man lauschte seinen Ansichten, beobachtete seine Tätigkeiten und ahmte sie nach. Stillschweigend ging man davon aus, daß er der nächste Zar sein werde; nach drei erfolglosen Versuchen war von Alix nicht mehr zu erwarten, daß sie irgendwann einen Sohn zustande bringen würde.

Michails neue Stellung verursachte erste Schwierigkeiten. Zu der bereits bestehenden Kluft zwischen Minnie und Alix kam die Komplikation durch Michails wahrscheinliche Thronfolge und Minnies Vorliebe für ihn noch hinzu. Alte Verbindungen wurden stärker, neue Seilschaften bildeten sich. Michail wurde hofiert und um Vergünstigungen angegangen, was die schon mangelhafte Unterstützung, die Nicky von seiten seiner Beamten und Minister erwarten konnte, noch unterminierte.

An auswärtigen Höfen zog man Erkundigungen über Michail ein, ließ ihn durch Diplomaten aushalten und ins eigene Land einladen. Königin Victoria, die die Situation in Rußland durchaus richtig einschätzte, lud Michail nach Balmoral ein. Er war ihr sympathisch, und sie sorgte dafür, daß ihm sein Aufenthalt in den Highlands gefiel und er mit einer positiven Sicht auf die Engländer nach Hause zurückkehrte.

Sie hatte Alix bei Marias Geburt ein Glückwunschtelegramm geschickt, in dem sie nicht gerade rücksichtsvoll wissen ließ: »Ich bin so dankbar, daß die liebe Alix sich so gut erholt hat, aber für das Land tut es mir leid, daß auch das dritte Kind ein Mädchen ist.«

Niemand tat dies so leid wie der Zarin selbst. Sie begann von sich selbst als »Pechvogel« zu sprechen, der Unglück über Rußland brachte. Ihr erschöpfter Geist suchte verzweifelt nach einer Erklärung und analysierte immer wieder ihre unglückliche

Situation, suchte nach Antworten außerhalb der Vernunft. Ihre streng lutherische Erziehung hatte sie gelehrt, auf die Vorsehung zu vertrauen, ihr angenommener orthodoxer Glaube hatte ihr eine tiefere, fast schon abergläubische Verehrung für die Macht des Unsichtbaren geschenkt. Mit der ganzen Leidenschaft ihres romantischen Wesens begann sie sich mit wachsendem Glauben dem Reich des Okkulten zuzuwenden.

14

In der winzigen, düsteren Kreml-Kirche der Kreuzeserhöhung knieten der Zar und die Zarin vor der Ikonostase. Alles war ruhig, man hörte nur das Schlurfen der Pilger über den Mosaikboden, die vorbeizogen, die Wundmale Christi küßten und sich vor den heiligen Ikonen niederwarfen.

Die Wände der Kirche glühten golden im Kerzenlicht, die Gemälde des heiligen Michael und des heiligen Sergius, des Erlösers Christus und der Jungfrau Maria schienen von innen heraus zu leuchten. Die großen goldenen Heiligenscheine der Figuren, strahlende Streifen mit eingelegten blitzenden Smaragden und Rubinen, deren Facetten jeden Schimmer der flackernden Kerzen widerspiegelten, gaben dem dunklen Kircheninneren etwas Unirdisches und ließen die blassen Gesichter der gemalten Heiligen beinahe belebt aussehen.

Es war Karwoche, die Woche vor Ostern 1900, und Alix und Nicky hatten das Osterfasten gehalten, von Pilzen, Kohl und Fisch gelebt, einige Tage gar nichts gegessen, jeden Morgen und Abend zwei- und dreistündige Messen besucht und zwischen den Gottesdiensten in den alten Kreml-Kirchen gebetet. Sie beobachteten ehrfürchtig den Ritus der Herstellung des heiligen Chrisam – duftende Öle, die Priester in riesigen Silberkesseln zusammenrührten, während andere bei Kerzenlicht laut biblische Texte lasen. Sie wiederholten die Ostergebete, schlossen sich Prozessionen an, verbrachten Zeit mit privaten Andachtsübungen. Sie tauchten ein in die Fülle der mittelalterlichen Liturgien und traditionellen Zeremonien und spürten im Laufe der Zeit die Wahrheit des Sprichwortes: »Es gibt nichts über dem Kreml als den Himmel.«

Gemeinsam mit Ella hatte Alix ein großes Handarbeitsprojekt begonnen: Sie bestickten die Wandbehänge aus Samt für eine Kirche, deren Patronin Ella war. Sie fühlte sich wie eine Zarin aus alter Zeit, erzählte Alix ihrer Biographin später, wie sie »da in ihren Gemächern im Kreml saß, mit ihrer Schwester und ihren Hofdamen um sich«, und an den komplizierten Mustern arbeitete, umgeben von schweren alten Möbeln, dunklem Steinboden und knisternden Feuern. Im Gegensatz zur klassischen Klarheit des barocken Petersburg war Moskau intim, geheimnisvoll, halbasiatisch, voller Schatten und Rätsel. Es entflammte die Seele.

Konzentriert auf die alten Riten des Moskauer Osterfests, nahm das Zarenpaar kaum Notiz von den sich schnell verändernden Konturen der alten Stadt, in deren wuchernden Vorstädten, die seit dem Beginn von Nickys Regierung unglaublich gewachsen waren, Zehntausende vom Lande zugezogene Fabrikarbeiter hausten. Sie hatten einen harten Winter überstanden, waren gezeichnet durch Nahrungsmittelengpässe und chronische Arbeitslosigkeit; jetzt, in der Karwoche, standen sie in langen Schlangen vor Suppenküchen und Asylen und warteten im Schnee auf die kleinen Essensrationen. Wenn Alix diese langen Schlangen gesehen und in die Gesichter der Verzweifelten geschaut hätte, hätte sie sicher alles in ihrer Macht Stehende getan, um ihr Los zu erleichtern. Sie hatte im Jahr zuvor zum Kampf gegen die Hungersnot beigetragen, sie war weichherzig und großzügig. Aber ihre Aufmerksamkeit richtete sich auf etwas anderes, auf die dunklen, weihrauchduftenden Kirchen mit ihrer stimmungsvollen Atmosphäre verborgener Mysterien und unendlicher Möglichkeiten und auf ihre eigenen leidenschaftlichen, von Herzen kommenden Gebete.

Ganz besonders achtete sie auf die wunderwirkenden Ikonen, jene glühenden heiligen Bilder mit ihrer faszinierenden Lebendigkeit, ihrer fast sprechenden Präsenz. Man sagte von ihnen, daß sie die Kranken heilten, Regen brachten oder Überschwemmungen beendeten, ja sogar Armeen abwehrten. In Ikonen konzentrierte sich die Macht Gottes. Sie trugen die Bilder Christi, der Jungfrau Maria und der Heiligen und waren deshalb mehr als Holztafeln mit Farbe; sie waren nichts weniger als Fragmente des Göttlichen und konnten als solche auf Bitten hin Wunder wirken.

Jeden Tag der Karwoche beobachteten Alix und Nicky die Prozession der Priester und Diener, die die Ikone der Wundertätigen Jungfrau vom Berg Athos in ihrer Kutsche auf ihrem Weg durch den Kreml zu den Häusern der Kranken und Sterbenden begleiteten. Viele schwerkranke Menschen behaupteten, allein durch die Nähe dieser heiligen Ikone ins Leben zurückgerufen worden zu sein. Das heilige Bild des Erlösers erhob sich über ihnen, wenn sie durch das Spasskij-Tor zogen; auch diese Ikone sollte Wunder bewirkt haben. Sie küßten die wundertätige Ikone im Turm der Verkündigungskathedrale und knieten in der Uspenskij-Kathedrale vor dem Bild der Gottesmutter von Wladimir, der Barmherzigen, dem heiligsten aller Bilder, vor dem Tamerlan der Große, das Schwert des Islam, sich geduckt hatte und in Furcht zurückgewichen war.

Sie beteten zu den Ikonen um einen Erben für Rußland. Teilweise beteten sie auf Ellas Drängen hin, denn Ella, die freiwillig zur Orthodoxie konvertiert war, lebte eine tiefe Frömmigkeit und war überzeugt, daß Gott die Gebete ihrer Schwester und ihres Schwagers hören und darauf reagieren werde.

Weil Ella und Sergej in Moskau lebten, sah Alix sie nicht oft. Doch Ella hatte ihrer Schwester Geschenke, Briefe und Abgesandte geschickt – vor allem Nonnen, mit denen sie sprach und betete.[1]

Teilweise also auf Ellas Einfluß hin, teilweise wegen des auch am Hofe starken Interesses am mystischen Glauben und okkulten Experimenten, hatten Alix und Nicky begonnen, selbsternannte Mystiker und religiöse Lehrer ins Alexanderpalais einzuladen. Einige von ihnen, wie der österreichische Heiler Schenk und das französische Medium Papuce, waren Europäer, die meisten jedoch Russen, denn heilige Männer mit außergewöhnlichen spirituellen Fähigkeiten waren ein fester Bestandteil der russischen religiösen Tradition.

In Rußland gab es zwei Stränge religiöser Inspiration: die Kirche mit ihrer Hierarchie der Priester und des höheren Klerus und einen eher amorphen Zirkel von Lehrern und Meistern, die an keine Gemeinde oder Disziplin gebunden und keinem Vorgesetzten verantwortlich waren. Zu dieser Gruppe gehörten die Stranniki, die heiligen Wanderer, die von Dorf zu Dorf zogen, mit Zaubersprüchen unfruchtbare Felder und sterbendes Vieh besprachen und behaupteten, in die Zukunft sehen und in der Gegenwart Krankheiten heilen zu können. Auch Gottesnarren zogen von Ort zu Ort, und man glaubte, aus ihnen spreche die Stimme Gottes. Starzy oder Älteste waren spirituelle Lehrer oder Mentoren mit der Begabung des Hellsehens; sie boten Gläubigen, die zu ihnen kamen und sich dem Willen und der Einsicht des Starez unterwarfen, Führung an.

Die Russen hielten diese Stranniki, Gottesnarren und Starzy in hohen Ehren. Obwohl sie oft wie schmutzige, geistesgestörte Ausgestoßene aussahen, ihre Kleidung fadenscheinig, ihr Haar verfilzt und ungekämmt, ihre Augen wild und einschüchternd waren, besaßen sie doch, wie man glaubte, eine seltene Heiligkeit, waren ihrem ganzen Wesen nach Mittler des Göttlichen. Ihnen wurden viele Heilungen zugeschrieben, und sie besaßen angeblich die Gabe der Hellseherei. Die Leichtgläubigen scharten sich mit hingebungsvoller Begeisterung um Stranniki und Gottesnarren, aber selbst die Skeptischen, darunter geschulte, kluge Menschen, die die Existenz Gottes in Frage stellten, gaben zu, daß diese schäbigen, kaum zu verstehenden heiligen Bettler authentische und unerklärliche Kräfte besaßen.

Als also Alix und Nicky die heilige Matrjona, eine herumziehende Wahrsagerin, und Wasja Tkatschenko, einen Strannik, sowie Antonij, den Wanderer, im Palast willkommen hießen, folgten sie einem eingeführten russischen Brauch, demzufolge die Wohlhabenden »Gottes Sklaven«, wie sie manchmal genannt wurden, mildtätige Gaben zukommen lassen sollten. Und als sie den Gottesnarren Mitja Kosjolskij aufnahmen, einen stummen Einfaltspinsel mit verkrüppelten Beinen, der durch Handzeichen »redete«, suchten sie einen Segen, einen kurzen Blick auf Gott, eine tröstende Botschaft.

Am Hofe gab es nämlich zu Anfang des neuen Jahrhunderts einen kleinen Kreis von Anhängern verborgener Lehren, Erkundern okkulter Mysterien, und der Zar wie die Zarin gehörten zu seinen beflissensten Mitgliedern.

Die führenden Persönlichkeiten in diesem Zirkel waren Nikkys angeheiratete Cousinen Miliza und Anastasia von Montenegro, Töchter des Königs Nikolaus von Montenegro. Miliza hatte den Großfürsten Peter Nikolajewitsch geheiratet, den jüngeren Sohn von Nikolaus, dem Bruder des Zaren Alexander II., und Anastasia, genannt Stana, den Herzog Georg von Leuchtenberg.[2] Auch Alix war verwandtschaftlich mit den beiden Schwestern verbunden. Ihr Cousin Franz Joseph von Battenberg war mit Milizas und Stanas Schwester Anna verheiratet und lebte mit ihr in Darmstadt.

Die beiden lebhaften Schwestern, von denen Miliza die vielschichtigere und unkonventionellere war, förderten den Durst nach übernatürlichen Erkundungen und die Aufregung, wann immer ein Medium oder Geistheiler an den Hof kam. Anastasia hielt spirituelle Treffen bei sich im Palais Snamenka ab, während Miliza die Anhänger in einem abgelegenen Turm in ihrem Garten in Sergejewskoje sammelte.

Alix, die zwischen Tränen und Depressionen wegen des ausbleibenden Sohnes und großer Hoffnung und Gebeten schwankte, traf Miliza und Stana immer häufiger, angezogen von Milizas beeindruckendem Intellekt wie auch von der Verheißung geheimer Lehren.[3] Zum ersten Mal seit ihrer Ankunft in Rußland fühlte Alix sich willkommen und akzeptiert. Die Gruppe von Suchenden, die die Montenegrinerinnen zusammenbrachten, gab Alix das Gemeinschaftsgefühl, das sie so lange hatte entbehren müssen. Sie hatte einen Platz in diesem Zirkel, nicht als deutsche Außenseiterin, nicht als Zarin, sondern einfach als Pilgerin unter Pilgern, als spirituelle Kundschafterin, als jemand, der der göttlichen Hilfe bedurfte. Es muß unglaublich erleichternd für sie gewesen sein, ruhig in dieser Gruppe sitzen zu können, entspannt und voller Erwartung, und sich selbst in der kollektiven Stille und Erwartung der bevorstehenden Offenbarungen zu vergessen.

In den ersten Monaten des Jahres 1901 besuchte Alix den spirituellen Zirkel sicher aus mehreren Gründen. Einmal hatte sie zwei Menschen verloren, die sie liebte: Ihre engste Freundin Juju Rantzau und ihre Großmutter Victoria, die beide Anfang des Jahres gestorben waren. Juju Rantzau war nicht nur Freundin, sondern auch eine Art Beichtmutter gewesen, eine moralische Leitfigur. »Sie war eine seltene Blume, zu zart für diese Welt«, schrieb Alix über ihre Freundin, »aber sie erfreute andere mit ihrem Duft und munterte sie auf im Vorbeigehen. Sie verstand die Schwierigkeiten dieser Welt und die verschiedenen Versuchungen und ermutigte einen immer zum Richtigen und half einem, die eigenen Schwächen zu bekämpfen.«

Die Wochenberichte, die Alix und Juju austauschten, waren ein wertvoller psychologischer Anker für die Zarin gewesen. Jetzt fehlten sie, und sie trieb haltlos dahin.

»Es ergab sich so natürlich, daß man mit ihr über den eigenen Glauben sprach, daß ich ihren Verlust jetzt schmerzlich spüre. Nur ihre lieben Briefe sind mir geblieben. Ich bete zu Gott, daß er mich eines neuen und vollkommeneren Lebens in der jenseitigen Welt so würdig macht, wie sie es gewesen ist.«[4]

An das Jenseits dachte Alix oft in jenem Winter, in dem auch Königin Victoria in die »jenseitige Welt« hinüberging. Die große Königin, die drei Generationen lang eine scheinbar ewige feste Größe in Europa gewesen war, starb am 22. Januar 1901, und Alix' erste Reaktion war, zusammen mit Ernie einen Besuch in England für das Begräbnis vorzubereiten. Sie bedauerte es, daß sie Victoria nicht im Jahr zuvor in England besucht hatte; sie hatte damals schon das Gefühl gehabt, daß sie das »liebe alte Gesicht« ihrer Großmutter nie wieder sehen würde, und jetzt, da sie tot war, wollte Alix sich von ihr verabschieden.

»Wie ich dich beneide«, schrieb Alix ihrer Schwester Victoria, nachdem sie ihren ersten Impuls, die Reise nach Windsor zu machen, aufgegeben hatte, »weil du zusehen kannst, wie die liebe Großmama zur letzten Ruhe gebettet wird. Ich kann nicht glauben, daß sie wirklich gegangen ist, daß wir sie nie wieder sehen werden. Es scheint unmöglich.«[5] Alix erzählte ihrer Freundin Maria Barjatinskaja, daß die Königin »seit Mamas Tod wie eine Mutter zu mir war«. Auch wenn sich bei ihrem letzten Besuch auf Balmoral eine gewisse Entfremdung zwischen Alix und ihrer Großmutter bemerkbar gemacht hatte, blieb ihre Zuneigung doch im Grunde sehr stark. Laut Nickys Schwester Xenia war Alix »ganz verzweifelt«, als sie von Königin Victorias Tod hörte. »Sie hat ihre Großmutter über alles geliebt!«[6]

Aber vielleicht war im Kreis der Gläubigen nichts unmöglich. Unter den Lehrern und Ratgebern, die Miliza und Stana aufgespürt hatten, waren auch einige, die behaupteten, sie könnten mit den Toten in Verbindung treten oder die wirklich Glaubenden in einen Zustand versetzen, in dem sie selbst Botschaften aus der anderen Welt empfangen könnten.

Alix' zweite drängende Motivation, an dem Zirkel der Montenegrinerinnen teilzunehmen, war ihre neuerliche Schwangerschaft. Sie schwankte zwischen Hoffnungen und Befürchtungen, was das Geschlecht ihres ungeborenen Kindes betraf.

Sehr zu ihrer Überraschung und Freude verlief diese Schwangerschaft anders als die drei vorangegangenen. Ihr war nicht ständig schlecht, sie strotzte vor Gesundheit und sah zwar stämmig, aber »sehr schön« aus, wie KR fand.[7] Als einfachste Erklärung für diesen Unterschied bot sich an, daß sie diesmal mit einem Jungen schwanger war. Und warum auch nicht? Sie wußte, daß sie einen Sohn empfangen konnte; war nicht ihre Fehlgeburt ein Sohn gewesen? Und sie wußte, daß manche Frauen nach einer Reihe von Töchtern Söhne bekamen. Und wenn ihr Baby kein Sohn war, vielleicht konnte es dann noch einer werden. Es gab Spiritisten, die behaupteten, sie könnten das Geschlecht eines Kindes im Mutterleib beeinflussen.

Alix besuchte Stana und Miliza den ganzen Winter des Jahres 1901 hindurch fast jeden Tag, und bei Frühlingsanbruch war sie zumindest zeitweise voller Hoffnung. Sie verbrachte Stunden im Gespräch mit ihren neuen Vertrauten und mit Milizas schüchternem, kultivierten Ehemann Pjotr. Auch außerhalb des spirituellen Zirkels verbrachten Alix und Nicky viel Zeit mit den Montenegrinerinnen, lasen gemeinsam und diskutierten über das Gelesene, wobei sich das Gespräch oft der Theologie und Philosophie zuwandte. Miliza, eine starke Persönlichkeit, die gern vor kleinem Publikum sprach, hielt den anderen Vorträge über ihr Spezialgebiet, persische Literatur sowie hinduistische und konfuzianische Lehren. Milizas tatsächliches Wissen war zwar wahrscheinlich ziemlich oberflächlich, aber ihre Beobachtungen regten Alix an, die eine schnelle Auffassungsgabe hatte und gern über Ideen diskutierte. Sie hatte selbst alles mögliche gelesen, seit sie nach Rußland gekommen war, hatte sich mit den Schriften des Augustinus und des Hieronymus befaßt und das verschlungen, was ihre Biographin Sophie Buxhoeveden »französische und englische philosophische Bücher« nannte. Sie hatte praktisch niemanden, mit dem sie über diese Bücher und die abstrakten Konzepte, die sie erhellten, reden konnte. Jetzt hatte sie eine gute Diskussionsgruppe gefunden, ein Ventil für ihren scharfen, wenn auch weitgehend untrainierten Intellekt.

Alix' viertes Kind kam Mitte Juni zur Welt, ein viertes Mädchen, dem sie den Namen Anastasia gab. Die Geburt war so leicht wie die Schwangerschaft zuvor, die Wehen nur relativ kurz. »Wir hatten das Gefühl von Ruhe und Einsamkeit«, schrieb Nicky in sein Tagebuch und fügte hinzu: »Glücklicherweise war Alix ganz vergnügt.«[8] Der Gegensatz zu ihrer Verzweiflung bei der Geburt der drei anderen Töchter sprang ins Auge. Wahrscheinlich verdankte Alix ihre Ruhe und Fröhlichkeit ihrer verstärkten spirituellen Suche und besonders einem neuen Einfluß in ihrem Leben: dem Hypnotiseur Philippe Vachot.

Der kleine schwarzhaarige Vachot, ein Mann von etwa fünfzig Jahren und »von sehr unansehnlicher Erscheinung«, wie der skeptische KR meinte, war zum Führer des montenegrinischen Zirkels geworden. Trotz seines wenig einnehmenden Äußeren hatte Vachot eine durchschlagende Wirkung auf seine Anhänger, die niederknieten und ihm die Hand küßten, wenn er zu ihnen kam, und aufmerksam lauschten, ihre Gesichter glühend vor Inspiration, wenn er mit seiner sanften, südfranzösisch gefärbten Stimme zu ihnen sprach.

»Hört ihr mir auch alle zu?« pflegte Vachot zu fragen, sobald sie sich alle in einem nur schwach beleuchteten Raum niedergelassen hatten.

»Wir alle hören Euch, o Meister«, antworteten sie wie aus einem Munde.

»Ich selbst bin nichts«, erinnerte er sie, was hieß, daß er nicht mehr als ein Medium war, durch das die göttliche Kraft in die Welt kam.

Dieser Bemerkung folgte ein Stöhnen des Widerspruchs, während Vachot die Runde durch den Raum machte, sich herunterbeugte, um zu lauschen, und jeder seiner Zuhörer ihm seine Schwierigkeiten und Wünsche anvertraute.

»Glauben Sie, und Sie werden geheilt«, erklärte er jedem von ihnen, blieb ab und zu stehen, um seine Hände über ihre Köpfe und Körper zu heben und komplizierte Muster in die Luft zu zeichnen.[9]

»Unser Freund Philippe«, wie Alix und Nicky ihn jetzt nannten, behauptete von sich, er könne nervöse Erkrankungen heilen, indem er unsichtbare magnetische Kräfte mit seinen Händen beeinflusse. Er stellte angeblich auch viele andere Behauptungen auf: daß er die Geister der Toten heraufbeschwören könne (man sagte, er habe den Geist Alexanders III. gerufen, der Nicky Ratschläge gab), daß er sich selbst unsichtbar machen könne, wenn er wolle, zusammen mit jedem, der ihn begleite, und daß er das Geschlecht eines ungeborenen Kindes beeinflussen könne.

Philippe war sicher ein ausgekochter Scharlatan, und die mißtrauischeren Mitglieder des Hofes und der Regierung, alarmiert durch die zentrale Stellung, die er allmählich im Leben des Zarenpaares einnahm, und durch die Mühen, die es auf sich nahm, um die Verbindung zu ihm geheimzuhalten, machten sich daran, seinen Betrug aufzuklären. Sie stellten fest, daß er in seinem Heimatland Frankreich als Metzger gearbeitet und Erfahrungen als medizinischer Assistent gesammelt hatte und daß er dort begonnen hatte, seine magnetische Heilkunst auszuüben, nur um mehrere Male wegen Betrugs im Gefängnis zu landen. Die russischen Geheimpolizisten, die in Frankreich operierten, kannten Philippe und seine illegalen Aktivitäten durchaus; sie hatten ein Dossier über ihn und wußten, wann er das Land Richtung Rußland verlassen hatte, obwohl sie keine Anstrengungen unternommen hatten, ihn festzuhalten oder zu kontrollieren.

Was Philippes Gegner nicht einschätzen konnten, war allerdings seine angeborene Kraft, das Denken seiner Anhänger zu beeinflussen und ihren Glauben an ihn zu stärken. Hierin lag sein Wert für diese Suchenden; er war der Katalysator für ihr eigenes wachsendes Vertrauen und positives Denken – und dieses positive Denken kann auch körperliche Veränderungen herbeiführen, wie sich bei Alix bald zeigen sollte.

Den ganzen Sommer 1901 über ist Nickys Tagebuch voller Hinweise auf »unseren Freund« und auf die vielen langen Abende, die er und Alix in Gesellschaft des Hypnotiseurs verbrachten. Mal besuchten sie ihn nach dem Theater und blieben bis halb drei Uhr morgens; mal gingen sie gleich nach dem Abendessen nach Snamenka und lauschten den ganzen Abend Philippes Vorträgen. »Wir beteten gemeinsam«, schrieb Nicky.[10] Sie beteten, sie fielen gemeinsam in Trance, sie spürten, was ein Mitglied des Zirkels die »geheiligte Freude« an Philippes Anwesenheit nannte.

Philippe erzählte seinen Anhängern, daß er in göttlicher Mission auf die Erde gekommen sei und diese Mission bald beendet sein werde. Bald werde er seinen irdischen Körper verlassen, aber die Mission an sich werde nicht enden, denn sein Geist werde in den Körper eines anderen Mannes schlüpfen, und dieser Mann werde seine Arbeit fortsetzen.

Obwohl er von Ende und Tod sprach, waren seine Hörer hingerissen, erfüllt von der Vorstellung seiner göttlichen Sendung. Sie fühlten sich selbst irgendwie als Teil dieser Mission, ganz sicher, daß auch ihr eigenes Leben von heiligem Sinn durchdrungen sei, da sie schon den Segen seiner wohltuenden Worte empfangen hatten. Nach Meinung des stets gut informierten KR waren Nicky und Alix »in einen mystischen Gemütszustand verfallen«. Nach ihren langen Abenden mit Philippe kehrten sie aus Snamenka »in einer rauschartigen Verfassung zurück ... als wären sie in Ekstase, mit strahlenden Gesichtern und glänzenden Augen«.[11]

Alix war begeistert. Sie hatte nicht nur eine Gemeinschaft gefunden, ein emotionelles Heim, sie sah auch – davon war sie jedenfalls überzeugt – einen Ausweg aus der endlosen Reihe von Mißerfolgen vor sich, die sie gequält hatten, seit sie zum ersten Mal nach Rußland gekommen war. Sie hatte endlich den göttlichen Schlüssel zum Erfolg in Händen.

Geleitet von Philippe konnte sie erreichen, was ihr bisher verwehrt geblieben war. Sie konnte der Romanow-Dynastie und ihrem Ehemann einen Sohn und Erben schenken. Sie konnte Respekt und Autorität bei ihrer angeheirateten Familie erringen, bei den Höflingen, beim Volk als Ganzem. Sie konnte ihre Schüchternheit in Gesellschaft überwinden. Kurz gesagt, sie konnte die triumphierende Frau werden, die sie sicher nach Gottes Willen sein sollte, nachdem er sie doch in ihre wichtige Stellung als Zarin gebracht hatte.

»Wie reich unser Leben doch geworden ist, seit wir ihn kennen«, schrieb Alix an Nicky, der gerade nicht bei ihr war, »und alles scheint viel leichter erträglich.« Philippes »Gedanken und ernste Gebete« folgten ihnen beiden ständig, versicherte Alix ihrem Ehegatten; auch wenn er körperlich nicht bei ihnen war

– er war gegen Ende des Sommers 1901 nach Lyon zurückgekehrt –, so war sein Geist doch in ihrer Nähe und wachte über sie.[12]

Ermutigt durch diesen neugefundenen Glauben und hingerissen von der göttlichen Kraft, die, wie sie wußte, Philippe innewohnte, bat Alix ihn, aus Frankreich zurückzukommen, um sie zu behandeln – vor allem seine Kräfte einzusetzen, damit sie einen Sohn empfing.

Wie diese Behandlung genau aussah, ist nicht überliefert. Wahrscheinlich spielten Gebete eine wichtige Rolle, dazu die magnetischen Manipulationen und hypnotischen Suggestionen, für die Philippe bekannt war. Im Januar 1902 war Alix davon überzeugt, daß sie schwanger war und ihr Kind der lang ersehnte Sohn sein werde.

Im ganzen Winter 1902 wuchs diese Überzeugung noch. Sie hatte keine Menstruation, ihr Bauch wurde dicker, ihr volleres Gesicht zeigte jenes »Strahlen« der werdenden Mutter. Philippe versicherte ihr, daß alles gut sei, daß in ihrem Schoß der Romanow-Erbe heranwachse. Er riet ihr, zu Serafim von Sarow zu beten, einem heiligen Mann des 18. Jahrhunderts, der seine wunderwirkenden Kräfte beisteuern werde zu dem, was in ihr wachse. Nicky befahl der Kirche sofort, Serafim heiligzusprechen, und obwohl sich Widerstand gegen diese Kanonisierung auf kaiserlichen Befehl regte, wurde er unter die Heiligen aufgenommen.

Alix erwartete ihr Baby für den August 1902, aber die Schwangerschaft wurde nicht offiziell bekanntgegeben.[13] Im April vertraute sie Xenia, die damals auch schwanger war, an, daß sie tatsächlich ein Kind erwarte und ihr anschwellender Bauch immer »schwerer zu verbergen« sei. Sie fühle sich gut, bestätigte sie ihrer Schwägerin. Sie war guter Hoffnung. Nur noch ein paar Monate, und alle wären zufriedengestellt.

Den Geburtshelfer Dr. Ott oder den kaiserlichen Arzt Dr. Girsh hatte sie nicht hinzugezogen. Philippe hatte davon abgeraten, und außerdem hatte Alix schon vier Kinder bekommen; sie wußte Bescheid, was Schwangerschaften anging. Sie befahl ihren

Schneiderinnen, ihre Kleider auszulassen, sie ruhte, sie betete vor der Ikonenwand in ihrem Schlafzimmer.

Unter diesen Ikonen war eine, die Philippe ihr geschenkt hatte, und an dieser hing eine kleine Glocke. Es war eine Schutzikone für Alix selbst und ihr Kind. Philippe hatte sie gewarnt, daß, wenn die Glocke klingelte, »böse Menschen um sie herum« seien. Aber das heilige Bild werde wie die Jungfrau von Wladimir und der Erlöser über dem Spasskij-Tor jeden Schaden von ihr wenden. Kein Unheil könne diese heilige Barriere überwinden. Sie war sicher, sicher auf ewig, hinter dem starken und schützenden Schild des Göttlichen.

15

Unglaublich schöne Sonnenuntergänge in feurigem Rot und Rosa breiteten sich im Sommer 1902 über dem Finnischen Meerbusen aus, mit dramatischeren und intensiveren Farben als alles, an das man zurückdenken konnte. Auch die Sonnenaufgänge waren außergewöhnlich prächtig, und während der langen Tagesstunden schien ein rosa Schleier in der Luft zu schweben, der Gärten, Gebäuden, ja sogar Menschen ein gesundes, beinahe irreales Glühen schenkte.

Alix saß auf ihrem Balkon im Petershof und beobachtete die allmählich immer intensiver werdenden Farben im Himmel über den blauen Wassern des Meerbusens. Sie wartete ruhig auf das Einsetzen der Wehen, die Kulmination ihrer Hoffnungen. Die ungewöhnliche Schönheit des Himmels und das rosige Licht müssen in ihren Augen ein passender Hintergrund für die Geburt ihres Sohnes gewesen sein. Sie war ruhig, optimistisch, heiter. Nichts beunruhigte sie, wenn sie besonders besinnlicher Stimmung war, nicht die Ermordung des Innenministers Sipjagin vor nicht allzu langer Zeit, nicht die Besorgnis des Kriegsministers Kuropatkin wegen wachsender Spannungen zwischen Rußland und Japan, nicht der gewaltige Anstieg der Zahl der Dissidenten und Demonstranten, die ins Exil geschickt wurden – nicht einmal die seltsame Form ihres eigenen Körpers, der zwar geschwollen war, aber nicht die reife Rundung einer Schwangerschaft im letzten Monat angenommen hatte. Allem Anschein zum Trotz war alles gut, meinte sie, denn Philippe war immer in der Nähe, und er versicherte ihr, daß sich alles zum Guten wenden werde.

Im August verdunkelte sich der Himmel, und ein kühler Wind blies vom Meerbusen herein. Es goß tagelang wie aus Kübeln, die Palastbrunnen flossen über und die verärgerten, gereizten Angehörigen der Zarenfamilie, die sich in der Hoffnung versammelt hatten, daß die Ärzte die Schwangerschaft der Zarin bestätigen würden, konnten das Haus kaum verlassen.

Sie sprachen miteinander über die Ermordung von Sipjagin und die darauf folgenden verstärkten Polizeiaktivitäten, über die Explosion des Vulkans auf der Südseeinsel Martinique, der Vulkanasche tonnenweise in die Luft geschleudert hatte und damit für die gespenstischen Sonnenauf- und -untergänge verantwortlich war; über den Zorn der Zarinwitwe auf Miliza und Stana, weil diese Nicky und Alix zum religiösen Extremismus gebracht hatten und zu einer gefährlichen Abhängigkeit von diesem ausländischen Dr. Philippe.

Die Bestinformierten unter ihnen sprachen ernst über Nickys mangelnde Durchsetzungsfähigkeit, die immer deutlichere Konsequenzen zeitigte, über die befürchtete Schwäche von Armee und Marine, über die evidente Konzeptionslosigkeit der Regierung. Andere besprachen persönliche Probleme. Onkel Wladimir beschwerte sich, daß Nicky die Frechheit gehabt habe, ihm zu sagen, wen er in die kaiserliche Theaterloge mitbringen dürfe und wen nicht – natürlich setzte er sich über die Direktiven seines Neffen hinweg. Sandro beklagte sich über den ihm übertragenen Regierungsposten und bestand auf einer Veränderung. Die üblichen Fraktionen, die sich um Tante Miechen und Minnie scharten, verbreiteten Gerüchte über die jeweils anderen.

Eine ungewöhnliche Einmütigkeit dagegen herrschte, wenn es um das sehr seltsame und beunruhigende Thema des Gesundheitszustands der Zarin und seiner Verbindung zu dem sinistren Dr. Philippe ging. War sie nun schwanger oder nicht? Niemand wußte es sicher. Abgesehen von ihren heimlichen Treffen mit dem französischen Medium ging sie nie aus, deshalb konnte man die äußeren Anzeichen der Schwangerschaft nicht beurteilen. Sie hatte Xenia erzählt, daß sie ein Kind erwarte, war aber

Ella gegenüber sehr zurückhaltend, weil diese Dr. Philippe und allem, was mit ihm zu tun hatte, mißtraute; Ella hatte sie einfach gesagt, sie habe irgendein Medikament eingenommen, das ihr helfen solle, ein Kind zu empfangen.[1]

Philippe war durch und durch diskreditiert, seit seine Polizeiakten in Paris ans Licht gekommen waren, aber Alix vertraute ihm weiterhin, und Nicky hatte wider alle Vernunft den russischen Agenten bestraft, der seine Täuschungen aufgedeckt hatte. Was hatte Nicky dazu getrieben? Die Spekulationen schossen ins Kraut. Philippe behauptete, er könne die Syphilis heilen; war der Zar also Syphilitiker? Wußte Philippe von einem anderen dunklen Geheimnis, das ihm Macht über die Zarenfamilie gab? Was ging da vor?[2]

Oder lief hier eine noch finsterere Intrige ab? Man flüsterte, Philippe sei an den Hof gebracht worden, um Alix in eine ungesunde Abhängigkeit von ihm zu locken, damit man sie als geistig labil, als Melancholikerin hinstellen und in einer Anstalt verschwinden lassen könne.[3]

Doch inmitten all dieser dunklen Gerüchte wurde auch viel über Dr. Philippe und das Zarenpaar gelacht. Nicky und Alix galten als Narren in der Hand eines Scharlatans – geeignetes Material für unfreundliche Karikaturen, wie Alix selbst sie einst so gern gezeichnet hatte. Es war absurd von Nicky und Alix, zu glauben, daß sie ihre Treffen mit dem Scharlatan verbergen konnten, denn die Geheimpolizei wußte alles, hatte ihre Spione an jeder Ecke; nach allem, was man wußte, konnte auch Philippe selbst ein Spion sein!

Die Spannung stieg, der Regen floß, und in der Nacht zum 31. August 1902 spürte Alix die ersten Kontraktionen.

Niemand hat genau berichtet, was dann passierte, ob die Schmerzen die ganze Nacht hindurch anhielten oder nur kurze Zeit, ob Philippe an ihr Bett gerufen wurde, ob Nicky, der dagewesen sein muß, die Hoffnungen seiner Frau teilte oder ob er inzwischen, wenn nicht schon zuvor, zu der Erkenntnis gekommen war, daß sie kein Kind austrug.

Für Alix muß dieser furchtbare Moment der Wahrheit eine der großen Enttäuschungen ihres Lebens gewesen sein. Statt ein Kind zu gebären, begann sie plötzlich zu bluten, wie sie es neun Monate lang nicht getan hatte, und Xenia schrieb: »Ein winziges Ovulum ist herausgekommen.« Ihr Bauch schwoll ab, ihre Schmerzen verschwanden. Dr. Ott durfte sie schließlich untersuchen und bestätigte, »daß keine Schwangerschaft vorliegt, daß aber zum Glück innerlich alles in Ordnung ist«.[4] Er diagnostizierte Amenorrhöe als Folge von Anämie.

»Endlich hat man also einen natürlichen Ausweg aus dieser unglücklichen Situation gefunden«, schrieb Xenia. »Sie hütet noch das Bett – eine reine Vorsichtsmaßnahme, da in solchen Fällen ja manchmal Blutungen auftreten können. Gott sei Dank geht es ihr so weit ganz gut.«

Xenia zeigte sich im Gegensatz zu anderen immerhin sehr mitfühlend. Unausweichlich lachte man über den Vorfall – und war wütend, denn hatte die närrische Zarin nicht die ganze Familie und das Land dem Spott preisgegeben? Sie war ein Störenfried, eine Plage für Rußland. Sie konnte nicht nur keine Söhne bekommen, sondern hatte außerdem offensichtlich auch noch Wahnideen. Und warum war der Zar nicht besser mit dieser ganzen seltsamen Sache umgegangen, um die ganze Verwirrung und Peinlichkeit zu vermeiden? Wieso hatte er seine jämmerlich inadäquate Gemahlin nicht unter Kontrolle halten können?

Alix lag im Bett, aller Hoffnungen beraubt, und weinte. Der Schock war tiefer Trauer und Besorgnis gewichen. Sie kämpfte darum, das Vorgefallene zu verstehen. Sie war so sicher gewesen, daß sie in allem unter göttlicher Führung handelte. War diese furchtbare Leere auch Gottes Wille? Oder hatte sie versagt? Alix »weinte schrecklich«, als Minnie und Xenia zu ihr ans Bett kamen und sie ihnen erzählte, was geschehen war. Sie hatte die Wahrheit angenommen, war aber traurig und niedergeschlagen.[5]

Der Schock, der Verlust, das brutale Ende aller ihrer Hoffnungen hatten das verletzliche Mädchen in Alix zum Vorschein gebracht, einen Charakterzug, den sie fast niemals jemandem offenbarte außer ihrem Ehemann, ihrer jetzt verstorbenen Freundin Juju Rantzau und Martha Muchanowa. Sie klammerte sich an Xenia und Minnie, wie sie sich vielleicht an ihre eigene Mutter geklammert hätte. Eine kurze Zeit zerbrach die kalte Kontrolle, die sie in Gegenwart ihrer Schwiegerfamilie sonst normalerweise zeigte, und ihre erschütterten Gefühle lagen bloß.

Doch dieser Augenblick war schnell vorbei, denn Minnie nutzte Alix' Scheinschwangerschaft, um ihr und Nicky einen Vortrag darüber zu halten, wie falsch es war, den Tricks und falschen Versprechungen von Philippe zu trauen, und sobald sie damit begann, stand Alix' Mauer selbstschützender Zurückhaltung sofort wieder.

Minnie konfrontierte ihren Sohn und ihre Schwiegertochter mit den Inhalten des Polizeiberichts über Philippe, aber Nicky antwortete darauf nur, »die ganzen Gerüchte seien völlig übertrieben«, und weigerte sich, genau zu erklären, wie eng sein und Alix' Leben mit ihrem spirituellen Mentor verflochten sei.

Dr. Ott veröffentlichte ein offizielles Kommuniqué über Alix' Unpäßlichkeit. »Aufgrund einer Abweichung vom normalen Verlauf hat die unterbrochene Schwangerschaft inzwischen zu einer Fehlgeburt geführt.«[6] Es war eine zumindest peinliche Erklärung. Von Anämie war nicht die Rede.

Innerlich immer noch verletzlich, sehnte Alix sich nach Sicherheit und fand sie bald, wie schon öfter, in Philippe und ihrem emotionalen Anker, dem spirituellen Zirkel. Innerhalb weniger Monate, gegen Ende des Jahres 1902, waren ihre Hoffnungen und Erwartungen wieder hoch, ihre Verwirrung verschwunden. Philippe hatte sie davon überzeugt, daß sie mit der Hilfe des heiligen Serafim von Sarow über alle Einschränkungen, körperliche wie geistige, triumphieren und einen Sohn empfangen könne.

Das Jahr 1903 brachte die Zweihundertjahrfeier der Gründung von St. Petersburg, und überall in der Stadt waren Vorbereitungen für eine Vielzahl historischer Gedenkfeiern im Gange. Der Gründer der Stadt, Peter der Große, dessen bescheidenes

Blockhaus noch immer von Reisenden besucht wurde, sollte mit Ausstellungen im Katharinenpalais, im Technischen Institut und bei der Admiralität gewürdigt werden. Es sollte besondere Feiern am Palastufer und am Petrowskij-Ufer, in der Peter-und-Pauls-Festung, auf dem Platz vor der St.-Isaaks-Kathedrale und in den Sommergärten geben. An Ständen konnte man Jubiläumsalmanache kaufen, und speziell zu diesem Anlaß verfaßte historische Werke kamen heraus.

In dieser Stimmung der Erinnerung an die Vergangenheit gab der Hof im Februar 1903 zwei historische Bälle, die allerdings nicht die Zeit Peters des Großen zurückholen sollten, sondern die seines Vaters Zar Alexej, dessen Ära, die Mitte des 17. Jahrhunderts, Nicky besonders interessierte.

Alix stürzte sich mit jener Begeisterung für Kleinigkeiten auf die Vorbereitung dieser historischen Bälle, die man schon von der Katalogisierung ihrer Spitzen und der gründlichen Inventarisierung der Garderobe ihrer Kinder her kannte und die zu ihrem Markenzeichen geworden war. Sie besprach mit dem Direktor des Eremitage-Museums den Entwurf aller Kostüme und ließ antiken Schmuck und Kleidung aus dem Granowitaja-Palais in Moskau herbeibringen. Schneiderinnen nähten raffinierte Sarafane für ihre Hof- und Ehrendamen und andere Angehörige des kaiserlichen Haushalts.

Alix' Kostüm war ein Wunderwerk antiquarischer Rekonstruktion, allerdings nicht gerade bequem zu nennen. Gekleidet wie Zar Alexejs erste Gemahlin, Zarin Maria Iljinitschna, trug sie einen Sarafan aus Goldbrokat mit einem silbernen, mit Smaragden, Perlen und Diamanten eingelegten Muster. Ein antiker, mit Juwelen besetzter Kopfschmuck krönte ihr Haupt, und darunter fiel ihr ein weißer Schleier bis auf die Schultern. Ihre langen, mit Edelsteinen verzierten Ohrringe, so schwer, daß sie mit Ringen aus Golddraht an ihren Ohren befestigt werden mußten, glitzerten im Kerzenschein. Der Kopfschmuck hemmte sie in ihren Bewegungen, so daß sie den größten Teil des Abends sitzen mußte und ihren Kopf zum Essen nicht beugen konnte.[7]

Nicky als Zar Alexej war ebenso großartig gekleidet in einem aufwendigen roten Kaftan, der dick mit Goldfäden bestickt war, einen authentischen Kopfschmuck aus Alexejs Zeit auf dem Haupt und einen goldenen Stab in der Hand. Mißgünstige Kritiker bemerkten, daß er zu klein war, um diesen Schmuck wirklich würdig zu tragen.

Auf beiden historischen Bällen waren die großen Säle und Speisezimmer in der Eremitage und im Winterpalast überfüllt mit Samtroben und glänzend-goldenem Kopfschmuck, farbenfrohen Bändern, schaukelnden Girlanden und glänzenden Pailletten. Die Pelzhüte der Männer, behängt mit Edelsteinen, ihre bunten Schärpen, ihre Stiefel mit Goldrand und ihre blitzenden Säbel schufen ein Bild der Vergangenheit, die für ein paar kurze ruhmreiche Stunden ins Leben zurückgerufen wurde.

In dieser weit zurückliegenden Vergangenheit fand das Land Erholung von den tiefen Erschütterungen der Gegenwart mit ihren Arbeiterstreiks und Anschlägen und Demonstrationen, ihrer allgegenwärtigen Polizei, ihren Massakern und Pogromen und finsteren Kriegsgerüchten.

Denn zu Anfang des Jahres 1903 war die Regierung des Zaren durch Konflikte zerrüttet. Ihr stärkstes und fähigstes Mitglied, der Finanzminister Witte, verachtete Nicky wegen seiner träumerischen Schwäche und seinen Wittes Ansicht nach mangelhaften Kenntnissen in außenpolitischen Angelegenheiten. Die diplomatischen Unstimmigkeiten mit einem erstarkenden, militärisch durchaus gefährlichen Japan, das über China gesiegt und in Korea und anderswo einmarschiert war, wurden immer stärker. Die Japaner wehrten sich gegen die russische Besetzung des linken Ufers des Flusses Jalu. Sie wandten sich, aufgebracht durch die unklare Haltung der Russen in dieser Angelegenheit, schließlich an England und handelten ein Bündnis mit der Regierung Edwards VII. aus. Rußland wurde gedrängt, seine Truppen aus der Mandschurei zurückzuziehen, und das russische Ministerium garantierte, daß dieser Rückzug Anfang Oktober 1903 vollzogen sein werde.

Für Witte und Kuropatkin war es nichtsdestotrotz offensichtlich, daß der Zar, beseelt von der Vision eines russischen Reiches bis an den Pazifik im Osten, das Land in einen Krieg mit Japan treiben würde. Und ebenso offensichtlich war, daß er seine Vision einer Ausdehnung des Reiches mit gefährlich unkonventionellen Mitteln in die Realität umsetzen wollte.

In der Überzeugung, daß er weit besser als alle seine Minister wußte, was das Beste für Rußland war, hatte Nicky sich zwielichtigen Intriganten zugewandt, die ihm einredeten, sie könnten ihm ausländische Territorien beschaffen, wenn er ihnen nur genug Geld gab. Einer dieser unternehmenden Betrüger war ein Kavallerieoffizier namens Besobrasow, der versprach, die gesamte Mandschurei und Korea der russischen Herrschaft zu unterstellen. Finanziert mit zwei Millionen Rubel aus der Staatskasse setzte Besobrasow sich selbst mit sechshundert Söldnern in dem umstrittenen Gebiet am Fluß Jalu fest und schickte dem Zaren ermutigende Berichte – Berichte, die Nicky ohne Zweifel beeinflußten, als er über die Garantien nachdachte, denen zufolge er die russischen Truppen zurückziehen mußte. Er ignorierte die diplomatischen Zusicherungen und riskierte den bewaffneten Konflikt.

Die Ereignisse in der internationalen Arena traten im Sommer 1903 in den Hintergrund, als die Russen die Kanonisierung von Serafim von Sarow feierten, des Mönches, zu dem Alix auf Drängen Philippes um einen Sohn gebetet hatte. Die Heiligsprechung stand bevor, und in den letzten Tagen des Juli war das Diwejewo-Kloster nahe Sarow Schauplatz eines riesigen Pilgertreffens, zu dem sich auch viele Mitglieder der Zarenfamilie einfanden.

Die Tage waren äußerst heiß, die Straßen trocken und staubig in jenem Juli 1903. Die wenigen Schleierwolken am blauen Himmel verdunkelte brauner Staub, der über den Straßen bis zu einer Höhe von sieben bis zehn Metern aufstieg, und als die Pilgerprozession sich langsam auf das Kloster zuschob, war ständig Husten zu hören.

Sie kamen in einem großen Strom, fast alle zu Fuß, fast alle arme Bauern in dicken dunklen Tuniken und Bastschuhen, die Gesichter der Frauen von Kopftüchern eingerahmt. Sie trugen Ikonen von Serafim, Körbe mit Nahrungsmitteln, Säcke mit Opfergaben, die sie vor dem Schrein niederlegen wollten. Manchmal sangen sie auf dem Weg, aber in der heißesten Zeit des Tages kostete es sie alle Kraft, überhaupt weiterzugehen und sich vor den berittenen Kosaken und Polizisten in acht zu nehmen, die zwischen ihnen ritten und nach Nachzüglern oder Aufrührern Ausschau hielten.

Viele der Pilger hinkten, manche wurden auf Tragen mitgeschleppt. Amputierte schwangen sich auf Krücken vorwärts. Mütter trugen kranke Kinder in ihren Armen, Väter stützten die Älteren. Sie waren Dutzende, ja sogar Hunderte Kilometer weit gegangen, um die Reliquien des heiligen Serafim zu küssen, der so viele Tausende zu Lebzeiten wie auch nach seinem Tode geheilt hatte. Sie waren erschöpft, aber »voller Leidenschaft und Erwartung«, wie einer von ihnen schrieb.

Sie kannten die Geschichte des heiligen Serafim, wie er als Mönch in eine Hütte im tiefsten Wald gezogen war, allein und fastend, und sich in dieser Einsamkeit fünfzehn Jahre lang gereinigt hatte, besucht nur von den wilden Tieren, die ihm etwas zu essen brachten. Wie er von Räubern angegriffen und beinahe getötet wurde und wie die Jungfrau Maria ihm in einer Vision erschien und seine Wunden heilte. Und wie Serafim nach diesem Gnadenbeweis ein Starez geworden war, alle empfing, die zu ihm kamen, sie heilte, ihnen Rat gab und freigebig seine göttlichen Gaben in ihren Dienst stellte.

Serafim hatte mehr Wunder gewirkt, als man zählen konnte. Wer seinen Schrein küßte oder in der heiligen Quelle badete, in der er gebadet hatte, ging als neuer Mensch daraus hervor. Serafim streckte verkrümmte Gliedmaßen, gab das Augenlicht zurück, machte die Unfruchtbaren fruchtbar und gab den Alten und Schwachen Kraft. Nun war er vom Heiligen Synod zum Heiligen ernannt worden, und seine Überreste sollten aus seinem bescheidenen Grab auf dem Friedhof in die neue Kathedrale überführt werden, die für sie gebaut worden war. Seine Kanonisierung bestätigte Serafims Heiligkeit, so glaubten die Pilger, und verdoppelte seine Heilkräfte.

Und so strömten sie Tag für Tag zum Kloster, selbst aus Sibirien und dem Kaukasus, ganze Familien, fast schon ganze Dörfer, hier und da mit einem Priester, einem Stadtrat, steif und schwitzend in seinem schwarzen Anzug, mit schreienden Babys, betenden alten Männern, himmelwärts gehobenen Händen, die ganze geballte Menschenmasse in Reih und Glied auf ihrem Marsch unter der glühenden Sonne.

Mitten in der gewaltigen Prozession fuhren die Troikas der kaiserlichen Familie, in jedem Dorf begrüßt von Scharen bunt gekleideter Bauern, die »Väterchen« riefen, wenn Nicky und Alix ausstiegen und mit ihnen sprachen. Die von Herzen kommende Bewunderung der Bauern war überwältigend; sie drängten vorwärts und küßten die Hände des Zaren, seine Kleidung und machten aus ihm so eine lebende Ikone. »Es war bewegender, als Worte sagen können«, schrieb Nickys Schwester Olga. »Nicky war einfach Batuschka, Väterchen Zar für all diese Menschen.«[8]

Das Zarenpaar war sehr gefragt, doch wenn es die Reise wiederaufnahm, verschwand es schnell im Menschenmeer, Pilger unter Pilgern, die den Segen Serafims suchten wie die anderen auch. Alix war mit besonderem Vertrauen und Ergebenheit gekommen. Sie wollte Philippes Rat folgen und in Serafims Quelle baden – und vielleicht auch eine Heilung für die schrecklichen Kopfschmerzen, die sie seit neuestem plagten, sowie für ihren Ischias suchen. Sie war erst einunddreißig, aber die Schwangerschaften hatten ihren Körper strapaziert, sie dick und manchmal kurzatmig gemacht. Ihre Leidenschaft war groß, ihre Haltung demütig und ehrfürchtig wie die der Bauern, als die gewaltige Menge den Kiefernwald von Sarow erreichte und auf den schmalen Weg einbog, der zum Konvent führte.

In einer dreitägigen Zeremonie wurde dort die Kanonisierung

des heiligen Serafim gefeiert. Seine freigelegten Reliquien wurden in einen goldenen Sarg gelegt und auf den Schultern des Zaren, seines Onkels Sergej und seiner Cousins um den Platz der Kathedrale getragen, dann hineingebracht und in Anwesenheit des Metropoliten Antonij von Petersburg, der Bischöfe von Kasan und Tambow und anderer Prälaten vor der Kanzel ausgestellt.

Die tiefe Stille innerhalb der gewaltigen, mit goldenen Kuppeln überwölbten Kathedrale war voller Hoffnung, als die Kranken mit äußerster Ehrfurcht allmählich vortraten und die Reliquien des Heiligen küßten, ein Gebet auf den Lippen, während der Chor leise im Hintergrund sang. Die riesige Versammlung schaute zu, erwartete Wunder, flüsterte einander zu, daß es schon eine Heilung gegeben habe, während der Sarg des Heiligen um die Kirche getragen worden war.

Einer nach dem anderen kamen die Mühseligen oder wurden vorgetragen, manche so schwach, daß sie kaum am Sarg vorbeischlurfen konnten, und jeder beugte sich nach unten und drückte einen Kuß auf das vergoldete Holz.

»Oh, welches Elend, welche Krankheiten wir sahen, und was für einen Glauben!« schrieb Ella. »Es war, als lebten wir zur Zeit Christi … Oh, wie sie beteten, wie sie weinten, diese armen Mütter mit ihren kranken Kindern, und Dank sei Gott, wie viele doch geheilt wurden! Wir erlebten durch Gottes Gnade, wie ein kleines stummes Mädchen wieder sprach, aber wie hatte ihre Mutter für sie gebetet!«[9]

Das überwältigende Spektakel dauerte fast vier Stunden, während die Versammlung starr vor Staunen dastand. Viele weinten aus der extremen Anspannung heraus und empfanden die Heiligkeit des Augenblicks. Verrückte wurden nach vorn geführt, kreischend und heulend, einige verkrampften sich so sehr, daß mehrere Menschen sie festhalten mußten. Wenn sie aber den Schrein berührten, verstummten ihre unmenschlichen Schreie, ihre verdrehten Glieder schienen sich zu entspannen.[10]

Mit jeder Heilung, echt oder nur gespielt, durchlief eine Welle der Ehrfurcht die Zuschauer. Fest im Griff des Wunderbaren, überzeugt, daß sie Zeugen von Wundertaten waren, beteten die Gläubigen und strömten immer weiter nach vorn, bis der Metropolit den Gottesdienst schließlich beendete.

Am letzten Abend der Zeremonien gingen Nicky und Alix, Minnie, Olga, Ella und die anderen bei einbrechender Abenddämmerung in Zweier- und Dreierreihen hinunter zur heiligen Quelle Serafims und traten in das eisige Wasser. Sie befanden sich in einem ungewöhnlichen Geisteszustand, jenseits jedes Zweifels, jenseits jedes normalen Gedankens. Sie hatten mit eigenen Augen die Stummen sprechen und die Lahmen gehen sehen.[11] Sie spürten mit der ganzen Glut des Glaubens, daß der heilige Serafim sie heilen konnte.

Und Alix war, als sie im heiligen Wasser badete, sicher, daß ihre Gebete um einen Sohn erhört werden würden. Sie kam aus der Quelle heraus und kniete vor dem in der Nähe gelegenen Schrein, dankte dem Heiligen für das Kind, das er ihr geben würde. Dann kehrte die kaiserliche Familie ruhig und unerkannt in der Dunkelheit in den Konvent zurück.

»Wahrhaftig«, schrieb Nicky in sein Tagebuch, »Gott tut Wunder durch seine Heiligen. Groß ist seine unbeschreibliche Barmherzigkeit für unser liebes Rußland, diese Beweise seiner Gnade für uns schenken uns unaussprechlichen Trost. Wir wollen unsere Hoffnung nun und immerdar auf den Herrn richten; wir werden nie enttäuscht werden.«[12]

16

Die erste Nachricht vom japanischen Angriff auf Port Arthur erreichte Petersburg über einen russischen Handelsvertreter, der die Marine per Telegramm davon in Kenntnis setzte, daß das russische Geschwader, das die riesige, verfallende Festung auf der Halbinsel Liaodong an der Hafenmündung gegenüber von Peking schützte, gerade schwere Verluste hinnehmen mußte. Es hatte keine Kriegserklärung gegeben. Die japanische Flotte unter General Togo hatte Torpedoboote geschickt und die russischen Kriegsschiffe nachts angegriffen, die *Zarewitsch*, die *Retwisan* und die *Pallada* schwer beschädigt und viele andere Schiffe mit aufgerissenem Rumpf und zerrissener Takelage zurückgelassen.

Telefone klingelten, Telegramme gingen auf den ganzen Kontinent hinaus. Die Nachricht war beunruhigend. Konnte es sein, daß das winzige, aber kriegslüsterne Japan es wagte, das riesige russische Reich mit seiner Bevölkerung von mehr als hundert Millionen Menschen, seiner eine Million Mann starken Armee und seiner starken Kriegsflotte herauszufordern? Das Japan der hübschen Fächer und der zarten Kirschblüten, der Geishas in ihren Papierhäusern? Die Diskrepanz zwischen den beiden Ländern war schon beinahe unfaßbar groß – und außerdem gehörten die Russen trotz des asiatischen Einschlags in ihrer Kultur zu Europa; sie waren Christen, zivilisiert, Kaukasier. Sie gehörten dem herrschenden Block, der größten Weltmacht an. Die Japaner waren keine Christen, in den Augen der Russen unzivilisiert (obwohl die Europäer paradoxerweise ihre Kultur sehr bewunderten) und nicht weiß. Daß eine solche Nation auch nur daran denken konnte, ein europäisches Reich herauszufordern, stellte die natürliche Ordnung der Dinge auf den Kopf – so schien es zumindest den Europäern im Winter 1904.

Der russische Innenminister Plehwe hörte mit Befriedigung vom Angriff der Japaner. Nichts konnte den Patriotismus so steigern, den Zorn auf die Regierung und die revolutionären Aktivitäten so in Vergessenheit geraten lassen wie ein Krieg. Laßt den Konflikt weitergehen, riet er, aber zieht ihn nicht allzu lange hin und macht ihn zu einem überwältigenden Sieg für den Zaren und sein Reich. Das sollte den Kritikern für eine Weile das Maul stopfen.

Kuropatkin dagegen war beunruhigt. Er wußte durch geheime Berichte, daß die Festung von Port Arthur ganz und gar nicht die uneinnehmbare Bastion war, die die Russen in ihr sahen. Ihre Garnison war schwach und hatte kaum Munition, ihre alten Mauern bröckelten nach Jahren der Vernachlässigung. Und auch die Schiffe, die im Hafen vor Anker lagen, waren in schlechtem Zustand, manche von ihnen nicht mal seetüchtig genug für ein Manöver, die meisten unter dem Kommando mediokrer Offiziere. Kein Wunder, daß die Japaner drei von ihnen so leicht hatten leckschießen können. Vor allem aber machte Kuropatkin sich Sorgen um die Nachschublinien für die Armee im Falle eines größeren Konflikts. Es würde noch mindestens ein Jahr dauern, bis die Transsibirische Eisenbahn, die Petersburg mit Wladiwostok verbinden sollte, fertig war; bis dahin gab es kaum eine Möglichkeit, der russischen Garnison Nachschub und Verstärkung zukommen zu lassen.

»Möge Gott mit uns sein«, schrieb Nicky an dem Abend in sein Tagebuch, an dem er von dem Angriff erfuhr. Er hatte gewußt, daß der japanische Botschafter zwei Tage zuvor aus Petersburg abgereist war, nach sechs Monaten erfolgloser Überlegungen und zehn fehlgeschlagenen Versuchen, ein Abkommen über territoriale Rechte zustande zu bringen. Er wußte, denn Kuropatkin hatte es ihm erklärt, daß die Japaner gerade viel mehr Soldaten in dieser Region stationiert hatten als die Russen und daß ihre Truppen besser ausgebildet und ausgerüstet waren. Dennoch hatte er diesen plötzlichen, heimtückischen Angriff nicht vorausgesehen.

In den nächsten Tagen häuften sich die Schreckensmeldungen. Port Arthur wurde bombardiert. Sieben weitere Schiffe wurden versenkt oder schwer beschädigt. Die Japaner hatten den Hafen vermint und hinderten die Reste des russischen Geschwaders an der Flucht. Und japanische Torpedoboote versuchten, an den Kanonen im Fort vorbeizukommen und Truppen an der Küste zu landen.

Die Gefühle der Russen waren im Aufruhr, es gab patriotische Delegationen und Massendemonstrationen. Die Menschen jubelten und sangen »Gott schütze den Zaren«. Jeder Mann, der eine Uniform besaß, trug sie auch, selbst wenn er seit Jahrzehnten nicht mehr im aktiven Dienst war, und er trug sie jeden Tag, paradierte durch die Straßen Petersburgs, als ob er auf eine Truppenschau warte. Geld strömte in die Staatskasse, um die Kriegsanstrengungen zu unterstützen, Millionen von Rubel aus den Taschen des Adels, der reichen Industriellen, Bankiers und Kaufleute.

Aber kein noch so großer Geldbetrag konnte die schlafenden, unvorbereiteten Truppen und Besatzungen aufwecken oder die inkompetenten Kommandeure zu tüchtigen Offizieren machen. Es gab keinen kraftvollen russischen Gegenschlag. Statt dessen wurde das Flagschiff, die *Petropawlowsk,* mit sechshundert Mann an Bord, darunter Admiral Makarow, versenkt, ein weiteres Schlachtschiff schwer beschädigt. Und da die Marine dem kaum Widerstand entgegensetzte, begannen die Japaner Zehntausende Soldaten an Land zu bringen. Die öffentliche Meinung in Petersburg, die das japanische Unternehmen als letztendlich sicher vergeblich abgetan hatte, nahm die Bedrohung der russischen Interessen jetzt allmählich ernster.

Die erste Reaktion der Zarin auf den Ausbruch des Konflikts war die Verstärkung der Anstrengungen ihrer Wohltätigkeitsorganisation »Hilfe durch Handarbeit« und deren Umzug in größere Räume im Winterpalast. Statt Kleidung für die Armen nähten sie und ihre Damen jetzt Binden und warme Kleidung und strickten Strümpfe für die Soldaten. Die Nähsäle wurden zum Sammelpunkt für medizinische Hilfsgüter und andere Güter, die dort für die Verschiffung nach Osten Richtung Sibirien verpackt wurden. Hunderte von Frauen nähten und strickten und verpackten ehrenamtlich, und Alix ernannte ihre Ehrendame Fürstin Obolenskaja (»Litty«) zur Leiterin der Werkstatt. (»Sie hat so einen klaren, praktischen Kopf und ein gutes Gedächtnis«, schrieb Alix ihrer Schwester Victoria.)

Jeden Morgen, nachdem sie sich die Gebete ihrer Kinder angehört, sich angekleidet und gefrühstückt hatte, sammelte Alix ihre Nähsachen und betrat in Begleitung einer Dienerin den Nähsaal, wo sie besichtigte, was am Tag zuvor fertiggestellt worden war, mit den Freiwilligen sprach und die Aufgaben des Tages mit Litty und der Ersten Hofdame Fürstin Golizyna besprach, die ebenfalls eine überwachende Funktion hatte.

»Die Arbeit hat kein Ende, aber es ist ein großer Trost, daß wir unseren armen Leidenden ein bißchen helfen können«, schrieb Alix. »Alle arbeiten hart. Litty organisiert das Ganze großartig ... Wir arbeiten für die Armeekrankenhäuser (getrennt vom Roten Kreuz) und für die Gesunden, die Kleidung, Tabak ... brauchen ... und dann statten wir die Militärzüge aus.«[1] Alix und ihre Gruppe konnten dem Roten Kreuz keine Kleidung oder Waren liefern, denn das gehörte zu Minnies Wohltätigkeitsaufgaben, und jeder Beitrag aus dem Nähsaal der Zarin wäre als Übergriff auf die Vorrechte der Zarinwitwe betrachtet worden.

Die Arbeit und ihre Dringlichkeit, das täglich damit verbundene Ritual, das alles gab Alix das angenehme Gefühl, ein sinnvolles Ziel zu haben, aber der Kriegsausbruch deprimierte sie und ließ sie unter schweren Migräneanfällen leiden; zwar ermutigte sie Nicky und versicherte ihm, daß »Gott und unser lieber Freund (Philippe) uns helfen werden«, aber die Belastung, unter der sie stand, zeigte sich in ihrer Blässe, den Stunden, die sie weinend allein in ihrem Zimmer verbrachte, ihren ständigen Erkältungen und ihrem »leidenden Ausdruck«.[2]

»Sie war immer sehr zart gewesen«, schrieb die Muchanowa, »und entwickelte schwere nervöse Kopfschmerzen, die sie völlig niederdrückten und sie in einem dunklen Zimmer ans Bett fesselten, manchmal zwei oder drei Tage hintereinander. Nach diesen Attacken war sie furchtbar schwach, und sie brauchte Fürsorge und Ruhe, um darüber hinwegzukommen.«[3] Man konnte nichts für sie tun, wenn die Kopfschmerzen ihren Höhepunkt erreichten. Niemand durfte sich ihr nähern, nicht einmal die Kinder, denn ihre Sinne waren während dieser Anfälle so angespannt, daß der leiseste Ton, selbst das Geräusch eines Balls im Nachbarzimmer, ihre Schmerzen verdoppelte. Am schlimmsten war es, wenn ein Migräneanfall kaum vorbei war und der nächste schon begann und ihr wieder eine Zeit der Isolation und des Leidens aufzwang.

Sie war wieder schwanger. Der Besuch am Schrein des Hl. Serafim, das Baden in der heiligen Quelle hatten gewirkt. Aber statt Freude brachte ihr diese Schwangerschaft nur Angst, nicht nur wegen ihrer körperlichen Verfassung und ihrer Sorge wegen des Krieges, sondern auch weil Alix insgeheim bewußt war, daß auch dieses Kind wieder ein Mädchen sein könnte. Sie genoß nicht länger den Frieden, den sie aus dem spirituellen Kreis gezogen hatte, das Vertrauen, das während ihrer Scheinschwangerschaft so deutlich zutage getreten war. Sie glaubte noch immer an Philippe, sie vertraute ihm weiterhin. Aber in ihre Zuversicht hatten sich Zweifel eingeschlichen.

Und nicht nur Zweifel, auch Kummer. Im Herbst 1903, während sie und Nicky in der Jagdhütte in Skierniewice waren, erkrankte ihre kleine Nichte Elisabeth, die Tochter des mittlerweile geschiedenen Paares Ernie und Ducky, schwer an Typhus und starb wenige Tage später. Ernie hatte das hübsche kleine Mädchen angebetet, seinen »süßen kleinen Sonnenschein«, und kam nicht über seinen Verlust hinweg. Alix, erschöpft von der Pflege ihrer schwerkranken Hofdame Sonia Orbeliani, half Ernie durch die schweren ersten Tage nach dem Tod seiner Tochter, litt mit ihm und sah bleich und schmal aus.

In der ersten Woche des Japanischen Krieges erreichte sie eine weitere Hiobsbotschaft. Der jüngste Sohn ihrer Schwester Irene, der vierjährige Heinrich, starb an der »englischen Krankheit«, der Bluterkrankheit oder Hämophilie, nachdem er gefallen und sich am Kopf verletzt hatte. Er hatte innere Blutungen, die nicht gestoppt werden konnten, und sein Tod war unausweichlich – wie bei Alix' Bruder Frittie nach seinem Sturz. (Irene hatte zwei Söhne mit der Bluterkrankheit, wobei allerdings der ältere, Waldemar, am Leben blieb.) Während sie den Verlust ihrer Schwester betrauerte, müssen in Alix auch Befürchtungen hinsichtlich des Kindes, das sie selbst erwartete, aufgestiegen sein, denn falls es ein Junge sein sollte, könnte auch er mit der Krankheit zur Welt kommen.

War ihre schwere Schwangerschaft ein Anzeichen dafür, daß ihr Kind krank sein würde, oder waren ihre Migräneanfälle und die nervösen Weinkrämpfe nur Ausdruck ihrer Sorgen wegen des Krieges und ihrer langen Arbeitsstunden mit den Damen ihrer Organisation? Diese Frage führte zu noch größeren Belastungen, als der Frühling des Jahres 1904 voranschritt und das Kriegsglück sich immer weiter gegen Rußland wendete. Im Mai schlugen die Truppen des Tenno die russischen Streitkräfte am Jalu und begannen kurz darauf mit der Belagerung von Port Arthur. In Petersburg wich die anfängliche patriotische Begeisterung der traurigen Erkenntnis, daß Japan ein mächtiger Feind war und der Krieg wahrscheinlich länger dauern würde. Die Listen der Gefallenen wurden immer länger. Jetzt trauerten viele Familien um verlorene Söhne, lasen die Zeitungen mit Ernüchterung und beteten um Frieden.

Und wie vorauszusehen regte sich mehr soziale Unruhe, je länger der Krieg dauerte. An den Toren der Sommergärten in Petersburg stand jetzt ein großes, handgeschriebenes Schild: »Zutritt für Hunde, Bettler, alle niederen Ränge von Armee und Marine nicht gestattet.« Es war eine Beleidigung für die Soldaten, von denen so viele in die Stadt hineindrängten; ihre sichtbare Anwesenheit war eine ständige verstörende Erinnerung an den Krieg für die Petersburger. Sie saßen in Cafés, liefen durch die Geschäfte, besetzten die Parkbänke, schlenderten ziellos auf dem Newskij-Prospekt hin und her und warteten darauf, an die Front gerufen oder heimgeschickt zu werden.

Wieder waren gegen die Regierung gerichtete Kräfte am Werk, rüttelten negative Gefühle wach und verbreiteten Furcht mit ihren plötzlichen Angriffen und geheimen Verschwörungen. Der Generalgouverneur von Finnland wurde von einem revolutionären Studenten erschossen. Innenminister Plehwe starb durch eine Bombe, die bei einem gut geplanten Anschlag mehrerer Verschwörer direkt neben dem Warschauer Bahnhof in Petersburg hochging, obwohl Plehwes Geheimpolizei doch alles kontrollierte. Bürgermeister, Bezirksgouverneure, Beamte wurden attackiert oder mit Anschlägen bedroht, und Spione unterrichteten die Ministerien von Verschwörungen gegen das Leben des Zaren, als er von Moskau nach Poltawa, nach Tula, Suwalki bis nach Witebsk reiste, die Truppen musterte und ihnen Mut zusprach. Ikonen des Hl. Serafim zogen vor ihnen her in den Krieg, um sie bei ihrem heiligen Auftrag zu schützen.

Inmitten des ganzen Durcheinanders trug Alix weiterhin ihren Teil zu den Kriegsanstrengungen bei, gab Generälen, die zur Front aufbrachen, Audienzen, leitete ihren Nähsaal, nähte und strickte selbst. »Ich verfolge gern alles und will nicht nur eine Puppe sein«, schrieb sie ihrer Schwester Victoria im Juni 1904. »Ja, es ist eine schwierige Zeit, aber man muß sein Vertrauen ganz in Gott setzen, der Kraft und Mut gibt. Unglücklicherweise kann ich gar nicht auf den Beinen sein und verbringe meine Tage auf dem Sofa… Gehen und Stehen bereitet mir große Schmerzen.«[4] Die Ärzte hatten ihr geraten, nicht zu gehen, aber sie stand dennoch auf und »schleppte sich durch den Park von Peterhof«, wie die Muchanowa sich erinnerte, »und sah so krank aus, daß man sich fragen mußte, ob sie die Tortur, die sie erwartete, durchstehen würde.«

Das Baby sollte im August kommen, und wieder einmal versammelte sich die Familie zur Taufe. Diesmal wurde um die Schwangerschaft kein Geheimnis gemacht; Dr. Ott hatte sie bestätigt, und das Kind schien sich normal zu entwickeln. Fast unbeweglich lag Alix mit ihrer gewaltigen Körperfülle in den letzten Wochen auf ihrem Sofa und machte sich Sorgen.

Eines Abends, ihre Kammerfrauen zogen sie gerade fürs Abendessen um, waren ein Knall und das Splittern von Glas zu hören. »Plötzlich hörten wir ein Krachen hinter uns und bemerkten entsetzt, daß ein schwerer Spiegel, der an der Wand [hinter Alix] gehangen hatte, zu Boden gefallen und dort in tausend Stücke gesprungen war. Die Zarin schrie laut vor Schreck, und einen Moment lang glaubte ich, daß sie in Ohnmacht fallen würde, so weiß wurden ihre Züge.«[5]

Sie behauptete, es sei ein Omen. Sie würde sicher bei der Geburt sterben. Niemand konnte sie vom Gegenteil überzeugen.

In dieser furchtbaren Stimmung spürte die Zarin ihre ersten Wehen. Ihre gesamte Dienerschaft wurde zusammengerufen, die Familie benachrichtigt. Nicky kam von einem Treffen mit seinen Offizieren, um mit Alix zu Mittag zu essen, und hörte statt dessen, daß die Geburt schon in vollem Gange sei.

Das Kind kam zur Welt, und Dr. Ott wandte sich Nikolaus zu. »Ich gratuliere Eurer Majestät zur Geburt eines Zarewitsch!« verkündete er.

Die Nachricht war verblüffend, unerwartet, wunderbar. Der Zar strahlte. Glückliches Gemurmel verbreitete sich im versammelten Haushalt. Es wurde nach Petersburg telegraphiert, wo die Kanoniere mit ihrer Arbeit begannen. Diesmal waren die Bürger der Stadt zufrieden. Dreihundert laute Schüsse hallten über den Fluß von der Peter-und-Pauls-Festung herüber. Ein Junge! Ein Zarewitsch! Mützen flogen in die Luft, Schüsse lösten sich, wieder und wieder wurden Toasts ausgebracht. In seiner dunkelsten Kriegsstunde wurde Rußland endlich die Gnade eines Thronerben erwiesen.

Alix erholte sich nur langsam von der Wirkung des Chloroforms und erwachte schläfrig. »Als sie die Augen aufschlug«, schrieb die Muchanowa, »sah sie so schwach aus, daß niemand ihr die gute Nachricht zu verkünden wagte, aber sie schien sie vom Gesicht ihres Ehemannes abzulesen, weil sie plötzlich ausrief: ›Oh, das kann nicht wahr sein; es kann nicht wahr sein. Ist es wirklich ein Junge?‹«[6]

Sie hatte Angst gehabt zu sterben; statt dessen hatte sie bekommen, was sie sich am meisten gewünscht hatte, einen Sohn. Sie nannten ihn Alexej, nach Nickys liebstem Vorfahren, dem Vater Peters des Großen.

Die ganze Familie kam zusammen, um das neue Baby zu sehen, seine Schwestern, im Alter zwischen acht und drei Jahren, scharten sich um ihn, und Nickys Bruder Michail, der jetzt nicht mehr Thronerbe war, verkündete, er sei froh, in den »Ruhestand« gehen zu können. Jeder erklärte, wie groß und stark das Baby doch sei, wie schwer mit seinen elf Pfund, wie kräftig er aussehe, wie sein Großvater Alexander III.

Die Familie war zufrieden. Es hatte zehn Jahre gedauert, aber Alix hatte schließlich getan, wozu sie von Hessen nach Rußland geholt worden war.

Alexej fuhr in einer vergoldeten Kutsche zu seiner Taufe, begleitet von einem Trupp Reiterei. Er wurde von der Ersten Hofdame Fürstin Golizyna zum Taufstein getragen, auf einem Kissen aus Goldstoff, das mit einem breiten goldenen Band an ihren Schultern befestigt war. (Damit sie nicht etwa auf dem gewachsten Boden ausrutschen würde, hatte sie Gummischuhe angezogen.) Sein winziger, in Hermelin gefaßter Mantel wurde vom Großmarschall des Hofes getragen. Eine lange Prozession von Großfürsten und Fürstinnen, Botschaftern und Beamten, zu Ehren des Zarewitsch in voller Pracht gekleidet, nahm an der Zeremonie teil. Jeder Soldat der russischen Armee sollte, so wurde verkündet, Taufpate von Alexej sein, zusammen mit dem Prinzen von Wales – dem zukünftigen Georg V. – und dem deutschen Kaiser. Bänder und Orden wurden dem Säugling überreicht, und er wurde zum Ehrenoberst vieler Regimenter ernannt.

Der Jubel hielt wochenlang an, Alexej wurde mit Banketten und Festen in vielen Städten und mit Geschenken und Telegrammen aus aller Welt gefeiert. Der »Baby-Zar« wuchs und gedieh, nahm Milch von seiner Mutter wie auch von einer Amme an und wurde dick und gesund. Er war ein ruhiges, zufriedenes Kind, still und friedlich, wie er auf den Schultern seines stolzen Vaters ritt oder von seiner Mutter auf dem Arm getragen wurde.

»Er ist ein erstaunlich kräftiges Baby«, schrieb Xenia über Alexej, »mit einem Brustkorb wie ein Faß, und hat insgesamt die Ausstrahlung eines Kriegers.«[7] Er würde nicht klein sein wie sein Vater, sondern hochgewachsen und stark wie sein Großvater Alexander III., ein mächtiger Zar, kräftig und furchteinflößend.

Doch dann begann eines Nachmittags Blut in hellen roten Tropfen aus dem Nabel des Babys zu quellen. Es war nicht viel Blut, aber genug, um sich Sorgen zu machen, denn es gerann nicht, sondern tropfte stundenlang weiter, den ganzen Nachmittag hindurch bis in den frühen Abend hinein.

Alexej schien nicht unruhig zu sein oder Schmerzen zu haben. Er schrie nicht, sondern war wach und ruhig, muß aber, als er immer mehr Blut verlor, blaß geworden sein.

Als sie sahen, daß die Blutung aus der winzigen Wunde auch nach längerer Zeit nicht aufhörte, machten Alix und Nicky sich Sorgen. Sie kannten die Anzeichen und fürchteten das Schlimmste. Es konnte die Bluterkrankheit sein, die »englische Krankheit«, der schreckliche Fluch, der Irenes Sohn Heinrich getötet hatte und ihren zweiten Sohn Waldemar die meiste Zeit über zum Invaliden machte.

Der Arzt Korowin und der Chirurg Fedorow wurden gerufen. Sie verbanden den Nabel und hielten den Zarewitsch unter Beobachtung, als er in jener Nacht auch weiterhin Blut verlor.

Welche Gespräche während dieser nicht enden wollenden besorgten Stunden geführt wurden, können wir nicht mit Sicherheit wissen, aber der Zar und die Zarin müssen die Ärzte eindringlich und vielleicht sogar verzweifelt ausgefragt haben.[8]

Würde die Wunde weiter bluten? Würde der Zarewitsch sterben? Hatte er die Bluterkrankheit? Was konnte man tun, um die Blutung zu stoppen? Alix muß sich mit Schaudern an den zerbrochenen Spiegel, das Omen einer Tragödie, erinnert haben. Vor den überfüllten Ikonenwänden in ihrem und in Alexejs Schlafzimmer müssen sie und Nicky inbrünstig für die Heilung ihres Sohnes gebetet haben. Sie müssen Gott und Jesus und Maria und alle Heiligen und Philippe noch dazu mit von Herzen kommenden Appellen um Hilfe angegangen haben.

Am folgenden Morgen blutete der Nabel immer noch, erst gegen Mittag hörte die Blutung auf. Als der Verband mehrere Stunden lang trocken blieb, begann sich die Spannung zu lösen – wenn auch nur ein bißchen. Die Ärzte, die Amme und andere Diener blieben wie die Familie selbst aufmerksam, achteten auf eine eventuelle Wiederkehr der Blutungen und auf blaue Flecke und Prellungen an dem winzigen Körper, Anzeichen innerer Blutungen.

Ein Sohn war geboren worden, aber mit seiner Geburt hatte eine ebenso überwältigende wie unberechenbare Angst Einzug gehalten. Denn um das Leben des Kindes zu erhalten – und nur wenige Babys mit Bluterkrankheit hatten 1904 ihre Kindheit überlebt –, mußte es mit übermenschlicher Fürsorge bewacht und geschützt werden. Und selbst dann gab es keine Sicherheit, daß es das Jugendalter, geschweige denn das Mannesalter erreichen würde. Ein Sturz, ein Streit, ein Unfall gleich welcher Art konnte ihn binnen Stunden das Leben kosten.

Und was noch wichtiger war: Alix muß klar geworden sein, daß jeder weitere Sohn, den sie vielleicht bekommen würde, mit großer Wahrscheinlichkeit ebenfalls die englische Krankheit erben würde. Alexej mußte also ihre einzige Hoffnung sein.

Inzwischen sollten der Hof und die Nation und die Öffentlichkeit jenseits der russischen Grenzen, die noch immer in Feierlaune waren und Geschenke und Glückwünsche schickten, nicht wissen, daß der Thronerbe nicht gesund war. Diejenigen, die es wußten, wurden darauf eingeschworen, das Geheimnis zu bewahren, und Alexandra und Nicky gaben sich alle Mühe, sich ihren Schmerz und ihre Sorgen nicht anmerken zu lassen.

»Oh, was war das für eine Angst«, schrieb Alix nach dem ersten Blutanfall des Zarewitsch, »und daß man die anderen nicht sehen lassen darf, was für ein Messer in einem wühlt.«[9] Heuchelei war ihr eigentlich fremd, aber dennoch zwang sie sich, ein verschlossenes Gesicht zu zeigen; weder ihre Sorgen noch ihre Erleichterung waren zu sehen. Sie stillte ihren »kleinen Sonnenstrahl« weiterhin und führte ihn Besuchern vor, beschäftigte sich mit der Produktion von Weihnachtsgeschenken für die Soldaten und inspizierte die Produkte ihres Nähsaals, bevor sie nach Osten verschickt wurden.

Denn natürlich hatten die Erfordernisse des Krieges Vorrang vor anderem. Die Soldaten, die in Port Arthur litten, durften nicht die Angst haben, daß ihr Zarewitsch, dessen Taufpaten sie alle waren und über dessen Geburt sie sich so gefreut hatten, jederzeit sterben konnte. Sie mußten unterstützt, ermutigt, geheilt, am Leben erhalten werden, damit sie weiterkämpfen konnten.

Doch als Weihnachten näher rückte, waren die Soldaten immer weniger in der Lage zu kämpfen. Sie hatten keine Munition mehr. Sie hatten kaum noch zu essen. Sie froren bei Nacht und schwitzten tagsüber im Typhusfieber. Tag für Tag warteten sie auf eine Entsatztruppe, die über das Meer kommen sollte, aber nicht kam.

Sie konnten die Toten nicht mehr im gefrorenen Boden begraben. Die Leichen, nackt und bleich, wurden auf Haufen geworfen und den Elementen überlassen, bis der Schnee sie zu weißen Hügeln formte, starr und nichtssagend gegen den grauen Himmel ragend.

Anfang Januar 1905 ergaben sich die russischen Verteidiger von Port Arthur den Japanern, und als die Nachricht sich in Rußland verbreitete, erntete sie Unglauben, dann Klage, dann rasenden Zorn und einen lauten Schrei nach Vergeltung.

17

Frost überzog die Metallgeländer der Brücken über die gefrorene Newa, und der Himmel war tief mit schweren grauen Wolken verhangen. Straßenbahnen fuhren den Newskij-Prospekt entlang, vorbei am riesigen Winterpalast mit seinen vielen Fenstern, dann über den Fluß zur Wassilij-Insel und die Achte Linie hinunter in die ärmeren Viertel der Stadt. Die Straßen waren ruhig, ein paar Schlitten glitten mit Glöckchengeklingel vorüber, und noch weniger Fußgänger hasteten mit in der bitterkalten Luft gefrierendem Atem von Geschäft zu Geschäft. Nur eine Handvoll Droschkenkutscher saß, in mehrere Schichten Wolle und Pelze gehüllt, die Bärte weiß vom Reif, auf dem Kutschbock und wartete auf Kundschaft. Die meisten Kutscher aber waren im Streik, und nur die verzweifeltsten kamen in der grausamen Kälte dieses Morgens mitten im Winter heraus in der Hoffnung auf einen kleinen Verdienst.

Draußen auf dem zugefrorenen Fluß patrouillierte die Wasserpolizei in Gruppen von zwei und drei Mann, untersuchte die feste Oberfläche auf Risse und markierte dünne, dunkle Stellen im Eis mit Stäben und roten Fahnen. Nahe dem Tuschkow-Kai waren Männer seit dem Morgengrauen damit beschäftigt, riesige Eisblöcke herauszuschlagen, die dann auf Pferdeschlitten geladen und an die Haushalte verkauft wurden, um die Keller den Sommer über zu kühlen. Die Stille der schneebedeckten Stadt täuschte, denn die Petersburger hatten auf die Nachricht von der Übergabe von Port Arthur an die Japaner nur Wochen zuvor mit Bestürzung und Entsetzen reagiert, und die Fabrikarbeiter, deren Entschlossenheit, Veränderungen in ihren Arbeitsbedingungen herbeizuführen, über Monate hinweg gewachsen war, standen im Streik, so viele wie nie zuvor.

Die Arbeiterunruhen hatten schon einige Wochen zuvor in den Putilow-Metallwerken, die Eisenbahnwaggons herstellten, begonnen. Vier Arbeiter wurden entlassen, und Tausende ihrer Kollegen kamen ihnen zu Hilfe, eine Fabrik nach der anderen trat in den Streik, bis nahezu vierhundert Fabriken stillstanden und hundertfünfzigtausend Beschäftigte ihre Arbeit verlassen hatten. Ohne Lohn und etwas zu essen, schaudernd in der bitteren Kälte, schäumend vor Wut trafen sie sich, um eine gemeinsame Strategie auszuarbeiten, um ihre Forderungen nach höheren Löhnen und einem Achtstundentag bekanntzumachen und um darum zu bitten – vielleicht auch darauf zu bestehen –, daß auch sie Repräsentanten in eine zukünftige Nationalversammlung schicken dürften.

Aber an diesem kalten Morgen gab es keine Treffen auf der Straße oder auf dem Eis. Man hörte nur das Hämmern, als ein hölzernes Podium auf dem Fluß direkt unterhalb des Palastes errichtet wurde, wo der Zar bei der Zeremonie der Wassersegnung stehen sollte.

Am Vormittag gingen die Straßenlichter aus, eine blasse Sonne schien ab und zu durch den Wolkenschleier. Jetzt fuhren mehr Straßenbahnen, dazu von Pferden gezogene Omnibusse, der Verkehr auf der Straße nahm zu, die Zahl der Fußgänger wuchs. Auf dem Palastplatz schien schwaches Sonnenlicht auf die hochaufgetürmten Schneewehen, erleuchtete das Dach des Hauptquartiers des Generalstabs, glitzerte auf dem Kreuz der Alexandersäule. Die tausend Fenster des Palastes wurden hell, das Flußeis glänzte blaugrün, und als sich die Würdenträger für das Eröffnungsgebet der Zeremonie auf dem hölzernen Podium versammelten, glühten die vergoldeten Fensterrahmen des Palastes in einem warmen Glanz.

Viele Mitglieder der kaiserlichen Familie hatten sich versammelt und verfolgten die Zeremonie von den Palastfenstern aus.

Sie waren mit einem gewissen Zögern nach Petersburg gekommen, denn die Berichte der Geheimpolizei über verstärkte terroristische Aktivitäten waren beunruhigend, und jeden Tag, so schien es, wurden Revolutionäre mit Bomben in den Taschen aufgegriffen. Die Onkel des Zaren waren, so wußte man, Hauptziele der Verschwörer. Onkel Wladimir plante zur Vorsicht seine Reiserouten nicht mehr im voraus, damit sie nicht von Terroristen mit Bomben gespickt wurden. Onkel Alexej, der, wie der Zar sagte, »verfolgt wurde wie ein wildes Tier«, blieb weitgehend außer Sicht. Und Sergej in Moskau, der meistgehaßte der Zarenonkel, war aus seiner Residenz als Generalgouverneur ausgezogen und schlief jede Nacht in einem anderen Palast des Kreml, unter schwerer Bewachung, immer ängstlicher, daß eines Tages seine Schutzmaßnahmen versagen würden – oder daß einer seiner Beschützer zu seinem Attentäter werden könnte.

Der Zar selbst bewahrte sich trotz der Sorgen seiner Verwandten und Minister seinen unerschütterlichen Glauben an die grundsätzliche Loyalität seines Volkes. Natürlich gab es überreichliche, ja nie gesehene Zeichen von Unruhe unter seinen Untertanen – Bauern verbrannten Getreide auf dem Feld, Arbeiter zerstörten Fabriken, die meisten Arbeiter in der Hauptstadt streikten, und unter den gebildeten Akademikern mehrten sich die Stimmen, die ein Ende der Autokratie und eine neue Regierungsform auf der Grundlage einer Verfassung und einer Repräsentation des Volkes forderten. Und dennoch glaubte er, daß er selbst, Zar Nikolaus, vom Volk verehrt und geliebt werde. Wenn er in der Öffentlichkeit erschien, verbeugten sich seine begeisterten Untertanen ehrfürchtig. Sie sahen ihn fast als einen von ihnen, glaubte er; er selbst verstand sich als »Bauernzar«, der den europäischen Lebensstil verachtete, Borschtsch und Kascha aß, Bauernhemden und Pluderhosen trug und immer glücklich war, auf Reisen seinen Untertanen auf dem Lande die Hände zu schütteln. Auch bei den Arbeitern und den Armen in der Stadt hatte er sich beliebt gemacht und jüngst ein Theater in Petersburg bauen lassen, in dem Studenten und Fabrikarbeiter dank einer ständigen Finanzspritze der Regierung für ein paar Kopeken Opern und gute Theaterstücke genießen konnten. Nicky vertraute auf die Loyalität seiner Untertanen – und überließ den Rest dem Schicksal.

Es war Zeit für die Segnung des Wassers. Der Bischof von Petersburg trat vor auf das Loch im blaugrünen Eis, in dem das dunkle Wasser schimmerte. Er tauchte sein goldenes Kreuz in das Wasser und sprach die Segensworte. Fast sofort klang ein lauter Knall von der Peter-und-Pauls-Festung am anderen Flußufer herüber. Die Kanonen schossen Salut.

Mit einem erschütternden Schrei stürzte ein hinter dem Zaren stehender Polizist verwundet zu Boden, sein Blut spritzte über das Eis. Schüsse wurden auf den Palast abgefeuert, Fenster zersplitterten, weitere Schüsse trafen das Gebäude der Admiralität und flogen als Querschläger durch die Gegend. Die Kanonen der Festung, die Platzpatronen schießen sollten, feuerten echte Kugeln. Terroristen. Attentäter.

Der Zar hörte das Zischen der Kugeln über seinem Kopf und wußte, daß sie ihm galten, blieb stehen, wo er stand, und bekreuzigte sich.

»Ich wußte, daß jemand mich zu töten versuchte«, erzählte er seiner Schwester Olga später. »Ich bekreuzigte mich einfach. Was hätte ich sonst tun können?«[1]

Um ihn herum herrschte Panik. Polizisten und Soldaten rannten kopflos in alle Richtungen, schrien um Hilfe, suchten Dekkung, hielten Ausschau, ob die Attentäter den Zaren verwundet hatten. Bewaffnete Palastwachen rannten aufs Eis, und vom Newskij-Prospekt kamen weitere Polizisten, schwärmten zum Podium aus, wo der Zar noch immer stand.

Innerhalb von Sekunden war die Schießerei beendet. Ob Soldaten in der Festung die Terroristen überwältigten oder ob die Attentäter nach ihrem ersten Versuch flohen, ist unbekannt. Draußen auf dem Eis umringten Polizisten den vor Schreck gelähmten Zaren und gaben ihm sicheres Geleit. Im Palast war eine Kugel in der Nähe des Fensters eingeschlagen, an dem die

Zarinwitwe, ihre Tochter Olga und weitere Zuschauer dem Geschehen folgten. Ihre Schuhe und Röcke waren mit Glassplittern übersät, aber sie selbst waren nicht verletzt.

Es knallten keine Schüsse mehr. Es war vorbei. Die Plattform, auf der die abgebrochene Zeremonie stattgefunden hatte, wurde schnell abgeschlagen, die Blutflecken mit Schnee überdeckt. Am späten Nachmittag erinnerten nur noch die verstärkten Wachen rund um den Palast daran, daß der Zar beinahe erschossen, getötet worden wäre. Das Eisloch in der Newa war schnell wieder zugefroren, und die Wasserpolizei hatte ihre methodische Überprüfung des Eises wiederaufgenommen. Als der Abend kam, wurde die Kälte noch beißender, Nebel erhob sich über dem Fluß, und die Palastfenster glühten gelb. Im Hauptquartier der Geheimpolizei herrschte hektische Aktivität, und in den Arbeiterbezirken trafen sich die Streikenden, um ihre Forderungen zu diskutieren.

In Alix wuchs die Überzeugung, daß es den Beratern ihres Ehemannes an Urteilsvermögen fehlte und sie ihn schlecht berieten. Verängstigt und besorgt grübelte sie über eine Prophezeiung nach, die dem Hl. Serafim zugeschrieben wurde.

»Sie werden warten auf eine Zeit großer Not, die über das russische Land kommen wird«, lautete die Prophezeiung, »und an einem festgelegten Tag, zu einer festgelegten Stunde werden sie aufstehen in einer allgemeinen Rebellion überall im russischen Land.« Sicherlich lebten sie in einer Zeit großer Not, sicherlich bestand die Gefahr einer großen Rebellion. Die Prophezeiung sagte weiter voraus, daß viele Soldaten sich den Rebellen anschließen würden, daß »viel unschuldiges Blut vergossen werden wird, es wird in Strömen über das russische Land fließen«. Die Zarin sandte Boten in das Kloster in Sarow und bat um Abschriften von Serafims Prophezeiungen. So beängstigend die Unruhen auch waren – für sie war es tröstlich zu wissen, daß sie kein zufälliges Chaos, sondern Teil eines größeren göttlichen Planes waren, den der Heilige vorausgesehen hatte.

Am Sonntag, dem 9. Januar 1905, schien die Prophezeiung wahr zu werden.

Tausende Arbeiter versammelten sich in Gruppen in verschiedenen Teilen der Stadt, um zu demonstrieren. Sie wollten sich auf dem Palastplatz treffen und dem Zaren eine Petition übergeben. Sie waren verärgert, zornig, hungrig und verzweifelt – aber dennoch hoffnungsvoll, denn die Mehrheit von ihnen glaubte, daß Zar Nikolaus es gut mit ihnen meine, sich um ihr Wohlergehen sorge und sicher mit Mitleid reagieren werde, wenn er ihre Beschwerden hörte und sah, wie sehr viele von ihnen litten.

Unter der Anleitung ihres Führers und Sprechers Vater Gapon, dem Gründer der Gapon-Gesellschaft, hatten sie eine Petition aufgesetzt, die den Zaren dazu aufrief, ihnen in ihrer extremen Not zu helfen.

»Wir Arbeiter und Einwohner der Stadt St. Petersburg, von unterschiedlichem Rang und Stand, unsere Ehefrauen, Kinder und hilflosen alten Eltern, sind zu Euch gekommen, Herr, um Gerechtigkeit und Schutz zu suchen.«

Sie waren zu Bettlern geworden, sagten die Bittsteller. Sie waren überarbeitet, völlig unterbezahlt, gezwungen, als Sklaven zu leben. Sie hatten sich geschworen, eher zu sterben, als noch länger die Demütigung und Erbärmlichkeit ihrer Lage zu ertragen. Der Zar war ihre letzte Hoffnung.

»Herr! Ist dies [ihre Armut] in Übereinstimmung mit Gottes Gesetzen, durch deren Gnade Ihr regiert? … Ist es besser zu sterben – für uns alle, das sich quälende Volk von ganz Rußland –, zu sterben und zuzulassen, daß die Kapitalisten (die Ausbeuter der Arbeiterklasse) und die Bürokraten (die die Regierung berauben und das russische Volk ausplündern) das Leben weiter genießen?«[2]

So wehmütig die Petition auch klang – in den Augen der kaiserlichen Minister war sie subversiv und dazu geeignet, die gesellschaftliche Ordnung zu unterminieren. Und die Demonstration, die die Bittsteller planten, war ganz offensichtlich illegal. Die Polizei und das Militär hatten nach dem Attentatsversuch auf den Zaren bei der Wassersegnung ein Versammlungsverbot erlassen. Sie hatten nichts gegen Vater Gapon, ja sie ermutigten und unterstützten ihn sogar. Er war ihnen lieber als die kurz zuvor gegründeten sozialistischen Parteien – die Menschewiki und die Sozialrevolutionäre – mit ihren Kampagnen für einen gewaltsamen Umsturz oder die Konstitutionellen Demokraten mit ihren Forderungen nach einem Ende der Autokratie und der Gründung einer konstitutionellen Monarchie. Aber in dem launischen Klima von Petersburg, mit so vielen Zehntausenden Arbeitern ohne Lohn und Brot und so viel aufrührerischer Rhetorik in der Luft, so viel Gewalt und so vielen Anreizen zur Gewalt, war es eine Einladung zum Desaster, die Versammlung einer großen Menschenmenge, egal zu welchem Zweck, zuzulassen.

Illegal oder nicht, die Versammlung wuchs am Morgen des 9. Januar mit großen Gruppen von Marschierern, die sich in verschiedenen Stadtteilen trafen. Die meisten waren Arbeiter und Arbeiterinnen, aber es waren auch viele Kinder dabei, und selbst alte, schwache Menschen nahmen an der Prozession teil.

Die wachsame Polizei tat nichts, um die Mengen zu zerstreuen, die auf mehrere tausend Teilnehmer anwuchsen. An der Spitze jeder Gruppe, an langen Stöcken hochgehalten, schwankten große Porträts des Zaren und Ikonen, Kreuze und Fähnchen mit religiösen Symbolen. Hier und dort sah man eine weiße Fahne mit der ahnungsvollen Botschaft: »Soldaten! Schießt nicht auf das Volk.«

Es war fast Mittag, als sich die Demonstranten, Kirchenlieder singend, zu ihrem Ziel aufmachten. Sie waren nicht weit gekommen, als deutlich wurde, daß sie den Palast nicht erreichen würden. Man hörte Warnschüsse, die den Demonstranten befahlen umzukehren, sich zu zerstreuen, aber dennoch gingen sie weiter, in ihrer Bewegung schwer zu stoppen, mit unerschütterlicher Entschlossenheit und so lautem Gesang, daß er vielleicht manchmal die Warnungen übertönte.

Plötzlich erklangen Hornsignale, und die Marschierer sahen entsetzt, wie berittene Grenadiere mit blanken Säbeln auf sie zu galoppierten. Hinter der Kavallerie kam die Infanterie, Gewehr im Anschlag.

Schnell und wirksam machten sich die Soldaten ans Werk, führten ihre Befehle aus, die Kavalleristen schlugen auf die unbewaffneten Demonstranten ein, die Fußsoldaten schossen sie nieder. Ungläubigkeit verwandelte sich bald in Panik, die Bittsteller zerstreuten sich, schreiend vor Schmerz und Angst, in alle Himmelsrichtungen. Viele aber waren verwundet, Dutzende blieben tot zurück. Das Durcheinander war furchtbar, das Blutbad entsetzlich. Beobachtern schien es, daß eine friedliche religiöse Prozession auf einen Angriff kalkulierter Brutalität traf. »Eine ruhige, würdige, unbewaffnete Menschenmenge marschiert in einen Kavallerieangriff und die Visiere der Gewehre hinein – ein furchtbarer Anblick«, schrieb einer von ihnen.[3]

Doch die Demonstranten leisteten schnell Widerstand. Aus Handkarren, Wagen, Möbelstücken begannen sie Barrikaden zu errichten. Manche kletterten auf die Dächer der Häuser und warfen Steine auf die Soldaten unter ihnen. Andere brachen in Waffenläden ein und bewaffneten sich. Rufe nach Revolution wurden laut, improvisierte Reden für eine bewaffnete Revolte wurden gehalten, rote Fahnen wehten über dem Ganzen. Manche Petersburger, die am Anfang des Tages Sympathien für die Demonstranten gehegt hatten, bekamen Angst vor ihnen, als die Schießerei begann. Sie verbarrikadierten ihre Türen und Fenster und brachten sich im Keller in Sicherheit.

Mehrere Stunden lang herrschte Chaos in der Hauptstadt. Einige Gebiete wurden von Scharmützeln und Plünderungen erschüttert, während andere, wie etwa die Alexander-Gärten, relativ ruhig blieben, die Gärten voller Spaziergänger und Kinder, die im Schnee spielten und auf dem Eis ihre Runden zogen. Ab und zu donnerten Gewehrsalven. Kosaken ritten vorbei, mit gezogenen Schwertern auf der Jagd nach Aufständischen. Noch lagen Leichen in manchen Straßen, dunkles Blut befleckte den Schnee an vielen Stellen, und als der Nachmittag voranschritt, brachten Angehörige der Toten Särge, um sie wegzutragen. Schließlich endeten die Zusammenstöße zwischen dem Militär und den Demonstranten, und Soldaten rissen die Barrikaden nieder. Die

Attacken einzelner Soldatentrupps gingen jedoch weiter, sie feuerten wild in Gruppen von Zuschauern, als ob sie ihren Blutdurst einfach nicht bezähmen könnten.

Niemand zählte die Toten, aber am Ende des Tages mögen es drei- bis vierhundert gewesen sein, vielleicht auch doppelt so viele. Wenigstens tausend weitere waren verwundet, viele von ihnen schwer.[4] Abgesehen von der schieren Zahl der Verletzten schockte die Petersburger – und bald auch den Rest der Welt, denn Berichte gingen sofort via Telefon und Kabel an alle ausländischen Hauptstädte – vor allem die unmenschliche Grausamkeit der Angriffe: die vielen Säbelhiebe, das gnadenlose Gewehrfeuer, das absichtliche Niedertrampeln von alten Menschen und das schonungslose Vorgehen auch gegen Kinder.

Die einzige mögliche Schlußfolgerung daraus war, daß dem Zaren seine Untertanen nicht nur egal waren, sondern daß er sogar ihr Abschlachten angeordnet hatte. Dies war der Zar vom Chodynkafeld, der Zar, der nichts getan hatte, um die Hungersnot zu lindern, und der seine Minister das Land hatte ausplündern lassen. Dies war der Zar, der die russischen Armeen in die Niederlage gegen die Japaner geführt hatte. Jetzt hatte er seine wahre Natur aufs Herzloseste gezeigt.

Jetzt war wirklich, wie der Hl. Serafim vorausgesagt hatte, unschuldiges Blut vergossen worden, und es floß in Strömen über das russische Land.

Wie um die Bedeutung dieses Blutvergießens zu betonen, war ein Signal, eine Vision am Himmel zu sehen gewesen. Viele Menschen hatten am Nachmittag des 9. Januar eine Erscheinung gesehen. Manche beschrieben sie als dreifache Sonne, andere als einen gewaltigen Kreis, der die Sonne umgab und ihre Strahlen auslöschte.

Es war ein Vorzeichen für eine Katastrophe, ein Hinweis darauf, daß sicher noch Schlimmeres folgen würde.

Alix war am Tag der Unruhen nicht in Petersburg gewesen. Auf Drängen ihrer Minister hatten sie, Nicky und die Kinder Zuflucht in Zarskoje Selo gesucht, wo die Zahl der Soldaten, der

Polizisten und Geheimpolizisten erhöht wurde. Telegramme in Rekordzahl erreichten das Alexanderpalais aus Europa und Amerika, verkündeten Empörung über das Blutbad und verurteilten den Zar, weil er seine eigenen Untertanen niedermetzeln ließ. Unter den Augen eines Großteils der Welt war Nikolaus II. zum Schurken geworden, und Alix fühlte sich verpflichtet, ihn zu verteidigen.

»Glaube nicht all das Schlimme, was die ausländischen Zeitungen schreiben«, schrieb sie ihrer Schwester Victoria in England. »Sie lassen einem die Haare zu Berge stehen – widerliche Übertreibung. Ja, die Truppen waren leider gezwungen zu schießen. Wiederholt hatte man die Menschenmenge aufgefordert zurückzugehen und erklärt, daß Nicky nicht in der Stadt sei (da wir diesen Winter hier verbringen) und daß man gezwungen wäre zu schießen, aber sie schlugen die Warnungen in den Wind, und so wurde Blut vergossen.«[5]

Die vielen Toten und Verletzten waren »gräßlich«, das gab sie zu, aber wenn die Soldaten nicht geschossen und die Kavallerie nicht angegriffen hätte, wäre die Menge »kolossal« gewachsen, und es hätte im Gedränge noch mehr Tote und Verletzte gegeben. Im Grunde hatte die Militärattacke die Masse vor sich selbst geschützt.

In ihrem Brief gab Alix dem Innenminister Fürst Swjatopolk-Mirskij die Schuld (»All diese Unruhen verdanken wir seiner unentschuldbaren Torheit«), dem Mangel an guten Beratern, die dem Hof zur Verfügung standen, den politischen Extremisten, ja sogar Petersburg selbst (»eine durch und durch korrupte Stadt, kein Atom russisch«). Sie holte sogar noch weiter aus und beschuldigte den verstorbenen Zaren Alexander III.; seine Politik, sich und seine Familie zu isolieren, habe die Zahl der verläßlichen Beamten schrumpfen lassen, so argumentierte sie, was wiederum zu einem Mangel an »echten Männern«, wie sie es nannte, geführt habe – einen Mangel an denjenigen, die weder zu schwach noch zu liberal noch zu engstirnig waren, um ihrem Mann von Nutzen zu sein.

In dieser ihrer ersten wirklichen politischen Krise zeigte Alix ihre Sympathien und ihre Vorurteile. Sie war zuerst und vor allem loyal und fühlte mit ihrem Gatten, stand in deutlichem Gegensatz zu jedem, den sie als eine Bedrohung seiner Autorität wahrnahm. Daß ihm persönliche Stärke, Überzeugungskraft und Durchsetzungsfähigkeit fehlten, muß sie nur zu klar gesehen haben, denn sie drängte ihn ständig, kraftvoller und bestimmter aufzutreten. Aber sie sah auch, daß, wie sie es ausdrückte, »sein Kreuz schwer zu tragen« war, daß »er ein bitteres, hartes Leben zu führen hatte« und daß er dafür sorgfältig, wenn auch großteils ineffektiv, arbeitete. Ihre Sympathie für ihn und ihre Verachtung für alle, die ihre Gefühle nicht teilten und die die Bemühungen ihres Gatten nicht anerkannten, waren so überwältigend, daß sie ihre Objektivität in Mitleidenschaft zogen.

Sie sah, daß Rußland Reformen brauchte, und glaubte, daß Reformen möglich waren, »sanft, mit größter Vorsicht und Vorbedacht«. Aber sie beurteilte die Schwere und Intensität des Aufruhrs, den die Reformkräfte angezettelt hatten, falsch: die Entzauberung des Zaren selbst und der Autokratie, die weite Kreise erreicht hatte, das Aufbegehren gegen die Schäden, die durch die Wirtschaftspolitik der Minister entstanden waren, die große Sehnsucht nach Veränderungen und vor allem die tiefe Bitterkeit in der Arbeiterschaft.

Wenn Alix die Ereignisse des Januar 1905 nicht objektiv betrachten konnte, lag das auch teilweise daran, daß sie sich Sorgen um ihren Sohn machte.

Baby Alexej, ein schönes Kind mit heller Haut und dunklem Haar, war eine Quelle der Freude wie auch der ständigen Sorge. Jungen mit der englischen Krankheit starben fast immer sehr früh; wie sehr Alix und andere auch aufpaßten, wie oft sie auch zu der Ikonenwand neben ihrem Bett betete, Alix wußte, daß ihr Sohn ständig in Lebensgefahr schwebte. Wenn sie zusah, wie er gebadet oder angekleidet wurde, wenn sie ihn auf dem Schoß hielt, ihn wiegte oder ihm etwas vorsang, suchte sie ständig seine Arme und Beine, besonders seine Ellenbogen und Knie, ab und hielt Ausschau nach den blauen Schwellungen, die innere Blutungen anzeigten.

Wenn sich die gefürchteten Flecken entwickelten, schwollen die winzigen Gelenke an und wurden steif, das überschüssige Blut drückte auf die Nerven, und das Baby schrie vor Schmerz. Man konnte nichts tun. Die Ärzte waren hilflos, und der kleine Alexej litt Stunde um Stunde, bis er erschöpft, aber nicht in der Lage, etwas zu trinken oder zu schlafen, jammernd mit weißem Gesicht dalag und aussah, als ob er sterben müsse.

Jeder Anfall, das wußte Alix, konnte sein letzter sein. Viele Babys, deren Blut nicht richtig gerann, starben noch im ersten Lebensjahr. Alix durchlebte und durchlitt diese Krisen mit ihrem Sohn, vertraute auf den Schutz durch Philippe, war aber dennoch ängstlich und abgespannt. Es war schwer für sie, sich nicht ganz der Verzweiflung zu überlassen.

Die Zarin hatte jetzt mit ihren eigenen Krankheiten, ihren Migräneanfällen ebenso zu kämpfen wie mit den ständigen Provokationen ihrer feindseligen angeheirateten Familie. Dazu wurden ihr die Schwierigkeiten ihres Mannes wie auch die Bedrohung der ganzen kaiserlichen Familie durch dem Thron feindlich gesinnte Kräfte immer deutlicher bewußt. Es war eine dunkle Zeit für sie. Ihr Mund war eine harte Linie, ihre Lippen fest aufeinandergepreßt, ihre Augen traurig. Sie war noch nicht dreiunddreißig, aber ihr Ausdruck war der einer verhärmten Frau mittleren Alters, einer vom Pech verfolgten Frau – einer Frau, die, wie sie manchmal sagte, das Pech immer mit sich trug.

Wenn sie so dasaß und auf ihren Sohn herabschaute, den Sohn, den der Hl. Serafim ihr nach so vielen Jahren des Wartens und der Enttäuschung geschenkt hatte, dann betete sie aus ganzem Herzen darum, daß er errettet werden möge. Ihre Vernunft jedoch sagte ihr, daß Alexej, nach menschlichem Ermessen jedenfalls, nicht lange zu leben hätte. Wenn nicht Hilfe von göttlicher Seite käme, würde er bald einer der schrecklichen Blutungen zum Opfer fallen und damit alle ihre Hoffnungen wie die der Romanow-Dynastie mit ins Grab nehmen.

18

Philippe Vachot war tot. Die Nachricht erreichte den Palast Ende Juli oder Anfang August 1905, sechs Monate nach den Unruhen in Petersburg, die als Blutsonntag in die Geschichte eingingen. In Lyon war er plötzlich zusammengebrochen.

Philippe war tot, aber sein Todestag war von Bedeutung: Es war der Tag des Hl. Elija, und laut Bibel war Elija nicht gestorben, sondern in den Himmel aufgefahren. Philippe hatte seinen Bewunderern erklärt, daß er nicht mehr lange leben werde, daß sich seine Mission auf Erden dem Ende nähere und daß sein Geist sich, sobald er seinen irdischen Leib verlassen habe, einen anderen Mann aussuchen und durch ihn weiterleben werde.

Dieser tröstende Gedanke, daß Philippe oder sein Geist vielleicht einen anderen Körper gefunden habe, milderte die Verzweiflung, die Alix bei dieser Nachricht aus Frankreich empfunden haben muß. Philippe, davon war sie überzeugt, hatte ihre Familie geschützt, und diesen Schutz brauchten sie jetzt nötiger als je zuvor.

Im Februar des Jahres hatten Attentäter eine Bombe in Sergejs Kutsche geworfen, die seinen Leib in Fetzen riß. Die Geheimpolizei war der Ansicht, daß dieser Mord nur der erste in einer Serie geplanter Anschläge auf den Zaren und seine Verwandten sei; die Familie wagte aus Angst um das eigene Leben nicht, an Sergejs Begräbnis teilzunehmen. Nur wenige Wochen später war eine noch viel hinterhältigere Verschwörung aufgedeckt worden. Zwei Terroristen wurden festgenommen und legten unter Druck das Geständnis ab, daß sie sich als Mitglieder des

Hofchores hatten verkleiden wollen. Sie wollten Bomben unter den Chorroben verstecken und sie bei der Ostermesse mitten in die Zarenfamilie werfen, um alle zu töten.

Die Tatsache, daß die Terroristen nur Stunden vor dem geplanten Massaker gefaßt wurden, fachte die Furcht der kaiserlichen Familie an. Obwohl sie von Polizisten und Wachen umgeben und praktisch von Beschützern erdrückt wurden, wären sie beinahe ausgelöscht worden.

Ihr Alltag im Frühjahr und Sommer 1905 hatte etwas Surreales. Eingesperrt hinter den Eisentoren des Alexanderpalais in Zarskoje Selo oder in der Festung Gatschina, ständig nicht nur ihrer eigenen Gefährdung bewußt, sondern auch der Verbrennung von Getreide auf dem Lande, der Anschläge, Streiks, Rebellionen und des allgemeinen Chaos, versuchten sie soweit wie möglich dasselbe Leben zu führen wie in weniger aufgeregten Zeiten. Die neunjährige Olga und die achtjährige Tatjana lernten Englisch und Französisch, gingen reiten und begleiteten zusammen mit ihrer sechsjährigen Schwester Maria und der vierjährigen Anastasia ihren Vater auf langen Spaziergängen – immer unter schwerer Bewachung. An schönen Tagen wurde der kleine Alexej, eingepackt in weiche Pelze, in einen Korb gelegt, auf einen Esel geschnallt und von einem Knecht mit Zylinder einen Gartenpfad entlanggeführt.

Es gab sogar Familienpicknicks mit Tischen voller Köstlichkeiten unter den Bäumen und gemütlichen Spaziergängen nach dem Essen im Park.

Es war bei einem solchen Picknick, als die Nachricht von der entscheidenden Seeschlacht im Krieg gegen Japan Nikolaus erreichte. Die Neuigkeiten hätten nicht schlimmer sein können; die russische Flotte, die er von der Ostsee ins Japanische Meer geschickt hatte, um die Landstreitkräfte zu schützen, hatte im Kampf mit der japanischen Flotte vor der Insel Tsuschima in der Koreastraße eine verheerende Niederlage erlitten. Die Flotte war ausgelöscht, genau wie fast hunderttausend russische Soldaten bei der Landschlacht von Mukden im März desselben Jahres.

Der Zar wurde bleich, als er die schreckliche Nachricht las, sagte aber nichts. Er nahm den Verlauf des Krieges stoisch hin, ebenso wie das soziale Chaos und die Drohungen gegen ihn selbst und seine Familie. Sein angeborener Fatalismus kam zum Vorschein. Er rauchte eine Zigarette, strich sich über den Bart und schloß sich wieder dem Picknick an.

Der Krieg war verloren, die schwerwiegenden Schwächen in Rußlands Armee und Marine lagen offen. Nicky akzeptierte das Angebot des amerikanischen Präsidenten Theodore Roosevelt, die Friedensverhandlungen zu leiten, und im Hochsommer waren die Gespräche im Gange.

Alix, gereizt und rebellisch durch die ständige erdrückende Überwachung, fand einen Weg, der Geheimpolizei zu entkommen. Mit den Kindern oder einer Hofdame ließ sie eine Kutsche kommen und schickte die Pagen, die üblicherweise hinten auf der Kutsche mitfuhren, sowie den uniformierten Kosaken, der sie sonst immer lenkte (ein auffälliges Zeichen ihres Status), fort. So fuhr sie in die Wälder, befahl dem Kutscher, wenig benutzte Straßen zu wählen. Von Zeit zu Zeit ließ sie anhalten und stieg aus, führte die Kinder an einen See oder einen Aussichtspunkt, betrat einen Laden oder eine kleine Kirche, um ein Gebet zu sprechen.[1] Sie fuhr gern langsam durch das Dorf in der Nähe des Palastes, schaute aus dem Fenster und beobachtete, was die Menschen in den Häusern gerade taten.

Diese heimlichen Kutschfahrten, bei denen die Zarin ihre Leibwächter und die Geheimpolizei austrickste, waren gefährlich, nicht nur wegen der durchaus vorhandenen Möglichkeit, daß die Kutsche mit einer Bombe in die Luft gejagt würde, sondern auch wegen der Gefahr eines Unfalls. Wenigstens einmal überschlug sich die Kutsche, in der sie saß, nach einem Zusammenstoß mit einem Fahrradfahrer. Niemand wurde verletzt, aber die Lage war unangenehm, da keine Pagen da waren, die hätten zu Hilfe eilen können, und keine Soldaten, um die Zarin und ihre Begleiter heimzueskortieren.

Nach außen zumindest war Alix 1905 in der Blüte ihres

Lebens. »Die Zarin war damals noch immer eine schöne Frau«, schrieb Pierre Gilliard, der Französischlehrer der Großfürstinnen. »Sie war groß und schlank und hielt sich wunderbar. Aber all dies verschwand in dem Moment, in dem man ihr in die Augen schaute – jene sprechenden graublauen Augen, die die Gefühle einer empfindsamen Seele widerspiegelten.«

Welche Gefühle ihre Augen enthüllten, sagte Gilliard nicht, aber Härte und Angst und ein nagender Kummer waren sicher dabei – und die Qual, sich die Sorge um ihren Sohn nicht anmerken zu lassen. Sie sah großartig aus – aber sie war emotional und körperlich überlastet, wurde ständig von anderen enttäuscht und offenbarte eine halsstarrige Seite in ihren gelegentlichen Wutausbrüchen ihren Dienern gegenüber, ihrer Verachtung für die Wachen und ihrer zunehmenden Dominanz gegenüber ihrem Ehemann. Resigniert und passiv, wie Nicky war, gewöhnte er sich daran, Alix ihren Willen zu lassen, in großen wie in kleinen Dingen. Ihre Beziehung hätte kaum tiefer oder inniger sein können, gestört nur sehr leicht durch solche durchaus erträglichen Irritationen wie etwa, wenn Alix ihren Gatten wachhielt, weil sie »ihre englischen Lieblingskekse im Bett knabberte«.[2] Dennoch veränderte sich eine wichtige Dynamik zwischen ihnen allmählich: Wenn Entscheidungen getroffen werden mußten, war es mehr und mehr Alix, die sie traf.

Ihre Kriegsarbeit ging weiter. Auch wenn die letzten Schlachten geschlagen waren und Friedensgespräche stattfanden, kamen immer noch Tausende Verwundeter in die Hauptstadt; Verbandsmaterial, warme Kleidung und gestrickte Socken, medizinisches Material und Decken wurden immer noch gebraucht, und Alix beschrieb sich selbst als »ständig mit Nähen beschäftigt«. Neben ihrem Nähsaal gründete sie noch ein Heim für kriegsversehrte Seeleute im Park von Zarskoje Selo und eine Schule für Krankenschwestern und Dienstmädchen, deren Leitung sie anderen übertrug.[3]

Sie war ständig beschäftigt, mit der sorgfältigen Aufsicht über ihre Kinder, deren Schulstunden und Garderobe – worauf sie ebensoviel Zeit verwandte wie auf ihre eigene, Listen und Inventare anfertigte, alle sechs Monate neue Kleider bestellte und oft die Schränke der Kinderzimmer durchging und aussortierte, was abgetragen war –, dazu noch ihre zeitaufwendige Fürsorge für bedürftige und kranke Bedienstete und Angehörige des Haushaltes. Auch das Briefeschreiben kostete viel Zeit. Aber dann, mitten in der Arbeit, spürte sie das Heraufziehen eines Migräneanfalls und mußte sich auf die Chaiselongue im malvenfarbenen Zimmer legen, einen Spitzenschal über die Beine gezogen, seidene Vorhänge vor den Fenstern, damit das Licht sie nicht schmerzte. Zumindest nach Meinung eines Familienmitglieds verschlechterte sich Alix' Gesundheitszustand nach Alexejs Geburt und der Diagnose der Bluterkrankheit. Sie wurde »unruhig und besorgt«, ihr »Charakter veränderte sich ebenso wie ihre körperliche und moralische Gesundheit«.[4]

Nachdem sie das Üben nach Alexejs Geburt wegen Schmerzen in den Beinen und Kurzatmigkeit hatte aufgeben müssen, kehrte Alix zu ihrem früheren Zeitvertreib, dem Singen und Klavierspielen, zurück. Jede Woche kam Professor Kündinger in den Palast, um einige Stunden lang Klavierduette zu spielen, und Madame Irezkij, ihre Gesangslehrerin, bildete ihre Stimme aus. Alix hatte eine Altstimme und sang gern Duette mit Sopranen. Manchmal sangen bekannte Sängerinnen aus der Oper oder Damen aus ihrer Gefolgschaft mit ihr. Ihre behinderte Ehrendame Sonia Orbeliani, die im Palast lebte, gab Musikfeste in ihren Gemächern, bei denen ausgebildete Pianisten und Sänger die Gäste unterhielten; die Zarin war oft in dieser kleinen Zuhörerschaft zu finden, aber sie war viel zu schüchtern und zurückhaltend, um selbst etwas zum besten zu geben.

Privat spielte sie gerne auf einem ihrer vielen Flügel, allein oder mit Olga, die ein frühreifes musikalisches Talent besaß. Sie setzte sich ans Klavier, nahm ihre Ringe ab, warf sie auf den nächsten Tisch oder Stuhl und begann zu spielen. Viel später vermißte sie dann die Ringe, rief ihre Ehrendamen zusammen und befahl ihnen, sie zu suchen – immerhin waren sie sehr wertvoll, wie etwa ihr Verlobungsring mit dem rosa Diamanten. »Dadurch entstand manchmal beträchtlicher Ärger«, schrieb Martha Muchanowa, »weil sie nicht immer gleich aufzufinden waren, und eine hektische Suche im ganzen Palast begann, bis sie schließlich an irgendeinem völlig unmöglichen Ort auftauchten.«[5] Irgendwann müssen die Ehrendamen gelernt haben, mit ihrer Suche in der Nähe der vielen Flügel zu beginnen.

Im August 1905 reiste Nicky mit dem Zug nach Pskow und nahm Alix und seine Schwester Olga mit. Alix schrieb den Kindern: »Papa und Tante Olga machen gerade einen Spaziergang in den schönen Wäldern; mir tun meine alten Beine zu weh zum Laufen, deshalb bin ich zu Hause geblieben«, begann sie. »Jetzt hat der Regen endlich aufgehört. Heute vormittag sind wir ganz schön eingeregnet worden; mein neues wasserdichtes Cape war völlig durchnäßt. Wir haben viele Soldaten gesehen; Kavallerie, Infanterie und Artillerie. Die Landschaft hier ist sehr hübsch.«

Sie beschrieb, wie sich, als sie in einem Dorf hielten, viele Bauern um sie scharten und eine Frau sich nach der Gesundheit der Großfürstinnen erkundigte und fragte, warum sie nicht im Zug seien. Der Zar und die Zarin wurden mit Brot und Salz begrüßt und mit Blumen aus den kleinen Gärten hinter den Holzhäusern.

»Wie es euch allen wohl geht?« fuhr Alix fort. »Ich bin ganz traurig so ohne meine süßen kleinen Mädchen. Daß du mir auch schön artig bist, und denk immer dran: beim Essen nicht aufstützen, gerade sitzen und das Fleisch ganz aufessen. Ich küsse euch alle zärtlich.«[6] Alexej oder »Baby-Zar«, wie sie ihn nannte, zahnte gerade und war unter der Fürsorge seiner Kinderfrauen und Hofärzte zurückgelassen worden. »Ich hoffe, es geht ihm gut und er hat keine Schmerzen«, schrieb Alix. Wenn er einen Anfall bekommen hätte, wäre sie gerufen worden.

Die gewalttätigen Revolten setzten sich im Herbst 1905 in vielen Teilen Rußlands fort und schienen zu eskalieren, als das Jahr weiter voranschritt. Auf dem Lande um Pskow war zur Zeit des Zarenbesuchs gerade alles ruhig, aber die Ruhe täuschte, denn in vielen Provinzen brannten Mitglieder einer gerade gegründeten Bauerngewerkschaft Getreide nieder, ermordeten ihre Gutsherren und griffen Regierungsbeamte an. Im Kaukasus gab es blutige Straßenkämpfe, bei denen die Rebellen von den Fenstern ihrer Häuser aus auf Truppen feuerten. Erschöpfte Soldaten, die aus dem Krieg gegen die Japaner auf Truppenzügen zurückkehrten, fanden sich unverhofft unter Feuer; nachdem sie monatelanges Artilleriefeuer, Seuchen und sehr knappe Essensrationen überlebt hatten, standen sie jetzt einer feindlichen russischen Bevölkerung gegenüber, die eine politische Veränderung erzwingen wollte.

Mitten in dem eskalierenden Chaos ging die Zarenfamilie für einen zweiwöchigen Urlaub an Bord der Yacht *Polarstern*. Das Wetter war außerordentlich schön in jenem September 1905, die Ostsee blau und glatt, die Wolken hoch und weiß, die Brise mild. Alix machte Bilder von den Kindern mit ihrer Boxkamera, zeichnete sie mit Farbstiften und saß im Gespräch mit ihrer liebsten neuen Hofdame Anna Wyrubowa auf dem Deck des Schiffes, mit großen Strohhüten vor der starken Sonne geschützt. Die Yacht kreuzte zwischen den vielen kleinen Inseln vor der finnischen Küste, und die Familie ging zum Wandern an Land; Nicky ging auf Vogeljagd, und die Kinder schwammen, wateten und fingen Käfer und Fische.

Telegramme aus dem Palast berichteten von der sich schnell verschlechternden Situation – Moskau war praktisch durch die sich ausbreitenden Streiks lahmgelegt. Die Banken arbeiteten nicht, weil die Angestellten die Arbeit verweigerten; es fuhren keine Züge und Straßenbahnen, kein Brot wurde gebacken, keine Zeitung gedruckt, keine Waren produziert. Es gab noch nicht einmal mehr fließendes Wasser, denn die Ingenieure und Wartungsarbeiter hatten ihre Posten verlassen. Die Nahrungsmittelpreise stiegen unaufhörlich. Nach ein paar Tagen kamen keine Telegramme mehr, denn auch die Telegrafenämter waren nicht mehr besetzt. Jetzt trat die wahre Tragweite der Krise deutlich vor Augen. Moskau war gelähmt, und diese massive Lähmung übertrug sich auf andere Städte – bald würde Petersburg ohne Arbeiter, ohne Kommunikationsmittel, ohne irgendeine Ordnung sein.

Diese Krise hatte eine Größenordnung erreicht, wie man sie in Rußland bisher noch nie erlebt hatte, nicht einmal zur Zeit Katharinas der Großen, als der berühmte Rebell Pugatschow ein Drittel des Reiches unter seine Kontrolle gebracht hatte. Jetzt ging es nicht um einen Rebellenführer mit Hunderttausenden Anhängern, sondern um Millionen Unzufriedener, die zusammen auf ein Ziel hinarbeiteten – das Land an den Rand eines katastrophalen Chaos zu bringen und so Reformen zu erzwingen.

Die *Polarstern* kehrte von ihrer Odyssee zurück, und die Zarenfamilie wurde unter schwerer Bewachung wieder in Zarskoje Selo untergebracht.

Alix verglich die chaotischen Wochen des Oktober 1905 mit einer sehr schweren Geburt. Eine neue Ordnung erblickte langsam und unter Schmerzen das Licht der Welt, hervorgeholt durch die brutale Hebamme der Revolution. Der Zar war durch Unentschlossenheit paralysiert; sollte er versuchen, die Unruhen gewaltsam zu unterdrücken (ein zweifelhaftes Unterfangen in Anbetracht der Unzufriedenheit unter den Soldaten), was die Zusicherung von bürgerlichen Rechten und Repräsentation bestenfalls verzögern würde, oder sollte er dem dringenden Rat seines Ersten Ministers Witte folgen und sich den Forderungen der Revolutionäre beugen?

Er spürte das Gewicht der Verantwortung deutlich, die Last, mit seiner Person die Ehre des Hauses Romanow repräsentieren zu müssen. Jahrhundertelang hatten seine Vorfahren autokratische Macht ausgeübt. Wenn er plötzlich mit dieser Tradition brechen und die Macht des Thrones mit anderen teilen würde, wie maßvoll auch immer, dann bedeutete das in seinen Augen, daß er die Krone selbst aufgegeben hatte. »Man kann sich die Qualen nicht vorstellen, die es mich gekostet hat«, schrieb er seiner Mutter. Dennoch drängte ihn Witte fast stündlich zu der Erkenntnis, daß kein anderer Weg offenstehe, daß er einige konstitutionelle Rechte zugestehen müsse, und sein Cousin Nikolaj Nikolajewitsch, der in dramatischen Auftritten großspurig und polternd in den Salons des Alexanderpalais auf und ab marschierte, wuchs in Gegenwart des Zaren über sich hinaus und drohte, sich zu erschießen, wenn die notwendigen Veränderungen nicht eingeleitet würden – und zwar sofort.

Die Gäste im Palast in jenem Oktober, beunruhigt und voller Furcht, erschauderten, wenn sie den Salon betraten und an einer Wand Seite an Seite Porträts von Zarin Alexandra und Marie Antoinette hängen sahen. In Anbetracht der Anarchie in den Städten, des Landraubs und der Morde an Gutsherren auf dem Lande wandten sich ihre Gedanken natürlich der Französischen Revolution und den mit ihr verbundenen Grausamkeiten zu. Marie Antoinette und ihr wohlmeinender Gatte Ludwig XVI. waren unter der Guillotine gestorben, weil ihre Untertanen immer mehr politische Rechte forderten. Wenn der Zar seinen Untertanen Konzessionen machte, wie sicher würde sein Thron dann sein? Wie sicher sein Leben und das seiner Familie?

In einer solchen Umgebung konnten Alix' Bemühungen, eine Fassade erhabener Sorglosigkeit aufrechtzuerhalten und Dinnerparties zu geben, kaum Erfolg haben. Schon bald gab sie ihre nutzlosen gesellschaftlichen Anstrengungen auf, sprach ihre Gebete und gab sich Mühe, Nicky das zu sagen, was er ihrer Ansicht nach hören mußte – und sie wartete auf seine Entscheidung.

Die Finsternis der Anarchie setzte den Zaren immer stärker unter Druck. Mit lärmenden Stimmen in den Ohren und sich der wachsenden Gefahr für Leib und Leben immer bewußt, bat Nikolaus am 17. Oktober 1905 um die Papiere, die Witte vorbereitet hatte, und setzte seinen Namen darunter. Er versprach, eine gewählte Versammlung, eine Duma, zuzulassen und, in den Worten des Manifests, »dem Volk die unerschütterlichen Fundamente der bürgerlichen Freiheit zu gewähren auf der Grundlage wahrer Unverletzlichkeit der Person, Gewissens-, Rede-, Versammlungs- und Vereinigungsfreiheit«. Er gestattete die Organisation von Gewerkschaften und politischen Parteien.

Im Grunde setzte Nikolaus die Reformen fort, die sein Großvater Alexander begonnen hatte, als er die Leibeigenen befreite und die ersten wirklichen Veränderungen in Gang setzte.

Aber wie sein Großvater rief er Reformen ins Leben – und schreckte dann zurück. Innerhalb weniger Wochen nach Verlautbarung seines Manifests hatte er das Militär angewiesen, Revolutionäre, streikende Arbeiter, alle, die ihre Opposition gegen die Regierung kundtaten, zu bestrafen. Verhaftungen, Exekutionen, die großflächige Zerstörung von Häusern und Dörfern wurden über den Winter hinweg fortgesetzt, zusammen mit brutalen Judenpogromen in vielen Städten. In einer Stadt nach der anderen, einem Dorf nach dem anderen ritten Dragoner ein und legten Feuer an Scheunen, in denen Nahrungsmittel lagerten, töteten Tiere, brannten Häuser nieder. Es gab Massenexekutionen, willkürliche Blutbäder und mutwillige Zerstörung.

Tausende starben bei diesen Vergeltungsaktionen – und dennoch hatten die Revolutionäre gewonnen. Die Rechte waren gewährt worden. Innerhalb eines einzigen Jahres war der Zar gezwungen worden, seine absolute Macht abzugeben und die Niederlage gegen die Japaner einzugestehen, ihnen die Hälfte von Sachalin zu überlassen und die Mandschurei zu evakuieren.

Die alte Ordnung war zusammengebrochen. Und statt Ruhe zu bringen und den Frieden wiederherzustellen, brachten die Reformen Forderungen nach neuen Reformen und neue Gewalt hervor.

Abgeschlossen unter Bewachung in Zarskoje Selo, belagert von beängstigenden Gerüchten, immer in der Angst, daß eines Tages mit Dynamit bewaffnete Verschwörer ihren Weg ins Alexanderpalais finden und sie alle in die Luft jagen könnten, in Sorge um den Zarewitsch und ohne den tröstenden und schützenden Einfluß von Philippe, wartete die Zarenfamilie auf Nachrichten, die per Kurier aus Moskau und Petersburg zu ihnen kamen, während die Tage kürzer wurden und die Dunkelheit sie einhüllte.

In ihrer Angst und Isolation hörten sie von Bischof Theophan,

Alix' Beichtvater und Leiter des Theologischen Seminars in Petersburg, und von Nickys Beichtvater, Vater Alexander, von einem Heiler aus Sibirien, der jetzt in Petersburg lebte und außergewöhnliche Gaben des Gebets sowie Heilkräfte und die Fähigkeit, in die Zukunft zu schauen, besitzen sollte. Diesem Vater Grigorij wurden Hunderte Wunderheilungen zugeschrieben. Vor allem war er angeblich in der Lage, »das Blut zu verzaubern«, den Blutfluß von einem Teil des Körpers in einen anderen zu kontrollieren und sogar das Bluten von Wunden zu stoppen.

Auch Miliza und Stana kannten Vater Grigorij und seine bemerkenswerten Heilungen, und sie erzählten Alix und Nicky von ihm.

Der Sibirier wurde an den Hof gebracht und durch die Batterie aufmerksamer Wachen vor das Zarenpaar geführt. Er stand dort in ihrer Mitte, ein Bauer mittleren Alters mit langem, rötlichem Haar und einem ungepflegten Bart, ungewaschen, und redete in kurzen Ausbrüchen eines beinahe unverständlichen Russisch mit dem Akzent des Gebiets um Tobolsk. Sein Gesicht war von tiefen Narben durchzogen und verwittert, seine Zähne schwarz und vernachlässigt, und seine leuchtenden Augen rollten wie die eines Verrückten, wenn er sprach. Aber da war eine Wärme in seiner Gegenwart, ein Strahlen, das Alix und Nicky von zahllosen anderen Treffen mit Heilern und Medien vertraut war, zuletzt von Philippe Vachot. Vater Grigorij redete immer weiter, sprang schnell von Thema zu Thema, zitierte aus der Bibel, sagte die Zukunft voraus und umhüllte seine Zuhörer mit dem warmen Mantel seines Charismas. Sie hörten aufmerksam zu, dann hingen sie an seinen Lippen, denn seine Präsenz war beeindruckend, und seine Worte schienen das Gewicht des Göttlichen zu haben.

Hatte Philippe nicht versprochen, daß sein Geist in einen anderen Mann fahren und in diesem weiterleben werde? Vielleicht war Vater Grigorij dieser andere Mann, diese zweite Gestalt des mächtigen Franzosen, der die Familie so lange geschützt hatte. Vielleicht war Vater Grigorij von Gott geschickt, um das

Werk fortzusetzen, das Philippe begonnen hatte. Alix war sich dessen sicher, sobald sie ihn gesehen und seine Worte gehört hatte. Und je sicherer sie wurde, desto hoffnungsvoller blickte sie in die Zukunft, denn wenn sie und ihre Familie nur im Wirkkreis von Vater Grigorijs Macht blieben, wie sie einst in dem von Philippe gewesen waren, dann brauchten sie sich vielleicht nie wieder Sorgen zu machen.

19

Als Nickys Schwester Olga Vater Grigorij zum ersten Mal sah, war sie entsetzt über seine Primitivität. Seine kehlige, abstoßende Stimme, seine unkontrollierten Gesten, seine Angewohnheit, den Kopf nach hinten zu werfen und die Augen zu rollen, während er sprach, ließen ihn wie ein Wesen aus den sibirischen Wäldern erscheinen – ein Mann und doch mehr als ein Mann, eher eine ursprüngliche Kraft, eine Naturgewalt mit der rohen Reinheit eines Wasserfalls oder einer Lawine.

Und zu dieser rohen natürlichen Vitalität kam noch eine weitere, sehr faszinierende Eigenschaft: ein tiefes und echtes spirituelles Gefühl, das sich in Zartgefühl und Frömmigkeit ausdrückte.

»Als ich ihn sah«, schrieb Olga, »spürte ich, daß Sanftheit und Wärme von ihm ausstrahlten. Alle Kinder schienen ihn zu mögen. Sie waren ganz entspannt in seiner Nähe. Ich erinnere mich noch an ihr Lachen, als der kleine Alexej, der beschlossen hatte, er sei ein Kaninchen, durch den Raum hüpfte.«[1] Und dann ganz plötzlich nahm Vater Grigorij das Kind bei der Hand und führte es in sein Schlafzimmer, und die Erwachsenen folgten.

»Es herrschte atemlose Stille, als wären wir in einer Kirche. In Alexejs Schlafzimmer brannten keine Lampen; das einzige Licht kam von den Kerzen, die vor einigen schönen Ikonen brannten.« Vater Grigorij neigte den Kopf zum Gebet, und der kleine Alexej wurde ganz still.

»Das alles war höchst eindrucksvoll. Ich wußte auch, daß mein kleiner Neffe sich seinem Gebet anschloß. Ich kann es wirklich nicht beschreiben – aber ich war mir damals der absoluten Aufrichtigkeit dieses Mannes bewußt.«[2]

Zum Zeitpunkt seines Zusammentreffens mit der Zarenfamilie war Vater Grigorij einer von zahlreichen Starzen oder Stranniki in Petersburg, oft unkultivierte Männer mit plumper Sprache, die sich in Bauernkleidung hüllten und ungehobelte Manieren und Vorlieben zeigten. Viele lebten unglaublich ausschweifend, hielten Orgien ab, tranken schwer, prügelten sich und wurden zum öffentlichen Ärgernis; die meisten waren der Polizei wohlbekannt. Ihre Unmoral und ihr vulgäres Betragen waren Teil ihrer Theologie der »Errettung durch Sünde«, wonach sie mit Lust sündigen mußten, um danach die errettende Wirkung bis zum Maximum auskosten zu können.

Adlige Damen luden heilige Männer in ihre Salons ein, ebenso wie Miliza und Stana Medien und Heiler um sich scharten. Die Patronage der hochgeborenen Damen in Kombination mit den Heilungen des Starez sicherte ihnen eine große Gefolgschaft und ein gutes Auskommen. Viele von ihnen überwarfen sich mit dem Klerus, wurden irgendwann denunziert und aus der Hauptstadt vertrieben. Vater Grigorij war eine Ausnahme – er hatte die Unterstützung mehrerer prominenter Angehöriger der Kirchenhierarchie, lebte, als er nach Zarskoje Selo eingeladen wurde, schon mehrere Jahre in Petersburg und genoß wegen seiner Heilungen wachsendes Ansehen.

Seine Herkunft und sein Vorleben blieben im Dunkeln. Einige wenige unsichere Einzelheiten waren bekannt: daß sein Name Grigorij Jefimowitsch Nowij war und daß er aus dem Dorf Pokrowskoje in der Provinz Tobolsk in Sibirien stammte, daß er eine Frau, zwei Töchter und einen geistig verwirrten Sohn hatte (die Ehefrau und die Töchter kamen manchmal in die Hauptstadt und wohnten bei ihm) und daß er früh im Leben den Spitznamen »Rasputin« erhalten hatte, was »der Zügellose« oder »der Vagabund« bedeutete.

Ein Vagabund, so behauptete er, sei er auch gewesen. Nachdem er Pokrowskoje verlassen hatte, war er weit herumgekommen, hatte seine lasterhafte Vergangenheit bereut, war mit den Eisenketten des reuigen Pilgers an den Füßen von einem Kloster zum anderen gezogen und hatte um Almosen gebettelt. Er sagte, er sei bis nach Jerusalem gekommen.[3] Überall hatte er Kranke geheilt, auch kranke Tiere, das Blut verzaubert und die Zukunft vorhergesagt. Sein Name wurde bekannt. Schließlich fand er den Weg nach Petersburg, wo er bei einem Priester wohnte.

Nach seinem ersten Besuch bei Hofe dauerte es nicht lange, bis sich Vater Grigorijs Ruhm noch weiter verbreitete. Seine Wohnung wimmelte von Menschen, die alle geduldig auf seinen Segen warteten. Ein Besucher beschrieb die Szene: »Für einen Fremden muß Rasputins Wohnung wie ein Irrenhaus ausgesehen haben«, schrieb er. Nachdem er eine »dunkle, modrig riechende Halle« passiert hatte, betrat der Neuankömmling ein Wartezimmer »voller Menschen vom frühen Morgen bis spät in die Nacht. Ganz Rußland schien hier repräsentiert zu sein: Bauern in Lederwesten und hohen Stiefeln, die nach Erde und Mist rochen ... ein Offizier der Garden in einer großartigen Uniform ... würdige Dorfpriester saßen imposant und bewegungslos, die Bärte über ihren fetten Brustkörben, auf denen große Kreuze an dicken Ketten ruhten.«[4] Studenten, Journalisten, Künstler und Bankiers saßen dort. Aber die meisten Anhänger Vater Grigorijs waren Frauen, Bauernmädchen, Adlige, »ältere Frauen voller heiliger Begeisterung«.

Es war eine gemischte Gruppe von Frauen, die den Starez umgab, adlige Damen in Seide und Diamanten, verkrüppelte Großmütter aus der Provinz, Matronen aus der Mittelschicht, alle warteten darauf, daß Vater Grigorij ihnen seine schmutzige Hand zum Kuß hinstreckte, daß er ihnen Tee oder Madeira anbot. Ihre Hingabe war absolut. Sie kamen, brachten Blumen und andere Geschenke und blieben stundenlang, saßen an seinem Tisch mit der nicht allzu sauberen Decke, fielen ein, wenn er in Gesang ausbrach, aßen die schwarzen Roggenkekse, die er verteilte – oder wickelten sie wie Reliquien in Taschentücher. Die Glücklichen unter ihnen bekamen Vater Grigorijs abgelegte Kleider – verblichene, stinkende Hemden –, die sie ehrfürchtig trugen und die ihnen Glück bringen sollten.

Die Ärzte der Hauptstadt waren verblüfft von Vater Grigorijs Heilungen und versuchten ihn als geldgierigen Scharlatan bloßzustellen, scheiterten jedoch. Zu viele zuverlässige Zeugen hatten gesehen und berichtet, daß die Heilungen echt waren; ob sie durch Hypnose erreicht wurden oder ob, wie der Starez nicht müde wurde zu betonen, die Kraft Gottes durch ihn wirkte, machte letztendlich keinen Unterschied.[5] Sein eigener Glaube in seine Fähigkeiten erweckte bei anderen Vertrauen und Glauben. Was den Vorwurf der Habgier betraf, so fiel auch der in sich zusammen, wenn man sich Vater Grigorijs bescheidene Lebensweise und seine Gewohnheit, das Geld dankbarer Klienten weiterzuverschenken, ansah. Er war nicht arm, und er war klug genug, seine finanziellen Angelegenheiten geschickt zu handhaben, aber er hatte wenig Besitz – selbst die Möbel in seiner Wohnung gehörten ihm nicht.[6]

Vater Grigorij auch nur ansatzweise objektiv zu beurteilen ist sehr schwierig für jeden, der von der Zeit und Kultur Rußlands um 1905 so weit entfernt ist wie wir. Die außergewöhnliche Verehrung, die man religiösen Gestalten entgegenbrachte, der alles durchdringende Glaube, das aufgeheizte religiöse Klima – all dies trennt den modernen Leser von der Welt, in der »der Zügellose« aufstieg. Vater Grigorijs Zeitgenosse Johannes von Kronstadt, ein Heiliger, der wundersame Heilungen vollbrachte, alles, was er besaß, verschenkte und sich dem Dienste an den Armen widmete, wurde von einer Gemeinschaft von Frauen verehrt, die in ihm den auferstandenen Jesus sahen. In einem Anfall von religiösem Wahn fielen die Frauen das Objekt ihrer Verehrung an und bissen ihm ins Fleisch, bis er blutete.[7] In einer Zeit, in der so extreme religiöse Praktiken wie Selbstgeißelung, Selbstkastration und sogar Massenselbstmord zum religiösen Leben in den Provinzen gehörten – aber natürlich nicht üblich waren –, erschienen wundersame Heilungen als ein relativ gemäßigtes und ganz und gar glaubwürdiges Phänomen.

Sicherlich gewannen Vater Grigorijs Kräfte 1907 an Glaubwürdigkeit, als der Zarewitsch nach einem Sturz in den Gärten von Zarskoje Selo innere Blutungen hatte. Unter furchtbaren Schmerzen schwoll sein Bein an, das Fieber stieg immer weiter. Die Hofärzte, die davon ausgingen, daß er nicht lange leben würde, und schon überrascht waren, daß er das dritte Lebensjahr erreicht hatte, waren sicher, daß diese Krise im Tod enden würde, und reagierten hilflos und verängstigt. Beobachter sahen, daß sie »untereinander flüsterten« und resignierte Blicke tauschten.[8]

Während seine Eltern am Bett wachten, ging es Alexej von Stunde zu Stunde schlechter. Sein Gesicht war eine weiße Maske, seine Augen hatten dunkle Ringe und schauten trübe. Sein grotesk verdrehtes Bein stand in einem seltsamen Winkel ab. Er weinte, konnte sich aber nicht bewegen, so schlimm waren die Schmerzen.

In den frühen Morgenstunden kam Vater Grigorij aus Petersburg an. Er stand am Fuß des Bettes des Zarewitsch und neigte den Kopf, und alle im Zimmer beteten mit ihm.

Niemand hat festgehalten, was in den nächsten Stunden geschah, aber als Alexej später an diesem Morgen erwachte, grenzte die Veränderung, die mit ihm vorgegangen war, wirklich an ein Wunder. Er setzte sich im Bett auf, mit geröteten Wangen, strahlenden Augen, sein Bein hatte die normale Größe und Form zurückgewonnen. Als die vor Staunen sprachlosen Ärzte ihm die Temperatur maßen, war sie normal. Der Anfall war vorbei.

Skeptiker versicherten einander, daß es nur ein glücklicher Zufall war, daß der Junge sich nach dem Besuch und den Gebeten des Starez erholt habe, daß der Rückgang der Blutungen und Schwellungen in seinem Bein natürliche Ursachen gehabt haben müsse. Aber die Ärzte betonten immer wieder, daß der Körper normalerweise niemals so schnell wieder hätte genesen können. Hätten die inneren Blutungen von selbst aufgehört, dann hätte es Tage gedauert, bis sich das angesammelte Blut im Bein allmählich abgebaut hätte und die Schwellung und das Fieber zurückgegangen wären.[9]

Für Alix war die bemerkenswerte Heilung ein weiteres Zeichen dafür, daß Gott ihr Schicksal und das ihrer Familie lenkte. Vater Grigorij war ein Geschenk Gottes. Im Leben der Zarenfamilie war eine mysteriöse göttliche Symmetrie am Werke; der Zarewitsch war mit einer potentiell tödlichen Krankheit zur Welt gekommen, aber fast zur selben Zeit hatte Gott mit dem sibirischen Heiler ein Gegenmittel gegen die Krankheit geschickt. Damit war das Gleichgewicht wiederhergestellt, ihre Gebete erhört. Solange sie glaubte und auf Gott vertraute, würde alles gut werden.

Sie kämpfte mit all ihrer beträchtlichen Willenskraft darum, sich diesen Glauben zu bewahren, als ihr fünfunddreißigster Geburtstag näher rückte. Das Gesicht, das sie der Welt zeigte – einer Welt, die sich jetzt weitgehend auf das Anwesen von Zarskoje Selo beschränkte –, war mürrisch und verschlossen, die Augen zusammengekniffen, der Mund schmal mit herabgezogenen Mundwinkeln. Sie wirkte wie eine Frau unter emotionaler Belagerung, im Kampf gegen das Leben. Sie sprach von sich selbst nicht nur als »Pechvogel«, sondern auch als »Sorgenvolle«, und sie hatte vieles, worüber sie sich Sorgen machen mußte.[10]

Da war nicht nur ihr einziger Sohn, der unheilbar krank war und nur durch die Gnade Gottes am Leben erhalten wurde, oder die ständigen sozialen Unruhen und harten Repressionen, die die Zukunft Rußlands bedrohten, oder auch die Verschwörungen gegen das Leben des Zaren und ihr eigenes, die trotz der äußersten Vorsichtsmaßnahmen der Polizei und des Militärs immer wieder aufgedeckt wurden – es war auch die Feststellung, daß ihr lieber, geduldiger Gatte sich als immer schwächerer Herrscher erwies und sie die Stärke und Willenskraft aufbieten mußte, an der es ihm mangelte.

Sie sah keine Alternative. Die neue Regierungsform, die als Reaktion auf die soziale Krise in Kraft gesetzt worden war, blieb instabil und aus ihrer Sicht ein Werk von mediokren Gestalten. Die erste Duma, die im April 1906 zusammentrat und politisch von den unerfahrenen liberalen Delegierten der Kadettenpartei dominiert wurde, steckte in Schwierigkeiten, und die kaiserlichen Minister waren schwach und wankelmütig. Die Romanow-Familie, jetzt gespalten in Fraktionen mit der tyrannischen Tante Miechen als Gegenpol, die sich vehement gegen Alix wandte und alle Fäden zog, damit der Zar zugunsten seines Bruders Michail abtrat, bot keinen praktischen Rat oder Unterstützung, nur Kritik und Beschwerden. Was Alix' eigene Verwandte anging, so scheint ihr Bruder Ernie ihr keine wichtigen Ratschläge gegeben zu haben – und zudem war sein Ansehen in Rußland nicht gerade das Beste, weil durch seine Scheidung von Ducky Nickys Cousin Kyrill die Gelegenheit bekommen hatte, diese zu heiraten, woraufhin Kyrill in Ungnade gefallen und verbannt worden war. Alix' Schwestern schrieben oft und kamen von Zeit zu Zeit nach Rußland, aber weder die mitfühlende Irene noch die zupackende und sehr viel ältere Victoria hatten offenbar einen wirklichen Einfluß auf sie, und Ella, deren Leben durch die Ermordung Sergejs erschüttert worden war, befand sich gerade in einem persönlichen Entwicklungsprozeß, der sie immer weiter von ihrer jüngsten Schwester wegführte.[11]

Ella wandte sich einem Leben in Askese zu, verwandelte ihr Schlafzimmer in Illinskoje in einen kargen Raum wie die Klosterzelle einer Nonne, ohne Möbel, die Wände voller Ikonen. Sie bewahrte die blutigen Kleider, die ihr Mann an seinem Todestag getragen hatte, in einem großen hölzernen Kreuz auf, das an der Wand hing. Ella wie Alix fanden neue Kraft in ihrem Glauben, aber wo Alix Hilfe in einer persönlichen Beziehung zum Starez suchte, wandte sich Ella der orthodoxen Klostertradition zu. Sie verschenkte ihren Schmuck und ihre schönen Kleider, führte ein schlichtes Leben und nahm sich jene Schwestern zum Vorbild, die jede Verbindung zur Welt aufgegeben hatten und sich im Namen Christi ganz den Werken der Nächstenliebe widmeten.

Ella und Alix wurden einander fremd, und für Alix zeigte sich damit nur noch klarer, daß sie mit ihrer Verantwortung allein war oder sich zumindest allein fühlte – allein, abgesehen von Vater Grigorij. Und ihr Glaube war zwar stark, aber doch nicht unerschütterlich. Es gab Momente, in denen ihre Sicherheit ins Wanken geriet, besonders wenn sie krank war; es gab Momente, in denen ihre Angst wuchs und ein Gefühl der Panik aufkam.

Es herrschten unglaublich unruhige Zeiten; die bisher unangefochtenen Autoritäten wurden gestürzt, feste Grenzen bröckelten, politische Institutionen verwandelten sich und keine ordnende Hand schien den Übergang in eine neue Ära zu weisen. Voraussagen einer nahe bevorstehenden Apokalypse durchzogen die Literatur, die Theaterstücke, die Salongespräche; manche sagten, daß das Nahen des Halleyschen Kometen, der für 1910 erwartet wurde, ein Zeichen der Endzeit sei, andere, daß die jüngste Entdeckung eines Mammuts im Eis Ostsibiriens, das Jahrtausende lang unversehrt erhalten geblieben war, mehr als nur wissenschaftliche Bedeutung habe.[12] Petersburger, die vor dem riesigen haarigen Tier standen, das jetzt in der neu errichteten Rotunde des Zoologischen Museums aufgestellt war, zeigten sich beeindruckt von seiner schieren Größe, seinen riesigen furchteinflößenden Stoßzähnen; sie schienen in ihm ein Zeichen ihrer eigenen Vergänglichkeit zu sehen, eine Erinnerung daran, daß alle menschlichen Einrichtungen, wie uralt sie auch scheinen mochten, immer nur einen flüchtigen Moment in der langen Zeit der Schöpfung ausmachten und leicht durch eine einzige schreckliche Katastrophe hinweggefegt werden konnten.

Auch in den schönen Künsten, denen Alix immer hingebungsvoll zugetan gewesen war, galten plötzlich die alten Ordnungs- und Deutungsprinzipien nicht mehr. In der Musik und der Kunst wurden wilde Urkräfte freigesetzt; Kakophonie und Chaos regierten, entsetzten Zuhörer und Museumsbesucher (und begeisterten eine kleine, aber aufnahmefähige Gruppe von Musikliebhabern und Kunstsammlern). Der Zarin, die eher einen Sinn für großartige wagnerianische Offenbarungen von harmonischem Zusammenklang und mystischer Transzendenz hatte, schienen die neuen Kunstrichtungen brutal und erschreckend. Die »Kultur des 20. Jahrhunderts« war für sie eine Kultur der Unmenschlichkeit, und sie benutzte den Ausdruck als Schimpfwort.[13]

In den gesellschaftlichen Beziehungen lösten sich die traditionellen Regeln auf, und dies war nirgends deutlicher zu beobachten als in der Zarenfamilie selbst, wo die immer schwächere Autorität des Zaren der zentrifugalen Wirkung einer vorherrschenden Tendenz zur Freizügigkeit (der Zar nannte es Selbstsucht) nichts entgegenzusetzen hatte. Alix beobachtete mit äußerstem Mißfallen die Auflösung von Ehe- und Familienbanden, die steigende Zahl von Scheidungen bei den Romanows, die Mißachtung der Loyalität gegenüber der Familie und der Integrität der Nachfolge.

Alexejs Krankheit blieb ein wohlgehütetes Geheimnis, und ganz allgemein ging man davon aus, daß er, wenn die Zeit kam, Nachfolger seines Vaters werden würde. Doch er war der einzige Sohn, und ein Unfall oder ein Mordanschlag (in diesen Jahren immer eine echte Gefahr) konnte ihn plötzlich dahinraffen. Die nächsten in der Thronfolge (die Töchter waren durch Gesetz ausgeschlossen) waren immer schnell dabei, ihren Patriarchen bloßzustellen und seine Autorität zu mißachten, setzten aber auch leichtfertig ihre eigenen, gesetzlich festgelegten Thronrechte aufs Spiel. Der Zarenbruder Michail liebte eine der Hofdamen, Dina Kossikowskaja, und bat Nicky, einer morganatischen Ehe zuzustimmen. Nickys alternder, herrischer Onkel Wladimir, der nächste Thronerbe nach Michail, hatte die Familie durch Ausschweifungen im Ausland entehrt, und was Wladimirs Söhne betraf, so war Kyrill wegen seiner Ehe mit Ducky im unfreiwilligen Exil, Boris war ein verantwortungsloser Playboy, und Andrej lebte mit Nickys früherer Geliebten, der Ballettänzerin Matilda Ktschessinskaja zusammen; wenn er sie heiratete, würde auch er verbannt werden.[14]

Auch viele andere weiter unten in der Reihe der Erbfolge waren skandalumwittert. Wladimirs Bruder Alexej hatte eine Reihe von anrüchigen Beziehungen gepflegt und lebte mit einer Schauspielerin in Paris; sein Bruder Pawel war ins Exil geschickt

Zar Nikolaus II. und Zarin Alexandra in den 300 Jahre alten Krönungsgewändern der ersten Romanows, 1894.

Großherzog Ludwig IV. von Hessen mit Gattin Alice und den Kindern Ernst Ludwig, Elisabeth und Alix.

Großfürst Sergej Alexandrowitsch mit seiner Braut Elisabeth von Hessen, 1884. Die Hochzeit ihrer älteren Schwester »Ella« war der Anlaß für Alix' erste Reise nach St. Petersburg, wo sie ihren Cousin und späteren Mann »Nicky« kennenlernte.

Familienporträt anläßlich Königin Victorias 75. Geburtstag am 24. Mai 1894. Links hinter der Jubilarin der russische Thronfolger Nikolaus mit seiner Verlobten Prinzessin Alix von Hessen, davor sitzend der deutsche Kaiser Wilhelm II.

Gruppenbild der kaiserlichen Familie, 1890. Zar Alexander III. mit Gemahlin Maria Fjodorowna, den Kinden Xenia (ganz links), Nikolaus (hinter der Mutter), Michael (mit Hund), Olga (2. Reihe, Dritte von links) und Angehörigen.

Zarskoje Selo, Großer Katharinenpalast. Außenansicht mit Schloßplatz, um 1889.

Zar Alexander III. und Maria Fjodorowna suchten für ihren ältesten Sohn und Thronfolger eine Gemahlin königlicher Abstammung und gaben nur zögernd die Einwilligung zur Heirat mit der deutschen Prinzessin Alix von Hessen.

Zarskoje Selo, Großer Katharinenpalast. Das prunkvolle Vorzimmer zum Großen Saal.

Nikolaus II. verbreitete nicht die autoritäre Aura, die man von einem Herrscher über das riesige russische Reich erwartete. Der Zar hatte einen freundlichen und sanftmütigen Charakter, war tiefreligiös und von eher schwärmerischer Natur.

Obgleich schön und intelligent litt Alexandra unter einem schüchternen Wesen. Ihre Unsicherheit erschwerte es der jungen Zarin, sich gegen die Intrigen der dominanten Zarinmutter zur Wehr zu setzen.

Gruppenbild der kaiserlichen Familie, um 1915. Von links: Großfürstin Tatjana, Großfürstin Maria, Nikolaus II., Zarin Alexandra, Großfürstin Anastasia, Großfürst-Thronfolger Alexej, Großfürstin Olga.

Zarin Alexandra mit ihren Töchtern Olga, Tatjana und Maria, um 1900/1901.

Nikolaus II. und Alexandra mit dem Thronfolger Alexej, 1908.

Das Alexanderpalais wurde am Ende des 18. Jahrhunderts von Giacomo Quarenghi für den späteren Zaren Alexander I. gebaut. Hier verbrachte Nikolaus II. mit seiner Familie den größten Teil seiner letzten Jahre.

Der Besuch des russischen Kaiserpaares in Potsdam am
8. November 1899. Kaiser Wilhelm II. und Kaiserin Auguste
Viktoria begrüßen die Gäste auf dem Bahnhof.

Zwischenfall bei der Segnung des Wassers der Newa durch Zar Nikolaus II. in St. Petersburg 1905.

Die feierliche Eröffnung der ersten Duma im April 1906.
In der Mitte Zar Nikolaus II. mit Zarin Alexandra und Zarinmutter Maria Fjodorowna.

Zarin Alexandra mit ihren Töchtern Anastasia, Tatjana, Maria und Olga an Bord eines russischen Kriegsschiffes in Sewastopol am Schwarzen Meer.

Rasputin bei der Zarin Alexandra zum Tee, um 1900. Der Mönch und Wunderheiler Rasputin genoß das uneingeschränkte Vertrauen der Zarin. Sein wachsender Einfluß bei Hof rief vor allem in Kreisen konservativer Adliger wachsende Empörung hervor.

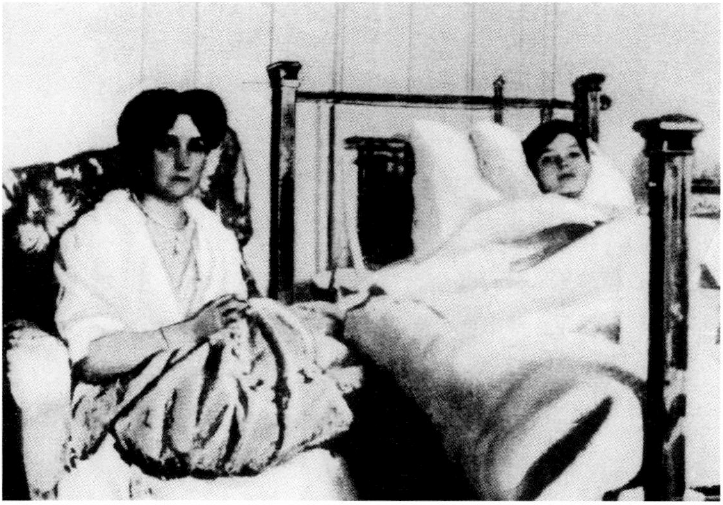

Zarin Alexandra am Krankenbett ihres Sohnes Alexej, undatiert.

Zar Nikolaus proklamiert am 2. August 1914 auf den Balkon des Winterpalastes den Beginn des Krieges.

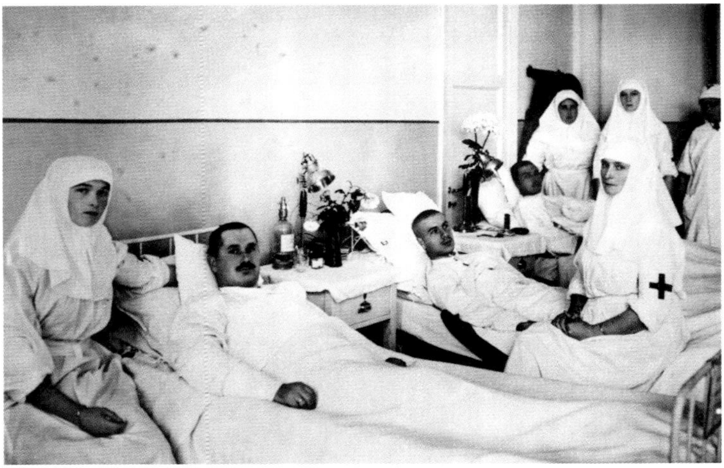

Die Zarin (sitzend rechts) in einem von ihr eingerichteten Lazarett für verwundete Offiziere in Zarskoje Selo, 1915. Im Vordergrund links Großfürstin Olga, im Hintergrund die Hofdame und Vertraute Alexandras, Anna Wyrubowa, mit Großfürstin Tatjana.

Zar Nikolaus überreicht seine Abdankungsurkunde im kaiserlichen Zug in Pskow, 15. März 1917.

Der berühmte Schuß des Panzerkreuzers »Aurora« gab 1917 das Signal zum Sturm auf den Winterpalast. Die russischen Revolutionäre versetzten dem Zarentum den Todesstoß.

Die Zarenfamilie nach der Abdankung unter Hausarrest in Zarskoje Selo, März 1917. Der Zar (Mitte), Großfürstin Tatjana und Gräfin Nastja Hendrikowa beim Anlegen eines Gemüsebeets.

worden, weil er eine Bürgerliche geheiratet hatte. Sandros älterer Bruder Michail hatte ebenfalls bürgerlich geheiratet und war schon einige Jahre zuvor nach England gegangen. Stana hatte sich von ihrem Ehemann scheiden lassen und Nickys Cousin, den Großfürsten Nikolaj, geheiratet, während Sandro und Xenia, bisher in jeder Hinsicht ein vorbildliches Paar, ihre eheliche Treue aufgegeben hatten und beide romantische Liebesbeziehungen zu anderen Partnern unterhielten. (Sie fanden schließlich einen Weg zu einer annehmbaren Versöhnung und führten ihre Ehe fort.)

Das ganze Familiengebäude der Romanows war ins Schwanken geraten, und Alix, die klar sah, daß ihr Gatte den Zusammenbruch nicht würde verhindern können, kümmerte sich selbst immer mehr um die unangenehme Aufgabe, beim Abstützen der unsicheren Mauern zu helfen. Es war keine neue Aufgabe; es war im Grunde eine Ausweitung der Rolle, die sie übernommen hatte, als sie Nicky heiratete: ihn zu ermutigen und zu unterstützen, ihm zu helfen, wenn er versagte. Nur versagte er jetzt sehr viel offensichtlicher, und ihre Fähigkeit, als seine Stütze und Halt zu handeln, ja eigentlich zu tun, wozu er nicht in der Lage war, würde vielleicht über Leben und Tod entscheiden.

Die klaren, kalten Wasser des Finnischen Meerbusens waren ruhig am Nachmittag des 11. September 1907, als die Yacht *Standart* langsam zwischen den Felseninseln vor der finnischen Küste kreuzte. Es war zwar schon spät im Jahr, aber die Luft trug noch eine schwache Wärme mit sich, und Alix, die wie gewöhnlich auf einer Couch auf Deck lag, mit Alexej und ihrer Vertrauten Anna Wyrubowa neben sich, beschäftigte sich abwechselnd mit Stickerei und Zeichnen.[15]

Es ist zu lesen, daß die Zarin auf der Yacht ruhiger war als fast überall sonst, vielleicht weil sie sicher sein konnte, daß ihrer Familie an Bord keine Angriffe drohten, wahrscheinlich aber deshalb, weil die Atmosphäre informell war und die Familie schon seit vielen Jahren mit den Besatzungsmitgliedern auf vertrautem Fuße stand.[16]

Alexej und die Mädchen fühlten sich auf der riesigen Yacht mit ihren bequemen Kabinen, einer Kapelle und ausgedehnten Quartieren für die Bediensteten ebenso sehr zu Hause wie im Alexanderpalais. Sie liefen in ihren blauen Matrosenanzügen die Teakholzdecks auf und ab, die schweren Seemannsjacken bis zum Hals zugeknöpft, den Mädchen flatterte das lange Haar hinterher. Olga, jetzt fast zwölf, schaute an der Reling über das durchsichtige Wasser zum leeren Horizont. Mit ihrer Intelligenz und ihrem offenen Wesen suchte sie nach Spaß und neuen Reizen, anders als die zehnjährige Tatjana, deren zärtliche, gefühlvolle Natur sie ihrer Mutter nahebrachte und sie zurückhaltender machte. Maria, mit acht die aktivste im Quartett der Töchter und diejenige, die am meisten um die Aufmerksamkeit der Eltern buhlte, sprang und rannte mit Hingabe herum, während die sechsjährige Anastasia die Besatzung ärgerte und Verstecken mit ihren Schwestern spielte. Die Zarin achtete nach einem Unfall im vorherigen Sommer besonders auf Anastasia, die damals beinahe ertrunken wäre, als eine plötzliche hohe Welle sie unter sich begrub und ihr die Luft aus den Lungen drückte.

Die Ruhe der einsamen Landschaft zog Nicky und Alix jeden Herbst hierher, die Weite der dunklen Kiefernwälder auf den verlassenen Inseln, die Stille, unterbrochen nur durch das Plätschern der kleinen Wellen an der kiesigen Küste und die Schreie der Vögel über ihnen. Hin und wieder kam ein Fischer ins Bild oder eine kleine Hütte zwischen den Bäumen, aber meist waren keine anderen Menschen zu sehen, nur die Weite von Himmel und Wasser, dichte Wälder und graue Küste.

Ein plötzliches Schlingern des Schiffes schreckte die Passagiere auf, sofort gefolgt von einem gewaltigen Zittern, einem heftigen Ruck des Rumpfes und dem entsetzlichen Krachen von Felsen gegen Metall. Das Schiff krängte schwer nach Lee, warf Passagiere wie Besatzung um und schickte sie alle taumelnd mit ausgestreckten Händen auf die Suche nach festem Halt.

Innerhalb von Sekunden gingen die Sirenen los, obwohl es kilometerweit niemanden gab, der sie hätte hören können. Die

Besatzung rannte auf dem sich neigenden Deck hin und her und hangelte sich von einem Handgriff zum anderen. Das Schiff war auf einen Felsen aufgelaufen, hörten die Passagiere. Unter der Wasserlinie war ein großes Loch gerissen worden. Das Schiff füllte sich mit Wasser und würde sinken.

Per Funk wurde eine Botschaft nach Kronstadt übermittelt, aber das war nur eine Formalität; selbst wenn Schiffe der kaiserlichen Marine losgeschickt worden wären, die Passagiere der *Standart* zu retten, hätten sie nicht durch die engen, flachen Gewässer zwischen den Inseln navigieren können. Zudem blieb gar keine Zeit für solche Rettungsunternehmen, denn das Schiff sank schnell.

Nikolaus verbrachte die wenige Zeit damit, mit der Stoppuhr in der Hand die steigende Wasserlinie zu beobachten, während die Besatzung schnell die Rettungsboote fertigmachte und sie mit Nahrungsmitteln und Wasser belud. Er verkündete seine Beobachtungen laut. Die *Standart* würde in weniger als zwanzig Minuten sinken, schätzte er.

Alix dagegen begann, der Crew Befehle zu geben. Sie nahm Alexej, rief ihre Töchter herbei, geleitete sie zum nächsten Rettungsboot und gab Befehl, die Kinder und die weiblichen Bediensteten zuerst abzufieren, wobei sie nur Anna Wyrubowa bei sich behielt. Nachdem sie das Herablassen der ersten Boote überwacht hatten, machten sie und Anna sich auf den Weg in die Kabinen. Es ging langsam voran, weil sich das Deck immer weiter neigte. Alix zog die Decken von den Betten und begann Schmuckkästchen, Medizinschränke und Schubladen auf die Leintücher zu leeren. Dazu kamen die Ikonen von den Wänden und warme Mäntel und Decken. Sie und Anna knoteten die Ecken der Tücher zusammen, trugen die so entstandenen Bündel auf Deck und hievten sie in die verbliebenen Rettungsboote.

Das alles geschah schnell, zu schnell für sorgfältige Überlegung. Alix und Anna bestiegen ein Boot, Nicky und der Rest der Besatzung verließen die Yacht, und in kürzerer Zeit, als Nicky berechnet hatte, waren alle sicher von Bord des sinkenden

Schiffes, das auf der Seite im ruhigen Wasser lag, immer noch schwimmend, aber allmählich tiefer und tiefer in den Fluten versinkend.

Sie waren einer Tragödie entgangen. Bald machte die Besatzung ein finnisches Schiff aus, winkte es herbei, und Passagiere und Crew wurden an Bord geholt und sicher auf einen der Dampfer gebracht, die das Gebiet von Kronstadt anliefen.

Als sie den Zwischenfall später Revue passieren ließ, zeigte sich eine der Passagierinnen, Fürstin Obolenskaja, beeindruckt vom »Einfallsreichtum und der Energie« der Zarin. Es war sie, und nicht ihr Ehemann, die sich um die Sicherheit von Familie und Begleitern bemüht hatte, die die Anstrengungen aller mobilisiert und es geschafft hatte, die Wertgegenstände aus den Kabinen zu retten. Ohne an sich selbst zu denken – sie hatte als letzte Frau das Schiff verlassen – und ganz von der Gefahr des Augenblicks bestimmt, hatte Alix gehandelt wie jemand, der zum Befehlen geboren war. Dieser Instinkt zu leiten, zu retten, das Kommando in einer Krise zu übernehmen, würde in den nächsten Jahren immer häufiger zur Geltung kommen.

20

Im Herbst 1907, kurz nach dem Unfall an Bord der *Standart*, wurde die Zarin wiederum krank und mußte sich ins Bett legen – dieses Mal für viele Monate.

Ihre Beine und ihr Rücken schmerzten sie so sehr, daß sie schon bei der kleinsten Bewegung aufschrie. Die Ärzte kamen täglich und gaben ihr Spritzen, abwechselnd ins rechte und ins linke Bein. Hinzu kamen ein Schwächegefühl, Müdigkeit, Fieber und Kopfschmerzen. Wochenlang lag sie beinahe bewegungslos, bestand aber darauf, jeden Tag ganz angekleidet zu werden, als würde sie ausgehen – sie mochte keine Morgenmäntel, weil sie nach Eitelkeit und Müßiggang aussahen –, und wartete ungeduldig auf Besserung.

Sie beschäftigte sich mit der allgegenwärtigen Stickerei und anderer Handarbeit, schrieb Briefe (häufig nachts, wenn sie vor Schmerzen nicht schlafen konnte), las, betete und ärgerte sich über die Untätigkeit. Sie war es gewohnt, fleißig zu arbeiten, meinte sogar immer, sie müsse sich beeilen, es gebe so viel zu tun.[1] Es entsprach ganz und gar nicht ihrer Natur, sich hinzulegen und auszuruhen, auch wenn ihr erschöpfter Körper Ruhe brauchte. »Sie war überzeugt«, schrieb Martha Muchanowa, »daß jede Stunde des Daseins eines Mannes oder einer Frau der Pflichterfüllung oder irgendeiner Beschäftigung gewidmet werden sollte.«[2] Eine leidenschaftliche Geschäftigkeit hatte sie immer schon ausgezeichnet, und ohne sie fühlte sie sich unnütz.

Sie kam sich nicht nur unnütz vor, sondern auch lästig. Die Ärzte diagnostizierten Herzstörungen, da ihnen auffiel, daß jede Anstrengung Alix ermüdete. Sie warnten Nicky, es gebe Anzeichen, daß seine Frau ernstlich erkrankt sei, was natürlich die Besorgnis aller Menschen um sie herum nur noch steigerte.[3] Zu ihrem Ischiasschmerz und ihrer Migräne kam nun die Sorge um ein schwaches Herz hinzu. Auch wenn Alix sich nie beklagte und nie zeigte, wie sehr sie litt, merkten ihre Familie und sogar die Hofdamen genau, daß sie wie nie zuvor gegen eine physische Krankheit ankämpfte. Es ließ ihr keine Ruhe, daß andere einen solchen »Wirbel«, wie sie es nannte, um sie machten, daß ihre Schwestern Angst um sie hatten und Irene sogar mit dem Gedanken spielte, eigens nach Rußland zu ihr zu fahren.

Weihnachten 1907 kam, und Alix war immer noch zu schwach, neben ihrem Mann zu stehen, als er das diplomatische Corps empfing, zu enerviert, um eine Aufführung von KRs Version der *Braut von Messina* im Palastgebäude zu gestatten.[4] Sie sei »sehr vorsichtig«, sagte er, vermeide durch Ruhe jede Anstrengung. Sie versuchte zu lesen und las zweifellos geistig anregende, anspruchsvolle Bücher, die sie immer schon vorgezogen hatte: Bücher über Astronomie, Naturgeschichte und Mathematik. (Geschichte erschien ihr langweilig, da sie sich mit »den Aussagen und Taten von Menschen [befaßt], die schon längst tot sind«.[5]) Vielleicht versuchte sie, Darwins *Von der Entstehung der Arten* noch einmal zu lesen, ein Buch, das sie schon seit langem bewunderte. In ihrem Zimmer stand ein Exemplar – sehr zum Entsetzen ihres Beichtvaters, der es für gefährlich hielt. Wenn sie las, bekam sie aber Kopfschmerzen, selbst bei der leichten Lektüre, die sie für gewöhnlich als frivol verachtete. Romane lenkten sie nicht ab und heiterten sie nicht auf, schon nach kurzer Zeit hatte sie den trivialen Handlungsverlauf satt.

Eines lenkte sie jedoch ab oder befriedigte zumindest ihre Sehnsucht nach Ordnung: Sie führte während der Krankheit sorgfältig Tagebuch, und sie achtete ebenso sorgfältig auf die Spitzen und Kleider in ihrem eigenen und in den Schränken ihrer Kinder. »Heute bin ich 49 Tage lang krank«, schrieb sie im Januar 1908 an ihre Tochter Tatjana. »Morgen fängt die achte Woche an.« An diesem 49. Tag lag sie lange im Dunkeln, in ihrem Kopf hämmerte es, ihre Beine schmerzten.

Sie war außerordentlich niedergeschlagen. »Wenn man sich krank fühlt, kommt einem alles viel schwerer zu ertragen vor«, schrieb sie einmal an Nicky. Mit der Krankheit, der Schwäche stelle sich die Schwierigkeit ein, »sich zu beherrschen«, räumte sie ein. Was früher hell und voller Hoffnung ausgesehen hatte, schien ihr jetzt trübe, und sie wurde überempfindlich, brach schnell in Tränen aus.[6]

Sie konnte sich nicht mehr beherrschen. Alix war mittlerweile mental und physisch geschwächt. Sie war niedergeschlagen, »verzweifelt«, wie sie ihrer Schwester Victoria über ihr Leben schrieb. Unablässig sprach sie, vor allem mit ihren Töchtern, über die Macht des Gebetes und die Unausweichlichkeit von Wundern, darüber, daß Gott nichts unmöglich sei, doch ihre Ängste konnte sie mit ihrem Glauben nicht besänftigen.[7] Statt dessen wechselte Alix, die jetzt Ende Dreißig war, in einen Bereich der Erkenntnis, in dem die Vernunft häufig strauchelte und von Ausgewogenheit keine Rede sein konnte. Sie hatte den Weg des gesunden Menschenverstandes verlassen und klammerte sich in dem Streben nach Klarheit und Seelenfrieden an die religiösen Gewißheiten, die sie in ihrer Kindheit beeindruckt hatten und die von Wundertätern wie Philippe und Vater Grigorij bestätigt wurden. Je dringlicher sie nach Erkenntnis strebte, desto stärker hielt sie daran fest, daß Gott alles lenkte; ihr fortwährendes Bedürfnis, den Vorrang ihres Glaubens zu bekennen, unterstrich jedoch eher dessen Unsicherheit. Der innere Konflikt, die Spannung zwischen Vertrauen und angstvollem Zweifel, ließ der Zarin keine Ruhe und verstärkte noch die »Aura des Leidens«, die andere wahrnahmen.

Ihre Krankheit wurde in den Jahren 1908 und 1909 mehr als je zuvor vor fremden Blicken verborgen, Jahre, in denen sie viel Zeit in völliger Abgeschiedenheit verbrachte. Sie zeigte sich sehr selten bei öffentlichen Anlässen. Sie ging zwar an Bord der *Standart* – nach dem Unfall in finnischen Gewässern wieder repariert – und reiste nach Liwadija und nach Peterhof, ja sogar bis nach Stockholm und Cowes in die Ferien und zu Familienbesuchen. Doch auf jeder Reise litt sie große Schmerzen; deshalb lag sie während eines Großteils der Zeit auf ihrer Couch in dem malvenfarbigen Boudoir in Zarskoje Selo oder auf der Terrasse bei Liwadija oder einfach auf einer Matratze auf dem Boden an der frischen Luft im Garten. Jedesmal wenn sie die Position änderte, jammerte sie und biß die Zähne zusammen, wenn die Schmerzen im Rücken und in den Beinen allzu stark wurden.

Die kaiserlichen Ärzte rieten ihr, eine Kur zu machen, nicht nur um ihre physischen Schmerzen zu lindern, sondern auch um ihre überreizten Nerven zu beruhigen, doch sie verwarf den Gedanken. Sie versuchte, den Eindruck zu erwecken, sie füge sich in ihr Schicksal. »Es macht mir nichts aus, abgesehen davon, daß ich meine Liebsten meinetwegen leiden sehe und daß ich meinen Pflichten nicht nachkommen kann. Aber wenn Gott einem so ein Kreuz schickt, dann muß man es tragen. Unsere geliebte Mama verlor auch schon früh ihre Gesundheit.«[8]

Es schien klar, daß sie ein für allemal »ihre Gesundheit verloren« hatte. Sie hatte keine Hoffnung, ihre ganze Lebenskraft wiederzuerlangen. Dennoch gab es Momente, in denen sie sich voller Tatendrang vom Bett oder von der Matratze erhob und im Zimmer umherlief oder, wenn sie draußen war, einen Hang hinaufstieg. Alle schauten ihr erstaunt nach, und die Dienstmädchen tuschelten untereinander, sie sei nie wirklich bewegungsunfähig gewesen und habe überhaupt keine Schmerzen gehabt. Natürlich hatte sie standhaft gewirkt, als sie bei dem Unglück auf der *Standart* Befehle erteilt und das Kommando übernommen hatte oder als sie die an Diphtherie erkrankte Anastasia gepflegt hatte. Damals war sie fünf Nächte lang fast nicht vom Bett ihrer Tochter gewichen, bis das Fieber endlich zurückging. In Wahrheit konnte man fast immer davon ausgehen, daß Alix vom eigenen Krankenbett aufstand, wenn andere ihrer Hilfe bedurften. Alle ihre Rettungsimpulse wurden ausgelöst, und sie handelte entsprechend, ohne zu zögern, gleich welche Krise eintrat.

Zwischen den Krisen überkam sie jedoch tiefe Müdigkeit und

Besorgnis. Außerdem litt sie an chronischen Schmerzen und einer Kurzatmigkeit, die auf ihr schwaches Herz hinwies.

»Meine liebe Mama!« schrieb Tatjana Anfang 1909 an Alix. »Hoffentlich bist Du heute nicht zu schwach und kannst zum Abendessen aufstehen. Es tut mir immer ganz schrecklich leid, wenn Du schwach bist und nicht aufstehen kannst. Ich werde für Dich in der Kirche beten, meine liebe Mama ... Bitte schlaf gut und werde nicht schwach.«[9]

Während Alix sich in die Einsamkeit zurückzog, auf der Couch oder auf dem Bett lag und die Kinder mit ihrer Gouvernante Sophia Tjutschewa oder mit dem Ersten Kindermädchen Maria (über die Olga sich beklagte, weil sie angeblich »grundlos« wütend wurde) im Kinderflügel des Alexanderpalais' untergebracht waren, gingen im Laufe des Tages unzählige Notizzettel zwischen Mutter und Kindern hin und her. Häufig schickte Alix ihnen Anweisungen und Ermahnungen, tadelte Olga (»sei nicht so wild und ungezogen und zeig deine Beine her, das ist nicht schön«), befahl ihnen allen, Maria und Sophia zu gehorchen, und warnte sie davor, allzu großen Wert auf Kleider und Schmuck zu legen (was Tatjana gern tat). Sanft wies sie Olga wegen ihres Temperaments und Maria wegen ihrer Dickköpfigkeit zurecht. Sie erkundigte sich ängstlich nach ihrer zarten Gesundheit und achtete sehr auf die Bildung ihres Charakters. Wiederholt erinnerte sie ihre Töchter an die Pflicht, den Bedürftigen zu helfen, und legte großen Wert darauf, daß keines ihrer Kinder arrogant oder hochnäsig wurde.[10]

Alle fünf Kinder strotzten geradezu vor einem animalischen Übermut. Als ihre Tante Olga mit ihnen in den Park ging, hatte sie Schwierigkeiten, sie zu beaufsichtigen. Aus der Aufsicht des Kindermädchens entlassen, rannten sie in alle Richtungen auf und davon, »lebendig und voller Energie«.[11] Vor allem Alexej war nicht nur übermütig und unternehmungslustig, sondern auch undiszipliniert. Weil seine Eltern Angst hatten, er würde einen Wutanfall bekommen, wenn sie ihn in die Schranken wiesen, und dann mit dem Kopf gegen die Wand rennen oder gegen die Möbel treten, beschlossen sie, ihm in allem seinen Willen zu lassen. Sie wußten, daß er bei einem derartigen Anfall Blutungen bekommen konnte. Auch die Bediensteten im Haushalt wurden angewiesen, ihn gewähren zu lassen. Deshalb war er widerspenstig und schlecht erzogen, zerstörerisch und durch und durch verdorben – im Gegensatz zu seinen Schwestern, die immer, wenn Gäste anwesend waren, mit gefalteten Händen still dasaßen oder sich mit Näharbeit beschäftigten, gemessen sprachen und nie gegen die Tischsitten verstießen.

Alix und Nicky wollten ihre Kinder einfach erziehen – zumindest so einfach, wie es in all dem Prunk möglich war. Bei der Geburt erbte jedes Kind ein sehr großes Vermögen, aber dieses Geschenk wurde ihnen gegenüber mit keinem Wort erwähnt. Vielmehr wurden vor allem die Mädchen dazu erzogen, mit dem Geld hauszuhalten, nichts wegzuwerfen und die kleine Summe, die sie monatlich als Taschengeld erhielten (umgerechnet zwei britische Pfund), nicht zu verschwenden. Die feinen Kleider der Mädchen von dem Moskauer Schneider Lamanow wurden jahrelang getragen, die ausgewachsenen Kleider Olgas und Tatjanas gingen an Maria und Anastasia über.[12] Der kleine Silberschmuck, die Bücher und Tagebücher, für die sie ihr Geld ausgaben, kosteten nicht allzuviel, und sie wurden angehalten, etwas von ihrem Taschengeld für wohltätige Zwecke zu sparen.[13]

Da Alexej als dem Thronerben in allen Dingen der Vorrang eingeräumt wurde und er, verstärkt durch seine Krankheit, die Aufmerksamkeit und Fürsorge der Eltern auf sich zog, mußten die Zarentöchter auf emotionaler Ebene selbständig werden. Sie suchten untereinander Halt und knüpften offenbar ein Band, das stark genug war, alle persönlichen Konflikte zwischen ihnen zu überstehen. Wie ihrer Mutter, die von der beherzten Baronesse Grancy mit dem eisernen Willen gelernt hatte, »nie aufzugeben, weder physisch noch moralisch«, wurde auch ihnen schon früh Selbstdisziplin beigebracht. Aber nicht alle begrüßten diese strenge Bevormundung, die ein hohes Maß an Selbstaufopferung erforderte. Als Alix sich wegen ihrer Krankheit längere

Zeit fern von ihnen hielt, zeigten zumindest zwei Mädchen Trotzreaktionen. Tatjana verkümmerte. In den Notizen an ihre Mutter schwang eine tragische Stimmung mit, eine tiefe Traurigkeit. Und Maria, die ihre Schwestern unschön »dicker, kleiner Wauwau« nannten, wurde »wild und ungezogen« und machte ihrem Kummer mit Worten Luft. Sie sagte, niemand würde sie mögen, sie sei immer nur im Weg, und suchte eher die Gesellschaft von Xenias Tochter Irina als die ihrer Schwestern.[14]

Alix bemerkte das sehr wohl, grübelte darüber und versuchte nach Möglichkeit, ihre Kinder zu lenken und zu trösten, während sie gegen ihre eigenen physischen Schmerzen und Niedergeschlagenheit ankämpfte. »Mütterlichkeit war ein Grundzug ihres Charakters«, schrieb Sophie Buxhoeveden über Alix.[15] Doch die Zarin hatte eine ganz eigene Vorstellung von Mütterlichkeit; in ihr spiegelten sich verständlicherweise ihre eigenen Prioritäten wider. Sie sah sich selbst in ihrer Mutterrolle als Lenkerin und Beschützerin. Also hielt sie ihre Kinder von allem fern, was sie als »Frivolität« verurteilte, und lenkte sie zu einer hochgesinnten Vision der Selbstverbesserung und Pflichterfüllung, eingebettet in das Korsett einer selbstverleugnenden Sittlichkeit. Jeder Form von Vergnügung stand sie mißtrauisch gegenüber, hielt sie fälschlich für Zügellosigkeit.

Zum Glück für die Mädchen verschaffte Nikolaus' Schwester Olga, die in den Jahren der Krankheit Alexandras oft und lange bei der Familie war, ihren Nichten ab und an eine Pause von den gutgemeinten Einschränkungen ihrer Mutter. Wenn die Familie sich in Zarskoje Selo aufhielt, verbrachten die Zarentöchter jede Woche einen ganzen Tag in Petersburg mit ihrer munteren, ein wenig unkonventionellen jungen Tante. Sie aßen im Anitschkow-Palais mit ihrer Großmutter Minnie zu Mittag (ein »lästig förmliches« Ereignis, erinnerte sich Olga), dann begaben sie sich in Olgas Stadthaus zum Tee mit Tanz, wo sie sich mit anderen jungen Leuten »alle herrlich amüsierten«. Es gab Musik und Gelächter, Spiele und Unterhaltungen, und die unbeschwerte Olga schien mit ihrer Spontaneität und ihren Späßen beinahe so jung wie die Mädchen.[16] »Diese Sonntagnachmittage waren im Leben der Mädchen große Ereignisse«, meinte Sophie Buxhoeveden. Jedesmal hörten sie mit großem Bedauern, daß ein Diener gegen 22.00 Uhr die Ankunft einer Kutsche aus dem Palast ankündigte, die darauf wartete, sie nach Hause zu bringen.

Wie Alix ihre schwache Gesundheit und die mißliebige Abgeschiedenheit ertrug, läßt sich kaum sagen. Ihren Kindern gegenüber zeigte sie sich stoisch gefaßt. »Wenn Gott den Zeitpunkt für gekommen hält, an dem es mir besser gehen soll, dann wird Er dafür sorgen, nicht vorher«, schrieb sie ihrer Tochter Olga. »Er weiß, warum Er mir die Krankheit geschickt hat, und wir müssen davon ausgehen, daß sie einen bestimmten Zweck hat.«[17] Eines war jedoch sicher: Vater Grigorij spendete ihr großen Trost; in den schwierigen Jahren 1908 und 1909 kam er häufiger nach Zarskoje Selo.

Anders als Philippe Vachot, der Lehrmeister einer ganzen Gruppe von Anhängern gewesen war, kam Vater Grigorij nur zu der Zarenfamilie und bot ihr seine spirituelle Begabung an. Er war »unser Freund«; Nikolaus und Alexandra waren sein »Papa« und seine »Mama«. Mit den Kindern verband ihn eine sehr liebevolle Zuneigung. Alexej vertraute ihm und kam zu ihm, wenn er Schmerzen hatte, und Olga, Tatjana, Maria und Anastasia freuten sich jedes Mal, wenn er sie besuchte und ließen ihn begeistert in ihre Zimmer ein – manchmal heimlich, weil sie wußten, daß ihre Gouvernante Sophia Tjutschewa das nicht duldete. Er saß auf dem Bett und sprach ganz ungezwungen mit ihnen, wie ein naher Verwandter. Dabei ließ er sie sicherlich die Sanftheit und Wärme spüren, die Nikolaus' Schwester Olga an ihm bemerkt hatte, so daß die Mädchen jede Scheu ablegten. Mit seinen fettigen, langen Haaren und der kindlichen Ursprünglichkeit, seiner Einfachheit und dem ständigen Gerede von der göttlichen Liebe und der Süße der Natur muß er den Kindern wie ein Wesen aus einem Märchen vorgekommen sein, zwar real, aber doch mit einem surrealen Zug. Mit Sicherheit waren sie von seiner mehrfach demonstrierten Heilkraft tief beeindruckt.

»Meine liebe Perle M!« schrieb er 1908 an Maria. »Erzähle mir, wie du mit dem Meer sprachst, mit der Natur! Ich vermisse deine schlichte Seele. Wir sehen uns bald. Einen dicken Kuß.« Seine Worte waren die eines unschuldigen Fanatikers, eines Narren in Christo. »Meine liebe M! Meine kleine Freundin! Möge der Herr dir helfen, dein Kreuz mit Weisheit und Freude in Christus zu tragen. Diese Welt ist wie der Tag, schau, es ist schon Abend. So geht es mit den Sorgen dieser Welt.«[18]

Diese unbekümmerte, elementare Schwärmerei war charakteristisch für Vater Grigorij, eine Fähigkeit, sich mental in ein Reich jenseits des Ordinären zu versetzen, auf eine höhere Daseinsebene, in der die Sorgen der Welt von einer ekstatischen Freude über das Wissen um Gottes allgegenwärtige wohltätige Macht verdrängt werden. Indem er zu der wohlgeordneten Schöpfung Vertrauen hatte, sich vor nichts fürchtete, in die Zukunft blickte und wußte, daß sie ebenfalls gut war, strahlte der Sibirier einen Optimismus aus, der die geplagte Zarenfamilie anzog.

»Wenn ich unseren teuren Freund sehen darf, bin ich sehr glücklich«, sagte Alix ihrer Tochter Olga.[19] In seiner Gegenwart ließen ihre Zweifel nach, ihr Glaube wurde stärker. Und ihre Kopfschmerzen (auch die von Nikolaus) wurden geheilt – zumindest eine Zeitlang. Vater Grigorij brauchte nur »Weg von ihr!« zu rufen, schon ließ der quälende Schmerz nach.

So wohltätig Vater Grigorij gegenüber dem Zaren und seiner Familie auch auftrat, anderen kam er nicht nur seltsam, sondern gar gefährlich vor. Xenia hielt ihn für »unheilvoll«.[20] Ella wußte noch gut, wie Philippe Vachot Alix in die Irre geführt hatte, und warnte ihre Schwester davor, Vater Grigorij zu sehr in das Familienleben einzubinden und sich allzusehr auf seine Dienste zu verlassen.[21] Unter dem Hauspersonal war kaum jemand von dem sibirischen Starez beeindruckt, eher im Gegenteil.[22] Er lockte weiterhin eine große Zahl Anhänger in seine Petersburger Wohnung, und in der ganzen Hauptstadt wurde über seine Heilkraft gemunkelt. Aber er rief auch Mißtrauen hervor. Sein wahres Wesen entzog sich der Vernunft. Viele Menschen fühlten sich in seiner Gegenwart unwohl. Seine surreale, seherische Fähigkeit wurde von einigen für etwas völlig anderes gehalten: die aalglatte Gerissenheit eines Scharlatans. Selbst seine Bewunderer gaben zu, daß er »wie ein Chamäleon sei, dessen Worte und Taten nach den unterschiedlichen Bedürfnissen der Menschen, die er traf, nach der Umgebung und nach seiner eigenen Laune ihre Farbe wechselten«. Aufgrund dieser chamäleonartigen Anpassungsfähigkeit war Vater Grigorij zum einen ein sympathischer Führer und Lehrer, zum anderen erlaubte sie es ihm aber auch, mit einer entwaffnenden Leichtigkeit in die Privatsphäre von Menschen einzudringen, eine Intimität, die sich, zumindest in den Augen derer, die ihm nicht trauten, als gefährlich erweisen konnte.[23]

Im Jahr 1909 staunten die kaiserlichen Ärzte, daß Alexej immer noch am Leben war. Die chronischen Magenblutungen drohten, in ein lebensbedrohliches Geschwür überzugehen. Bei inneren Blutungen in seinem Rücken schrie er vor Schmerzen, manchmal tagelang, seine heiseren Schreie waren so herzzerreißend, daß die Diener sich die Ohren zuhalten mußten, wenn sie an seinem Zimmer vorübergingen. Seine Beine wurden steif vor lauter Blut, das linke Bein verdreht, so daß er es lange überhaupt nicht gebrauchen konnte. Er mußte von seinem ständigen Begleiter, dem stämmigen Matrosen Derewenko, überall hingetragen werden.

Er konnte ganz plötzlich krank werden: beim Essen im Familienkreis, bei einer Kutschfahrt, beim Lernen. Die Blutungen setzten ein, die ganze Farbe wich auf einen Schlag aus seinem Gesicht, und er fing an zu schreien. In einem solchen Zustand, die Gliedmaßen verzerrt, das Gesicht »entstellt und zerfurcht vor Schmerz«, bot er einen entsetzlichen Anblick – Nicky konnte die Tränen nicht zurückhalten und floh in sein Arbeitszimmer. Sein Jammern und Schreien schnürte den Ärzten, Schwestern und vor allem den Eltern das Herz zusammen.

Alix hatte schon viele Krisen erlebt, als Alexej fünf Jahre alt war, aber bei jedem neuen Anfall geriet sie in Panik. Ganz weiß im Gesicht und erregt übernahm sie das Kommando, rief nach den Ärzten, schickte nach Vater Grigorij in Petersburg oder sandte ihm ein Telegramm, wenn er nicht in der Hauptstadt war, und betete zu den Heiligen, deren Ikonen um das Bett ihres Sohnes hingen.

»Gott hat uns nicht verlassen«, wiederholte sie immer wieder, wenn Alexej unsägliche Schmerzen litt. Auch wenn sie von Zeit zu Zeit verzweifelt wirkte, war ihr Wille zu glauben stark. Sie vertraute darauf, daß Vater Grigorij für Alexej betete, und seine Gebete hatten, wie sie einmal einem Offizier auf der *Standart* sagte, »eine besondere Kraft« wegen seiner asketischen Lebensweise.[24] Auch wenn es so aussah, als würde er bestimmt sterben, erholte der Junge sich jedesmal wieder – vielleicht nicht sofort, aber nach ein paar Stunden oder Tagen.

Aus irgendeinem Grund erwartete Alexandra nicht, daß Vater Grigorij auch sie heilte, abgesehen von den Migräneanfällen. Ihr Ischias war nie schlimmer als in den Jahren, als der Sibirier immer öfter in den Palast kam. Ihr schwaches Herz schien noch schwächer zu werden. Abgesehen von der oberflächlichen Erklärung, daß es in der Hand Gottes stehe, ob sie geheilt werde oder nicht, läßt sich dieser offenkundige Widerspruch nicht auflösen. Gewiß konnten Alexejs wiederkehrende Anfälle tödlich enden, der chronische Schmerz und die Ermüdung Alexandras hingegen nicht. Dennoch hat sie sich mit Sicherheit nach Linderung gesehnt, und so weit bekannt ist, verschaffte der Starez ihr diese nicht.

Im Jahr 1910 wollte einmal ein Kindermädchen namens Wischnjakowa mit Alix sprechen. Das Kindermädchen war furchtbar aufgeregt, und Alix, gewohnt, sich teilnahmsvoll die Probleme ihrer Diener und Hausangestellten anzuhören, und immer hilfsbereit, war mit Sicherheit gewillt, Verständnis zu zeigen. Doch die Geschichte, die Wischnjakowa unter Tränen erzählte, löste eine völlig andere Reaktion aus.

Wischnjakowa war mit Vater Grigorij und anderen in sein Dorf Pokrowskoje in Sibirien gefahren, um drei Wochen Ruhe zu genießen. Während des Aufenthalts, sagte sie, sei er heimlich nachts in ihr Bett gekrochen und habe sie verführt. Und sie sei nicht die einzige gewesen, sie habe mit eigenen Augen gesehen, wie der Starez wenigstens ein anderes Mitglied des Personals schamlos und indiskret belästigt habe.[25]

Die Zarin hatte nicht zum ersten Mal Augenzeugenberichte über die Verführungen und Ausschweifungen Vater Grigorijs gehört und alle als Verleumdung zurückgewiesen. Eine zuverlässige Hofdame, die nach Pokrowskoje geschickt wurde, um die Wahrheit über den Starez herauszufinden, vertraute Alexandra an, daß Vater Grigorij versucht habe, ihr Dienstmädchen zu verführen. Der eigene Beichtvater der Zarin, Archimandrit Theophan, und andere wichtige Geistliche waren in den Palast gekommen und hatten dem Zarenpaar mitgeteilt, daß der Mann, an den sie sich wegen geistiger Führung wandten, die Zarenfamilie durch seinen unsittlichen Lebenswandel und seine zweifelhafte Berühmtheit in Verruf bringe. Miliza und Anastasia waren erste Zweifel an Vater Grigorij gekommen, als sie zu der Überzeugung gelangt waren, daß er sich von Zeit zu Zeit ungebührlich aufführe. Die Hofdamen, Nikolaus' Schwester Xenia, die Gouvernante Sophia Tjutschewa fühlten sich in der Nähe des Sibiriers unwohl, tratschten über ihn und ließen Alix wissen, daß es ihnen nicht gefiel, wenn er in die Nähe der vier Großfürstinnen gelassen wurde, schon gar nicht, wenn die Mädchen im Nachthemd waren. Es sei unschicklich, unklug und leichtsinnig, einen Wolf zu unschuldigen, vertrauensseligen Lämmern zu lassen, meinten sie; das fordere das Laster geradezu heraus.

Doch die Beschuldigungen des Kindermädchens Wischnjakowa waren in Alexandras Augen »Verleumdungen«, denen sie »keinen Glauben schenke«. Sie »sehe in ihnen das Werk finsterer Mächte, die Rasputin ins Unglück stürzen wollten«.[26] »Heilige werden immer verleumdet«, sagte sie Dr. Botkin, der jeden Tag zwei Mal in den Palast kam, um ihr Herz abzuhören.[27] Theophan wurde weggeschickt, Sophia Tjutschewa und andere im Haushalt wurden angewiesen, den Mund zu halten – auch wenn sie weiterhin den Kopf schüttelten und über den Starez tuschelten. Ihre Geschichten drangen bis in die Hauptstadt und wurden dort lebhaft ausgeschmückt weitererzählt.

Alix wußte, daß ihr Führer und Mentor schwach und voller Laster war, aber sie vertraute ihm und war sicher, daß er den Kindern kein Leid antun würde, und sie sagte sich, die Anschuldigungen gegen ihn seien von den Feinden ihres Mannes erfunden worden. Den Starez anzugreifen, war nur eine weitere Möglichkeit, den Zaren anzugreifen, denn Vater Grigorij war beinahe schon ein Mitglied der Zarenfamilie geworden. Zudem stritt der Starez selbst alles ab, und sie wollte seinen Versicherungen Glauben schenken.

Die Versuche, Vater Grigorij als einen gemeinen Wüstling zu entlarven, hatten zur Folge, daß die Zarin weiter in die Isolation getrieben wurde. Schon wegen ihrer angeschlagenen Gesundheit und der Notwendigkeit, Alexejs Krankheit geheimzuhalten, konnte sie nur sehr wenigen Menschen vertrauen. Jetzt schrumpfte der Kreis noch weiter.

Anna Wyrubowa, die junge, stämmige, eher abstoßende Betschwester von Alix, kam jeden Tag in den Palast. Die leicht beschränkte, aber dickköpfige und vor allem treue Anna – nicht nur Alix treu, sondern auch Vater Grigorij, dem sie schon lange folgte – wurde von der Zarin herzlich empfangen, solange sie nicht »allzu schwärmerisch oder allzu anstrengend« war.[28] Zwischen der hochgewachsenen, ernsten, halbgelähmten Zarin und der kleinen, seichten, lebhaften Jungfer hatte sich eine ungleiche Freundschaft entwickelt. Die beiden verband darüber hinaus jedoch ihr gemeinsamer Glaube an Vater Grigorij, Annas Verehrung für Alix und eine gegenseitige Wertschätzung, die begonnen hatte, als Anna im Alter von 16 Jahren beinahe an Typhus gestorben wäre und Alix oft an ihrem Bett gesessen und sie gepflegt hatte.[29] Trotz der Reserviertheit, die viele an ihr beobachteten, schloß Alix viele Freundschaften. Julia Rantzau, Maria Barjatinskaja, Martha Muchanowa, ihre Erste Hofdame Fürstin Golizyna waren alle mehr oder weniger enge Freundinnen von Alix gewesen, genau wie später Lily Dehn und Sophie Buxhoeveden gute Freundinnen werden sollten.

Auch Fürstin Dondukowa zählte zu dem schrumpfenden Kreis der engsten Vertrauten Alexandras. Martha Muchanowa nannte die Anhängerin Vater Grigorijs eine »Ärztin von beachtlichem Talent« und hohem Intellekt. Die aggressive und Ränke schmiedende Fürstin wurde im allgemeinen eher gefürchtet als geliebt, zumindest laut Muchanowa, die allerdings möglicherweise eifersüchtig war. Alexandra hatte jedoch Vertrauen zu der Ärztin und zog sie bei vielen Angelegenheiten zu Rate. Womöglich nahm sie die von ihr verschriebenen Arzneien sogar lieber ein als die der Hofärzte.[30]

Die Zahl derjenigen, denen man vertrauen konnte, wurde immer kleiner. Nur Nicky, Alexej und den Mädchen, einer Handvoll Getreuer, wie Anna, Fürstin Dondukowa und der weit entfernten Maria Barjatinskaja, mit der Alix korrespondierte, Schwester Irene und Bruder Ernie (Ella nicht, auch ihr gefiel Vater Grigorij nicht), und Vater Grigorij selbst konnte sie noch völlig vertrauen. Bei allen anderen konnte sie nicht sicher sein. Womöglich gehörten sie den finsteren Mächten an, die Vater Grigorij bedrohten, und mit ihm die Zarenfamilie, ja Rußland selbst.

Dabei wurden die finsteren Mächte stärker, oder zumindest schien es Alix so, als das zweite Jahrzehnt des in ihren Augen barbarischen, unmenschlichen 20. Jahrhunderts näher rückte. Sie ballten sich wie eine drohende Gewitterwolke über der Hauptstadt zusammen.

21

Ein unbekümmerter Hedonismus herrschte im milden Winter und warmen Frühling von 1911 in St. Petersburg. Schlittschuhlaufen war damals große Mode, und in den Eishallen drängten sich die Läufer, die mit einer geradezu gefährlichen Hingabe dahinglitten, sprangen und Kurven fuhren. Die Fahrer der grellrot, orange und grün gestrichenen Straßenbahnen, die die Hauptstraßen der Stadt entlang sausten, kümmerten sich kaum um Hindernisse auf ihrem Weg: Sie stießen Wagen um, verletzten Pferde und machten Fußgänger zu Krüppeln, die auf- und abspringen wollten, ohne zu warten, bis der Zugführer die Bahn kreischend zum Stehen brachte. Die drei Jahre andauernde Choleraepidemie hatte Tausende Petersburger dahingerafft und bei den Überlebenden einen leidenschaftlichen Durst nach Leben hinterlassen. Sie suchten Vergnügen, Sensationen, den Nervenkitzel, und sie scherten sich scheinbar überhaupt nicht um die Gefahren.

In den Empfangszimmern und Ballsälen der großen Paläste waren die größten Hasardeure zu finden, die Spekulanten, die an der Börse und bei Finanzgeschäften mit Stahl, Kohle, Kupfer und Öl ein Vermögen machten oder verloren. Alle dachten nur an den nächsten Deal, die Lieblingsbeschäftigung der Stunde, fragten sich, wo sie Geld auftreiben konnten und wie sie es investieren mußten, um es am schnellsten zu vermehren. Und wenn man erst ein Vermögen erworben hatte, dann lockte einen der Nervenkitzel der Kasinos, wo man alles aufs Spiel setzen konnte und schließlich eine Kugel der ganzen wahnwitzigen Glücksspirale ein Ende setzte.

Die führenden Gastgeberinnen der Hauptstadt, Gräfin Betsy Schuwalowa, Großfürstin Victoria Melita (Ducky, erst vor kurzem mit ihrem Gatten Großfürst Kyrill aus der Verbannung nach Petersburg zurückgekehrt und jetzt Anführerin der »Schikkeria«) und vor allem die verwitwete Großfürstin Maria Pawlowna (Tante Miechen), nahmen das Risiko auf sich, ihre Salons einer Vielzahl von Gästen zu öffnen: von den großen Adelsfamilien – den Orlows, Tolstojs, Dolgorukows und Gortschakows – bis zu den Neureichen, ausländischen Investoren, Künstlern und Komponisten, sowie einem Gefolge, dessen Benehmen von den gesetzteren Gästen als »schnellebig« bezeichnet wurde und das keinerlei moralische Skrupel kannte. Nach Ansicht vieler war der gesellschaftliche Umgangston gesunken, aber es gab kein Zurück. Alte und neue Eliten wurden gemeinsam von der Manie für laute Musik, starke Cocktails und die neueste Mode erfaßt: Tango tanzen bis in den Morgen.

Die hedonistische Stimmung zeigte sich nirgendwo deutlicher als in dem hochsensiblen Bereich der Erotik. Im Zuge der Regierungsreform von 1905/06 waren die Zensurbestimmungen aufgehoben worden, eine Flut von Romanen, Poemen und Gemälden war die Folge, in denen sämtliche Varianten sexueller Ausdrucksformen zelebriert wurden. Themen, die früher als tabu galten, waren jetzt häufig Gegenstand von Gesprächen. Die Menschen sprachen offen über Homosexualität, Voyeurismus und Päderastie und scheuten sich auch nicht, über ihre eigenen Freuden und Befriedigungen zu reden. Frauen nahmen »orientalische Pillen« ein, um ihre Brüste zu vergrößern, und Männer testeten verschiedene Tränke, um ihre Manneskraft zu steigern. Das Nachtleben war von Dekadenz geprägt. Männer und Frauen gingen am Abend gemeinsam ins Bordell und danach zum Tango tanzen in den Selbstmordklub, der damals »in« war. Junge Männer aus adligen Familien amüsierten sich auf Partys, indem sie Frauenkleider anzogen, sich mit langen Perlenketten behängten und blauen Lidschatten und kreideweißes Make-up auflegten. Der Komet des Jahres 1910 war gekommen und vorbeigezogen, ohne daß die Welt untergegangen war, aber immer noch herrschte das Gefühl, daß das Ende nahe war. Menschen prahlten damit, daß sie nur für den Augenblick lebten, und schienen zu wetteifern, wer den größten Skandal auslösen konnte – auch wenn es mittlerweile schwieriger als früher war, andere zu schokkieren, zumindest unter der weltlichen Oberschicht der Hauptstadt.

Auf dem Land waren die Moralvorstellungen längst nicht so stark ins Wanken geraten, auch wenn das Zusammentreffen sozialer Unruhen und finanzieller Nöte eine große Unzufriedenheit und eine immer stärkere Sehnsucht nach einem Wandel auslöste. Das war die Zeit, die Memoirenschreiber im Rückblick die »schwierigen Jahre« oder die »schwarzen Jahre« für die russischen Bauern nannten, die in der Angst lebten, als Radikale oder Rebellen entlarvt und nach Sibirien geschickt zu werden oder noch Schlimmeres zu erleiden. Tausende wurden als Umstürzler oder Verschwörer gehängt, ihre Tiere geschlachtet und die Dörfer niedergebrannt, und zwar von Agenten der Regierung, die noch mehr gefürchtet waren als die umherstreifenden Diebesbanden. Die Banden zogen von Provinz zu Provinz, raubten wohlhabende Bauern aus, nahmen Steuereintreibern die Goldsäcke ab und stahlen ganze Ladungen Getreide, Öl und Kohle.

Auch wenn die Stimmung der Zügellosigkeit außerhalb von Petersburg nicht Fuß faßte, so drang der Tratsch doch aus der Hauptstadt in die Provinzstädte und Dörfer. Und der Tratsch konzentrierte sich beinahe ausschließlich auf den Mann, den die Zeitungen Rasputin nannten, den sibirischen Scharlatan, der angeblich in der Verkleidung eines Wunderheilers die Zarin hypnotisiert und verführt und die Kontrolle über die gesamte Zarenfamilie übernommen hatte.

Die sensationssüchtige Öffentlichkeit konnte in ihrer Gier nach Skandalen und erotischen Affären nicht genug bekommen von Geschichten über Rasputin, den eine Zeitung »die Hure der menschlichen Seelen und Körper« nannte. Die kaiserlichen Minister übten auf die Zeitungsredakteure Druck aus, Strafen wurden für jede ordinäre Geschichte verhängt, die veröffentlicht wurde, doch die allgemeine Nachfrage ließ nicht nach, und die Geschichten erschienen weiter.[1] Schon bald wußte ganz Petersburg von Rasputins schmutziger Vergangenheit, seiner unersättlichen sexuellen Gier, den Verführungen seiner weiblichen Anhänger, seinem prahlerischen Gerede, der Zar habe sich niedergekniet und ihm die Füße gewaschen, er habe mit der Zarin, ihren Töchtern und anderen Frauen am Hof geschlafen, und er habe eine ganze Truhe voller Briefe von Alix und den Mädchen, die allesamt ihre Liebe und seine vollständige Macht über sie belegen würden.

Erste obszöne Schmierereien waren an den Ziegelmauern von Palästen zu sehen, primitive Bilder von der Zarin und ihrem ruchlosen Liebhaber beim Liebesakt, und auf der Straße sangen Kinder schmutzige Lieder über das Paar. Dumaabgeordnete – der dritten Duma, die zweite, die im Frühjahr 1907 zusammengetreten war, war aufgelöst worden, weil sie zu radikal war – hörten sich Reden an, wie der Hof von Intriganten und Schwindlern kontrolliert werde, und niemand zweifelte daran, daß kein anderer als Rasputin gemeint war.

Das Privatleben der Zarenfamilie, vor allem der Zarin, war in den Sumpf prickelnder erotischer Skandale geraten. Die Petersburger tuschelten, Alexandra sei nicht nur die Geliebte Rasputins, sondern auch die Geliebte Anna Wyrubowas. Sie habe kein Schamgefühl, hieß es. Sie habe keinen Anstand, keine Loyalität. Sie sei die »Njemka«, die deutsche Hure, eben durch und durch deutsch.

Alix fühlte sich wieder einmal sehr unwohl. Die geringste Anstrengung ermüdete sie, häufig litt sie unter Atemnot und Schmerzen. Gelegentlich ging sie ins Theater oder widmete sich zumindest zeitweise ihren gesellschaftlichen Pflichten. Entweder wirkte sie besorgt oder verdrießlich, es blieb jedoch nicht unbemerkt, daß sie ständig unpäßlich und sehr erleichtert war, wenn es Zeit wurde, aufzubrechen.[2] Die Routine ihres Tagesablaufs hatte sich geändert. Wegen ihrer chronischen Atembeschwerden konnte sie nicht mehr singen, und Klavierspielen ermüdete sie zu sehr. Sie begann, Stilleben zu malen, und beschäftigte sich, wie immer, still mit Handarbeit, Lesen und Briefeschreiben.

»Teuerste Madgie«, schrieb sie Ende Frühjahr 1911 ihrer ehemaligen Gouvernante, »allerliebsten Dank für Ihren teuren Brief. Wir kamen am Samstag hier [in Peterhof] an und möchten gern ans Meer gehen ... Wir sehnen uns nach Ruhe.« Sie sei sieben Monate lang krank gewesen, teilte sie ihrer Brieffreundin mit, und Nicky habe sich überarbeitet. Sie brauchten beide Erholung. »Ich hoffe, daß es mir bald ein wenig besser geht, damit ich nicht immer nur liegen muß ... Die Kinder werden schnell größer. Im November wird Olga sechzehn, Tatjana ist mit vierzehn fast so groß wie sie – Maria wird zwölf, Anastasia zehn, Alexej sieben.«

Sie teilte der Gouvernante mit, daß die älteren Mädchen beim Mittagsmahl und bei Empfängen, bei Militärparaden und Gedenkfeiern ihren Platz einnehmen würden. Sie lernten, genau wie Alix es in ihrem Alter hatte lernen müssen, wie man in einem Saal voller Gäste die Runde machte, kurz stehen blieb, um mit jedem ein paar Worte zu wechseln, und dann graziös zum nächsten Gast weiterging. Alle jungen Großfürstinnen sprachen fließend vier Sprachen – Russisch, Englisch, Deutsch und Französisch – und konnten sich ohne weiteres unter Diplomaten, Minister, Generale, Admirale und die Adligen des königlichen Hofes mischen. »Sie müssen sich daran gewöhnen, mich zu ersetzen«, schrieb Alix, »weil ich mich nur selten irgendwo zeigen kann, und wenn ich es tue, muß ich danach lange das Bett hüten – übermüdeter Herzmuskel.«[3]

An einem Ort fühlte sich Alix immer besser, dort konnte sie sich draußen aufhalten, auf einer Chaiselongue liegen oder in ihrer Ponykutsche fahren. Ihre Tatkraft schien dort zurückzukehren, und sie konnte ihren natürlichen Drang, alles zu verbessern, befriedigen. Liwadija, die Villa auf der Krim, hoch auf dem Felsvorsprung über dem blauen Meer, war ihr Lieblingsdomizil geworden. Da ihre Bewegungsfreiheit weniger eingeschränkt war als in den vergangenen Jahren und die Gefahr terroristischer

Anschläge scheinbar abgenommen hatte, reiste die Familie im Frühjahr und im Herbst immer nach Liwadija. Der Tagesablauf war dort längst nicht so förmlich wie in Zarskoje Selo, sie hatten mehr Zeit, und die Atmosphäre war nicht so zeremoniell. Diener, Gäste, selbst die Offiziere der *Standart,* die in der Bucht vor Anker lag, saßen alle mit der Familie beim Mittagsmahl am Tisch, und wenn Minister aus Petersburg eintrafen, wurde auch für sie gedeckt. Es gab keine Staatskarossen mit Vorreitern und Kutschern in Livree, keine blitzenden Uniformen für das Personal, keinen strengen Zeitplan, der eingehalten werden mußte. Gäste saßen auf der Terrasse oder mitten zwischen den Rosenbüschen und blühenden Weinstöcken im Arkadengarten, verweilten bei einer Tasse Tee und plauderten. Abends gab das Balalaika-Orchester der Yacht Konzerte, oder die Kosaken, die die Familie bewachten, sangen im Chor. Aus den tatarischen Dörfern in der Nähe kamen auch Schauspieler, und einmal lasen Olga und Tatjana französische Stücke vor.

Nach Martha Muchanowa fühlte sich die Zarin »nirgends so glücklich wie auf der Krim«, und zufrieden nahm sie an dem Gesellschaftsleben teil, das sich innerhalb der kleinen Kolonie adliger Villenbesitzer abspielte. Für die jungen Leute wurden Bälle veranstaltet, Diners für Besucher, Spritztouren an Bord der *Standart* zum Palast Nowyj Swjet, zu Banketten mit gegrilltem Lamm und gebratenem Truthahn, Safranreis und Baklawa, dazu gab es Wein von den Trauben der riesigen staatlichen Weingärten. Zu Alexandras Lieblingsgästen zählte der Emir von Buchara, eine sehr würdevolle Erscheinung. Er ging niemals ohne einen Dolmetscher und mindestens zwei Minister auf Reisen, hohe, exotische Gestalten in silbernen und goldenen Gewändern, deren lange Bärte scharlachrot gefärbt waren.[4] Es amüsierte Alix, sich mit dem Emir zu unterhalten, der zwar fließend Russisch sprach, es aber für seiner Würde angemessener hielt, in seiner eigenen Sprache zu sprechen. Angesichts der Feierlichkeit, mit der er sprach, und der mühsamen Prozedur des Übersetzens ihrer Bemerkungen fiel es Alix schwer, die Haltung zu bewahren. Später wußte sie lustige Geschichten darüber zu erzählen, wenn ihr Gast sie verlassen hatte.

So sorglos die Stimmung in Liwadija auch war, es war ein Ort des Leids – und genau das machte die Gegend für die Zarin auch so reizvoll –, weil Hunderte von Patienten mit Tuberkulose nach Jalta und in die umliegende Küstengegend kamen und in Kranken- und Kurhäusern Heilung suchten. Einige erholten sich wirklich, viele aber nicht. Häufig sah man Leichenzüge. Ausgemergelte, in Decken eingewickelte Schwindsüchtige sonnten sich auf jeder Terrasse, oder zumindest hatte es den Anschein. Alix trat in die Liga zum Kampf gegen Tuberkulose ein, verkaufte ihre eigenen und die Handarbeiten ihrer Kinder auf dem jährlichen Basar der Organisation und schickte ihre Töchter am Blumentag Blumen verkaufen zugunsten der Patienten. Sie organisierte den Bau zweier neuer Sanatorien, errichtet auf dem Besitz der Zarenfamilie bei Massandra, und suchte viele der schwersten Fälle dort persönlich auf. Wenn sie zu müde und krank war, um selbst zu gehen, schickte sie Olga und Tatjana hin. Es sei gut, wenn die Mädchen mit eigenen Augen sähen, wie schwer eine Krankheit sein könne und wieviel Leid sie verursache, erwiderte sie, wenn man sie fragte, ob es klug sei, ihre Töchter der ansteckenden Krankheit auszusetzen. »Sie sollen die Traurigkeit kennenlernen, die unter all dieser Schönheit verborgen ist.«[5]

In Liwadija brachte Alix, trotz ihrer vorübergehenden Invalidität, eine ganze Menge zustande. Weit weg von Petersburg, fern von den anstrengenden Pflichten bei Hof, der Kritik ihrer Schwiegerleute und den Verleumdungen der Presse, fühlte sie sich erholt – zumindest manchmal. Nachdem die alte Villa aus der Zeit Alexanders III. abgerissen worden war, widmete sie sich voller Freude der Ausstattung des neuen, größeren Gebäudes, das man an seiner Stelle errichtet hatte. Sie bestellte weiße Möbel und Chintz-Vorhänge für die luftigen Räume, stellte antike Statuen im Garten auf und überwachte die Pflege der Oliven- und Zypressenhaine, die rings um das Haus angelegt worden waren.

Nikolaus freute sich natürlich über den plötzlichen Tatendrang seiner Frau, war aber auch irritiert. Als er sich gerade daran gewöhnt hatte, mit einer Invaliden zu leben, stand die Invalide auf und besuchte im Sanatorium Patienten oder fuhr in der Ponykutsche aus. Er gestand KR, daß die Situation »anstrengend und deprimierend« war.[6]

Verstärkt wurde die Verwirrung noch durch Alix' seltsames Verhalten. Sie war durchaus zur Fröhlichkeit fähig, sie lachte gern, mit ihren Kindern verband sie eine herzliche und innige Beziehung. Aber sie fühlte sich von Krankheit und Tod angezogen, von allen Umständen, in denen eine Tragödie drohte und in denen sie in der Rolle der Retterin auftreten konnte – eine Rolle, die es ihr ermöglichte, ihr alltägliches geplagtes Selbst abzulegen und eine einfachere, emotional weniger anspruchsvolle Identität anzunehmen: die der selbstaufopfernden Fürsorgerin.

Sie war nämlich wirklich geplagt. Ihre inneren Spannungen hatten sie nicht nur krank gemacht, sondern auch das beunruhigende Gefühl hinterlassen, daß sie die Selbstbeherrschung verloren habe, was ihr wiederum Angst machte und die Symptome noch verschlimmerte: Kurzatmigkeit, Herzklopfen, Schweiß an den Händen, ein Gefühl der Verlorenheit. Sie litt, nach Ansicht Dr. Botkins, an »fortschreitender Hysterie«, einer psychischen Störung, die sich zunehmend physisch äußerte.

Im Jahr 1911 benahm Alix »sich häufig seltsam«, wie der Hofminister Baron Fredericks es ausdrückte.[7] Ihr Verhalten war sehr sprunghaft, sie tat unerwartete Dinge und reagierte ganz anders als üblich. Sie murmelte sehr leise, so daß alle sich anstrengen mußten, sie zu verstehen. (Dabei mußten sie sehr laut mit ihr sprechen, weil sie allmählich schwerhörig wurde.[8]) Bewußt oder unbewußt benutzte sie ihre Herzschwäche, um Menschen zu manipulieren, und versuchte, die Situation zu steuern. Im Kreis der Familie und unter dem gehorsamen Personal war von ihren Symptomen nichts zu bemerken. Aber sobald man ihr widersprach oder sie enttäuschte oder wenn sie unter Menschen war, von denen sie wußte, daß sie ihr feindlich gesinnt oder anderer Ansicht als sie waren, da klagte sie über Schmerzen in der Brust und schnappte nach Luft. Die Symptome waren keineswegs gespielt, aber sie waren laut Dr. Botkin psychosomatisch bedingt.[9]

Das »seltsame« Verhalten der Zarin und der Klatsch über ihre Auftritte, die Passivität des Zaren, der Tumult in der Duma und unter den Ministern nach der Ermordung Ministerpräsident Stolypins im September 1911 hatten zur Folge, daß das Mißtrauen gegenüber Rasputin von neuem wuchs und neue Artikel und Gerüchte in Petersburg die Runde machten.

»Die ganze Welt weiß schon Bescheid und redet über ihn; schrecklich, was sie alles über ihn sagen, über Alix und das ganze Treiben in Zarskoje«, schrieb Xenia Anfang 1912 in ihr Tagebuch. »Wie wird das alles nur enden? Es ist schrecklich!«[10]

Was die Haltung der Regierung gegenüber dem Sibirier anging, wurden widersprüchliche Ansichten laut. Einige erklärten, die Polizei beschütze Rasputin, und ein Buch, in dem seine Verbrechen und schmutzigen Gewohnheiten aufgelistet würden, sei von Polizeibeamten konfisziert und verbrannt worden.[11] Andere munkelten, die Polizei überwache Rasputin und führe sorgfältig Buch über alles, was er tat. Zyniker vertraten die Auffassung, beide Versionen könnten der Wahrheit entsprechen, weil ja allgemein bekannt sei, daß man der Polizei nicht trauen dürfe und daß sie widersprüchliche Interessen verfolge.

Polizeiagenten überwachten tatsächlich Rasputin, wenn er sich in der Hauptstadt aufhielt, und notierten genauestens, mit wem er wohin ging, mit welcher Frau er schlief, welche anderen er belästigte. Es wurde eine ziemlich dicke Akte, die Zeit, Ort und Namen von Treffen dokumentierte, Saufgelage festhielt, Besuche bei Prostituierten und im Badehaus und gewaltsame Zwischenfälle, wenn beleidigte Frauen Rasputin drohten oder bespuckten.[12] Das war jedoch nicht der einzige Beweis für das lüsterne Verhalten des Starez. Iliodor und Mitja Kosjolskij, zwei Pilger, die einmal in der Gunst des Hofes gestanden hatten, schrieben auf, was Rasputin gesagt und getan hatte und was ein schlechtes Licht auf die Zarenfamilie warf: die Prahlerei mit seinen sexuellen Heldentaten und die lange Liste der Geliebten, die Verführung wenigstens einer Nonne, die Behauptung, er habe ein intimes Verhältnis zur Zarin und ihren Töchtern.

Alexander Gutschkow, der Anführer der einflußreichen Partei der Oktobristen, brachte Kopien von Briefen mit in die Duma, die angeblich die Zarin an Rasputin geschrieben hatte, und verteilte sie unter den Abgeordneten.[13]

»Mein Geliebter, unvergeßlicher Lehrer, Erretter und Mentor«, begann ein Brief, »wie langweilig ist es ohne Dich. Meine Seele ist nur dann ruhig und ich kann nur entspannen, wenn Du, mein Lehrer, neben mir sitzt… Ich küsse Deine Hände und lehne meinen Kopf an Deine gesegneten Schultern. Oh, wie leicht wird mir dann! Ich wünsche nur eines: einzuschlafen, für immer an Deinen Schultern und in Deinen Armen.«[14]

In der Duma schlugen die Wellen der Empörung hoch, der Klatsch in der Hauptstadt wurde obszöner. Wladimir Kokowzow, der Stolypin als obersten Minister abgelöst hatte, bekam Besuch von Rasputin und fühlte sich abgestoßen von ihm. Sie hatten sich schon einmal getroffen; ein Jahr zuvor war Rasputin zu Kokowzow gekommen und hatte ihm »auf Befehl von Zarskoje Selo« den Posten des Innenministers angeboten. In Anbetracht der schädigenden Berichte und Geschichten, die ans Licht gekommen waren, sah Kokowzow mittlerweile jedoch in dem Sibirier keinen Kurier aus dem Palast, sondern eine bösartige, halbverrückte Gestalt, eine groteske Figur aus einem Melodram.

»Ich war schockiert über den abstoßenden Ausdruck seiner Augen«, schrieb Kokowzow Jahre später in seinen Memoiren, »tief in den Höhlen und eng nebeneinanderliegende Augen, klein, grau.« Rasputin starrte den Minister lange mit seinen »kalten, durchdringenden, kleinen Augen« an, als wolle er ihn hypnotisieren. »Dann warf er plötzlich seinen Kopf zurück und untersuchte die Decke; dann senkte er seinen Kopf und starrte den Boden an; alles schweigend.«[15]

Als Kokowzow dem Starez nahelegte, Petersburg zu verlassen, weigerte dieser sich nicht nur, sondern protestierte mit erhobener Stimme, daß er sich nie einer Intrige oder eines Vergehens schuldig gemacht habe. Er suche den Palast nie auf, wenn er nicht gerufen werde, schrie er. »Sie bestellen mich zu sich!« Der Minister ließ sich nicht beeindrucken, schickte Rasputin weg und berichtete dem Zaren von dem Gespräch. Er erzählte auch Minnie davon, und Minnie, die sich jahrelang weitgehend von allem, was in der Zarenfamilie vorging, ferngehalten hatte, beschloß, daß es an der Zeit sei, einzugreifen.

Im Februar 1912 ging Minnie wieder einmal zum Tee in das Alexanderpalais. Sie war fast 65 Jahre alt, hatte sich aber ihre Geschäftigkeit und einen großen Teil ihres Charmes bewahrt. Sie wußte, daß ihre Schwiegertochter häufig unpäßlich war und die Schmerzen in der Brust und die Kurzatmigkeit im vorigen Monat wieder sehr heftig gewesen waren. Sie hatte jedoch wenig Mitleid mit Alix und tat ihre ständige Krankheit als die Folge des Aufenthalts in zugigen Zimmern und der offenen Fenster bei eisiger Kälte ab. Minnie gab allein Alix die Schuld, daß sie durch ihre unkluge Bevorzugung Rasputins »die Dynastie und sich selbst zugrunde richtete«.[16] Alix erkenne gar nicht, welchen Schaden sie anrichte, hatte Minnie Kokowzow anvertraut, man müsse es ihr aber klarmachen. Jemand müsse sowohl den Zaren als auch seine Frau zur Vernunft bringen.

Es war bestimmt ein langer, spannungsgeladener Nachmittag. Minnie brachte ihre Argumente gegen Rasputin vor: die nachweislichen Ausschweifungen, seine schädigende und indiskrete Prahlerei und sein loses Mundwerk, die wütenden Reden der Abgeordneten, die plumpen Anspielungen und Witze, die an Festtafeln und in Ballsälen erzählt wurden. Die Würde und die Autorität des Thrones würden untergraben. Wenn man Rasputin nicht wegschicke, und zwar sofort, und nie wieder in die Nähe des Palastes lasse, dann sei die Dynastie in Gefahr.

Nicky sagte kaum etwas, abgesehen davon, daß er feststellte, er sehe keine Möglichkeit, Vater Grigorij wegzuschicken.[17] Ein

Jahr zuvor hatte sich der Starez auf Druck seiner Gegner auf eine Pilgerreise nach Jerusalem und Athen begeben und dann den Sommer außerhalb der Hauptstadt verbracht. Insgesamt war er mehr als die Hälfte des Jahres weggewesen. Aber durch seine Abwesenheit hatte der Zorn über das angeblich intime Verhältnis zur Zarin nicht im geringsten nachgelassen, und Minnie wußte das ganz genau.

Alix war es, die auf die Vorwürfe ihrer Schwiegermutter antwortete. Ihre Stimme war zweifellos gepreßt vor Anspannung, rote Flecken leuchteten auf ihren Wangen, während sie Vater Grigorij immer leidenschaftlicher in Schutz nahm. Sie begann mit einer heftigen Attacke gegen den »schmutzigen Klatsch«, weil durch ihn die ganzen Verleumdungen erst aufgekommen wären. Sophia Tjutschewa habe damit angefangen, sagte die Zarin, doch die Gouvernante habe gelogen, eine wunderbare, unschuldige und heilige Beziehung in den Schmutz gezogen. Und als die Lügen sich ausbreiteten, hätten die kaiserlichen Minister, lauter »Feiglinge«, nicht den Mut gehabt, standhaft die Familienehre zu verteidigen. In Wahrheit sei Vater Grigorij »ein außergewöhnlicher Mensch«, den Minnie erst einmal kennenlernen solle, bevor sie ein Urteil über ihn fälle. Er trachte weder nach Einfluß noch nach Reichtum, behauptete Alix hartnäckig. Sie selbst habe ihm nie etwas Wertvolles zukommen lassen, nur ein paar von Hand bestickte Hemden und Taschentücher und wertlose Ikonen und Amulette. Er habe ihr im Gegenzug Osterkuchen geschickt, den er gesegnet hatte, und Gebete und Karten, die er selbst geschrieben habe.[18]

Minnie hörte sich an, was Alix zu sagen hatte, und stellte mit zunehmender Resignation fest, daß sie, und nicht Nicky, für den Thron und die Familie sprach. Das meiste von dem, was Alix vorbrachte, habe nichts mit der Sache zu tun gehabt, sagte Minnie später zu Xenia. Sie erkenne nicht, welche tiefgreifenden politischen Faktoren hier hineinspielten, das wahre Ausmaß des Schadens. Alix war blind, Nicky passiv: So lautete die Einschätzung der Zarenwitwe. Weder sie noch irgend jemand anders konnte etwas tun. »Es steht nicht in unserer Macht, das Unglück abzuwenden, das mit Sicherheit kommen wird«, sagte sie zu Kokowzow.[19]

Schick ihn fort! Der Vorschlag ließ Alix vermutlich keine Ruhe, nachdem ihre Schwiegermutter gegangen war. Wie konnten sie Vater Grigorij denn fortschicken? Sie brauchten ihn, jeder einzelne. Er war zu ihrer Zuversicht, ihrem Beistand, ihrer Rettung geworden, genau wie früher Philippe. Weit davon entfernt, die Dynastie zu vernichten, war Vater Grigorij der Mann, auf dem die gesamte Zukunft der Romanows ruhte, denn ohne seine wunderwirkenden Gebete wäre der Thronerbe bestimmt schon längst gestorben. Rußland verdankte ihm so viel.

Alix bewahrte bei sich die Andenken auf, die Vater Grigorij ihr geschenkt hatte: Ikonen, bemalte Ostereier, Telegramme. Im vergangenen Winter, als sie schwer krank war, hatte er in eines ihrer Notizbücher geschrieben: »Hier ist mein Frieden, Quell der Herrlichkeit auf Erden, ein Geschenk für meine herzliche Mama.«[20] Sie verwahrte diese Botschaft wie einen Schatz. Sie brauchte seinen Frieden. Weshalb konnte die Welt nicht begreifen, wie sehr sie ihn brauchte, wie groß ihre Angst war, daß sie ohne ihn nicht die Kraft hatte weiterzuleben?

22

Einige Wochen nach der unerfreulichen Unterhaltung mit Minnie, im März 1912, traf Alix eine wichtige Entscheidung. Es war jetzt an der Zeit, zumindest den vertrautesten Familienangehörigen das wahre Wesen von Alexejs Krankheit zu enthüllen. Sobald sie wußten, daß er die Bluterkrankheit hatte und daß Vater Grigorij die Kraft hatte, ihn trotz der schwersten Anfälle am Leben zu erhalten, würden sie bestimmt Mitgefühl zeigen und sie unterstützen.

Sie setzte sich mit Nikolaus' Schwester Olga zusammen und sagte ihr die Wahrheit über Alexej. Er sei todkrank und nur deshalb noch nicht gestorben, weil Vater Grigorij lediglich für ihn beten müsse, wenn er blutete, und schon erhole er sich wieder. Es sei wie ein Wunder, sagte die Zarin ihrer Schwägerin. Alexej brauche sich nur in Vater Grigorijs Nähe aufzuhalten, und sofort gehe es ihm besser.[1] Sie pries den Starez in den höchsten Tönen. »Er spürt immer, wenn ich ihn brauche«, sagte sie und ihr üblicher strenger Gesichtsausdruck hellte sich bei dem Gedanken auf. »Wie kann ich ihm nicht glauben?« Alix zog Olga weiter ins Vertrauen, die wiederum Xenia mitteilte, ihre eigene Krankheit werde durch die Sorge um ihren Sohn verursacht. Sie sei sehr krank und habe keine Hoffnung auf Heilung.

Das Jahr 1912 war ein wichtiges Gedenkjahr, zahlreiche Feierlichkeiten wurden in Moskau anläßlich des 100. Jahrestages von Napoleons Einmarsch in Rußland veranstaltet und Denkmäler an historisch bedeutenden Stätten aufgestellt. Der Zar und seine Familie nahmen an der Enthüllung einer Statue Alexanders I. in

Moskau teil. Festessen und Teepartys fanden statt, Empfänge, Militärparaden und Zusammenkünfte der Diplomaten. Alexandra konnte nicht an allen teilnehmen, ging aber, soweit es in ihrer Kraft stand, zu möglichst vielen Anlässen und schickte Olga und Tatjana, wenn sie zu erschöpft war oder zu große Schmerzen hatte. Der ganze Trubel war »furchtbar ermüdend«, wie sie in einem Brief schrieb. Nach dem Ende der Feierlichkeiten war sie »lange Zeit völlig erledigt«.[2] Ihre Erschöpfung war im Sommer nicht zu übersehen, als selbst eine erfrischende Kreuzfahrt an Bord der *Standart* sie nicht aufmuntern konnte. Der französische Außenminister Raymond Poincaré, der in diesem heißen Sommer den Zar und die Zarin besuchte, war erstaunt über ihre sichtliche Qual und Mühsal.

»Die Zarin blieb reglos wie eine Statue«, erinnerte sich Poincaré. »Doch nach einigen Minuten beteiligte sie sich [an dem Gespräch], indem sie den Kopf bewegte, um die Äußerungen des Zaren zu unterstreichen, und sie streute selbst einige umsichtige Bemerkungen ein.« Nikolaus sah nach Ansicht des Ministers gut aus, seine Haut war von der Sonne gebräunt. Aber Alexandra litt unter der Hitze und war in ein dunkles Kleid eingezwängt, ein lästiger schwarzer Hut, geschmückt mit einer Straußenfeder und einer Borte, lastete schwer auf ihrem Kopf. Ihr ging es ganz offensichtlich nicht gut. »Von Zeit zu Zeit huschte plötzlich eine Röte über ihr Gesicht, und es hatte den Anschein, als fühle sie einen stechenden Schmerz in der Herzgegend oder habe Atembeschwerden.«[3]

Sie sorgte sich um Alexej. Die Ärzte rieten einmütig zu der Operation eines Leistenbruchs, hatten aber ernste Bedenken, daß ein chirurgischer Eingriff eine Blutung auslösen könne. Vater Grigorij war nach Sibirien geschickt worden, und auch wenn Alix überzeugt war, daß er durch seine geistigen Fähigkeiten mit Sicherheit wußte, wann er gebraucht würde, machte sie sich doch Sorgen. Konnten die Gebete Vater Grigorijs die Folgen einer Operation überwinden? Alexej war nie zuvor operiert worden, folglich war die Kraft von Vater Grigorijs Gebeten noch nie unter so extremen Bedingungen erprobt worden. Eine Verschiebung der Operation war unmöglich. Sie mußte unbedingt im Sommer durchgeführt werden, damit der Patient genügend Zeit hatte, sich bis zu den Reisen weitgehend zu erholen, die die Familie im Herbst auf sich nehmen mußte: Reisen zum Schlachtfeld bei Borodino und nach Moskau zu weiteren Gedenkfeiern, ein Besuch in Polen zur Jagdsaison, dann zurück nach Petersburg über den Winter. Aber was wäre, wenn das Schlimmste eintrat und weder die Ärzte noch Vater Grigorij imstande waren, das Kind zu retten? Sein Tod könnte kaum zu einem ungelegeneren Zeitpunkt kommen, da die Monarchie in Verruf geraten war, über einen Krieg in Europa gemunkelt wurde und der Zar selbst zum Gegenstand neuer Gerüchte geworden war. (Es hieß, er trinke zuviel und werde lasch und nachlässig.)

Eine Entscheidung mußte getroffen werden. Die Operation wurde durchgeführt, eine Blutung blieb aus. Sehr erleichtert brach die Familie im September nach Moskau auf.

Alexej schien sich gut zu erholen. Stolz stand er neben seinem Vater auf dem Schlachtfeld bei Borodino, in Uniform, kerzengerade und mit strengem Blick in seinen dunkelblauen Augen, während die Soldaten vorübermarschierten. Er war bezaubernd, sah gut aus, und es hieß, er sei intelligent, wenn auch relativ ungebildet. Er weckte größere Hoffnungen als sein Vater im Alter von acht Jahren. Inzwischen war, dank Alexandras Enthüllungen, innerhalb der Familie Romanow bekannt, daß der Thronerbe die Bluterkrankheit hatte, allerdings wurde auch registriert, daß er sich im vergangenen Jahr offenbar einer besseren Gesundheit erfreut hatte als früher. Die Anfälle kamen seltener, die Blutungsphasen waren kürzer. Es bestand eine gewisse Hoffnung, daß Alexej zu der sehr kleinen Minderheit Bluterkranker zählte, die, wie sein Vetter Waldemar und sein Großonkel Leopold, das Erwachsenenalter erreichten.[4]

Diese Hoffnung schwand jedoch, als Alexej sich während des Aufenthalts im Jagdhaus von Belowesch den Oberschenkel prellte und die Leistengegend und das linke Bein vor geronnenem Blut anschwoll. Nach dreiwöchiger Bettruhe ging die Schwellung zurück, und der Zarewitsch versuchte, wieder auf eigenen Füßen zu stehen. Die Familie war in die Jagdhütte Spala gezogen, mitten im Wald. Der Ort war so abgelegen, daß viele Kilometer im Umkreis nicht einmal ein Dorf lag. Am Abend des 15. Oktober setzte hier eine zweite Blutung ein, viel schlimmer als die erste.

Alexejs Schreie weckten seine Mutter, die sofort aufsprang und sich an sein Bett setzte. Bis zum Morgen litt der Junge furchtbare Schmerzen, der Lendenbereich und die Hüfte blähten sich auf, die Haut war zum Zerreißen gespannt, die Augen vor Fieber aufgerissen. Bei der leisesten Berührung schrie er auf.

Der diensthabende Kinderarzt, Dr. Ostrogorskij, riet, einen Spezialisten zu rufen. Also wurden Botschaften an Dr. Fjodorow, der Alexej lange Zeit behandelt hatte, und an den königlichen Kinderarzt Dr. Rauchfus geschickt. Sie sollten sofort nach Spala kommen. Unterdessen stieg das Fieber des Zarewitsch weiter, und das Bein und der Rücken schwollen weiter an. Er schrie und stöhnte jämmerlich.

Spala war in der Jagdsaison ein Treffpunkt für polnische Adlige, die sich dem Zaren bei organisierten Jagden auf Elche und Hirsche, auf Wisente und Wildschweine anschlossen. Nikolaus war übertrieben stolz auf sein Geschick mit dem Gewehr und prahlte mit den unzähligen Wildtieren, die er jeden Herbst schoß.[5] Jeden Abend wurden die toten Tiere des Tages auf dem Grundstück ausgelegt, damit die Gäste sie bei Kerzenlicht bewundern konnten – ein makabres Schauspiel, noch dazu deprimierend, wenn man an Alexejs schrecklichen Zustand denkt.

Der Tod war in Spala allgegenwärtig, in den Haufen von Tierkadavern, beim täglichen Schlachten und Ausnehmen, in den Gesprächen über Gewehre und Jagdtrophäen, die während und nach dem Essen geführt wurden. Besucher in der Jagdhütte erfuhren anfangs nichts von der Krise in der Familie, folglich erfreuten sie sich weiterhin der Gastfreundschaft des Zaren und der Zarin. Ihr Vergnügen wurde nicht durch die Sorge um den

Zustand des kleinen Zarewitsch getrübt. Jeden Tag standen sie sehr früh auf und sammelten sich beim Klang des Jagdhorns zu einem Ritt durch den Wald; jeden Abend feierten und tranken sie im Speisesaal, wurden gelegentlich sogar ausgelassen. Ihre Fröhlichkeit stand im krassen Gegensatz zur Besorgnis im Kinderbereich.

Alix widmete sich immer seltener ihren Gästen, als das Fieber ihres Sohnes stieg und seine gellenden Schreie immer lauter wurden. Sie saß die ganze Nacht hindurch neben ihm, schlief selbst kaum und beobachtete, wie er in ein Delirium fiel. Dr. Fjodorow traf am 17. Oktober ein, und am nächsten Tag schien es dem Patienten etwas besser zu gehen. Aber am 19. verschlechterte sich sein Zustand noch mehr, sein Gesicht war weiß und eingefallen, der Körper verzerrt. Er konnte weder schlafen noch essen. Selbst das Schreien tat ihm weh. Er wiederholte immer wieder »Herr, hab Mitleid«, wimmerte und schrie plötzlich auf: »Mama, hilf mir!« Außer seiner Mutter, seinem Vater und Derewenko ließ er niemanden zu sich. Der Diener trug das wimmernde Kind stundenlang auf den Armen.

Dr. Fjodorow nahm Nikolaus und Alexandra beiseite und sagte ihnen, daß Alexejs Magen zu bluten begonnen habe und die Gefahr einer Blutvergiftung und Bauchfellentzündung bestehe. Er sagte, sie sollten sich darauf gefaßt machen, daß ihr Sohn sterben würde, und zwar bald.

In den dunklen Gängen der Hütte, so dunkel, daß das elektrische Licht Tag und Nacht brennen mußte, ging das Hauspersonal mit finsterer Miene seinen Pflichten nach. Offiziell hatte man über Alexejs Verfassung nichts verlauten lassen, aber alle wußten, daß er in Todesgefahr schwebte. Er hatte nie zuvor so heftige Schmerzen gehabt, und nie so lange. Alle, die sein Zimmer betreten mußten, waren entsetzt über die Blässe seines Gesichts, über die Zerbrechlichkeit des dünnen kleinen Körpers. Es hatte fast den Anschein, als habe er bereits das Leben verlassen und ein anderes Reich an der Schwelle des Todes betreten: Sein Körper war schon so wachsweiß wie eine Leiche, sein Atem wurde bereits schwächer, während er, weil er nicht mehr die Kraft hatte zu schreien, seine Gebete um göttliche Gnade murmelte und den Namen seiner Mutter flüsterte.

Alix hatte seit fünf Nächten nicht mehr geschlafen. Vor Erschöpfung schlummerte sie immer wieder kurz ein, aber sie konnte es sich nicht erlauben, lange zu schlafen, solange sie gebraucht wurde. Sie achtete kaum auf ihre Toilette, nickte in den Tageskleidern ein, wusch sich hastig und saß still, während ihr Dienstmädchen ihr Haar schnell und einfach frisierte. Ihr Haar war stumpf und glanzlos geworden. Graue Strähnen zeigten sich in der goldenen Haarpracht, Zeichen ihrer Anspannung. Vom Schlafmangel geschwächt und verwirrt wie sie war, registrierte sie die Ausführungen und Warnungen Dr. Fjodorows kaum, sie begriff aber, daß Alexej bald sterben könnte. In seinen schlimmsten Momenten flehte er sogar um den Tod, damit die Schmerzen aufhörten, und bat darum, wie er sagte, »im Licht« begraben zu werden, im Freien, mit dem Himmel über seinem Kopf, nicht in einer finsteren, feuchten Gruft bei seinen Romanow-Vorfahren.

Trotz endloser Erschöpfung zwang Alix sich, bei Tische zu erscheinen und vor ihren Gästen den Anschein der Unbekümmertheit zu wahren. Sie hörte sie über die letzte Erfindung der sensationsgierigen Journalisten in Petersburg reden. Die russischen Zeitungen waren voller Geschichten über politische Extremisten, denen es gelungen sei, an Bord der kaiserlichen Yacht zu gelangen und Alexej anzugreifen. Der angebliche Anschlag sollte im Sommer stattgefunden haben, seither sei der Junge zwar am Leben, aber schwach. Die Berichte erregten großes Aufsehen, und auch wenn in Spala – zum Glück – keine Journalisten waren, stand einmal mehr die Frage nach der Nachfolge im Raum.

Alix hörte sich alles an, ließ sich von dem Gerede berieseln und war froh, daß ihre Schwester Irene ihr half, alles das zu tun, was von ihr erwartet wurde. Häufig mußte sie vom Tisch aufstehen oder das Wohnzimmer verlassen, um zu Alexej zu gehen, und Irene übernahm mit ihrer freundlichen, zwanglosen Art die

Rolle der Gastgeberin. Irene gab die Botschaften und Anweisungen ihrer Schwester an das Personal weiter, kümmerte sich um die Zeitungen, die aus Petersburg gebracht wurden, und half, im Haushalt Ordnung zu halten.

Alexej klammerte sich immer noch ans Leben, aber sein Herz schlug nur noch schwach, als Dr. Fjodorow es abhörte, und sein Fieber war gefährlich hoch bis auf 40,6 Grad geklettert. Er konnte nicht viel länger leben, sein Herz schlug immer schwächer.

Jetzt wurde die Krise zu einer Staatsangelegenheit. Der Thronerbe war dem Tode nah, und das Protokoll mußte eingehalten werden. Auch wenn die Untertanen des Zaren von der traurigen Nachricht völlig überrascht würden, mußten sie jetzt gewarnt werden. Am Abend des 21. Oktober wurde ein Krankenbulletin veröffentlicht. Jetzt war die Wache neben Alexejs Bett zu einer Totenwache geworden.

Die Gäste reisten ab. In der Kapelle sagten die Diener ihre Gebete auf, und die Dorfbewohner aus dem Bezirk kamen aus Ehrerbietung und wußten, daß das Leben des Zarewitsch zu Ende ging. Aus Petersburg kam ein Paket mit Kräutern, die man dem Patienten verabreichen sollte, um das Fieber zu senken und den Magen zu beruhigen. Der tibetanische Heilkundler Bachmanow hatte sie geschickt, dessen Heilkunst Alix sehr schätzte. Ob sie versuchte, die Kräuter einzuflößen oder nicht, ist nicht bekannt, aber am nächsten Tag, dem 22. Oktober, lag der Zarewitsch fast reglos, und Alix war überzeugt, daß er nur noch wenige Stunden zu leben hatte. Der Priester kam, ein zweites Krankenbulletin wurde vorbereitet. Irene bat darum, daß die Angehörigen des Haushalts sich aus Anstand auf ihre Zimmer zurückziehen und dort auf Nachrichten warten sollten. Man konnte nichts mehr tun außer warten und beten.

Man kann nur Vermutungen anstellen, weshalb Alix erst im letzten Augenblick, als ihr Sohn beinahe sein Leben aushauchte, eine Nachricht an Vater Grigorij in Sibirien schickte. Vielleicht nahm sie an, sie könne ihn nicht erreichen. Vielleicht fürchtete sie, obwohl sie ihn so energisch vor Minnie in Schutz genommen hatte, daß jeder Kontakt zu ihm einen neuen Skandal auslösen würde. Oder sie vertraute darauf, daß, wie sie oft gesagt hatte, der Starez selbst spüren würde, wie sehr sie ihn brauchte. Womöglich meinte sie, eine Nachricht sei völlig überflüssig. Wie dem auch sei, jedenfalls schickte sie am Ende ein Telegramm und bat ihn um Hilfe.

Stunde um Stunde dauerte die Wache am Bett des Jungen an, die ganze Nacht hindurch. Sein Zustand veränderte sich nicht. Es wurde Morgen, Nachmittag – immer noch keine Veränderung. Allein schon, daß er so lange überlebt hatte, erstaunte die Ärzte, die jede Hoffnung aufgegeben hatten.

An diesem Abend wurde Alix Vater Grigorijs Telegramm gebracht. »Fürchte nichts«, hieß es dort. »Die Krankheit ist nicht so gefährlich, wie es aussieht. Laß die Ärzte ihn nicht allzusehr plagen.«[6]

Zum äußersten Erstaunen der Familie, der Ärzte und des gesamten Personals besserte sich Alexejs Zustand schon wenige Stunden nach der Ankunft von Vater Grigorijs ermutigender Nachricht. Sein Herz schlug kräftiger, seine Schmerzen und die Schwellung ließen nach. Er hatte zwar noch hohes Fieber, aber es ging zurück. Als Dr. Fjodorow und Dr. Rauchfus ihn untersuchen wollten, ließ er zum ersten Mal zu, daß sie ihn wirklich berührten.

Die Nachricht von der scheinbar wundersamen Veränderung des Zustands des Zarewitsch verbreitete sich rasch, und eine große Menge kam zu einem Dankgottesdienst in der Kapelle zusammen. Ein positives Bulletin wurde geschrieben, das am Hof und im ganzen Land bekanntgegeben wurde.

Alix hatte die erfreuliche Aufgabe, auf Telegramme voller Sympathie über die gute Nachricht von der Genesung ihres Sohnes zu antworten. Vater Grigorij hatte ihn von Sibirien aus geheilt. Er hatte ihn von der Schwelle des Todes zurückgeholt.

Es dauerte fast einen Monat, bis der Patient sich so weit erholt hatte, daß er nach Petersburg reisen konnte. Er legte an Gewicht zu, die Farbe kehrte in seine Wangen zurück, und er konnte wieder im Ponywagen ausfahren, auch wenn der Diener, der den Wagen lenkte, darauf achten mußte, Schlaglöcher zu umfahren. Alexejs linkes Bein war immer noch gekrümmt, und er hatte noch Schmerzen im rechten Knie, so daß ihm das Laufen noch schwerfiel. Aber er war wieder munter wie eh und je.

Ganz Petersburg wußte, daß der Zarewitsch sich erholt hatte, und ganz Petersburg freute sich einige Wochen lang. Die Dynastie, die lange Reihe der Romanows, die bis zum Anfang des 17. Jahrhunderts zurückreichte, würde weiter Bestand haben, wie schwach der gegenwärtige Throninhaber auch sein mochte. Daran änderte auch nichts, daß die Nachfolge erst neulich durch die Heirat des Zarenbruders Michail mit seiner nichtadligen Mätresse einmal mehr gestört und geändert worden war – ein rebellischer Akt in den Augen des Zaren, ja Verrat. Es zählte einzig und allein, daß die historische Tradition gewahrt blieb, daß das Haus Romanow weiterlebte.

Die 300jährige Herrschaft der Romanows war in den Köpfen der Hauptstädter allgegenwärtig, als das Jahr 1913 begann. Die 300-Jahrfeier stand an, und in den Geschäften wimmelte es nur so von Andenken: Schals mit Bildern von Nikolaus und dem ersten Romanow, Zar Michail, Kronen und Zepter in Miniaturformat, Süßigkeiten in der Form von Medaillons, das Gesicht des Zaren aufgedruckt, Becher und Teller mit Zarengesichtern. Neue Gedenkbriefmarken wurden in Umlauf gebracht. Besondere Flaggen hingen an öffentlichen Gebäuden, besondere Geschenke verteilte man aus kaiserlicher Mildtätigkeit an die Armen, die vor Krankenhäusern und Asylen Schlange standen, um ihr Paket aus Lebensmitteln und billigem Schmuck in Empfang zu nehmen. Bettler erhielten eine heiße Mahlzeit und neue Kleider.

Zur Vorbereitung auf die Feierlichkeiten, die im März stattfinden sollten, probten die Chöre ihre Litaneien; Arbeiter mit dicken Handschuhen und warmen Pelzmützen und -mänteln strichen und reparierten die Fassaden der Paläste und Kirchen. Beide Ufer der Newa waren mit riesigen Buchstaben in den Farben Rot, Purpur und Gold geschmückt und ergaben die Losung »Gott schütze den Zaren«. Auf der Nikolausbrücke warfen karminrote und violette Lichter abends schaurige Spiegelungen auf das Eis im Fluß. Ein riesiger Vorhang mit einem Gemälde Peters des Großen wurde an der Fassade der Akademie der Wissenschaften angebracht; er war als Arbeiter in Bauernhemd und Hose gekleidet, mit einem Hammer in der Hand.

Die ganze Größe von Rußlands Vergangenheit, oder zumindest ein Abklatsch davon, sollte über der kläglichen Gegenwart aufragen und der Stadt einen edleren Glanz verleihen. Spaziergänger auf dem Newskij-Prospekt, Angehörige der feinen Gesellschaft auf ihrem Weg zu Bällen und Partys, selbst die abgestumpften Stammgäste der Nachtklubs und Bordelle kamen nicht umhin, sich an dem prunkvollen Lichterglanz, den Farben und dem protzigen Flitterkram zu erfreuen und von der Feierstimmung anstecken zu lassen. Während der gesamten Ferienzeit und bis in den kalten Februar hinein herrschte eine Stimmung oberflächlicher Heiterkeit, die, wie stets, durch einige bittere Nebentöne des Klatsches und andauernder Skandale eher unterstrichen wurde.[7]

Alix' Freude über die Erholung ihres Sohnes sollte, so groß sie auch war, doch nur von kurzer Dauer sein. Seine Gesundheit war immer noch angeschlagen, die Genesung machte langsame Fortschritte. Sie mußte entdecken, daß sie die Konsequenzen der Einweihung vertrauter Familienmitglieder in die wahre Natur seiner Krankheit völlig falsch eingeschätzt hatte. Weit davon entfernt, Sympathie und Verständnis zu wecken, war eine tiefere Feindseligkeit ihr gegenüber die Folge. Ihr wurde jetzt vorgeworfen, daß sie »die Romanows mit der Krankheit ihres eigenen Geschlechts verseucht« habe, wie eine der Großfürstinnen sagte.[8] Nicky hingegen wurde bemitleidet, weil er einen verkrüppelten Sohn hatte, und eine Frau, die sein Gebrechen verschuldet hatte.

»Ein Gefühl grenzenloser Verzweiflung erfüllte die Seele der Zarin«, schrieb Pierre Gilliard, der schweizer Hauslehrer der Kinder. »Die letzte Hoffnung war fehlgeschlagen.« Ihr kam es so vor, meinte Gilliard, als hätte »die ganze Welt sie verlassen«. Die Feindseligkeit ihrer Schwiegerleute hatte zugenommen, ihr Freundeskreis wurde immer kleiner. Selbst ihre neue Garderobiere, die reservierte und angesehene Madame Naryschkina, zeigte deutlich ihre Mißbilligung, und die beiden Frauen gerieten häufig aneinander: Madame Naryschkina war eng mit Minnie befreundet; mit ihrer Hilfe wurden die Ansichten der Zarinwitwe in den Palast eingeschleust und allem Anschein nach durchgesetzt.[9]

Stana, die montenegrinische Großfürstin, teilte nicht die allgemeine Auffassung der Familie, daß man Alix die ganze Schuld geben müsse. Aber Alix schickte Stana weg und sagte ihr, es sei »sinnlos, die Zarin von Rußland zu sein, wenn man nicht tun kann, was man will, und daß sie sich nur danach sehnte, allein gelassen zu werden und ihr Verlangen nach Einsamkeit zu befriedigen«.[10]

Viele Tage lang sehnte sie sich nur nach Einsamkeit. Sie blieb allein in ihrem Boudoir, in ihrem Kopf hämmerte es, sie machte sich Sorgen wegen Alexej und hatte mit Sicherheit Angst vor den bevorstehenden Feierlichkeiten, bei denen sie sich in der Öffentlichkeit zeigen mußte. Sie hatte Zahnschmerzen und litt an neuralgischen Störungen im Gesicht und an den für gewöhnlich schubweise auftretenden Schmerzen in der Brust.

Früher hatte sie sich einmal selbst einen »Pechvogel« genannt, der nur Unglück und Leid brachte. Mittlerweile betrachteten sie fast alle als die Unheilsbringerin für die Familie Romanow. Sie dachte mit Schaudern an die spitze Zunge Tante Miechens und der anderen, an die Kritik und Ratschläge ihrer Schwiegermutter und die mißbilligenden Blicke ihrer Garderobiere. Mit ihren Gedanken allein gelassen, oft von Schmerzen geplagt, ruhte sie sich aus, betete, grübelte und hatte Angst vor den nächsten Tagen.

23

Alexandra stand an der Seite ihres Mannes in der goldverbrämten Zarenloge im Mariinskij-Theater und hörte zu, wie das Orchester »Gott schütze den Zaren« spielte. In dem riesigen Theatersaal standen alle und sangen zu der Melodie, den Blick auf das Zarenpaar gerichtet. Ihr Gesicht war ausdruckslos, ihre ernsten und nachdenklichen Augen verrieten sie nicht, obwohl der Tribut der Menge sie bewegte und der Gesang sie stärkte und entzückte. Sie war blaß, ihre Hände zitterten, an den Fächer aus weißen Adlerfedern geklammert, und ihre Wangen, die zuvor blutleer gewesen waren, röteten sich allmählich. Sie versuchte, ihre aufkommende Unpäßlichkeit zu unterdrücken, sich mental aus dem stickigen, überfüllten Theater und von den Menschen zu entfernen, die sie beim Singen anstarrten. Doch ihr Atem wurde flach, und das Oberteil ihres weißen Samtkleides hob und senkte sich rasch, die Diamanten glitzerten auf dem Stoff in den buntesten Farben.

Endlich war die Hymne vorüber. Die Menge applaudierte und jubelte, die Zarin neigte kurz den Kopf, bevor sie sich in den goldgepolsterten Lehnstuhl setzte. Der Tribut war zu Ende, aber immer noch waren die Blicke der Zuschauer auf sie gerichtet, und alle tuschelten. Alix wußte, was sie sagten, wie sie über sie urteilten und sie für die Krankheit ihres Sohnes verantwortlich machten. Sie warfen ihr vor, sie lenke ihren Mann und zwinge ihn, in ihrem Sinn zu regieren. Angeblich beeinflußte sie ihn, Deutschland und alles Deutsche zu bevorzugen, weil sie selbst es auch tat. Sie wußte, was die Leute darüber sagten, daß sie die Nachfolge der Romanows infiziert hatte, und über die unschickliche Beziehung zu Vater Grigorij. Alix wußte, daß sie den Stab über ihr gebrochen hatten und sie hinter ihrem Rücken verspotteten.

Sie biß sich auf die Lippen und umklammerte den Fächer noch fester, ihre Hand zitterte krampfhaft, ihre Brust bebte. Sie fühlte sich einer Ohnmacht nahe. Sie hielt die Blicke, das Getuschel nicht länger aus. Sie lehnte sich zu ihrem Gatten und sagte einige Worte zu ihm, dann stand sie auf und ging in den hinteren Bereich der Loge, wo die Zuschauer sie nicht mehr sehen konnten.

Ihr Schritt blieb nicht unbemerkt. »Eine kleine Woge der Entrüstung lief durch das Theater«, erinnerte sich Meriel Buchanan, die Tochter des britischen Botschafters, »Frauen starrten sich gegenseitig an und zuckten vielsagend die Achseln, Männer flüsterten sich resigniert ein paar Worte zu.« Sie sagten, daß die Zarin letzten Endes die Hauptstadt hasse, ja, immer schon verschmäht und verachtet habe. Selbst an diesem wichtigen Tag sei sie nicht imstande, den gebührenden Platz an der Seite ihres Mannes einzunehmen, ihre Gefühle zu verdrängen und um seinetwillen ihre Pflicht zu tun. Sie erweckte, wie üblich, einen »unangenehmen Eindruck«. Dabei war ihre Panik echt, wie Meriel, die in der benachbarten Loge saß, ihr deutlich ansah. Sie litt sichtlich vor Kummer und Angst.

Bei dem Ball am Abend, den der Adel für das Zarenpaar gab, erging es ihr nicht besser. Alix trat am Arm ihres Mannes ein und tanzte mit ihm die Polonaise zur Eröffnung, aber ihr Gesicht war ernst und angespannt, ihr Mund wirkte »äußerst tragisch«. Der Glanz ihres weißen und silbernen Satinkleides, das herrliche Diamanthalsband, das einst Katharina die Große getragen hatte, die blitzende Tiara mit Diamanten – all das erweckte den Anschein einer majestätischen Gelassenheit. Aber so prächtig ihr Aufzug auch war, ihre Erschöpfung und ihr Unbehagen waren nicht zu übersehen, und sie sah, laut Martha Muchanowa, wie eine »abgehärmte Frau mittleren Alters« aus, »geplagt von Sorgen und Ängsten«.[1]

Der Lärm, die Menge, die kühle Höflichkeit und die feindlichen Blicke, die auf sie gerichtet waren, zehrten an ihren Nerven, sie sehnte sich nach Hause. Ihr Atem sei flach geworden, und sie habe sich so unwohl gefühlt, vertraute sie später Sophie Buxhoeveden an, daß sie »sich kaum auf den Beinen halten« konnte. Voller Angst, in Ohnmacht zu fallen, hielt sie weiter durch und litt »Höllenqualen« vor Schwindelgefühl. Wenn sie ohnmächtig geworden wäre, dann hätte es einen großen Wirbel und viel Gerede gegeben. Sie mußte unbedingt dagegen ankämpfen. Endlich gelang es ihr, ihrem Mann ein Zeichen zu geben, und er kam zu ihr herüber, »gerade rechtzeitig, um sie wegzuführen und zu verhindern, daß sie in aller Öffentlichkeit in Ohnmacht fiel«.[2] Sie verließ den Ball schon früh.

Ein Grund für Alexandras Anspannung war ihre strahlende, begeisterte Tochter Olga, die genau wie ihre Schwester Tatjana auf den Ball gehen durfte. Voller Freude ließ sie keinen einzigen Tanz aus. Olga war siebzehn, unverbraucht und attraktiv in ihrem einfachen blaßrosa Chiffonkleid, und ihre Cousins wollten unbedingt mit ihr tanzen – manchmal baten gleich drei um denselben Tanz. Alix gefiel das nicht, weil sie nicht wollte, daß sich eine ungelegene Liebelei zwischen Olga und einem ihrer schlaueren Cousins entwickelte. Alix hielt die Verwandten allesamt für »ungesund frühreif«; wie ihre Schwestern war auch Olga immer behütet worden, und abgesehen von unschuldigen Schwärmereien für Gardeoffiziere und Mitglieder der *Standart*-Besatzung hatte sie noch nie eine Romanze gehabt. In absehbarer Zeit würde sich das ändern, viele bei Hof sagten ohnehin bereits, es sei an der Zeit, Olga zu verloben. Doch ihrer Mutter, die aus eigener Erfahrung wußte, wie stark und dauerhaft eine Jugendliebe sein konnte, behagte der Gedanke überhaupt nicht, daß Olga eine romantische Beziehung zu einem jungen Mann einging. Insofern war die Tatsache, daß Olga sich voller Freude am Tanz beteiligte, nur eine weitere Belastung für Alix' Nerven. Sie fürchtete, ihre Mädchen würden den hehren Pfad der Tugend, auf den sie alle führen wollte, nun verlassen und sich der Frivolität oder gar der Sinnlichkeit hingeben. Wie ihre anderen Ängste zehrte auch diese neue Befürchtung an ihren Kräften und trübte ihre Wahrnehmung von Olga und deren unbekümmertem Abend.

Die großangelegten 300-Jahrfeiern fielen im wahrsten Sinne des Wortes ins Wasser. Die kostspieligen Festzüge, die Zeremonien, Empfänge und Bankette waren von ständigen Regengüssen und Gewittern begleitet. Selbst die triumphale Rundreise durch historische Städte und Orte, die mit dem ersten Romanow-Zaren in Verbindung standen, wurde durch einen anhaltenden eiskalten Wind verdorben, der die Reiseroute des Zaren abkürzte und die wartenden Menschenmengen enttäuschte.

Doch die Ehrerbietung war nicht echt, die jubelnden Massen waren gelegentlich spärlich gekommen, eher von »seichter Neugier« angezogen, wie ein Augenzeuge meinte, als von Ergebenheit zum Herrscherhaus. Es stand außer Frage, daß der Name Romanow befleckt worden war. Gewiß fielen einige Untertanen des Zaren auf die Knie und küßten seinen Schatten, als er an ihnen vorüberritt, aber viele andere nahmen an den Festlichkeiten nur nebenbei teil. Nach außen hin gaben sie sich zwar ehrerbietig, aber im Grunde waren ihnen die offiziellen Geschehnisse in Petersburg und Moskau gleichgültig.[3] Im Frühjahr 1913 zogen andere Ereignisse die Aufmerksamkeit der Öffentlichkeit auf sich: die Orgien in der Villa Schwarzer Schwan, dem Palast eines erotomanischen Millionärs, die manische Begeisterung für Bridge und Kokain, die steigende Zahl der Selbstmorde und die Einzelheiten einer Reihe aufsehenerregender Strafprozesse.

Einer Sache stand die russische Öffentlichkeit jedoch ganz und gar nicht gleichgültig gegenüber: dem drohenden Krieg. Selbstgefälligen Feierlichkeiten der Herrscherdynastie mochte man wenig Bedeutung beimessen, aber das Säbelrasseln und die Aufrüstung des angrenzenden deutschen Kaiserreichs waren eine ernstzunehmende, ständige Bedrohung. Kaiser Wilhelm war mit seinem prahlerischen, herrschsüchtigen Gerede, seiner Eitelkeit und dem offensichtlichen Streben nach Vorherrschaft eine gefährliche Figur auf der Bühne der europäischen Politik. Seine exzentrischen Ausfälle wurden von der sensationsgierigen Presse noch zusätzlich aufgebauscht. Gemeinsam mit seinem Staatssekretär des Reichsmarineamtes, Admiral von Tirpitz, hatte der Kaiser die deutsche Flotte vergrößert, indem er eine Reihe außerordentlich schneller Schlachtkreuzer baute, die mit schweren, weitreichenden Geschützen ausgerüstet waren und es mit den britischen Schlachtschiffen an Größe und Feuerkraft aufnehmen konnten. Die Deutschen strebten ganz eindeutig die Vorherrschaft auf See an; was die Vorherrschaft an Land anging, so waren die russischen Streitkräfte den deutschen zwar zahlenmäßig überlegen, aber sie waren viel schlechter ausgerüstet und wurden von einem unerfahrenen, leichtsinnigen Kriegsminister geleitet, von General Wladimir Suchomlinow. Bei einem Kräftemessen mußten die deutschen Truppen den Sieg davontragen.

Doch der Zar war persönlich der Ansicht, daß es nie zu einem Kräftemessen kommen würde. Willy, so dachte Nikolaus, sei zwar ein »Langweiler und Angeber«, aber daß er einen Krieg anfangen werde, sei unwahrscheinlich. Dazu hätte er mehrfach Gelegenheit gehabt, als der deutsche Bündnispartner Österreich-Ungarn den russischen Interessen auf dem Balkan in die Quere gekommen war. Wenn er wirklich einen Krieg gewollt hätte, dann hätte er doch das Vorgehen Österreichs gegen die slawischen Verbündeten Rußlands unterstützen können. Er hatte es aber vorgezogen, nicht in Aktion zu treten. In jüngster Zeit hatte der deutsche Kaiser sogar sein Schiffbauprogramm gekürzt, was in Großbritannien gedämpfte Erleichterung auslöste, und hatte mit General Suchomlinow gesprochen – ein erfolgreiches Treffen, bei dem der Kaiser einen günstigen Eindruck von dem General gewann (ein »sehr netter und interessanter« Mensch).

Willys persönliche Nachrichten an Nicky waren herzlich und familiär. Er hoffe aufrichtig und sei überzeugt, daß das Jahr 1913 friedlich vorübergehen werde, wie Nicky ihm am Neujahrstag telegraphiert habe, schrieb Willy Anfang Januar. Er glaube, sie könnten beide beruhigt in die Zukunft blicken.[4] Um den friedlichen Gang der Ereignisse zu unterstützen, lud Willy viele seiner Verwandten, darunter Nicky und Georg V., nach Berlin zur

Hochzeit seiner Tochter Victoria Louise ein, die in der Familie Sissy genannt wurde.

Ende Mai trafen die Gäste in der deutschen Hauptstadt ein. Dutzende von Verwandten kamen zusammen, umarmten und küßten sich gleich auf dem Bahnhof und plauderten miteinander genau wie vor 20 Jahren, als sie sich in Coburg zur Hochzeit von Ernie und Ducky getroffen hatten. Damals war Königin Victoria die Matriarchin des Clans gewesen. Jetzt gab es keine Matriarchin, keine Einzelperson, der alle sich beugten. Doch die Familienbande waren immer noch stark. Alix sah ihre Schwestern Victoria und Irene wieder, Minnie ihre Schwester Alexandra, die Königswitwe von England. Nicky, Willy und George kamen als gleichgestellte Cousins zusammen, nicht als Rivalen; die Tatsache, daß die Herrscher Rußlands und Großbritanniens mit den Gegnern des deutschen Kaisers verbündet waren, wurde ohne weiteres übergangen, als sie sich gegenseitig und dem Brautpaar zuprosteten. Aus Höflichkeit trugen sie Uniformen der jeweils anderen Militärs und verhielten sich eben wie Hochzeitsgäste.

Wenn Alix sich bei dem Bankett im Kaiserpalast, unter einer Menge von 250 Menschen, unwohl und ängstlich gefühlt hatte, so hatte es zumindest niemand bemerkt. Sie war unter Freunden und Anhängern. Willy mochte sie zwar nicht und traute ihm nicht, aber in der Menge waren viele Menschen, die sie liebte und auf die sie sich freute. Schon allein die Abwesenheit von Petersburg mit seinen gehässigen Zeitungsberichten und dem spöttischen Klatsch muß ihr wie eine Erlösung vorgekommen sein.

Doch die Erlösung war von kurzer Dauer. Schon bald kehrte die Familie nach Zarskoje Selo zurück, und Alix mußte sich wieder den Familienangelegenheiten widmen: der beunruhigenden Zuneigung der Tochter Xenias und Sandros, Irina, zu dem leichtlebigen, ungeheuer reichen jungen Adligen Felix Jussupow (»Ich würde meinen Töchtern niemals erlauben, ihn zu heiraten«), den ungelegenen und irritierenden Bemühungen ihrer Tochter Anastasia, »Würmer zu züchten«, der sich verschlimmernden Krankheit der langjährigen Freundin und Hofdame Sonja Orbeliani, die immer noch im Palast lebte, den Auseinandersetzungen mit der undankbaren Anna Wyrubowa (»aber wir haben ihr unsere Herzen, unser Haus geöffnet, sogar unser Privatleben – und das haben wir nun davon! Es ist schwierig, nicht bitter zu werden«), der Scheidung von Nickys Schwester Olga und der selbstzerstörerischen Verschlimmerung des Benehmens Vater Grigorijs, dessen Lüsternheit (er belästigte sogar die entsetzte Olga nach der Scheidung), Rauflust und Trunksucht zunahmen.[5]

»Mein Herz ist schwer und verletzt«, schrieb Alix. Sie hielt immer noch zu ihrem geistigen Mentor, stritt ab, was über ihn erzählt wurde, und wollte die erhöhte Kriegsgefahr im Herbst 1913 nicht wahrhaben.

Auf Nikolaus' Schreibtisch gingen Meldungen ein, daß die österreichische Armee wegen der bulgarischen Angriffe auf Serbien ihre Truppen entlang der russischen Grenze in Galizien zusammenziehe. Trotz der diplomatischen Bemühungen hatte es den Anschein, als könne der zerbrechliche Waffenstillstand auf dem Balkan jeden Moment durch eine neuerliche Aggression enden. Unterdessen quollen die Zeitungen über von Leitartikeln zu den leidenden Serben und bedrohlichen Österreichern und schürten den Patriotismus der Öffentlichkeit. Der Dumapräsident Michail Rodsjanko drängte den Zaren, sich die Schwäche der Türkei zunutze zu machen und russische Truppen zur Eroberung Konstantinopels auszusenden – ein Unterfangen, das wie geschaffen war für die 300-Jahrfeier der Romanows.

Mit ihrem wunden Herzen wollte Alix einfach nur in Frieden gelassen werden, doch der Frieden, so schien es, wurde ihr ständig verwehrt – abgesehen von den Familienausflügen nach Liwadija im Herbst und im Frühjahr. Wieder in Zarskoje Selo, als die winterliche Ballsaison am Neujahrstag 1914 eröffnet wurde, blieb sie bei ihrer Gewohnheit, die zahlreichen Partys und Bälle zu meiden. Beunruhigt stellte sie fest, daß die besten Diners und Bälle in diesem Jahr angeblich in dem kahlen neuen Sitz des Grafen Pourtalès veranstaltet wurden, des betagten deutschen Botschafters.

Alix nahm nur an dem Ball teil, den Minnie im Anitschkow-Palais für die vier kaiserlichen Großfürstinnen Olga, Tatjana, Maria und Anastasia gab. Die Mädchen waren hinreißend, vor allem die schlanke, bezaubernde Tatjana. Doch ihre Mutter stellte sie in den Schatten, obwohl sie krank und bereits im mittleren Alter war. Ein Augenzeuge meinte, Alix sei »der Inbegriff der Schönheit« gewesen mit ihrer würdevollen Haltung, ihren edlen Zügen und dem feinen Benehmen. »In ihrem Lächeln lag ein Hauch Traurigkeit«, schrieb er, aber diese Wehmut habe sie lediglich noch anziehender gemacht. (Die »verhärmte« Zarin, die Martha Muchanowa wahrgenommen hatte, sahen ganz offenbar nicht alle.)[6] Der Ball dauerte zwar bis halb fünf morgens, doch Alix ging völlig erschöpft gegen Mitternacht.

Ein milder Winter und ein verregneter Frühling wichen einem ungewöhnlich schönen, wolkenlosen Sommer. Die frischen Blätter auf den Parkbäumen wurden in der Hitze ganz staubig, Pfingstrosen verwelkten in den Blumenbeeten, und entlang der Straßen der Hauptstadt sammelten sich Haufen eines gelben Staubs, den vereinzelte warme Böen vom Flußufer herwehten.

Die Petersburger legten ihre Mäntel und Schals ab und genossen das schöne Wetter. Sie aßen Eis, blieben in den hellen Nächten lange auf und sorgten sich, daß in der Hitze womöglich eine Epidemie ausbrechen würde, wie so oft zuvor. Die Luft roch nach dem Rauch der Lagerfeuer, der das silbrige Licht des Frühsommers mit einem braunen Schleier befleckte.

Wer es sich leisten konnte, verließ die Stadt und zog auf den Landsitz oder in Urlaubsorte in Finnland, nicht nur um vor der Hitze zu fliehen, sondern auch vor den drohenden schweren Arbeiterprotesten. Mitte Juni waren bereits mehr als hunderttausend Arbeiter in der Hauptstadt in Streik getreten, und jeden Tag zogen noch mehr aus den Fabriken auf die Straße.

Sie streiften in Gruppen durch die Stadt, sammelten sich an Straßenecken zu Dutzenden, dann zu Hunderten, zusammengetrieben von der Polizei und von berittenen Kosakenpatrouillen mit Säbeln. Viele in der Stadt erinnerten sich noch an den Blutsonntag vor neun Jahren, als man den Soldaten befohlen hatte, in die Menge zu feuern, und Dutzende im Schnee gestorben waren. Und sie erinnerten sich an Gerüchte von einem aktuelleren, schrecklicheren Massaker in den Goldminen an der Lena, als Soldaten auf streikende Arbeiter geschossen und Hunderte getötet hatten.

Die Arbeiter von Petersburg gingen daran, Barrikaden zu errichten und ganze Straßenabschnitte für sich zu beanspruchen. Je mehr sie wurden, desto größer wurde ihr Selbstvertrauen. Sie gewannen immer mehr Anhänger für ihre Sache. Hunderte von Fabriken standen leer. In Kürze, so hieß es, würde die Hälfte der Arbeiter im ganzen Land streiken.

Mitten in der Hitzewelle entluden sich nacheinander mehrere schwere Gewitter über Petersburg. Plötzliche Schauer setzten Straßen und Gebäude unter Wasser und ertränkten die Gärten in voller Blüte. Völlig durchnäßt verließen die Arbeiter ihre halbfertigen Barrikaden und suchten in Hallen und Lagerhäusern Schutz. Sie sahen zu, wie bunte Blitze vom Himmel zuckten oder Wipfel und Türme trafen. Der Donner rollte über der Newa, lauter als die ganze Artillerie der russischen Armee, so laut, daß er in Peterhof gehört wurde, wo der Zar und seine Familie sich auf die Ankunft eines wichtigen Besuchers vorbereiteten: Präsident Poincaré aus Frankreich.

Es sollte ein wichtiger Besuch werden, der die diplomatischen Beziehungen Rußlands zu seinem französischen Bündnispartner stärken und eine Einigung in der zunehmend verworrenen und undurchsichtigen Krise auf dem Balkan bringen sollte – ohne eine direkte militärische Intervention Rußlands.

Ende Juni machte ein Terroranschlag die ohnehin brenzlige Lage noch komplizierter. Ein serbischer Attentäter erschoß den österreichischen Thronerben Franz Ferdinand und seine Frau, während sie in der Kutsche durch Sarajevo fuhren. Das hatte ein ernstes und hektisches diplomatisches Nachspiel; jeder Außenminister Europas war gezwungen, darauf zu reagieren. Telegramme und Telefonnotizen wurden ausgetauscht, wichtige Entscheidungen diskutiert.

Der Zar war trotz der Zuspitzung der Lage immer noch der Ansicht, daß der Frieden bewahrt werde, und teilte das Poincaré bei dem Treffen mit. Er konnte nicht glauben, daß die Deutschen einen Krieg anfangen würden, daß Kaiser Wilhelm »sein Land in ein wildes Abenteuer schicken« würde. Und der trauernde, betagte Kaiser Franz Josef von Österreich-Ungarn würde sich ebensowenig in einen großen Konflikt hineinziehen lassen – denn ein Krieg würde, wenn es so weit kam, mit Sicherheit ganz Europa erfassen.

Poincaré war anderer Meinung. Er beurteilte die Stimmung der anderen Staaten Europas realistischer als sein Gastgeber. In seinen Augen war ein Krieg unvermeidlich. Das verlangte schon die allgegenwärtige militärisch geprägte Lebensweise. Die massive Aufrüstung, die riesigen Flotten und die diplomatischen Verflechtungen, die es den Mächten praktisch unmöglich machten, im Alleingang zu handeln, die Millionen Mann unter Waffen, die nur darauf warteten, ihre Stellungen zu beziehen, sobald die Fronten gezogen waren, all dies deutete auf einen Konflikt hin – und zwar auf einen Konflikt, der seiner Ansicht nach nicht mehr lange aufgeschoben werden konnte.

Während des Besuchs des französischen Präsidenten wurden zwei prächtige Militärparaden in Krasnoje Selo veranstaltet.[7] Eine Reihe uniformierter Männer nach der anderen marschierte an dem Podium vorüber, der Staub, der von ihren Füßen aufwirbelte, stieg in der warmen Luft auf und bildete einen goldenen Schleier um sie. Fahnen wehten, Kapellen spielten aufrüttelnde, patriotische Märsche, von Zeit zu Zeit stimmte die Zuschauermenge in die Melodien ein. Hoch oben am wolkenlosen Himmel brummte ein Flugzeug und kreiste immer wieder um das Paradefeld.

Von den Festzügen, dem Gefühl der Vaterlandstreue, das von den strammen Soldaten geweckt wurde, dem Anblick der stattlichen jungen Offiziere und der heldenhaften, humpelnden Generale, Veteranen aus längst vergangenen Kriegen, die in den Reihen der Soldaten marschierten, wurde so mancher in der Menge zu Tränen gerührt.

Und dann ritt, vor den Augen der Ehrengäste, der Zar auf einem Schimmel vorüber, stattlich und kriegerisch anzusehen, kein Mensch mehr, sondern ein mystischer Anführer, ein Symbol der Macht und Größe. Die Menge brach immer wieder in Beifallsstürme aus, während die Onkel und Cousins hinter dem Souverän ritten, eine Parade prächtiger, beherzter Figuren, auf die in offenen Kutschen die Zarenfamilie folgte, eskortiert von Vorreitern in Purpur und Gold.

Eine Kapelle stimmte die Abendhymne an, und beinahe im selben Augenblick, schrieb ein Augenzeuge, »schlossen sich auf der ganzen weiten Ebene die Stimmen der Männer an und griffen die Melodie auf«. Unterdessen erstrahlte der Himmel im Licht eines Sonnenuntergangs. Eine Theaterinszenierung konnte nicht majestätischer sein. Es war ergreifend, es war glanzvoll. Und es kündigte den Krieg an.

Alexandra fuhr in einer Kutsche, ihr tadelloses weißes Kleid war von Staub bedeckt, weshalb sie husten mußte. Ihre Töchter fuhren mit ihr, sie trugen alle große, mit Blumen geschmückte Hüte, um sich vor der Sonne zu schützen. Die Zarin hatte an den diplomatischen Banketten und den Vergnügungen im Palast teilgenommen, die zu Ehren des französischen Präsidenten veranstaltet wurden. Sie hatte sich gezwungen, die ihr gebührende Rolle zu übernehmen. Sie wußte, daß sehr viel auf dem Spiel stand. Aber während des ganzen ereignisreichen Tages waren ihre Gedanken anderswo.

Wenige Stunden nach der Ermordung des österreichischen Großherzogs war in Pokrowskoje auch auf Vater Grigorij ein Anschlag verübt worden, von einem Anhänger seiner Feinde, dem Mönch Iliodor. Obwohl seine Wunden beinahe tödlich waren, hatte ein Arzt aus Tjumen sein Leben gerettet – Alexandra hatte dem Arzt eine goldene Uhr und einen glühenden Dankesbrief geschickt. Zur Zeit erholte sich Vater Grigorij gerade.

Der Anschlag auf ihn und die plötzliche Verschärfung der Lage auf dem Balkan waren in einer Zeit hereingebrochen, als der Zarenfamilie scheinbar ein ruhiger Sommer bevorstand, ausgefüllt mit Picknicken und Tennispartien, langen Spaziergängen in den Wäldern und Ausflügen mit der Yacht entlang der finnischen Küste. Alix hatte soeben den nächsten Besuch in Liwadija geplant, an Ernie, Irene und Victoria und an ihre alte Freundin Maria Barjatinskaja Briefe verschickt. Sie hatte das Personal angewiesen, die Gästezimmer herzurichten und die Speisekammer aufzufüllen. Sie hatte sich auf die warmen Herbsttage auf der Krim gefreut, auf ihre Gärten und auf die große Terrasse, hoch über dem Meer, auf Besuche im Sanatorium und auf die Organisation wohltätiger Basare.

Die Erschütterungen der jüngsten Tage hatten alle diese Pläne zunichte gemacht. Zuviel war in allzu kurzer Zeit geschehen. Es war völlig unmöglich, weitere Pläne zu machen. Das beste, was sie tun konnte, war, den Platz an der Seite von Nikolaus einzunehmen und ihn nach Kräften zu unterstützen, während er versuchte, mit den Schwierigkeiten fertig zu werden.

Am letzten Abend des Staatsbesuches, nach einem stundenlangen Abendessen, gefolgt von endlosen Reden, war sie erschöpft. Sie forderte den französischen Botschafter Maurice Paléologue auf, sich neben sie zu setzen und ihr Gesellschaft zu leisten, während der Abend sich dem Ende zuneigte.

»Mit gezwungenem Lächeln«, erinnerte sich Paléologue, »und müdem Tonfall sagte sie: ›Ich bin froh, daß ich heute abend hierher gekommen bin ... Ich fürchtete schon, es würde Sturm geben.‹« Sie plauderten über belanglose Dinge, die Dekoration für das Diner, das gute Wetter, das während der Rückreise des Präsidenten zu erwarten war. Leichte Konversation zu betreiben, war ihr zwar noch nie leicht gefallen, aber sie gab sich Mühe, obwohl Paléologue wußte, wie schwer es ihr fiel. Er hatte sie in diesen vier Tagen beobachtet und bemerkt, wie mitten in einer Menge ihr Lächeln plötzlich starr wurde und die Venen auf ihren Wangen hervortraten. Wie sie sich vor Anspannung auf die Lippen biß, ihr Atem flach wurde, ihre Augen ruhelos umherwanderten und sie kurz vor einer Panik war. Er dachte manchmal, sie würde »offensichtlich mit einem hysterischen Anfall kämpfen«, und sie entspannte sich nur, wenn ihr Mann in der Nähe war oder sie sich ganz auf ihn konzentrieren konnte.[8]

Während Alexandra mit dem Botschafter plauderte, spielte das Orchester plötzlich ein Allegro fortissimo, mit allen Blechbläsern und donnernden Pauken. Sie zuckte zusammen und legte die Hände auf die Ohren. »Mit einem schmerzvollen und bittenden Blick«, erinnerte sich Paléologue, wies sie schüchtern auf die Kapelle und flüsterte: »Könnten Sie nicht? ... «

Das war zuviel: der schmetternde Lärm, das Stimmengewirr, die ermüdenden gesellschaftlichen Pflichten, das Eindringen störender Ereignisse und die drohenden, weit schlimmeren Ereignisse. Wie ein heftiger Sommerwind, der sich erhoben hatte, um das Land aufzurütteln, alles ins Chaos und in Verwirrung zu stürzen, so waren die Ereignisse der letzten Woche unversehens aufgetaucht, hatten ein Chaos verursacht und ihre ganzen Pläne zunichte gemacht. Einmal mehr blieb sie allein und verlassen, dem Zufall überlassen, so schwerelos wie der gelbe Staub auf den Feldern, der von den Winden des Schicksals verweht wurde.

24

Am Abend des 1. August 1914 erreichte die Kammerzofe der Zarin, Sophie Buxhoeveden, ein Anruf ihrer Herrin.

»Der Krieg ist erklärt«, sagte Alix, ihre Stimme war heiser vor unterdrücktem Schluchzen.

»Gütiger Himmel!« sagte Sophie. »Dann hat Österreich es tatsächlich getan!«

»Nein, nein. Deutschland. Es ist entsetzlich, schrecklich – aber Gott wird uns helfen und Rußland retten.«

Es war schon nach 22 Uhr, aber Alix war wach und voller Tatendrang. Sie sagte Sophie, daß sie »arbeiten müßten«, und wies sie an, sofort die Nähwerkstatt in der Eremitage zu eröffnen.[1] Sie hatte eine Liste mit all den Dingen vorbereitet, die Sophie erledigen sollte. Trotz der späten Stunde sollte sie Kontakt zu Sekretären und Angehörigen des Personals aufnehmen, Notizen schreiben und Telefonanrufe tätigen. Während sie Sophie die Anweisungen vorlas, beruhigte sie sich, ihre Stimme bekam wieder den normalen Klang.

In dem einen Jahr, in dem Sophie jetzt das Amt der Kammerzofe innehatte, hatte sie die Zarin kennengelernt. Sie hatte sich an ihre Reizbarkeit gewöhnt, an ihre exzentrischen Eigenarten: das leidenschaftliche Aufstellen von Listen und detaillierten Aufgliederungen, die gelegentliche Strenge und das gebieterische Auftreten gegenüber den Dienern, ihre Vorliebe für weißen Flieder, Orchideen und kalte Räume, ihren geringen Appetit und die vegetarische Ernährung. Sie hatte sich an Alix' Sehnsucht nach Einsamkeit und an ihr Mißtrauen gegenüber Fremden gewöhnt, an ihre Kopfschmerzen, Ermüdungserscheinungen und ihre häufigen hysterischen Anfälle, sowie an den Fatalismus, mit dem sie den Verlust der eigenen Gesundheit, wie sie es nannte, ertrug.

Die Kammerzofe lernte, daß ihre kaiserliche Herrin sehr empfindlich darauf reagierte, wenn ihre Gesundheit angesprochen wurde. Sie wurde jedesmal wütend, wenn die Leute sagten, sie leide an den »Nerven«. Ihre Nerven seien »so stark wie eh und je«, wiederholte sie hartnäckig, lediglich ihr »übermüdetes Herz« mache ihr Kummer.[2]

Sophie wußte, wie auch andere Angehörige des Haushalts, ganz genau, daß Alix' Krankheit nicht nur physische Ursachen hatte, daß nicht nur eine ständige Überängstlichkeit in der Gegenwart großer Menschenmengen oder Fremder heftige körperliche Beschwerden bei ihr auslöste. Vielmehr war ihr geistiger Kompaß durcheinander geraten. Nickys Cousine Maria, die Tochter seines Onkels Paul, drückte es so aus: Alix habe »ihr mentales Gleichgewicht verloren« und lege eine »zunehmende innere Härte« an den Tag sowie einen »schwindenden Sinn für das rechte Maß«.[3] Sie klammerte sich mit übertriebener Loyalität an diejenigen, die sie als Freunde und Verbündete betrachtete. (»Wenn die Zarin gut über einen Menschen dachte«, schrieb Sophie, »in der Politik wie in der Freundschaft, dann mußte er sich fast schon als Verbrecher entpuppen, bevor sie ihn aufgab.«[4]) Gegenüber denjenigen, denen sie nicht traute, wurde sie nachtragend, und niemand konnte sie überzeugen – abgesehen von Minnie haben es allerdings auch nur wenige jemals versucht –, daß ihr Urteil unausgewogen und ihr Wissen von der Welt zu begrenzt war, als daß sie sich eine vernünftige Meinung hätte bilden können.

Die Verschlechterung ihres Zustands war unverkennbar. Wie Alix' Dienstmädchen Madeleine Zanotti, die ihr seit 1892 diente, später sagen sollte: »In den letzten Jahren war sie nicht die Gleiche, die sie früher gewesen war«, sie war überzeugt, daß sie vom Pech verfolgt würde und daß sie »es in den Augen Rußlands nie richtig machen« könne.[5] Hinter den unablässigen Bekundungen ihres Glaubens an einen wundertätigen Gott war sie tief mißtrauisch, verzweifelt unglücklich und hatte Angst vor einer Katastrophe.

Nur ständige Beschäftigung lenkte sie von den beunruhigenden Gedanken ab, die sie quälten. Ihre Lieblingstätigkeit war die Rettung und Pflege von Notleidenden.

»Täglich bete ich darum«, bestätigte Alix, »daß Gott mir das Leid senden möge ... Immerhin ist es der größte Trost des Lebens, zu spüren, daß der Leidende einen braucht, und täglich bete ich, schon seit Jahren, darum, daß Gott mir in Seiner grenzenlosen Barmherzigkeit nur die Leidenden senden und mir die Möglichkeit geben möge, ihnen zu helfen.«[6]

Nach dem Ausbruch des Krieges dürfte die Zahl der Leidenden mit Sicherheit ansteigen, und die Zarin hatte die Absicht, ihren Platz in den Schlachtreihen als Kämpferin gegen das Leid und den Schmerz einzunehmen.

Die Bemühung nahm mit Sicherheit gigantische Ausmaße an, denn schon wenige Wochen nach der Kriegserklärung errechnete der Leiter des Roten Kreuzes im Semstwo, daß Rußland Platz für eine Million Verwundete brauchen würde. Die Krankenhauszüge brachten jeden Tag Tausende von Verwundeten nach St. Petersburg – das inzwischen in Petrograd umbenannt worden war, um den deutsch klingenden alten Namen zu vermeiden. Minnie war die Schutzherrin des Roten Kreuzes, aber Minnie hielt sich in England auf. Sie bevollmächtigte Alix, vorübergehend ihren Platz einzunehmen. Nichts wäre der Zarin lieber gewesen, bis sie bei der Organisation auf Widerstand und Feindseligkeit seitens verschiedener Beamter stieß.[7] Ihre Verbesserungsvorschläge wurden kritisiert, ihre Anweisungen ignoriert; man ging davon aus, daß sie für Deutschland sei und es ihr am nötigen Mitgefühl für die russischen Soldaten fehle.

Der Widerstand und der Vorwurf einer deutschlandfreundlichen Einstellung schmerzten Alix, denn sie hatte ihren Cousin Willy noch nie gemocht und war in den zwanzig Jahren in Rußland zu einer glühenden russischen Patriotin geworden.

Seit den achtziger Jahren des vorigen Jahrhunderts, als der jugendliche Willy Ella den Hof gemacht und die ganze Familie des Großherzogs Ludwig mit seiner Arroganz und seinem Dünkel abgeschreckt hatte, verabscheute Alix ihn. »Er hält sich für einen Übermenschen«, sagte sie einmal, »dabei ist er nichts als ein Clown. Er hat überhaupt keinen Wert. Seine einzigen Tugenden sind seine strengen Moralvorstellungen und seine eheliche Treue.«[8] Sie nannte ihn den »ungeheuerlichen« Kaiser und war, wie allen ihren Verwandten auffiel, »leidenschaftlich deutschfeindlich«.[9] Ihr Vater hatte in seiner Jugend gegen Preußen gekämpft und sie so erzogen, daß sie alles Preußische haßte, und der Kaiser war durch und durch Preuße.

Freilich machte Alix sich große Sorgen, daß Willy ihren Bruder Ernie an die russische Front schicken würde, und war sehr erleichtert, als sie in den ersten Kriegsmonaten erfuhr, daß die Armeen von Hessen-Darmstadt nicht gegen russische Truppen eingesetzt würden. Schwester Irenes »sehr liebenswürdiger« Mann Heinrich war Admiral in der deutschen Marine, und Schwester Victorias Mann Ludwig war ein hoher Beamter der britischen Admiralität. Auch um die beiden machte sie sich Sorgen, im Grunde um alle, die durch den Krieg in Gefahr geraten waren.

»Es blutet einem das Herz, wenn man an das ganze Elend überall denkt und daran, was danach kommen wird!« schrieb sie im November 1914 an Victoria. Sie weinte wegen der Einsamkeit Ernies und aller anderen weit weg von zu Hause, wegen der Qual und der erbärmlichen Lage aller im Gefecht, wegen der Ängste, die alle in Gefangenschaft geratenen Soldaten ausstehen mußten. Sie hatte mit eigenen Augen diese Angst gesehen, als deutsche Kriegsgefangene in ihre Krankenhäuser gebracht wurden. Sie hatten zuerst gefürchtet, daß die Russen sie erschießen oder ihnen die Nasen und Ohren abschneiden würden; Alix hatte die erstaunten Blicke gesehen, als man sie nicht folterte, sondern gut behandelte und verpflegte.

Wenig später kehrte Minnie nach Rußland zurück und übernahm wiederum die Schirmherrschaft des Roten Kreuzes. Alix gab erleichtert ihre zeitweilige Leitung auf und konzentrierte sich auf die größeren Aufgaben, Hospitäler einzurichten und die riesigen Lücken in der Versorgung der Verwundeten zu schließen.

Königliche Paläste eigneten sich mit ihren Hunderten von Räumen, riesigen Küchen und Speisekammern, ihren Garagen und Stallungen und dem Dienstpersonal hervorragend als Hospital. Alix machte sich an die Arbeit und bereitete die Umwandlung Dutzender Königs- und Adelspaläste und anderer Wohnsitze und öffentlicher Gebäude in Militärkrankenhäuser vor. Schon in den ersten vier Kriegsmonaten nahmen 85 solcher Hospitäler in und um Petrograd den Betrieb auf, alle unter ihrer Schirmherrschaft. In Moskau nahm das Petrowskij-Palais erste Verwundete auf, und das Nikolaus-Palais, das Ellas Zuhause gewesen war, bevor sie ihr Kloster gründete, wurde zu einer Werkstatt, in der Decken hergestellt und warme Socken, Fäustlinge und Mützen für die Soldaten gestrickt wurden.

Das riesige, blauweiße Katharinen-Palais in Zarskoje Selo wurde zu einem Hospital für Offiziere umfunktioniert, seine prächtigen, mit Bernstein, Lapislazuli und Malachit verzierten Empfangssäle wurden mit Betten vollgestellt, der Ballsaal in einen Operationssaal verwandelt. Alix hatte der prunkvolle, kalte Herrscherpalast nie gefallen. Jetzt hatte sie jedoch die ideale Verwendung für ihn gefunden und fuhr fast täglich dorthin, um den Betrieb zu überwachen.

Die russischen Soldaten waren tapfer in den Kampf gezogen und Ende August mit fast einer halben Million Mann nach Westen in das Sumpfland Ostpreußens vorgestoßen. Doch die Deutschen hatten sie umstellt und ihnen in den tückischen Sümpfen in der Nähe des Dorfes Tannenberg eine Falle gestellt. Männer und Pferde saßen fest, einige verschwanden im Sumpf, die Artillerie sank in den Morast ein, hilflos waren sie den deutschen Kanonen ausgeliefert. Die Elitetruppe, die auserwählten Roten Husaren, das stolze Preobraschenskij-Regiment, die Meisterschützen der Garde – sie alle kamen um oder mußten sich ergeben. Rund 90 000 Soldaten gerieten in Gefangenschaft. Der russische General Alexander Samsonow ertrug die Schande nicht und erschoß sich.

Als die Bürger Petrograds in Sonderausgaben der Abendzeitungen von der Schlacht lasen, konnten sie erst gar nicht glauben, daß ihre mächtigen Streitkräfte eine so schnelle und entscheidende Niederlage erlitten hatten. Im Gegensatz zu den Ministern des Zaren wußten sie nichts von der Verwundbarkeit der riesigen russischen Armeen, der unzureichenden Ausrüstung und der unfähigen Führung. Sie hatten angenommen, daß die deutschen und österreichischen Armeen ihren eigenen Truppen und denen Frankreichs nicht lange würden Widerstand leisten können, daß der Krieg rasch vorüber wäre und sie ihn gewinnen würden. Ja, daß die »Russische Dampfwalze«, wie die Presse die Armee nannte, den Feind platt machen würde, daß schon zu Weihnachten Kosaken in Berlin Einzug halten würden.[10] Statt dessen lasen sie jetzt von gewaltigen Verlusten, sahen die Züge, die überfüllt mit Verwundeten in die Petrograder Bahnhöfe einfuhren, und sie hörten Gerüchte, schreckliche und beängstigende Gerüchte von Verrat.

Es wurde behauptet, Samsonow und seine Armee seien bewußt im Stich gelassen worden, von General Pawel Rennenkampf dem Feind in die Arme geschickt worden – einem russischen General mit einem verdächtig deutsch klingenden Namen. Die spätere Kapitulation General Rennenkampfs selbst vor den Deutschen trug nicht dazu bei, die Vorwürfe verstummen zu lassen. Die Petrograder hörten Gerüchte, Warschau sei bereits gefallen, und schon bald werde ganz Polen den Deutschen und Österreichern gehören, anstelle der Kosaken in Berlin würden deutsche Elitetruppen in Petrograd einziehen, Häuser plündern und Kirchen schänden, die Newa beschmutzen und am Newskij-Prospekt auf und ab marschieren. Von dem Rauchgeruch, der seit Anfang Sommer in der Luft hing, hieß es nunmehr, er sei auf eine deutsche Subversion zurückzuführen; man munkelte, die Deutschen hätten Torfmoore um Petrograd in Brand gesteckt und würden die unwegsamen Wälder Sibiriens niederbrennen.

Angst und Mißtrauen traten an die Stelle der patriotischen Begeisterung, die unmittelbar nach Kriegsausbruch geherrscht hatte. Auf den Straßen sah man viele Menschen mit schwarzen Armbinden oder schwarzen Kleidern und mit verständnislosem oder besorgtem Gesichtsausdruck. Endlose Reihen von Soldaten marschierten auf ihrem Weg an die Front vorüber, aber sie marschierten nicht mehr unter erhebenden Gesängen und lösten bei den Passanten keine Jubelrufe mehr aus. Die Herbsttage wurden kürzer, der erste Schnee fiel, und die Bürger Petrograds hatten angefangen, die Opfer zu zählen und nach Sündenböcken zu suchen. Von neuem geriet die deutsche Frau des Zaren ins Gerede, diese gefühllose Frau, die am Abend der Tragödie auf dem Chodynkafeld getanzt hatte und deren unsittliche Beziehung zu dem berüchtigten Rasputin der Zarenfamilie Schande bereitete, ja Rußland vor der ganzen Welt lächerlich machte. Wenn tatsächlich Verrat im Spiel war, dann war mit Sicherheit die deutsche Dirne daran schuld.

Alix war jedoch weit davon entfernt, Rußland an ihre deutschen Verwandten zu verraten. Vielmehr besuchte sie mit ihren Töchtern und Dutzenden anderer Frauen Vorträge über Anatomie, innere Medizin und Chirurgie. Sie alle lernten für ihre Anerkennung als Schwester des Roten Kreuzes. Es genügte ihr nicht, den Betrieb der Krankenhäuser zu überwachen, sie verspürte das Bedürfnis, zu den Betten der Verwundeten zu gehen und ihnen sachkundig Hilfe zu leisten.

»Manchen mag es überflüssig erscheinen, daß ich das tue«, sagte sie, »aber Hilfe ist dringend nötig, und meine Arbeitskraft ist nützlich.«[11] In der ersten Novemberwoche des Jahres 1914 hatten Alix und ihre älteren Töchter einen vollständigen Kurs in Chirurgie mit zusätzlichen Vorlesungen belegt und hatten die Absicht, noch weitere Vorträge zu besuchen. Die Lehrveranstaltungen fanden abends statt. Vormittags assistierten die Zarin und ihre Töchter, gemeinsam mit Anna Wyrubowa, bei Operationen, säuberten wundgelegene Stellen, wechselten Verbände und verschafften den Verwundeten in den überfüllten Hospitälern, so gut es ging, Trost.

Es war eine schmutzige, ermüdende und nervenaufreibende Arbeit. Die Operationen dauerten mehrere Stunden, und häufig wurde die Zarin aufgefordert, bei zwei oder drei Operationen hintereinander zu assistieren. Sie träufelte Äther auf Masken, reichte den Chirurgen Instrumente, wischte Blut auf, entsorgte amputierte Beine, Arme und Finger. »Ich wusch und putzte, pinselte mit Jod ein und schmierte Vaseline drauf und band sie fest und bandagierte sie alle«, schrieb sie im November 1914 an Nicky. »Meine Nase ist voller gräßlicher Gerüche von diesen blutvergiftenden Wunden.«[12] Ein Besuch bei den Männern in den Krankensälen bedeutete, ihre Schreie und Flüche hören, ihre Rasereien und ihr Stöhnen im Delirium. Einige stöhnten vor Todesqualen und wollten lieber sterben. Viele starben wirklich, trotz der Bemühungen der Schwestern und Ärzte, und Alix stand dort, an ihrem Bett oder neben dem Operationstisch, versuchte sie zu trösten und weinte danach vor Kummer.

Die Lebenden hingegen litten unbeschreibliche Schmerzen und Elend. Allzuoft wurden Amputationen ohne Narkose ausgeführt, an den Operationswunden entwickelte sich Wundbrand, weil die Desinfektionsmittel nicht ausreichten. Den überarbeiteten Ärzten und Schwestern unterliefen Fehler, sie wurden reizbar, schliefen im Stehen ein. Es waren nie genügend Medikamente vorhanden, nicht genügend Bettlaken, schon bald nicht einmal genügend Betten. Die Männer wurden Seite an Seite zusammengedrängt, schwere Fälle neben weniger schweren mit Aussicht auf Heilung. Es gab keine Möglichkeit, Männer mit Infektionskrankheiten zu isolieren. Überall herrschte der Ausnahmezustand.

Alix hatte sich in Krisenzeiten immer schon von ihrer besten Seite gezeigt und sich zwanzig Jahre lang beinahe danach gesehnt, sich vor den Untertanen ihres Mannes zu bewähren. Anfangs schien sie regelrecht aufzublühen. Sie freute sich, als sie die

Schwesternausbildung abgeschlossen hatte, und trug das Rot-Kreuz-Zeichen auf ihrer Schürze mit großem Stolz. Der Gang zu ihren Krankenhäusern verlieh ihr ein neues Selbstwertgefühl. Es gab ihrem Leben ein neues Ziel, sich voller Hingabe der anstrengenden Schwesternarbeit zu widmen. Sie konnte sich selbst vergessen, sich ganz aufopfern.

In der Schwesterntracht mit Haube – einer Uniform, die ihren hohen Rang verbarg und ihr eine gewisse Anonymität verlieh, was ihre Schüchternheit und ihr Unbehagen verringerte – schritt sie durch die überfüllten Säle, lernte die Männer kennen, hielt häufig an, begrüßte diejenigen, die sie zufällig kennengelernt hatte, und sprach mit ihnen. Sie nannte sich gern »barmherzige Schwester«, als ein Krankenhausvertreter sie einmal als »barmherzige Mutter« ansprach, da registrierte sie den Vorfall sichtlich mit Vergnügen. »Es ist eine Arbeit im verborgenen«, teilte sie ihrer Schwester in einem Brief mit, »aber die Schwesterntracht hilft einem dabei ... Jede Arbeitskraft ist nützlich.«[13]

Vom Beginn des Krieges an interessierte Alix sich besonders für das Wohlergehen ihres eigenen Ulanenregiments und für ein sibirisches Schützenregiment, dessen Schutzherrin sie war. Sie verabschiedete sich persönlich von allen Offizieren und vielen Soldaten, als sie an die Front zogen, und verfolgte genau die Bewegungen und Operationen der Regimenter und ihre Schicksalsschläge. Nach jedem Gefecht schrieb sie persönliche Briefe an die Familien der Gefallenen und lud die Frauen und Töchter der Verwundeten ein, in den Palast zu ziehen, in die Nähe ihrer Männer und Söhne, während die verwundeten Männer behandelt wurden. Sie achtete darauf, die Frauen bei ihrer Ankunft persönlich zu empfangen, und wies ihre Hofdamen an, auf das übliche Protokoll einer offiziellen Begrüßung zu verzichten.[14]

Die Sorge der Zarin galt allen Notleidenden. Häufig war sie auch an den Betten deutscher Kriegsgefangener zu finden und widmete sich den Ängsten ihrer Angehörigen. Als der Sohn ihres »ungeheuerlichen« Cousins Willy von russischen Truppen gefangengenommen wurde, wußte sie, daß Willy und seine Frau

Dona verzweifelt auf Nachricht von ihm warteten, und schickte über den neutralen schwedischen Hof eine persönliche Nachricht an Dona, daß ihr Sohn am Leben und wohlauf sei. »Nur eine Mutter, die mit einer anderen Mutter Mitleid hatte«, schrieb sie an Nicky, als sie ihm von der Botschaft erzählte.[15]

Alix war nicht das einzige Familienmitglied, das die Kriegsanstrengungen unterstützte: Tante Miechen leitete ein Projekt des Roten Kreuzes, bei dem medizinische Vorräte gesammelt und verteilt wurden, Ducky und Ella reisten durch das Land und besuchten Krankenhäuser, Nickys Schwester Olga und Großfürst Pawels Tochter Maria wurden Krankenschwestern, ebenso mehrere Cousinen. Doch Alix widmete sich dem Unternehmen vermutlich am ernsthaftesten und wurde zugleich am wenigsten dafür geachtet. Für die meisten Soldaten war sie die deutsche Hure, die verdächtigt wurde, heimlich mit dem Feind gemeinsame Sache zu machen. Ihre Schwesternarbeit und Bemühungen waren nichts weiter als Fassade, um ihren Verrat zu tarnen. Auf jeden Soldaten, der durch ihre Anwesenheit Trost fand und die Wohltat ihrer Arbeit pries, kamen Tausende andere, die sie verabscheuten. Einige riefen ihr sogar Beleidigungen nach, als sie sich um sie kümmern wollte. Einmal inspizierte sie ein Feldlazarett und hörte eine Stimme »deutsche Hure!« rufen, da brach sie in Tränen aus.[16]

»Oh, dieser elende Krieg!« schrieb sie Anfang November Nicky, der fern von Zarskoje Selo seine Truppen besuchte. »Es gibt Momente, da ertragen wir es nicht mehr, das Elend und Blutvergießen brechen einem das Herz.«[17] Die Zarenfamilie hatte vor kurzem ihren ersten Gefallenen bestattet, Oleg, den Sohn Großfürst Konstantins, der mit der Ersten Armee in Ostpreußen verwundet worden und in einem Krankenhaus in Wilna einen langsamen Tod gestorben war. »Das Leben ist schwer zu verstehen«, schrieb Alix und beschrieb mit einfachen Worten ihre geistige Verwirrung.

Ihr Verstand war ohnehin bereits übermüdet und ihr Denken von ihren Ängsten und der geistigen Instabilität entstellt. Alix verzehrte sich selbst auf der Suche nach dem richtigen Kurs, um nicht nur die kranken Soldaten, sondern ganz Rußland vor der drohenden Katastrophe zu retten.

»Mein Verstand ist kretinisiert«, schrieb sie an Nicky. »Mein Kopf ist müde und schwer... Ich gäbe alles darum, nicht zu denken...«[18] Sie rauchte, sie fastete seit Kriegsausbruch. Das Schlimmste von allem: Sie litt an Schlaflosigkeit, lag bis drei oder vier Uhr morgens wach und grübelte über all das nach, was getan werden mußte. »Das Hirn scheint immerzu zu arbeiten und niemals Ruhe zu brauchen. Hunderte von Gedanken und Verknüpfungen beschäftigen mich...«[19]

»In den schlaflosen Nächten, die zu ihrem Schicksal geworden waren, malte sie sich die schlimmsten Ereignisse aus«, schrieb Martha Muchanowa. Dann rief sie jedesmal im Hauptquartier an und bat den diensthabenden Adjutanten um Nachricht von Nicky.[20] Seit August war er sehr häufig außer Haus gewesen, manchmal sogar wochenlang. In seiner Abwesenheit wurden ihre Ängste nur noch größer und die Schlaflosigkeit schlimmer. Die Liebe zu ihrem Gatten war ihr Fels, sogar mehr noch als ihre Religiosität, der solide Untergrund, auf dem ihr Leben beruhte. Wenn er nicht in ihrer Nähe war, wurde sie nervös und unruhig, unendlich viele Sorgen stürmten auf sie ein. Sie entwickelte sich zurück, das verängstigte Kind in ihr kam zum Vorschein, vor allem in den langen Wachstunden ihrer schlaflosen Nächte.

Gleichzeitig wußte sie jedoch, mit der Gewißheit einer empfindsamen Erwachsenen, daß ihr Mann, auf den sie sich verließ, selbst viel zu wankelmütig war, zu leicht von anderen beeinflußbar, zu schwach, um die schwere Probe zu bestehen, mit der er jetzt konfrontiert wurde. Es war ihre Aufgabe, ihm den Rücken zu stärken, genau wie es ihre Aufgabe gewesen war, ihn beim Tod seines Vaters dazu zu bringen, seine Verantwortung zu übernehmen. Sie allein war seine uneigennützige, liebende Freundin und Gehilfin, der einzige Mensch, dem er völlig vertrauen konnte. Sie wagte es nicht, ihn fallen zu lassen.

Gefangen von ihren Ängsten und Pflichten wälzte sie sich

hin und her und suchte nach Antworten. Die Probleme lagen auf der Hand: unfähige Generale, Soldaten, die barfuß im Schnee kämpften, zehn Mann teilten sich untereinander ein einziges Gewehr und hatten nur ein paar Kugeln, steigende Verluste; die Deutschen fegten über Polen hinweg, und ein neuer Feind, die Türkei, gab den Eintritt in den Krieg bekannt.

Sie wußte instinktiv, daß die Katastrophe mit Sicherheit eintreten würde, wenn sie nichts unternahm, um sie zu verhindern – und zwar bald.

Es war beinahe so, als wäre sie wieder auf der *Standart* während des unglückseligen Segelausflugs vor der finnischen Küste sieben Jahre zuvor. Während die Yacht rasch sank, hatte Nicky sich nicht um die Panik an Deck gekümmert und mit Hilfe der Stoppuhr die Zeit errechnet, die ihnen noch blieb; unterdessen hatte sie die Frauen und Kinder vom Schiff gescheucht und alle Wertgegenstände eingesammelt. Sie hatte alles gerettet, und die Yacht war nicht gesunken.

Jetzt mußte sie wiederum in die Bresche springen, während ihr Mann sich zurückzog, nicht wußte, wie er es anstellen und Rußland retten sollte. Sie mußte das Kommando übernehmen. Er brauchte ihre Entschlußkraft. Das war immer schon der Kern ihrer Partnerschaft gewesen. Sie würde tun, was in ihrer Macht stand, wie immer bis zum Ende durchhalten, bis an die Grenze ihrer Kräfte.

25

Sie wollte bis an die Grenze ihrer Kräfte arbeiten – aber ihre Kräfte waren begrenzt. Die Schwesternarbeit, die Besuche in sämtlichen Krankenhäusern um Petrograd, die Bahnreisen zu Krankenhäusern in Moskau und anderen fernen Städten, die Kämpfe mit dem Munitionskomitee und dem Roten Kreuz und ausweichenden lokalen Beamten, die verhindern wollten, daß Alix ihre Tätigkeit überwachte, das Lesen von Petitionen, die Menschen ihr auf den Reisen überreichten, das Sammeln von Kinderbettchen für die Gesellschaft für Mütter und Babys (»für jedes einzelne Baby muß man sorgen, weil die Verluste im Krieg so hoch sind«), die Aufsicht über ihre Werkstätten, ihre Schule für Schwestern und Hausmädchen, ihr Heim für erwerbsunfähige Matrosen – all das machte sie »todmüde«; ihre Brust schmerzte und ihr Atem ging rasch und keuchend.

»Allein ihre Willenskraft hielt sie in den ersten fünf Kriegsmonaten auf den Beinen«, schrieb Sophie Buxhoeveden über Alix. Im Dezember 1914 war sie schwer krank und stand kurz vor einem Zusammenbruch.[1] Die Schwesternarbeit mußte sie aufgeben, die kranke Alix bestand jedoch darauf, in den Monaten ihrer Genesung Kleidungsstücke für die Soldaten zu stricken und Ikonen und Bilder von ihrem Mann anzufertigen, die an die Regimenter verteilt werden sollten.

Sie bestand auch darauf, lange flehentliche Briefe an den meist abwesenden Nicky zu schreiben, beteuerte ihm ihre innige Liebe und Unterstützung und versicherte ihn ihrer untrennbaren Treue und glühenden Sorge – Briefe, in denen sie zwar einen leicht zögerlichen Ton anschlug, ihn aber dennoch auf den Kurs lenkte, den sie für den richtigen hielt. Er war der schwankende Steuermann, sie der kräftige Matrose am Ruder.

»Ich segne und liebe dich, wie kaum ein Mann jemals zuvor geliebt wurde«, schrieb sie ihm. »Ich sehne mich danach, deine Bürde zu erleichtern, dir sie tragen zu helfen – deine Augenbraue zu berühren, dich an mich zu drücken… Ich sehne mich oft danach, dich in den Armen zu halten und dich den schweren Kopf an meiner alten Brust ausruhen lassen. Wir haben in diesen zwanzig Jahren so vieles gemeinsam durchgemacht – und uns ohne Worte miteinander verstanden.«[2]

Sie sprach ihn mit Kosenamen an wie Täubchen, Huzy, Sonnenschein oder dem intimen »Ein und Alles« – eine Wendung, die sie mal für Alexej, mal für Nicky gebrauchte. Sie parfümierte ihre Briefe und legte manchmal einen Fliederableger hinein; er schickte ihr im Gegenzug Jasminblüten. Alles, was sie schrieb, selbst wenn sie ganz entschieden und kategorisch einen Standpunkt vertrat, war in liebevolle, zärtliche Worte gekleidet, und der Zar nahm die Briefe genauso gierig auf, wie ein durstiger Mann kühles Wasser trinkt. (»Ich trinke sie und genieße jedes Wort, das du schreibst, und häufig versenke ich die Nase darin und presse die Lippen gegen das Papier, das du berührt hast.«)

Er genoß ihre Inbrunst, ihre Nahrung. Sie war erfreut, daß sie ein so dringend benötigter Quell der Stärkung und des Ratschlages war. Das galt für den gesamten Briefwechsel. Nie fiel ein kaltes oder kritisches Wort, nie eine Bemerkung über die herrschsüchtige Frau und den unterwürfigen Gatten. Nur Liebe, die wie eh und je zwischen ihnen hin- und herströmte, und uneingeschränktes Verständnis.

In Alix' lange Briefe waren bestimmte feste Grundsätze eingebettet: Nicky sollte seine Autorität viel stärker zur Geltung bringen und sich gegen schlechte Ratgeber wappnen; um ihn – und sie – herum gab es »immer Lügner, Feinde«, und diese Lügner und Feinde mußten erkannt werden, Nicky sollte sich vor ihnen hüten; die sich einmischenden Verwandten und eine

Gruppe, die Alix als Ellas »üble Moskauer Clique« bezeichnete, mußten gemieden werden; und Großfürst Nikolaj – »Nikolascha« – war nicht loyal genug und als militärischer Oberbefehlshaber ungeeignet.

Alix bemühte sich, ständig über das Kriegsgeschehen auf dem laufenden zu bleiben, über die Ereignisse in den Ministerien und im ganzen Land, aber ihre Informationsquellen waren stark eingeschränkt. Sie las Zeitungen und Nickys Briefe, aber sie sprach nur mit einem kleinen Kreis, vor allem mit Anna Wyrubowa (die im ersten Kriegsjahr eine unerfreuliche, kleinliche Fehde mit ihr austrug, doch die Freundschaft blieb bestehen) und mit Angehörigen des Haushalts.[3] Gerüchte aus Petrograd erreichten sie über die Gespräche mit Verwundeten, Ärzten und Krankenschwestern. Über Anna, die seit Anfang 1915 arbeitsunfähig war, aber immer noch viel herumkam, erfuhr Alix, worüber im Hause von Annas Vater geredet wurde und in seinen Kreisen, zu denen Regierungsvertreter, Künstler und Adlige zählten, oder im Salon der Fürstin Paley, der Frau Großfürst Pawels, in deren Stadthaus die Gäste ein und aus gingen. Das meiste von dem, was Alix hörte oder ihr von anderen berichtet wurde, war parteiisch, voreingenommen und entweder von Lobhudelei oder Kritik verfälscht. Und nichts davon änderte ihre Meinung oder schwächte ihr strenges Urteil ab.

Statt auf Informationen verließ sie sich auf ihre Instinkte; sie betete in ihrer Kapelle in der höhlenartigen Krypta der Kirche von Zarskoje Selo um göttlichen Beistand. Sie horchte auf das Klingeln des Glöckchens an der Ikone, die Monsieur Philippe ihr Jahre zuvor geschenkt hatte, um sie vor dem Bösen zu warnen, und sie wandte sich, wie immer, an Vater Grigorij.

Sie hatte stets Beistand aus dem Bereich des Okkulten, des Göttlichen, aus dem Jenseits gebraucht. Jetzt brauchte sie ihn mehr denn je. Wer wäre besser geeignet, ihr diesen Beistand zu gewähren, als Vater Grigorij? Aber er hatte sich verändert, und sie hatte diese Veränderung durchaus bemerkt. Er war fett geworden, sein ehemals ausgemergeltes Gesicht war aufgeschwemmt, seine Nase vom Schnaps flammend rot. Das jahrelange ausschweifende Leben hatte in seinem Gesicht deutliche Spuren hinterlassen, und er hatte schon vor einiger Zeit das grobe Gewand eines Bauern gegen Seidenhemden und Pluderhosen aus Samt ausgetauscht. Er trank ständig, häufig über die Maßen. Er streifte um Mitternacht durch Petrograd, belästigte lautstark Prostituierte, urinierte gegen eine Kirchenwand oder knöpfte seine Hose in aller Öffentlichkeit auf und zeigte schockierten Zuschauern seinen Penis, trank die ganze Zeit und fiel am Ende bewußtlos um.[4]

Geld war ihm bislang immer gleichgültig gewesen, aber im Jahr 1915 schwamm er im Geld, spielte damit, bis die Polizei die Spielhölle schloß, hatte mit dem Geldverleih zu tun (oder zumindest Kontakte zu denen, die damit zu tun hatten), schnippte 25- und 50-Rubelscheine in die Luft und verteilte sie großzügig an flüchtige Bekanntschaften, die er in Nachtclubs traf. Wenn auch nicht gerade bestechlich, so war Vater Grigorij zumindest geschäftstüchtig geworden: Er beschaffte Freunden lukrative Rüstungsaufträge, arrangierte die Befreiung vom Militärdienst, setzte seinen Einfluß ein, um für diejenigen, die ihn bezahlten, begehrte Eintrittskarten zu besorgen.[5]

Auch wenn immer noch Bittsteller und Speichellecker seine Wohnung belagerten und auch wenn er noch bemerkenswerte Heilungen vollbrachte, insbesondere die Rettung von Anna Wyrubowas Leben nach dem lebensgefährlichen Unfall Anfang 1915, widmete Vater Grigorij sich mittlerweile weniger den geistigen Belangen. Nachdem er der Versuchung und dem Zynismus erlegen war, richtete er sich selbst zugrunde. Nach zwei gescheiterten Mordanschlägen, einem in Pokrowskoje im Sommer 1914 und einem im Januar 1915, als Terroristen versuchten, ihn mit einer Troika über den Haufen zu fahren, wurde er wagemutig, sogar tollkühn. Womöglich hielt er sich für unsterblich. Womöglich sah er die unvermeidliche Katastrophe für Rußland und für ihn selbst voraus, und er gab sich keine Mühe mehr, sie zu verhindern.

Was immer aus Vater Grigorij geworden war, die Zarin nahm

ihn weiterhin in Schutz, wenn ihr Beweise seiner Lasterhaftigkeit vorgelegt wurden, und sie wurde immer noch von seinen Segnungen und Bestätigungen getröstet. Da Alexej keine schweren Blutungen mehr hatte, bestand nicht die Notwendigkeit, so oft nach Vater Grigorij zu schicken wie früher, aber die Telefonvermittlung des Palastes hatte Anweisung, seine Anrufe sofort durchzustellen, sobald er sich meldete. Und Alix wußte, daß er, wenn er in Petrograd war, sofort kommen würde, wenn sie nach ihm rief.

Im März 1915 fühlte sie sich wieder einmal »schrecklich schwach« und war gezwungen, ihre Besuche in Krankenhäusern einzuschränken. Sie hatte sich erst vor kurzem von den schweren Symptomen des vergangenen Winters erholt, und dieser neuerliche Rückschlag ließ sie verzweifeln. Sie hörte auf die Ärzte und legte sich ins Bett, das Herz war »erheblich vergrößert«. Sie litt unter einem qualvollen Husten, war außerstande, sich selbst anzuziehen oder zu frisieren. Aber selbst im Bett blieb sie nicht untätig. Das Osterfest rückte näher, und sie hoffte auf einen Waffenstillstand an Ostern. Alix stellte besondere Päckchen zusammen, die an die Soldaten geschickt werden sollten, Schachteln voller bunter Eier und Osterbrot, Briefpapier, Tabak, Kerzen, sauberer Wäsche und einer kleinen Ikone, die man sich um den Hals hängen konnte.

Sie konnte ihre Schwesternarbeit nicht wahrnehmen oder sich offiziell von denjenigen verabschieden, die die Krankenhäuser verließen und wieder an die Front zogen, aber sie konnte noch lange Briefe schreiben und die Unterlagen durchsehen, die ihr Sekretär ihr geschickt hatte. Außerdem sprach sie mit dem Personal im Haushalt und mit den Hofdamen, die sich um ihre persönlichen Angelegenheiten kümmerten.

Erst Ende April kehrte sie wieder zu ihrem üblichen Tagesablauf zurück. Selbst dann mußte sie noch »Unmengen von Eisen und Arsen und Herztropfen [Veronal]« einnehmen, damit sie wieder zu Kräften kam, und litt unter heftigen Schmerzen in der Lendengegend, die sie auf ein Nierenleiden zurückführte.[6]

Sie hatte einen »langen, lieben Brief« von Ernie aus Deutschland erhalten – einen wichtigen Brief, weil er die Aussicht auf ein baldiges Kriegsende zu enthalten schien. Ernie schrieb, er sei überzeugt, daß Nicky Verständnis für ihn habe und daß Alix mit ihm fühle, daß ihre persönlichen Beziehungen zueinander trotz der Feindschaft ihrer beider Nationen unverändert seien. »Er will versuchen, einen Ausweg aus diesem Dilemma zu finden«, schrieb Alix an Nicky, »und meint, daß irgendwer anfangen müsse, eine Brücke für Verhandlungen zu schlagen.«[7] Offiziell wurden keine Friedensverhandlungen geführt, aber Ernie schlug vor, Geheimgesandte nach Stockholm zu schicken, die private Gespräche zwischen den kriegführenden Parteien aufnehmen könnten. Wenn Nicky nur einen eigenen Gesandten schikken wollte, könnten die Geheimverhandlungen beginnen.

Ob Alix so naiv war zu glauben, daß Ernie allein aus eigenem Antrieb geschrieben hatte, ist nicht bekannt, aber sie hielt so viel von dem Brief, daß sie den Vorschlag an ihren Mann weiterleitete. Sie schickte Ernie eine Antwort – indirekt, über Familienverbindungen – und erklärte ihm, Nicky sei gegenwärtig nicht am Hof in Petrograd und könne so bald niemanden nach Stockholm entsenden.

Sie zog weder den Kriegsminister noch den Innenminister noch, soweit bekannt, irgend jemanden aus der Regierung wegen des Briefes ihres Bruders zu Rate. Alix traute ihnen nicht, sie zählten zu den Lügnern und Feinden, vor denen man sich hüten mußte. Abgesehen davon hatten sie alle Hände voll zu tun wegen der neuen deutschen Offensive, die mit Ernies Brief zeitlich zusammenfiel – ein mächtiger Vorstoß nach Osten, in dessen Verlauf die russische Armee eine ganze Reihe schwerer Niederlagen erlitt.

In diesem Frühjahr war der deutsche Vormarsch nicht aufzuhalten. Die schwere Artillerie belegte die russischen Schützengräben mit über tausend hochexplosiven Granaten in der Minute. Die wartenden Russen, in der Mehrzahl unbewaffnet und ohne Helm, wurden »zu Haferbrei verarbeitet«, wie ein Augenzeuge schrieb. Ein Korps nach dem anderen wurde dezimiert, ganze Regimenter wurden fast vollständig von anhaltendem Gewehrfeuer niedergemäht.[8] In der Luft hatten die russischen Piloten keine Maschinengewehre und konnten lediglich versuchen, die feindlichen Flugzeuge unter Aufopferung des eigenen Lebens und Flugzeugs zu rammen. An die ständig zurückweichende Front wurden Truppen zur Verstärkung geschickt, überwiegend unbewaffnete, grüne Rekruten, nicht mehr als Kanonenfutter. Die Nachschub- und Versorgungslinien erwiesen sich in noch nie dagewesenem Ausmaß als unzureichend, und selbst die Telefone fielen aus, als die Schaltstationen tief in den polnischen Wäldern von wilden Keilern beschädigt worden waren.

Während des gesamten feuchten Frühjahrs von 1915, als das Eis der Newa aufbrach und es in Petrograd ununterbrochen regnete, suchte ein nicht enden wollender Flüchtlingsstrom in der Hauptstadt vor den Kämpfen Schutz. Sie kamen am Warschauer Bahnhof an, Hunderte von zerstreuten Familien mit dem dringenden Bedürfnis nach Essen und Ruhe, und stellten sich an den eilends organisierten Ständen für die Ausgabe von Schwarzbrot und warmer Suppe an. Es gab nicht genügend Baracken, um sie alle unterzubringen, also hausten viele unter Brücken, in leerstehenden Lagerhäusern, in Schuppen oder an irgendeinem trockenen Platz, den sie auftreiben konnten. Die europäischen Bewohner Petrograds schlossen sich sofort zusammen, um den Flüchtlingen zu helfen. Auch Alix sah, sobald sie Ende April wieder einer Tätigkeit nachgehen konnte, selbst nach, was bereits getan worden war, inspizierte die Essensausgabestationen, das Mütterheim, das die Frau des britischen Botschafters eingerichtet hatte, die Vorräte an Kleidern und Decken und kleinen Särgen für die vielen Säuglinge und Kinder, die zu schwach waren, um eine derartige Tortur zu überleben.[9]

Es hieß, auf jede obdachlose Familie in Petrograd kämen zehn weitere auf dem Weg in die Stadt, die die Straßen verstopften und die Soldaten auf dem Weg von und zur Front behinderten. »Man müßte wirklich etwas für die Flüchtlinge tun«, schrieb Alix an Nicky, »mehr Essensstationen und ambulante Krankenhäuser – Massen von Kindern sind obdachlos auf der Hauptstraße, und andere sterben – alle kehren vom Krieg zurück – es heißt, der Anblick sei überaus schmerzlich.«[10]

Der endlose Flüchtlingsstrom beunruhigte die Petrograder, nicht nur wegen des offensichtlichen Leids, sondern weil er ein Vorbote noch schlimmerer Zeiten war, eines ultimativen deutschen Angriffs, der durchaus die russische Hauptstadt erreichen konnte. Nur Warschau stand zwischen den Deutschen und Petrograd, und die Furcht war groß, daß Warschau schon bald in feindlichen Händen sein würde. War es schon an der Zeit, fragten sich die Leute, seine Wertgegenstände zu verstecken? Kostbare Dinge außer Landes zu schaffen, oder wenigstens ins Hinterland, vielleicht nach Sibirien, wo sie hoffentlich bis zum Kriegsende sicher aufgehoben waren?

Der Krieg hatte russischen Boden erreicht, ein großer Teil russischen Gebietes war mittlerweile von den Mittelmächten besetzt. Ein hoher Regierungsvertreter erklärte in aller Öffentlichkeit, daß seiner Ansicht nach nur die gewaltigen Dimensionen Rußlands und die Schwierigkeit, Truppen entlang von Straßen zu bewegen, die von den Regenfällen in einen zähen Schlamm verwandelt worden waren, das Land davor bewahren könnten, innerhalb von kurzer Zeit feindlich besetzt zu werden.

In ihrem kranken, schlaflosen und angstvollen Zustand, ihr Verstand »lahmgelegt«, wie Alix oft sagte, sah sie sich selbst mitten im Zentrum der Krise. Sie war der Mittelpunkt, um den sich alles drehte, sie mußte das ruhende Zentrum im Herzen des Chaos sein. Es war ihre Aufgabe zu handeln, wichtige Entscheidungen zu treffen und ihren Mann zu drängen, sie zu befolgen. Gestützt auf göttliche Inspiration und in dem Glauben, diese Inspiration komme von Vater Grigorij – wie zuvor von Monsieur Philippe und anderen –, hörte sie sich an, was Vater Grigorij ihr mitteilte. Dabei waren seine Worte häufig kryptisch, und die Ratschläge gingen stoßweise ein. Sie suchte seinen Rat, hörte ihn an und klammerte sich an ihre Grundsätze.

Sie versuchte verzweifelt, ihr emotionales Gleichgewicht zu

bewahren, spürte aber, wie es ihr entglitt. Sie fühlte sich überfordert von den Irritationen des täglichen Lebens (dem »verhaßten Humor« Anna Wyrubowas, der engen Überwachung des Alexanderpalais' durch ihre Kritiker, die das Personal aufhetzten und jedes kleinste Detail aus dem Leben der Zarenfamilie an die Zeitungen weitergaben), den Sorgen um ihre Tochter Olga, die von ihrer Kriegsarbeit übermüdet war und abmagerte, und um ihre Tochter Tatjana, die so »furchtbar traurig« war und sich vernachlässigt vorkam, von den Sorgen um Nickys Herz, das »nicht in Ordnung war«, und um die Armeen, die inzwischen auf ganzer Linie zurückwichen.

»Ich hatte gebetet und geweint und mich jämmerlich gefühlt«, schrieb sie Nicky im Juni 1915. »Du weißt nicht, wie schwer es ohne Dich ist und wie sehr ich Dich vermisse.«[11] Sie fühlte sich »sehr niedergeschlagen«, weil sie von »nichts anderem als Toten« hörte, von sterbenden Soldaten, sterbenden Kindern und alten Menschen, Toten überall. Am späten Abend holte sie zum Trost Nickys alte Briefe hervor, einige noch vor ihrer Verlobung geschrieben, und versuchte, »ihre geplagte Seele zu erwärmen«, indem sie sie nochmals las.

Immer wieder drängte sich eine Lösung für die militärische Krise, für die drohende Invasion, für den ganzen Kummer und das Chaos wie von selbst auf: Der Zar mußte allein regieren, nicht nur das Land beherrschen, sondern auch das Militär. Immerhin war er allein Herrscher und Souverän ganz Rußlands, war er von Gott selbst auf den Gipfel der Macht gesetzt worden. Er allein war der Quell der Weisheit, Standhaftigkeit, Tapferkeit und Stärke. Jetzt mußte diese ganze Macht angewandt werden, um die geschlagenen Armeen wieder zu stärken.

»Niemand weiß heute, wer der Herrscher ist«, schrieb Alix an Nicky, und das liege nur daran, daß Nikolascha das Kommando habe – und an seiner Einmischung, seiner »falschen Haltung«. Er tyrannisiere die Minister mit seiner lauten Stimme, stolpere von einer falschen Entscheidung zur nächsten, er sei »alles andere als klug, eigensinnig und wurde von anderen gelenkt«.[12]

Er sei nichts als ein Stolperstein, noch dazu ein Stolperstein, der entfernt werden müsse. Nikolascha müsse gehen.

Als Alexandra den britischen Botschafter George Buchanan traf, vertraute sie ihm an, daß ihr Gatte in ihren Augen von Anfang an den militärischen Oberbefehl hätte übernehmen müssen – was er in Wirklichkeit auch vorgehabt habe. Sie wußte, daß die Minister sich dagegen ausgesprochen hätten, aber sie hatte keine Geduld mit Ministern, die versuchten, »ihn daran zu hindern, seine Pflicht zu tun«. »Der Zar ist leider schwach«, sagte sie Buchanan, »aber ich bin es nicht, und ich habe die Absicht, fest zu bleiben.«

Der Botschafter sah an ihren Gesichtszügen, daß die Zarin auf kein einziges Gegenargument eingehen würde.[13] Er erkannte, daß sie die Konsequenzen des vorgeschlagenen Wechsels des Oberkommandos nicht in vollem Ausmaß abgewogen hatte, Konsequenzen, über die endlos die Regierungen Großbritanniens und Frankreichs sowie die eigenen Minister des Zaren diskutiert hatten. Sie hatte nicht, oder zumindest nicht ausreichend, in Betracht gezogen, welche Folgen es hätte, wenn der Zar als militärischer Oberbefehlshaber eine große Schlacht oder mehrere Schlachten verlieren würde. Seine politische Autorität würde in dem Maß schwinden, wie sein Ansehen als Militär sank. Sie hatte auch allein schon die Bürde, politisch und militärisch die Verantwortung zu tragen, nicht gebührend berücksichtigt – eine Bürde, die in Buchanans Augen vernünftigerweise kein Mann allein übernehmen sollte. Sie hatte außer acht gelassen, daß vor nur zehn Jahren in Rußland eine Revolution stattgefunden hatte und noch immer revolutionäre Extremisten nur auf eine Gelegenheit warteten, die Regierung zu übernehmen.

Am schlimmsten von allem war seiner Ansicht nach jedoch die Folge, die er ihr gegenüber nicht wagte zu nennen, die von allen anderen Betroffenen am häufigsten angedeutet wurde: die Gefahr, daß die Zarin, da der Zar fern von Petrograd und mit militärischen Dingen beschäftigt war, in Wirklichkeit die Regentschaft übernähme.

Und falls die Zarin zur Regentin würde, so wurde gemunkelt, dann würde Rasputin alles beherrschen. Denn die Leute gingen davon aus, daß die Zarin nichts tauge oder nicht mehr als eine Schachfigur sei, ihrem Äußeren nach hochmütig, aber unter ihrer harten Schale ein zitterndes Etwas voller Unsicherheit, außerstande, ein Ziel oder eine Richtung vorzugeben. Ihre Charakterstärke, ihre Intelligenz, ihre Zähigkeit wurden allesamt außer acht gelassen; sie war nur eine Frau, noch dazu eine lästige deutsche Frau, und im Jahr 1915 glaubten alle, daß Frauen von Natur aus kindlich wären, überemotional, leicht beherrschbar, und zur Hysterie neigten. Die Gerüchte über Rasputins starken Einfluß auf die Zarin waren in der öffentlichen Meinung so fest verwurzelt, daß sie bereits als erwiesen galten. Weil alle von ihrer Unfähigkeit ausgingen sowie davon, daß sie sich dem sibirischen Starez unterordnen würde, war es so gut wie unmöglich, ihre wahre Rolle angemessen zu bewerten.

In Wahrheit irrte Buchanan sich nämlich, wenn er glaubte, daß Alix sich nicht überlegt hätte, welche Folgen es hätte, wenn Nicky das Oberkommando übernahm. Sie hatte viel darüber nachgedacht – und gebetet – und war überzeugt, daß ihr die richtige Entscheidung eingegeben worden sei.

Ihrer Ansicht nach überwogen die Vorteile, wenn ihr Mann Nikolascha als Oberbefehlshaber ablöste, bei weitem die Nachteile, doch die Vorteile nahmen nur wenige Menschen wahr: sie selbst und Vater Grigorij und alle, denen Gott die glanzvolle Zukunft offenbart hatte.

»Das ist der Beginn des Ruhmes Deiner Herrschaft«, schrieb Alix an Nicky. »Er [Vater Grigorij] hat das gesagt, und ich glaube es ohne Wenn und Aber. Deine Sonne geht auf.«[14] Sie war zu der Überzeugung gelangt, daß hinter der ganzen Häßlichkeit und dem Leid des Krieges eine göttliche Absicht steckte. Sie nannte es eine »Läuterung der Ansichten und Seelen«, ein Hinwegfegen alter Vorstellungen, überkommener, deplazierter Loyalitäten, damit »ein neuer Anfang« gemacht werden könne.[15] Mit dem neuen Anfang würden sich auch neue Denkweisen einstellen, damit die irregeleiteten Seelen »auf den rechten Pfad gebracht und streng geführt« werden konnten.[16]

Ihre Worte waren vage und die wahre Bedeutung unklar, aber sie war der Ansicht, sie habe bereits die Bestätigung erhalten, daß eine Läuterung bevorstehe und der neue Tag schon bald anbreche. Eine wundersame Vision wurde von vielen Menschen am Festtag des Heiligen Tichon, des Wundertäters, bezeugt, während die Reliquien des Heiligen in einer Prozession um die Kirche in dem Dorf Barabinsk in Sibirien getragen wurden.[17] Ein Kreuz erschien am Himmel und war dort eine Viertelstunde lang zu sehen. Bischof Warnawa von Tobolsk hatte die Erscheinung sofort dem Palast gemeldet.

Alix wußte, daß Kreuze nicht immer gute Zeichen waren, daß ein Kreuz ebenso eine Katastrophe wie einen Segen ankündigen konnte. Aber zum jetzigen Zeitpunkt, in dieser kritischen Phase des Krieges, als die russischen Armeen sich so ungeordnet zurückzogen, war die Vision mit Sicherheit ein positives Zeichen. Gott sandte ihr eine Botschaft, daß der Heilige Tichon, der Wundertäter, in Kürze Rußland aus den Händen seiner Feinde befreien werde. Elf Jahre zuvor hatte Gott ihr über den Heiligen Serafim einen Sohn geschickt. Jetzt sollte der Heilige Tichon das Werkzeug zu Rußlands Errettung sein. Und der erste Schritt zu dieser Errettung war die Metamorphose ihres Mannes von einer liebenswürdigen Null in einen hervorragenden Feldherrn, einen großartigen und ruhmreichen Anführer.

26

Alix saß auf ihrem gewohnten Platz in der Nähe des Kamins im Salon des Alexanderpalais' und hörte der melancholischen, getragenen Musik des rumänischen Orchesters von Gulesco zu. Sie liebte die wilde Zigeunermusik, die herzzerreißenden Tremoli und feierlichen Mollakkorde, die langsamen besinnlichen Passagen, die sich immer wieder mit rasanten Ausbrüchen schneller Tanzmusik abwechselten. Die wehklagenden Geigen, traurigen Melodien und leidenschaftlichen Rhythmen paßten zu ihren eigenen raschen Stimmungswechseln. Seit neuestem lud sie das Orchester jeden Donnerstagabend in den Palast ein, wo es vor zahlreichen Gästen spielte.

Bei der Ankunft – die Spätankömmlinge wurden von der Zarin »mit einer Handbewegung und einem wohlwollenden Lächeln« begrüßt – trafen die Gäste ihre Gastgeberin immer in ihrem Sessel an. Sie trug Schwarz, wie es ihr seit Herbst 1915 zur Gewohnheit geworden war, ein Saphirkreuz am Hals und einen mit einer riesigen Perle geschmückten Ring am Finger. Ihre Frisur war in jenen Kriegstagen immer schlicht, und die Nägel ihrer zarten Hände niemals lackiert, weil ihr Mann Frauen, die ihre Nägel ackierten, nicht mochte. Auch wenn er nicht zu Hause war, respektierte sie seine Vorliebe.[1] Ihr einziger Luxus war das White-Rose-Parfüm von Atkinson, das sie benutzte, um den beißenden Geruch ihrer Zigaretten zu übertünchen; der Duft nach Rosen und nach ihrem Eau de Toilette erfüllte die Luft um sie.

Während sie der Musik zuhörte, strickte oder nähte sie, fertigte Wintermasken für die Soldaten oder Kissen an – sie hatte sich selbst vorgenommen, jeden Tag ein Kissen oder einen Bezug zu nähen, der in ihrem Basar verkauft werden sollte. Die Handarbeit beruhigte sie, genau wie die Zigeunergeigen sie erregten und zu Tränen rührten. Sie konnte ihre Gefühle kaum verbergen, weil sie mittlerweile unter chronischer Schlaflosigkeit litt und Veronal einnahm, ein Barbiturat, in dem vergeblichen Versuch, Ruhe zu finden. Doch das Barbiturat machte sie depressiv.[2]

Ihre Augen waren liebevoll, zugleich aber »endlos tragisch«, dachte ihre Freundin und Hofdame Lily Dehn, die an jenen Donnerstagabenden neben Alix saß. Die Zarin war über so viele Dinge betrübt, über den häßlichen Petrograder Klatsch, der behauptete, Anna Wyrubowa sei die Mätresse des Zaren und der Zar sei ein Trunkenbold und habe den bösen Blick, über die Aufständischen in Moskau, die verlangten, daß der Zar zugunsten von Großfürst Nikolaj zurücktrete und sie selbst in einen Konvent gesteckt werde, über die Gerüchte, daß Ella Ernie verberge und daß Ernie im Namen der deutschen Regierung mit dem Hof intrigiere und über einen unehrenhaften Frieden verhandle.[3]

Es machte Alix traurig, daß die Bürger Moskaus und Petrograds, die sich bei Kriegsausbruch noch als glühende Patrioten und Anhänger ihres Mannes präsentiert hatten, nunmehr zynisch geworden waren. Sie witterten überall deutsche Spione und brachten Gerüchte in Umlauf, daß Spione in den Ministerien lauerten, unter den Angehörigen des Palastpersonals, ja selbst in der Zarenfamilie. Die Stadtbewohner trauten niemandem, ihre Loyalität war ausgehöhlt worden, sie waren hartherzig geworden und enttäuscht. Doch Alix fand Trost in der Gewißheit, daß die echten Russen, die Millionen in den Dörfern, noch den Glauben an ihre Herrscher bewahrt hatten. Häufig erinnerte sie Lily an einen Ausflug, den sie vor kurzem in ein kleines Dorf in der Nähe von Peterhof gemacht hatten. Als sie aus der Kutsche ausstieg, war sie damals von Bauern umringt worden, die vor ihr niederknieten und Gebete für sie sprachen; sie war den Tränen nahe gewesen.[4] Die Menge hatte sie gepriesen, abgöttisch verehrt, bestürmt; sie hatte Mühe, sich den Weg zur Kutsche zurückzubahnen. In jenem Dorf hatte niemand sie die deutsche Hure genannt oder ihr skandalöse Anschuldigungen ins Gesicht geschleudert.

Die Erinnerung an den Besuch war ein Trost, und die Zarin suchte häufig Trost. Sie fand ihn, wenn sie mit ihren Kindern zusammen war, wenn sie Verwundete besuchte – wegen ihrer Krankheit konnte sie nicht mehr selbst als Krankenschwester arbeiten – und wenn sie vor einer Christusikone in der kleinen Kapelle neben ihrem Schlafzimmer betete.

»Glaube, Liebe und Hoffnung sind das einzige, was zählt«, sagte sie immer wieder. Das hielt sie aufrecht, gemeinsam mit ihrem Veronal und der eisernen Selbstdisziplin. Sie kannte ihre Pflichten, und sie erfüllte sie, einen schweren Tag nach dem anderen. Sie wußte, daß sie »persönlich die Dinge in die Hand nehmen« mußte, wie sie an ihre Schwester Victoria schrieb; daß sie weiterhin ihrem Mann schreiben mußte, ihn stützen und ihm Ratschläge erteilen mußte, damit er das Werk vollenden konnte, zu dem Gott ihn berufen hatte.

Nach langem Zureden hatte er nämlich endlich selbst den Oberbefehl über die Streitkräfte übernommen und den »Verräter« Nikolascha seiner Verantwortung entbunden. Alix hatte fast zwei Monate gebraucht, von Juni bis August 1915, bis sie Nicky zu diesem Schritt überredet hatte, Monate der Anspannung, in denen sie, um ihren Argumenten größeres Gewicht zu verleihen, Vater Grigorij aus Pokrowskoje hergerufen hatte, um mit Nicky zu sprechen.

Es war ein Kampf gegen Windmühlen gewesen, weil alle sich gegen den bevorstehenden Wechsel gewehrt hatten. Zwischen Nicky und seiner Mutter kam es zu einer furchtbaren Szene im Garten des Anitschkow-Palais, in Anwesenheit von Olga, Tatjana, Maria und Anastasia. Mehr als zwei Stunden lang hatte Minnie auf ihren Sohn eingeredet und versucht, ihn zu überzeugen, daß alle glauben würden, Vater Grigorij habe ihm die Entscheidung aufgezwungen, wenn er jetzt das Kommando übernehme – das wiederum würde ganz Rußland so sehr empören, daß die Monarchie in Gefahr gerate. Unter dem Wortschwall seiner Mutter hatte er geschwankt, war rot geworden und hatte gestammelt, war danach erschüttert und aufgebracht, aber er war am Ende standhaft geblieben. Der Fall Warschaus an die Deutschen hatte ihn in seinem Entschluß bestärkt.

Alix hatte ihm selbst vor Augen geführt, wie wichtig es war, daß er das Kommando übernahm, obwohl er wußte, daß er krank war, und Angst hatte, nicht vor der Schlacht – denn er war ein tapferer Soldat –, sondern vor der Verantwortung selbst und der geistigen Belastung, die sie zweifellos mit sich brachte. Er war noch nie ein Mann gewesen, der die Dinge zu Ende dachte, eine Situation analysierte und nach kreativen Lösungen für Probleme suchte. Komplizierte Sachverhalte hatte er immer gescheut, sie verwirrten ihn, und danach war er geistig völlig erschöpft.

Aber im Grunde hatte er es, wie Alix ihm versicherte, überhaupt nicht nötig, sich mit allzu vielen Gedanken zu quälen. Er mußte einfach nur auf ihren Rat hören und auf Vater Grigorijs göttlich inspirierte Weisheit, und alles werde gut werden. Er mußte zuhören und dann stark und entschlossen auftreten. Er mußte wütend, sogar brutal sein, mit der Faust auf den Tisch hauen, fluchen und drohen. Er mußte furchterregend sein, genau wie sein großartiger, kommandierender Vater es gewesen war, der Vater, dessen Botschaften aus dem Jenseits ihr von Vater Grigorij überbracht wurden.[5]

Sie hatte ihren schwankenden Gatten überzeugt, daß er nicht allein war, daß er auf unwiderstehliche geistige Kräfte zurückgreifen konnte, wann immer er sie benötigte. Er trug eine Ikone des Heiligen Nikolaus, die Vater Grigorij gesegnet hatte, hatte einen magischen Stab vom Berg Athos bei sich, ebenfalls vom Starez gesegnet, einen Talisman, den einst Monsieur Philippe berührt hatte, und einen besonderen kleinen Kamm, mit dem er sich vor allen wichtigen Konferenzen und Entscheidungen kämmen sollte, der ihn stärken und dafür sorgen sollte, daß sein Wille am Ende siegte. Er war von göttlicher Magie umgeben. Er konnte nicht scheitern.

Als Alix am warmen Kamin saß und an jenem Herbstabend der Zigeunerkapelle zuhörte, ihr Gesicht blaß vor dem strengen Schwarz ihres Kleides, da hatte sie die Strenge einer Asketin. Sie hatte einen Punkt in ihrem Leben erreicht, an dem sie nach ihren Grundsätzen lebte, ganz und ohne Kompromisse. Soweit es ihr möglich war, hatte sie die trivialen Dinge und den Ballast der täglichen Existenz hinter sich gelassen und widmete ihre ganze Energie einem edlen Zweck. Sie ging ganz darin auf, arbeitete hingebungsvoll. Sie mochte zwar melancholisch, niedergeschlagen und erschöpft sein, aber sie war erfüllt.

Als Nikolaus im Herbst 1915 den Oberbefehl im neu errichteten Hauptquartier in der kleinen Stadt Mogiljow auf den Hügeln über dem Dnjepr übernahm, zog sich die russische Armee auf der ganzen Linie zurück. Deutsche Streitkräfte rückten entlang der Ostseeküste vor, zogen ohne Widerstand durch Litauen und standen kurz davor, Riga einzunehmen. Wenn Riga in ihrer Hand war, waren sie nur noch knapp 500 Kilometer von Petrograd entfernt.

Die russischen Streitkräfte waren ein kopfloser Haufen, schwer geschlagen und demoralisiert. Immer noch zählten sie sechs Millionen Mann, aber es war keine Armee junger, frischer Soldaten mehr; viele waren mittleren Alters, andere unerfahrene und verschüchterte Wehrpflichtige – darunter Dimitrij, der schwachsinnige Sohn Vater Rasputins –, die von mittelmäßigen und unerfahrenen Offizieren angeführt wurden. Selbst die sechs Millionen reichten jedoch nicht aus, denn Serbien wurde ebenso überrannt wie Litauen, und den Russen fehlte es ständig an Waffen. Es blieb ihnen nichts übrig, als mit Stöcken und Steinen zu kämpfen, ja mit den Fäusten. Die Verluste waren weiterhin sehr hoch.

Der Kriegsminister Suchomlinow war im Juni wegen etlicher Skandale zurückgetreten, und sein Nachfolger war unfähig. Niemand kümmerte sich um den dringenden Bedarf an effizienten Transportwegen und ausreichender Verpflegung. Obwohl gerade Erntezeit war, magerten Männer und Pferde gleichermaßen vor

Entbehrung ab. Die Männer waren versucht, die erheblich gekürzten Rationen an Hafer und Heu aufzuessen. Niemand, am wenigsten der Zar, der die Bauern für loyal und patriotisch hielt, zwang Agrarspekulanten, die Ernteerträge freizugeben, die sie in der Hoffnung auf steigende Lebensmittelpreise zurückhielten.

Die Armee brauchte in der Tat einen starken Führer, wie Alix sagte. Aber Nikolaus war, so aufrichtig er sich auch bemühte, nicht der richtige Mann.

»Im Augenblick der Gefahr ist es die Pflicht eines Herrschers, bei seiner Armee zu sein«, sagte er, »und wenn es sein muß, mit ihr unterzugehen.«[6] Niemand zweifelte an seiner Aufrichtigkeit, aber die hohen Offiziere hatten kein Vertrauen zu ihm. Sie kannten ihn gut genug, um zu wissen, daß er keine Erfahrung mit einem umfassenden militärischen Kommando und keine Ahnung von Strategie oder Waffensystemen hatte. Sie wußten, daß er im Grunde ein passiver, willensschwacher Mann war, dem es an Eigeninitiative fehlte, der eher zurückhaltend war als trotzig oder aggressiv. Was die Soldaten anging, so ein General, »wußte er nicht, was er ihnen sagen, wohin er sie schicken oder was er tun sollte«. Die Männer spürten seine Hilflosigkeit. Statt ihnen Mut zu machen und sie mit Siegeshoffnung zu erfüllen, erfüllte er sie mit Entsetzen.

Die Anspannungen der vergangenen Jahre hatten den Zar physisch angeschlagen und geistig hart werden lassen, vor allem war er um seine Gesundheit besorgt. Ganz bewußt versteckte er sich hinter tröstlichen Routinehandlungen, die einen großen Teil seiner Zeit in Anspruch nahmen, und schloß unerfreuliche Unterbrechungen aus.

»Heute gelang es mir, ihn aus der Nähe zu betrachten«, schrieb ein Beobachter im Oktober 1915. »Der Zar sieht nicht gut aus, die Farbe seines Bartes und Schnurrbartes ist tabakgelb, bäuerlich, seine Nase ist fett, die Augen wie aus Stein.«[7] Andere sahen in seinen Augen eine einzigartige Mischung aus Melancholie, Süße, Resignation und Tragödie und bemerkten, daß er in Gesprächen entweder vage blieb oder auswich und einem nie lange direkt in die Augen sah. Vielmehr starrte er aus dem Fenster oder in die Ferne – überallhin, nur nicht auf die Person, mit der er sich unterhielt. Vater Grigorij sagte zu seinem Freund, dem Geldverleiher Simanowitsch, daß der Zar »Angst vor allen« habe. »Wenn er sich mit mir in seinem Studierzimmer unterhält«, sagte der Starez, »dann sieht er nach, ob nicht irgend jemand uns belauscht.«[8]

Trotz der drohenden Gefahr und der dringenden Kriegsgeschäfte richtete Nikolaus sich in dem Gouverneurssitz von Mogiljow ein, als wäre es eine sichere Oase oder Höhle, eine Zuflucht vor der Bürde und Anspannung. Er fühlte sich ruhig, las niemals die Zeitung oder sah sich Wochenschauen über die Kriegsereignisse an. Er richtete sich einen neuen Tagesablauf ein, fuhr nachmittags lange mit seinem Rolls Royce aus oder führte seine englischen Setter in den Wäldern aus, seine Adjutanten im Schlepptau, die mit seinem raschen Tempo kaum Schritt halten konnten.

Er stand spät auf, hörte sich die Meldungen von der Front an, wohnte den Besprechungen mit den Offizieren bei, verteilte Orden und las die langen Briefe seiner Frau – Briefe, die ihn mit der Fülle an unterhaltsamen, angenehmen Anekdoten und ihren leidenschaftlichen Liebeserklärungen zu Tränen rührten.[9] Abends, nach dem Essen mit den Offizieren, sah er sich amerikanische Filme an und spielte Karten, Würfel und Domino.

Er mochte die dörfliche Ruhe von Mogiljow, die malerischen Buchen- und Kastanienwäldchen, die Obstgärten und Wiesen, auf denen Kühe und Schafe weideten, den Fluß und die verschlafene Kleinstadt. Er holte Alexej zu sich in die spartanischen Räume des Gouverneurssitzes. Gemeinsam besuchten sie die Truppen, gingen in die Kirche, sahen sich Filme an, sprachen ihre Gebete, bevor sie sich nebeneinander in schmale Feldbetten legten. Alexej spielte Wachsoldat, ganz ähnlich wie er und seine Freunde mit Spielzeugfiguren im Alexanderpalais Krieg gespielt hatten. Inmitten der Heiterkeit des Waldes, der Ruhe der Wiesen schien der echte Krieg weit entfernt.

Und tatsächlich ließ, kurz nachdem Nikolaus den Oberbefehl übernommen hatte, die Intensität des deutschen Vormarsches deutlich nach. Die Aktivität verlagerte sich an die Westfront, die Ostfront wurde zu einem Nebenschauplatz. Nikolaus war in eine Periode relativer Ruhe gestolpert. Seit Herbst 1915 erlitt die russische Armee bei ihren Vorstößen hohe Verluste, aber es gab keine deutschen Vorstöße, zumindest nichts, was mit dem Vormarsch im vergangenen Frühjahr vergleichbar gewesen wäre.

Alix schrieb doppelt so viele Briefe, als Nicky nach Mogiljow umzog. »Mein Federhalter fliegt wie verrückt über das Papier, und die Gedanken schießen mir durch den Kopf«, schrieb sie ihm. »Ich würde gern meine Nase in alles stecken (Ella tut das mit Erfolg) – um das Volk aufzurütteln, überall Ordnung zu schaffen und sämtliche Kräfte zu vereinen.«[10] Der betagte Ministerpräsident Iwan Goremykin nannte die Zarin »Madame Energie«, weil sie einen Brief nach dem anderen abschickte und sich voller Hingabe dem Bestreben widmete, die Entschlossenheit ihres Mannes zu stärken und aus ihm einen unnachgiebigen Führer zu machen.

»Du bist Gossudar und Selbstherrscher von Rußland«, schrieb sie ihm. »Gott, der Allmächtige, hat Dich auf diesen Platz gesetzt, und sie sollten sich alle vor Deiner Weisheit und Standhaftigkeit verneigen.« Wenn Nicky doch nur seinen großen Vorgängern nacheifern könnte. »Sei Peter der Große, Iwan der Schreckliche, Zar Paul – zerschlag sie alle.«[11] Sie beglückwünschte ihn dafür, »seine Überlegenheit zu zeigen, sich als der Autokrat zu erweisen, ohne den Rußland nicht existieren kann«, aber in Wirklichkeit, schrieb sie, habe ja sie selbst »die Hosen an« und sehne sich danach, »ihre unsterblichen Hosen jenen Schwächlingen« im Verteidigungsministerium und im Generalstab zu zeigen.[12] Alix sagte gerne von sich, sie habe das Herz einer Soldatentochter und einer Soldatenfrau. Sie stellte sich gern furchterregend vor; es amüsierte sie, daß dem Fürsten Orlow (»der fette Orlow«, nannte sie ihn), dem Leiter der Militärkanzlei, bei dem Gedanken an ein Treffen mit ihr so sehr die Beine zitterten, daß er immer

Unmengen von Baldriantropfen einnehmen mußte, um seine Nerven zu beruhigen. Er »stank immer nach Baldrian«, erzählte sie Lily Dehn.[13]

Alix fing an, sich einem gefährlichen Irrglauben hinzugeben: dem Irrglauben, daß sie effektiv herrschen könne. Daß sie den nötigen Willen, Mut und Scharfblick habe, um über Politik zu entscheiden und Beschlüsse umzusetzen, während sie Ministern oder anderen in der Regierung voranstand – Männern, die sie in der Mehrzahl für dumm oder verräterisch oder beides hielt. In ihrer Überzeugung von Vater Grigorij bestätigt, sah Alix sich selbst auf einem Pfad zu immer größerer Autorität. Dabei strebte der zunehmend eigensinnige Starez nicht nach eigener Macht, sondern hatte ganz einfach Angst vor Strafverfolgung wegen einer Reihe von Missetaten, von Unzucht bis hin zu Korruption.

Sie bildete sich ein, klar zu sehen, was getan werden mußte, geleitet von ihrer engen Auffassung von der Autokratie und von ihrer Zuversicht, daß Gott über Vater Grigorij zu ihr spreche. Sie war sogar überzeugt, daß, falls der Starez einmal völlig aus ihrem Leben verschwinden sollte, ein anderer göttlicher Sprecher auftauchen werde. War es denn nicht nach Monsieur Philippes Tod genauso gewesen?

Lily Dehn fiel auf, daß Alix, die in Kartenspiele »geradezu vernarrt« war, »nie gerne verlor«.[14] Sie verlor nicht nur ungern, sie ging immer davon aus zu gewinnen, so aussichtslos ihre Lage auch war. Sie sah sich allmählich in einem zunehmend finsteren Wettstreit mit den Mitgliedern der Regierung ihres Mannes gefangen. Außerdem äußerte sie sich verächtlich über die Macht ihrer Gegner, die sie fortwährend unterschätzte. Als am Tag nach der Übernahme des Oberbefehls durch den Zaren acht Minister ein gemeinsames Rücktrittsgesuch unterzeichneten, ließ das Alix völlig kalt. Sollten sie doch ihre Illoyalität zeigen – das bewies lediglich, was sie schon immer gesagt hatte, daß es beinahe unmöglich sei, wirklich tüchtige Männer zu finden.

Sie spürte ihre Macht, doch die Erschöpfung zehrte an ihr, denn die Auseinandersetzung kostete sie Kraft und schwächte sie. An den langen Herbstabenden lag sie auf ihrer Couch, umgeben von ihren Töchtern. Olga spielte auf dem Flügel, die anderen lasen abwechselnd vor. Anna Wyrubowa (die Alix in ihren Briefen »die Kuh« nannte) saß auf einem Stuhl, mal wie eine Klette, dann wieder kritisch und schmollend, aber ein ständiger Gast. Donnerstags spielte die rumänische Kapelle, von Zeit zu Zeit wurde ein Konzert im Hospital gegeben. An anderen Abenden spielte die Familie Karten, setzte Puzzle zusammen. Alix stickte und strickte.

Olga arbeitete zuviel und sah »nervös und blaß« aus. Sie mußte die Tätigkeit als Krankenschwester aufgeben und konnte nur noch die Arbeit in den Krankensälen beaufsichtigen. Die magere und zerbrechlich wirkende Tatjana war zäher. Sie arbeitete weiter im Krankenhaus und traf sich mit den Hilfskomitees. Sie eiferte der Askese ihrer Mutter nach, verkaufte das Perlenhalsband, das ihr Vater ihr zum 18. Geburtstag geschenkt hatte, und spendete das Geld dem Hilfsfonds. Maria und Anastasia, inzwischen sechzehn und vierzehn, arbeiteten weiter als Krankenschwestern und nahmen gemeinsam mit den älteren Schwestern den Platz ihrer Mutter bei der Eröffnung von Krankenhäusern und wohltätigen Basaren ein.

Sie brachten ihrer Mutter Nachrichten aus Petrograd, das in jenem Herbst eine Stadt grauer Uniformen und schwarzer Trauergewänder geworden war. Unter dunklen Regenwolken gingen ängstliche Fußgänger am Newskij-Prospekt auf und ab und sahen sich die Telegramme an, die in Schaufenstern ausgehängt wurden, Telegramme mit Nachrichten von der Front und Listen der Gefallenen. Überall wimmelte es von Soldaten: junge Burschen auf dem Weg in den Krieg, Wagenladungen Verwundeter, die ins Krankenhaus gebracht wurden, Kriegsversehrte, die auf den Straßen bettelten. Krankenschwestern hasteten zu ihrer Arbeit, mit einem roten Kreuz auf den weißen Schürzen. Dumaabgeordnete fuhren in Autos vorüber, streikende Arbeiter streunten zu Dutzenden auf den weiten Plätzen herum, Käufer waren auf den Märkten entsetzt über die hohen Preise für Brot, Fleisch und Benzin: Das war Petrograd in den letzten Monaten des Jahres 1915.

Auch wenn die ganze High-Society sich in der Hauptstadt konzentrierte und einige Vergnügungen angeboten wurden, hatte das gesellschaftliche Leben Pause. Es wurden keine Bälle veranstaltet, keine ausgelassenen Partys gefeiert. Kleider aus Paris, Delikatessen und erlesene Weine – abgesehen von bereits in den Kellern gelagerten – waren kaum zu bekommen, importierte Blumen und Grün aus Südfrankreich zur Dekoration der großen Säle gab es überhaupt nicht. Im übrigen trauerten so viele Gäste selbst, daß ihnen nicht der Sinn nach Vergnügungen stand. Sie waren besorgt. Wie die anderen Bürger der Hauptstadt versammelten sie sich in nervösen Gruppen, tauschten Kriegsneuigkeiten und die letzten Gerüchte über deutsche Spione aus. Angeblich saß ein Spion in Mogiljow, einer der Generale. Der Zar und die Zarin wurden beide verdächtigt, geheime Friedensgespräche mit den Deutschen zu führen. Und von Rasputin, wie immer der Lieblingsgegenstand der Gerüchteküche, hieß es, er sei der berüchtigtste Spion überhaupt und gebe Geheimnisse, die er bei Hofe höre, direkt an seine Auftraggeber in Berlin weiter.

Die Nachrichten waren trostlos, und neben allen anderen Sorgen hatte Alix im November noch mit einem persönlichen Kummer zu kämpfen. Ihre langjährige Freundin und ehemalige Hofdame Sonja Orbeliani, die schon lange als Invalidin im Palast gelebt hatte, starb. Sonja hatte mutig gegen ihre Behinderung angekämpft und war, obwohl sie nicht mehr gehen konnte, so aktiv wie möglich geblieben. Sie war ein politisch denkender Mensch, die Nichte eines ehemaligen, liberalen Ministerpräsidenten, und hatte immer offen ihre Meinung zu den verschiedenen russischen Regimes gesagt – genaugenommen zu allem. Sonja hatte Alix erklärt, was sie von der gegenwärtigen Staatslage hielt, und Alix hatte, obwohl sie häufig unterschiedlicher Meinung waren, ihre Ansichten angehört. Sie bewunderte den Lebensmut, den Sonja als eine »furchtlose Georgierin«, die niemals aufgab, an den Tag gelegt hatte. Auf Sonjas Bitte hin blieb

Alix in ihren letzten Tagen bei ihr. Als das Ende kam, starb Sonja in den Armen ihrer Freundin.

»Noch ein wahres Herz ist in das unbekannte Land gegangen!« schrieb Alix danach an Nicky.[15] Sie organisierte das Begräbnis, übernahm selbst die Ausführung des Letzten Willens und schrieb an alle Verwandten der Familie Orbeliani – allein schon eine beachtliche Aufgabe. Zu der Gedenkfeier ging sie nicht als Zarin gekleidet, sondern in ihrer schlichten Schwesterntracht. »Mir ist der Gedanke zuwider, ihretwegen heute abend schwarz zu tragen«, sagte Alix Sophie Buxhoeveden, »und ich fühle mich auf diese Art ihr irgendwie näher, wie eine Tante, mehr als Mensch, weniger als Zarin.«[16] Später, nach dem langen Gottesdienst, blieb sie in der Nähe des Sarges, setzte sich neben ihn und streichelte Sonjas Haar, wie sie vielleicht das Haar eines schlafenden Kindes gestreichelt hätte. Sie weinte wegen des Verlustes ihrer Freundin und eines »wahren Herzens«, um die ehrliche Stimme, die verstummt war.

Doch sie hatte keine Zeit, sich ihrem Kummer hinzugeben, weil eine schwere Krise bevorstand. Noch am Tag von Sonjas Begräbnis wurde Alexej aus Mogiljow nach Hause gebracht, seine untere Gesichtshälfte war von blutigen Bandagen ganz verhüllt. Seine Nase blutete seit zwei Tagen ununterbrochen. Die Ärzte hatten die Nasenflügel mehrmals verätzt, aber die Blutung hörte nicht auf. Der Junge hatte schon so viel Blut verloren, daß seine Haut totenbleich war.

»Über den blutgetränkten Bandagen starrten uns seine blauen Augen mit unaussprechlichem Leiden an«, erinnerte sich Anna Wyrubowa. Die Ärzte setzten die Verätzung fort – eine schmerzhafte Prozedur –, aber er wurde sehr schwach und konnte kaum noch sprechen.

Alix sah voller Todesangst ihren Sohn an, der sich auf Kissen gelehnt hatte und nicht flach liegen durfte, weil das Blut sonst noch schneller floß. Sophie Buxhoeveden fiel auf, daß sie wie üblich »nach außen hin ruhig« wirkte, sie wußte aber, daß die Zarin an den schrecklichen Bluteranfall dachte, den Alexej vor drei Jahren in Spala hatte, als der Tod ihm schon gewiß schien.[17] Damals hatte Alix einige Tage gewartet, ehe sie Kontakt zu Vater Grigorij aufnahm. Diesmal schickte sie sofort nach ihm. Sie rief in Petrograd an und schickte einen Wagen zu Vater Grigorijs Wohnung.

Er trat in das Krankenzimmer, mit seinen langen Haaren, hager und in einem Bauernhemd aus Seide, ein goldenes Kreuz, das die Zarin ihm geschenkt hatte, um den Hals. Wie immer war er zuversichtlich, voller Lebensenergie, zielstrebig. Wenn er nach Madeira roch, so fiel es den Anwesenden zumindest nicht auf.

Er ging zu Alexejs Bett und sah sich das aschfahle Gesicht an. Er machte das Kreuzzeichen über dem Bett und berührte kurz das Gesicht des Jungen.

»Kein Grund zur Aufregung«, sagte er Alix und Nicky, die neben dem Bett knieten. »Es wird nichts geschehen.« Er ging so schnell, wie er gekommen war.

Kaum war er gegangen, da bemerkten die unmittelbar neben dem Bett Stehenden, daß der Verband im Gesicht des Zarewitsch weiß blieb. Das Blut hatte aufgehört zu strömen.[18] Wie selbst die Skeptischen im Raum zugeben mußten, hatte der Starez wieder einmal das Blut des Jungen verhext. Als die Ärzte eine medizinische Erklärung für das plötzliche Stoppen der Blutung vorbrachten, glaubte ihnen niemand. Die Ärzte waren gescheitert, Vater Grigorij hatte Erfolg gehabt. Alexej erholte sich wieder.

Nicky kehrte nach Mogiljow zurück, zu seinem ruhigen Leben und den langen Nachmittagsspaziergängen. Alix bestellte einen Stein für Sonja Orbelianis Grab und fing an, Weihnachtsgrüße an die Familien der Männer ihres sibirischen Schützenregiments zu schicken, von denen viele durch Giftgas schwer verwundet worden waren. An Donnerstagabenden unterbrach sie jedoch, was immer sie gerade tat, setzte sich ans Feuer und hörte sich die traurige, wehmütige Zigeunermusik an. Das beruhigte sie, tat ihr gut und verschaffte ihr die Erleichterung der Tränen.

»Letzte Nacht habe ich gebetet, bis ich dachte, mein Herz müßte bersten, und mir die Augen ausgeweint«, schrieb Alix an

Nicky, als das Jahr 1915 zu Ende ging. »Ich kann den Gedanken an das, was du auf dich nehmen mußt, nicht ertragen.«[19] Sie war in einer »äußerst traurigen« Stimmung, hatte Veronal eingenommen und deshalb Magenschmerzen. Also nahm sie Opium, um diese zu betäuben. Halb in Trance und niedergeschlagen hatte sie die Zuversicht verloren, daß sie an einem Wendepunkt angelangt seien, daß eine neue Ära von Rußlands Ruhm anbreche. Einzig und allein ein neues Jahr brach an, ein Jahr, das mit Sicherheit Not und Entbehrungen, Kummer und Leid mit sich bringen würde. Sie würde dem neuen Jahr so tapfer, wie sie konnte, entgegentreten, mit Gebeten und Tränen, bis die Erlösung käme, nach der sie sich so innig sehnte.

27

Vater Grigorij verlor seine Macht. Es war ihm gelungen, die Blutung des Zarewitsch zu stoppen, aber er spürte eine deutliche Abnahme seiner Heilkraft. Wenn er gebeten wurde, Kranken zu helfen, zögerte er und entschuldigte sich. »Ich kann es nicht«, sagte er ganz offen. »Der Herr hat mir meine Macht genommen.«

Mit Sicherheit trank er mehr, außerdem häuften sich vermutlich seine Besuche in der berüchtigten Villa Rode, einem Nachtclub in einer Petrograder Vorstadt, wo der Eigentümer eigens einen Raum eingerichtet hatte, den er für den Starez bereithielt. Dort tanzte der Sibirier mitten in seinem Gefolge aus Bewunderern und Mitläufern, in einem Rausch, unbeholfen zu Zigeunermusik, wirbelte in fanatischer Ekstase umher. In den wenigsten Nächten löste er einen Skandal aus – die Mitglieder seiner Eskorte der Geheimpolizei hielten ihn zurück, und wenn sie ihn nicht zurückhalten konnten, bestachen sie alle Zeugen seiner Exzesse, damit sie den Mund hielten – aber von Zeit zu Zeit drangen einige Vorfälle an die Öffentlichkeit.

An einem Abend Anfang 1916, als Vater Grigorij gerade in dem Nachtclub umherhüpfte, traten ihm mehrere junge Männer in Uniform gegenüber, einer hielt einen Revolver in der Hand. Sie sahen sich gegenseitig an, der betrunkene Bauer und die jungen Offiziere mit den stahlharten Augen, doch schon nach kurzer Zeit blinzelten die Männer und wandten sich ab.

»Ihr wollt mich umbringen!« schrie Rasputin. »Keine Macht der Welt kann mir etwas anhaben. Geht nach Hause. Ich möchte mit meinen Freunden hierbleiben und entspannen.«

Die jungen Männer gingen – aber jeder einzelne im Raum hatte ihre Drohung gespürt, und jedem war es eiskalt den Rücken hinuntergelaufen. Rasputin hatte die Auseinandersetzung gewonnen, vorläufig, aber die Drohung blieb. Wochenlang war der Vorfall im Gerede und wurde analysiert. War er der Beweis dafür, daß der Sibirier wirklich einen mächtigen Schutz genoß? Oder war er Vorbote einer bevorstehenden Katastrophe?

Der Starez erhielt ominöse Telefonanrufe, Menschen schleuderten ihm Beleidigungen ins Gesicht. Hunderte von Bewunderern und Bittstellern pilgerten immer noch täglich in seine Wohnung, baten um Hilfe und Gefälligkeiten, um Geld und Heilung. Frauen schickten ihm Blumen (»Dumme Geschöpfe, diese Frauen«, sagte Rasputin zu Felix Jussupow, »dumme Geschöpfe, die mich verderben«). Simanowitsch brachte ihm immense Geldsummen von dankbaren Bittstellern, in deren Namen er Minister oder andere Regierungsvertreter kontaktiert hatte.[1] Er war auf dem Höhepunkt seiner weltlichen Macht angelangt – er, der niemals nach Macht gestrebt hatte, aber im Jahr 1916 reizbar geworden war und sich auf beunruhigende Weise an diese Macht gewöhnte.

Doch der Ursprung seiner Macht war die Heilkraft, und er spürte, daß er sie verloren hatte.

Aber auch wenn er niemanden mehr heilen konnte, so war er doch imstande, ihnen zu helfen. Mit Hilfe der großzügigen Zuwendung in Höhe von 5000 Rubel, die er monatlich vom Innenministerium erhielt, und den Schmiergeldern, die Simanowitsch ihm brachte, gab Vater Grigorij fast jedem Geld, der sich an ihn wandte. Witwen, Schulmädchen, verarmte Veteranen, Bauern, die ihre Ländereien verloren hatten, Flüchtlinge, Invaliden, die Elenden von der Straße, die ihren Weg zu ihm fanden: Er verteilte freigiebig an alle und nahm unterdessen genauso freizügig von unehrlichen Beamten, Geschäftsleuten, Anwälten, Politikern. Er belohnte sich selbst großzügig mit Fässern voll Wein, teurem Kaviar und importierten Delikatessen, nächtlichen Banketten und Exzessen, teuren Prostituierten. Er schickte Geld an seine Frau in Sibirien und meldete seine Töchter auf noblen Privatschulen an.

Demoralisiert sah Rasputin sich der Sensationslust ausgesetzt und wurde von seinen Beschützern belagert, die ihn zum einen bewachten, zum anderen aber auch skandalöse Informationen über ihn sammelten. Rasputin schwirrte der Kopf von dem Wirbel, aber er schaffte es immer, verfügbar zu sein, wenn man ihn in den Palast rief. Und er baute seinen Einfluß weiter aus, indem er enge Kontakte zu dem Journalisten und Informanten Manuilow unterhielt, der mit den für ihn zuständigen Agenten der Geheimpolizei verkehrte, Kandidaten für hohe Ämter empfahl und danach freundschaftliche Beziehungen zu ihnen pflegte. Rasputin war die Spinne im Zentrum eines riesigen Netzes aus Kontakten, brachte geschickt Menschen miteinander zusammen, die sich helfen oder untereinander verschwören konnten. Er schien jeden zu kennen oder über jeden etwas herausfinden zu können. In ganz Petrograd war niemand gefürchteter, geschmähter oder häufiger Zielscheibe von Angriffen.

Im Frühjahr 1916 fuhr der kaiserliche Zug langsam von Petrograd aus nach Süden und brachte den Zaren, die Zarin und ihre Kinder an die rumänische Grenze. Nicky wollte seine Truppen aufsuchen, Alix Krankenhäuser und Werkstätten besichtigen. Die Reise hatte folglich einen ernsten Zweck, aber sie hatte auch etwas von einem Familienausflug. Je weiter sie nach Süden kamen, je grüner das Land wurde und je milder die Temperaturen, desto mehr verstärkte sich die Ferienstimmung.

Alix hatte erklärt, sie könnten nicht nach Liwadija fahren, weil das »ein zu großes Vergnügen wäre, das man während des Krieges nicht genießen könne«. Aber nach Zwischenhalten in Winniza und Benedery fuhren sie nach Sewastopol und nach Jewpatoria, wo sie mehrere Sanatorien gegründet hatte, und nach Odessa, wo sie die Jodfabrik inspizierte – und an jedem Ort war noch ein wenig Zeit, sich auszuruhen und zu entspannen, ein Sonnenbad zu nehmen. Überall blühten die Blumen im Sonnenschein, wuchsen an weißen Wänden, entlang von Steinwegen, in

Steinschalen auf breiten Terrassen und in umzäunten Parks, wo Springbrunnen plätscherten und Vögel sangen. In den Obstgärten duftete es nach Kirsch- und Zwetschgenblüten, und auf den Feldern zogen weiße Ochsen Pflüge und brachen die Erde für die Frühjahrsaussaat um.

Gewiß wurde man überall auch an den Krieg erinnert. Verwundete Soldaten erholten sich inmitten der Blütenpracht in den Gärten, Krankenwagen und Militärlaster rumpelten durch enge Gassen und Leichenzüge verstopften die Straßen. Nachts mußte man im Zug schwere schwarze Vorhänge vor die Fenster ziehen, weil die Gefahr bestand, daß der Zug von deutschen Flugzeugen bombardiert wurde, die von Kreuzern im Schwarzen Meer aus starteten.

Dennoch wuchs mit Anbruch des Frühlings vorübergehend die Hoffnung. Immerhin waren die Deutschen nicht nach Petrograd marschiert. Russische Truppen erhielten Ausrüstung und Lebensmittel aus dem Ausland, und in Kürze sollte eine Offensive gestartet werden. Abgesehen von der chronischen Blässe, einer Schwellung des Unterleibs und einer inneren Blutung in beiden Armen hielt Alexej sich seit Dezember tapfer. Er war jetzt fast zwölf, groß und hager und sah gut aus. Vater Grigorij hatte gesagt, wenn er seinen siebzehnten Geburtstag noch erlebe, werde er völlig geheilt sein.[2] In ihren lebhaftesten Augenblicken freute sich Alix voller Optimismus auf seinen siebzehnten Geburtstag, genau wie sie sich auf die positiven Auswirkungen der jüngsten Regierungsumbildung freute – Veränderungen, die sich zum Wohle Rußlands auswirken würden, da war sie sich ganz sicher.

Ende Januar 1916 war der Ministerpräsident, der betagte Goremykin, durch einen Mann ersetzt worden, den Alix für einen »ausgezeichneten und aufrichtigen« Mann hielt, durch Boris Stürmer, einen Kumpanen Rasputins. Auf den Rat Alexandras hin und gegen den Einspruch jeder verantwortungsvollen, besonnenen Stimme, die er hörte, ernannte Nikolaus Stürmer, vielleicht um seine Frau zu besänftigen, vielleicht aber auch, weil er ganz einfach nicht wußte, was er sonst tun sollte.

Die Ernennung war blanker Unsinn, und schon bald folgten weitere unkluge Umbesetzungen. Der tüchtige Kriegsminister Alexej Poliwanow wurde entlassen, und Stürmer trat an seine Stelle. Im Juni 1916 wurde Außenminister Sasonow entlassen – wiederum von Stürmer abgelöst, der eine Zeitlang auch das Innenministerium übernahm.

Die herausragende Stellung Stürmers war ein vielsagendes Symptom der Unfähigkeit des Zaren. Er schwankte hin und her, handelte mal mit einer launischen Entschlossenheit und zog sich dann wieder in Passivität zurück. Er mißtraute starken, tüchtigen Politikern; er konnte sich nicht dazu durchringen, Autorität an fähige Männer zu delegieren, weil sie ihm ja seine Macht rauben könnten. Nicky vertraute nur seiner Frau, wie er Sandro einmal sagte, und sie hatte als Empfehlung nicht viel mehr als ihre Hingabe vorzuweisen. Das Vertrauen, das er einmal zu Vater Grigorij gehabt hatte, war zerrüttet, denn im Frühjahr 1916 war er nach jahrelanger Leugnung und Untätigkeit endlich zu dem Schluß gelangt, daß der Starez durch und durch korrupt war.

Das Ausmaß der ruchlosen Aktivitäten Vater Grigorijs – sein Einfluß, der bis in höchste Regierungskreise reichte, das Verschachern von Rüstungsaufträgen, die indiskreten Enthüllungen militärischer Geheimnisse gegenüber einem großen Kreis von Verbindungsleuten, dazu seine lange Geschichte unzüchtiger Exzesse und seine empörende Vulgarität, die allgemeine Abscheulichkeit in den Augen der gebildeten Russen – wurde unter anderen von G. I. Schawelskij, dem Erzpriester der russischen Armee und Flotte, bewiesen. Schawelskij hatte sich zum Ziel gesetzt, den Zar zu überzeugen, daß der letzte Rest von Zuversicht, den die Soldaten und Matrosen noch in den Monarchen und seine Regierung hatten, rasch von den kursierenden Geschichten über Vater Grigorij zunichte gemacht wurden – Geschichten, die in vielen Punkten der Wahrheit entsprachen. Das bekannteste Gerücht, daß der Sibirier der Liebhaber der Zarin sei und ihr ganzes Tun kontrolliere, stimmte nicht, wurde aber dennoch geglaubt. Und selbst wenn sie kein Liebespaar seien, erklärte Schawelskij, so stütze sich die Zarin viel zu stark auf ihren geistigen Ratgeber. Sie sei naiv, sie traue Vater Grigorij zu sehr und sei außerstande zu sehen, daß seine Ratschläge nur eigennützig seien, weder orakelhaft, noch göttlich inspiriert. Es sei die Pflicht des Zaren, sofort einzuschreiten, damit die Lage sich nicht verschlimmere.

Schawelskijs Botschaft unterstrich, was Nicky ein Jahr zuvor von Innenminister Schtscherbatow gehört hatte, von seinen Verwandten und von vielen anderen. Sämtliche Ratschläge, sämtliche Untersuchungen und Berichte wiesen in dieselbe Richtung: Der Sumpf unter dem Gerüst des russischen Regierungslebens reichte sehr tief, und Vater Grigorij war ein integraler Bestandteil dieses sich rasch ausbreitenden Sumpfes. Da Alix sich auf ihn verließ, nahm sein subversiver Einfluß noch zu.

Doch was konnte Nicky tun? Ebenso wie Alix sich auf den Starez verließ, so verließ er, Nicky, sich auf sie. Er lehnte sich an sie an, brauchte sie. Er trug jetzt ihr Porträt Tag und Nacht bei sich.[3] Er nannte sie sein »Herz, Verstand und Seele«. Er vermißte sie schrecklich, vor allem wenn er sich krank fühlte, was oft der Fall war. Das Kokain, das er einnahm, um sich aufzumuntern und seine Herzprobleme zu lindern, machte ihn älter, benebelte seinen Verstand und raubte ihm seine Kräfte.

Obwohl Nicky demnächst erst 49 Jahre alt wurde, waren viele Augenzeugen der Meinung, er sehe allmählich wie ein alter Mann aus. Die Veränderung war verblüffend: Das Gesicht war dünn und hohl geworden und von unzähligen kleinen Runzeln bedeckt. Die Augen waren eingesunken und tief überschattet, die Pupillen hatten keinen Glanz mehr, wirkten wie die leblosen Augen eines alternden Invaliden. Das Gesicht erweckte einen Eindruck der Hilflosigkeit, die Lippen waren zu einem schmalen Lächeln gefroren, humorlos und beunruhigend.[4]

Wie Vater Grigorij aufgefallen war, hatte Nicky eine wahnhafte Vorsicht entwickelt und sah sich ständig nervös um. Er wirkte und fühlte sich hilflos. Er hatte die Gestalt Hiobs auf sich übertragen, des biblischen Dulders, den Gott mit Kummer und

Krankheit überhäuft. Die Anspannung des psychischen Märtyrertums, das der Zar immer an den Tag gelegt hatte, kam jetzt in ihm zum Vorschein. Er hatte sich immer zum Untergang verurteilt gefühlt; jetzt schien auch sein Land zum Untergang verurteilt, der leichte Aufwärtstrend in jüngster Zeit schien das Gegenteil zu bewirken.

»Vielleicht ist ein Opfer nötig, um Rußland zu retten«, hatte er im Sommer 1915 erklärt. »Ich werde das Opfer sein.«[5]

Im Herbst 1916 war bereits deutlich geworden, daß kein noch so großes Selbstopfer die russische Monarchie davor bewahren konnte, von den allgemeinen Unruhen hinweggefegt zu werden. Die enormen Verluste im Krieg (die russische Offensive, die im selben Jahr gestartet worden war, hatte zu nichts geführt, außer zu noch mehr Toten, noch mehr Verwundeten), die Gerüchte über die Zarin und Rasputin und über ihre Geheimgespräche mit dem deutschen Feind, die zynische Haltung gegenüber dem Zaren und seiner Regierung, die zunehmenden Nöte im Alltag, die indirekt durch den Krieg verursacht wurden, – all dies drängte selbst den glühendsten Patrioten zur Umkehr und darüber hinaus.

Schlagzeilen warnten vor dem deutschen Einfluß am Hof, vor »dunklen Mächten hinter dem Thron«, und Zeitungsverleger, die nicht mehr von der Regierung beaufsichtigt wurden, druckten gefälschte Geschichten über die Zarin. Die Leute sprachen vom Zaren und der Zarin mit »unverhohlener Feindseligkeit und Verachtung« und sangen Spottlieder über Alexandra und Rasputin. Das Wort »Revolution« war häufig zu hören, aber nicht nur geflüstert, sondern laut ausgesprochen, wie um der Geheimpolizei zu trotzen.

Trübe Laternen beleuchteten die nicht gefegten Straßen Petrograds im Oktober und November 1916. Der Müll stapelte sich allmählich, verstopfte die Fahrwege, und Schneewehen türmten sich auf. Dringend wurden Arbeiter gebraucht, die die Straßen säuberten. Die Zahl der Todesopfer unter den obdachlosen Flüchtlingen nahm rasch zu, viele starben an Typhus.

Der ungewöhnlich strenge Frost kündigte den Beginn eines harten Winters an, und die Geheimpolizei, die in jeder Straße ihre Augen und Ohren hatte, um die Stimmung in der Stadt einzufangen, teilte dem Zaren mit, daß die armen Arbeiter »am Rande der Verzweiflung« standen.

Wer es sich leisten konnte, die Not der Hauptstadt zu verlassen, schloß sich einem regelrechten Exodus in diesem Herbst an: Menschen drängten sich vor den Schaltern, um Fahrkarten nach Finnland über Haparanda oder in den Süden auf die Krim oder in den Kaukasus zu kaufen, wo man auf den Märkten vor Ort bestimmt Lebensmittel kaufen konnte und der Winter nicht so kalt war. Die Rationierung hatte begonnen, und die Preise für nicht rationierte Lebensmittel waren zum Teil so stark gestiegen, daß man für Fleisch inzwischen das Dreifache wie 1914 zahlen mußte, Butter und Mehl waren mehr als doppelt so teuer. Die Mieten in der Stadt waren ebenfalls beträchtlich angestiegen, Brennstoff war knapp und unerschwinglich. Menschen standen über mehrere Straßenblöcke an, um Öl für ihre Lampen und Gemüse für das Abendessen zu kaufen. Vor der Gesellschaft zur Bekämpfung hoher Preise bildeten sich jeden Morgen Menschenmengen und warteten auf die Lieferung von Lebensmitteln, die in den meisten Fällen gar nicht eintrafen.

Es fuhren nämlich nicht mehr genügend Züge mit Lebensmitteln und anderen Dingen des täglichen Bedarfs in die Petrograder Bahnhöfe ein, um die Stadt angemessen zu versorgen. Es gab nicht genügend Lokomotiven und nicht genügend Arbeitskräfte, selbst als Kriegsgefangene und aus Persien und China importierte Arbeiter eingesetzt wurden, um die Züge zu bedienen. Die ersten Soldaten von der Front kehrten in die Hauptstadt zurück, aber sie wollten oder konnten nicht arbeiten; einigen hatte man die Beine weggeschossen, Kriegsinvaliden, andere waren desertiert und tauchten unter. Sie alle waren jedoch der Staatsgewalt gegenüber feindselig eingestellt und nicht bereit, zum Erhalt des Regimes beizutragen, von dem sie sich verraten fühlten.

Im Laufe des Herbstes, als die Schlangen für Lebensmittel,

Kohle und Öl länger wurden und den Wartenden immer kälter, strömten immer mehr Soldaten nach Petrograd. Dreizehn Millionen Mann waren beim Militär registriert, und die meisten von ihnen, so schien es zumindest, zogen nach Petrograd. Ihre Zerrüttung, ihre Feindseligkeit, die Geschichten, die sie von der Front mitbrachten, – Geschichten über Rasputin und die Zarin, die nächtliche Gespräche mit dem Kaiser in Berlin führten, über Großfürst Nikolaj, ihren geliebten ehemaligen Befehlshaber, der sich angeblich gegen den Zaren verschworen hatte, über den Zaren selbst und seine Minister, die angeblich so große Angst vor den Bauern hatten, daß die Deutschen dafür bezahlt wurden, sie alle zu vernichten – kamen zu der ohnehin bereits angespannten Atmosphäre noch hinzu und hatten zur Folge, daß die Geheimpolizei erneut Alarm schlug.

Die Vierte Duma tagte ab November wieder, und ihre wütenden Mitglieder schienen dem ganzen angestauten Unmut im Land Luft zu machen. Mit »donnernder Stimme« beschimpfte der ultrakonservative Abgeordnete Wladimir Purischkewitsch die kaiserlichen Minister, die seiner Ansicht nach zu Marionetten geworden waren – Marionetten, deren Fäden die Zarin und Rasputin in Händen hielten. Der Anführer der gemäßigten Kadetten, Pawel Miljukow, warf Stürmer vor, die Staatskasse zu bestehlen, und klagte die Zarin und Rasputin an, illegal die Macht auszuüben und Rußland zu verraten. »Verrat!« riefen alle Abgeordneten, als Miljukow sie aufstachelte.

Von Miljukows Rede wurden illegal Millionen von Exemplaren gedruckt und im ganzen Land verteilt, die Unzufriedenheit wurde noch mehr angeheizt. Nikolaus wurde nicht nur von seinen eigenen scharfsichtigen Beratern, sondern auch vom britischen Geheimdienst in London gewarnt, daß mit Sicherheit »in naher Zukunft« eine Revolution ausbrechen werde, wenn der Zar nicht entschlossen handelte. Er entließ Stürmer und ersetzte ihn durch den Verkehrsminister Alexander Trepow.

Trepows Ernennung war bedeutsam, nicht nur in politischer Hinsicht, sondern auch als Anzeichen eines Wendepunktes in der Beziehung zwischen Nicky und Alix. Mit der Ernennung von Trepow hatte Nicky den Rat seiner Frau ignoriert.

Und Alix, die sich schon unbesiegbar gefühlt hatte, »nicht die geringste Angst mehr hatte vor den Ministern«, wie sie Nicky schrieb, sie spürte sofort die Veränderung.

Das hatte einen Riß in ihrem Panzer, einen Bruch in ihrer Selbstachtung zur Folge. Die Briefe an ihren Gatten wurden hektischer, drängender. Zum ersten Mal in ihrem Briefwechsel flehte sie ihn an, nur auf Vater Grigorij zu hören, nicht auf Generale oder Minister.

Dabei hatte Vater Grigorij weder bei ihren Entscheidungen noch bei Nickys jemals eine zentrale Rolle gespielt. Ihr Flehen wurde sanft ignoriert. Sie wußte ganz intuitiv, daß sie ihre Macht verloren hatte – und dieses Wissen ließ sie erschauern.

Schon seit einiger Zeit hatte sie gewußt, daß die kaiserliche Familie sich in einem Ziel einig war: sie mit allen Mitteln an den Rand zu drängen. Sie wollten ihren Einfluß unterdrücken.[6] Sie waren überzeugt, daß Alix und Vater Grigorij die Absicht hatten, ganz die Herrschaft zu übernehmen. Alix hingegen vermutete, daß ihre Schwiegermutter und andere planten, Nicky abzusetzen und einen Regenten zu ernennen, bis Alexej die Herrschaft übernehmen konnte.[7] Sie hatte ihre Macht verloren und fürchtete, daß sie sie nie wieder zurückerlangen würde.

Vor Weihnachten 1916 fuhr Alix nach Nowgorod, um Krankenhäuser für die Verwundeten zu besichtigen. Sie nahm ihre Kinder mit, dazu Sophie Buxhoeveden und andere aus ihrem Gefolge. Am Bahnhof wurde sie von dem Gouverneur der Provinz empfangen, der die ganze Gesellschaft bei ihrer Besichtigung begleitete.

Nowgorod war eine sehr alte Stadt und lag mitten in Apfelplantagen. Die Bäume waren kahl und beinahe leblos im Winter, ihre Stämme hoben sich schwarz gegen den Schnee ab. Alix bekam Äpfel von der diesjährigen Ernte geschenkt, die in kühlen Kellern gelagert waren, und traf sich mit vielen Stadtbewohnern. Diese schäumten zwar nicht gerade über vor Begeisterung, zeigten aber zumindest nicht offen Untreue oder Feindseligkeit – vielleicht weil der Gouverneur sie sorgfältig ausgewählt hatte.[8]

Alix ging durch die Krankensäle, besichtigte die Sehenswürdigkeiten der Stadt und besuchte einen Gottesdienst in der Kirche. Ihre Aufmerksamkeit wurde von den Dutzenden sehr alten Ikonen angezogen, die hier restauriert wurden. Der örtliche Adel gab ihr zu Ehren einen Tee, und die Angehörigen ihres Gefolges spürten eine deutliche Kühle in dem Empfang, auch wenn Alix selbst sie nicht zu bemerken schien.[9]

Sie hatte von einer berühmten Starzin gehört, die im Dessjatinni-Kloster lebte, von einer heiligen Frau namens Maria Michailowna, die angeblich 107 Jahre alt war. Alix wollte sie sehen und ihren Segen empfangen. Sie machte aus ihrem Besuch eine Pilgerfahrt und ging zu Fuß durch den nassen Schnee zu der kleinen Einsiedelei, in der die alte Frau lebte.

Der Nachmittag war kalt, die Sonne war längst untergegangen, als die Zarin im Halbdunkel durch den Schnee stapfte. Im Innern der Hütte war es finster, und erst als eine Kerze gebracht wurde, war Alix imstande, den kleinen, zerbrechlichen Körper der Starzin zu erkennen, die auf dem Bett lag. Sie trat näher und sah das Gesicht der alten Frau umgeben von einer Aureole aus zottigem, grauem Haar, »ein liebes, feines, ovales Gesicht mit wunderbar jungen, glänzenden Augen und einem süßen Lächeln«.

Die Starzin streckte ihre hagere Hand zum Segen aus. »Freue dich, ungekrönte Braut«, sagte sie sanft. »Hier ist die Märtyrerin Zarin Alexandra.«

28

Alix spürte immer noch die Erquickung und den Trost, die sie nach dem Besuch bei der Gottesfrau Mutter Maria empfunden hatte, als sie am 30. (nach dem julianischen Kalender am 17.) Dezember 1916 erfuhr, daß Vater Grigorij vermißt wurde.

Er wurde nicht nur vermißt, er konnte sogar tot sein, denn in Petrograd kursierten Gerüchte von Pistolenschüssen, die mitten in der Nacht im Palast der Jussupows gefallen sein sollen. Bekanntlich hatte Vater Grigorij am vorigen Abend angekündigt, er habe die Absicht, sich dorthin zu begeben.

»Ich kann und will nicht glauben, daß er getötet worden ist«, schrieb Alix an Nicky. »Ich vertraue immer noch auf Gottes Barmherzigkeit, daß man ihn nur entführt hat.«[1]

Ihr Herz machte ihr wieder Kummer, und Dr. Botkin hatte ihr eine besonders hohe Dosis Veronal verschrieben, die sie in der Nacht länger als üblich hatte schlafen lassen. Noch von der Arznei benommen, konnte sie sich nicht dazu durchringen, den Gerüchten Glauben zu schenken.

Sie schwelgte noch in der Erinnerung an die Begegnung mit Mutter Maria, »so liebevoll und ruhevoll, wohltuend für die Seele«. In der Gegenwart der alten Frau hatte sie sich gesegnet und getröstet gefühlt, als sie Mutter Maria sagen hörte, der Krieg sei bald vorüber, sie brauche sich keine Sorgen um ihre Kinder zu machen, sie würden heiraten, und sie solle »das schwere Kreuz nicht fürchten«. Das hatte Mutter Maria mehrmals wiederholt, daß Alix das schwere Kreuz nicht fürchten solle.

»Ich danke Gott dafür, daß wir sie sehen durften«, teilte Alix ihrem Mann mit. Sie schickte Mutter Maria ein Geschenk, drei kleine Lämpchen, um ihre finstere Hütte zu erhellen, mit einer Ikone. Sie dachte viel lieber an die leuchtenden Augen und das süße Lächeln Mutter Marias, als sich mit den Gerüchten aus der Hauptstadt zu beschäftigen.

Aber schon bald wurde deutlich, daß es mehr als nur Gerüchte waren, und wiederum spürte sie intuitiv, daß hier irgend etwas nicht stimmte. Sie hatte gewußt, daß es Mordverschwörungen gegen den Gottesmann gab, und hatte Innenminister Protopopow befohlen, den Wächtern von Vater Grigorij einzuschärfen, ihn nachts nicht allein aus dem Haus zu lassen.[2] Sie hatte gewußt, daß Felix Jussupow mit Vater Grigorij zusammengewesen war und daß dessen Mutter Sinaida Jussupowa zu den schärfsten Gegnern des Starzen zählte.[3]

Die verwirrte, nach der Botschaft von Vater Grigorijs Tochter verängstigte Alix riß sich, so gut es ging, zusammen und empfing weiterhin ihre Gäste.[4] Aber den ganzen Tag über gingen immer schlechtere Nachrichten ein.

Am Nachmittag hatten die Ermittler rötlichbraune Flecken an der Großen Petersbrücke über die Kleine Newa entdeckt, an einem Ort, wo das Eis dünn war und man sich einer Leiche hätte entledigen können. Ein brauner Überschuh wurde ebenfalls dort entdeckt, und als der Überschuh Vater Grigorijs Töchtern gezeigt wurde, sagten sie, er gehöre ihrem Vater.[5]

Der Hochadel Petrograds traf sich im Yachtklub, um Informationen auszutauschen. Den Anwesenden genügten diese Entdekkungen als unumstößlicher Beweis dafür, daß der infame Rasputin endlich beseitigt worden war. Über nichts anderes wurde gesprochen, die Neuigkeiten wurden aufgeregt und erleichtert weitererzählt. Am Spätnachmittag wurden telefonisch Glückwünsche ausgetauscht und Telegramme abgeschickt, in denen stand, nunmehr sei sicher, daß der Sibirier tot sei. Hinzugefügt wurde, Felix Jussupow und Großfürst Dimitrij Pawlowitsch hätten ihn umgebracht.[6]

Alix saß »ganz verzagt« bei Anna Wyrubowa, versuchte nach

Kräften, Anna zu beruhigen und selbst die Hoffnung nicht aufzugeben, während sie auf konkrete Ergebnisse der polizeilichen Untersuchung warteten.

»Wir sitzen alle beisammen – Du kannst Dir unsere Gefühle vorstellen – unser Freund ist verschwunden«, schrieb sie an Nicky.[7] »Eine so große Qual (bin ruhig und kann es nicht glauben).« Ihr Körper war matt, ihr Kopf aufgeregt, sie verschickte mehrere Telegramme und schrieb Nicky einen langen Brief.

Jede weitere Neuigkeit, die sie erreichte, schien die Gerüchte vom Tod Grigorijs zu bestätigen. Großfürst Dimitrij, der sich im Yachtclub gezeigt hatte, sah »bleich wie der Tod« aus. Felix Jussupow leugnete hartnäckig jede Beteiligung an dem mutmaßlichen Verbrechen – ein Dementi, mit dem er sich selbst belastete. Es wurde in schriftlicher Form an den Palast geschickt, als Alix sich geweigert hatte, ihn persönlich zu empfangen. Sie wußte, daß er sich in letzter Zeit häufig mit Vater Grigorij getroffen hatte, daß zwischen ihnen eine Verbindung geknüpft worden war. Jetzt sah es ganz so aus, daß der Zweck dieser Verbindung möglicherweise der Mord war.

Alix bemühte sich, die Hoffnung nicht aufzugeben – ergriff aber zugleich praktische Maßnahmen, um sich und ihre Geliebten zu schützen. Ihr gesunder Menschenverstand sagte ihr nämlich, daß das Verschwinden Vater Grigorijs womöglich nur die erste Phase eines Staatsstreichs war, dessen letztes Ziel es wäre, sie zu beseitigen und den Zaren durch einen Regenten zu ersetzen. Sie schützte Anna, indem sie sie in den Palast holte und ihre Räume mit neuen Schlössern sicherte. (»Sie wird die Nächste sein«, schrieb sie Nicky.) Sie befahl den Wachen, die jungen Großfürsten nicht in den Palast einzulassen. Welche Vorkehrungen sie traf, um sich und ihre Kinder zu schützen, geht aus den Briefen nicht hervor, ebensowenig enthüllen sie, was Alix ihren Töchtern über das mysteriöse Verschwinden Vater Grigorijs sagte.

Nicky hatte ihr geschrieben, daß er beabsichtige, schon bald nach Zarskoje Selo zurückzukehren. (»Oh welche Freude, welcher Trost, Dich wieder zu Hause zu haben«, schrieb sie ihm.)

Bis zu seiner Ankunft tat sie ihr Bestes, die Hoffnung nicht aufzugeben, und sprach ihre Gebete. Sie ordnete an, daß die ganze Nacht hindurch ein Gottesdienst in der Palastkirche abgehalten wurde. Sie bestand darauf, daß der gesamte Haushalt daran teilnahm und für die Sicherheit des Starzen betete.

»Wir Frauen sind ganz allein mit unseren schwachen Köpfen«, schrieb sie ihrem Mann. Und ihr »schwacher Kopf« drehte sich vor lauter Fragen. Was war schiefgegangen? Warum hatte Protopopow es nicht geschafft, Vater Grigorij zu beschützen? Konnte man Protopopow womöglich nicht mehr trauen? Und wenn ja, gab es überhaupt noch Sicherheit für die Familie?

Dieselben Fragen gingen ihr auch am nächsten Tag, dem 31. Dezember, durch den Kopf, als sich die Meldung vom mutmaßlichen Tod des berüchtigten Sibiriers über die Hauptstadt hinaus im ganzen Land verbreitete. Die Polizei setzte ihre Verhöre fort, Alix weigerte sich immer noch, mit Felix Jussupow zu sprechen, der mittlerweile allgemein als der Hauptverschwörer und Mörder galt. Sie klammerte sich an die Hoffnung, Gott werde »ihren Tröster und einzigen Freund verschonen«, doch die Chancen, daß er noch lebte, wurden geringer, und sie wußte das.[8]

Am frühen Morgen des 1. Januar wurde Vater Grigorijs Leichnam, gefroren und verunstaltet, im Eis der Kleinen Newa unter der Neuen Petersbrücke gefunden. Der Palast wurde informiert.

Die Ungewißheit war vorüber, jetzt begann Alix' Leiden. Sie trauerte um ihn. Sie trauerte mit der ganzen Kraft und Tiefe ihrer Wagnerschen Seele um ihn. Die Tatsache, daß er gegangen war, erschien ihr weit mehr als nur ein menschlicher Verlust, daß er ermordet wurde, weit mehr als nur ein menschliches Verbrechen. Es war eine Katastrophe, ein verheerendes Ende, ein Todesstoß für sie und für Rußland.

Nachdem Vater Grigorij nicht mehr da war, wer sollte denn jetzt Gebete für Alexej sprechen, wenn er krank wurde? An wen sollte sie sich bei einem Anfall wenden?

Sie brach unter der Last ihres Kummers zusammen, fühlte sich plötzlich alt. Sie schrieb Briefe und unterschrieb mit »altes Frauchen«.[9] Sie nahm mehr Herztropfen, die sie betäubten und ihr ein wenig Schlaf verschafften. In ihren wachen Stunden schickte sie Telegramme an Nicky in Mogiljow, sagte ihren Kindern, daß ihr Freund Vater Grigorij gestorben sei, und grübelte, analytisch wie immer, unter Tränen darüber nach, was der Mord an Vater Grigorij zu bedeuten habe.

Was geschehen war, war schmerzlich, aber selbst in ihren schwersten Augenblicken wollte sie nicht glauben, daß es das Ende war. War Vater Grigorij ihr denn nicht geschickt worden, um die Stelle von Monsieur Philippe einzunehmen? Und war ihr nicht erst neulich, kurz vor Vater Grigorijs Tod, ein anderer Botschafter aus dem Jenseits geschickt worden? Die Begegnung mit Mutter Maria war gewiß kein reiner Zufall gewesen, sondern göttliche Fügung. Die Kontinuität der göttlichen Hilfe war gesichert.

Noch wichtiger war: Genau wie sie nie das Gefühl gehabt hatte, daß Monsieur Philippe sie für immer verlassen hatte, so spürte sie auch jetzt, daß Vater Grigorij noch bei ihr war. Sie fühlte sich immer noch geschützt von Monsieur Philippes Ikone mit der kleinen Glocke, der Warnglocke, die bimmelte, sobald Gefahr drohte. Die Andenken Vater Grigorijs würden sie ebenfalls beschützen und warnen. Nicky hatte noch Vater Grigorijs Kamm und seinen Stab vom Berg Athos. Sie hatte seine Briefe. Sie wies die Polizei an, ihr alles zu schicken, was von seinem Leichnam entfernt wurde – sein blutbeflecktes Hemd, ein Platinarmband mit dem kaiserlichen Monogramm, das kleine Goldkreuz mit der Inschrift »bewahre und schütze«, das er um den Hals trug.[10]

Sie hatte seine Andenken und glaubte, daß sein Geist weiterlebte und sie Kontakt zu ihm aufnehmen könne.

»Mein teurer Märtyrer«, schrieb sie auf einen Zettel, der in Vater Grigorijs Sarg gelegt wurde, »gib mir Deinen Segen, auf daß er mich auf meinem schmerzlichen Weg ständig begleiten möge, der mir noch hier auf Erden vorbehalten ist. Und gedenke unser in den Himmeln in Deinen heiligen Gebeten!«[11]

Den Zettel steckte Schwester Akulina in den Sarg, eine von Vater Grigorijs Bewunderinnen und seine ehemalige Mätresse, die nach der Autopsie den Leichnam mit der Hilfe eines Krankenpflegers hergerichtet hatte. Alix sah sich den Leichnam nicht an. Das war unwichtig. Der Körper war lediglich die leere Hülle, etwas, das er abgelegt hatte. Doch sie gab Anweisung, daß niemand anders den Leichnam zu Gesicht bekommen sollte außer Schwester Akulina, dem Pfleger und den Amtspersonen, die die Autopsie durchführten. Keinem einzigen Angehörigen Vater Grigorijs noch einem der unzähligen Verehrer wurde es gestattet, ihm die letzte Ehre zu erweisen, bevor der Sarg geschlossen wurde.

Das schlichte Begräbnis, das am frühen Morgen am Grab gefeiert wurde, war kurz. Alix hatte den Platz ausgewählt, auf einem Grundstück, wo Anna Wyrubowa eine Kirche errichten lassen wollte. Das Grab war nicht weit vom Palast entfernt und leicht zu bewachen, also ideal, denn eine Schändung von Vater Grigorijs Leichnam war sehr wahrscheinlich. Die Geheimpolizei wurde angewiesen, die Gerüchte zu verbreiten, er sei mit dem Zug in sein sibirisches Dorf oder in ein Kloster im Ural gebracht worden.

Es war ein bitterer Morgen, der Morgen des 3. Januar 1917 (21. Dezember 1916). Rauhreif bedeckte das Gras in dem Park des Palastes, Nebelschwaden hingen um die Bäume und verhüllten den eisbedeckten Teich. Alix, Nicky (der am Vortag aus Mogiljow zurückgekehrt war) und die Kinder kamen im Auto und gingen zum Grab. Sie blickten auf den Sarg hinunter, den man bereits in die Erde hinabgelassen hatte. Kein Chor sang, nur ein Priester aus der Kathedrale. Der kaiserliche Beichtvater und ein Mönch aus Anna Wyrubowas Krankenhaus sagten die Gebete und feierten das Requiem.

Alles wurde in aller Stille erledigt, in Eile. Die Geheimpolizei hielt aus der Ferne Wache, bereit, zu Hilfe zu kommen, falls die

Ruhe gestört würde. Sie waren auf alles gefaßt: einen Staatsstreich, einen Mordanschlag, einen Versuch, den Zaren und seine engsten Angehörigen zu entführen. Mittlerweile war nämlich sicher, daß der Mord an Vater Grigorij ein Familienunternehmen gewesen war, und sämtliche Verwandten des Zaren baten unisono, ja verlangten, daß er bei der Behandlung der beiden verdächtigten jungen Männer Nachsicht walten lasse.

Eine neue Welle von Drohbriefen ging nach dem Mord im Palast ein. Alix hatte eine ganze Anzahl erhalten.[12] Niemand im engeren Familienkreis war mehr sicher.

Das Begräbnis verlief ohne Zwischenfälle, und der Zar schrieb in sein Tagebuch, daß die Familie den Sarg »mit dem Leichnam des unvergeßlichen Grigorij« gesehen habe, »der von irgendeiner Kreatur ermordet worden ist«. Dann ging er mit den Kindern spazieren.

Alix hatte ihre Verpflichtungen und lenkte sich damit ab. Die Weihnachtsbäume für die Dienstmädchen mußten geschmückt, Geschenke für das Personal und für die Verwundeten in den Krankenhäusern vorbereitet werden. Die Beschäftigung linderte den Schmerz. Sie arbeitete weiter, bis sie von Protopopow unterbrochen wurde, der sie über eine weitere Mordverschwörung gegen sie informierte. Sie nahm die Information gelassen auf, bemerkte Sophie Buxhoeveden.[13] Sie zuckte nicht zusammen, war keiner Ohnmacht nahe, wurde nicht einmal blaß. Sie nahm die Nachricht wie nebenbei auf und kehrte dann wieder zu ihrer Arbeit zurück, nach außen hin ruhig, aber im Innern fühlte sie sich wie eine alte Frau. Ihr Gram lastete wie ein schwerer Stein auf ihrem Herzen.

29

Die Nachricht von Rasputins Tod löste einen regelrechten Freudentaumel in der Bevölkerung aus. Viele jauchzten vor Freude, wildfremde Menschen umarmten sich auf der Straße.

»Der Namenlose! Der Unnennbare! Er ist tot!« riefen sie sich gegenseitig zu, klatschten und lachten.

Dieser Ausbruch der allgemeinen Freude war eine ebenso unwiderstehliche, unbändige Kraft wie die Schneeschmelze im Frühjahr. Sie hielt tagelang an und schien ein Feuer der Begeisterung zu entfachen.

Zu der Begeisterung kamen weitere Provokationen in den ersten Tagen des Jahres 1917 hinzu – Streiks, Demonstrationen mit Hunderttausenden von Teilnehmern, Gedenkfeiern am Blutsonntag und eine große Kundgebung anläßlich der Eröffnung der Duma – sowie die endlosen Sorgen wegen der strengen Kälte, der Lebensmittelknappheit und der völlig überhöhten Preise für das bißchen Brot und Milch, Eier und Wurst, das es zu kaufen gab. Es kursierten Gerüchte, daß die Preise sich bis zum Frühjahr noch verdoppeln oder verdreifachen würden. Unterdessen ernährten sich viele Menschen von dünnen Brühen und angeschimmelten Krusten und zitterten in ihren feuchten, eiskalten Zimmern, weil sie kein Brennholz hatten.

Als das Wetter Anfang März (Ende Februar nach alter Zeitrechnung) milder wurde, nahm die Zahl der Streikenden und Demonstranten zu. Mit jedem neuen Demonstranten stieg auch ihr Mut. Jetzt wurden Kosaken, die mit der Peitsche in der Hand und dem Säbel am Gürtel durch die Straßen ritten, beschimpft und mit Steinen beworfen. Immer mehr Stimmen riefen: »Nieder mit der Monarchie!«, »Brot für die Arbeiter!« und am Internationalen Frauentag, dem 8. März, »Gleiche Rechte für Frauen!«

Der ganze Tumult hatte auch etwas Erfrischendes, Kraftvolles. Regierungsfeindliche Botschaften auf eiskalten Wänden wurden abgewischt und tauchten fast unmittelbar danach wieder auf, ja bedeckten sogar mehr Wände als zuvor. Feindselige Mengen lösten sich angesichts der Polizei und der Streitkräfte auf, nur um sich anderswo von neuem zu versammeln. Arbeiter mit roten Fahnen sangen die »Marseillaise«, das Siegeslied der französischen Revolutionäre von 1789, und marschierten über Plätze und an den Kanälen entlang. Mit der Polizei lieferten sie sich kleinere Gefechte, wenn diese versuchte, ihre Märsche zu stoppen. Etliche Aufständische warfen Autos um und schlugen die Fenster der Straßenbahnen ein. Schaufenster wurden eingeworfen und die ersten Läden geplündert.

Am nächsten Tag, dem 9. März, hatte es den Anschein, als wäre die gesamte Bevölkerung Petrograds auf der Straße. Eine riesige Menschenmasse wälzte sich durch alle Boulevards, Straßen und Gassen. Zu den rund 200000 streikenden Arbeitern kamen noch Zehntausende ehemaliger Soldaten, Studenten, Regierungsarbeiter und gewöhnlicher Bürger aus den verschiedensten Gesellschaftsschichten hinzu. Sie machten sich gegenseitig Mut und fühlten sich desto stärker, je größer die Menge wurde. Die Massen drangen in Bäckereien ein, stellten sich der Polizei (die zurückwich) und riefen die Soldaten auf, sich ihnen anzuschließen. Bislang hatten die Soldaten Befehl, nicht zu schießen.

Es herrschte ein Gefühl der Begeisterung, der Erleichterung, als immer mehr Menschen sich den singenden und johlenden Massen anschlossen. Redner hetzten die Demonstranten auf, schürten deren Ängste, deren Haß auf sämtliche Privilegien. Vor allem bestärkten sie die Menge in dem Gefühl, rechtmäßig zu handeln. Endlich könnten die Korruption, die schwache Herrschaft, die politischen Marionetten hinweggefegt werden, riefen die Sprecher. Die Menschen bräuchten die Macht nur an sich zu reißen – sie sei in Reichweite.

Sie schien tatsächlich greifbar nahe, als am 11. März anarchische Zustände in der Stadt ausbrachen. Der militärische Befehlshaber General Chabalow ließ bekanntgeben, daß von nun an das Feuer auf Demonstranten eröffnet werde, aber die Warnschilder wurden abgerissen und zertrampelt, als die Menschen erneut auf die Straßen und Plätze strömten und in wogenden und singenden Wellen Gebäude und Denkmäler umschlossen. Aus jedem Stadtteil drängte die menschliche Flut zum Stadtzentrum hin und ignorierte die Gardetruppen auf den Brücken und die Streitkräfte, die anstelle der nutzlosen Polizei aufmarschiert waren. Die Geheimpolizei war schon vor Morgengrauen unterwegs gewesen und hatte Hunderte der Aufständischen vom Vortag verhaftet, doch die Verhaftungen schienen keine Wirkung zu zeigen. Die Mengen wurden nur immer dichter und entschlossener, das gesamte Geschäftsleben in Petrograd zum Erliegen zu bringen.

Den ganzen Tag über waren Schüsse zu hören, das ständige Geknatter von Maschinengewehren, vereinzelte Gewehrschüsse und das Knallen von Pistolen. Am Rand der Menschenmenge liefen Männer hierhin und dorthin, das Gewehr auf den Rücken geschnallt, den Säbel an der Seite. Kleine Gruppen von Soldaten, Polizisten und gewöhnlichen Bürgern, die mit Revolvern oder Granaten bewaffnet waren, prallten aufeinander, lieferten sich ein kurzes Gefecht und rannten davon – blutüberströmte Körper blieben zurück.

Soldaten schossen auf dem Snamenskaja-Platz und entlang des Newskij-Prospekts auf Demonstranten. Einheiten des Preobraschenskij-Regiments mähten viele in der Menge nieder, die sich in der Nähe der Kasaner Kathedrale versammelt hatte. Hunderte von Toten und Sterbenden säumten den Platz.

Doch die Menschenmasse löste sich nicht auf. Die Stoßkraft, die so viele Menschen auf die Straße getrieben hatte, ließ nicht nach, sondern schien noch zuzunehmen. Die Sonne stand hell am Himmel, die Luft war kühl und frisch, aber nicht rauh. Während die Bürger ziellos durch die Straßen irrten oder aus den Fenstern Ausschau hielten, bemerkten sie, daß etwas ganz Neues eingetreten war. Soldaten und Polizisten begannen aufeinander zu schießen.

Im Pawlowskij-Regiment wandten sich Soldaten gegen ihre Offiziere und weigerten sich, auf Aufständische zu schießen. Vielmehr schlossen sie sich ihnen an. Im Preobraschenskij-Regiment zogen die Männer es vor, ihre eigenen Offiziere zu erschießen statt noch mehr Zivilisten. Andere Regimenter folgten ihnen, weil sie fürchteten, das Angriffsziel der meuternden Soldaten zu werden. Was als ein vereinzeltes Aufeinanderprallen von Demonstranten und Militär begonnen hatte, wurde zu einem anhaltenden Gefecht zwischen abtrünnigen Soldaten und der schwindenden Zahl von Polizeieinheiten, die noch der nominellen Autorität die Treue hielten.

Die Meldung machte in der ganzen Stadt die Runde: Die Truppen des Zaren meuterten! Jetzt brauchte man nichts mehr zu befürchten, das Militär stand auf der Seite der Bürgerschaft.

Nunmehr waren die Polizisten die Gejagten, einzelne Beamte wurden ermordet, auf das Eis der Newa geschleudert, erschossen, als sie versuchten, sich in Sicherheit zu bringen. Manche wurden sogar bei lebendigem Leib auf Scheiterhaufen verbrannt, während die johlende Menge zusah.

Arbeiter und Soldaten rissen die Initiative an sich, stürmten am nächsten Tag, dem 12. März, das Waffenarsenal und plünderten es. Damit wappneten sie sich für weitere kühne Heldentaten. Sie brachen in die Zentrale der Geheimpolizei ein und räumten sie aus, setzten die Gerichtshöfe mit ihren Besitz- und Adelsakten in Brand, brachen das größte Gefängnis der Stadt auf und ließen alle Häftlinge frei. Zuletzt kapitulierten die Soldaten, die die wichtigste Festung der Stadt, die Peter-und-Pauls-Festung besetzt hielten, vor der überlegenen Streitmacht der Revolutionäre – denn das waren sie geworden – und streckten die Waffen.

Es war vorüber oder beinahe vorüber. Einige Truppen verteidigten immer noch den Winterpalast und die Admiralität gegen die siegreichen Aufständischen, ein paar andere schossen von einzelnen Dächern aus in die Menge. Aber lange vor Mitternacht war die Stadt in der Hand der Rebellen.

Der Lärm und die Verwirrung hielten die ganze Nacht hindurch an, Schüsse und Schreie, Autos und Lastwagen brausten durch die Straßen. Vereinzelt brachen Gefechte aus, oder eine Bande Soldaten, trunken von Wein und Siegesrausch, streifte entlang der breiten Kais. Als die Sonne am nächsten Morgen aufging, dem des 13. März, da war Petrograd nicht mehr in der Hand des Zaren.

Rodsjanko, der Vorsitzende der Duma, hatte ein Telegramm an Nikolaus geschickt: »Lage ist ernst. In der Hauptstadt herrscht Anarchie. Die Regierung ist gelähmt, der Verkehr und die Versorgung mit Lebensmitteln und Heizmaterial sind zusammengebrochen. Öffentliche Unruhe nimmt zu. Auf den Straßen wilde Schießereien. Truppenteile schießen aufeinander. Man muß unverzüglich eine Person, die das Vertrauen des Landes genießt, mit der Neubildung der Regierung beauftragen. Jede Verzögerung ist tödlich. Ich bete zu Gott, daß in dieser Stunde nicht der Souverän die Verantwortung zu tragen hat.«[1]

Doch der Zar ignorierte das Telegramm und würdigte Rodsjanko nicht einmal einer Antwort, da seine Befehlshaber in Mogiljow ihm versicherten, der Dumapräsident spiele die Krise hoch. Statt dessen löste Nikolaus die Duma auf und ließ dem Land keine Regierungsinstanz außer seiner eigenen – gestützt auf die Truppen, die ihm noch treu ergeben waren.

Er verkannte völlig den Ernst der Lage, andere hingegen waren sich darüber im klaren. Innerhalb weniger Tage war die kaiserliche Regierungsgewalt, konfrontiert mit einem Volksaufstand von noch nie dagewesenem Ausmaß, fast völlig dahingeschmolzen.

Vierzehn Bataillone der Garde, 7000 Polizisten und berittene Kosaken, mehrere Hunderttausend Mann waren in der Hauptstadt und Umgebung stationiert: Von diesen Verteidigern war nur noch eine winzige Streitmacht übriggeblieben. Und die Hauptstadt war gefallen.[2]

Am Morgen des 12. März um neun Uhr ging im Alexanderpalais die Meldung ein, daß die Regimenter gemeutert hätten. Sophie Buxhoeveden, die Kammerzofe der Zarin, überbrachte ihrer Herrin, die noch im Bett lag, die Nachricht.

»Ich sagte ihr alles«, schreibt Sophie. »Sie hörte mit vollendeter Selbstbeherrschung zu und bemerkte nur, daß ›alles verloren‹ sei, wenn die Truppen gemeutert haben.«

Beim Anziehen schickte Alix nach dem Befehlshaber der Palastwache, der ihr versicherte, daß die Garnison in Zarskoje Selo noch loyal sei und den Palast verteidigen würde, falls die Revolutionäre aus Petrograd ihn angriffen. Was die Lage in der Hauptstadt anging, so würden Soldaten ausgesandt. Der Aufstand werde rasch niedergeschlagen.[3]

Den ganzen Tag über bemühte Alix sich nach Kräften, unter dem Personal für Ordnung zu sorgen und jede Panik zu unterbinden. Bis auf Maria waren alle Kinder schwer an Masern erkrankt, und sie hatte mit ihrer Pflege alle Hände voll zu tun. Sie hielt an ihren Betten Wache. Das Fieber stieg – Alexej hatte über 40 Grad Fieber –, und erste Komplikationen waren eingetreten: Tatjana bekam Abszesse in den Ohren, und Olga zeigte Symptome einer Herzbeutelentzündung.[4]

Alix war vollauf beschäftigt mit den Sorgen um Alexej und ihre Töchter und erwartete Nicky am nächsten Tag aus Mogiljow zurück. Infolgedessen brachte sie anfangs nicht viel Kraft auf, der Krise in Petrograd entgegenzutreten.

»Im Palast hatten wir uns selbst in dem Glauben gewogen, daß im Krieg kein schwerer Aufstand ausbrechen würde«, erinnert sich Sophie Buxhoeveden in ihren Memoiren. Wie groß die Unzufriedenheit auch sein mochte, wie sehr die politische Lage sich auch zuspitzen mochte, die Russen würden loyal und patriotisch bleiben, solange das Land von einem äußeren Feind bedroht wurde.

Und die Stärke der Allianz gegen den deutschen Feind war

erst neulich demonstriert worden, zumindest formal, als Alix die Angehörigen des diplomatischen Korps im Palast empfangen hatte. Zwei Tage lang hatte sie, während Rebellen (sie nannte sie »Krawallmacher«) durch die Straßen Petrograds marschierten, sämtliche Minister und Sekretäre der ausländischen Gesandtschaften begrüßt, die ihr nie zuvor persönlich begegnet waren. Alix hielt die Hand zum Kuß hin, während die hochdekorierten Würdenträger sich ihr der Reihe nach näherten.[5] Das Schauspiel erinnerte an den Hof ihrer Großmutter, war vergleichbar mit einer Parade von Statisten, die einer italienischen Oper würdig gewesen wäre: üppig kostümierte Zeremonienmeister, Lakaien mit hohen Hüten mit schwankenden Federn, Diener im Livree, geschmückt mit Goldborten, samtenen Pluderhosen und Schnallenschuhen.

Die Audienzen standen symbolisch für Stabilität und Ordnung. Kaum 48 Stunden später lag jedoch auf der Hand, daß die Unordnung näherrückte und von Stabilität keine Rede sein konnte.

Am Morgen des 13. März rief Alix ihre Kammerzofe zu sich und wies sie an, in aller Stille ihre Sachen zu packen, nur das Nötigste, damit das übrige Personal nicht Verdacht schöpfte. Es war durchaus möglich, daß die Familie kurzfristig den Palast verlassen mußte. Alix wollte, daß Sophie dann bereit war, sie zu begleiten.

Der Hofmarschall, der betagte Graf Pawel Benckendorff, und der Befehlshaber der Palastwache Grooten hatten darüber gesprochen, ob man die Zarin und ihre Kinder nicht besser an einen sichereren Ort bringen solle. Alix war dagegen, Zarskoje Selo zu verlassen, zum einen weil die Kinder so krank waren, zum anderen weil es wie Feigheit ausgesehen hätte, wenn sie aus dem Palast geflohen wären. Doch die Frage schien zumindest im Augenblick ohnehin müßig. Es war fraglich, ob der kaiserliche Zug bis nach Zarskoje Selo durchkam, und die Bahnlinien waren mit Sicherheit in den Händen der Rebellen.

Wenn sie mit dem Zug nicht weg konnten, so mußte möglicherweise ein anderer Fluchtweg gefunden werden. Alix wußte das genau und warnte deshalb Sophie. Heimlich fing sie selbst an, einige Dinge zusammenzusuchen, und überließ die Pflege der Kinder Lily Dehn.

»Sie konnte ihre Angst kaum beherrschen«, erinnerte sich Sophie an die Gemütsverfassung ihrer Herrin an jenem Morgen. Nicky war nicht, wie versprochen, aus Mogiljow angekommen. Alix hatte ihm Telegramme geschickt, aber keine Antwort erhalten – ein schlechtes Omen, weil er in der Vergangenheit immer schnell geantwortet hatte. Vielleicht hatten die Revolutionäre ihn gefaßt oder belagerten das Armeehauptquartier. Der vor kurzem aus Petrograd eingetroffene Graf Apraksin brachte die Meldung, daß eine Entlastungstruppe bislang nicht in der Hauptstadt eingetroffen sei. Die Regierung habe, wie die Dinge lägen, in der Admiralität Zuflucht gesucht und werde von einer winzigen Einheit loyaler Soldaten geschützt. Die Duma habe die Macht übernommen – illegal, weil der Zar sie aufgelöst hatte – und versuche, das Land zu regieren.

Die Palastdiener bekamen allmählich das große Zittern. Viele gingen. Auch wenn niemand wagte, es laut auszusprechen, tuschelten sie untereinander, das Alexanderpalais sei höchstwahrscheinlich das nächste Angriffsziel der Revolutionäre. Wenn sie den Thronerben in ihre Gewalt bekämen, so würde das ihre Position immens stärken. Und wenn sie die Zarin in ihre Gewalt bekämen, jenes verhaßte Symbol des Bösen und der Korruption, so könnten sie an ihr Rache nehmen, wie Großfürst Dimitrij und Felix Jussupow an Rasputin Rache genommen hatten. In ganz Rußland wurden sie deshalb als Helden verehrt.

Am 13. März kam kurz nach Mittag kein Wasser mehr aus den Wasserhähnen im Palast. Die Rebellen hatten die Wasserversorgung unterbrochen. Wenig später wurde auch die Stromversorgung abgestellt. Kerzen und Laternen wurden zusammengetragen, Wasser wurde aus dem Teich geholt, doch der Ausfall der Strom- und Wasserversorgung steigerte natürlich die Ängste der verbliebenen Bediensteten. Was wäre, wenn auch die Lebensmittelversorgung abgeschnitten würde? Mußten sie dann alle verhungern?

Bis zum Abend liefen noch mehr Bedienstete weg, ins Dorf oder in den Park, das Hauspersonal schmolz dahin. Gegen acht Uhr abends verließen dann Tausende Soldaten der Garnison in Zaskoje Selo ihre Kaserne und begannen eine eigene Minirevolte.[6] Sie feuerten in die Luft und zerschossen Fensterscheiben in den nahe gelegenen Häusern. Nach einem Sturm auf das kleine Gefängnis befreiten sie die Insassen. Dann zerschlugen sie die Fenster von Weinläden und betranken sich, bevor sie sich langsam in Richtung Palast in Bewegung setzten.

Niemand zweifelte daran, daß die Mordlust sie antrieb. Sollten die besonnenen Köpfe unter ihnen sich gegen die gewalttätigen durchsetzen, so würden die Zarin und Alexej zumindest entführt und in Petrograd ins Gefängnis gesteckt werden. Nach den Drohrufen der Männer und der ständigen Knallerei zu urteilen, nach dem wilden Gebrüll revolutionärer Lieder und dem obszönen Gegröle, hatten die Besonnenen vermutlich nicht viel zu sagen. Da der Alkohol ihre brutalen Instinkte entfesselt hatte und kein Vorgesetzter ihnen Einhalt gebot, war zu erwarten, daß die Soldaten die Verteidiger des Palastes überwältigen, die Zarin töten und ihre Töchter in einer blutigen Orgie vergewaltigen würden.

Die Palastwache erwies sich als loyal. Im Hof des Palastes stellten sich drei Wachbataillone, zwei Schwadronen Kosaken und eine Eisenbahnerkompanie auf. Ein einziges schweres Feldgeschütz wurde ebenfalls aufgefahren. Alle Läufe zielten in die schwarze Leere hinter den hohen Eisentoren.

Die Verteidiger knieten in einer langen Reihe im Schnee, eine zweite Reihe stand hinter ihnen, die Reserve hielt sich im Hintergrund. Der Mond stand nicht am Himmel, nur das schwache Leuchten, das vom Schnee abstrahlte, und die drohende weiße Wand des Palastes waren auszumachen. In den Fenstern flackerte gelbes Kerzenlicht. Die Temperaturen waren drastisch gefallen, der Atemhauch der Männer gefror in der Luft, während sie darauf warteten, daß die Meuterer näher kamen.

Trotz heftiger Herzbeschwerden war es Alix mit der Hilfe Lily Dehns, die sie von hinten schob, gelungen, die Treppe zum ersten Stock hochzusteigen. Hier, wo die Krankenzimmer der Kinder lagen, hörte sie zum ersten Mal von der Meuterei der Garnison.

Als sie den ersten Schreck überwunden hatte, ging sie zu Olga, Tatjana, Anastasia und Alexej und sagte ihnen, so ruhig wie sie konnte, daß in Kürze in der Nähe des Palastes Schüsse fallen würden. Sie bräuchten aber keine Angst zu haben, die Wache würde sie beschützen. Ohne ihre weiße Schwesterntracht abzulegen, warf sie danach einen schwarzen Mantel über und ging in Begleitung Graf Benckendorffs und ihrer Tochter Maria in den Hof.

Alix wußte, genau wie die Soldaten, daß sie zahlenmäßig unterlegen waren. Die Treue zum Zaren ließ nach, die Männer standen unter Druck, sich den Revolutionären anzuschließen. Sie und ihre Familien könnten später schwer dafür bestraft werden, daß sie jetzt den Palast und seine Bewohner verteidigten.

Dennoch vertraute Alix auf ihre Standhaftigkeit und sagte ihnen das auch, während sie mit Maria an der Seite die Verteidigungslinien auf und ab schritt. Sie vertraue auf ihre Ergebenheit gegenüber dem Zaren, sagte sie. Sie wisse, daß sie nicht zögern würden, den Zarewitsch zu verteidigen. Sie hoffe, daß sie von ihren Waffen keinen Gebrauch machen müßten, daß eine Machtdemonstration ausreichen werde, die Meuterer abzuschrecken.

Unterdessen kamen die abtrünnigen Garnisonstruppen durch den Park näher, schoben sich an den Statuen und Pergolen vorbei und durch die Grotten und antiken Pavillons, die den Garten schmückten. Sie stampften den Schnee zu Matsch, trampelten Sträucher nieder und schossen immer noch wild in die Luft.

Doch nach diesem mutwilligen Zerstörungswerk schwankten die ersten. Es war bereits nach Mitternacht und so dunkel, daß sie nicht bis hinter die weiten Rasen, gepflegten Blumenbeete und Teiche sehen konnten, die zwischen ihnen und dem Alexanderpalais lagen. Sie hatten jedoch gehört, im Hof des Palastes wimmele es nur so von Soldaten, viel mehr als sie selbst, und auf dem Dach würden Maschinengewehrschützen nur darauf warten, sie niederzumähen, sobald sie in Reichweite kämen. Als sie auf der Höhe der Gebäude und Pavillons angelangt waren, die Chinesisches Dorf genannt wurden, machten sie halt. Sie wollten bis zum Morgen warten, ehe sie entschieden, ob sie weiter vorrückten.

Sie hatten beschlossen zu warten, aber im Alexanderpalais wußte das niemand. Die Soldaten, Bediensteten und die Familie warteten die ganze bitterkalte Nacht über auf den Angriff. Die wenigen Hausbediensteten nahmen an, die Zarin sei das Hauptangriffsziel, und schliefen deshalb auf Sofas außerhalb ihres Schlafzimmers, gemeinsam mit zwei Adjutanten des Zaren, denen es trotz der großen Gefahr und größtenteils zu Fuß gelungen war, von Petrograd bis nach Zarskoje Selo zu gelangen.

Alix schlief in dieser Nacht kaum und lief ständig zwischen den Krankenzimmern und dem Wohnzimmer hin und her, ihre Schritte hallten in den dunklen, leeren Zimmern dazwischen. Der Palast wirkte völlig verlassen, abgesehen von den Soldaten, die aus dem Wachzimmer kamen und gingen, und den wenigen verbliebenen Männern der Belegschaft, die im Korridor patrouillierten.

Endlich brach der Morgen an, und die Gefahr eines unmittelbaren Angriffs wurde geringer. Die meuternden Soldaten der Garnison aus Zarskoje Selo hatten nicht länger die Absicht, den Palast anzugreifen. Vielmehr vereinigten sie sich mit revolutionären Truppen aus Petrograd, die über Nacht in großer Zahl mit dem Zug angerückt waren. Jetzt umstellte eine viel größere Streitmacht an der Seite der Aufständischen den Palast; vorerst wurden sie in Schach gehalten, aber jederzeit waren sie imstande, die Verteidiger zu überwältigen.

An diesem Tag und am folgenden, dem 14. und 15. März, wußte niemand im Alexanderpalais, was ihnen bevorstand. Bruchstückhafte, größtenteils unzuverlässige Nachrichten erreichten sie, aber von Nicky hatten sie immer noch nichts gehört. Alix machte sich immer größere Sorgen um ihn.

Sie pflegte weiter ihre Kinder. Tatjana hörte wegen der zugeschwollenen Ohren fast gar nichts mehr, Anastasia bekam ebenfalls Abszesse, und Maria, die nun mit einer beidseitigen Lungenentzündung niederlag, hatte so hohes Fieber, daß Dr. Botkin um ihr Leben fürchtete.[7]

Alix rauchte, betete, sah nach ihren kranken Töchtern und nach ihrem Sohn und machte gelegentlich ein Nickerchen von ein oder zwei Stunden. Ihr Gesicht wirkte abgehärmt, sie konnte ihre Erschöpfung nicht länger verbergen.

Tagaus, tagein kamen neue Sorgen hinzu: das Schweigen ihres Mannes (War er in Sicherheit? Hatten die Revolutionäre ihn ins Gefängnis gesteckt oder gar getötet?), die Schwäche ihrer Kinder, die ernste, vielleicht tödliche Krankheit Marias, die Hauptstadt in den Händen der Rebellen und die Regierung in völliger Auflösung, ihr eigenes Leben in Gefahr. Sie war am Rand eines Zusammenbruchs.

Dann, am 16. März, erreichte sie die schlimmste Nachricht von allen. In Petrograd verteilte Flugblätter gaben die Abdankung des Zaren bekannt. Die wenigen Diener, die an ihren Arbeitsplatz zurückkehrten, hatten sie nach Zarskoje Selo mitgebracht. Nikolaus habe die Abdankungsurkunde in Pskow, im kaiserlichen Zug unterzeichnet, stand auf den Flugblättern. Er war nicht länger Zar.

Als Graf Benckendorff zu Alix ging und die schmerzliche Nachricht bestätigte, konnte sie es zuerst nicht glauben. »Sie konnte nicht glauben, daß er einen solchen Schritt so überstürzt unternommen hatte«, schrieb der Graf, »vor allem da er doch wußte, wie krank Alexej war.«

Alexejs Krankheit spielte jedoch keine Rolle mehr, weil der Zar nicht nur in seinem Namen, sondern auch in dem seines Sohnes abgedankt hatte. Er hatte ganz auf den Thron verzichtet, damit sein Bruder Michail die Herrschaft übernehmen konnte und damit Rußland, unter der Leitung einer festeren Hand, sich zusammenschließen und den Krieg gewinnen konnte.

Doch die sich überstürzenden Ereignisse waren nicht aufzuhalten. Als Michail von der Abdankung seines Bruders erfuhr und hörte, daß er nunmehr Zar sei, war er zutiefst beunruhigt. Seine Thronbesteigung war unter Zwang zustande gekommen; die Revolutionäre, nicht seine Untertanen, hatten ihn zum Zaren gemacht. Er sah durchaus das hohe Ziel, als Vorreiter zu dienen, als Faktor der Stabilität. Aber wenn das Volk ihn nicht wollte – und das Volk, zumindest das in der Hauptstadt, schien gegen die Monarchie zu sein –, dann könnte seine Thronbesteigung einen weiteren Gewaltausbruch, eine zunehmende Instabilität zur Folge haben. Er und andere Familienmitglieder könnten dabei ums Leben kommen. Er beschloß, seinerseits auf den Thron zu verzichten.[8]

Die 300jährige Herrschaft der Romanows war zu Ende. Ein Jahrhunderte lang bewahrtes Treuegefühl hatte auf einmal keine klar definierte Orientierung. Auch wenn der Zar häufig kritisiert und geschmäht worden war, hatte man ihn doch geliebt. Er war eine heilige Figur gewesen – wie sehr, das wurde erst nach seiner Abdankung erkannt. Allerdings wurde er weniger wegen seiner Person verehrt, sondern wegen der Tradition, der patriotischen Gefühle, die sich ganz natürlich auf ihn konzentrierten. Und jetzt war der Thron leer.

Offiziere der Palastwache weinten ganz offen, als die Nachricht von der Abdankung sich herumsprach. »Es herrschte eine allgemeine Bestürzung«, schrieb Graf Benckendorff.[9] Der Zar war ihr Leitstern, ihr Notanker gewesen. Ihn und seine Familie zu schützen, hatten sie als ihre Lebensaufgabe angesehen. Nun, da sie wußten, daß er nur mehr ein gewöhnlicher Mann an der Spitze einer gewöhnlichen Familie war, fühlten sie sich verloren, entwurzelt und untröstlich traurig.

Angehörige des Personals traten zu Alix und versicherten ihr, daß sie, auch wenn sie nicht länger Zarin sei, ihr treu bleiben würden.

Sie fanden sie im Schulzimmer ihrer Töchter, wo sie in der Einsamkeit Trost gesucht hatte. »Sie war totenblaß und stützte sich mit einer Hand auf den Tisch.« Als Sophie auf sie zuging, umarmten die beiden Frauen sich. Sophie »murmelte ein paar erstickte Worte der Zuneigung«, Alix küßte ihre Kammerzofe. Graf Benckendorff nahm ihre Hand, »die Tränen rannen über sein sonst unbewegliches Gesicht«.

»So ist es am besten«, sagte Alix. Um Benckendorff einen Gefallen zu tun, sprach sie Französisch. »Es ist Gottes Wille. Möge Gott geben, daß Rußland dadurch gerettet wird. Das allein zählt.«[10]

Der Marschall und die Kammerzofe ließen sie im Schulzimmer wieder allein. Sie fiel auf einen Stuhl, weinte und bedeckte ihr Gesicht mit Händen.

Auch sie hatte, wie die Soldaten der Wache, ihren Halt verloren. In all den Kriegsjahren hatte ihr das Ziel Kraft gegeben, ihrem Mann als Stütze bei der Herrschaft zur Seite zu stehen, seinen Willen durch ihren zu stärken. Dieses Ziel fehlte nun. Sie hatte ihre ganze Kraft der gewaltigen Aufgabe gewidmet, seine Stärke zu sein: ihre schwache Gesundheit, die ihr nach diesem Kraftakt geblieben war, ihren festen Glauben. Jetzt war die Aufgabe hinfällig.

Die Aufgabe, der Herrscher, sogar der Thron waren hinweggefegt worden, rasch und unwiederbringlich. Auch ein wichtiger Teil von ihr selbst war mit ihnen hinweggefegt worden, zurückgeblieben waren nur Unordnung, Verwirrung und eine niederschmetternde Trauer um den Verlust.

30

Die Provisorische Regierung wurde von den Dumaabgeordneten gebildet, die trotz der Auflösung der Duma weiterhin zusammenkamen. Die Duma war jetzt die Regierungsgewalt in Rußland – und regierte kraft ihrer selbsterklärten Souveränität in Abwesenheit eines Zaren.

Unter dem Vorsitz von Fürst Lwow, der auch das Innenministerium übernahm, konstituierte der neue Ministerrat sich selbst. Der liberale Abgeordnete Alexander Gutschkow (Alix' Schreckgespenst) wurde Kriegsminister, Pawel Miljukow, der Anführer der gemäßigten Kadetten (Konstitutionellen Demokraten), Außenminister, M. I. Tereschtschenko Finanzminister und der hitzköpfige, junge Anwalt Alexander Kerenskij Justizminister. Diese Titel und Zuständigkeitsbereiche sollten nicht lange Bestand haben, in den folgenden Monaten wechselten sie unvermittelt und häufig. Auch die Provisorische Regierung sollte sich als zerbrechlich erweisen.

Das galt jedoch nicht für das zweite politische Herrschaftsorgan, das sich im Zuge der Abdankung des Zaren gebildet hatte: den Petrograder Sowjet der Arbeiter- und Soldatendeputierten. Dem Sowjet gehörten Gewerkschaftsführer, führende Persönlichkeiten der linken Parteien und Intellektuelle an, die sich schon seit langem der zaristischen Herrschaft widersetzt hatten. Er tagte, genau wie die Duma, im Taurischen Palais und wurde von einem Exekutivkomitee angeführt, das keine offizielle Funktion hatte.

Der Sowjet fungierte als zweites Regierungsorgan, vertrat

weit radikalere Ansichten als die verschiedenen Gruppierungen in der Duma und hatte großen Einfluß. Seine Beziehung zur Duma war jedoch nicht klar definiert – und veränderte sich ständig. Da aber alle davon ausgingen, daß die gegenwärtige politische Ordnung ohnehin nur eine Übergangslösung war, die nur bis zu den Wahlen zu einer konstituierenden Versammlung Bestand hatte, wurde die unklare Position des Sowjets geduldet.

Im ganzen Land bildeten sich Ausschüsse oder Räte, Stadträte, Fabrikräte, Arbeiter- und Soldatenräte. Der Durst nach Demokratie, nach Abschaffung der gesamten Hierarchie breitete sich rasch aus, und mit ihm kam der Durst nach Rache an den Herrschenden, den Gutsbesitzern, den Bossen, allen, die in der Vergangenheit Macht ausgeübt hatten. Die Rechte des einzelnen und des Volkes insgesamt wurden über alles gestellt; jeder Titel, jedes Amt und jede Institution, die diese Rechte einzuschränken schienen, wurden hingegen in Frage gestellt, ihnen drohte die Abschaffung.

Diese Stimmung herrschte in der Hauptstadt. Als Reaktion auf die Nachricht von der Abdankung des Zaren baute sich allmählich eine zweite Woge der Gewalt auf. Polizisten wurden erschossen und überfallen, Polizeistationen brannten, genau wie die Gerichtsgebäude mit all ihren Akten. Gebäude wurden geplündert und in Brand gesteckt. Häftlinge waren aus den Gefängnissen entlassen worden. Jetzt zogen sie durch die Stadt und nahmen Rache. Hinzu kamen Scharen von Soldaten, die ihren Offizieren den Befehl verweigert hatten und ungeordnet umherstreiften. Sie waren keinem Rechenschaft schuldig und suchten überall Streit. Es war fraglich, ob die Provisorische Regierung die Ordnung wiederherstellen konnte.

Fast alle Telefone im Alexanderpalais in Zarskoje Selo waren abgeschnitten, doch die private Leitung in den Winterpalast funktionierte noch. Über diese Leitung hörten die Eingeschlossenen, daß die Hauptstadt im Chaos versank.

Unterdessen waren die Soldaten der Palastwache in Zarskoje Selo ganz niedergeschlagen, seit sie gehört hatten, daß der Zar abgedankt hatte. Sie leisteten dem erteilten Befehl Folge, nach Petrograd zurückzukehren.[1] Der Palast war schutzlos, und Petrograd mit den Zehntausenden streikenden Arbeitern, umherstreifenden Soldaten und entlassenen Häftlingen lag nur ein paar Kilometer entfernt.

Im Palast habe niemand geschlafen, schreibt Sophie Buxhoeveden über die ersten Tage nach der Abdankung. Mahlzeiten wurden ausgelassen, routinemäßige Abläufe vernachlässigt. Die Temperaturen lagen immer noch deutlich unter Null, und die Soldaten hatten fast das gesamte Brennholz verbraucht. Auch die Lebensmittelversorgung war schlecht. Alix wachte fortwährend über ihre Kinder, trug ihre Schwesterntracht über dem schwarzen Kleid und beschäftigte sich ständig.

Am 18. März fuhr spät am Abend eine Kolonne Lastwagen vor dem verschlossenen Palasttor vor, und ein großes Kontingent Soldaten sprang heraus. Alexander Gutschkow, der neue Kriegsminister, war gemeinsam mit General Kornilow und Eskorte angekommen. »Seine Schläger waren überall«, schrieb Sophie, »mißhandelten die Diener, weil sie für die Unterdrücker arbeiteten, und beschimpften die ›Blutsauger‹, die dem kaiserlichen Gefolge angehörten.«

Alix schickte eilig eine Nachricht an Großfürst Pawel und bat ihn, in den Palast zu kommen. Er sollte bei dem Treffen mit den Gesandten der Provisorischen Regierung dabei sein. Mit Pawel an der Seite empfing sie den Minister und den General und hatte keine Ahnung, was sie von ihr möglicherweise wollten, oder ob sie in Wirklichkeit gekommen waren, um sie wegzubringen. Nach Tagen der Ungewißheit hatte sie endlich einen Telefonanruf von Nicky erhalten und wußte, daß er noch lebte. Aber sie wußte nicht genau, ob er in Sicherheit war.

Es war fast Mitternacht, als Gutschkow und Kornilow in einen Raum geführt wurden, in dem Alix sie erwartete. Die beiden fragten sie, ob sie alles habe, was sie brauche. Sie antwortete, daß sie im Moment, was die Kinder und sie selbst angehe, nichts benötige, bat aber darum, ihre Militärkrankenhäuser weiterzuführen und zu versorgen. Gutschkow stellte ein Kontingent Soldaten als Wachen ab. Ein Offizier sollte als Vermittler fungieren und ihn über die Zustände im Palast auf dem laufenden halten. Das sei eine vorübergehende Lösung, sagte er. Bislang sei noch nichts endgültig entschieden.

Das Gespräch war kurz. Gutschkow und Kornilow gingen, ohne Alix unter Arrest zu stellen oder mit einem Wort ihre und Nickys Zukunft zu erwähnen. Doch die ungehobelten, unflätigen revolutionären Soldaten blieben zurück. Sie setzten ihre Mißhandlungen und ihr Treiben fort und glichen, wie Sophie dachte, weniger Wachen und Beschützern, sondern Gefängniswärtern.

Sämtliche Palasttüren wurden verschlossen und versiegelt. Abgesehen von den Repräsentanten der neuen Regierung wurde niemand ein- oder ausgelassen, nur durch eine Tür zur Küche, an der ein Soldat Wache hielt. Eine sehr begrenzte Zahl von Lieferungen wurde gestattet. Nur ein Telefon im Arbeitszimmer war noch in Betrieb. Wenn irgend jemand auf dieser Leitung sprach, so mußte er oder sie Russisch sprechen, nicht Englisch oder Französisch, und ein Offizier und ein Soldat hörten mit.

Kornilow sagte Alix und Marschall Benckendorff, diese Maßnahmen seien im Augenblick notwendig, aber schon bald werde der ehemalige Zar eintreffen. Die ganze Familie werde mit einem Sonderzug nach Murmansk geschickt, wo sie an Bord eines Schiffes nach England gehen würden.

Die Provisorische Regierung verhandelte tatsächlich mit der britischen Regierung darüber, dem Zar und seiner Familie die Einwanderung zu gestatten. Außenminister Miljukow hatte den britischen Premierminister Lloyd George in einem Schreiben gebeten, den Romanows Asyl zu gewähren. Obwohl der Premierminister anfangs zögerte, hatten sie sich geeinigt.

Diese Erwartung hatte Alix im Hinterkopf, als sie sich am 21. März erneut mit General Kornilow traf.[2] Sie wartete im gelben Salon und trug ihre weiße Schürze mit dem Roten Kreuz. Die Nüchternheit ihrer Uniform paßte überhaupt nicht zu dem Hintergrund des geräumigen, elegant ausgestatteten Raumes mit den verzierten Wänden, kunstvoll geschnitzten Stühlen und Sofas, teuren Bildern und Kunstgegenständen.

Der General überbrachte seine Nachricht. Er sei gekommen, sagte er, um sie, Alexandra Romanowa, auf Befehl der Provisorischen Regierung offiziell unter Arrest zu stellen. Der ehemalige Zar sei ebenfalls verhaftet worden, in Mogiljow. Nach der Abdankung sei er dorthin zurückgekehrt.

Alix sagte dem General ruhig und huldvoll, sie sei froh, daß er derjenige sei, der sie verhafte. Immerhin wisse er, wie man sich als Gefangener fühle, weil er in Österreich Kriegsgefangener gewesen sei. Sie wisse, er könne sich in ihre Lage versetzen.

Sie verhielt sich nicht mehr vornehm und distanziert, sondern sie hatte, laut Graf Benckendorff, eine wunderbare Würde angenommen. Der Graf beobachtete, wie sie ihr Gespräch mit Kornilow fortsetzte. Für sich selbst bat sie um nichts, nur daß ihre Krankenhäuser und Lazarettzüge weitergeführt würden, damit sich auch weiterhin, gleich was mit ihr geschah, jemand um die Verwundeten kümmerte. Sie bat, daß es den Dienern im Kinderflügel gestattet werde, zu bleiben, weil die Mädchen und Alexej immer noch krank wären.

Sie bat um Nachsicht. »Ich bin nur eine Mutter, die sich um ihre kranken Kinder kümmert«, sagte sie zu Kornilow.

Er erwiderte, daß es den Dienern und dem Personal gestattet sei zu bleiben, in diesem Fall würden sie aber in Haft genommen. Alle, die nicht verhaftet werden wollten, müßten den Palast verlassen. Zu denjenigen, die sich entschlossen zu bleiben, zählten Graf Benckendorff und seine Frau, die Garderobiere Naryschkina, Alix' Vorleserin und Gefährtin Mademoiselle Schneider, die schon seit den ersten Tagen ihrer Ehe bei ihr war, Alexejs Hauslehrer Pierre Gilliard und die beiden Kammerzofen Sophie Buxhoeveden und Anastasia Hendrikowa.

Kornilow betonte, die Verhaftung sei eine reine »Vorsichtsmaßnahme« und schon bald werde die Familie nach Murmansk gebracht und von dort in ein neues Leben nach England abreisen. Und wie Alix wußte, hatten sie genügend Geld, sich dieses neue

Leben zu leisten. Ihr Mann verfügte über fast eine halbe Million Rubel in bar, dazu fast zwei Millionen Rubel in Wertpapieren, den Wert all ihrer Ländereien und Paläste mit der kostbaren Ausstattung nicht mitgerechnet. Alix selbst besaß eine unbezahlbare Schmucksammlung. Im Exil würde es ihnen an nichts fehlen.

Benckendorff riet Alix, mit dem Packen anzufangen, und die Bediensteten fingen an, Truhen und Koffer zu füllen. Alix zögerte jedoch immer noch zu gehen, nicht nur weil die Kinder sich noch erholen mußten, sondern weil es, wie sie Sophie Buxhoeveden anvertraute, »ein solcher Alptraum für sie sei, daß sie täglich darum bete, es werde ihr erspart«. Wenn sie schon aus Rußland »verschleppt« werden müßten, dann würde sie lieber nicht nach England, sondern nach Norwegen gehen, sagte sie. Das Klima dort würde Alexej guttun, die ganze Familie könne in aller Ruhe leben und sei nicht den Blicken der Neugierigen ausgesetzt.[3] Nicky könne als Bauer arbeiten – sein Lebenstraum –, und sie könne das zurückgezogene Leben führen, nach dem sie sich immer gesehnt habe.[4]

Es gab noch andere Möglichkeiten. Großfürst Pawel bot ihnen sein Haus in Boulogne an. Minnies Verwandte in Dänemark würden vermutlich die Familie aufnehmen. Wenn der Krieg endlich vorbei war, würde Alix' Bruder Ernie die Romanows mit Sicherheit willkommen heißen, oder ihre Schwester Irene. Auch in Griechenland hatten sie Verwandte.

Aber sie wollte nicht gehen, nicht einmal als Madame Naryschkina mit einem sehr konkreten Plan zu ihr kam. Alix und Nicky sollten so schnell wie möglich nach England vorausreisen, riet die Garderobiere. Sie und Graf Benckendorff würden sich um die Kinder kümmern. Wenn sie wieder ganz gesund waren, würden der Graf und Sophie sie nach England bringen, oder wo immer die Eltern sich inzwischen aufhielten.

Für die Abreise wurden zwar Vorbereitungen getroffen, aber in Wirklichkeit schloß sich schon bald das Tor ins Ausland. Was weder Alix noch der inzwischen in Zarskoje Selo eingetroffene Nicky wissen konnten: Der Sowjet der Arbeiter- und Soldatendeputierten war entschlossen, den ehemaligen Zaren nicht aus dem Land zu lassen. In ihren Augen hatten seine Tyrannei, seine jahrelange herzlose Ausbeutung der Armen, seine harte Wirtschaftspolitik und persönliche Gier allesamt eine Bestrafung verdient. Das Blutbad auf dem Chodynkafeld, die Millionen Russen, die wegen der Politik der zaristischen Minister an Hunger und Seuchen gestorben waren, und die zig Millionen Kriegsopfer wurden in Erinnerung gerufen, um zu rechtfertigen, daß der Mann, der nunmehr einfach als Nikolaj Romanow bekannt war, vor Gericht gestellt wurde. Im übrigen würde er, wenn man es ihm gestatte, ins Exil zu gehen, mit Sicherheit eine ausländische Armee aufstellen und zurückkehren, um die Revolution zu zerschlagen. Immerhin war er sehr reich und hatte mächtige Verwandte. Sobald es ihm erlaubt werde, Rußland zu verlassen, wäre er eine immense Gefahr.

Der Sowjet schickte am 22. März einen großen Trupp mit Maschinenpistolen bewaffneter Soldaten zum Alexanderpalais, um den ehemaligen Zaren gefangenzunehmen und wieder nach Petrograd zu bringen. Sie wollten ihn bis zu seiner unvermeidlichen Hinrichtung in die Peter-und-Pauls-Festung stecken. Sie stellten sich vor den von der Provisorischen Regierung geschickten Wachen auf, die Befehl hatten, die gefangenen Romanows im Palast zu bewachen. Niemand hatte ihnen befohlen, sie freizugeben. Um einen Konflikt zu vermeiden, willigte das Kontingent des Sowjets ein, den ehemaligen Zaren nicht wegzubringen. Die Männer wurden jedoch aggressiv, schüttelten ihre Gewehre und schüchterten die Wachkompanie gehörig ein.[5] Sie weigerten sich abzuziehen, ehe ihnen die Sicherheitsvorkehrungen im Palast und Nicky selbst gezeigt wurden. Er wurde gezwungen, an ihnen vorüberzugehen, ein Gefangener bei der Parade.

Um ganz sicherzugehen, daß der Familie Romanow nicht die Emigration gelang, befahl der Sowjet den Eisenbahnarbeitern, keinen Zug nach Murmansk durchzulassen. Das war eine unnötige Maßnahme, denn trotz der Versicherung General Kornilows gegenüber Alix wartete in Murmansk kein britischer Kreuzer auf sie und eröffnete ihnen einen Fluchtweg. Die britische Regierung hatte auf Befehl König Georgs V. ihre Haltung geändert. Den Romanows wurde es nicht gestattet, nach England einzureisen, da man sonst einen linken Aufstand fürchtete.[6] Der gute Wille des Cousins von Alix und Nicky ging nicht so weit, ihnen Asyl zu gewähren. »Es wäre nicht ratsam«, teilte er Außenminister Miljukow mit, »die Kaiserliche Familie in unserem Land Aufenthalt nehmen zu lassen.«

Weder Alix noch Nicky wußten von dieser Entscheidung, noch wurde ihnen ein ganz ähnlicher Beschluß mitgeteilt, zu dem die dänische Regierung gelangt war. Sie glaubten weiterhin, daß in Kürze Vorkehrungen für ihre Ausreise aus Rußland getroffen würden – oder daß man sie zu einem längeren Aufenthalt nach Liwadija schicken würde.[7]

In der Zwischenzeit waren sie Gefangene, jeder Schritt wurde beobachtet, jedes Gespräch mitgehört. Ihr Leben gehörte ihnen nicht mehr allein.

Allmählich fanden sie einen Tagesrhythmus. Alix und Nicky nahmen ihre Mahlzeiten mit den Kindern ein und verbrachten die meiste Zeit des Tages in ihren Zimmern, mit Ausnahme des täglichen halbstündigen Spaziergangs, der Nicky mit seinem Adjutanten Fürst Dolgorukow gestattet wurde. Im Beisein der Soldaten, das Gewehr mit aufgesetztem Bajonett im Anschlag, schaufelten er und der Fürst Schnee. Alix war ebenfalls draußen, saß aber in ihrem Rollstuhl. Seit einiger Zeit schon war sie nicht mehr imstande spazierenzugehen. Allerdings konnte sie sich noch sehr schnell bewegen, wenn es sein mußte. Ihr älterer Diener Wolkow sagte zu Sophie Buxhoeveden, daß Alix, als Nickys erster Telefonanruf seit der Abdankung eingegangen war, »die Treppe wie ein Mädchen hinabgerannt« sei.[8] Sie verbrachte die Zeit mit den Kindern, nähte oder stickte, sagte ihre Gebete auf und las die vielen Briefe, die den Palast erreichten – jeden einzelnen hatte bereits ein Offizier geöffnet und gelesen.

Abends setzten sich Alix und Nicky zu Anna Wyrubowa ans Bett. Die Beziehung zwischen Anna und Alix war seit einigen

Jahren gespannt, aber die lange Gewohnheit und eine tiefere Zuneigung hielten sie noch zusammen. Alix war Anna gegenüber immer noch loyal und fühlte sich verantwortlich für sie, seit ihrem Unfall mehr denn je. Alix hatte die Freundin aus ihrem Haus in Zarskoje Selo in den Palast geholt, nachdem die Soldaten sie bedroht hatten, weil sie Anna seit Jahren wegen ihrer Verbindung zu Rasputin haßten.

»Jene Abende waren unsagbar traurig«, dachte Sophie. »Die Kaiserin [so nannte Sophie sie weiterhin] wurde immer dünner und wirkte äußerlich schrecklich gealtert. Sie saß fast schweigend da.«[9] Es gab auch nichts, worüber sie reden konnten. Jedes Gesprächsthema weckte schmerzliche Gefühle. Und abgesehen davon, konnten sie ohnehin nicht offen sprechen. Die Wachen hörten zu.

Sie sagten wenig, während sie an Annas Bett saßen, aber jeder konnte sich vorstellen, woran die anderen dachten: an den Krieg und daran, wie es den russischen Streitkräften ergehen mochte, an die Verwundeten in den nahe gelegenen Krankenhäusern, an die Geschichten aus Petrograd von Soldaten, die ihre Offiziere ermordet hatten, und an das Gebrüll der Palastwache, die verlangte, daß Nicky vor Gericht gestellt und bis zu seiner Hinrichtung nach Kronstadt geschickt werde.

Alix vertraute Sophie an, daß ein Gedanke sie häufig beschäftige. Wenn, wie sie glaubte, das russische Volk dem Zaren noch die Treue hielt, wie lange würde es dann noch dauern, bis die Russen sich erhoben und die Provisorische Regierung und den Sowjet stürzten und seine Rückkehr an die Macht forderten? Und wann würden ausländische Herrscher gegen die Revolution intervenieren, wie sie es zur Zeit Ludwigs XVI. gegen die Revolutionäre in Frankreich getan hatten? Sie wartete darauf, daß die Revolution ins Wanken geriet und die Konterrevolution begann. Sie vertraute auf eine »plötzliche, wundersame Veränderung«, durch die der Alptraum der Abdankung und ihres Nachspiels beendet und ihr Gatte wieder auf den Thron gesetzt werde.[10]

Die wenigen Beileids- und Aufmunterungsbriefe, die sie erhielt, machten ihr Mut. Als eine unbekannte Dame Nicky eine kleine Ikone sowie ein Gebet schickte, war Alix »den ganzen Tag fröhlich«. Die paar Briefe, die von Freunden ankamen, wurden sorgfältig aufbewahrt, und ein herzlicher Brief von Nickys Schwester Xenia – der einzige Brief eines Familienmitglieds, den die Soldaten nicht konfiszierten – spendete ihnen Trost, genau wie die Telefonanrufe aus Petrograd mit Worten voller Sympathie und die Blumen und Notizen, die Alix von Königin Olga von Griechenland erhielt.[11]

Aber auf jeden Trostbrief kamen Hunderte kränkender Briefe, in denen Nicky des Verrates angeklagt, Alix hingegen alles mögliche vorgeworfen wurde, von Ehebruch über Grausamkeit und Frevel bis hin zu Verbrechen gegen die Natur. Aus diesen Briefen sprach ein abgrundtiefer Haß, ein beängstigender Rachedurst. Alix hatte nicht erwartet, daß ein so extremer Haß sich angestaut hatte. Sie war sehr besorgt wegen der Briefe.[12]

Jeden Tag erhielt sie neue schmerzliche Hinweise, wie stark die gegenwärtige Woge des Hasses und der Verachtung war. Die Wachsoldaten, laute, rüpelhafte, wilde Männer, die aus ihrem Haß kein Hehl machten, belästigten sie und versuchten sie aus der Ruhe zu bringen, indem sie in ihrer Gegenwart schmutzige Witze erzählten und ihr den beißenden Rauch ihrer starken Zigaretten direkt ins Gesicht bliesen.[13] Sie hatten sich Alix als besonders beliebtes Angriffsobjekt herausgepickt, nannten sie »die Frau des Tyrannen« und beschmierten die Wände und Bänke im Garten mit obszönen Bildern, so daß sie die Schmierereien mit Sicherheit sah. Die Soldaten riefen ihr grobe Beleidigungen nach, wenn sie im Rollstuhl an ihnen vorüberfuhr, und drohten dem Diener, der den Stuhl schob. Sie schworen, ihn umzubringen, wenn er weiter seiner niederträchtigen Herrin diente.

Von morgens bis abends war Alix in der Gewalt ihrer Gefängniswärter. Wenn sie sich am Morgen anzog, sah ein Wächter durch das Fenster zu. Um soviel Sittsamkeit wie möglich zu wahren, zog sie sich in einer Ecke des Raumes an, mit dem Gesicht zur

Wand und doch in seinem Gesichtsfeld. Wenn sie zur Messe ging, standen Soldaten hinter der Ikonenwand und beobachteten sie. Wenn sie durch die Korridore ging, riefen die Wachen ihr vulgäre Ausdrücke nach oder kicherten hämisch. Sie konnte sich nie darauf verlassen, allein zu sein, weder in ihrem Privatzimmer noch in ihrem Schlafzimmer noch im Badezimmer. Die Soldaten streiften nach Belieben durch den Palast, platzten, wie es ihnen paßte, unter irgendeinem Vorwand in jeden Raum, warfen Tische um und räkelten sich mit ihren schmutzigen Stiefeln auf den Sofas. Sie brüllten sich gegenseitig etwas zu und hielten den Dienern Strafpredigten. Abends ging Alix unter dem Lärm ihrer rauhen Stimmen zu Bett und wußte, daß sogar ihr Schlaf überwacht wurde.

Die ständige Boshaftigkeit der Wachen zermürbten Alix, genau wie die kleinen Gemeinheiten gegenüber ihrem Mann und den Kindern. Rufe wie »Tyrann!« oder »Verräter!« begleiteten Nicky überallhin. Er versuchte zwar, die Beleidigungen zu ignorieren, aber direkte Angriffe konnte er nicht ignorieren. Einmal fuhr er im Park auf dem Fahrrad, da steckte ein Soldat sein Bajonett durch die Speichen. Das Fahrrad schwankte bedrohlich, um ein Haar wäre ein Unfall passiert. Derartige provozierende Vorfälle und das laute Gelächter der zuschauenden Soldaten konnten einen fast um den Verstand bringen.[14]

Doch die Behandlung ihrer Töchter brachte Alix am meisten in Rage. Sie hatte sie behütet, von Männern ferngehalten. Die Töchter hatten als Schwestern unter Soldaten gearbeitet und hatten mit den Offizieren der kaiserlichen Yacht geflirtet, aber die Männer waren immer höflich zu ihnen gewesen. Die Mädchen waren nie den lüsternen Blicken und anzüglichen Bemerkungen ausgesetzt gewesen, die sie jetzt stündlich zu hören bekamen. Ihre Unschuld wurde durch den Anblick nackter Soldaten geschändet, die in den eiskalten Teichen badeten. Sie wußten, daß sie von den Mädchen gesehen wurden, und ergötzten sich an der Verwirrung der wohlerzogenen Töchter.

Alix war wütend, wenn sie solche Vorfälle mitansah, aber ihre Angst war noch größer. Es war nie auszuschließen, daß auf die anzüglichen Kommentare, lüsternen Blicke und das Grinsen Küsse oder Zudringlichkeiten folgten, am Ende gar Vergewaltigungen. Schon allein die Unschuld der Mädchen mußte Männer reizen, die auf Rache aus waren, Männer, deren Nervosität und Gemeinheit ihre Offiziere kaum im Zaum halten konnten. Die Wachen langweilten sich häufig und hatten keine Ruhe. Sie marschierten in Gruppen umher, sangen die »Marseillaise«, fingen mit den Palastdienern Streit an, schossen als Zielübung auf den zahmen Elch und die Schwäne im Park. Ihre aufgestaute Aggressivität konnte nicht ewig unter Kontrolle gehalten werden, und im Lauf der Wochen schien sie stärker zu werden.

An einem Nachmittag saß Alix in ihrem Rollstuhl unter einem Baum im Garten und nähte. Ein Soldat, ein Deputierter aus dem Sowjet, kam herbei und setzte sich in einen Stuhl neben ihr. Sophie Buxhoeveden, die sich in der Nähe aufhielt, wollte protestieren, weil bislang noch kein Soldat Alix so nahe gekommen war, aber Alix bedeutete ihr zu schweigen. Sie fürchtete, die geringste Aufregung könnte die Wachen veranlassen, die ganze Familie ins Haus zurückzuschicken. Dabei genossen die Mädchen und Alix die kurzen Aufenthalte an der frischen Luft.[15] Sophie ging einen Offizier holen.

Alix verwickelte den Soldaten in ein Gespräch. Er nutzte die Gelegenheit, ihr dreist und direkt vorzuwerfen, sie verachte das russische Volk. Die Tatsache, daß sie in ihrem selbstgewählten Land nicht weit umhergereist sei (was in Wirklichkeit nicht stimmte), beweise, daß sie die Russen hasse, sagte er, und daß sie keinen Wert darauf gelegt habe, das Land kennenzulernen.

Ohne sich von ihrem Fragesteller zu Widerspruch provozieren zu lassen, erklärte Alix ganz ruhig, daß es Gründe dafür gegeben habe, daß sie nicht mehr herumgereist sei. In ihrer Jugend habe sie sich um die fünf Kinder kümmern müssen, von denen sie jedes einzelne persönlich aufgezogen habe. Deshalb habe sie nur wenig Gelegenheiten gehabt zu reisen. Später habe ihre Gesundheit es ihr nicht gestattet, viel umherzureisen.

Während der Soldat ihr zuhörte, änderte er seine anklagende

Haltung. Er fragte sie nach ihrem Leben, ihren Kindern, Einstellungen. Besonders interessierte ihn ihre Haltung gegenüber Deutschland, da gemeinhin angenommen wurde, sie hege Sympathien für die Deutschen. Sie sagte ihm in schlichten und offenen Worten, daß sie zwar in Darmstadt unter Deutschen aufgewachsen und ihrer Geburt nach eine Deutsche sei. Welche Gefühle sie jedoch einst empfunden haben mochte, sie gehörten der fernen Vergangenheit an. Die Menschen, die sie am meisten liebe, ihren Mann und ihre Kinder, seien Russen, und auch sie sei »von ganzem Herzen« eine Russin geworden.

Das Gespräch ging weiter, von der Politik wandten sie sich der Religion zu. An diesem Punkt kehrte Sophie zurück und brachte einen Offizier mit sich. Der Deputierte erhob sich, als die beiden näher kamen, gab Alix die Hand und sagte: »Wissen Sie, Alexandra Fjodorowna, daß ich eine ganz andere Vorstellung von Ihnen hatte? Ich habe mich in Ihnen geirrt.« Von da an war er höflich – ganz gleich, was seine Kollegen sagten oder taten.

Aber die Höflichkeit eines Mannes war eine Insel des Anstands in einem Meer vulgären Spotts und offener Feindseligkeit. Sie hatte einen einzigen Menschen überzeugt, aber hundert andere verabscheuten sie und bedrohten sie und ihre Familie. Unterdessen hörte sie nichts mehr davon, daß die Familie außer Landes in Sicherheit gebracht werden sollte. Niemand überbrachte ihnen Nachrichten aus Petrograd, weder offiziell noch auf anderen Wegen. Es gab nur geflüsterte Gerüchte, die fast ausnahmslos beunruhigend waren. Noch mehr Wachen kamen an, um jeden ihrer Schritte zu überwachen.

Kornilow hatte ihnen gesagt, die gegenwärtige Lösung sei nur vorübergehend. Als die Wochen vergingen und das erste Grün des Frühlings im Park sproß, fragte sie sich allmählich, ob das auch stimmte. Wann würden sie den Befehl zur Abreise erhalten? Würden sie jemals wieder unter Angehörigen und Freunden sein, ohne Überwachung und Freiheitsberaubung? Wann endlich würde die plötzliche, wundersame Veränderung eintreten, der schicksalhafte Wandel, der ihnen die Freiheit brachte?

31

Auf Fotografien aus einem Album Anastasias, die im Frühjahr und Sommer 1917 gemacht wurden, entsteht nicht der Eindruck eines harten Gefangenenlebens, sondern der einer ländlichen Idylle.

Olga und Tatjana stehen in einem Blumenbeet in der Sonne, sie tragen weiße Kleider und Hüte. Alexej sitzt auf einem Felsvorsprung über dem Teich, sein Hauslehrer neben ihm. Nicky posiert neben einem dicken Baumstumpf, den er soeben gefällt hat, sein Arm ruht besitzergreifend auf der rohen Oberfläche. Alix sitzt in einem hölzernen Rollstuhl gegenüber von Nicky und hält einen Schirm aus Seide, ihr Gesicht wird von einem Strohhut mit breiter Krempe beschattet.

Bilder des Sommers, des Müßiggangs und des Vergnügens.

Dabei war die Familie in ihrer Gefangenschaft alles andere als müßig. Als der Frühling kam und der Boden taute, ließen ihre Bewacher sie längere Stunden im Freien verbringen. Sie nutzten die Zeit, um einen großen Gemüsegarten anzulegen. Außer Alix machten alle mit. Manchmal arbeiteten sie drei Stunden am Stück, entfernten Sträucher und Steine, gruben die Erde mit Spaten um und zogen tiefe, gerade Furchen für die jungen Pflanzen. Nach wochenlanger Arbeit war das Gemüsebeet fertig. Die Tage wurden länger, die Pflanzen schlugen rasch Wurzeln und blühten. Bohnen, Rüben, Salat, Kürbis, Kohl – vor allem Kohl, 500 Setzlinge – streckten ihre Blätter der Sohne und dem Regen entgegen.

Als der eine Garten fertig war, begannen sie ein zweites Gemüsebeet für die Dienerschaft. Alle halfen mit, gruben eifrig »mit großer Energie und sogar Freude«, wie Nicky in sein Tagebuch schrieb.[1] Nachdem er von den Wachen die Erlaubnis erhalten hatte, widmete der ehemalige Zar sich der Aufgabe, die toten Bäume im Park zu fällen. Er schlug die Äste ab und sägte sie auf die richtige Länge für Brennholz. Dann lud er die Klötze auf Karren und lagerte sie im Keller des Palastes. Er stürzte sich voller Eifer auf die Arbeit, bekam Farbe statt der Blässe und legte seine melancholische Stimmung ab. Am Abend kehrte er mit roten Wangen und leuchtenden Augen aus dem Wäldchen zurück, ein glücklicher Mann.

Dank der Anstrengungen der Familie waren reichlich Brennholz und Lebensmittel vorhanden, um sie durch den nächsten Winter zu bringen – falls sie tatsächlich so lange in Zarskoje Selo bleiben sollten.

Alix verfolgte die Strapazen ihres Mannes und ihrer Kinder von einer schattigen Bank in der Nähe des Teiches aus. Sie blickte von ihrer Stickerei auf und sah ihren Sohn beim Schwimmen oder Spielen auf der »Kinderinsel«. Um Alexej machte sie sich Sorgen. Er hatte immer noch regelmäßig Blutungen im Unterleib. Seine Haut wurde dann gelb, und er hatte kaum Appetit; wenn er seine Anfälle hatte, saß sie neben ihm, hielt die kranken Beine und sprach ihre Gebete.

In solchen Momenten dachte sie bestimmt oft an Vater Grigorij, daran, daß er jedesmal imstande gewesen war, Alexejs Schmerzen zu lindern und das Ergebnis eines jeden Anfalls vorauszusagen. Vater Grigorij konnte in die Zukunft sehen. Und er hatte oft mit Christi Worten gesagt: »Wohin ich gehe, werdet ihr auch gehen.« Er hatte gewußt, daß sein eigenes Schicksal ein Vorbote für das Schicksal der Romanows sein würde. Er war ein Märtyrer; würden sie ebenfalls einen Märtyrertod sterben?

Die alte Mutter Maria hatte Alix »die Märtyrerin Alexandra« genannt. Waren auch das prophetische Worte? Oder war das Märtyrertum nur metaphorisch gemeint, das psychische Märtyrertum der Entbehrung, des mentalen Leids, der strengen Gefangenschaft?

Bei all diesen Grübeleien ließ das Interesse von Alix am Gang der Ereignisse nicht nach. Im Mai wurden Zeitungen aus Petrograd nach Zarskoje Selo gebracht, und Alix und Nicky lasen sie gierig. Allerdings waren sie sich darüber im klaren, daß die enthaltenen Informationen stark einseitig ausgewählt waren und von der Duma überwacht wurden. Dennoch bewerteten die beiden die eingetroffenen Neuigkeiten.

Aus den Zeitungen wurde deutlich, daß die Duma selbst in einem Morast der Unentschlossenheit feststeckte. Von einer zunehmend pazifistischen Öffentlichkeit wurde sie gedrängt, den Krieg zu beenden, dabei war sie vertraglich verpflichtet, ihn fortzuführen. Mit dem Sowjet stritt sie sich über die Landverteilung an die Bauern (die angefangen hatten, sich ihr Land selbst zu nehmen), und nicht zuletzt war sie außerstande, in Petrograd für Ruhe und Ordnung zu sorgen.

Der Aufruhr, der im Winter begonnen hatte, weitete sich immer noch aus. Die Gewalttaten, Demonstrationen und Proteste brachen nicht ab. Unterdessen rückten die deutschen Armeen weiter vor. Jederzeit konnten sie sich das allgemeine Chaos zunutze machen und auf Petrograd marschieren.

Wieder und wieder rekapitulierte Alix die jüngsten Ereignisse in Gedanken und vertraute Sophie Buxhoeveden an, sie habe im Rückblick erkannt, daß Nicky, mit ihrer Unterstützung, den falschen Menschen vertraut habe, Ministern, die »die Angelegenheiten falsch gehandhabt« hätten.[2] Aber nicht dieser falsche Umgang habe die Revolution verursacht, die Revolution sei vielmehr, nach ihrer Überzeugung, von den hetzerischen Worten der Extremisten ausgelöst worden. Sie glaubte jedoch, daß hier eine weitere Kraft zum Tragen komme, eine mächtige, historische Gerechtigkeit, nach der ihr Mann zum Sündenbock für sämtliche Irrtümer und Fehlurteile seiner kaiserlichen Vorgänger gemacht werde. Denn die Zaren der Romanows hätten 300 Jahre lang in großem Reichtum und Luxus gelebt, häufig rücksichtslos geherrscht und zu wenig Gedanken an ihr Volk verwendet. Momentan finde eine auf das Karma zurückzuführende Vergeltung statt.[3]

Doch diese Phase der Vergeltung werde, nach ihrer Vorstellung, relativ kurz sein. Nach dieser Phase, wenn der Zar und seine Familie genug gelitten hatten, würde die Monarchie wiederhergestellt, und Alexej würde den Thron besteigen.

»Sie war bereit, alles zu ertragen, damit [Alexej] sein Erbe antreten konnte«, schrieb Sophie. »Seine Herrschaft sollte glorreich sein; er sollte die Reformen einführen, auf die seine Eltern ihn vorbereiten sollten.«[4]

Alix glaubte fest an diesen künftigen Triumph, doch in der Zwischenzeit mußte sie weitere Demütigungen ertragen.

In der ersten Aprilwoche war der Justizminister Kerenskij mit einem schlecht ausgewählten Gefolge aus Deputierten und Abgeordneten in das Alexanderpalais gekommen – »ein gemischter und unschöner Haufen«, erinnerte sich Sophie, »einige waren wie wohlhabende Handwerker in schwarze Hemden gekleidet, mit Schaffellmützen, die sie weit in den Nacken geschoben hatten, daneben einige Soldaten und Matrosen, letztere mit Handgranaten, Dolchen und Revolvern am ganzen Körper«.[5]

Der Minister wirkte »hektisch und nervös«, dachte Benckendorff. Mit dem ganzen Troß lief er rasch durch die vielen Räume des Palastes, einschließlich des Untergeschosses, sprach sehr laut und erteilte Befehle. Er und sein Gefolge durchsuchten die meisten Räume gründlich, sahen in jede Ecke, hoben die Möbelstücke hoch und schauten darunter, öffneten alle Schubladen und Schränke.[6] Als sie in Anna Wyrubowas Zimmer traten, verbrannte sie gerade Briefe und andere Papiere. Sie wurde verhaftet und weggeführt.

Die Familie wartete nervös das Ende der Durchsuchung ab. Zuletzt rief Kerenskij sie ins Schulzimmer, wo er einige Worte mit ihnen wechselte. Den ehemaligen Zaren nannte er »Nikolaj Alexandrowitsch« und Alix »Alexandra Fjodorowna«.

»Ich bin der Generalprokurator Kerenskij«, stellte er sich vor und gab ihnen die Hand. »Die Königin von England fragt nach Neuigkeiten von der ehemaligen Zarin.«[7]

Bei den Worten »ehemalige Zarin« wurde Alix rot. Bislang hatte niemand sie so angesprochen. Sie sagte Kerenskij, daß ihr Herz ihr wie üblich Sorgen mache.

Er erklärte, er sei in den Palast gekommen, um persönlich nachzusehen, wie die Familie lebe. »Um alles zu überprüfen«, damit er seinen Kollegen in Petrograd Bericht erstatten könne. »Das ist besser für Sie«, sagte er. Dann nahm er Nicky beiseite und führte ihn in einen Nebenraum. Die Wartenden wurden noch nervöser, weil sie annahmen, der Justizminister habe schlechte Neuigkeiten für ihn. In Wirklichkeit sagte er Nicky, er hoffe immer noch, daß es ihm gelingen werde, sie aus Rußland zu schaffen. Allerdings könne er nicht sagen wann.

Vor der Abreise führte Kerenskij sein Gefolge in Alix' Räume, mit der Absicht, sie zu durchsuchen, besann sich jedoch eines Besseren und beschloß, sie nicht zu betreten. Abrupt machte er kehrt und erteilte den anderen Befehle, dann verließ er den Palast.

Wenn der Justizminister Alix' Räume betreten hätte, so hätte er nichts gefunden, was er dazu verwenden konnte, sie in Verruf zu bringen. Sie hatte nämlich ihre gesamte private Korrespondenz verbrannt, mit Ausnahme der Briefe ihres Mannes. Ihre Tagebücher, die Briefe von ihrem Vater und ihrer Großmutter, Nickys Briefe aus der Zeit, als sie verlobt waren, und insbesondere jedes Schriftstück zu Vater Grigorij: Alles war den Flammen zum Opfer gefallen.[8]

Alix wußte, daß in Petrograd das Gerücht kursierte, sie würde eine Konterrevolution anzetteln. Kerenskij kam noch einmal in den Palast, diesmal eigens zu dem Zweck, sie nach den politischen Aktivitäten zu befragen, derer sie verdächtigt wurde. Sie beantwortete alle seine Fragen, ihre Präzision und Offenheit machten auf ihn Eindruck. Kerenskijs Ton war zurückhaltend, nicht herrschsüchtig. Nicky schritt im Nebenzimmer auf und ab, lauschte nach erhobenen Stimmen und fürchtete, daß der geringste hitzige Streit Alix' Verhaftung zur Folge haben werde.

Er war sehr erleichtert, als Kerenskij herauskam und ihm sagte: »Ihre Frau lügt nicht.«[9]

Sie hatte in großer Gefahr geschwebt, darüber war sie sich im klaren gewesen. Wenn Kerenskij zu dem Schluß gelangt wäre, daß sie mit außenstehenden Regierungen oder mit rechten Gruppierungen innerhalb Rußlands in Kontakt stünde, dann hätte er sie mit Sicherheit zu einem Prozeß mitgenommen und – wie so viele in jenem Frühjahr – als Feindin der Revolution hingerichtet. Wenn sie bei den Antworten auf seine Fragen geschwankt hätte oder ausgewichen oder in Panik geraten wäre – und in ihrer Lage wären vermutlich viele in Panik geraten, konfrontiert mit Kerenskijs eindringlicher, zielstrebiger Befragung und hoher Intelligenz –, so wäre sie verloren gewesen. Doch sie stand die Tortur mutig durch und blieb am Leben.

Es war eine Zeit der Prüfung. Doch in ihren Augen kam die Zeit der Prüfung nicht von den Revolutionären, sondern von Gott. »Da Er uns solche Prüfungen geschickt hat, glaubt Er offensichtlich, daß wir hinreichend auf sie vorbereitet sind«, schrieb sie an Lily Dehn. »Es ist eine Art Examen – wir müssen unbedingt beweisen, daß wir es nicht umsonst durchgemacht haben. Man kann in allem etwas Gutes und Nützliches finden.«[10] Sie glaubte weiterhin daran, daß irgendwann »bessere Zeiten« anbrechen würden, daß »das Böse vorübergehen würde und der Himmel dann wieder heiter und wolkenlos sein« würde.

Alix' Brief an ihre Freundin wurde aus dem Palast geschmuggelt. Keine Briefe durften in den Palast gelangen, und die Wachen durchsuchten jedes eingehende Paket nach schriftlichen Botschaften. Als Alix' Schneider ihr eine Bluse schickte, bestanden die Offiziere darauf, daß das Futter am Saum herausgetrennt wurde, um irgendwelche verborgenen Botschaften zu enthüllen. In die Schokolade bissen sie hinein, um das Innere zu testen, mit dem Finger suchten sie im Joghurt nach irgendwelchen Brocken, die sich als sorgfältig eingewickelte Notizen oder Wertsachen entpuppen könnten.

Die Überwachung wurde noch strenger, als die politische Lage in Petrograd sich zuspitzte. Durch die Ankunft Wladimir Iljitsch Lenins in Petrograd im April 1917 wurde der Konflikt von neuem angeheizt. Jahrelang hatte er die radikale Partei der Bolschewiki vom Exil aus geleitet. Im Gegensatz zu den Gemäßigten in der Provisorischen Regierung sprach Lenin sich nämlich für Sofortmaßnahmen aus, die den Krieg beenden, Land an die Bauern verteilen, Lebensmittelknappheiten beseitigen und sämtliche Fabriken und Gutshöfe unter die Kontrolle der Arbeiter und Bauern bringen sollten.

Lenins Bolschewiki waren zahlenmäßig wenige, vielleicht 20 000 in Petrograd und Moskau und noch einmal so viele im ganzen Land. Doch ihre Parolen verbreiteten sich rasch. Die Bevölkerung hatte das Vertrauen in die Provisorische Regierung verloren und hatte genug von Streiks, dem ständigen Hunger und bewaffneten Zusammenstößen auf den Straßen. Lenin schien eine klare und reizvolle Alternative anzubieten. Er war direkt und entschlossen, seine Botschaft einfach und mächtig. »Alle Macht den Räten«, stand auf den Bannern der Bolschewiki zu lesen. »Frieden, Land und Brot.« Die Radikalisierung der Revolution hatte begonnen.

Im Juni und Juli 1917 sprachen sich die Bolschewiki weiterhin für einen Rücktritt der Provisorischen Regierung aus, inmitten von Szenen des Aufruhrs und der Gewalt. Der Regierung gegenüber loyale Soldaten schossen in randalierende Mengen, die sich versammelten, um gegen die steigende Inflation, die ernsten Lebensmittelknappheiten und den Zusammenbruch der Armee zu protestieren. Kerenskij löste Lwow als Ministerpräsident eines neuorganisierten Koalitionskabinetts ab, doch seine Macht schwand, und das Abgleiten ins Chaos schien unumkehrbar.

In der letzten Juliwoche kam Kerenskij nach Zarskoje Selo und sagte Nicky, daß er sich in großer Gefahr befinde. Die Bolschewiki »sind hinter mir her, und dann werden sie hinter Ihnen her sein«, sagte der Ministerpräsident.[11] Die Familie war zu nahe bei Petrograd, sie mußte weiter wegfahren, wo sie außer Reichweite war.

Sie würden nach Liwadija fahren, in den warmen Süden. Sie würden in ihrer herrlichen weißen Villa auf dem Felsvorsprung über dem Meer wohnen, in ihren mit Blumen übersäten Gärten spazierengehen, umgeben von dem Duft der reifenden Früchte aus dem nahe gelegenen Obstgarten. Die Bolschewiki hatten Liwadija noch nicht überrannt. Dort wären sie in Sicherheit.

Mitte August hatte sich jedoch alles wieder geändert. Am Ende sollte es doch nicht Liwadija sein. Sie würden nach Osten fahren, nicht nach Süden, in eine abgelegene Stadt im Ural oder noch weiter. Ihnen wurde nicht gesagt, wohin genau, aber sie wurden angehalten, ihre Pelzmäntel mitzunehmen. Es war ein kalter Ort.

Alix hatte sich so nach der Wärme und der Ruhe von Liwadija gesehnt und war jetzt enttäuscht.[12] Mit Mühe riß sie sich wieder zusammen und ging daran, das Packen zu überwachen.

Ihre Schränke und Truhen waren voller Kleider, prächtige Ballkleider aus Samt, leichte Sommerkleider aus feinem, weißen Batist, die schwarzen Kleider, die sie seit Ausbruch des Krieges trug. Aber kein einziges paßte ihr mehr. Sie war in den fünf Monaten seit Ausbruch der Revolution dürr geworden. Alle ihre Kleider hingen schlaff an ihrem dünnen Körper, die langen Hemden schleiften am Boden. Sie wies die Kammerzofen an, die meisten Kleider zusammenzupacken, dazu auch ihre Dutzende Hüte und Handschuhe und Seidenstrümpfe, und sie – nachdem sie von den Soldaten inspiziert worden waren – an polnische Flüchtlinge zu schicken, die im Dorf von Zarskoje Selo lebten, und an Freunde in Not.[13]

Ein großer Teil der Ausstattung ihres ehemaligen Lebens schien jetzt überflüssig, die Truhen voller feiner Stickereiarbeiten, die sie so sorgfältig katalogisiert hatte, die Kristallfläschchen mit Atkinsons White-Rose-Parfüm und Eau de toilette, die Cremes, die dafür sorgten, daß ihr Gesicht geschmeidig blieb, die Lotionen, die ihre Arme sanft gemacht hatten. Sie brauchte jetzt nichts mehr von alledem, nur das, was ihr am wertvollsten war: ihr Saphirkreuz, die Ikonen und Andenken, die sie von Vater Grigorij hatte, Erinnerungen an ihren Vater, Bruder und Schwestern und an Sonja Orbeliani, die Bilder aus Windsor aus ihrer Kindheit, das graue Kleid, das sie an dem Tag ihrer Verlobung mit Nicky getragen hatte, Fotografien und Zeichnungen von ihren Kindern. Auf alles andere konnte sie verzichten.

Das war Teil der göttlichen Prüfung, diese Entledigung alles Überflüssigen. Es war ein Teil ihrer Läuterung im Feuer, damit sie gesäubert und gereinigt werde von allem Plunder.

Gewiß nahm sie große Mengen Juwelen mit, aber nicht als Schmuck, sondern um sie bei Bedarf als Tauschwährung zu gebrauchen oder um sie zu verkaufen und ein neues Leben im Ausland zu begründen, falls sie nach England oder sonstwo in Europa gelangen sollten. Sie mußte praktisch handeln, vorausdenken. Niemand konnte sagen, was sie vorfinden würden, wenn sie in ihrem neuen Quartier ankamen. Sie befahl den Dienerinnen, Decken, Kissen und Federbetten, Geschirr, Pfannen, Tischdecken und Einmachgläser einzupacken. Eine Truhe nach der anderen wurde mit Haushaltswaren gefüllt. Das Packen wurde in aller Stille erledigt, nach Möglichkeit nicht vor den Augen der Wachen, weil Kerenskij den Soldaten nicht gesagt hatte (auch nicht seinen Kollegen in der Regierung), daß die Familie abreisen würde. Sie wußten genau, wenn die Wärter das herausfänden, würde es zum Aufstand kommen.

Endlich, am Abend des 13. August, war alles fertig für die Abreise. Alle Truhen und Kisten wurden zusammengestellt, alle Angehörigen des Haushalts und der Dienerschaft, die die Familie begleiten wollten, hatten gepackt und waren bereit. Es war eine große Gruppe. Neben General Ilja Tatischtschew, der die Funktion des Hofmarschalls übernahm, und Fürst Dolgorukow waren es die beiden Ärzte Botkin und Derewenko, Dr. Botkins beiden Kinder, der Hauslehrer Pierre Gilliard, Mademoiselle Schneider und Anastasia Hendrikowa sowie eine Anzahl Zimmermädchen, Lakaien, Kammerdiener, Küchenjungen und anderer Diener – insgesamt drei Dutzend Leute. Der betagte Graf Benckendorff sollte zurückbleiben, genau wie Sophie Buxhoeveden. Sie war krank und mußte sich operieren lassen.

Seit dem späten Abend wartete die Familie und die Dienerschaft auf die Autos, die sie zum Zug bringen sollten. Kerenskij hatte ihnen gesagt, sie würden gegen Mitternacht aufbrechen, aber es wurde ein Uhr, und die Autos waren noch nicht da. Alexej saß »grün vor Müdigkeit« auf einer Kiste, schrieb Sophie Buxhoeveden, und hielt seinen Spaniel Joy fest. Nicky plauderte mit General Tatischtschew, Fürst Dolgorukow und den Ärzten. Ein kurzes, aufregendes Treffen mit seinem Bruder Michail war ihm gestattet worden. Michail durfte kein anderes Familienmitglied sehen.

Ungefähr alle halbe Stunde wurde die Ankunft der Autos gemeldet, sie kamen aber nicht, auch wenn die Truhen und Kisten eine nach der anderen nach draußen getragen wurden. Stunden vergingen, die endlose Warterei zehrte an den Nerven. Müde und traurig schrieb Alix einen trübsinnigen Abschiedsgruß an Sophie. »Was wird die Zukunft meinen armen Kindern bringen?« schrieb sie. »Es bricht mir das Herz, wenn ich an sie denke.«[14]

In Wirklichkeit war die Verzögerung ein Zeichen der Gefahr. Die Soldaten hatten entdeckt, daß Kerenskij die Verlegung der Romanows an einen sicheren Ort im Osten Rußlands angeordnet hatte. Unverzüglich beriefen sie eine Versammlung in der Kaserne ein. Entsprechend dem üblichen Klima, das bei der Entscheidungsfindung durch Ausschüsse herrschte, diskutierten sie darüber, ob es der Familie gestattet werden solle, den Palast zu verlassen. Es war ein Tauziehen zwischen Kerenskijs Befehlsgewalt und der kollektivistischen Mentalität der Männer. Der Ministerpräsident mußte seine ganze Überredungskunst aufbieten, um die Soldaten davon abzuhalten, die Angelegenheit selbst in die Hand zu nehmen.

Fünf volle Stunden lang, bis sechs Uhr morgens, wogte die Diskussion hin und her, und Kerenskijs Tiraden brachen am Ende den Widerstand.[15] Im Lauf dieser Zeit hatte Alix, so nahm

Sophie Buxhoeveden an, »ihr Leben in Zarskoje [Selo] an ihr vorüberziehen sehen«, und sie hatte den Tränen freien Lauf gelassen.

»Das Gesicht der Kaiserin war aschfahl, als sie zum letzten Mal durch die Tür ihres Hauses trat«, schrieb Sophie. »Graf Benckendorff und ich blieben allein auf den Stufen zurück und sahen ihnen nach.« Alix schrieb Sophie später, daß sie beim Anblick ihrer beiden Freunde, die auf den Stufen des Palastes standen und sich anlehnen mußten, deren Verlassenheit gespürt habe. Zweifellos verstärkte dies nur ihre eigenen Gefühle.

Der Anblick der beiden treuen Angehörigen ihres Haushalts, ihrer standhaften Kammerzofe und des gebrechlichen alten Marschalls, die ihr in den letzten Monaten loyal zur Seite gestanden hatten, rührte Alix zu Tränen. Während das Auto fuhr und sie vom Palast wegbrachte, verspürte sie neuen Kummer. Sie wußte, daß sie womöglich keinen von denen, die sie jetzt zurückließ, noch ihr Zuhause jemals wiedersehen würde.

32

Der Zug stampfte durch Birkenwälder, durch rotbraunes Sumpfland und weite Ebenen, auf denen das Getreide abgeerntet war und hohe Heuhaufen sich aneinanderreihten, blaßgelb im Herbstlicht. Klee, Gänseblümchen und Flieder blühten mitten im grünen Flachs, reife Äpfel und Birnen hingen an den Zweigen, und in den Birkenwäldchen gingen Bauern in hellen Kleidern mit Körben auf die Suche nach Pilzen.

Es war die Jahreszeit der Fülle, saftig und üppig. Unter anderen Umständen hätte Alix den Blick aus dem Fenster genossen, die Dörfer mit den Kirchen mit blauen Kuppeln, die Landhäuser und die Felder, aber jetzt wandte sie den Kopf ab und lag den ganzen Tag auf ihrem Bett, voller Kummer und erschöpft.

Sie fuhren immer weiter nach Osten, an Seen und Hügeln vorbei und über breite Flüsse, während die Landschaft sich in einer endlosen Weite ausdehnte. Der ferne Horizont wich immer weiter zurück. Am dritten Tag hatten sie Petrograd weit hinter sich gelassen, und der Zug kletterte bereits die Ausläufer des Ural hoch. Aber selbst hier, tief in der dörflichen Landschaft, waren die Narben der Revolution nicht zu übersehen: Herrenhäuser und Felder brannten, von Scheunen waren nur noch Asche und angekohlte Balken übrig. Gemüsegärten waren durchwühlt und zerstört. Selbst einige Hinweise auf den Krieg waren zu sehen: Dorffriedhöfe voller neuer Gräber, rohe Monumente, die man auf Stadtplätzen aufgestellt hatte. Nur kleine Jungen und alte Männer arbeiteten auf den Feldern, alle erwachsenen Männer waren längst an die Front gezogen.

All dies hätte Alix sehen können, wenn sie es geschafft hätte, sich aus ihrer Erschöpfung aufzuraffen.[1] Am vierten Tag verließ die Familie den Zug und ging in Tjumen an Bord eines Dampfschiffes, das sie flußabwärts nach Tobolsk bringen sollte, ihren Bestimmungsort. Das Dampfschiff war weit weniger komfortabel als der Zug, die Kabinen waren klein und eng, die Toiletten unzureichend. Alexej und Maria erkälteten sich. An den Armen und Beinen des Hauslehrers Gilliard bildeten sich Furunkel, er litt große Qualen in seiner Koje. Alix riß sich soweit zusammen, daß sie an die Reling ging, als der Dampfer an Pokrowskoje vorüberfuhr, dem Dorf Vater Grigorijs, aber niemand registrierte ihre Reaktion.

Eine Villa, die ehemalige Residenz des Gouverneurs, war in Tobolsk für die Romanows bereitgestellt worden, aber niemand hatte sie geputzt oder so hergerichtet, daß man darin wohnen konnte. Als sie in der Stadt ankamen und zu der Residenz an der Freiheitsstraße geführt wurden, fanden sie das Gebäude in einem baufälligen Zustand vor. Die Fenster waren mit Brettern vernagelt, die Fußböden schmutzig, die Zimmer naßkalt und modrig, und die sanitären Anlagen mußten dringend repariert werden. Viele Monate lang waren hier Soldaten einquartiert gewesen, hatten die Bodenbeläge verdreckt, die Möbel ruiniert und die Tapete von den Wänden gerissen. Es dauerte eine Woche, das Gebäude in einen erträglichen Zustand zu bringen. Für die Romanows hieß das, noch eine Woche auf dem engen Dampfer zu verbringen. Dabei hatte Alexej im Arm innere Blutungen und hielt die anderen mit seinen Schreien die ganze Nacht hindurch wach.[2]

Am Ende war das Haus sauber, frisch gestrichen und tapeziert, die verschlissenen Möbel wurden durch Polsterstühle, Tische und Lampen ergänzt, und die Fußböden wurden mit Perserteppichen bedeckt, die sie auf dem Dampfer gekauft hatten. Bilder von den Familienräumen in Zarskoje Selo wurden an den Wänden aufgehängt und an den Fenstern neue Vorhänge angebracht. Alix hatte ein eigenes Polstersofa im Salon, wo sie sich mit einer

Decke über den Beinen zurücklehnen und nähen oder lesen konnte. Die Familie richtete sich ein, Alix und Nicky in ihrem Schlafzimmer, Alexej hatte eins für sich, und Olga, Tatjana, Maria und Anastasia teilten sich ein Zimmer. Neben dem Salon gab es ein Zimmer für Alexejs Diener Nagorny, ein Arbeitszimmer für Nicky, ein Wohnzimmer für Alix und Dachstuben für die Diener. Vis-à-vis wurden in einem kleineren Gebäude Angehörige des Haushalts untergebracht.

Es war die Szenerie eines Bürgerhauses, ein »Palast auf dem Lande«, komplett mit Topfpalmen und Aspidistren, Sesselschonern und Spitzendeckchen.[3] Und weil die Familie Ende August einzog, als es warm war, fiel der Hauptmangel des Hauses noch nicht auf: die ausgefallene Heizung.[4]

Die Mängel an den sanitären Anlagen waren hingegen nicht zu übersehen. Die Toilette lief über, der Abfluß im Bad war verstopft, und die Sickergruben waren voll bis an den Rand. Niemand wollte sie leeren. Als der Kommissar der Provisorischen Regierung, Wassilij Pankratow, kam, um die Lebensbedingungen der Romanows zu inspizieren, war er »recht abgestoßen«, schrieb Nicky in sein Tagebuch.

Die wunderliche, altmodische Stadt Tobolsk hatte im Herbst 1917 noch nichts von der Revolution gemerkt. Zeitungen aus Petrograd kamen erst mit sechs Tagen Verspätung in der Stadt an, es verlief keine Bahnlinie in der Nähe, und die Flußdampfer von Tjumen kamen nur in den Sommermonaten. Die scharfen Worte der Bolschewiki hatten diesen Winkel des dörflichen Sibirien noch nicht erreicht; die Stadtmenschen betrachteten es als eine Ehre, daß der ehemalige Zar und seine Familie in ihrer Mitte lebten. Sie hielten an und bekreuzigten sich, wenn sie an dem Haus in der Freiheitsstraße vorübergingen, die Männer zogen als Zeichen des Respekts den Hut.[5] Kaufleute schickten Lebensmittel ins Haus, Bauern schickten Gemüse und Jäger frisches Wildbret für die Speisekammer. Die Nonnen aus dem nahe gelegenen Iwanowskij-Kloster spendeten regelmäßig Lebensmittel.

Alix saß auf dem Balkon in der Septembersonne oder blickte

aus dem Fenster. Sie fand ein wenig Trost in den Ehrerbietungen der Passanten, auch das Glockengeläut der vielen Kirchen in der Stadt tröstete sie (eine lag gleich um die Ecke) und die Anwesenheit der wundertätigen Reliquien des Heiligen von Tobolsk, Johann Maximowitsch, die in der Kathedrale auf dem Hügel aufbewahrt wurden.

So müde und krank sie war, hatte sie doch die Hoffnung noch nicht aufgegeben. Sie war sich darüber im klaren, daß die Provisorische Regierung die Familie zu ihrem eigenen Schutz nach Tobolsk verlegt hatte, daß ihre Gefangenschaft eine Möglichkeit war, zu verhindern, daß sie dem Sowjet in die Hände fielen. Und sie hatte nicht vergessen, was Kerenskij Graf Benckendorff gesagt hatte, daß im November, in nur zwei Monaten, Wahlen zu einer konstituierenden Versammlung abgehalten würden, nach denen die neue Regierung sie befreien würde.

Sie glaubte fest an die inhärente Güte des russischen Volkes, bei all der, in ihren Augen, Unreife (sie seien wie »große Kinder«, sagte sie einmal, unkultiviert und wild, aber letzten Endes gutmütig). Deshalb vertraute sie darauf, daß die Russen wieder zur Vernunft kommen und erkennen würden, daß sie von denjenigen, die sie in die Revolution geführt hatten, getäuscht worden waren.

»Viele erkennen bereits, daß sie [die Revolution] eine einzige Utopie, eine Chimäre war«, schrieb sie an ihre Freundin Madame Syrobojarskaja, die Mutter eines verwundeten Offiziers, den sie einst gepflegt hatte. »Ihre Ideale liegen in Trümmern, bedeckt mit Schmutz und Schande, sie haben noch nichts Gutes für Rußland zustande gebracht.« In Kürze würden immer mehr ehemalige Untertanen ihres Mannes »aufwachen, die Lüge wird entlarvt werden, die ganze Falschheit, denn nicht alle Menschen sind verdorben, sie sind verführt worden, vom rechten Pfad abgekommen«.[6]

Was auf politischer Ebene angerichtet worden war, konnte noch rückgängig gemacht werden. Die Revolution mußte nicht von Dauer sein.

Der September ging zu Ende. Die Herbstregen setzten ein und machten aus dem kleinen Gemüsegarten des Hauses einen lehmigen Morast.[7] Alix schlief lange und blieb die meiste Zeit des Tages in ihrem Zimmer. Sie beschäftigte sich mit Lesen, Stickerei und ihrem gegenwärtigen Hobby, den langen, schwierigen Chorälen, die in der Kirche gesungen wurden. Tatjana unterrichtete sie in Deutsch, und Alexej brachte sie den Katechismus bei. Und an den Nachmittagen saß sie am Klavier und spielte aus dem Gedächtnis die Lieder und Kompositionen, die sie als Kind gelernt hatte.

Beunruhigt von dem, was sie nicht wußte – denn nur wenige Briefe gingen ein, und zuverlässige Informationsquellen waren noch rarer –, wartete Alix auf den November, auf Nachrichten von den anstehenden Wahlen. Sie wußte, daß die russische Armee noch einmal vor den vorrückenden Deutschen zurückgewichen war. Riga und noch mehr Gebiete wurden aufgegeben. Es bestand durchaus die Möglichkeit, daß die Deutschen Petrograd einnahmen, die Provisorische Regierung stürzten und eine eigene Regierung einsetzten. Sie könnten Nicky wieder als Zar einsetzen, nachdem sie ihn gezwungen hatten, einen Friedensvertrag zu unterschreiben. Selbst wenn der deutsche Vormarsch gestoppt werden konnte, befanden sich Kerenskij und sein Kabinett bestimmt in einer schwierigeren Lage als je zuvor. Und mit dem bevorstehenden Winter, mit seinen unweigerlichen Nöten und den darauffolgenden allgemeinen Unruhen könnte Petrograd durchaus einen zweiten gewaltsamen Aufstand erleben.

Gegen Ende Oktober kam Alexejs Hauslehrer Charles Gibbs in Tobolsk an. Es wurde ihm gestattet, sich dem Haushalt der Romanows anzuschließen. Er brachte Neuigkeiten aus Petrograd mit. Die Unruhe und der Konflikt zwischen der Provisorischen Regierung und ihren Gegnern, den Bolschewiki, hatten sich verschärft, obwohl die meisten Anführer der Bolschewiki entweder im Gefängnis oder wie Lenin im Exil waren. Mittlerweile streikten so viele Arbeiter, daß praktisch die gesamte Produktion zum Erliegen gekommen sei, sagte Gibbs. Die Eisenbahner weigerten sich, die Züge zu betreiben, einmal mehr drohe den Bürgern der Hauptstadt eine schwere Inflation und eine Hungersnot. Der Rätekongreß werde demnächst eröffnet, und Kerenskij bemühe sich zwar immer noch, die Provisorische Regierung zusammenzuhalten, könne aber Ruhe und Ordnung nicht mehr aufrechterhalten. Selbstschutzgruppen patrouillierten durch die Straßen Petrograds, griffen gewaltsame Streikende, Plünderer und Banden betrunkener Soldaten an.

Es war »das Ende von allem«, wie Alix an Madame Syrobojarskaja schrieb. Rußland versank im Chaos, doch inmitten des Chaos stand Gott bereit zu helfen. »Er ist allmächtig und kann alles vollbringen. Am Ende wird Er die Gebete derjenigen erhören, die leiden, und wird vergeben und retten.« Sie bedauerte die Männer »ohne Rückgrat«, »die keinen Charakter, keine Liebe für ihr Land hätten« und all dies geschehen ließen.[8] »Wir müssen den unerschütterlichen Glauben bewahren«, schloß sie, daß sich langfristig alles zum Guten wenden werde.

Aber im November 1917 wurde alles noch schlimmer. Die Bolschewiki waren auf 50 000 Mitglieder oder mehr angewachsen und waren um ein Militärrevolutionäres Komitee organisiert, das sie mit Waffen und Munition versorgte. Sie gingen daran, Schlüsseleinrichtungen in Petrograd zu übernehmen: das Postamt, das Fernsprechamt und das Telegrafenamt. Da die Bolschewiki bereits viele Soldaten in der Hauptstadt für ihre Sache gewonnen hatten, stürmten sie rasch den Winterpalast, wo die Provisorische Regierung ihr Hauptquartier hatte, und verhafteten die meisten Minister. Kerenskij floh. Praktisch ohne Widerstand hatten die Bolschewiki die Regierungsgewalt übernommen; sie würden herrschen und kündigten im Namen der Sowjets die Bildung einer vorübergehenden Arbeiter- und Bauernregierung an.

Die Nachricht von dem Staatsstreich der Bolschewiki erreichte Tobolsk am 15. November, und in den folgenden Tagen wurde der genaue Ablauf bekannt. Anfangs ungläubig, dann traurig und wütend erfuhren Alix und Nicky, was geschehen war, wie die Machtübernahme sich ganz still ereignet hatte, ohne Gewehrschüsse, ohne Blutvergießen. Daß die Truppen, die der Provisorischen Regierung loyal waren, nicht in die Hauptstadt gelangt waren, weil die Bolschewiki die Bahnhöfe besetzt hatten. Vor allen Dingen hörten sie, daß die großen Regimenter Petrograds, das Preobraschenskij-, das Ismailowskij-, das Semjonow-Regiment, sich nicht an der Machtverschiebung beteiligten, sondern neutral blieben.

Der Staatsstreich selbst hatte fast unbemerkt von den Bürgern der Hauptstadt stattgefunden, aber das Nachspiel jagte ihnen einen unvergeßlichen Schrecken ein. Eine kleine, von Kerenskij aufgestellte Streitmacht scheiterte bei dem Versuch, die neue Regierung zu stürzen. Lenin war wenige Tage vor der Übernahme aus dem Exil zurückgekehrt und erklärte das gesamte Privateigentum für abgeschafft. Damit forderte er de facto die Besitzlosen Petrograds auf, Villen, Läden, Lagerhäuser und Kirchen zu beschlagnahmen, mit allem was darinnen war. Diebstahl war nach dem neuen Dekret der Bolschewiki kein Diebstahl, sondern eine patriotische Enteignung von Waren zum Wohle des Volkes; deshalb wurde wie wild enteignet.

Und um den neugegründeten Staat der Bolschewiki zu sichern, begann das Morden. Sämtliche Gegner der machthabenden Partei – Mitglieder der rivalisierenden politischen Parteien, einige Gewerkschaftsmitglieder, die Überreste der Monarchisten, Soldaten und Fähnriche, die der Provisorischen Regierung die Treue hielten – gerieten in Verdacht. Viele Hunderte wurden in den Tagen nach der Übernahme ermordet. Und Petrograd ertrank plötzlich geradezu im Alkohol. Die riesigen Weinkeller des Winterpalastes wurden geplündert, Weinfässer in den Gewölben und Lagerhäusern der Kaufleute wurden beschlagnahmt, angezapft und der Inhalt konsumiert. Überall floß Wein. »Die Luft war getränkt vom Weinduft«, schrieb ein Zeitgenosse. »Die ganze Bevölkerung kam angerannt … sammelte den vom Wein getränkten Schnee in Eimer, schöpfte mit Tassen die fließenden Rinnsale oder trank flach auf dem Boden liegend und preßte die Lippen in den Schnee. Alle waren betrunken.«[9]

Während die Morde und Diebstähle fortgesetzt wurden, gingen auch die »Weinkrawalle« ungehindert weiter. Menschen streiften in einer Art Delirium umher, prügelten sich, übergaben sich und lagen sturzbesoffen im Schnee. Petrograd war der Schauplatz einer gigantischen Orgie des Verbrechens und eines gigantischen Saufgelages – letzteres war für die Kritiker der neuen Regierung ein sichtbares Symbol dafür, wie tief die Revolution gesunken war.

Die Orgie der Trunkenheit hielt so lange an, daß Vertreter der Bolschewiki dahinter bereits eine Verschwörung ihrer politischen Gegner vermuteten, um die Gehirne der Bürgerschaft zu manipulieren. Sie sollten keines vernünftigen Gedankens mehr fähig sein und auf das geistige Niveau von Tieren herabsinken – das Absinken in diese Niedrigkeit sollte dem neuen Regime vorgeworfen werden. Truppen wurden angefordert, die den Vorrat an Spirituosen vernichten sollten, aber statt die Fässer und Flaschen zu zerschlagen, betranken sie sich selbst und verlängerten die Wochen der Trunkenheit.

»Ich kann mir vorstellen, was für eine schreckliche Zeit sie durchmachen«, schrieb Alix an Madame Syrobojarskaja zu den Ereignissen vom November und Anfang Dezember. »Unglaublich schmerzlich, traurig, beleidigend, schmachvoll ... Wir müssen alle diese schändlichen, schrecklichen Taten und Erniedrigungen mit Sanftmut ertragen (denn es gibt nichts, was wir dagegen tun könnten). Und Er wird uns retten ...«[10]

»Er wird uns retten.« Das war Alix' Litanei, ihr Schild und ihr Schutz gegen die Erschütterungen und den Kummer all dieser Ereignisse. Wenn sie sich aber für eine sanftmütige Haltung aussprach und immer wieder wie in den Briefen an Madame Syrobojarskaja und andere betonte, daß »man nichts dagegen tun könne«, so war Alix unaufrichtig. Denn so viel sie auch betete, war sie alles andere als sanftmütig. Sie zählte darauf, daß ein Rettungsversuch Erfolg haben werde.

Boris Solowjow, der Schwiegersohn Vater Grigorijs, war verpflichtet, die Romanows aus ihrer Gefangenschaft zu befreien.

Vater Grigorij war längst tot, sein Leichnam exhumiert und von Revolutionären zu Asche verbrannt und sein Grab entweiht. Aber sein Geist lebte weiter, glaubte Alix. Sie spürte ihn in ihrer Nähe.[11] In den Taten seines Schwiegersohnes Boris bewirkte er immer noch Gutes für die ganze Familie.

Man hatte eine Organisation gegründet, die Bruderschaft des Hl. Johann von Tobolsk, um Spenden zu sammeln und die Befreiung der Romanows aus den Klauen ihrer Häscher zu planen. Ein Bankier in Petrograd hatte fast 200 000 Rubel von Anhängern gesammelt, und der Verkauf von Alix' Schmuck hatte ebenfalls eine beträchtliche Summe eingebracht. Sie schmuggelte die Juwelen an den Wachen in Tobolsk vorbei, indem die Dienstmädchen ihn trugen. Solowjow hatte insgeheim den größten Teil der Garnison in Tjumen überredet, den Rettungsversuch zu unterstützen – zumindest behauptete er das. Die Kommunikation lief zwischen Alix und Solowjow ab, möglicherweise verschlüsselt – wie häufig sie miteinander kommunizierten, wird nie bekannt werden, weil die Notizen unter äußerster Geheimhaltung weitergegeben und sofort nach dem Lesen vernichtet wurden. Im voraus wurden Signale vereinbart.[12]

Die ganze streng geheime Aktivität hinterließ fast keine Spuren. Wie oft Botschaften von Besuchern – Alix' Augenarzt, ihr Zahnarzt, Dr. Derewenkos Sohn Kolja, mehrere Händler – in das Haus geschmuggelt oder in Essens- oder Kleiderpaketen überbracht wurden, läßt sich nicht sagen. (Alexej schmuggelte einmal einen kleinen Zettel in einem Bund Radieschen hinaus.) Manche wurden von Dienern gebracht oder ausgetragen, oder in Geschenken versteckt, oder in den schmutzigen Kleidern, die zum Waschen gebracht wurden.

Folglich korrespondierten sie auf zwei Ebenen: die offiziellen Briefe, die sorgfältig von den Wachen geprüft und autorisiert wurden (und deshalb praktisch nichts von Bedeutung enthielten), und die privaten Briefe und Zettel, die über unautorisierte Kanäle kamen und gingen und von denen viele nicht mehr erhalten sind.

Zur zweiten Art zählten die Botschaften von Boris Solowjow und anderen in der Bruderschaft des Hl. Johann von Tobolsk sowie der Brief von Alix' Bruder Ernie, den er ihnen über einen ehemaligen Kavallerieoffizier, Sergej Wladimirowitsch Markow, zukommen ließ. In dem Brief bot Ernie an, einen Rettungsversuch zu organisieren, aber Nicky und Alix schickten ihm beide eine ablehnende Antwort. Die Deutschen waren der Feind, und eine Hilfe vom Feind würden sie niemals akzeptieren.[13]

Die Ankunft einer jungen Freundin von Olga, Margerita Chitrowo, in Tobolsk erregte den Verdacht der Wachen. Sie wußten oder vermuteten, daß Rettungsversuche geplant wurden, und waren bei Margerita besonders mißtrauisch, vielleicht weil sie einige »unklug formulierte« Postkarten an ihre Familie geschrieben hatte. Als sie einige Briefe für die Romanows Anastasia Hendrikowa übergab, wurde sie verhaftet und nach Moskau gebracht.[14] Gräfin Hendrikowa wurde ebenfalls verhaftet und verhört und blieb allein in ihr Zimmer eingeschlossen. Später wurde Margerita entlassen, aber der Vorfall kann als Wendepunkt in der Gefangenschaft der Romanows gelten: Die Soldaten verdoppelten ihre Wachsamkeit und verhielten sich strenger ihnen gegenüber.

Der Winter kam wie ein langer, bleicher Schleier. Die Familie war an Kälte gewöhnt, aber das war die sibirische Kälte, die den Fluß bis in die Tiefe zufror und die Stadt in ihrem eisigen Griff hielt. Heulende Winde bliesen den Schnee in alle Richtungen und stachen den Menschen auf der Straße wie Nadeln ins Gesicht. Wochenlang gingen nur die Härtesten nach draußen. Die Temperaturen fielen auf 20, 30 oder gar 40 Grad unter Null, die Nächte waren sogar noch kälter. Wenn die blasse Sonne am späten Vormittag aufging, gab sie den Blick auf eine öde, weiße Landschaft frei, Bäume, Dächer, Zäune, die vor Reif lilaweiß schimmerten, Landhäuser, die in hoch aufgetürmten Schneewehen untergingen. Über dem Ganzen hing tief ein weißer Nebel.

Nicky verbrachte die Tage eingewickelt in einen mit Schaffell gefütterten Tscherkessenmantel. Die Temperatur in seinem Arbeitszimmer lag bei knapp zehn Grad, in Alix' Salon sogar noch niedriger. Eisig zog es durch Ritzen in den Fensterrahmen. Sie hatten zu wenig Brennstoff, um das zentrale Heizsystem im Haus zu befeuern, deshalb kam die einzige Wärme von unzureichenden Holzöfen. Die Familie blieb in der Nähe dieser Öfen und versuchte die Ritzen in den Wänden nach Möglichkeit mit Papier und Stoffetzen zu verstopfen.

»Wir zittern in den Zimmern«, schrieb Alix kurz vor Weihnachten an Anna Wyrubowa, »und es zieht immer sehr von den Fenstern. Deine hübsche Jacke ist jetzt so nützlich. Wir haben alle Frostbeulen an den Fingern.«

Sie schilderte ihren Tagesablauf. »Ich schreibe dies während meiner Ruhe vor dem Abendessen. Der kleine Jimmy [Tatjanas Pekinese] liegt neben mir, während sein Frauchen Klavier spielt.« Sie erzählte von den ruhigen Abenden, an denen Nicky der Familie und dem Personal laut vorlas, von ihren trüben Tagen, an denen sie Bänder als Lesezeichen bemalte, Weihnachtskarten bastelte oder mit ihren steifgefrorenen Fingern voller Frostbeulen stickte.

»Am 6. haben Alexej, Maria und Gilik [Gilliard] ein kleines Theaterstück für uns aufgeführt. Die anderen führen aus dem Gedächtnis Szenen aus französischen Dramen auf. Eine wunderbare Ablenkung und gut fürs Gedächtnis.«[15] »Ich war seit vier Wochen nicht draußen an der frischen Luft«, fügte Alix hinzu. »Ich kann wegen meines Herzens bei so kaltem Wetter nicht hinausgehen. Aber die Kirche zieht mich trotzdem fast unwiderstehlich an.«

Diese Worte enthielt ein Brief, der mit der offiziellen Post abgeschickt wurde. In derselben Woche, in der dieser Brief geschrieben wurde, bat sie Charles Gibbs, einen geheimen Brief an ihre ehemalige Gouvernante in England, Margaret Hardcastle Jackson, zu schreiben. Hier beschrieb sie ausführlich den Grundriß des Gouverneursgebäudes und nannte die Zeiten, an denen sie in den Hof gehen durften, wann sie zum Gottesdienst in die Kirche gingen, und wieviele Wachen sie begleiteten. Der Brief enthielt noch andere Informationen, die für potentielle Retter unerläßlich waren. Der Brief sollte an König Georg V. und seine Minister gehen, sagte Alix zu Gibbs; und sie war sicher, daß ihre alte Gouvernante ihn an die britische Regierung weiterleiten würde. Was daraus wurde, ist nicht bekannt.[16]

»Die Sonne scheint strahlend und glitzert auf dem Reif«, schrieb Alix in den letzten Tagen des Jahres 1917 wiederum an Anna. »Die Nächte sind so mondhell, es muß ideal sein, um auf den Hügeln zu sein.« Die Stimmung war poetisch, aber dahinter verbarg sich zweifellos ein Fingerzeig an Anna, und über sie an Boris Solowjow, daß eine mondhelle Nacht einem kleinen Trupp Soldaten aus der Bruderschaft des Hl. Johann von Tobolsk eine gute Gelegenheit bieten würde. Sie konnten ohne weiteres den Weg zum Gouverneurssitz finden, die schläfrigen Wachen überwältigen und die Familie in die Sicherheit hinausführen.

33

Unter den Weihnachtsgeschenken von 1917 für Alix befand sich neben einem Morgenmantel, Pantoffeln, einer silbernen Platte, Löffeln und mehreren Ikonen ein selbstgebasteltes Tagebuch. Tatjana hatte es selbst genäht, zu einem ihrer Schreibhefte fertigte sie einen Umschlag aus rötlichem Stoff, bezogen mit weißer Seide.

In dem Tagebuch stand geschrieben: »Meiner lieben, teuren Mama mit den besten Wünschen für ein glückliches neues Jahr. Möge Gottes Segen mit Dir sein und Dich immer schützen. Deine Dich liebende Tochter, Tatjana.«

Alix schrieb am Neujahrstag zum ersten Mal in das Tagebuch und notierte, daß heute das Fest der Beschneidung Christi sei, es am Morgen 39 Grad kalt gewesen sei und Olga und Tatjana mit erhöhter Temperatur und Anzeichen von Röteln im Bett lägen.[1] Das Wetter war klar und sonnig, es ging kein Wind; sie aß mit ihren beiden kranken Töchtern zu Mittag und setzte sich dann eine halbe Stunde lang auf dem Balkon in die Sonne. Am Abend stieg das Fieber der beiden Töchter an, wie sie schrieb. Sie ruhte sich bis acht Uhr aus, »beim Lesen und Schreiben«, aß dann mit Olga und Tatjana in dem Zimmer zu Abend, das die vier Töchter sich teilten. Dann spielte sie mit Nicky Bezique, ein Kartenspiel. Der Rest des Abends wurde mit dem versammelten Haushalt verbracht, mit Anastasia Hendrikowa (die nach dem Vorfall mit den Briefen nur für kurze Zeit von der Familie getrennt worden war), Fräulein Schneider, General Tatischtschew, dem Adjutanten Walja Dolgorukow, den Hauslehrern Gilliard und Gibbs und den Ärzten Botkin und Derewenko.

Nicky las allen aus Turgenjews *Ein Adelsnest* vor, während Alix strickte. Im Ofen prasselte und knackte das Feuer.

Da Alix wußte, daß ihr Tagebuch von den Wachsoldaten gelesen wurde, achtete sie sorgfältig darauf, nichts hineinzuschreiben, das ihnen ihre Hoffnungen und Pläne, ihre innersten Gedanken verraten würde. Sie schrieb darin nur über ihre Tätigkeiten, das Kommen und Gehen der Menschen um sie, die Gesundheit ihrer Familie und das Wetter. Außerdem vermerkte sie, welche Briefe sie mit der offiziellen Post abschickte.

Der Umstand, daß das Tagebuch viele Dinge nicht enthielt, war ebenso vielsagend wie das, was es enthielt. Alix schrieb weder über ihre Stimmungsschwankungen noch von dem Auf und Ab ihrer Hoffnungen noch von ihrer Verwirrung oder den Augenblicken stiller Hochstimmung. Sie notierte weder die geheimen Botschaften, die sie abschickte und erhielt, noch die geflüsterten Gespräche – so leise, daß die Wachen nichts hörten –, in denen Neuigkeiten und Gerüchte unter der Familie und im Haushalt weitergesagt wurden. Auch über das Verhalten ihrer Wärter schrieb sie kein Wort, genausowenig über das alles beherrschende Thema aller, die im Gouverneurssitz lebten: daß der Rettungsplan in der Zeit des Tauwetters umgesetzt werde – niemand zweifelte daran, daß ein Rettungsplan, oder gar mehrere, ausgearbeitet würden.

Die dringlichste Sorge der Gefangenen galt im Januar 1918 dem Geld. Sie hatten nicht mehr genug, und seit dem Sturz der Provisorischen Regierung wurde aus Petrograd nichts mehr geschickt. Alexandra hatte ihre Juwelen, von denen sie einige an Boris Solowjow geschickt hatte, und etwas von den Mitteln, die die Familie aus Zarskoje Selo mitgenommen hatte, war noch übrig. Aber ihr Bargeld reichte weder, um die Händler in Tobolsk zu bezahlen, die ihnen keinen Kredit mehr gewährten, noch um die Diener zu bezahlen oder für alle Lebensmittel zu kaufen. Alix, Walja Dolgorukow und Gilliard übernahmen die Aufgabe, ein Budget für den Haushalt aufzustellen. Einige Diener wurden mit geringfügigen Entschädigungen nach Petrograd zurückgeschickt, die verbliebenen hingegen waren bereit, ohne Bezahlung zu arbeiten. Alix konnte sich aber nicht dazu überwinden, das Angebot anzunehmen; statt dessen kürzte sie alle Gehälter, damit niemand ganz leer ausging.

Es wurde mittlerweile immer schwieriger, die Lebensmittelvorräte zu ergänzen, und das Personal bot an, sich an den Kosten zu beteiligen. Das Mittagessen wurde auf eine Suppe, ein Hauptgericht mit Fleisch oder Fisch und gedämpftes Obst reduziert. Das Abendessen war leicht: Makkaroni, Reis oder Pfannkuchen und ein Gemüsegericht. Niemand bekam mehr als eine Portion.[2] Es gab keine Butter und nur noch wenig Zucker – drei Stückchen am Tag pro Person. Inzwischen trafen nur noch selten Gaben wie Gemüse und Wildbret ein, die im September und Oktober den Speiseplan der Familie bereichert hatten, und wenn welche kamen, so freute Alix sich als »Geschenke des Himmels« über sie. Hin und wieder schickte ein Händler ein wenig Kaviar oder Fisch, aber dieser Luxus war sehr selten.

Die Gefangenen konnten das nicht wissen, aber Tobolsk war in diesem harten Januar eine Oase des Überflusses. Ganz Petrograd hungerte, die Bauern in vielen Dörfern überlebten, indem sie Stroh, Moos und Baumrinde aßen. Den Bolschewiki wurde die Schuld an der rasch um sich greifenden Hungersnot gegeben, und randalierende Menschenmassen, vor Hunger ganz schwach, erschlugen die Lebensmittelkommissare und verbrannten die Hauptquartiere der örtlichen Sowjets. Die Gewalttaten änderten jedoch nichts an der Lage, der schreckliche Mangel hielt an, und viele Leichen wurden unter den hohen Schneehaufen begraben.

Die Familie wußte zwar wenig, hörte aber Gerüchte von den Offerten an Deutschland, über einen Separatfrieden zu verhandeln, und vage Berichte von russischen Regionen, die sich für unabhängig von der Regierung erklärt hatten – ein Zerfall des Landes, der die Stabilität bedrohte und vermutlich weitere, wirtschaftliche Probleme schaffen dürfte. Offizielle Nachrichten waren einmal mehr unregelmäßig eingetroffen und unzuverlässig, außerdem schnitten heftige Schneefälle Tobolsk beinahe von der Außenwelt ab.[3] Reisende kamen und gingen in Pferdeschlitten oder folgten den Pfaden am Ufer entlang, die man in die Schneewehen gehauen hatte. Nach jedem Schneefall waren die Straßen von Tobolsk tagelang unpassierbar, von hohen Hügeln aus frisch gefallenem Schnee blockiert, der im Sonnenlicht glänzte und glitzerte.

Alix fragte Anastasia in Geschichte ab (der Fall des Römischen Reiches) und brachte Alexej bei, welche Bedeutung der Streit um das Filioque (ging der Heilige Geist nur von Gott Vater allein aus oder von Gott und von Jesus?) in der Geschichte der östlichen und der westlichen Zweige des Christentums hatte. Ferner korrigierte sie Tatjanas deutsche Grammatik. Während das Wetter sich verschlechterte (»Schneesturm, ein schrecklicher Wind«, notierte sie am 21. Januar), las sie mit Alexej das Markus-Evangelium und war dankbar, daß bis zum Ende des Tages die Temperatur leicht gestiegen war und der Wind nachgelassen hatte.

Sie machte sich wegen des Wetters Sorgen, weil Boris Solowjow tagtäglich in Tobolsk eintreffen sollte und schlechtes Wetter seine Reise vermutlich verzögerte. Zum Glück kam er am Tag vor dem schlimmsten Schneesturm an. Über Mittelsmänner schickte er Geld, Briefe und Waren in die Gouverneursvilla und erhielt seinerseits viele Briefe, die Alix geschrieben hatte und die nach Petrograd gebracht werden sollten. Die Familie sah ihn vom Fenster aus, als er auf der Straße unten vorbeiging.

»Lassen Sie mich wissen, wie Sie über unsere Lage denken«, schrieb Alix in einer geheimen Botschaft in der ersten Februarwoche, vermutlich an Solowjow.[4] »Unser allgemeiner Wunsch ist es, ein ruhiges Leben führen zu dürfen, wie eine gewöhnliche Familie, außerhalb der Politik, der Kämpfe und Intrigen. Schreiben Sie ganz offen, denn ich werde Ihren Brief im Vertrauen auf Ihre Aufrichtigkeit empfangen.«

Solowjow antwortete am nächsten Tag. »Zutiefst dankbar für geäußerte Gefühle und Vertrauen«, schrieb er. »Die Lage ist insgesamt sehr ernst und könnte bedrohlich werden, und ich bin sicher, daß die Hilfe von ergebenen Freunden oder ein Wunder nötig sein wird, damit alles in Ordnung kommt und damit Ihr Wunsch nach einem ruhigen Leben sich erfüllt.« Er unterschrieb die Notiz: »Ihr treu ergebener Boris.«

Alix schickte eine Antwort. »Sie haben meine Befürchtungen bestätigt«, teilte sie Solowjow mit. »Freunde sind entweder in ungewisser Abwesenheit oder wir haben einfach keine, und ich bete unablässig zum Herrn und setze meine ganze Hoffnung auf Ihn allein.« Sie war entmutigt, hatte aber noch Hoffnung. »Sie sprechen von einem Wunder, aber ist es nicht schon ein Wunder, daß der Herr Sie zu uns hierher geschickt hat? Gott bewahre Sie. In Dankbarkeit, Alexandra.«[5]

Im Februar wurde auf Befehl aus Moskau auch in Tobolsk ein Sowjet gewählt, und die Stadt wurde in den Machtkreis der Bolschewiki aufgenommen. Neue Soldaten aus Zarskoje Selo trafen ein, um die Romanows zu bewachen, »eine Bande vulgär aussehender, junger Männer«, dachte Gilliard. Auch ein neuer Kommandant wurde ernannt.[6] Der Sowjet führte die Rationierung von Lebensmitteln ein, und das Städtische Lebensmittelkomitee von Tobolsk gab die Lebensmittelkarte mit der Nummer 54 an »Nikolaus Romanow, ehemaliger Kaiser, wohnhaft in Freiheitsstraße, mit sechs Angehörigen« aus. Die Karte ermächtigte ihn, gegen Vorlage im Laden der Kooperative namens »Selbstbewußtsein« fünf Pud und zehn Pfund Mehl (knapp 86 kg), sieben Pfund Butter und ein halbes Pfund Zucker in Empfang zu nehmen – sofern diese Lebensmittel vorrätig waren. Mit der Kürzung der Lebensmittelration ging eine Kürzung der monatlichen Bezüge einher, die jedem Gefangenen zugestanden wurden. Alix mußte zehn weitere Diener entlassen.

Tobolsk war keine sichere Enklave mehr, kein vergessener Winkel des alten Rußlands. Es war zu einer Art Schlachtfeld geworden, auf dem die bolschewistische Regierung versuchte, einer konservativen Bevölkerung neue Denk- und Lebensweisen aufzuzwingen. In der Stadt regte sich Widerstand gegen diese Neuerungen – und in ganz Sibirien, wo der politische Widerstand gegen die Regierung großen Zulauf hatte. Besondere paramilitärische Gruppen namens Rote Garden wurden gebildet, um die konterrevolutionären Kräfte zu zerschlagen. Eine bewaffnete Auseinandersetzung war zu erwarten, und wenn es so weit kam, waren die Romanows in Gefahr.

»Ihre Majestäten [haben] immer noch die Hoffnung, daß sich unter ihren loyalen Freunden welche finden, die versuchen werden, sie zu befreien«, schrieb Gilliard Mitte März.[7] Die neuen Wachen waren frech und feindselig, aber ihr Kommandant, Oberst Kobylinskij, war, so dachte Gilliard, bereits »auf unserer Seite«. Die anmaßenden Wachen hielten sich zwar streng an die Vorschriften, waren aber häufig nachlässig; für eine Handvoll entschlossene, gut organisierte Männer wäre es ein Leichtes, die Flucht zu bewerkstelligen, wenn sie nur einen vernünftigen Plan hätten.

Es war Karneval, und in ganz Tobolsk herrschte Jubelstimmung. Glocken läuteten, Menschen sangen und spielten Mundharmonika oder Balalaika, Jongleure und Clowns, Mimen und Possenreißer tummelten sich auf den Straßen. Von ihren Kostümen und Masken getarnt, stürzten sich die sonst gesetzten Bürger der Stadt in das Vergnügen, tranken und flirteten hemmungslos. Mit Bändern und Fähnchen geschmückte Schlitten sausten mit bimmelnden Glöckchen die verschneiten Straßen entlang. Die Arbeit war vergessen, das Geschäft aufgeschoben, die Politik ignoriert. Das einzige Ziel lautete Vergnügen und immer mehr Vergnügen. Platten voller Blini, Pfefferkuchen, Nüsse und Bonbons wurden aufgetragen und gemeinsam mit einem Glas Pfefferwodka nach dem anderen hinuntergespült, oder mit Zitronenwodka, Schwarzem Johannisbeerwodka, Wodka in scheinbar endloser Vielfalt.

»Nie war die Fluchtsituation günstiger als jetzt«, dachte Gilliard. Nicht nur die Bruderschaft des Hl. Johann von Tobolsk war am Werk, sondern auch eine andere monarchistische Organisation. Zu Beginn der Fastenzeit schickte diese Gruppe 250000 Rubel an die Familie.[8] Kuriere brachten Briefe von Freunden, die ihnen ihre Hilfe zusagten, und Alix gelang es, weitere Wertsachen zum Verkauf nach draußen zu schmuggeln.[9]

Ohne Wissen der Romanows versuchte das britische Foreign Office, einen eigenen Rettungsplan in die Wege zu leiten. Ein norwegischer Dampfschiffreeder, Jonas Lied, wurde dafür gewonnen. Er sollte die Rettung koordinieren und ein Schiff zur Verfügung stellen. Sobald das Eis auf dem Irtysch gebrochen war, wäre es möglich, die Familie flußabwärts über den Irtysch und den Ob, danach über Land an die Karasee zu bringen. Dort sollte ein Torpedoboot der britischen Marine auf sie warten. König Georg befürwortete diesen Plan, der auf dem Schreibtisch des Leiters des britischen Marinegeheimdienstes landete.[10] Doch er wurde fallengelassen – möglicherweise weil die Romanows sich zu der Zeit, als die Flüsse eisfrei waren, nicht mehr in Tobolsk befanden.

Die Karnevalsstimmung brach jäh ab, und die Fastenzeit fing an, die Jahreszeit des Verzichts, der Läuterung, Reinigung. Durch Tobolsk kursierten Gerüchte von Banden abtrünniger Matrosen, die nach Belieben durch Tjumen streiften, die Bevölkerung terrorisierten, raubten und um sich schossen. Ende März kamen einige Rote Garden aus Omsk nach Tobolsk und quartierten sich in einer Behelfskaserne in der Stadt ein. Niemand wußte, ob irgendeine Provinzbehörde sie geschickt hatte oder ob sie auf eigene Faust gekommen waren, um zu stehlen und zu morden und Unruhe zu stiften.

Kurz danach traf eine zweite Gruppe Rotgardisten ein, diesmal aus Jekaterinburg, einer Hochburg der Linken. Diese Gruppe bestand überwiegend aus Arbeitern, die man zu Soldaten gemacht hatte, in der Mehrzahl Letten. Sie hängten in den Straßen Plakate auf, auf denen sie bekanntgaben, daß das gesamte Gold und Silber, sämtliche Wertsachen bei Todesstrafe an sie übergeben werden müßten.[11] Sie gingen von Haus zu Haus, beschlagnahmten Geld, Schmuck und andere Gegenstände, verhafteten reiche Kaufleute und erpreßten Lösegelder.

Zwischen den Banden aus Omsk und Jekaterinburg – denn sie

waren im Grunde nichts anderes – kam es zum Konflikt, und die Soldaten, die den Gouverneurssitz bewachten, gerieten zwischen die Fronten. Es war ihr Auftrag, die Romanows zu schützen, aber das oberste Gebot lautete für sie, daß die Familie nicht in andere Hände geraten dürfe. »Die Wachen kündigten an«, schrieb Sophie Buxhoeveden, »falls irgend jemand versuchen sollte, ihnen die Gefangenen abzunehmen, würden sie selbst die ganze kaiserliche Familie töten, bevor sie sie übergaben.«[12]

Die Verwirrung nahm zu. Gruppen abtrünniger Soldaten kamen und gingen, lieferten sich kurze Scharmützel und kämpften um ihr Revier. Jeden Augenblick konnten sie anfangen, um den Gouverneurssitz mitsamt seinen kostbaren Geiseln zu kämpfen. Und die Verteidiger des Gebäudes, da sie in dem Chaos keinen anderen Ausweg sahen, hatten sich geschworen, ihre Gefangenen zu beseitigen.

Mitten in dieser außerordentlich gespannten Situation hatte Alexej eine Blutung. Zuvor hatte er sich von seinem Spielgefährten Kolja Derewenko Keuchhusten geholt.

»Strahlender Sonnenschein«, schrieb Alix am 12. April in ihr Tagebuch. »Baby [Alexej] bleibt im Bett, weil er so stark hustet, daß er eine leichte Blutung im Unterleib hat.« Am selben Tag fügte sie hinzu: »Mit Baby zu Abend gegessen. Große Schmerzen.«[13]

Die Blutung wurde schlimmer, der Schmerz breitete sich bis in Alexejs Leistengegend und Beine aus. Stündlich nahm die Schwellung zu, und die Schmerzen wurden stärker. »Baby schlief wegen der Schmerzen schlecht und mußte sich viermal übergeben«, schrieb Alix am nächsten Tag. »Am Abend zwei Stunden lang ein wenig besser, dann wieder schlimmer.«[14]

Schon bald zeigte sich, daß es ein schwerer Anfall war, der schwerste Anfall seit Jahren. Das Fieber stieg, er stöhnte und schrie vor Schmerzen, sein Körper war grotesk angeschwollen, die Haut bis zum Äußersten gespannt. Er aß nichts, und die Schmerzen brachten ihn um den Schlaf. Da das Fieber weiter anstieg und die Gefahr einer lebensbedrohlichen inneren Infektion bestand, warnte Dr. Derewenko Alix und Nicky, daß Alexej dem Tode nahe war.

Ikonen hingen rings um Alexejs Bett, einige davon waren Geschenke Vater Grigorijs. Alix hat bestimmt unzählige Male die Heilkräfte Vater Grigorijs heraufbeschworen, während sie Stunde um Stunde am Bett ihres Sohnes wachte. Genau diesen Moment hatte sie seit dem Tod des Starez vor sechzehn Monaten immer gefürchtet: daß Alexej eines Tages gefährlich krank würde und Vater Grigorij nicht gerufen werden konnte, um ihn zu heilen.

»Saß den ganzen Tag bei ihm«, schrieb sie in ihr Tagebuch, »halbstündlich drei Minuten lang sehr starke, krampfartige Schmerzen. Gegen Abend besser.«[15]

Mit einem Mal, nach tagelangen Folterqualen, ging es ihm besser. Da es unmöglich war, in Tobolsk irgendeine Medizin aufzutreiben, probierte Dr. Derewenko »eine neue Arznei« aus, laut Sophie Buxhoeveden. Was immer das für eine Arznei war, sie brachte Erleichterung. Die Blutung ging schließlich zurück, auch wenn Alexej immer noch hohes Fieber hatte und sehr schwach war.[16] Am 19. April konnte Alix in einem Brief an Anna Wyrubowa schreiben, daß Alexej zwar noch Schmerzen im Rücken und in den Beinen habe, aber wieder ein wenig esse. Sein Fieber war nicht mehr ständig hoch, auch wenn er noch »erschreckend mager« und »ganz gelb« war. Der Arzt fürchtete, daß die Blutung wieder einsetzen könnte.

Während Alexejs Krankheit hatte Alix wie immer Tag und Nacht an seinem Bett gesessen, für ein oder zwei Stunden wurde sie von Tatjana abgelöst, damit sie sich ausruhen konnte. Sie war »fast genauso mager wie er« geworden, teilte sie Anna mit, als sie neben ihm saß, seine Beine hielt, mit ihm sprach und ihn in seinem unruhigen Schlaf beobachtete. Sie war so mager und blaß wie ein Schatten, ihr graues Haar war nachlässig aus ihrem zerfurchten Gesicht gekämmt, ihr abgetragenes, geflicktes Kleid hing schlaff um Hüfte und Handgelenke.

Sie machte sich Sorgen um Alexej. Den ganzen Winter über

war er so gesund gewesen. Er war von dem Eishügel gerutscht, den Nicky und Gilliard im Hof aufgetürmt hatten (und den die Soldaten später niederrissen), hatte voller Eifer das Holz gestapelt, das sein Vater sägte und hackte, und sich dabei die Handschuhe zerrissen. Voller Tatendrang hatte er mit Kolja gespielt. Sie hatte gehofft, daß sein Eifer ein gutes Zeichen sei. Jetzt hatte sich die Hoffnung als Illusion entpuppt.

Immer noch klammerte sie sich an ihre andere Hoffnung – die Hoffnung auf Rettung –, fürchtete aber, daß auch diese sich als Illusion entpuppen könnte. Anfang April erfuhr sie, daß man Boris Solowjow verhaftet hatte. Im Gefängnis, unter der Folter, könnte er die Namen der anderen preisgeben, die auf die Befreiung der Familie hinarbeiteten. Sie war zuversichtlich, daß immer noch viele Anhänger in ihrem Namen Pläne ausarbeiteten und Vorkehrungen trafen, aber bislang hatte niemand mehr getan, als Geld und aufmunternde Botschaften zu schicken. Man hatte ihr gesagt, unter den Soldaten aus Omsk und anderen aus Tjumen seien Hunderte ehemaliger Offiziere, überzeugte Monarchisten, die sich unter die Mannschaften gemischt hätten, um der Familie zur Hilfe zu kommen, wenn der rechte Augenblick gekommen sei.[17] Sicherlich würden nunmehr, da der Frühling kam, sämtliche Pläne, die im Winter ausgeheckt worden waren, Früchte tragen.

Unterdessen verfolgte sie die allmähliche Erholung Alexejs, erschöpft von ihren Nachtwachen und Ängsten.

»Ich mache mir so viel Sorgen. Mein Gott, wie Rußland leidet!« hatte sie im März an Anna geschrieben. »Du weißt, ich liebe es noch mehr als du, das unglückselige Land, von innen zerstört und von den Deutschen von außen.« Rußland »zerfällt in Stücke«, schrieb sie. »Ich kann nicht gelassen daran denken. Dem Herzen und der Seele tut es so schrecklich weh.«[18]

Der schreckliche Schmerz machte sie reizbar. Beim geringsten Anlaß fuhr sie die Diener an. (»Meine größte Sünde ist meine Reizbarkeit … Du weißt ja, wie hitzig ich bin.«) Sie konnte die Kälte, die Entbehrung, die Erniedrigungen der Gefangenschaft und die Furcht vor Unrecht ertragen, ja sogar die schreckliche Vorstellung, daß Alexej sterben könnte. Aber die kleinen alltäglichen Reibereien lösten bei ihr Wutausbrüche aus – wenn ein Dienstmädchen log oder anfing, »Moralpredigten zu halten«.

»Ich gebe mir alle Mühe, eine bessere Frau zu sein«, schrieb sie. »Über lange Phasen bin ich wirklich geduldig, aber dann bricht meine schlechte Laune wieder aus.« Sie wußte, daß sie kühl gegenüber dem Personal geworden war, und fühlte sich deshalb schuldig.[19]

Noch immer pflegte sie die gewohnte Selbstkritik und Übergenauigkeit ihres Gewissens und hielt an ihrem Glauben fest. »Wir leben hier auf Erden, aber halb sind wir schon in der nächsten Welt«, schrieb sie. »Wir sehen mit anderen Augen ...« Sie sah sich um und erblickte nicht das Chaos der bewaffneten Banden, die sich wirre Kämpfe lieferten, nicht ihren gereizten, ängstlichen Mann und ihre Kinder und das besorgte Personal, nicht die nervösen Wachen, die wenn nötig bereit waren, sie alle zu töten. Vielmehr sah sie die wohlwollende, schützende Gegenwart des Göttlichen.

»Alles wird gut«, schrieb sie Anna Wyrubowa nach Boris Solowjows Verhaftung. »Mach dir keine Sorgen. Der Herr ist überall und wird ein Wunder tun.«

34

Lange vor der Morgendämmerung standen am 26. April 1918 vier hölzerne Pferdewagen vor dem Haus des Gouverneurs in der Freiheitsstraße. Es hatte geschneit, jetzt blies ein kalter Wind. Die Haustür öffnete sich, und ein ganzer Schwung Menschen trat heraus, mit mehreren Schichten Kleidung gut gegen die morgendliche Kälte gewappnet.

Der Kommissar aus Moskau, Wassilij Jakowlew, nahm Haltung an, als der ehemalige Zar in seinem tscherkessischen Mantel hinaustrat. Die Wachen präsentierten das Gewehr. Jakowlew empfahl Nicky, noch einen zusätzlichen Mantel mitzunehmen.

Acht weitere Menschen folgten: Alix und Maria, Walja Dolgorukow, Dr. Botkin, Matwejew, ein Offizier der Tobolsker Wache, und drei Bedienstete, Alix' Dienstmädchen Anna Demidowa, Nickys Kammerdiener Tschemodurow und der Küchenjunge Leonid Sednew.

Alix wurde in einen der Karren gehoben, den einzigen mit einer Stoffbespannung als Dach. Dr. Botkin sah, daß es keine Sitze gab, sondern nur den blanken Holzboden, und protestierte bei Jakowlew. Seine Patientin, erklärte er, sei nicht gesund genug, um in einem solchen unbequemen Gefährt zu reisen. Sie werde sich verletzen.

Die Abfahrt verzögerte sich, bis man Stroh in einem Schweinestall gefunden und auf den Bohlen verteilt hatte. Dann wurde Alix, die einen dünnen Persianermantel trug, hineingehoben. Maria kletterte zu ihr hinauf.

Alix hatte nur ein paar Habseligkeiten bei sich, darunter ihr

Tagebuch, in dem sie später an jenem Tag vermerkte, daß sie an Schmerzen in der Brust litt. Es ging ihr schlecht. Sie hatte die Nacht zuvor nicht geschlafen, sich Gedanken gemacht über die Entscheidung, vor die man sie gestellt hatte, entweder Nicky auf dieser Reise zu begleiten oder mit ihren Kindern in Tobolsk zu bleiben.

Es war eine furchtbare Entscheidung gewesen, die schwerste, die sie je hatte treffen müssen, wie sie ihrem Dienstmädchen Maria Toutelberg anvertraute.[1] Als sie hörte, daß sie wählen müsse, war sie stundenlang auf und ab gegangen und hatte nicht gewußt, was sie tun sollte.

»Es ist der schwerste Augenblick meines Lebens«, erklärte sie ihrem Mädchen. »Sie wissen, was mir mein Sohn bedeutet, und ich muß mich zwischen ihm und meinem Gatten entscheiden.«

Ihre Töchter halfen ihr bei der Entscheidung. Sie versicherten ihr, daß Olga den Haushalt führen, Tatjana sich um Alexej kümmern und Maria mit ihr gehen würde, um sie zu trösten, wenn sie abreisen würde. Auch Anastasia würde tun, was sie könne, um zu helfen.

Schließlich rang Alix sich zu einer Entscheidung durch. »Ich muß stark sein«, erklärte sie der Toutelberg. »Ich muß mein Kind verlassen und das Leben oder den Tod meines Gatten teilen.«

Sie reiste ab, ohne zu wissen, ob sie ihre Kinder je wiedersehen würde. Sie und Nicky hatten sich förmlich von den Bediensteten verabschiedet und jeden einzelnen umarmt, wie sie da in der großen Eingangshalle des Gouverneurssitzes standen, alle in Tränen aufgelöst. Das war schwer genug gewesen. Doch von Alexej und ihren Töchtern Abschied zu nehmen, bereitete ihr echte Qualen.

Daß sie Maria bei sich hatte, half ihr ein wenig, denn Maria mit ihren knapp neunzehn Jahren war die robusteste ihrer Töchter und diejenige, die ihr die meiste Kraft geben konnte. Zudem hatte Jakowlew versprochen, daß die anderen Alix und Nicky etwa drei Wochen später zu ihrem neuen Aufenthaltsort folgen würden – vorausgesetzt, daß Alexej gesund genug für diese Reise war.

Der Konvoi setzte sich in Bewegung, eskortiert von acht Wachen und zehn Rotgardisten. Die Karren holperten und quietschten, schwankten und schaukelten hin und her wie Schiffe im Sturm, wenn ihre Räder in tiefen Furchen versanken oder auf harte Eisstücke trafen. Die Hände und Gesichter der Reisenden waren bald rot vor Kälte und brannten vom gnadenlosen Wind. Die kalte Morgendämmerung setzte mit einem bleigrauen Himmel ein, und der scharfe Wind ließ einfach nicht nach. Sie kamen an das Ufer des zugefrorenen Flusses Irtysch, dessen Eis im ersten Frühlingstauwetter ächzte und krachte und das Gewicht der beladenen Karren nicht mehr sicher tragen konnte.

Sie stiegen ab, und Nicky trug Alix in seinen Armen hinüber auf breiten Planken, die über das schwankende, mit schwarzen Rissen durchzogene Eis gelegt waren. In Ufernähe war es völlig geschmolzen, und er mußte die letzten Meter knietief im eiskalten Wasser watend zurücklegen.

Im Laufe des langen Tages unterbrachen sie die Fahrt oft, um die Pferde zu wechseln oder das Geschirr und die Wagen zu reparieren, die bei dem ständigen starken Ruckeln mehrmals Räder und Achsnägel verloren. Bei jedem Halt aßen sie von dem mitgebrachten Proviant und rieben zunächst ihre tauben Finger aneinander, bis das Blut wieder in den Adern zirkulierte.

»Straße in katastrophalem Zustand«, schrieb Alix, »gefrorener Boden[,] Schlamm, Schnee, Wasser bis zu den Bäuchen der Pferde, schrecklich durchgeschüttelt, überall Schmerzen.«[2] Sie schrieb einen Brief an die Kinder, den einer der Fahrer zu überbringen versprach.

Schließlich gelangten sie abends gegen acht in den Ort Jewlewo, wo sie die Nacht in einem ungeheizten kleinen Haus, dem früheren Dorfladen, verbringen durften. Die Männer schliefen auf dem Boden, Alix auf ihrer Matratze und den Decken aus dem Wagen. »Um Zehn schlafen gegangen, todmüde und völlig zerschlagen.«

Sie vermuteten, daß sie nach Tjumen reisten, aber wohin es von dort aus gehen sollte, blieb ein Geheimnis. Vielleicht nach Moskau, das die Sowjets zur neuen Hauptstadt Rußlands gemacht hatten – dort würde Nicky wahrscheinlich verurteilt und ins Gefängnis geworfen werden.

Am nächsten Morgen wurden sie wieder lange vor Sonnenaufgang geweckt und fuhren um fünf Uhr mit den Karren los. Wieder überquerten sie einen Fluß auf Planken, Nicky mit Alix in den Armen, ein anderes Mal benutzten sie eine Fähre. Es war warm geworden, und die Straße war etwas besser befahrbar, obwohl immer noch viele tiefe Furchen und lange schlammige Straßenabschnitte zu meistern waren, in denen die Wagen einsanken. Gegen Abend kam der Mond heraus, und die Karren »rasten« im Mondlicht »wie wild dahin«. Als sie sich Tjumen näherten, kam ihnen eine Gruppe von Reitern entgegen und eskortierte sie durch die dunkle Stadt zum Bahnhof. Um Mitternacht bestiegen sie einen Zug, völlig erschöpft, und fielen in ihren staubigen Kleidern ins Bett.[3]

Die Romanows ahnten nicht, daß sie zum Gegenstand hitziger Auseinandersetzungen geworden waren. Die herrschenden Sowjets der beiden wichtigsten sibirischen Städte, Omsk und Jekaterinburg, beanspruchten beide den berühmtesten Gefangenen Rußlands, den früheren Zar, für sich. Jakowlew war von Moskau geschickt worden, um den beiden Rivalen zuvorzukommen und den Gefangenen mit seiner Familie in die Hauptstadt zu bringen. In Anbetracht von Alexejs schlechtem Gesundheitszustand hatte er beschlossen, nur den ehemaligen Zaren mit Frau und Tochter dorthin mitzunehmen und die anderen später folgen zu lassen.

Jakowlews Befehle waren eindeutig, seine Pläne logisch – aber die Ereignisse warfen Planung und Logik schnell über den Haufen. Auf dem Weg nach Tjumen bemerkte Alix, daß Jakowlew, der nervös wirkte, »unruhig [war], ständig herumrannte, telegraphierte«.[4] Er hatte gehört, daß das Exekutivkomitee des Gebietssowjets in Jekaterinburg vielleicht versuchen würde, Nicky auf dem Weg nach Moskau abzufangen, und schickte Telegramme an zwei Mitglieder dieses Komitees, um sie vor einem solchen Versuch zu warnen. Er drohte mit Blutvergießen.

Der Zug setzte sich in Richtung Omsk in Bewegung, doch als er dort ankam, warteten Abgesandte des Omsker Sowjets und weigerten sich, die Gefangenen passieren zu lassen, weil sie fürchteten, daß Jakowlew, der als »Verräter an der Revolution« galt, sie nicht nach Moskau, sondern weiter in den Osten ins von den Japanern besetzte Wladiwostok bringen würde. Von dort aus könnten sie Rußland ohne Schwierigkeiten verlassen.

Jakowlew setzte sich mit Moskau in Verbindung und bekam den Befehl, zurück in Richtung Jekaterinburg zu fahren, trotz der Gefahr, daß Nicky dort festgehalten werden könnte. Am Dienstag, dem 30. April, dem fünften Tag ihrer Reise, näherten sich die Romanows Jekaterinburg. Ein Trupp Soldaten umstellte den Zug. »Jakowlew mußte uns dem Sowjet des Gebietes Ural ausliefern«, schrieb Alix in ihr Tagebuch. »Dessen Anführer brachte uns drei zu einem offenen Automobil, ein Lastwagen mit Soldaten, die bis an ihre Zähne bewaffnet waren, folgte uns. Fuhr durch Nebenstraßen, bis er ein kleines Haus erreichte, das von einem hohen hölzernen Lattenzaun umgeben war.«[5]

Das »kleine Haus« war in Wirklichkeit eine große zweistökkige Residenz, nicht so großartig wie der Gouverneurssitz in Tobolsk, aber doch beeindruckend. Es gehörte einem Ingenieur namens Ipatjew, der ein paar Tage vor der Ankunft der Romanows den Befehl bekommen hatte, mit seiner Familie die Stadt zu verlassen. Den neuen Bewohnern wurden drei Zimmer zugewiesen, ein Schlafzimmer für Alix, Nicky und Maria, ein Wohnzimmer, in dem auch Dr. Botkin und die männlichen Bediensteten schliefen, und ein kleiner Ankleideraum für Anna Demidowa. Aus den Fenstern konnte man nichts erkennen; man sah nur die Bretter des hohen Zauns, der das Haus umgab, und weiter hinten ein goldenes Kreuz auf einem Kirchendach. Wie in dem Haus in Tobolsk funktionierte auch hier die Wasserversorgung anfangs nicht; es wurden Nachttöpfe ausgegeben.

Die Wachen waren von Anfang an grob und unverschämt. Nickys Kammerdiener Tschemodurow erinnerte sich später, daß die Familie sofort nach ihrer Ankunft eine »gründliche und demütigende Durchsuchung« über sich ergehen lassen mußte. Ein Soldat griff nach Alix' grauer Handtasche aus Wildleder, zog sie ihr aus der Hand und schüttete ihren Inhalt aus – der aus ihrem Vorrat an Veronal, einem Taschentuch und Riechsalz bestand. Nicky protestierte. »Bisher habe ich mit anständigen und ehrenwerten Menschen zu tun gehabt«, sagte er scharf.

»Vergessen Sie nicht, daß Sie unter Arrest stehen und daß gegen Sie ermittelt wird«, war die ebenso scharfe Antwort von Kommissar Didkowskij. »Wir sind jetzt die Herren! Wir werden tun, was uns gefällt.«[6] Alix mußte Nicky daran hindern, sich auf den Mann zu stürzen, so plötzlich flackerte seine Wut auf.

Aber er bezähmte sie und ertrug ebenso wie Alix nach Aussagen Tschemodurows die harte Behandlung und die ständigen Demütigungen und Beleidigungen der Wachen »mit scheinbarer Ruhe«. Meist »schienen [sie] weder die Menschen um sie herum noch das, was sie taten, überhaupt wahrzunehmen«.

Für Alix bedeutete es in Anbetracht ihrer sonstigen Reizbarkeit eine echte Herausforderung, sich ständig beherrschen zu müssen, und sie meisterte diese Prüfung nicht immer. Als Awdejew befahl, die Romanows nicht mit ihren Titeln, sondern einfach als »Nikolaj Alexandrowitsch«, »Alexandra Fjodorowna« und »Maria Nikolajewna« anzusprechen, wurde sie wütend.

»Und weshalb hat bisher noch niemand darauf verzichtet, uns mit Titel anzureden?« wollte sie von dem Befehlshaber wissen. Er gab zurück, daß sie sich jetzt, in Jekaterinburg, in den Händen echter Revolutionäre befänden.[7]

Kleine Demütigungen regten sie auf und zermürbten sie auf Dauer: die mangelnde Sauberkeit und Privatsphäre, das grobe Essen (Alix konnte es kaum herunterbringen und bestand auf Fadennudeln, die der Küchenjunge Leonid für sie zubereitete), der »Anwesenheitsappell« um acht Uhr jeden Morgen, der an ein Gefängnis erinnerte, die Soldaten, die ohne Vorwarnung zu jeder Tages- und Nachtzeit die nicht mit Türen verschließbaren Zimmer der Familie betraten, der Zwang, jedes Mal um Erlaubnis zu bitten, wenn man die Toilette benutzen wollte (sobald sie einmal repariert war), und die Anwesenheit einer Wache vor jener Öffnung, die einst die Toilettentür gewesen war, dazu die ständigen vulgären, beleidigenden Bemerkungen.

Diese Übergriffe auf ihre empfindliche Seele zusammen mit ihrer Sorge um Alexej und ihre Töchter bereiteten Alix Kopf- und Herzschmerzen, und in den ersten drei Wochen ihrer Gefangenschaft in Jekaterinburg lag sie oft auf ihrem Bett, ihre schmerzenden Augen geschlossen, zu benommen und krank, um sich aufzusetzen, zu lesen oder Briefe zu schreiben. Sie schlief oft schlecht, wachgehalten von den Schritten der Wärter und ihren lauten Stimmen, von der betrunkenen Randaliererei des Kommandeurs und ihren eigenen ständigen Grübeleien. Maria und das Dienstmädchen Anna taten für sie, was sie konnten. Anna wusch ihr das lange Haar, Maria bürstete es und steckte es hoch. Anna nähte und flickte und wusch vielleicht auch die Kleider – unter den schwierigsten Bedingungen, denn zumindest im ersten Monat gab es kein fließendes Wasser im Haus.

Trotz der strengen Haft der Familie im Hause Ipatjew hoffte Alix noch immer auf Rettung und schrieb Briefe an ihre vermeintlichen Retter. Sie zeichnete einen detaillierten Plan des Hauses und schmuggelte ihn nach draußen, vermutlich über Dr. Derewenko, der Alexej behandelte, oder mit Hilfe der Nonnen aus dem Nowotichwinskij-Kloster, die frische Milch und Eier brachten. Doch der Kommandeur entdeckte die Zeichnung und legte sie Nicky vor. Nach Awdejew stammelte der ehemalige Zar die Lüge, er habe nicht gewußt, daß es verboten sei, Zeichnungen zu verschicken.

Am 23. Mai schrieb Alix in ihr Tagebuch, daß »gegen elf plötzlich die Mädchen mit Alexej auftauchten – Gott sei Dank –, was für eine Freude, sie wiederzuhaben«.[8] Ihre Ankunft milderte ihre Sorgen für kurze Zeit, doch noch am selben Abend rutschte Alexej, der sich nicht gut gefühlt hatte und erschreckend dünn war, beim Zubettgehen aus und verletzte sich am Knie. Er wachte jede Stunde jammernd vor Schmerzen auf.[9] Am folgenden Tag »litt [er] sehr« unter starken Schmerzen, konnte nicht schlafen und verlor weiterhin Gewicht und Farbe, bis man nach Aussage eines Priesters, der im Haus eine Messe hielt, »durch ihn hindurch sehen« konnte.[10]

Für Alix bedeutete die neuerliche Erkrankung ihres Sohnes weitere Nächte ohne Schlaf und noch mehr Angst zusätzlich zu der wachsenden Besorgnis wegen der andauernden Haft. Zwei gegensätzliche Gefühle wogten in ihr auf und ab, die Hoffnung auf Rettung und die Furcht vor einer Hinrichtung ihres Mannes, verbunden mit einem ungewissen, aber sicherlich schrecklichen Schicksal für sie selbst und ihre Kinder.

Daß etwas Außergewöhnliches in Jekaterinburg vorging, war eindeutig. Obwohl nur sehr wenige Nachrichten zur Familie durchdrangen (manchmal durften sie Zeitungen lesen, oft veraltete, manchmal bekamen sie tagelang überhaupt keine zu Gesicht), konnten sie doch an der wachsenden Nervosität ihrer Wachen, am Geschrei in den Straßen um das Haus herum und an dem häufigen Stiefelgetrampel – einem Klang, den sie mit der Bewegung größerer Truppenteile in Verbindung brachten –, an Feuer- oder Lichtblitzen am Himmel und am lauten Knallen fernen Kanonenfeuers ablesen, daß ein größerer Aufstand losgebrochen war.

Tatsächlich sahen sich die Behörden von Jekaterinburg in der ersten Juniwoche der bisher ernstesten Bedrohung gegenüber und versuchten, Aufstände in der Stadt durch Massenverhaftungen niederzuschlagen.

Die Opposition gegen die bolschewistische Regierung war schnell angewachsen, bis im Mai ein Bürgerkrieg losbrach. Besonders in Sibirien drohte Anarchie, als die antibolschewistischen Kräfte immer stärker wurden. Politisch Gemäßigte widersetzten sich den Herrschenden in Moskau und gründeten einen Sibirischen Regionalrat in Omsk. Die Armeen von Patrioten und Monarchisten (die »Weißen«, im Gegensatz zu den bolschewistischen »Roten«) gewannen an Stärke, und eine von ihnen, die Tschechoslowakische Legion mit etwa vierzigtausend ausgebildeten Soldaten, hatte die Stadt Samara an der Wolga eingenommen und war im Begriff, sich mit den Rebellen von Omsk und anderen Gruppen von Unzufriedenen – ethnischen Minderheiten, Anarchisten, aufständischen Bauern – zu verbinden, um den Ural zu erobern. Schon waren die Telefonverbindungen zwischen Moskau und Jekaterinburg unterbrochen, die Transsibirische Eisenbahn war in den Händen der Weißen, und der Schiffsverkehr auf der Wolga wurde streng kontrolliert.

Der bolschewistische Alptraum, Lenins Alptraum, war, daß ganz Sibirien bald unter monarchistischer Kontrolle sein würde, daß die Rote Armee vertrieben und der frühere Zar in Jekaterinburg zum Anführer eines wiedererstandenen Russischen Reiches ausgerufen werden würde. Damit würde die Revolution in ihr Gegenteil verkehrt werden.

Die Wachen im Ipatjew-Haus waren alarmiert und ängstlich. Sie vermieden es, mit ihren Gefangenen zu sprechen, und beschränkten sich darauf, zu erklären, daß sie nicht in den Hof hinausgehen konnten oder daß es kein Abendessen geben werde. Am 13. Juni erschien Awdejew und befahl der Familie zu packen; man befürchtete einen Aufstand der Anarchisten, und die Romanows müßten vielleicht plötzlich nach Moskau gebracht werden. Sie packten und warteten auf weitere Anweisungen. Um elf Uhr abends kam Awdejew wieder und erklärte, daß sie noch ein paar Tage in diesem Haus bleiben würden. Der Anführer der Anarchisten saß hinter Gittern, die Gefahr eines Aufstandes war fürs erste gebannt.[11]

Die unmittelbare Bedrohung war kleiner geworden, aber der nächtliche Lärm und die Störungen blieben, während sich mehr Rotgardisten in Jekaterinburg sammelten und Männer und Ausrüstung in Stellung gebracht wurden, um dem erwarteten Angriff der Weißen standzuhalten. Denn die Weißen würden ganz sicher kommen – und für Alix und die anderen waren die Weißen die Rettung.

Ein Soldat brachte ihnen irgendwann in den letzten zehn Tagen des Juni einen Brief. »Die Freunde schlafen nicht mehr«, begann er kryptisch, »und hoffen, daß die so lange herbeigesehnte Stunde da ist. Die Revolte der Tschechoslowaken bedroht die Bolschewiken immer ernster. Samara, Tscheljabinsk und ganz Sibirien, der Osten wie der Westen, sind unter Kontrolle der Nationalregierung der Provinz [der Weißen Regierung]. Die Armee der slawischen Freunde steht achtzig Kilometer vor Jekaterinburg.«[12]

Mit welcher Mischung aus Freude und Besorgnis diese geheime Botschaft aufgenommen wurde, kann man sich vorstellen. Natürlich schrieb Alix nichts darüber in ihr Tagebuch. Aber Awdejew und die immer aufmerksamen Wachen sahen zweifellos in den Tagen nach dem Erhalt der Botschaft ab und an ein flüchtiges Lächeln auf den Gesichtern ihrer Gefangenen.

»Seid stets bereit, Tag und Nacht«, instruierte sie der Brief. »Fertigt eine Zeichnung von Euren zwei Zimmern, der Position der Möbel, der Betten. Schreibt genau auf, wann Ihr alle zu Bett geht. Einer von Euch sollte in den nächsten Nächten zwischen zwei und drei Uhr nicht schlafen.« Der Brief war einfach unterzeichnet mit: »Einer, der bereit ist, für Euch zu sterben – Ein Offizier der russischen Armee.«

Von da an änderte sich der Tagesablauf der Familie. Sie richteten sich weiterhin nach dem Zeitplan, den ihnen die Wachen vorgaben, aber sie fügten weitere eigene Punkte hinzu. Einer von ihnen blieb jede Nacht zwischen zwei und drei Uhr wach, und alle waren bereit, sich schnell anzukleiden und in Eile zusammenzupacken, sobald das entsprechende Zeichen kommen würde.

Ein zweiter Brief folgte dem ersten bald und lieferte noch genauere Instruktionen.[13] Ein Pfiff sollte das ersehnte Signal sein. Wenn sie ihn hörten, sollten sie den Durchgang zu ihren Zimmern mit Möbeln verbarrikadieren und dann mit Hilfe eines Seils durch ein Fenster fliehen. Ihre Freunde würden unten warten.

»Die Mittel zur Flucht fehlen nicht, und ein Entkommen ist

sicherer denn je«, meinte der Schreiber. Nicky und Alix sollten sich zuerst am Seil herablassen, dann Alexej, dann Olga, Tatjana, Maria und Anastasia und schließlich Dr. Botkin. Sie mußten das Seil selbst machen, und zwar schnell. Und dann mußten sie auf den Pfiff mitten in der Nacht warten.

Am 27. Juni, Marias neunzehntem Geburtstag, herrschte eine drückende Hitze. Die Wachen hatten sich erbarmt und erlaubt, ein einziges Fenster zu öffnen, durch das eine leichte Brise mit dem Duft von Blumen aus den Gärten der Stadt hereinwehte. Aber auch das brachte noch keine richtige Abkühlung, die Luft konnte nicht frei zirkulieren, und Alix schrieb in ihr Tagebuch: »starke Hitze«.

Alle Familienmitglieder warteten auf das Signal zur Rettung und hatten sich ihre Kleider und Habseligkeiten heimlich zurechtgelegt, bereit zur Flucht durch das Fenster, sobald der Pfiff ertönen würde. Es war kaum nötig, jemanden zu bestimmen, der nach Mitternacht wach bleiben sollte, denn sie alle lagen wach und lauschten. Man hörte die üblichen Rufe und Schüsse und Marschgeräusche in den Straßen, aber irgendwann würde man auch diesen Pfiff hören, das hatte man ihnen jedenfalls versprochen. Dann würden sie schnell aufstehen und die Möbel vor die Durchgänge schieben – in der Hoffnung, daß die Wachen es nicht schaffen würden, ihre Anstrengungen zu unterbinden – und dann zum offenen Fenster gehen.

»Ein Entkommen ist sicherer denn je«, hatte es im letzten Brief geheißen, aber die Familie muß sich dennoch Sorgen gemacht haben. Wie würden die Retter die Wachposten entwaffnen, die Wärter überwältigen, die Maschinengewehre auf dem Dach und im ersten Stock in ihre Gewalt bringen und den Rest der Soldaten in Schach halten, jene, die gerade nicht Dienst hatten, aber beim ersten verdächtigen Geräusch aus dem Schlaf schrecken würden? Wie konnten sie Awdejew oder einen seiner Helfer davon abhalten, Verstärkung zu rufen? Oder würden sie die Telefonleitung aus dem Haus heraus rechtzeitig unterbrechen, damit niemand anrufen konnte?

Sie gingen weiter ihren täglichen Beschäftigungen nach, aber sicher schwirrten in ihren Köpfen viele Fragen, Hoffnungen und Gebete um göttlichen Schutz herum. Alix verbrachte den Tag mit »Vorbereitungen«, Handarbeiten und einem Besuch bei Dr. Botkin, der mit schweren Nierenschmerzen im Bett lag. Olga saß an jenem drückenden Nachmittag bei ihr, und gemeinsam beobachteten sie zwei Abgesandte des Sowjets, die ihre Zimmer inspizierten und sich weigerten, ein weiteres Fenster zu öffnen, um die Hitze erträglich zu machen.

»Das Warten und die Unsicherheit wurden uns zur Tortur«, schrieb Nicky in sein Tagebuch. Der Tag muß ihnen endlos erschienen sein.

Nach dem Abendessen gingen sie zu Bett, »völlig bekleidet«, und horchten auf einen Pfiff von der Straße. Auch nachts war es heiß, und sie lagen im Dunkeln, schwitzten in ihren Kleidern und hatten zweifellos Angst, daß die Wachen eine unangekündigte Inspektion vornehmen und mißtrauisch werden könnten, wenn sie sie zur Flucht angekleidet fanden.[14]

Die Stunden vergingen. Zwischen zwei und drei Uhr morgens müssen sie mit noch größerer Anstrengung gelauscht haben, bemüht, jedes Geräusch wahrzunehmen, aufschreckend, wenn die Wachposten unter den Fenstern einander etwas zuriefen oder wenn Kutschen auf der Straße vorbeifuhren. Zweifellos hätten sie gern hinausgeschaut, nach einer Gruppe Bewaffneter, Hunderter von ihnen, Ausschau gehalten, die den Wosnessenskij-Prospekt herabmarschierten, ihre Widersacher in Angst und Schrecken versetzten und kamen, um sie zu retten.

Es wurde drei Uhr, dann vier, und kein Pfiff ertönte. Der Himmel begann sich aufzuhellen. Die Chance war dahin.

»Nichts geschah«, schrieb Nicky in sein Tagebuch. Aber das Warten, die schreckliche Ungewißheit, war »fast unerträglich« gewesen.

In der nächsten Nacht erhielten die Wachen den Befehl, besser aufzupassen.

35

Es wurde Mitte Juli, und die Familie wartete noch immer auf Rettung, während sich die Zeichen mehrten, daß Jekaterinburg zum Kriegsgebiet werden würde. Artillerie rollte über den Wosnessenskij-Prospekt, Infanterietruppen marschierten, und manchmal zog auch Kavallerie vorbei. Den Romanows fiel es leicht, die einzelnen Truppen zu identifizieren, sie mußten nur auf die Märsche hören, die die Kapellen spielten. Sie vermuteten, daß Österreicher, frühere Kriegsgefangene, in die Roten Garden eingegliedert worden waren, um gegen die Tschechoslowakische Legion zu kämpfen. Krankenwagen, die Verwundete in die Stadt brachten, fuhren am Haus vorbei. Täglich wurden es mehr – offenbar brauchten immer mehr Verwundete Hilfe, und die Kämpfe wurden heftiger.

Nachts störten das Donnern der Artillerie und das Krachen der Pistolenschüsse ihren Schlaf, dazu ihr sehnsüchtiges Warten, das Bewußtsein, daß sie jederzeit bereit sein mußten, schnell zu fliehen, falls ihre Befreier kommen würden. Die Nähe der Kämpfe ermutigte und ängstigte sie gleichermaßen. Würde Hilfe kommen? Würde die Weiße Armee das Haus überrennen und sie befreien? Oder würden sie wieder verlegt werden, diesmal nach Moskau, und dort vielleicht unter noch strengerer Bewachung stehen?

Sicher würde bald etwas geschehen. In einem der geheimen Briefe hatte es geheißen, daß die Weiße Armee nur noch achtzig Kilometer von Jekaterinburg stünde. Sie rückte täglich näher, das merkten sie auch ohne Zeitung und ohne Informanten.

Am 5. Juli war eine weitere geheime Botschaft angekommen und hatte ihren Hoffnungen neuen Auftrieb gegeben. Aber der ehemalige Zar hatte eine Notiz zurückgeschickt mit der Warnung, ihre Befreier sollten nicht davon ausgehen, daß sie an einem Seil aus dem Fenster klettern würden. Sie brauchten eine Leiter. »Gebt die Idee auf, uns zu befreien«, schrieb er. »Wenn ihr über uns wacht, dann könnt ihr im Falle einer echten, direkten Gefahr immer noch kommen und uns retten ... Und vor allem vermeidet im Namen Gottes jedes Blutvergießen.«[1] Die etwas rätselhafte Botschaft wurde verschickt – und von der Tscheka in ihrem Hauptquartier im Hotel Amerika in Jekaterinburg abgefangen. Dort galt sie als ein weiterer Beweis für die verräterischen Machenschaften des ehemaligen Zaren.

Die Tscheka hatte die Bewachung der Gefangenen übernommen und Awdejew und seine Männer weggeschickt. Jakob Jurowskij, ein neuer Tscheka-Befehlshaber, hatte das Kommando übernommen.

»[Der Kommandeur] ließ uns all unseren Schmuck zeigen, den wir trugen, und der junge Mann [Jurowskijs Assistent] machte eine lange Liste mit allen Einzelheiten, und dann wurden sie uns weggenommen (wohin, für wie lange, warum?, ich weiß es nicht)«, schrieb Alix in ihr Tagebuch. »Ließen mir nur meine beiden Armbänder von O[nkel] Leo, die ich nicht abnehmen kann, und den Kindern je ein Armband, die wir ihnen geschenkt hatten und die sie nicht mehr abnehmen können, ebensowenig wie Nikolaus' Verlobung[-sring?], den er nicht abbekam.«[2] Diese Inventarisierung war überflüssig, da die Romanows ihre wertvollsten Juwelen noch in Tobolsk versteckt hatten, in kleinen Kästen in Kissen eingenäht, einzelne Steine in mit Stoff bezogenen Knöpfen verhüllt, im Gürtelfutter, Hutfutter, steifen Fischbeinkorsetts verborgen.[3] Alix, ihre Töchter und ihre Dienstmädchen hatten ohne Aufhebens diese Arbeit des Verbergens erledigt und es für die Wachen so aussehen lassen, als ob sie stopften und flickten.

Es war notwendig gewesen, den Schmuck zu verstecken, denn

die Wachen hatten viel aus dem Besitz der Familie gestohlen, ihre Kisten und Kästen geplündert und sich mit ihren goldenen Uhren und silbernen Nadeln und Halsketten davongemacht, mit dem Gold und Silber auf den militärischen Auszeichnungen des früheren Zaren, ja selbst mit den Goldketten, an denen ihre Ikonen hingen, dazu mit ihrem Porzellan, Leinen und Ersatzkleidern. Mit allem, was man zu Geld machen konnte.

Jurowskij machte den Diebereien ein Ende. Er gab die wenigen Schmuckstücke, die er inventarisiert hatte, in einer versiegelten Schatulle der Familie zurück.

Jurowskij war skrupulös und sehr korrekt. Aber er wirkte zugleich so distanziert, daß es schon wieder erschreckend war. Awdejew war gehässig gewesen, seine Soldaten niederträchtig – aber alle wirkten berechenbar. Jurowskij ging es dagegen einzig und allein um den Gehorsam gegenüber seinen Vorgesetzten in Moskau und der Tscheka. Alle menschlichen Überlegungen, so schien es, wurden beiseite geschoben.

Er erledigte seine Aufgabe effizient und streng. So befahl er den Nonnen des Konvents, von jetzt an nur noch Milch zu liefern, sonst nichts – nichts, in dem eine Botschaft verborgen werden könnte. Er erhöhte die Zahl der Wachposten und befahl, ein zweites Maschinengewehr im Dachgeschoß des Hauses und einen zusätzlichen Wachposten im Hinterhof aufzustellen. Er ließ Eisenstäbe vor dem Fenster anbringen, das für die Frischluftzufuhr offengehalten worden war, eine beunruhigende Anordnung, denn die Romanows hatten das Haus durch dieses Fenster verlassen wollen.[4]

Mit dem Wechsel des Kommandeurs hatte sich auch die Atmosphäre im Ipatjew-Haus geändert. Ein Priester und ein Diakon, die am 14. Juli kamen, um die Messe zu lesen, nahmen diese Änderung wahr, auch wenn sie nicht genauer beschreiben konnten, worin sie bestand.

Vater Storoschew war schon einmal, sechs Wochen zuvor, im Hause gewesen und hatte damals Alexejs auffällige Blässe und Alix' angespannte Miene und ihr sichtliches Bemühen um Haltung bemerkt. Jetzt, Mitte Juli, wirkte Alexej gesünder, und auch Alix' Zustand hatte sich offenbar gebessert.

»Wissen Sie«, bemerkte der Diakon nach der Messe, »irgend etwas ist mit denen da drinnen vorgegangen.« Die Familie wirkte »irgendwie verändert«. Sie hatten sich zum Beispiel nicht an den liturgischen Gesängen beteiligt wie früher.

Worin der Unterschied auch lag – und das war nicht zu ergründen –, irgend etwas hatte sich geändert. Jurowskij war ein Faktor, und vielleicht war die chaotische Situation in Jekaterinburg und die Hoffnung und Angst, die sich daraus ergaben, ein weiterer. Es konnte noch immer schlecht für die Familie ausgehen, das war ihnen bewußt. Aber vielleicht, ganz vielleicht, rückte die Befreiung endlich näher. Ganz gleich, daß da plötzlich Eisenstäbe vor dem Fenster waren. Tausende monarchistischer Truppen kämpften gegen die Roten Garden, schlugen sie zurück (es gab keine andere Erklärung für den immer lauter werdenden Schlachtenlärm) und kamen, um den Zaren und seine Familie zu befreien.[5]

Am Morgen nach dem Besuch von Vater Storoschew kamen vier Frauen ins Haus, um zu putzen. Die Romanows spielten Karten, als die Frauen ankamen, und Jurowskij erkundigte sich höflich bei Alexej, wie er sich fühle – er brütete eine Erkältung aus. Jurowskij »ließ uns nicht mit der kaiserlichen Familie sprechen«, sagten die Frauen später, »die alle guter Laune waren; die Großfürstinnen [Olga, Tatjana, Maria und Anastasia] lachten, und man spürte keine Traurigkeit bei ihnen.«

Alix hatte den Vormittag auf dem Sofa verbracht und sich von Tatjana aus einem frommen Buch, den *Geistlichen Lesungen*, vorlesen lassen. Sie tat ihr Bestes, das Fasten zu St. Peter und Paul einzuhalten und ihr Gewissen zu prüfen, wie es während des Fastens üblich war. Ihre Töchter lasen ihr abwechselnd aus einem Predigtbuch vor. Aber wieder einmal lenkten ihre körperlichen Beschwerden sie ab. Ihre Augen taten weh. Sie verordnete sich selbst etwas Arsen in der Hoffnung, das zu lindern, was sie in ihrem Tagebuch als »sehr starke« Schmerzen in Rücken und Beinen bezeichnet hatte – Schmerzen, die schon seit wenigstens einer Woche andauerten und es ihr schwermachten, sich auszuruhen.[6]

Sie bemühte sich immer noch darum, eine bessere Frau zu sein, ihre Ungeduld zu bezähmen. Aber von Zeit zu Zeit ließ sie ihre schlechte Laune am Koch, dem Dienstmädchen, wahrscheinlich auch an ihrer Familie aus. Sie spürte die Wirkung der ganzen nervösen Anspannung. Eine der Wachen beschrieb sie als »abweisend dreinblickend«, mit »der Erscheinung und dem Auftreten einer arroganten strengen Frau«.[7] Er fand, daß sie mit ihrem grauen Haar und der sehr zierlichen Gestalt weit älter aussah als Nicky, obwohl dieser im Mai fünfzig geworden war und sie erst sechsundvierzig Jahre alt war.

Trotz der langen Stunden erzwungener Ruhe bemühte sich Alix, sich soweit wie möglich sinnvoll zu beschäftigen. Am 16. Juli notierte sie in ihr Tagebuch, daß sie und Olga weiterhin Schmuck in ihre Korsetts einnähten, Korsetts, die sie bei ihrer Befreiung tragen wollten.

Sie tat, was sie konnte, aber sie mußte ihr Schicksal in Gottes Hände legen. Ein paar Monate zuvor hatte sie in einem Brief an Anna Wyrubowa geschrieben: »Obwohl wir wissen, daß der Sturm näher kommt, herrschte Friede in unseren Seelen. Was immer geschieht, geschieht nach dem Willen Gottes.«[8] Der Sturm war gekommen, und jetzt erreichte er seinen Höhepunkt.

Die Weiße Armee, um zwei tschechische Divisionen herum aufgestellt, kreiste Jekaterinburg ein und würde bald mit der Belagerung der Stadt beginnen. Die Rote Garde, von Angst überwältigt, geriet in Auflösung und zog sich allmählich zurück. Es war unmöglich, die Ordnung unter den Männern aufrechtzuerhalten. Die Lage war völlig offen, es konnte sogar zu einem massenhaften Überlaufen der bolschewistischen Soldaten auf die andere Seite kommen. Loyalitäten zählten nichts mehr, wenn die Männer in Panik gerieten. Es war nicht auszuschließen, daß Jurowskijs Männer, die die Rache der Tschechen fürchteten, versuchen könnten, sich selbst zu retten, indem sie den früheren Zar befreiten und ihn den Weißen auslieferten.

Die Führung des Sowjets, die sich am 14. Juli im Hotel Amerika traf, hatte all diese Dinge zu bedenken, als sie unter dem Donnern der Kanonen über das Schicksal der Romanows entschied. Die Stadt konnte der Belagerung nicht länger als ein paar Tage standhalten. Britische, französische, ja sogar japanische Truppen konnten die Weiße Armee verstärken und den früheren Zaren in ihre Gewalt bringen. Bei dieser Entscheidung, die die lokalen Anführer treffen mußten, stand nicht die Zukunft von Jekaterinburg auf dem Spiel – die war besiegelt, sie konnten die Stadt nicht halten –, sondern die Zukunft Rußlands.

Auf keinen Fall durfte der ehemalige Zar – oder sein Erbe oder irgendwelche sonstigen möglichen Erben – wieder an die Macht kommen. So lautete der Befehl der Behörden in Moskau, den Tschaja Goloschtschokin, der Kriegskommissar der Region, nach Jekaterinburg übermittelt hatte. Der frühere Zar mußte zusammen mit seiner Familie beseitigt werden, und zwar so schnell wie möglich. Die Führer von Jekaterinburg beschlossen, die Order aus Moskau auszuführen.

Am folgenden Tag, dem 15. Juli, erhielt Jurowskij seine Instruktionen. Er sollte den Beschluß in die Tat umsetzen. Er sollte die ganze Familie Romanow exekutieren, ebenso wie alle, die mit ihnen zusammenlebten.

Jurowskij ging methodisch an die Vorbereitungen heran, wählte vertrauenswürdige Männer aus, zog sie zusammen und sprach sie als Gruppe an, erklärte ihnen, was zu tun war, ersetzte dann noch zwei von ihnen, als sie erkennbar zögerten, die Gefangenen kaltblütig zu erschießen.[9] Sobald er sicher war, daß seine Soldaten entschlossen waren und tun würden, was er ihnen befahl, begann er zu planen, wie und wo der Befehl ausgeführt werden sollte und was mit den Leichen danach geschehen würde.

Er setzte seine Planungen am nächsten Tag, dem 16., fort, wohl wissend, daß die Zeit knapp wurde. Ein Dutzend Revolver wurden geputzt und geladen und den Männern ausgehändigt, zusammen mit genauen Instruktionen, welcher Soldat auf welches Opfer schießen sollte.[10] Dann warf er seinen ursprünglichen

Plan offenbar noch einmal um und beschloß, daß es nicht zwölf, sondern nur elf Opfer geben würde. Der vierzehnjährige Küchenjunge Leonid Sednew wurde unter dem Vorwand, er solle seinen Onkel besuchen, aus dem Haus geschickt und kam so mit dem Leben davon. Die anderen würden am Abend sterben.

Jurowskij und seine Männer verrieten durch ihr Verhalten nicht, was sie vorhatten. So war die Belastung für die Romanows an ihrem letzten Tag nicht größer als sonst auch. Nicky und die Kinder gingen im Garten spazieren, Alix las mit Tatjana im Alten Testament, die Bücher der Propheten Amos und Obadja (»An jenem Tag – Spruch Gottes, des Herrn – lasse ich am Mittag die Sonne untergehen und breite am hellichten Tag über die Erde Finsternis aus. Ich verwandle eure Feste in Trauer und all eure Lieder in Totenklage.... Ich bringe Trauer über das Land wie die Trauer um den einzigen Sohn, und das Ende wird sein wie der bittere Tag [des Todes].«) Später nähten Alix und Olga an ihren Korsetts, und Alix war erleichtert, als sie feststellte, daß Jurowskij ausnahmsweise den Nonnen aus dem Konvent befohlen hatte, nicht nur Milch, sondern auch Eier für Alexej zu bringen.

Die Kämpfe am 16. Juli waren so schwer gewesen, daß eine frühe Sperrstunde angeordnet worden war, und außer den Rufen der Wachen, dem Geknatter des Gewehrfeuers und dem immerwährenden Donnern der schweren Kanonen klangen keine Geräusche von der Straße herauf. Der Verkehr war angehalten worden.

Nach dem Abendessen spielten Alix und Nicky Bezique wie gewöhnlich, bis sie um halb elf zu Bett gingen, wie immer mit einem Ohr auf den Pfiff lauschend, der ihnen sagen würde, daß ihre Freunde endlich gekommen waren, um sie zu retten.

Aber es war kein Pfiff, der sie nach Mitternacht weckte, es war Dr. Botkin, der den Auftrag bekommen hatte, die anderen zu wecken.[11] Die ganze Stadt sei im Aufruhr, sagte man ihm. Die Familie und die Angehörigen des Haushalts sollten aus Sicherheitsgründen in das untere Stockwerk umziehen.

Alix erwachte, legte ihr schweres Korsett mit den vielen verborgenen Juwelen an und sorgte auch dafür, daß ihre Töchter dasselbe taten. So etwas war bisher noch nie geschehen. Noch nie waren sie aus dem Schlaf gerissen worden, um einen sichereren Teil des Hauses aufzusuchen. Vielleicht würden sie ganz aus der Stadt hinausgebracht werden. Oder vielleicht nahte Rettung, und die Wachen wußten es und versuchten, die Befreiung zu vereiteln.

Das war durchaus möglich: die frühe Sperrstunde, das ständige Schießen und Rufen, die Hektik der Wachen. Vielleicht waren die Befreier endlich gekommen.

Jurowskij begleitete die Gefangenen, die nacheinander in den unteren Stock des Hauses hinabgingen, zuerst Nicky, der Alexej trug, dann Alix, gefolgt von ihren vier Töchtern, Tatjana mit ihrem Pekinesen auf dem Arm, dann Dr. Botkin, Nickys Kammerdiener Alexej Trupp, Alix' Dienstmädchen Anna Demidowa und der Koch Iwan Charitonow.[12]

Alix folgte ihrem Gatten, bei jedem Auftreten wegen der Schmerzen in ihrem Bein zusammenzuckend, und bemerkte, als sie auf den Hof traten, daß der Himmel von Mündungsfeuern und Raketen erhellt war. Sie wurden in einen kleinen leeren Raum in einer Ecke des Hauses mit einem einzigen, hohen vergitterten Fenster geführt.

»Gibt es hier noch nicht einmal Stühle?« fragte Alix. »Können wir uns nicht hinsetzen?«

Zwei Stühle wurden gebracht. Nicky ließ Alexej auf einen sitzen, Alix setzte sich auf den anderen. Dann tat Jurowskij etwas Seltsames. Er bat die neun, die noch standen, sich in einer Reihe hinter die Stühle zu stellen. Er brauchte ein Foto, sagte er. Um zu beweisen, daß sie nicht von den Weißen verschleppt worden waren.

Alix richtete sich auf ihrem Stuhl auf, nahm die königliche Haltung ein, die sie vor der Kamera immer gezeigt hatte. Aber es gab keine Kamera. Statt dessen gab Jurowskij einen Befehl, und eine Gruppe Soldaten kam herein, stellte sich in der Nähe der Tür auf, den Blick auf die Gefangenen gerichtet. Jurowskij sagte etwas. Daß »das Exekutivkomitee des Ural in Anbetracht der Tatsache, daß ihre Verwandten in Europa nicht davon abließen, Sowjetrußland anzugreifen, befohlen habe, sie zu erschießen«.

Die entsetzlichen Worte hingen in der Luft, dann folgte ein kurzer Moment der Bestürzung. Nicky drehte sich zu den Kindern um, dann wandte er sich Jurowskij zu: »Wie?« sagte er. »Was?«

Jurowskij wiederholte seinen Satz, gab den Männern dann ein Kommando, und diese zogen ihre Revolver und zielten.

Es gab keine Zeit zu reagieren, nur ein Durcheinander von Geräuschen, Überraschungsschreie, das Aufheulen eines Motors draußen auf dem Hof, eine Reihe metallischer Klicke. Alix holte Luft, murmelte »Vater unser –« und hob die Hand, um sich zu bekreuzigen. Dann das Krachen der Schüsse, ein scharfer Schlag auf die Stirn, als die Kugel traf. Sie fiel auf den Boden und spürte es schon nicht mehr.

EPILOG

Die feierlichen Gesänge und beredten Worte des Panichida, des orthodoxen Totenrequiems, füllten die Katharinenkapelle der Peter-und-Pauls-Festung an jenem Nachmittag, an dem Alexandra von Rußland zur letzten Ruhe gebettet wurde. Man schrieb den 17. Juli 1998, achtzig Jahre nach ihrem Tod, und eine ehrerbietige Gemeinschaft hatte sich versammelt, um ihrer und jener, die mit ihr starben, zu gedenken.

Ihr hölzerner Sarg, mit der gelben Fahne der Romanows bedeckt, stand neben dem ihres Gatten. Die drei Särge von Olga, Tatjana und Anastasia hatte man ganz in der Nähe aufgebahrt. Für Maria und Alexej gab es keine Särge, denn ihre Leichen waren nicht gefunden worden. Und unter den Besuchern der Totenmesse gab es durchaus einige, die bezweifelten, daß die Knochen in den Särgen überhaupt die sterblichen Überreste der Romanows waren, trotz der strengen und überzeugenden wissenschaftlichen Untersuchungen, anhand derer man sie identifiziert hatte.

»Herr, gebe Deiner Dienerin Frieden und einen Platz im Paradies«, intonierte der Priester, »wo die Chöre der Heiligen, o Herr, und der Gerechten leuchten wie Sterne.« Unter den Augen der Welt, die per Satellit zuschaute, wurden die Särge in die Krypta hinabgelassen, während die Kanonen der Festung einen Ehrensalut feuerten.

Achtzig Jahre nach ihrem Tod genoß Alexandra eine Verehrung wie nie zu ihren Lebzeiten, eine Verehrung als nationales Symbol, als Ikone des Leidens. Das gleiche galt für die anderen

Mitglieder ihrer Familie. Ihre früheren Besitztümer – ihr Rosenkranz aus Zypressenholz, ihre Kristallfläschchen für das Eau de Cologne, ihr Rollstuhl, ihre Flacons mit englischem Parfüm, ihre Gewänder – wurden zu verehrungswürdigen Reliquien, die einer ehrfürchtigen oder doch zumindest interessierten Welt vorgeführt wurden – einer Welt, die weithin vergessen hatte, wie Alexandra als Zarin verleumdet worden war.

Im Tod hat Alexandra endlich Anerkennung gefunden, doch ihr steifes, romantisches und starrsinniges Wesen ist noch immer kaum greifbar. Etwas von ihrer Willensstärke, ihrem Großmut, ihrer Empfindsamkeit, ihrem ständigen Streben nach Vollkommenheit lebt weiter in den Erinnerungen jener, die sie liebten, aber ihr tiefstes Selbst bleibt verborgen, begraben mit ihr in der düsteren, nur von Kerzen erhellten Krypta, während die feierlichen Gesänge sich zum Himmel erheben und die Gesichter der goldenen Ikonen in grenzenloser Barmherzigkeit auf sie herabschauen.

LISTE DER ZITIERTEN BUCHTITEL

Hinweis für den Leser: Die folgende kurze Bibliographie enthält lediglich Buchtitel, die in den Anmerkungen zitiert werden.

Alexander von Russland, *Einst war ich Großfürst.* Übers. von Herbert Herlitschka. Augsburg 2000 (Lizenzausgabe der ersten deutschen Ausgabe: Leipzig 1932); englische Ausgabe: *Once a Grand Duke.* Garden City 1932.

Alexandra Feodorovna, *The Last Diary of Tsaritsa Alexandra.* Hg. von Vladimir A. Kozlov und Vladimir M. Khrustalev. New Haven, London 1997.

–, *The Letters of the Tsaritsa to the Tsar.* London 1923; Nachdruck: Stanford 1973.

Alexandrov, Victor, *The End of the Romanovs.* London 1966.

Almedingen, Edith von, *An Unbroken Unity: A Memoir of the Grand Duchess Serge of Russia.* London 1964.

–, *I Remember St. Petersburg.* London 1969.

–, *The Empress Alexandra, 1872–1918: A Study.* London 1961.

Battiscombe, Georgina, *Queen Alexandra.* London 1969; deutsche Ausgabe: *Alexandra. Königin an der Seite Eduards VII.*, München 1970.

Benckendorff, Count Paul, *Last Days at Tsarskoje Selo. Being the Personal Notes and Memoirs of Count Paul Benckendorff Telling of the Last Sojourn of the Emperor and Empress of Russia at Tsarskoje Selo from March 1 to August 1, 1917.* London 1927.

Billington, James, *The Icon and the Axe.* New York 1966.

Botkin, Gleb, *The Real Romanovs.* New York 1931.

Buchanan, Sir George, *My Mission to Russia and Other Diplomatic Memoirs.* Boston 1923.

Buchanan, Meriel, *Dissolution of an Empire.* London 1932.

–, *Queen Victoria's Relations.* London 1954.

Bulygin, Paul, *The Murder of the Romanovs.* London 1935.

Buxhoeveden, Baroness Sophie, *The Life and Tragedy of Alexandra Feodorovna, Empress of Russia. A Biography.* London, New York, Toronto 1928.

Bykov, Paul, *The Last Days of Tsardom.* London 1934.
Dehn, Lily, *The Real Tsaritsa.* London 1922; Nachdruck: 1995.
Dumas, Alexandre, *Adventures in Czarist Russia.* Übers. und hrsg. von A. E. Murch. London 1960.
D'Encausse, Hélène Carrère, *Nicholas II: The Interrupted Transition.* New York, London 2000; deutsche Ausgabe: *Nikolaus II. Das Drama des letzten Zaren.* Wien 1998.
Epton, Nina, *Victoria and Her Daughters.* New York 1971.
Gilliard, Pierre, *Thirteen Years at the Russian Imperial Court.* London 1921.
Iroshnikov, Mikhail P., u. a., *The Sunset of the Romanov Dynasty.* Moskau 1992.
King, Greg, *The Last Empress: The Life and Times of Alexandra.* New York 1994; deutsche Ausgabe: *Alexandra. Die letzte Zarin von Rußland – Ihr Leben und ihre Zeit.* Düsseldorf 1999.
Kokovtsov, Count (Graf W. Kokowzow), *Out of My Past.* London, Stanford 1935.
Kurth, Peter, *The Lost World of Nicholas and Alexandra.* Boston 1995; deutsche Ausgabe: *Der letzte Zar. Glanz und Untergang der Welt von Nikolaus und Alexandra.* München 1999.
Levine, Isaac, *Eyewitness to History.* New York 1973.
Marie Pavlovna, *Education of a Princess.* New York 1931.
Massie, Suzanne, *Land of the Firebird: The Beauty of Old Russia.* New York 1980.
Maylunas, Andrei und Sergei Mironenko, Hg., *A Lifelong Passion: Nicholas and Alexandra: Their Own Story.* New York 1997; deutsche Ausgabe: *Eine Liebe für die Ewigkeit. Nikolaus & Alexandra. Das letzte Zarenpaar.* Übers. von Ulrike Strerath-Bolz und Matthias Wolf. Bergisch-Gladbach 1999.
Mossolov, Alexander, *At the Court of the Last Tsar.* London 1935.
Mouchanow, Marfa (Martha Muchanowa), *My Empress: Twenty-Three Years of Intimate Life with the Empress of all Russias from her Marriage to the Day of her Exile.* New York 1918.
Moynahan, Brian, *Rasputin: The Saint Who Sinned.* New York 1997.
–, *Nicholas and Alexandra: The Last Imperial Family of Tsarist Russia.* New York 1998.
Packard, Jerrold M., *Victoria's Daughters.* New York 1998.
Paléologue, Maurice, *An Ambassador's Memoirs.* 3 Bd. New York 1924 f.; deutsche Ausgabe: *Am Zarenhof während des Weltkriegs. Tagebücher und Betrachtungen des französischen Botschafters in Petersburg.* München 1939.
Pares, Bernard, *My Russian Memoirs.* London 1931.
–, *The Fall of the Russian Monarchy.* New York 1961.

Poliakov, Vladimir, *The Tragic Bride: The Story of the Empress Alexandra*. New York 1927.

Pope-Hennessy, James, *Queen Mary*. New York 1960.

Radsinsky, Edvard, *The Rasputin File*. New York 2000; deutsche Ausgabe: Radsinski, Edward, *Die Geheimakte Rasputin. Neue Erkenntnisse über den Dämon am Zarenhof*. Übers. von Annelore Nitschke. München 2000.

–, *Nikolaus II. Der letzte Zar und seine Zeit*. München 1992.

Rasputin, Maria, *My Father*. Nachdruck: New Hyde Park 1970; deutsche Ausgabe: *Mein Vater Rasputin*. Stuttgart o.J.

Salisbury, Harrison, *Black Night, White Snow: Russia's Revolutions 1905–1917*. New York 1978.

Sazonov, Serge, *Fateful Years*. New York 1928.

Summers, Anthony und Tom Mangold, *The File on the Tsar*. New York 1976; deutsche Ausgabe: *Zarenmord. Das Ende der Romanows*. München 1977.

Victoria, Empress of Germany, *The Empress Frederick Writes to Sophie: Letters 1889–1901*. Hrsg. von Arthur Gould Lee. London 1955.

Victoria, Queen, *Advice to a Granddaughter: Letters from Queen Victoria to Princess Victoria of Hesse*. Ausgew. von Richard Hough. London 1975.

–, *Letters of Queen Victoria from the Archives of the House of Brandenburg-Prussia*. New Haven 1938.

–, *Queen Victoria in Her Letters and Journals: A Selection*. Hrsg. von Christopher Hibbert. New York 1985.

Vyrubov, Anna (Anna Wyrubowa), *Souvenirs de ma Vie*. Paris 1927; deutsche Ausgabe: *Seiten aus meinem Leben*. Berlin 1923.

Yusupov, Prince Felix (Fürst Felix Jussupow), *Lost Splendor*. New York 1953.

ANMERKUNGEN

Anmerkungen zu den Daten und zur Umschrift russischer Namen:

Da Alexandra fast die Hälfte ihres Lebens in Europa verbrachte, wo überall der Gregorianische Kalender galt, sind im Buch durchgängig die gregorianischen Daten angegeben. Rußland übernahm den Gregorianischen Kalender erst im Februar 1918. Bis 1900 war der russische Kalender zwölf Tage hinter dem europäischen zurück; von 1900 an waren es dreizehn Tage.

Die russischen Vornamen wurden teilweise eingedeutscht. Vaters- und Familiennamen wurden nach einer leicht modifizierten DUDEN-Umschrift transkribiert.

Kapitel 1

1 Georgina Battiscombe, *Alexandra. Königin an der Seite Eduard VII.*, München 1970, S. 128.
2 *Advice to a Granddaughter: Letters from Queen Victoria to Princess Victoria of Hesse*, hg. v. Richard Hough, London 1975, S. 9.

Kapitel 2

1 *Letters of Queen Victoria from the Archives of the House of Brandenburg-Prussia*, hg. v. Hector Bolitho, New Haven 1938, S. 231.
2 Baroness Sophie Buxhoeveden, *The Life and Tragedy of Alexandra Feodorovna, Empress of Russia. A Biography*, London/Toronto 1928, S. 15.
3 Ebenda, S. 16 f.
4 *Letters of Queen Victoria*, hg. v. Bolitho, S. 249. Victoria verteidigte die Wahl ihrer Enkeltochter gegen die ziemlich boshafte negative Reaktion ihrer Freundin, der deutschen Kaiserin Auguste.
5 Die arme Prinzessin Maximiliane Wilhelmine scheint ihr Leben unter einer dunklen Wolke verbracht zu haben. Gerüchte stigmatisierten sie als illegitim; nach ihrer Heirat mit Alexander II. kränkelte sie (zweifellos erschöpft durch ihre acht Schwangerschaften), und die

längste Zeit ihres Lebens wurde sie buchstäblich durch die Mätressen ihres Ehemannes verdrängt und auf ein Leben in düsterer Abgeschiedenheit in einem entlegenen Winkel des riesigen Winterpalastes in St. Petersburg zurückgeworfen. Ein Foto der Zarin aus den späten sechziger Jahren des 19. Jahrhunderts zeigt eine vorzeitig gealterte, matronenhafte Frau mit einem traurigen Gesicht.

6 In ihren Memoiren erinnerte sich Olga, die Schwester Nikolaus' II., daß Königin Victoria die russische Herrscherfamilie immer verachtet habe: »Sie [Victoria] sagte, daß wir eine ›*bourgeoiserie*‹ besäßen, die sie zutiefst verabscheue ... Mein Vater [Alexander III.] konnte sie nicht ausstehen. Er sagte, sie sei eine verwöhnte, sentimentale, selbstsüchtige alte Frau.« Olga glaubte, daß Victoria »eigentlich niemanden mochte außer ihre deutschen Verwandten«. Ian Vorres, *The Last Grand Duchess*, New York 1965, S. 40.

7 Buxhoeveden, S. 18 f.

8 Ebenda, S. 18. Alexandras Erste Kammerfrau Martha Muchanowa (Marfa Mouchanow, *My Empress: Twenty-Three Years of Intimate Life with the Empress of all the Russians from her Marriage to the Day of her Exile*, New York 1918, S. 80) gibt einen anderen Eindruck von Ella als die meisten anderen zeitgenössischen Memoirenschreiber. Muchanowa beschreibt, wie Alexandra nach ihrer Heirat mit Nikolaus »ins Zittern geriet«, wann immer Ella »sich auf sie stürzte mit einer Beschwerde oder in heller Aufregung wegen irgendeiner Angelegenheit«. Dies würde auf eine gewisse Dominanz wie auch auf ein starkes schwesterliches Band hindeuten.

9 Nikolaus' Tagebucheintrag vom 31. Mai 1884 (alte russische Zeitrechnung), zitiert in: *Nicholas and Alexandra: The Last Imperial Family of Tsarist Russia*, hg. v. Robert Timms, Mikhail Piotrovsk und Georgy Vilinbakhov, New York 1998, S. 269.

Kapitel 3

1 Bernard Pares, *My Russian Memoirs*, London 1931, S. 460. Pares war der Ansicht, diese Legende zeige, »wie die Soldaten Nikolaus einschätzten – eine nicht unbedingt unfreundliche Verachtung«.

2 Zitiert in Peter Kurth, *The Lost World of Nicholas and Alexandra*, Boston 1995, S. 31 [*Der letzte Zar*, München 1995]. Achtlose Autoren schreiben gelegentlich, Nikolaus habe braune Augen gehabt. Seine Cousine Marie, *Education of a Princess*, New York 1931, S. 194 f., schrieb, daß Nikolaus »graue und leuchtende« Augen hatte, die »Leben und Wärme ausstrahlten«.

3 *Nicholas and Alexandra: The Last Imperial Family*, S. 256, ein Zitat aus Nikolaus' unveröffentlichtem Tagebuch. Am 1. März 1914 (alte Zeitrechnung) schrieb Nicky in sein Tagebuch: »Der dreißigste Jah-

restag von Anpapas qualvollem Tod. Bis heute höre ich diese beiden schrecklichen Explosionen.«

4 Alexander von Rußland, *Einst war ich ein Großfürst*, Leipzig 1932, ND Augsburg 2000, S. 66; *Last Grand Duchess*, S. 7. Nikolaus bedauerte es, daß er sich nach Gatschina zurückziehen mußte. »Daran zu denken, daß ich den Geschützen der Türken standhielt und mich nun vor diesen Schweinehunden verkriechen soll«, hat der Zar nach Erinnerung des Großfürsten Sandro einmal gesagt. *Einst war ich Großfürst*, S. 73.

5 *Last Grand Duchess*, S. 18 f., 38.

6 *Einst war ich Großfürst*, S. 175.

7 1916 schrieb Alix Nicky in einer Rückschau auf ihre Beziehung, daß sie ihn seit einunddreißig Jahren liebe. Ihrer eigenen Erinnerung nach hatte sie sich also 1885 mit dreizehn in ihn verliebt.

8 Buxhoeveden, S. 8.

9 Ella schrieb ihrem Bruder Ernie, daß Nicky ihr immer schreibe und nach Neuigkeiten frage und »sich sehr liebeskrank fühlt und allein und niemand hat, mit dem er reden kann, außer Sergej und mir«. Die Neuigkeiten, nach denen er fragte, betrafen wahrscheinlich Alix. Edith von Almedingen, *An Unbroken Unity: A Memoir of the Grand Duchess Serge of Russia*, London 1964, S. 35.

10 Zitiert in: Edith von Almedingen, *The Empress Alexandra*, London 1961, S. 13.

11 Zitiert in: Mikhail Iroshnikov, *The Sunset of the Romanov Dynasty*, Moskau 1992, S. 122.

12 Buxhoeveden, S. 22.

13 Offenbar hatte Königin Victoria den falschen Eindruck, daß Alix 1889 achtzehn Jahre alt sei, während sie in Wirklichkeit erst siebzehn war. In ihrem Brief vom 31. März 1889 an Alix' Schwester Victoria schrieb sie: »Sie [Alix] ist noch nicht ganz neunzehn ...«, was wohl impliziert, daß sie eine falsche Vorstellung von ihrem Alter hatte. Queen Victoria in: *Her Letters and Journals: A Selection*, hg. v. Christopher Hibbert, New York 1985, S. 315.

14 Ebenda, S. 317.

15 Bertie erklärte seiner Mutter Königin Victoria, daß er »weiß, daß Ella Himmel und Erde in Bewegung setzen wird, damit sie [Alix] den Großfürsten heiratet«. Und Ella schrieb an Ernie bezüglich einer zukünftigen Ehe zwischen Alix und Nicky: »Gebe Gott, daß diese Ehe Wirklichkeit wird.« *Advice to a Granddaughter*, S. 108; Almedingen, *An Unbroken Unity*, S. 35.

Ellas Motive liegen im dunkeln. Sie behauptete, in Rußland überaus zufrieden zu sein, aber nach Kurth, *Lost World*, S. 66, wurde ihre Ehe mit Sergej wegen Sergejs »seltsamer Vorlieben« nicht vollzogen. Deshalb war Ella vielleicht einsam und wollte Alix als Gesellschaft.

Oder sie wollte einfach, daß Alix den Mut aufbrachte, ihrem Herzen zu folgen und ihrer Großmutter die Stirn zu bieten, nachdem auch sie selbst gegen deren Heiratspläne rebelliert hatte.

16 Nikolaus' Tagebucheinträge vom Januar bis März 1890 (alte Zeitrechnung) geben eine detaillierte Beschreibung davon, wie er und seinesgleichen die gesellschaftliche Saison erlebten. Iroshnikov, S. 119ff.

17 Im Jahre 1894 schrieb Nikolaus, daß er Alix »lange Zeit« geliebt habe, aber daß er sie »stärker und zärtlicher geliebt [habe] seit 1889, als sie sechs Wochen in Petersburg zu Besuch war«. Vladimir Poliakov, *The Tragic Bride: The Story of the Empress Alexandra*, New York 1927, S. 13 [*Die Tragödie einer Kaiserin, Lebensgeschichte der Zarin Alexandra von Rußland*, München 1928].

Im April 1892 schrieb Nikolaus in sein Tagebuch: »Ich habe Alix H[essen] schon drei Jahre geliebt.« *Nicholas and Alexandra: The Last imperial Family*, S. 270.

18 Buxhoeveden, S. 23.

Kapitel 4

1 James Pope-Hennessy, *Queen Mary*, New York 1960, S. 183.

2 Ebenda.

3 Madame von Kolemine plagte Ludwig unablässig und drohte vielleicht, ihn zu erpressen. Die Tatsache, daß sie seine Liebesbriefe in ihrem Besitz hatte, beunruhigte Königin Victoria; sie hatte Angst vor weiteren juristischen Komplikationen oder einem Skandal. Die Königin riet Ludwig, so weit wie möglich von Europa wegzugehen – ihr Vorschlag war Indien. *Advice to a Granddaughter*, S. 68f.

4 Poliakov, S. 11.

5 Iroshnikov, S. 125.

6 *Nicholas and Alexandra: The Last Imperial Family*, S. 270f.

7 Nikolaus gestand in seinem Tagebuch, er sei »fast eingeschlafen vor Erschöpfung«. Iroshnikov, S. 118. An einem Nachmittag im März 1890 schrieb er, daß er »auf der Suche nach etwas zu tun durch die Gitter auf den Newskij-Prospekt schaute«.

8 Im Winter 1891 schrieb Nikolaus, daß er »unsterblich verliebt in Olga Dolgorukaja« sei. *Nicholas and Alexandra: The Last Imperial Family*, S. 170f.

9 *Einst war ich Großfürst*, S. 148f.

10 Ebenda; *Education of a Princess*, S. 17f. Nickys Cousin Sandro schrieb über Sergej: »So sehr ich mir auch Mühe gebe, ich kann nicht einen einzigen versöhnenden Charakterzug an ihm entdecken ... Eigensinnig, arrogant und unangenehm, wie er war, brüstete er sich öffentlich mit seinen Absonderlichkeiten und bot damit den Gegnern

der Regierung unerschöpflichen Stoff für Verleumdungen und Spott.« Andrei Maylunas und Sergei Mironenko (Hg.), *Eine Liebe für die Ewigkeit. Nikolaus und Alexandra – das letzte Zarenpaar,* Bergisch Gladbach 2001, S. 425; *Nicholas and Alexandra: The Last Imperial Family,* S. 245.

11 Nikolaus' Tagebuch in *Nicholas and Alexandra: The Last Imperial Family,* S. 264–268, und Iroshnikov, S. 120.

12 Kurth, S. 40.

13 *Nicholas and Alexandra: The Last Imperial Family,* S. 268.

14 Serge Sazonov, *Fateful Years,* New York 1928, S. 110 [Sergej Sasonoff, *Sechs schwere Jahre,* Berlin 1927].

15 Buxhoeveden, S. 33. Alix nannte die Zeit zwischen 1889 und 1894 in einem Brief an ihre Gouvernante Madgie 1894 »fünf traurige Jahre«.

16 *Liebe für die Ewigkeit,* S. 48; Iroshnikov, S. 125.

Kapitel 5

1 Alix vertraute ihrer Kammerzofe Sophie Buxhoeveden an, daß ihre früheste Erinnerung Balgereien mit ihrem Vater gewesen seien. Buxhoeveden, S. 6.

2 *Liebe für die Ewigkeit,* S. 40.

3 Ebenda, S. 54.

4 Alix rühmte sich selbst ihres Wissens in sexuellen Angelegenheiten. Wie sie Nicky 1894 schrieb, fühlte sie sich manchmal sehr alt, weil sie über vieles Bescheid wußte, von dem andere Frauen nichts wußten, bevor sie nicht verheiratet waren. »Schon als Kind wußte ich von Dingen, die andere erst erfahren, wenn sie erwachsen und verheiratet sind«, schrieb sie. »Ich weiß nicht einmal, wie das kam!« *Liebe für die Ewigkeit,* S. 146.

5 Buxhoeveden, S. 31.

6 *Nicholas and Alexandra: The Last Imperial Family,* S. 271. Dieser Tagebucheintrag entstand mehrere Wochen nachdem Nikolaus die Erlaubnis bekommen hatte, Alix einen Heiratsantrag zu machen. Eine jüngere Zeitgenossin von Matilde erinnerte sich, wie die Ballerina einen Salon in St. Petersburg betrat, »eine elegante Frau in tiefrosafarbenem Samt und einem breitkrempigen Hut mit hellen Straußenfedern«. Sie sah, so dachte die jüngere Frau, wie ein »exotischer Vogel« aus. Edith von Almedingen, *I Remember St. Petersburg,* London 1969, S. 30.

7 *Liebe für die Ewigkeit,* S. 61 f.

8 Ebenda, S. 62.

9 *Nicholas and Alexandra: The Last Imperial Family,* S. 272; *Liebe für die Ewigkeit,* S. 63.

10 *Liebe für die Ewigkeit,* S. 63.

11 Ebenda, S. 61.
12 Ebenda, S. 65 f.
13 Von diesen Sorgen berichtet Alix in ihren Briefen. *Liebe für die Ewigkeit,* S. 119. Auffallend ist, daß Alix bei all ihren Erinnerungen ihre verstorbene Mutter nie erwähnt.

Kapitel 6

1 *Liebe für die Ewigkeit,* S. 81.
2 Ebenda, S. 88.
3 Ebenda, S. 88. Wie der Kompromiß, der Alix erlaubte, zumindest ihrem Gewissen nach ihre Treue zum Luthertum zu bewahren, genau aussah, wird in den erhaltenen gedruckten Quellen nur angedeutet. Nachdem Nikolaus Coburg verlassen hatte, schrieb er Alix von Gatschina aus: »Natürlich sagte ich ihnen [seinen Eltern] alles, was Du mir aufgetragen hast, und sie willigten sofort ein und sagten, Du würdest Deinem alten Glauben nicht *abschwören* müssen, sondern es würde sein wie bei Ella.« Ebenda, S. 109 f.
4 Ebenda, S. 89.
5 Victoria schrieb an ihre Namensvetterin, Alix' Schwester Victoria, am 25. Mai 1894: »Und doch, das Gefühl, daß ich so hart gearbeitet hatte, um sie [die Verlobung] zu verhindern, und daß ich schließlich glaubte, es bestünde keine Gefahr mehr, und daß dann, an einem Abend – plötzlich alles ganz anders war ...« *Advice to a Granddaughter,* S. 124. Ein paar Wochen, nachdem sie Coburg verlassen hatte, befragte Victoria Alix unbarmherzig über ihren Sinneswandel, was die Ehe mit Nicky anging. Alix berichtete Nicky, wie »sie begann, mir so viele Fragen zu stellen – wann, wie, wo und wieso ich meine Entscheinung geändert habe und so weiter –, bis ich überhaupt nicht mehr wußte, was ich sagen sollte.« *Liebe für die Ewigkeit,* S. 108.
6 Ebenda, S. 89.
7 Poliakov, S. 26 f.
8 *Liebe für die Ewigkeit,* S. 100.
9 Buxhoeveden, S. 34.
10 Poliakov, S. 27; *Liebe für die Ewigkeit,* S. 110.
11 Buxhoeveden, S. 35 f.
12 *Liebe für die Ewigkeit,* S. 119.
13 Ebenda, S. 121.
14 Ebenda, S. 140.
15 Poliakov, S. 42, 46, 48 f.
16 Ebenda, S. 50ff; *Liebe für die Ewigkeit,* S. 136 f.
17 Poliakov, S. 47.
18 *Liebe für die Ewigkeit,* S. 127.
19 Ebenda, S. 137.

Kapitel 7

1 Nicky empfand die Tatsache, daß er Zar wurde, als »Das Schlimmste ... das, was ich mein Leben lang gefürchtet habe«. *Liebe für die Ewigkeit*, S. 194.
2 *Last Grand Duchess*, S. 9 f., 38; *Einst war ich Großfürst*, S. 74 f.
3 *Liebe für die Ewigkeit*, S. 146.
4 Nickys Schwester Olga schreibt in *Last Grand Duchess*, S. 55, irrtümlich, daß Alix erst zwei Tage nach dem Tod Alexanders III. in Liwadija angekommen und in Begleitung von Bertie gereist sei. Aus anderen Quellen geht jedoch klar hervor, daß Alix nicht mit Bertie reiste, sondern mit ihrer Schwester Victoria und anderen, daß Ella unterwegs zu ihnen stieß und daß Nicky sie alle in Simferopol erwartete. Bertie kam erst zwei Tage nach dem Tod des Zaren an.
5 Iroshnikov, S. 19.
6 Poliakov, S. 60; *Liebe für die Ewigkeit*, S. 160.
7 *Liebe für die Ewigkeit*, S. 162; *Einst war ich Großfürst*, S. 177.
8 *Liebe für die Ewigkeit*, S. 161.
9 Ebenda, S. 162 f.
10 Ebenda, S. 147 f.
11 *Last Grand Duchess*, S. 55.

Kapitel 8

1 Mouchanow, S. 15 f.
2 Ebenda, S. 117.
3 Buxhoeveden, S. 44.
4 *Liebe für die Ewigkeit*, S. 183.
5 Zitiert in: *Nicholas and Alexandra: The Last Imperial Family*, S. 280 ff.
6 Ebenda, S. 279.

Kapitel 9

1 *The Empress Frederick Writes to Sophie: Letters 1889–1901*, hg. v. Arthur Gould Lee, London 1955, S. 281.
2 Zitiert in: Suzanne Massie, *Land of the Firebird: The Beauty of Old Russia*, New York 1980, S. 277.
3 Iroshnikov, S. 132.
4 Ebenda.
5 Alexander Mossolov, *At the Court of the Last Tzar*, London 1935, S. 72.
6 Mouchanow, S. 21, 23, 131.
7 Ebenda, S. 24.

8 Ebenda, S. 25, 28.
9 Ebenda, S. 22.
10 Ebenda.
11 Harrison Salisbury, *Black Night, White Snow: Russia's Revolutions 1905–1917*, New York 1978, S. 62; Iroshnikov, S. 131.

Kapitel 10

1 Mouchanow, S. 50f.
2 *Last Grand Duchess*, S. 61.
3 Mouchanow, S. 87f.
4 Iroshnikov, S. 138.
5 *Nicholas and Alexandra: The Last Imperial Family*, S. 18.
6 Iroschnikov, S. 123.
7 *Nicholas and Alexandra: The Last Imperial Family*, S. 250.
8 Mouchanow, S. 34.
9 Buxhoeveden, S. 58.
10 Ebenda.
11 Mouchanow, S. 43f.
12 Buxhoeveden, S. 166f.
13 Ebenda, S. 166. In dieser Sorge wurde Alix bestärkt von ihrer engen Freundin Juju Rantzau in Deutschland, die, wie Alix schrieb, »die Schwierigkeiten dieser Welt verstand, und die verschiedenen Versuchungen, und einem immer im Richtigen ermutigte und einem half, die eigenen Schwächen zu bekämpfen«. Alix und Juju führten einen wöchentlichen Briefwechsel, der entweder verlorengegangen ist oder zumindest noch nicht veröffentlicht wurde. Buxhoeveden, S. 167. Was für ein Schatz wären diese Briefe für einen Biographen!
14 Mouchanow, S. 39, 141. Alix stickte wunderschön; die Muchanowa war der Ansicht, daß die Tücher, die sie für die Kirche bestickt hatte, »leicht bei jeder Ausstellung einen Preis gewonnen hätten«. Mouchanow, S. 143.
15 *Liebe für die Ewigkeit*, S. 212.

Kapitel 11

1 Mouchanow, S. 68.
2 Mouchanow, S. 68, berichtet zur Zeit der Krönung von »einigen Hoffnungen auf Mutterschaft, die sie [Alix] hegte«. Später, nach der Fehlgeburt, »sagte ihr Arzt, daß das erwartete Kind aller Wahrscheinlichkeit nach ein Junge gewesen wäre«.
3 *Liebe für die Ewigkeit*, S. 218.
4 Iroshnikov, S. 306.

5 Bernard Pares, *The Fall of the Russian Monarchy,* New York 1961, S. 131.

6 »Die Unbeliebtheit der jungen Souveränin [Alix] war schon eine feststehende Tatsache, als die Krönung stattfand«, schrieb Muchanowa. »Sie fiel deutlich ins Auge an dem Tag, an dem sie ihren öffentlichen Einzug in die alte Stadt hielt, als die Menschenmengen sie mit absolutem Schweigen begrüßten, während sie der Zarinwitwe lautstark zujubelten ... als sie allein in ihren Zimmern war, weinte sie hemmungslos über diese Manifestation der Abneigung der Nation im Hinblick auf ihre Person.« Mouchanow, S. 51 f.

7 Dieser Bericht über die Ereignisse auf dem Chodynka-Feld ist dem Augenzeugenbericht des Reporters Wladimir Giliarowskij entnommen, zitiert bei Iroshnikov, S. 30f. Das Tagebuch Nikolaus' II. in *Nicholas and Alexandra: The Last Imperial Family,* S. 286, Poliakov, S. 107–111, und *Last Grand Duchess,* S. 66ff. Der Wert der rosafarbenen Emaillebecher für die Moskowiter des Jahres 1896 war bei weitem größer, als sich ein moderner Leser vorstellen kann. Für sie war eine unzerbrechliche Tasse, die ewig halten würde, schlichtweg ein Wunder.

8 Der offizielle Blutzoll, angegeben in einer Erklärung am Abend der Katastrophe, wurde auf 1389 Tote und 2690 Verwundete beziffert. Die tatsächlichen Zahlen lagen weitaus höher.

9 *Nicholas and Alexandra: The Last Imperial Family,* S. 286.

10 Buxhoeveden, S. 69, und Mouchanow, S. 54 f., berichten von den Anstrengungen der Zarin, ihre privaten traurigen Gefühle in der Öffentlichkeit nicht zu zeigen.

11 *Last Grand Duchess,* S. 68.

12 Mouchanow, S. 68, schrieb daß »aufgrund von Übermüdung« die Kaiserin »einen Unfall hatte, der die Hoffnungen auf Mutterschaft, die sie hegte, zerstörte«. Der Doktor, der sie behandelte, war davon überzeugt, daß sie schwanger gewesen war, und wahrscheinlich mit einem Sohn. Obwohl keine öffentliche Erklärung herausgegeben wurde, kamen Gerüchte auf, daß die Zarin eine Fehlgeburt gehabt habe, »und mit der üblichen Boshaftigkeit der Menschen wurde verbreitet, daß der Souverän allen Grund gehabt habe, den Zustand, in dem sie sich befunden habe, zu verheimlichen, und daß der Unfall selbst eher absichtlich als zufällig passiert sei«.

Mouchanow wurde nach der Gesundheit der Zarin gefragt und danach, ob sie eine Fehlgeburt gehabt habe oder nicht. Obwohl Alix versucht hatte, ihre Schwangerschaft geheimzuhalten, hatte die Presse schon spekuliert, daß sie vielleicht ein Kind bekomme, und Königin Victoria hatte in einem Brief an Alix' Schwester Victoria am 1. Juni 1896 angemerkt, daß die Zeitungen »andeuteten«, ein weiteres Baby sei unterwegs. *Advice to a Granddaughter,* S. 136.

Kapitel 12

1 Buxhoeveden, S. 79; Mouchanow, S. 55.
2 Mouchanow, S. 55.
3 Ebenda, S. 69. »Die Gerüchte«, schrieb die Muchanowa, »zirkulierten überall in Petersburg.«
4 Ebenda, S. 118 f.
5 Ebenda.
6 Ebenda, S. 61 f.
7 Ebenda, S. 61.
8 Ebenda, S. 64; Poliakov, S. 123; Nina Epton, *Victoria and Her Daughters,* New York 1971, S. 210 f.
9 Mouchanow, S. 65 f.
10 Ebenda; Buxhoeveden, S. 75.
11 Mouchanow, S. 91, schrieb, daß die Zarin sich Sorgen wegen des Geschlechts ihres Kindes machte, »bis der Gedanke daran schließlich fast eine Obsession geworden war«, die ihren Nerven schadete.
12 *Liebe für die Ewigkeit,* S. 264.

Kapitel 13

1 Alix' wachsender Ordnungsfanatismus, ihre Überwachung des Haushalts und ihre besessene Sorge um das Zeitmanagement sind beschrieben in Mouchanow, S. 147, 150 f.
2 Ebenda, S. 29.
3 Laut Martha Muchanowa besaß Alix »eine der bemerkenswertesten Juwelensammlungen in Europa«, und Bolin und Fabergé brachten jedes kostbare Schmuckstück, daß sie kauften, nach Zarskoje Selo und boten es dem Zaren an, bevor andere Kunden es zu sehen bekamen. Mouchanow, S. 28.
4 Ebenda, S. 68.
5 Ebenda, S. 89.
6 Ebenda, S. 90.
7 *Liebe für die Ewigkeit,* S. 277 f.
8 Buxhoeveden, S. 84.

Kapitel 14

1 Mouchanow, S. 85.
2 Anastasia, oder Stana, ließ sich von Fürst Georg scheiden und heiratete im Mai 1907 Nikolaus Nikolajewitsch oder Nikolascha. Stanas zweiter Ehemann Nikolascha war fast zwei Meter groß, barsch und herrisch. Milizas Ehemann Peter hingegen war schüchtern und häufig krank. Er litt an Tuberkulose, die ihn das feuchte und kalte Peters-

burg meiden ließ, und verbrachte auf der Suche nach Heilung mehrere Jahre in Ägypten.

3 Alix schrieb ihrer engen Freundin Juju Rantzau: »Ich mache mir Sorgen und weine tagelang pausenlos.« Sie war ärgerlich, weil Nicky nicht angemessen behandelt oder respektiert wurde – teilweise wegen der unklaren Thronfolge. Solange sie keinen Sohn hatte, schauten die Höflinge auf Michail und schrieben ihm die Autorität zu, die eigentlich Nicky gebührte. Anna Vyrubov, *Souvenirs de ma Vie*, Paris 1927, S. 20. Auf veröffentlichten Fotos der Jahre 1900–1901 wirkt Alix traurig, ängstlich, leidend oder ernst – nie glücklich oder leichtherzig.

4 Buxhoeveden, S. 167.

5 Ebenda, S. 90.

6 *Liebe für die Ewigkeit*, S. 322.

7 Ebenda, S. 323.

8 Ebenda, S. 325.

9 Beschreibungen von Philippe Vachot und seines Verhaltens bei Treffen mit Anhängern in Paris und in Rußland finden sich in *Liebe für die Ewigkeit*, S. 326–330, 349, und in *Einst war ich Großfürst*, S. 191 f. In Pariser Polizeiberichten sind Notizen von Augenzeugen zu dem, was bei seinen Versammlungen tatsächlich gesagt wurde, enthalten.

10 *Liebe für die Ewigkeit*, S. 328.

11 Ebenda, S. 349.

12 Ebenda, S. 328 f.

13 Sandro, *Einst ein Großfürst*, S. 192, schrieb: »Die Zeitungen Europas kündigten das bevorstehende wichtige Ereignis in der Familie des russischen Zaren an.«

Kapitel 15

1 Anfang August 1902 schrieb Alix Nicky und erzählte ihm, daß Ella sie die ganze Zeit »löcherte ... mit Fragen über unseren Freund. Ich blieb ziemlich wortkarg und gab ihr nur belanglose Antworten ... ich kam immer wieder auf die Geschichte des Heilens zurück.« *Liebe für die Ewigkeit*, S. 344.

2 Ebenda, S. 346 f.

3 Mouchanow, S. 125 f.

4 *Liebe für die Ewigkeit*, S. 345, 347.

5 Xenia schrieb, daß sie und Minnie sie besuchten: »Sie war sehr bedrückt, obwohl sie mit großer Gelassenheit darüber [über die Scheinschwangerschaft] spricht.« *Liebe für die Ewigkeit*, S. 345.

6 Ebenda, S. 348. Offenbar wurde die Version der Fehlgeburt die Standarderklärung in diplomatischen Kreisen. Maurice Paléologue, *An*

Ambassador's Memoirs, New York 1924–1925, Bd. 1, S. 203–210 [*Das Ende der Romanows,* München 1962].

7 Buxhoeveden, S. 98.

8 *Last Grand Duchess,* S. 117f.

9 Buxhoeveden, S. 93. Nicky schrieb in seinem Tagebuch: »Wir haben von vielen Menschen gehört, die heute und gestern geheilt worden sind. Eine weitere Heilung vollzog sich in der Kathedrale, während die heiligen Reliquien in der Kathedrale herumgetragen wurden.« *Nicholas and Alexandra: The Last Imperial Family,* S. 292.

10 Felix Yusupov, *Lost Splendor,* New York 1953, S. 144f. Jussupow berichtete ausführlich von einer anderen Zeremonie der Verklärung der Reliquien, die mit einer Prozession der Kranken und Wahnsinnigen einherging, die Heilung suchten.

11 *Last Grand Duchess,* S. 117f. In Sarow war Olga Zeugin, wie eine Bäuerin ihre völlig gelähmte kleine Tochter ins Wasser trug. Später spazierte das Mädchen über die Wiese, und die anwesenden Ärzte bescheinigten, daß das Kind tatsächlich gelähmt gewesen und diese Lähmung verschwunden sei. Ella schrieb, daß sie während ihres Aufenthalts in Sarow »damit gesegnet wurden, zu sehen, wie ein stummes kleines Mädchen sprach«. Buxhoeveden, S. 93. Sei es durch Massenhypnose oder andere psychologische Mittel – die Tausende, die nach Sarow kamen, einschließlich der kaiserlichen Familie, waren völlig davon überzeugt, daß hier wundersame Heilungen vonstatten gingen.

12 *Nicholas and Alexandra: The Last Imperial Family,* S. 292.

Kapitel 16

1 Buxhoeveden, S. 102f.

2 Mouchanow, S. 101, 152ff.; *Liebe für die Ewigkeit,* S. 370, 383. Olga bemerkte in ihrer Autobiographie, daß Alix zu jener Zeit sich selten einer guten Gesundheit erfreute. *Last Grand Duchess,* S. 96.

3 Mouchanow, S. 101.

4 Buxhoeveden, S. 102f.

5 Mouchanow, S. 160f.

6 Ebenda, S. 154f.

7 *Liebe für die Ewigkeit,* S. 389f.

8 »Alix und ich waren sehr besorgt, weil der kleine Alexej aus dem Nabel blutete, und es ging bis zum Abend hin und her«, schrieb Nicky in sein Tagebuch. »Wie schmerzlich, solche Augenblicke der Angst zu durchleben!« Zitiert in: *Liebe für die Ewigkeit,* S. 390f.; *Nicholas and Alexandra: The Last Imperial Family,* S. 237.

9 *Liebe für die Ewigkeit,* S. 395.

Kapitel 17

1 Dieser Bericht über den Anschlag am Dreikönigstag basiert auf *Last Grand Duchess,* S. 113 f. Sophie Buxhoeveden war an jenem Tag im Palast dabei. Buxhoeveden, S. 113.
2 Salisbury, S. 119 f.
3 Iroshnikov, S. 158.
4 Offizielle Regierungsstatistiken führten 96 Tote, 333 Verwundete an, aber Journalisten vor Ort setzten die Zahlen viel höher an, bei über 4000 Verletzten. Zeitungsberichte in ausländischen Hauptstädten übertrieben die Zahlen noch weiter. Bei Salisbury, S. 125, sind die verschiedenen Schätzungen zusammengestellt.
5 Alix' Brief findet sich in Buxhoeveden, S. 108 ff.

Kapitel 18

1 Alix' Kutschenausflüge ohne Bewachung sind beschrieben bei Buxhoeveden, S. 115ff.
2 *Last Grand Duchess,* S. 123.
3 Buxhoeveden, S. 105, 164, 218.
4 *Education of a Princess,* S. 61. Fast alle zeitgenössischen Memoirenschreiber berichten über die Belastung, die es für die Zarin bedeutete, Alexejs Krankheit selbst vor ihren persönlichen Bediensteten geheimzuhalten.
5 Mouchanow, S. 48. Nach Darstellung der Muchanowa ging die Zarin sorglos mit den Ringen um, ließ sie überall liegen; ähnlich war es, wenn sie Briefe schrieb: Sie warf die fertigen Blätter einfach auf einen Haufen auf dem Schreibtisch, wie sie sie schrieb, und sortierte sie nachher nach den jeweiligen Empfängern. Manchmal brachte sie sie durcheinander, so daß sie an die falschen Adressaten geschickt wurden.
6 *Liebe für die Ewigkeit,* S. 446 f.

Kapitel 19

1 *Last Grand Duchess,* S. 134.
2 Ebenda. Vgl. *Liebe für die Ewigkeit,* S. 497.
3 Buxhoeveden, S. 136.
4 Dieser Bericht über Vater Grigorijs Privatwohnung ist entnommen aus Poliakov, S. 161–164, der sehr viele farbige Einzelheiten bietet.
5 Olga hatte »keine Zweifel«, daß Vater Grigorij eine Gabe als Heiler besaß. »Ich sah diese wundersamen Wirkungen mit eigenen Augen«, schrieb sie, »und das mehr als einmal. Ich weiß auch, dass die berühmtesten Ärzte der Zeit es zugestehen mußten. Professor Fedorow, der an der Spitze des Berufsstandes stand und dessen Patient Alexej

war, sagte mir das bei mehr als einer Gelegenheit; alle Ärzte verabscheuten Rasputin.« *Last Grand Duchess,* S. 138 f.

Poliakov, S. 171 f., führt ein weiteres Beispiel für Rasputins Heilergabe an. Eine gewisse Madame Djanumow hatte eine Nichte, die beinahe an Scharlach, verbunden mit einer Lungenentzündung, gestorben wäre. Die Ärzte hatten alle Hoffnung aufgegeben, aber die Tante ging Rasputin um Hilfe an. Nach Madame Djanumows eigener Auskunft nahm Rasputin die Hand des Mädchens, und »sein Gesicht veränderte sich; es war wie das eines Toten – gelb, wächsern und unbeweglich: schrecklich. Die Augäpfel rollten nach oben, so daß man nur noch das Weiße sah.« Er sagte: »Sie wird nicht sterben, sie wird nicht sterben ...« An jenem Abend sank das Fieber des Mädchens, und der Genesungsprozeß begann. Es mag ein Zufall gewesen sein, aber Rasputins Zeitgenossen beobachteten zu viele solcher »Zufälle« über zu viele Jahre hinweg, um skeptisch zu bleiben.

6 Nickys Schwester Olga bestätigte, daß Rasputin nur wenig persönlichen Besitz hatte und die Möbel gemietet oder geliehen waren. *Last Grand Duchess,* S. 133. Ob er in dieser Zeit Geld heim nach Sibirien schickte, ist unklar.

7 Yusupov, S. 131 f. Wie Rasputin wurde auch Vater Johannes von Hunderten Menschen aufgesucht, die sich von ihm Hilfe erwarteten. Und wie Rasputin soll er einen besonders »durchdringenden Blick« gehabt haben.

8 *Last Grand Duchess,* S. 135–139, beschreibt Alexejs schweren Anfall.

9 Ebenda. Die bemerkenswerte Schnelligkeit, mit der Alexejs Attacken unter Rasputins Einfluß endeten, war etwas, was Familienangehörige viele Male beobachteten, nicht nur bei dieser Gelegenheit im Jahr 1907.

10 Buxhoeveden, S. 144.

11 Victoria besuchte Alix zwei Wochen lang im Sommer 1906. Auch Irene kam von Zeit zu Zeit zu Besuch. Bei diesen Gelegenheiten muß Alix mit ihr über Alexejs Zustand gesprochen haben, aber ob sie Hoffnung aus der Tatsache zog, daß es Irenes zweitem hämophilen Sohn weiterhin gutging, ist unbekannt.

12 In ganz Europa war in den ersten Jahrzehnten des 20. Jahrhunderts ein Anwachsen apokalyptischer Literatur zu verzeichnen, ganz besonders aber in Rußland. Gebildete Russen sahen überall Vorzeichen des Weltuntergangs. James Billington, *The Icon and the Axe,* New York 1967, S. 514. Zur elektrisierenden Nachricht von der Entdeckung eines Wollmammuts, die 1905/1906 in Petersburg zum Stadtgespräch wurde, siehe von Almedingen, *I Remember,* S. 154 f.

13 Buxhoeveden, S. 190.

14 Es war ein Anzeichen für Nickys immer schwächere Position – und

für die Schwere von Alexejs Krankheit –, daß im Juli 1907 Kyrills Ehe offiziell anerkannt und er wieder in seine Nachfolgerechte eingesetzt wurde. Im November 1908, nach dem Tod von Wladimirs Bruder Alexej, durfte Kyrill zur Beerdigung des verstorbenen Großfürsten nach Rußland zurückkehren.

Kyrills Entscheidung für Ducky war aus mehreren Gründen problematisch. Die orthodoxe Kirche verbot Ehen zwischen Cousin und Cousine ersten Grades (obwohl Nickys Cousin Sandro und seine Schwester Xenia trotz dieses Verbots geheiratet hatten), als Geschiedene war Ducky als Mitglied der kaiserlichen Familie nicht mehr akzeptabel, und schließlich war sie auch keine getaufte Angehörige der orthodoxen Kirche.

15 Dieser Bericht vom Zwischenfall auf der *Standart* stammt von Buxhoeveden, S. 114. Fürstin Obolenskaja, eine Augenzeugin, hatte Buxhoeveden in aller Ausführlichkeit davon erzählt.

16 Mossolov, S. 173 f.

Kapitel 20

1 Buxhoeveden, S. 161. »Sie hatte es immer eilig.«

2 Mouchanow, S. 85 f. Alix' Gewohnheit, immer eine »feine Handarbeit« – Stickerei, Klöppel- oder Näharbeit – in der Hand zu halten, hatte sie laut Buxhoeveden in ihrer Kindheit unter Königin Victorias Einfluß angenommen. Buxhoeveden, S. 161.

3 Buxhoeveden, S. 126.

4 Nicky sagte KR, daß Alix »nur äußerst ungern empfängt, da sie menschenscheu ist und ihr vor allem größere Menschenmengen Angst machen«. *Liebe für die Ewigkeit,* S. 504.

5 Mouchanow, S. 143.

6 Die Äußerungen von Alix zu Krankheit und Depression stammen aus einem Brief vom Oktober 1909, bezogen sich aber auch auf ihre lange Krankheit im Jahr 1908. *Lifelong Passion,* S. 322 f.

7 Graf Kokovtsov, *Out of My Past,* London, Stanford 1935, S. 449. Gräfin Hendrikowa, die Kammerzofe Alexandras, erwähnte gegenüber Kokowzow die »geradezu mystischen Launen« ihrer Herrin. Das Lieblingsthema bei Gesprächen mit ihren Töchtern war, so die Gräfin, die Wirkung des Gebetes und die gegenwärtige Beziehung der Menschheit zu Gott. »Die Zarin glaubte, das ganze Leben eines Menschen solle auf dem uneingeschränkten Glauben an den Allmächtigen und Gehorsam gegen seinen Willen beruhen. Er werde jedes Gebet derjenigen erhören, die reinen Herzens sind; der Glaube an ihn werde sämtliche Hindernisse überwinden.« Wunder, sagte sie, müsse man »untertänig und demütig« annehmen.

8 Buxhoeveden, S. 126.

9 *Liebe für die Ewigkeit,* S. 505.

10 Muchanowa fiel auf, daß die »außerordentliche Zartheit der Kinder ein ständiger Quell der Angst für die Zarin war«.

11 *Last Grand Duchess,* S. 100.

12 Buxhoeveden, S. 157 f.

13 *Last Grand Duchess,* S. 102 f. Nickys Schwester Olga bewahrte bis zu ihrem Tod Andenken auf, die Anastasia gehörten: einen winzigen Bleistift aus Silber an einer Silberkette, ein kleines Parfümfläschchen und eine Hutnadel mit einem großen Amethyst. Olga entwickelte eine ausgesprochen wohltätige Großzügigkeit. Als sie mit 20 Jahren ihr ganzes Vermögen erbte, bat sie als erstes Alix, ihr zu erlauben, daß sie für ein behindertes Kind den Aufenthalt im Sanatorium zahlte, dessen Eltern sich die Behandlung nicht leisten konnten. Buxhoeveden, S. 159.

14 *Liebe für die Ewigkeit,* S. 520.

15 Buxhoeveden, S. 166.

16 Ebenda, S. 156; *Last Grand Duchess,* S. 105.

17 *Lifelong Passion,* S. 320.

18 *Liebe für die Ewigkeit,* S. 495.

19 *Lifelong Passion,* S. 320.

20 Ebenda, S. 331; *Liebe für die Ewigkeit,* S. 520.

21 *Education of a Princess,* S. 279 f.

22 Buxhoeveden, S. 144.

23 Olga nannte Vater Grigorij in *Last Grand Duchess,* S. 129, ein Chamäleon. Es ist praktisch unmöglich, das wahre Wesen des kaum faßbaren Rasputin zu rekonstruieren, weil fast alle erhaltenen schriftlichen Dokumente entweder von feindlichen Quellen stammen oder versuchen, ihn reinzuwaschen. Laut Olga war »das meiste von dem, was die Zeitgenossen über ihn schrieben, Hörensagen«, Klatsch aus den großfürstlichen Höfen und Salontratsch. Die dokumentierten Ansichten des französischen Botschafters Maurice Paléologue über Vater Grigorij geben lediglich die Geschichten wieder, die er bei Tante Miechens Dinnerpartys gehört hatte.

Daß Rasputin ein Lüstling und Verführer war, ist erwiesen; daß er keine sittlichen Grenzen kannte, scheint mehr als wahrscheinlich. Aber seine schamlosen Übergriffe entsprachen nicht seinem eigentlichen Wesen, noch beeinträchtigten sie seine Authentizität als Quelle der Inspiration und Heilung oder seine, trotz allem, undefinierbare Heiligkeit.

24 *Liebe für die Ewigkeit,* S. 497.

25 Ebenda, S. 521.

26 Ebenda.

27 Gleb Botkin, *The Real Romanovs,* New York 1931, S. 123.

28 Buxhoeveden, S. 172; Mouchanow, S. 185, behauptete, Anna sei die

einzige um Alix gewesen, die stark genug war, sich gegen die »Herumkommandiererei« von Alix' Schwester Ella zu wehren.

29 Buxhoeveden, S. 170 ff.

30 Mouchanow, S. 188 ff. Laut Muchanowa verabreichte Dondukowa Alix möglicherweise Drogen, die ihre nervliche Verfassung verschlechterten. Aber Muchanowa mochte die Fürstin nicht und machte die Andeutung aus reiner Boshaftigkeit.

Kapitel 21

1 Laut Kokowzow verlangte der Zar, daß »strenge Maßnahmen« ergriffen wurden, »um die Presse zur Ordnung zu rufen« und weitere Beiträge über Rasputin zu untersagen. Zugleich räumte er aber ein, daß es nach geltendem Recht nicht möglich war, die Presse unter die Zensur der Regierung zu stellen. Nikolaus warf Stolypin »Schwäche« gegenüber der Presse vor, machte aber am Ende einen Rückzieher, weil Stolypins Argumente ihn überzeugt hatten. Kokovtsov, S. 291 f.

2 Pares, S. 236.

3 Buxhoeveden, S. 128 f.

4 Ebenda, S. 179.

5 Ebenda, S. 180.

6 *Liebe für die Ewigkeit,* S. 538. Im Mai 1911 sagte Nikolaus, Alix sei »immer noch unpäßlich, manchmal geht es ihr besser, dann wieder schlechter«.

7 Kokovtsov, S. 312.

8 Mouchanow, S. 146.

9 *The Last Diary of Tsaritsa Alexandra,* hrsg. von Vladimir A. Kozlov und Vladimir M. Khrustalev, New Haven, London 1997, S. XV f.

10 *Liebe für die Ewigkeit,* S. 556.

11 Kokovtsov, S. 293, Anmerkung.

12 *Lifelong Passion,* S. 373.

13 Kokovtsov, S. 290.

14 Greg King, *The Last Empress: The Life and Times of Alexandra,* New York 1994, S. 187 f.

15 Kokovtsov, S. 296 f.

16 Ebenda, S. 296.

17 *Liebe für die Ewigkeit,* S. 557 f. Xenia hat in ihrem Tagebuch festgehalten, was Minnie ihr von dem Gespräch erzählt hat.

18 Ebenda; *Nicholas and Alexandra: The Last Imperial Family,* S. 327.

19 Kokovtsov, S. 296; *Liebe für die Ewigkeit,* S. 557 f.

20 *Nicholas and Alexandra: The Last Imperial Family,* S. 327.

Kapitel 22

1 *Liebe für die Ewigkeit,* S. 558.
2 Buxhoeveden, S. 129.
3 Zitiert in Poliakov, S. 152 f.
4 Maria Rasputin, *My Father,* Nachdruck, New York 1970, S. 70. Im Jahr 1912 schrieb Maria: »Dem Erben schien es besser zu gehen, seine Krankheitskrisen wurden seltener, und er hatte weniger Blutungen, so daß mein Vater nicht so oft in den Palast ging.«
5 George Buchanan, der britische Botschafter in Rußland, schrieb in seinen Memoiren, daß er bei seiner ersten Audienz mit dem Zaren über das Jagen gesprochen habe. Nikolaus habe sich gerühmt, daß er an seinem besten Tag der Fasanenjagd 1400 Vögel abgeschossen habe. Derartige Übertreibungen waren charakteristisch für ihn. Buchanan, *My Mission to Russia and Other Diplomatic Memoirs,* Boston 1923, Bd. I, S. 168.
6 Maria Rasputin nennt anhand ihrer Quellen andere Daten für den Austausch von Telegrammen. Nach ihrer Erinnerung traf das Telegramm der Zarin aus Spala am 26. Oktober ein, während ihr Vater beim Essen saß. Sein Antworttelegramm kam am 27. Oktober in Spala an.
7 Petersburg im Winter 1913 wird von Almedingen aus dem Gedächtnis beschrieben, *I Remember,* S. 161.
8 Mouchanow, S. 158.
9 Ebenda, S. 108 f.
10 Ebenda, S. 123.

Kapitel 23

1 Mouchanow, S. 181.
2 Buxhoeveden, S. 175.
3 *Last Grand Duchess,* S. 130; Kokovtsov, S. 361.
4 Salisbury, S. 233.
5 *Lifelong Passion,* S. 377, 383, 392, 394; *Liebe für die Ewigkeit,* S. 601, 627.
6 Großfürst Gavriil Konstantinovich, *In the Marble Palace,* St. Petersburg 1993, S. 142.
7 Die Militärparade wird in Meriel Buchanan, *Dissolution of an Empire,* London 1932, S. 77 f., genau beschrieben.
8 Paléologue, Bd. I, S. 14, 24 f.; vgl. *Liebe für die Ewigkeit,* S. 629, 631 f.

Kapitel 24

1 Buxhoeveden, S. 187. Die 1913 beginnende Biogaphie Alexandras von Sophie Buxhoeveden wurde zu einer Aufzeichnung ihrer sehr persönlichen Erfahrungen am Hof. Für die Jahre vor 1913 stützte sie sich auf Informationen, die sie von den ehemaligen Kammerzofen Elisabeth Obolenskaja und Maria Barjatinskaja erhielt. Letztere zählte zu Alix' engsten Freundinnen. Nachdem Maria den Hof verlassen hatte, korrespondierte sie regelmäßig mit der Zarin und besuchte sie in Liwadija. Auch wenn Sophie loyal und bewundernd über Alix schrieb, war sie keine unkritische Biographin, zudem war sie eine intelligente und gute Beobachterin. Ihre Loyalität und Bewunderung für die Zarin sind in ihrem ganzen, detaillierten Bericht allerdings unverkennbar.

2 »Wenn Menschen Ihnen gegenüber meine ›Nerven‹ erwähnen, so widersprechen Sie ihnen bitte energisch«, schrieb Alix im Herbst 1910 an Maria Barjatinskaja. »Sie sind so stark wie eh und je, es ist das ›übermüdete Herz‹ und daneben die Nerven des Rumpfs und die Nerven des Herzens, aber die anderen Nerven sind sehr gesund.« Zitiert in King, S. 176 f.

3 *Education of a Princess,* S. 196 f.

4 Buxhoeveden, S. 232.

5 Iroshnikov, S. 140; Buxhoeveden, S. 126, 293.

6 Buxhoeveden, S. 173.

7 Mouchanow, S. 201 f.

8 Yusupov, S. 161.

9 Zitiert in Pares, S. 355. Maria Pawlowna, die jüngere, im Gespräch mit Paléologue. Nickys Vetter Sandro schrieb, daß Alix, »von ihrem Vater … im Haß gegen den Kaiser erzogen«, ihr Leben lang davon träumte, »den Tag von Preußens Untergang zu erleben«. »Für mich, für meine Onkel und Vettern, für alle, die sie je gekannt und mit ihr [Alix] gesprochen hatten«, so Sandro, »klang schon die leiseste Verdächtigung, daß sie ›deutschfreundlich‹ sei, ungeheuer und lächerlich.« *Einst war ich Großfürst,* S. 281 f.

10 Meriel Buchanan, *Dissolution,* S. 96.

11 Alexandra, *Last Diary,* S. XVII.

12 Alexandra Feodorovna, *The Letters of the Tsaritsa to the Tsar,* London 1923; Nachdruck: Stanford 1973, S. 26.

13 Buxhoeveden, S. 192. In der Regel trugen zwar Alix und ihre Töchter die Schwesterntracht, aber einige Krankenhausbesuche machten sie auch in einem auffälligeren Aufzug. Meriel Buchanan, die die Zarin nicht leiden konnte, schrieb, Alix und zwei ihrer Töchter hätten Anfang 1915 das Militärkrankenhaus auf der Wassilij-Insel besucht, in dem Meriel selbst arbeitete. Sie trugen alle rote Samtkleider. Meriel Buchanan, *Dissolution,* S. 125.

In ihren Memoiren erinnerte sich Maria Pawlowna, eine Kritikerin von Alix, daß, jedesmal wenn die Zarin ein Militärkrankenhaus besuchte, »etwas an ihr war, das sich schwer beschreiben läßt, etwas, das sie daran hinderte, ihre eigenen, wahren Gefühle zu zeigen und der Person, mit der sie sprach, Trost zu spenden«. Maria meinte, die Männer hätten Alix nicht verstanden – die häufig murmelte – oder, wenn sie sie verstanden hätten, hätten sie die Bedeutung der Worte nicht begriffen.

Maria fiel auf, wie die Soldaten, als Alix das Krankenhaus besuchte, in dem sie selbst arbeitete, die Zarin mit »ängstlichen, erschreckten Augen« ansahen. Der Zar hingegen, wenn er dieselben Männer aufsuchte, »richtete sie auf« und hinterließ eine Zufriedenheit bei ihnen. »Trotz seiner kleinen Statur«, schrieb Maria, »wirkte er immer größer als alle anderen im Raum und schritt ausgesprochen würdevoll von Bett zu Bett.« *Education of a Princess,* S. 194.

14 Buxhoeveden, S. 174.
15 *Letters of the Tsaritsa,* S. 27.
16 Mouchanow, S. 171.
17 *Letters of the Tsaritsa,* S. 20.
18 Ebenda, S. 6, 14, 24.
19 Ebenda, S. 8; *Liebe für die Ewigkeit,* S. 647.
20 Mouchanow, S. 209.

Kapitel 25

1 Buxhoeveden, S. 197 und Anm.
2 *Letters of the Tsaritsa,* S. 3.
3 Außerdem genossen Gräfin Fredericks, Lily Dehn und Gräfin Rehbinder das Vertrauen von Alix. Unter den Haushaltsangehörigen vertraute sie Sophie Buxhoeveden, Elisabeth Schneider, Martha Muchanowa und Baron Fredericks. In den Jahren 1914 und 1915 kam Großfürst Pawel in den Palast, und Alix verstand sich eine Zeitlang sehr gut mit ihm, allerdings läßt sich kaum sagen, wie viele aktuellen Informationen er ihr zutrug.
4 In *Lifelong Passion,* S. 373 f., *Liebe für die Ewigkeit,* S. 595 f., werden Polizeiberichte zitiert; Salisbury, S. 263; Brian Moynahan, *Rasputin: The Saint Who Sinned,* New York 1997, S. 215 f. Die Polizei nannte ihn einen »sexuellen Psychopathen«.
5 Moynahan, S. 212.
6 *Letters of the Tsaritsa,* S. 82, 84.
7 Ebenda, S. 75; Edward Radsinski, *Nikolaus II. Der letzte Zar und seine Zeit,* München 1992, S. 156.
8 Pares, S. 335, war der Meinung, daß in den ersten zehn Kriegsmonaten fast vier Millionen russische Soldaten ums Leben kamen, ver-

wundet oder vermißt wurden – eine Zahl, höher als das gesamte britische Expeditionskorps. Hélène Carrère d'Encausse, *Nicholas II.: The Interrupted Transition*, New York und London 2000, schätzt, daß Anfang 1915 bereits 1,2 Millionen Soldaten gefallen, verwundet, vermißt oder in Gefangenschaft geraten waren. 700 000 neue Rekruten wurden eingezogen. D'Encausse, S. 174.

9 Meriel Buchanan, *Dissolution*, S. 112; Buxhoeveden, S. 210.

10 *Letters of the Tsaritsa*, S. 128.

11 Ebenda, S. 86 f.

12 Ebenda, S. 91, 100.

13 Meriel Buchanan, *Dissolution*, S. 127 ff.

14 *Letters of the Tsaritsa*, S. 114.

15 Ebenda, S. 68.

16 Ebenda.

17 Ebenda, S. 104.

Kapitel 26

1 Lily Dehn, *The Real Tsaritsa*, London 1922; Nachdruck 1995, S. 68 f., 136 f.

2 Ebenda, S. 138. Alix sagte zu Lily Dehn, sie sei »vollgepumpt mit Veronal«. »Veronal hält mich auf den Beinen«, sagte sie und meinte damit, daß es ihre Lebenskraft von neuem wecke. »Ich bin buchstäblich vollgepumpt damit.«
Die Folgen dieser »Sättigung« kann man sich leicht ausmalen. Lewis Thomas schrieb in *Notes of a Medicine Watcher*, daß um 1910 viele ältere Frauen hoffnungslos süchtig nach Barbituraten waren, die damals großzügig für die »Nerven« verschrieben wurden.

3 Gerüchte, Ernie halte sich in Rußland auf und werde von Ella oder Alix versteckt, waren weitverbreitet. Sophie Buxhoeveden erinnerte sich, daß sie 1916 »allen Ernstes« gefragt wurde, »ob der Großherzog von Hessen nicht in den Kellern des Palastes versteckt werde«. Buxhoeveden, S. 224 f.

4 Dehn, S. 142. Der Vorfall mit den Dorfbewohnern, den Dehn schildert, ereignete sich Anfang 1915.

5 Alexandra versicherte Nicky in ihren Briefen, daß sein »werter Vater mit Sicherheit ganz besonders für Dich betet«. Genau wie Nicky unmittelbar nach der Thronbesteigung versucht hatte, in Séancen Kontakt zu seinem Vater aufzunehmen, und wie er im Jahr 1916 noch glauben sollte, daß ihm über Protopopow geheime Botschaften von seinem Vater übermittelt wurden, so versuchte er vermutlich 1915, zu Alexander III. Kontakt aufzunehmen, als er sich entschloß, den Oberbefehl über die Streitkräfte zu übernehmen.

6 Meriel Buchanan, *Dissolution,* S. 129.
7 Iroshnikov, S. 144 f.
8 Moynahan, S. 261.
9 Die gedruckten Briefe Alexandras an ihren Mann aus den Jahren 1914–1916 enthalten vor allen Dingen Tagesereignisse, Neuigkeiten von ihr selbst und den Kindern und innige Versicherungen ihrer Liebe. Politische und militärische Angelegenheiten nehmen nur einen kleinen Platz ein, Kommentare zu Rasputin gar noch weniger. Auch wenn die Briefe in einem flehenden Ton geschrieben waren und ihre Zusammensetzung skizzenhaft war – sie schrieb in großer Eile, was in Anbetracht ihres vollen Terminkalenders nicht verwundert –, waren sie keineswegs unschlüssig oder »hysterisch«, das Attribut das am häufigsten sowohl auf die Zarin als auch auf ihre Briefe angewandt wird. Ihr überemotionaler, überängstlicher Zustand ist nicht zu übersehen, aber die Briefe waren alles andere als das Werk einer hysterischen oder verrückten Frau. Die Briefe aus den Kriegsjahren sind auch auf Deutsch erschienen: Hans-Dieter Schütt und Raymund Stolze, Hg., *Alexandra, die letzte Zarin. Briefe und Tagebücher 1914–1918.* Frankfurt, Berlin 1994.
10 *Letters of the Tsaritsa,* S. 153.
11 Iroshnikov, S. 131.
12 *Letters of the Tsaritsa,* S. 118, 122.
13 Dehn, S. 107.
14 Ebenda, S. 51.
15 *Letters of the Tsaritsa,* S. 232.
16 Buxhoeveden, S. 214 f.
17 Ebenda, S. 215; vgl. die Schilderung Anna Wyrubowas in *Liebe für die Ewigkeit,* S. 715.
18 Ebenda.
19 *Letters of the Tsaritsa,* S. 232.

Kapitel 27

1 Yusupov, S. 213.
2 *Nicholas and Alexandra: The Last Imperial Family,* S. 355.
3 *Letters of the Tsaritsa,* S. 316.
4 Kokovtsov, S. 478 ff. Kokowzow war der Meinung, der Zar sei »am Rand einer geistigen Störung«, oder gar »bereits in deren Macht«. Er schien nervlich krank zu sein und »kaum zu wissen, was mit ihm geschah«.
5 D'Encausse, S. 198.
6 Im Jahr 1916 wurde in den Gesellschaftssalons allgemein davon gesprochen, daß die Zarin verbannt werden und der Zar gezwungen werden müßte, sie auf die Krim zu schicken. *Education of a Princess,*

S. 265. Jussupow wurde mitgeteilt, der Haß gegen Alix habe ein solches Ausmaß erreicht, daß ihr Leben in Gefahr war.
7 D'Encausse, S. 208 f.
8 In *Letters of the Tsaritsa*, S. 451, wird Alexandras Besuch in Nowgorod beschrieben, auch die Begegnung mit der alten Gottesfrau. Der Gouverneur überließ bei dem Besuch ganz eindeutig nichts dem Zufall und hat möglicherweise auch die Menge gesteuert, die er »in die Nähe« der kaiserlichen Gesellschaft kommen ließ. Vgl. *Liebe für die Ewigkeit*, S. 789.
9 Buxhoeveden, S. 223.

Kapitel 28

1 *Letters of the Tsaritsa*, S. 462; Edward Radsinski, *Die Geheimakte Rasputin. Neue Erkenntnisse über den Dämon am Zarenhof*, München 2000, S. 468.
2 Moynahan, S. 321. Rasputins Kumpan, der Geldverleiher Aaron Simanowitsch, erzählte Alix, Purischkewitsch habe damit geprahlt, daß Rasputin schon bald beseitigt werde. Er nannte das Datum des 16. Dezember (nach dem gregorianischen Kalender der 29.).
3 In Wirklichkeit hatte Sinaida Jussupowa eine weitere Verschwörung im Herbst 1916 angezettelt und unterstützt und bestärkte vermutlich ihren Sohn und Großfürst Dimitrij in ihrem Vorhaben, Rasputin zu ermorden. Radsinski, *Die Geheimakte Rasputin*, S. 436.

Die engen Kontakte Sinaida Jussupowas zu Alexandras Schwester Ella, die Tatsache, daß Ella offenbar im voraus von dem Mordanschlag gegen Rasputin am 16./29. Dezember wußte, und Ellas Glückwunschtelegramm an Dimitrij nach der Tat legen den Verdacht nahe, daß Ella zu dem Kreis zählte, der das Verbrechen sanktionierte und billigte. Es ist durchaus denkbar, daß Sinaida Jussupowa und Ella die Hauptverschwörerinnen waren und die jungen Männer drängten, den Starez zu ermorden. Doch sie waren gewiß nicht die einzigen; die meisten kaiserlichen Verwandten sprachen 1916 über die Beseitigung Rasputins, und viele schmiedeten Komplotte.
4 Buxhoeveden, S. 243.
5 Radsinski, *Die Geheimakte Rasputin*, S. 466.
6 Ebenda, S. 467 f.
7 *Letters of the Tsaritsa*, S. 461 f.; vgl. Radsinski, *Die Geheimakte Rasputin*, S. 467.
8 *Liebe für die Ewigkeit*, S. 827.
9 Buxhoeveden, S. 244. Buxhoeveden schrieb, die Nachricht von der Ermordung Rasputins sei ein »erschütternder Schlag« für die Zarin gewesen.
10 *Lifelong Passion*, S. 512; Moynahan, S. 333.

11 *Liebe für die Ewigkeit,* S. 829.
12 Buxhoeveden, S. 244.
13 Ebenda, S. 243.

Kapitel 29

1 Iroshnikov, S. 185 f.; Radsinski, *Nikolaus II.,* S. 196.
2 An dieser Stelle muß darauf hingewiesen werden, daß man die Petrograder Regimenter schon Monate zuvor auf die Möglichkeit eines Staatsstreichs hingewiesen hatte. Ihre Loyalität war bereits untergraben. Offiziere und Mannschaften waren gleichermaßen dabei belauscht worden, daß sie von einem »Wechsel des Zaren« sprachen. Nikolaus war vom britischen Botschafter und anderen Botschaftern der Alliierten und von seinem eigenen Außenminister Pokrowskij davor gewarnt worden, doch er unternahm nichts.

Verschwörer innerhalb der kaiserlichen Familie nahmen heimlich Kontakt zu Regimentsoffizieren auf, um sich ihre Zusammenarbeit bei einer Palastrevolution zu sichern. Manche hochrangige Offiziere wußten tatsächlich von so vielen Verschwörungen, daß sie überlegten, welchen Staatsstreich sie unterstützen sollten. D'Encausse, S. 216.

Sowohl Rodsjanko als auch Großfürst Michail, sein Bruder, hatten Nikolaus seit Monaten gedrängt, die Katastrophe abzuwenden, indem er sich selbst nach Liwadija zurückzog, insbesondere indem er Alix aus der Hauptstadt entfernte, damit sie nicht länger Einfluß auf die Regierung nehmen konnte.
3 Buxhoeveden, S. 249 f. Buxhoeveden selbst war äußerst besorgt. Im Januar war sie von General Ressine, dem Befehlshaber des Wachregiments innerhalb des Palastes, gewarnt worden, daß die Stimmung unter den Männern schlecht sei, weil »revolutionäre Propaganda« unter ihnen agitiert habe. Ressine fügte hinzu, die Polizei habe ihm »ernste Warnungen« wegen der Unzuverlässigkeit seiner Männer zukommen lassen.
4 Buxhoeveden, S. 251.
5 Ebenda, S. 247.
6 Die folgende Darstellung stützt sich auf Buxhoeveden, S. 252ff.
7 Ebenda, S. 263 f.
8 In d'Encausse, S. 229f., findet sich eine knappe Zusammenfassung der schwierigen Entscheidung Michails und der Kräfte, die sie beeinflußt haben.
9 Paul Benckendorff, *Last Days at Tsarskoe Selo,* London 1927, S. 16.
10 Buxhoeveden, S. 261 f.

Kapitel 30

1 Buxhoeveden, S. 264–270, enthält zahlreiche Details zu den Zuständen in Zarskoje Selo in den Tagen nach der Abdankung des Zaren.
2 Ebenda, S. 269. Buxhoeveden nennt den 21. März als Tag der Verhaftung; in seinen Memoiren gibt Benckendorff den 20. März an.
3 Buxhoeveden, S. 275 f.
4 Unmittelbar nach der Abdankung sagte Nikolaus zu Graf Crabbe, daß er sich jetzt seinen Lebenstraum erfüllen könne, als Farmer zu arbeiten, vielleicht auf einer Farm in England. Kurth, S. 147.
5 Buxhoeveden, S. 277 f. Die Haltung der vom Sowjet geschickten Soldaten, so Buxhoeveden, »wurde bedrohlich, und sie waren bereit, von ihren Maschinengewehren Gebrauch zu machen«.
6 D'Encausse, S. 233.
7 *Lifelong Passion,* S. 579; vgl. dazu *Liebe für die Ewigkeit,* S. 917 f., 927 ff.
8 Buxhoeveden, S. 264.
9 Ebenda, S. 277.
10 Ebenda, S. 275.
11 Ebenda, S. 268.
12 Ebenda, S. 288 ff.
13 Nähere Einzelheiten zu den Wachen und deren feindseligem Auftreten in Buxhoeveden, S. 283 f., 294 f., 298 f., 301 f.; Benckendorff, S. 37 f.; *Education of a Princess,* S. 310.
14 Buxhoeveden, S. 299.
15 Die Begegnung zwischen Alix und dem Soldaten wird in Buxhoeveden, S. 300 f., geschildert.

Kapitel 31

1 *Nicholas and Alexandra: The Last Imperial Family,* S. 361.
2 Buxhoeveden, S. 293.
3 Ebenda.
4 Ebenda.
5 Ebenda, S. 278 f.
6 Benckendorff, S. 54 f. Kerenskijs Besuch wird in Buxhoeveden, S. 278 f., geschildert.
7 Poliakov, S. 262 f. Die Überlieferung dessen, was bei Kerenskijs Interview besprochen wurde, stammt von Alexej, der alles, woran er sich erinnerte, seinem Lehrer Gilliard erzählte.
8 Obwohl Alix im Januar 1916 ihren Mann gebeten hatte, ihre Briefe zu verbrennen, »damit sie niemals irgend jemandem in die Hände fallen konnten«, bewahrte er sie auf. Sie wurden in Jekaterinburg in

einer schwarzen Schachtel entdeckt, neben seinen Tagebüchern und Briefen. *Letters of the Tsaritsa,* S. 255.

9 Buxhoeveden, S. 281 f.

10 Ebenda, S. 291 f.

11 *Liebe für die Ewigkeit,* S. 949.

12 Buxhoeveden, S. 303 f.

13 Ebenda.

14 Ebenda, S. 306 f.

15 Ebenda, S. 305 f.

Kapitel 32

1 Buxhoeveden, S. 308. Alexandra, schrieb Sophie Buxhoeveden, sei »körperlich und geistig völlig erschöpft« gewesen auf der Reise und lag den ganzen Tag in ihrem Abteil.

2 *Lifelong Passion,* S. 583; *Liebe für die Ewigkeit,* S. 957.

3 Zwei Aufnahmen vom Inneren des Gouverneurssitzes in Tobolsk finden sich in Buxhoeveden, gegenüber von S. 322. Dr. Botkins Tochter schrieb, daß das Ipatjew-Haus in Jekaterinburg »ganz anders war als das Gouverneursgebäude in Tobolsk, wo die großen Räume und der Flur eher einem Palast auf dem Lande glichen«. *Nicholas and Alexandra: The Last Imperial Family,* S. 372.

4 Buxhoeveden, S. 312.

5 Ebenda, S. 313.

6 *Lifelong Passion,* S. 591 f.

7 Buxhoeveden, S. 311.

8 *Lifelong Passion,* S. 587.

9 *Education of a Princess,* S. 341.

10 *Lifelong Passion,* S. 591.

11 »Er ist uns immer noch nahe«, schrieb sie nach Vater Grigorijs Tod. Moynahan, S. 346.

12 Der Fluchtplan wird in dem Aufsatz von Paul Bulygin diskutiert, »The Sorrowful Quest«, in: *The Murder of the Romanovs,* London 1935, S. 198 f., 216, sowie in Paul Bykov, *The Last Days of Tsardom,* London 1934, S. 57.

Alix hatte ein Codebuch in Tobolsk und nahm es später mit nach Jekaterinburg, wo es nach ihrem Tod gefunden wurde. Es handelte sich um den Schlüssel zu einer Geheimschrift, die sie und Nicky 1894 verwendet hatten, als sie sich gegenseitig Telegramme schickten.

Solowjow wurde angeklagt, ein Bolschewik zu sein, der die Romanows überhaupt nicht retten, sondern jeden möglichen Fluchtplan von Angehörigen der ehemaligen kaiserlichen Familie oder von Freunden abblocken wollte. Er wurde verhaftet, als die Romanows nach Jekaterinburg geschickt wurden.

13 Der Brief, den Markow von Tobolsk mit nach Deutschland nahm, wurde von Augenzeugen gesehen, die erklärten, daß sie Alix' Handschrift wiedererkannt hätten. King, S. 333.
14 Buxhoeveden, S. 314.
15 *Liebe für die Ewigkeit*, S. 973 f.
16 King, S. 330 f.

Kapitel 33

1 Alix begann ihr Tagebuch am Neujahrstag nach dem Julianischen Kalender, der offiziell in Rußland bis zum 1./14. Februar 1918 galt, als die Bolschewiki den gregorianischen Kalender einführten. Ab dem 3./16. Januar vermerkte Alix bei jedem Eintrag eine doppelte Datumsangabe und notierte das julianische und das gregorianische Datum, die 13 Tage auseinander lagen. Das Tagebuch wurde in erster Linie auf Englisch geschrieben, gelegentlich finden sich russische Wörter und Sätze darin. Unter dem Titel *The Last Diary of Tsaritsa Alexandra* wurde es von Vladimir A. Kozlov (Koslow) und Vladimir M. Khrustalev (Chrustaljow) veröffentlicht (New Haven 1997). Tatjanas Widmung zitiert nach Radsinski, *Nikolaus II.*, S. 249.
2 Buxhoeveden, S. 322 f.
3 Nicky schrieb Ende Januar 1918 an Xenia, daß es in der Stadt nicht jeden Tag Zeitungen zu kaufen gibt und daß diejenigen, die man bekomme, ohnehin nur »neue Greueltaten, die in unserem armen Rußland begangen werden«, enthielten.
4 Alexandra, *Last Diary*, S. 30, Anm. Solowjow machte verschlüsselte Kopien von Alix' Briefen und Zetteln und verbrannte die Originale.
5 Ebenda, S. 32, Anm.
6 *Liebe für die Ewigkeit*, S. 1001.
7 Ebenda.
8 Alexandra, *Last Diary*, S. 77, Anm.
9 Ebenda. Am 25. März 1918 ließ Alix Sergej Marko eine lange Zigarettenspitze, einige andere Gegenstände und einen Zettel zukommen. Er ging am Gouverneurssitz vorbei und sah, daß die Familie ihn aus dem Fenster beobachtete. Alix »nickte ihm vorsichtig zu«.
10 King, S. 331, zitiert Transkripte des Foreign Office. Der Widerstand Lloyd Georges spielte mit Sicherheit eine Rolle bei der Entscheidung, den Rettungsplan fallenzulassen.
11 Buxhoeveden, S. 325 f., beschreibt das Zerstörungswerk der Rotgardisten. Sophie Buxhoeveden wohnte zu der Zeit in einem Mietshaus in Tobolsk, weil man ihr nicht erlaubt hatte, in den Gouverneurssitz zu ziehen.
12 Ebenda, S. 326.
13 Alexandra, *Last Diary*, S. 95. Der Verlauf von Alexejs Krankheit im

April 1918 wird in Buxhoeveden, S. 327, *Last Diary*, S. 95 ff., und *Liebe für die Ewigkeit*, S. 1006–1015, wiedergegeben. Die Datumsangaben in letzterem weichen von denen in Alix' Tagebuch ab.

14 Alexandra, *Last Diary*, S. 96.

15 Ebenda, S. 97.

16 Buxhoeveden, S. 327.

17 Alexandra, *Last Diary*, S. 79. Alix glaubte, 300 Offiziere in Tjumen hätten versprochen, sich an einem Rettungsversuch zu beteiligen. Boris Solowjow und seiner Frau Maria gelang es, über Wladiwostok aus Rußland zu fliehen. Sie lebten in Armut in Europa, wo Boris als Autowäscher und Nachtwächter arbeitete. Nach seinem Tod im Jahr 1926 arbeitete Maria als Tänzerin am Montmartre, um ihre beiden Töchter zu ernähren.

18 *Liebe für die Ewigkeit*, S. 999 f.

19 »Ich sehne mich danach, andere zu erwärmen und zu trösten«, schrieb Alix an Anna Wyrubowa, »doch leider fühle ich mich zu den Menschen, die mich hier umgeben, nicht hingezogen. Ich behandele sie mit Kälte, und auch das ist falsch von mir.« *Liebe für die Ewigkeit*, S. 999 f.

Kapitel 34

1 Maria Toutelberg beschrieb die Krise in einer Aussage vor Richter Sokolow bei seiner offiziellen Untersuchung. Buxhoeveden, S. 329, Anm.

2 Alexandra, *Last Diary*, S. 109; *Liebe für die Ewigkeit*, S. 1017.

3 Ebenda, S. 112. Alix schrieb, daß sie um Mitternacht am Zug ankamen. Nicky gab die Zeit mit zehn Uhr an. *Liebe für die Ewigkeit*, S. 1018.

4 Alexandra, *Last Diary*, S. 112.

5 Ebenda, S. 117.

6 Ebenda, S. 117, Anm., und Buxhoeveden, S. 333 f. Buxhoevedens Informationsquelle war Tschemodurow, der am 24. Mai 1918 das Haus der Familie Ipatjew verlassen mußte und verhaftet, später aber von der Weißen Armee befreit wurde. Buxhoeveden selbst schaffte es schließlich, über Japan zu entkommen. In ihrer Alexandra-Biographie gibt sie eine etwas andere Darstellung dieses Wortwechsels zwischen Nicky und dem Kommissar.

7 Ebenda, S. 121, Anm.

8 Ebenda, S. 144.

9 Ebenda.

10 Buxhoeveden, S. 341.

11 Alexandra, *Last Diary*, S. 165, Anm., 166.

12 Isaac Don Levine, *Eyewitness to History*, New York 1973, S. 138. Die-

ser Brief wurde wie auch die anderen, die die Romanows in den letzten Junitagen des Jahres 1918 erhielten, von Tscheka-Angehörigen geschrieben, höchstwahrscheinlich von Peter Woikow und Alexander Beloborodow, dem Vorsitzendem des Gebietssowjets Ural, um Reaktionen zu provozieren, die dann als Beweis für eine Verschwörung der Familie mit angeblichen Rettern benutzt werden konnten. Die Briefe und sonstigen Reaktionen galten als Rechtfertigung für die Auslöschung der Familie.

13 Levine S. 139. Die Herausgeber von *The Last Diary of Tsaritsa Alexandra,* S. 176, Anm., vermuten, daß dieser Brief zwischen dem 21. und 25. Juni ankam.

14 *Liebe für die Ewigkeit,* S. 1046. Obwohl die Führungsriege der Tscheka wußte, daß die Romanows mit falschen Informationen gefüttert wurden, ist nicht sicher, ob die Wachen im Ipatjew-Haus davon in Kenntnis gesetzt wurden und wußten, daß die Familie mit einer bald bevorstehenden Flucht rechnete.

Kapitel 35

1 Levine, S. 139.

2 Alexandra, *Last Diary,* S. 186. Jurowskij notierte in seinen Memoiren, daß er Alexej seine Uhr gelassen habe.

3 Der Hauslehrer Gibbs schätzte, daß dieser Schmuck etwa hunderttausend Pfund wert war. Anthony Summers und Tom Mangold, *Zarenmord. Das Ende der Romanows,* München 1977, S. 67.

4 Ebenda, Bildseite vor S. 49.

5 Alexandra, *Last Diary,* S. 197, Anm.

6 1918 wurde Arsen manchmal sowohl gegen nervöse Störungen wie auch gegen Rheumatismus verschrieben. Obwohl Arsen als Gift berüchtigt war, wurden Arsenverbindungen auch als Stärkungsmittel verabreicht, und in manchen Gegenden Österreichs wurde sogar häufig Arsen gegessen. Alix schrieb über ihre starken Schmerzen in *Last Diary,* S. 192 f., 195 f.

7 Victor Alexandrov, *The End of the Romanovs,* London 1966, S. 217.

8 Buxhoeveden, S. 327.

9 *Liebe für die Ewigkeit,* S. 1049.

10 Ebenda, S. 1050.

11 Dieser Bericht von der letzten Stunde der Romanows ist entnommen aus Jurowskijs Beschreibung der Vorgänge in *Nicholas and Alexandra: The Last Imperial Family,* S. 381. Andere Berichte unterscheiden sich in einzelnen Punkten; vgl. etwa *Liebe für die Ewigkeit,* S. 1050–1055.

12 Tatjanas Pekinese Jimmy starb mit der Familie in den frühen Morgenstunden des 17. Juli. Alexejs Spaniel Joy wurde am Tag nach den

Hinrichtungen im Ipatjew-Haus gefunden und von einem Mann der Garde mitgenommen. Vgl. Anthony Summers und Tom Mangold, *The File on the Tsar,* New York 1976, S. 53.

Vom dritten Hund, Ortipo, den die Familie von Zarskoje Selo nach Tobolsk und vielleicht auch nach Jekaterinburg mitgenommen hatte, weiß man nichts. Viele Werke der Sekundärliteratur machen falsche Angaben in bezug auf die Hunde der Familie.

Bildnachweis Tafelteil

Ullstein-Bild: Tafel 1, 7, 12, 13, 15 oben.
Archiv für Kunst und Geschichte: Tafel 2–6, 8–11, 14, 15 unten, 16.

PERSONENREGISTER

Hinweis: Die Verwandtschaftsgrade werden in der Regel in Bezug zu Alexandra bzw. Nikolaus II. angegeben.

Wladimir Fedorowski

Die Zarinnen

Rußlands mächtige Frauen. Aus dem Französischen von Enrico Heinemann und Cäcilie Plieninger. 288 Seiten mit 12 Abbildungen. Serie Piper

Seit dem Ende des 15. Jahrhunderts prägen gekrönte und ungekrönte Kaiserinnen das Geschick des Landes. In seinem spannend erzählten Band versammelt Fedorowski die Geschichten über Rußlands einflußreiche Frauen: von der deutschen Fürstentochter, die als Katharina die Große eine der mächtigsten Herrscherinnen wurde, und der schweren Aufgabe, die Tochter Peters des Großen zu sein, bis hin zum Wirken von Raissa Gorbatschowas und Tatjana Jelzinas.

»Ein romanesker Streifzug durch die russische Geschichte.«
Stuttgarter Zeitung

01/1432/01/R

STAMMTAFEL
ZAR NIKOLAUS II.

- Alexander II.
  1818 – 1881
  - Alexander III.
    1845 – 1894
    ⚭
    Maria Fjodorowna
    1847 – 1928
    Prinzessin Dagmar
    von Dänemark
    - Nikolaus II.
      1868 – 1918
      ⚭
      Alexandra Fjodorowna
      Prinzessin Alix von Hessen
      1872 – 1918
      - Olga
        1895 – 1918
      - Tatjana
        1897 – 1918
      - Maria
        1899 – 1918
      - Anastasia
        1901 – 1918
    - Georgij
      1871 – 1899
  - Wladimir
    1847 – 1909
    ⚭
    Maria Pawlowna
    1854 – 1920
    - Kyrill
      1876 – 1938
    - Boris
      1877 – 1943
    - Andrej
      1879 – 1956
      ⚭
      Mathilde Ksches
      1879 – 1969